Le vertige d'un clair de lune

Un baiser au parfum d'océan

Les brumes du désir

JENNIFER LEWIS

Le vertige d'un clair de lune

Passions

éditions HARLEQUIN

Collection : PASSIONS

Titre original : THE CINDERELLA ACT

Traduction française de MARION BOCLET

HARLEQUIN®

est une marque déposée par le Groupe Harlequin

PASSIONS®

est une marque déposée par Harlequin S.A.

ÉDITIONS HARLEQUIN

83-85, boulevard Vincent Auriol, 75646 PARIS CEDEX 13.

Service Lectrices — Tél. : 01 45 82 47 47
www.harlequin.fr

ISBN 978-2-2803-1302-5 — ISSN 1950-2761

- 1 -

— Vous êtes sûr que ce n'est pas dangereux ?

Annie Sullivan essaya de ne pas regarder les magnifiques fesses de Sinclair Drummond tandis qu'il montait devant elle l'escalier branlant qui menait au grenier.

— Non, répondit-il en lui lançant par-dessus son épaule un sourire irrésistible, surtout pas avec la malédiction qui pèse sur nous !

— Eh bien, je vais courir le risque…

Etant son employée, Annie pouvait difficilement refuser de le suivre. Elle posa le pied sur la première marche de l'échelle de meunier. Le grenier se trouvait sous le toit de la vieille grange, que les ancêtres des Drummond avaient construite attenante à la maison pour ne pas avoir à affronter le vent mugissant venu de la mer quand ils s'occupaient de leurs animaux. Aujourd'hui, l'étage de la grange contenait des selles et des harnais usés par le temps, couverts de toiles d'araignées.

Les marches craquaient de façon inquiétante.

— Etes-vous déjà monté ici ?

Etrangement, elle ne l'avait jamais fait, songea-t-elle alors que Sinclair arrivait en haut de l'escalier et ouvrait la trappe.

— Bien sûr ! Quand j'étais petit et que mes parents se disputaient, je venais me réfugier dans le grenier.

Elle fronça les sourcils. Elle avait du mal à imaginer la mère de Sinclair, une dame calme et très digne, élevant la voix, mais elle n'avait jamais rencontré son père. Il était mort dans un accident quelques années plus tôt.

— Je doute que quelqu'un soit venu ici depuis.

Il disparut dans le grenier. Elle le suivit avec un sentiment grandissant d'appréhension. Tout à coup, l'obscurité laissa la place à une lumière vive.

— Je suis content qu'il y ait encore de l'électricité. Je n'avais pas envie de chercher à la lueur d'une bougie.

La pluie tambourinait sur le toit, au-dessus de leur tête, et sa voix semblait arriver de loin. Elle se hâta de le rejoindre. En passant par la trappe, elle vit une rangée d'ampoules nues suspendues à la poutre maîtresse du grenier dépourvu de lucarnes. Des boîtes et des caisses étaient empilées un peu partout, au milieu de tables, de chaises, et d'autres vieux meubles abîmés. Le mur du fond était presque entièrement caché par une pile de malles de voyage. En dépit de la taille impressionnante de la pièce, seule une petite partie du plancher était visible tant il y avait d'objets.

— Ce sont toutes les choses que vos ancêtres ont laissées derrière eux ? Par où commençons-nous ?

Elle avait hâte de fouiller dans les souvenirs de la famille Drummond. C'était curieux, car c'était plus ou moins ce qu'elle faisait tous les jours dans le cadre de son travail. Bien sûr, faire les poussières et nettoyer l'argenterie était loin d'être aussi enthousiasmant que d'ouvrir de vieilles malles remplies de mystères au parfum de naphtaline.

Sinclair souleva le couvercle d'une malle apparemment pleine de courtepointes et d'édredons.

— Je n'en ai pas la moindre idée ! Nous n'avons qu'à fouiller à droite et à gauche et espérer un coup de chance.

Il avait remonté ses manches, et elle voyait ses avant-bras musclés plonger dans les tissus.

— Apparemment, le fragment de la coupe est en métal. Peut-être en argent, mais plus vraisemblablement en étain, sans aucune valeur marchande.

Il se pencha un peu plus, et sa chemise se tendit sur son dos. Elle sentit son cœur s'emballer. Pourquoi son patron était-il aussi beau ? Ce n'était pas juste. Au fil des ans, il devenait de plus en plus séduisant. Il avait trente-deux ans, d'épais cheveux noirs, et était au sommet de sa forme malgré le souci que lui avaient causé ses deux divorces.

— Et cette coupe est censée être maudite ? demanda-t-elle, réprimant un frisson.

Inquiète, elle jeta un coup d'œil autour d'elle.

— C'est la famille qui est maudite, Annie, pas la coupe.

Sinclair leva la tête et lui jeta un regard désarmant.

— Trois cents ans de malheur, et il suffirait de rassembler les trois morceaux de cette coupe pour lever la malédiction ?

Il émit un grognement railleur.

— A mon avis, c'est n'importe quoi, mais ma mère est tout excitée à l'idée de retrouver la coupe. Elle est persuadée qu'elle changera notre vie.

— J'ai été ravie d'apprendre qu'elle allait mieux… Sait-on enfin ce qui l'a rendue si malade ?

— Apparemment, une maladie tropicale assez rare, proche du choléra. Elle a de la chance d'être encore en vie… Elle est encore un peu faible, alors je lui ai dit de venir ici pour se reposer.

— Quelle bonne idée ! Je m'occuperai d'elle avec plaisir.

— J'espère qu'elle viendra fureter ici elle-même, pour que vous n'ayez pas à faire tout ce travail seule.

Quelle déception ! Elle ne pouvait donc pas espérer passer l'été au grenier avec Sinclair. Elle travaillait pour lui depuis six ans, et pourtant, à bien des égards, ils étaient des étrangers l'un pour l'autre. Elle aimait être seule avec lui, quand il ne recevait pas d'invités et qu'il se montrait plus décontracté. La recherche de la coupe aurait été une bonne occasion pour eux d'être un peu plus proches, mais hélas elle serait obligée de supporter la chaleur des combles toute seule.

Heureusement, le lieu, imprégné d'histoire, la fascinait. Elle se dirigea vers un grand panier en osier et en souleva le couvercle, tout en imaginant les mains qui l'avaient touché des dizaines et dizaines d'années plus tôt. Chacun des objets autour d'eux avait une histoire.

— Pourquoi votre mère pense-t-elle que la famille est maudite ? Vous avez tous très bien réussi.

Sa propre famille aurait été enchantée d'avoir ne serait-ce qu'un peu de la chance des Drummond.

— Au fil des ans, les Drummond se sont débrouillés de mieux en mieux, mais une vieille légende a persuadé ma mère qu'une malédiction pèse sur nous tous.

Il se pencha pour atteindre le fond de la malle et en sortir une pile de vêtements. Elle cligna des yeux, éberluée, en voyant les muscles de ses cuisses se contracter à travers la toile de son pantalon, et elle sursauta quand il releva brusquement la tête pour la regarder.

— Ce serait à cause de cette malédiction que nous ne restons pas mariés bien longtemps.

Ses yeux brillaient d'une lueur amusée, mêlée toutefois de regret.

— Ma mère s'est lancée dans une quête pour retrouver les trois fragments de la coupe et les rassembler. Elle est convaincue que cela va renverser la situation pour tous les Drummond. Bien sûr, continua-t-il en remettant les vêtements dans la malle et en en faisant claquer le couvercle, je ne crois pas à cette histoire de malédiction, mais je ferais n'importe quoi pour aider ma mère à se rétablir et, comme elle est très enthousiaste à l'idée de chercher cette coupe, je lui ai promis de l'aider.

— C'est très gentil de votre part.

— Pas vraiment… Je me dis seulement que tant que cela lui occupe l'esprit elle ne cherchera pas à me convaincre de me remarier.

La mort dans l'âme, Annie l'avait regardé courtiser une femme hypocrite et calculatrice, qui était ensuite devenue sa deuxième épouse. Elle n'était pas sûre de pouvoir endurer cela une seconde fois.

— Je présume qu'elle aimerait beaucoup avoir des petits-enfants.

— Oui, mais l'on peut se demander pourquoi… Est-ce bien nécessaire de faire peser la malédiction sur une autre génération ?

Son sourire en coin la fit sourire à son tour. Bien sûr, sa mère rêvait d'avoir des petits-enfants à gâter et sur lesquels s'extasier. Cependant, à en juger par les goûts de Sinclair en matière de femmes, cela n'était pas près d'arriver. Elle n'avait jamais rencontré sa première femme, mais la deuxième, Diana Lakeland, n'avait pas été du genre à mettre en péril sa silhouette pour avoir un enfant. Elle s'était mariée avec Sinclair pour le prestige et la fortune qui faisaient de lui l'un des meilleurs partis de New York, puis elle s'était lassée de lui quand elle s'était aperçue qu'il n'avait pas envie de parcourir le monde en jet privé pour faire la fête tous les soirs.

Si seulement il pouvait se rendre compte que ces petites princesses gâtées ne savaient pas l'apprécier à sa juste valeur ! Hélas, elle ne pouvait pas le lui dire. La cordialité faisait partie des qualités requises dans son travail, mais il y avait tout de même des limites à ne pas franchir, et elle devait veiller à ne pas se montrer trop familière.

Elle s'éloigna du panier en osier et prit une petite boîte de bois sur une étagère haute. Elle en souleva le couvercle et découvrit de ravissantes épingles à cheveux en écaille. Quelle demoiselle Drummond les glissait-elle dans sa chevelure ?

— C'est comme chercher une aiguille dans une botte de foin… mais c'est une très intéressante botte de foin. A qui la coupe appartenait-elle ?

— Les Drummond viennent des Highlands. Gaylord Drummond était un joueur invétéré, grand buveur de whisky, qui a perdu le domaine familial à cause d'un pari en 1712. Ses trois fils, sans le sou et sans terre, sont alors partis chercher fortune en Amérique. Quand le bateau est arrivé à quai, les frères se sont séparés. Chacun est allé son chemin, emportant avec lui l'un des trois fragments de la coupe de métal, avec l'intention de rassembler les morceaux après avoir fait fortune. L'un d'entre eux s'est installé ici, à Long Island, et a bâti la ferme dans laquelle nous nous trouvons aujourd'hui.

— C'est une propriété magnifique.

L'ancienne ferme avait été étendue au fil des ans, pour devenir une superbe demeure de bord de mer, de style cottage, aux vérandas spacieuses. Les champs de pommes de terre avaient laissé la place à des pelouses parfaitement entretenues et à des vergers de pommiers, de poiriers et de pêchers. Autrefois petit village somnolent, Dog Harbor était maintenant tout proche de la tentaculaire banlieue new-yorkaise. Un ancêtre des Drummond avait vendu ses terrains à un promoteur immobilier, qui y avait fait construire des pavillons, mais le père de Sinclair les avait rachetés à prix d'or, avec les maisons, et il en avait fait un vaste et riche domaine. Les vagues du détroit de Long Island venaient clapoter contre les galets d'une jolie plage, à moins de cent mètres de la maison familiale.

Sinclair rit.

— Oui, dit-il, cette ferme s'est avérée être un excellent investissement !

— Ce que je ne comprends pas, c'est comment l'on fait pour casser une coupe en métal.

— Ma mère m'a dit que cette coupe avait été spécialement conçue pour être désassemblée puis rassemblée. Elle a dans l'idée qu'il s'agit d'un vieux calice de communion créé de cette façon pour être caché aux Vikings ou aux réformateurs protestants, en fonction de l'époque dont il date réellement. L'histoire de la coupe a été transmise de génération en génération, mais personne ne sait ce que sont devenus les fragments. Ma mère m'a dit qu'elle avait réussi à retrouver les descendants des trois frères et qu'elle les avait contactés pour leur parler de sa quête.

— Je trouve ça passionnant ! Et c'est une bonne occasion de réunir la famille.

Il haussa les épaules, avec un geste qu'elle trouva adorable, craquant, irrésistible.

Et elle ne put s'empêcher de frissonner. Décidément, cet homme l'attirait plus que de raison. Seulement ? Non, il fallait bien l'admettre. Ce qu'elle éprouvait pour lui était bien plus qu'une folle attirance.

— Je n'ai jamais entendu dire beaucoup de bien des autres Drummond. Nous sommes tous des gens revêches, et pas très sociables.

— Vous n'êtes pas revêche !

A peine eut-elle prononcé ces mots qu'elle les regretta. Mais que lui arrivait-il ? La remarque était inutile, et elle ne voulait surtout pas qu'il s'aperçoive qu'elle était sous son charme.

— Enfin, pas tout le temps, en tout cas, ajouta-t-elle en rougissant.

Elle se dirigea vers un coin sombre du grenier et s'affaira à fouiller dans un tiroir pour se donner une contenance.

— Où vivent les autres membres de la famille ?

— L'un des frères est devenu pirate dans la mer des Caraïbes.

— Pirate ? répéta-t-elle, stupéfaite.

Il hocha la tête.

— Oui ! L'un de ses descendants vit encore là-bas, sur une île au large de la Floride. Etant donné que Jack Drummond est un chasseur de trésors professionnel, je doute qu'il nous aide à retrouver la coupe.

— Renouer avec sa famille l'intéressera peut-être.

— Cela m'étonnerait. Quant au troisième frère Drummond, il a fait fortune au Canada, puis il est retourné en Ecosse et a racheté le domaine familial. Ses descendants y vivent encore. James Drummond n'a répondu à aucun des e-mails de ma mère, mais elle est infatigable, je suis sûr qu'elle finira par réussir à le contacter quand elle aura repris des forces.

Il prit une boîte sur le dessus d'une vieille armoire.

— Il y a peu de descendants des Drummond, par ici. Apparemment, ils n'ont pas eu beaucoup d'enfants et la plupart d'entre eux sont morts jeunes. C'est à se demander si cette malédiction n'est pas réelle !

Sinclair était-il maudit ? Au contraire, il semblait mener une vie de rêve, partageant son existence entre son élégant appartement à Manhattan et ses autres maisons, tout aussi magnifiques. Elle ne le voyait que quelques week-ends dans l'année, et parfois plusieurs semaines au cours de l'été, juste assez pour l'observer et rêver, mais pas assez pour connaître ses secrets. D'ailleurs, avait-il des secrets ? Des passions, des désirs ?

Elle s'efforça de chasser ces pensées de son esprit. Sa vie privée ne la regardait pas. Hélas.

— Certains de ces objets ne devraient vraiment pas moisir ici, remarqua-t-elle en soulevant une assiette en porcelaine posée sur une autre étagère.

— Je parie que vous pourriez faire expertiser ça par un antiquaire.

Il rit.

— Oui, pour m'entendre dire que c'est une banale assiette des années 1950, achetée dans un supermarché !

Il ouvrit un coffre de bois, plus grand et manifestement plus vieux que les malles empilées çà et là, rempli de vêtements pliés.

— Ouah ! s'écria-t-elle, émerveillée. Regardez cette dentelle…

Elle s'approcha de lui et, s'efforçant d'ignorer son parfum délicieusement viril, se pencha pour toucher du bout des doigts le vêtement sur le dessus de la pile.

— On dirait que cela n'a jamais été porté.

Avec délicatesse, elle prit le vêtement, qui se déplia doucement. C'était une robe de nuit, ou une combinaison, en coton blanc.

— A qui était-ce ?

— Je n'en ai pas la moindre idée. J'avoue que je n'avais ni fouillé dans ces coffres ni touché à ces trucs de filles !

Cette fois encore, son sourire espiègle la troubla.

— Regardez-moi ça !

Elle mit la chemise de nuit de côté et se pencha de nouveau au-dessus du coffre de bois pour voir de plus près un corsage de satin vert richement brodé, bordé d'un galon rouge et or. Les finitions étaient admirables, et le tissu, éclatant de beauté, comme s'il avait été tissé la veille.

— Je n'ai jamais rien vu de tel…

Il le sortit du coffre et le tint à bout de bras devant eux, déplié. C'était en fait une somptueuse robe de bal, décolletée et cintrée à la taille.

— Elle est absolument magnifique… et regardez la bleue juste en dessous ! Elle a l'air superbe.

Elle tendit le bras et caressa le tissu soyeux, bleu paon, orné de petites perles. C'était un crime de laisser ces vêtements dans un grenier poussiéreux, où personne ne pouvait les admirer !

— Ces robes devraient être dans un musée… Descendons-les et suspendons-les convenablement.

— Si vous voulez, répondit-il, l'air sceptique.

Elle soupira, un peu déçue. Visiblement, retrouver la coupe était la seule chose qui l'intéressait.

— D'accord, reprit-il avec plus de conviction, descendons-les.

Son visage avait-il trahi ce qu'elle éprouvait ? Cela la touchait qu'il ait été si prompt à changer d'avis. Elle sourit.

— Merveilleux ! Je vais en prendre moi aussi le plus possible.

Les bras chargés de vêtements, il descendit l'escalier étroit sans hésiter. Elle le suivit d'un pas chancelant, ployant sous le poids des robes et craignant de rater une marche.

— Nous pourrions les mettre dans l'armoire de la chambre jaune, elle est vide depuis que votre mère a donné ses vieux manteaux.

Ils traversèrent plusieurs pièces, et posèrent enfin les vêtements sur le dossier d'un fauteuil, dans la chambre en question.

— Cette robe de soie grise est vraiment magnifique... Comment a-t-on fait pour entrelacer ces fils bleus et argent dans la trame ?

— Quelqu'un a probablement passé des heures et des heures à y travailler. Les choses étaient faites à la main, à l'époque... Chaque article était une œuvre d'art.

— J'imagine que les gens ordinaires ne touchaient jamais rien de tel, dit-elle en caressant du bout des doigts l'étoffe délicate. Sauf quand ils aidaient Madame à mettre son corset, bien sûr...

Elle glissa ses doigts dans les plis du tissu et soupira.

— Quelle robe somptueuse ! Je n'en ai jamais vu d'aussi belle.

— Pourquoi ne l'essaieriez-vous pas ?

La voix grave de Sinclair l'arracha à sa rêverie.

— Moi ? Je ne pourrais pas... Ces robes sont des pièces de musée, et de toute façon je n'ai pas la taille assez fine.

— Je ne suis pas d'accord. Pour ce qui est de votre taille, j'entends.

Elle sentit alors ses yeux sur ses hanches. Son cœur se mit à battre la chamade. Son patron l'avait donc déjà regardée ? Elle ne l'aurait pas cru, et pourtant...

Elle était tout excitée à l'idée d'essayer une robe. Bien sûr, elle aurait pu le faire à un moment où elle était seule dans la maison, mais elle aurait eu l'air bête si quelqu'un avait remarqué que la robe avait été portée. C'était peut-être la seule occasion qu'elle aurait d'enfiler un vêtement aussi précieux. Elle effleura la robe de bal bleue.

— Eh bien... Je persiste à penser que je ne rentrerai pas dedans, mais...

— C'est entendu ! Je vais me retourner, puis je vous aiderai à fermer les boutons.

Il se dirigea vers la fenêtre, à l'autre bout de la pièce.

Son cœur continuait de marteler sa poitrine. Etaient-ils sur le point de franchir une barrière jusque-là scrupuleusement respectée ? Pourquoi Sinclair voulait-il qu'elle essaie une robe ? Qu'est-ce que cela signifiait ?

Rien, idiote ! Il pense seulement que c'est amusant pour toi et cherche à te faire plaisir, c'est tout. Ne t'emballe pas !

— Je suis sûre que ces robes sont censées être portées avec un corset, et je ne crois pas...

Il haussa les sourcils.

— Vous préférez retourner chercher la coupe ?

Elle hésita, la main toujours posée sur le somptueux tissu, et esquissa un sourire.

— Je pourrais peut-être quand même en essayer une...

Il hocha la tête, une lueur amusée dans le regard, puis il se détourna.

Sans hésiter, elle choisit la robe bleue. Elle la tint devant elle pendant quelques instants. La longueur était bonne et, même si la taille était étroite, elle n'était pas aussi minuscule qu'elle l'avait d'abord cru. Peut-être lui irait-elle, après tout.

Elle résista à l'envie de se tourner vers Sinclair pour voir ce qu'il faisait pendant qu'elle déboutonnait son chemisier. Elle le connaissait trop bien pour imaginer qu'il jetterait un coup d'œil furtif alors qu'elle se déshabillait. Partout où il allait, les femmes se disputaient son attention, et lui semblait à peine les remarquer.

Après avoir pris une profonde inspiration, elle enleva son pantalon de toile et passa la robe. Elle était un peu froissée d'avoir été pliée pendant tout ce temps, et sentait légèrement le camphre, mais en dehors de cela elle semblait avoir été confectionnée la veille. Les petites perles cousues dans le tissu lui chatouillèrent les bras lorsqu'elle enfila les manches bouffantes. Le décolleté profond laissait voir une grande partie de son soutien-gorge blanc, qu'elle s'empressa donc de retirer. Elle avait fermé près de la moitié des minuscules boutons recouverts de tissu quand Sinclair lui proposa son aide.

— Plus qu'une centaine de boutons ! dit-elle.

Elle sourit. Elle avait l'impression d'être une princesse dans cette tenue magnifique. Le bas de la robe traînait légèrement sur le sol ; elle aurait dû porter des chaussures à talons avec.

Sinclair s'était retourné et la regardait fixement.

— Seigneur ! Annie, vous êtes magnifique…

Les yeux écarquillés, il l'observa de la tête aux pieds, puis il s'approcha d'elle et l'aida à fermer les derniers boutons.

— Comme je m'y attendais, elle vous va comme un gant.

Sa voix était un peu plus grave que d'habitude. Elle résista à l'envie de glousser comme une petite fille qui jouait à se déguiser. Sentir les doigts de Sinclair si près de sa peau la grisait.

Il avait fini de boutonner la robe, et vint de nouveau se placer en face d'elle. Son regard se posa sur son cou, puis sur son visage. Un peu gênée, elle écarta de sa joue une mèche échappée de son chignon.

Il fronça légèrement les sourcils.

— Vous êtes très jolie avec les cheveux attachés.

— Je m'attache toujours les cheveux.

Son regard était tellement lourd de sensualité qu'elle retint son souffle et porta timidement une main à son chignon.

— C'est vrai ? Je ne sais pas pourquoi je ne l'avais jamais remarqué.

— C'est à cause de la robe…

— Peut-être. Vous vous cachez sous vos vêtements et vous dissimulez le fait que vous avez une très belle silhouette.

Elle baissa les yeux. En effet, le corsage de la robe faisait office de soutien-gorge, mettant en valeur sa poitrine.

— C'est drôle, j'ignorais que je pouvais avoir ce décolleté.

Choquée par sa propre audace, elle eut un petit rire, qu'elle sentit s'effacer lorsqu'elle croisa le regard farouche de Sinclair.

— Cela vous va très bien, dit-il d'un ton bourru. Vous devriez vous habiller comme ça plus souvent.

— Je n'en ai pas vraiment l'occasion.

De là où elle était, elle apercevait une partie de son reflet dans le miroir de l'armoire. Elle avait un air presque majestueux dans cette robe longue, et le bleu profond de l'étoffe mettait en valeur les reflets roux de ses cheveux. Sinclair lui cachait la moitié de la vue, ses larges épaules masquant le décolleté qu'il semblait admirer. Dans le miroir, ils paraissaient plus proches. On aurait presque dit qu'ils étaient collés l'un contre l'autre. Si seulement c'était possible !

Elle rit de nouveau d'un air faussement insouciant mais, cette fois encore, sans conviction. Ses jambes flageolaient. Dans les yeux de Sinclair, elle vit passer comme un éclair. Elle frissonna et, sans voix, soutint son regard de braise. Plusieurs secondes s'écoulèrent. Une éternité.

Brusquement, il la serra contre lui et l'embrassa avec fougue. Elle s'abandonna aussitôt entre ses bras, lui rendant avec son baiser la passion qui couvait secrètement en elle depuis six ans.

Grisée, la tête qui tournait, elle se cramponna à lui. Ses tétons durcirent contre le tissu luxueux de son corsage. Le parfum de Sinclair était à la fois subtil et enivrant. Elle n'avait jamais été si près de lui. Sa peau semblait douce, mais elle sentait maintenant la rugosité de sa joue. Il glissa ses mains dans ses cheveux et dénoua son chignon avec un gémissement.

Une vague de désir la submergea. Il la voulait, elle le sentait. Tous ses muscles étaient contractés, sa peau mate était brûlante, son souffle chaud sur sa joue attisait la passion qui la dévorait.

Que sommes-nous en train de faire ?

Cette pensée lui traversa l'esprit, mais elle semblait extrêmement lointaine, comme si elle appartenait à quelqu'un d'autre.

Elle passa les doigts dans ses épais cheveux noirs, d'une douceur soyeuse. Les mains de Sinclair glissèrent sur son dos, puis il lui empoigna les fesses et la serra contre lui. Elle se cambra, et leur baiser se fit encore plus exalté, plus fébrile.

Je suis en train d'embrasser Sinclair !

Cette pensée fulgurante, loin de l'alarmer comme elle s'y serait attendue, lui procura une sensation d'excitation enivrante. Combien de nuits avait-elle passées, allongée dans son lit, à imaginer ce moment ?

Les baisers de Sinclair étaient plus fougueux qu'elle ne l'avait présagé, son désir, plus puissant qu'elle n'avait osé en rêver. Il enfouit les mains dans le tissu de sa robe, cherchant sa peau en dessous. Il la serra plus étroitement contre lui, contre son sexe en érection. Le souffle coupé, elle prononça son prénom dans un murmure haletant, passa les mains sous sa chemise pour les glisser sur son dos. Elle l'avait déjà vu torse nu plusieurs fois, mais n'avait jamais imaginé sentir des muscles aussi puissants se contracter sous ses paumes.

Il défit les boutons qu'il venait d'attacher, dans le dos de sa robe. Elle frissonna à la perspective d'être déshabillée par lui.

Vas-tu vraiment le laisser te déshabiller ? Son corps entier répondit oui !

Elle attendait ce moment depuis si longtemps. Et pourtant elle n'y croyait toujours pas. Il avait dû cacher ses sentiments pour elle tout comme elle avait caché ses sentiments pour lui, c'était étrange.

Mais, après tout, pourquoi se poser autant de questions ? Tout son corps vibrait d'impatience, et seul le présent comptait, elle le savait. Quand il glissa une main sous sa robe, la caresse de ses doigts sur la peau nue de son dos l'embrasa. Il baissa le corsage de sa robe, dénudant ses seins, mais au lieu de l'intimider cela l'excita encore plus, car, oui, elle le sentait, il aimait ce qu'il voyait. Elle était belle à ses yeux, et cette pensée la fit chanceler. Il la serra contre lui, et une mèche de cheveux noirs lui tomba devant les yeux.

La respiration saccadée de Sinclair était chaude contre son cou, et un gémissement s'échappa de ses lèvres quand la robe tomba lourdement à leurs pieds dans des plis de tissu soyeux.

Elle fit un pas de côté pour l'enjamber tout en déboutonnant la chemise de Sinclair, dont elle écarta ensuite les pans. Elle soupira en voyant son torse, la fine ligne de poils noirs qui disparaissait sous la ceinture de son pantalon.

Mais déjà il lui mordillait le lobe de l'oreille, et, de plus en plus pressée, elle entreprit alors de défaire sa ceinture en cuir. Un instant plus tard, les mains fortes et viriles de Sinclair se posèrent sur l'élastique de sa petite culotte. Si seulement elle en avait mis une plus élégante ! Elle rougit en songeant qu'il allait voir ce sous-vêtement en coton blanc, d'une banalité affligeante.

Cependant, il sembla ne pas la remarquer. Entre deux baisers torrides, elle sentait la chaleur de son souffle sur son cou. Sa propre respiration était haletante tandis qu'elle défaisait la fermeture de son pantalon. Elle brûlait d'impatience de sentir son corps nu pressé contre le sien.

Il acheva de se déshabiller. Ils étaient debout l'un en face de l'autre, seuls quelques centimètres les séparaient encore. Le corps de Sinclair était sublime, ses muscles, parfaitement dessinés, ses abdominaux, saillants.

Allaient-ils vraiment faire l'amour maintenant ? Elle avait peine à le croire.

Les yeux fermés, il passait ses mains partout sur son corps. Frémissant sous ses caresses, elle lui déposa un baiser sur les lèvres.

Comment une journée aussi ordinaire avait-elle pu prendre une tournure aussi merveilleuse ?

Cela avait peut-être quelque chose à voir avec la mystérieuse coupe. A moins qu'il s'agisse de la malédiction ?

Un doute l'envahit soudain, glaçant. Cet homme était son patron, comment pouvait-elle s'abandonner à lui ?

Cependant, faire marche arrière maintenant aurait été difficile. Ils étaient tous deux nus, leurs vêtements épars à leurs pieds. Ils pouvaient difficilement prétendre qu'il ne s'était rien passé.

D'ailleurs, elle mourait d'envie d'aller plus loin. Devait-elle lui dire qu'elle avait un stérilet ? Craignant de gâcher ce moment délicieux, elle se contenta de l'embrasser de plus belle.

— Annie… Oh ! Annie !

L'entendre prononcer son prénom lui fit tourner la tête. Il la désirait autant qu'elle le désirait, elle en était sûre. Bientôt, il l'entraîna sur le lit et, tout en l'embrassant, la pénétra avec une infinie douceur.

Elle n'avait jamais rien connu d'aussi intense que les sensations qu'elle éprouvait entre les bras de Sinclair.

Elle n'avait jamais imaginé qu'il pût se montrer aussi audacieux, lui qui semblait toujours si distant. Et pourtant il bougeait en elle avec vigueur et sensualité, l'embrassant avec abandon, et l'entraînait vers de nouveaux sommets de plaisir. Le voir et le sentir aussi fou de désir pour elle l'enivrait.

— Annie, murmura-t-il encore, la pénétrant si profondément qu'il lui sembla qu'ils ne faisaient plus qu'un.

— Oh ! Sin…

Elle avait rêvé de l'appeler Sin. Entendre le diminutif franchir ses propres lèvres lui parut si naturel qu'elle en aurait pleuré de joie.

Enfin, alors qu'il l'embrassait de plus belle, elle fut secouée de spasmes délicieux et, frissonnante, se cramponna à lui.

Elle n'avait jamais rien ressenti de tel, n'avait jamais eu un orgasme d'une telle violence. Avec un gémissement viril, il s'effondra contre elle, puis il roula sur le côté, l'entraînant avec lui, et la tint entre ses bras.

— Oh ! Annie ! dit-il enfin, les yeux fermés.

- 2 -

Sinclair serra tendrement Annie contre lui. Ses longs cheveux blond vénitien lui effleuraient le visage, et elle avait levé vers lui ses beaux yeux bleus, le regardant timidement derrière ses longs cils. Il déposa un baiser sur ses lèvres, d'une incroyable douceur.

Il ne s'était pas senti aussi bien et aussi détendu depuis longtemps. Il inclina légèrement la tête, la regarda et caressa doucement sa joue, avec ses adorables taches de rousseur.

— Tu es magnifique, lui murmura-t-il à l'oreille.

Il aimait la sensation voluptueuse de son corps contre le sien, qui prolongeait un peu le plaisir de leurs ébats.

Il poussa un profond soupir de contentement. La vie pouvait être bien compliquée, et il suffisait parfois de choses simples, vraies pour être heureux.

Il joua avec une mèche de ses cheveux ondulés et soyeux.

— C'était inattendu…

La voix d'Annie était une douce musique à ses oreilles.

— Oui, et merveilleux, répondit-il sincèrement, l'esprit trop embrumé pour en dire davantage.

— Oui !

Il y eut un bref silence.

— J'espère que mon rôti n'a pas brûlé… J'ai complètement perdu la notion du temps.

Le rôti ? A contrecœur, il dégagea son bras de sous le dos d'Annie et jeta un coup d'œil à sa montre.

— Il est presque 17 heures.

Il se crispa. *Presque 17 heures, le rôti en train de cuire dans le four.*

La réalité le rattrapa brusquement. La délicieuse sylphide entre ses bras n'était pas sortie d'un tableau préraphaélite pour faire son bonheur. C'était sa gouvernante de toujours, Annie Sullivan.

— Qu'est-ce qui ne va pas ? demanda-t-elle d'une voix douce, empreinte d'inquiétude.

Il sentit son ventre se nouer. Comment avait-il pu l'embrasser et lui faire l'amour ? La tête lui tournait. Il s'était passé de sexe pendant trop longtemps, et cela l'avait rendu fou.

Maintenant, il était nu et moite de sueur, tout contre le corps sensuel d'Annie, son employée.

Il laissa retomber sa tête sur l'oreiller. D'une certaine façon, la situation était stéréotypée. Il venait de faire quelque chose que ses ancêtres, peu recommandables, avaient probablement fait avec leurs domestiques, preuve qu'il ne valait guère mieux que ces coureurs de jupons de Drummond qui l'avaient précédé.

De toute évidence, elle avait perçu son changement d'humeur. Elle aussi s'était crispée, et elle s'écartait maintenant de lui, s'enveloppant dans la courtepointe blanche. Un peu embarrassé, il tira le drap sur lui. C'était sa faute, bien sûr.

— Je suis désolé.

Les joues d'Annie s'empourprèrent. Elle remit une mèche de cheveux derrière son oreille délicatement ourlée. Il était honteux de s'être jeté sans la moindre retenue sur cette femme aussi honnête qu'adorable.

— Je ne sais vraiment pas ce qui m'a pris, ajouta-t-il.

Encore sous le choc de sa brusque prise de conscience, il s'assit, la tête entre les mains. Avait-il perdu la raison ?

Soudain, il s'aperçut qu'ils ne s'étaient pas protégés.

— Je suppose que tu… ne prends pas la pilule ?

La question, terriblement peu romantique, sembla rester en suspens dans l'air, comme un nuage toxique au-dessus de leur tête.

— Non, mais j'ai un autre contraceptif. Je ne risque pas de tomber enceinte.

Sa voix argentine tremblait légèrement. Elle se leva, tenant toujours la courtepointe enroulée autour de son corps nu.

Et quel corps ! Il ne s'était jamais douté qu'elle cachait des formes aussi généreuses sous ses chemisiers classiques et ses pantalons droits. Une vague de désir fort importune le submergea. Il remonta encore un peu le drap sur son torse.

Elle se rhabilla en hâte. Il détourna les yeux, maudissant la pulsion qui l'avait poussé à s'égarer à ce point. Il devait absolument veiller à ce que cela ne se reproduise sous aucun prétexte. Il ne pouvait pas se permettre d'être aussi peu professionnel.

Plongé dans ses pensées, il jura tout bas. Elle tressaillit, et il se rendit compte qu'en se laissant aller de la sorte il l'avait blessée encore davantage.

— Je m'insultais moi-même. Je ne sais pas ce qui m'a pris.

— Moi non plus, marmonna-t-elle en remettant les pans de son chemisier dans son pantalon.

Evitant soigneusement de croiser son regard, elle ramassa la robe bleue.

— Je vais pendre ça dans l'armoire.

Sa voix était blanche, dénuée d'émotion, son corps aux courbes délicieuses, de nouveau dissimulé sous ses vêtements.

Il prit une profonde inspiration. Il devait s'en aller, retourner à Manhattan. Annie sortit de la pièce et referma la porte derrière elle. Il se leva et se rhabilla, encore hébété. Quand il se baissa pour prendre ses chaussures, il aperçut la pince à cheveux d'Annie sur le sol. Elle avait dû tomber pendant qu'ils…

Il secoua la tête. Bon sang ! Comment cela avait-il pu se produire ? Il s'était toujours targué de savoir se dominer en toutes circonstances.

Il jura de nouveau. Manifestement, il souffrait de démence passagère. Il avait tout intérêt à se plonger dans le travail, car il n'avait ni assez de temps ni assez d'énergie pour de telles bêtises.

Dégoûté, il quitta la chambre. Le couloir était silencieux, le parquet brillait dans la lumière dorée qui tombait des fenêtres. Annie s'était éclipsée discrètement. Il savait qu'elle réapparaîtrait fort à propos s'il avait besoin d'elle, car c'était la meilleure gouvernante qui soit.

Maintenant, il regrettait de connaître toutes les autres

qualités qu'elle possédait. Il aurait préféré ne pas avoir senti le grain velouté de sa peau sous ses doigts, aurait eu l'esprit plus tranquille s'il avait ignoré que ses baisers avaient un goût de miel, ou que ses yeux prenaient une teinte bleu ardoise quand elle était troublée.

Il n'apportait pas grand-chose avec lui lorsqu'il venait là en week-end, car il avait une penderie pleine de vêtements décontractés. Il y trouva ce dont il avait besoin, se changea, prit son portefeuille et ses clés sur son bureau, là où il les laissait toujours, puis il sortit de la maison et regagna sa voiture.

Il n'avait qu'une seule envie : revenir à sa vie normale.

Le crissement de pneus sur le gravier de l'allée confirma à Annie ce qu'elle craignait et espérait à la fois : Sinclair était parti. Elle s'appuya à la colonne du lit pendant un moment, se laissant envahir par un mélange d'émotions contradictoires. Tout son corps vibrait encore du plaisir intense qu'il lui avait procuré quelques minutes plus tôt, il lui semblait que ses mains avaient laissé leur empreinte sur sa peau.

Elle ferma les yeux.

Pourquoi ? Et pourquoi maintenant ? Tout se passait si bien, jusque-là. Elle avait ouvert un compte d'épargne et mettait de l'argent de côté assez rapidement, dans le but de s'acheter sa propre maison de rêve. Elle pourrait peut-être même avoir sa propre boutique un jour.

Son métier était le métier idéal pour quelqu'un qui était prêt à faire les poussières et les cuivres en échange d'un peu de calme, tout simplement. De plus, elle avait un beau salaire et de nombreux avantages matériels.

Et maintenant elle avait tout gâché.

Elle jeta un coup d'œil à travers la fenêtre, en direction de l'allée bordée de chênes centenaires, pour voir si elle avait seulement imaginé le départ de Sinclair. Hélas, non : sa voiture n'était plus là. Il était retourné à son autre vie et, à n'en pas douter, à toutes les femmes qui l'y attendaient.

Elle prit une profonde inspiration et sortit dans le couloir.

Sa chambre était au rez-de-chaussée, près de la cuisine, et loin des chambres des propriétaires. Comme d'habitude, la maison était vide et silencieuse, mais aujourd'hui la sérénité du lieu avait été troublée.

Le cœur lourd, elle se dirigea vers la quatrième chambre d'amis, rarement utilisée, où Sinclair et elle avaient fait l'amour. Elle ouvrit la porte avec précaution, redoutant ce qu'elle allait trouver derrière le chêne poli. Un gros soupir s'échappa de ses lèvres lorsqu'elle vit le lit défait, les draps froissés, un oreiller négligemment retourné. Son regard se posa ensuite sur les robes empilées dans le fauteuil.

La porte de l'armoire était ouverte. Elle y pendit la robe que Sinclair avait boutonnée sur elle, puis qu'il lui avait enlevée.

Deux coussins décoratifs, ornés de broderies, étaient tombés par terre dans le feu de l'action.

Elle avait laissé libre cours à la passion qui couvait en elle depuis des années. Elle avait rêvé de Sinclair dès qu'elle l'avait rencontré. Quoi de plus normal ? Il était grand, beau et ténébreux, mais c'était aussi un parfait gentleman, délicieusement charmant et traditionnel, un chevalier déguisé en homme du XXIe siècle. Il était toujours poli et plein d'égards, pour elle comme pour ses invités de marque. C'était impossible de ne pas rêver de lui !

Elle ramassa les coussins et les tapota machinalement, puis les posa sur la commode. Elle ne pouvait pas décemment les remettre sur le lit, dont elle devait laver les draps. Elle ne put résister à l'envie de sentir la taie d'oreiller avant de l'enlever. Le parfum chaud et viril de Sinclair imprégnait encore le coton blanc. Les yeux fermés, elle repensa aux moments merveilleux où il l'avait tenue entre ses bras.

Idiote ! Il pensait probablement qu'elle était une fille facile. Apparemment, c'était bien ce qu'elle était : un instant, elle s'amusait à se costumer, et l'instant d'après elle était au lit avec lui. On pouvait difficilement se précipiter davantage.

Affligée, elle secoua la tête et tira d'un coup sec sur l'oreiller pour le retirer de sa taie.

Oserait-elle de nouveau regarder Sinclair en face ?

*
* *

Annie éprouva un profond soulagement le week-end suivant, quand elle constata que Sinclair ne viendrait pas. Elle suivit ses instructions et continua à fouiller dans le grenier. Au bout de deux jours, elle avait trouvé tant d'objets fascinants qu'elle décida d'en dresser un inventaire. Elle n'avait encore rien vu qui ressemblât à un fragment de coupe, mais avait trouvé toutes sortes de choses qui plongeraient sans doute un antiquaire dans le ravissement. Il aurait vraiment été dommage de les laisser moisir pendant encore trois cents ans dans ce grenier.

Cet inventaire lui permettait aussi de se souvenir de tout ce qu'elle avait vu, alors même qu'elle avait l'impression de n'avoir découvert qu'une infime partie des choses entassées le long des murs. Elle ne voulait pas que Sinclair pense qu'elle se relâchait dans son travail sous prétexte qu'elle avait couché avec lui.

Elle fit la grimace en repensant à leur après-midi d'amour. Il ne l'avait pas appelée depuis, mais pourquoi l'aurait-il fait ? Il s'était déjà excusé pour ce qu'il considérait manifestement comme une grossière erreur de jugement. Qu'aurait-il bien pu lui dire de plus ?

En réalité, elle songeait à d'autres choses, mais elle refusait de se bercer d'illusions. Sinclair Drummond n'aurait jamais de sentiments profonds pour elle. En plus d'avoir hérité d'une fortune et de plusieurs propriétés, il avait monté sa propre société de gestion de portefeuilles et gagnait des millions. Elle avait beau avoir lu de nombreux articles sur le sujet, elle ne comprenait pas vraiment de quoi il s'agissait. Il avait un diplôme de l'université de Princeton, et elle avait arrêté ses études après le lycée. Il avait été marié deux fois, et elle n'avait eu aucune relation sérieuse. Ils n'avaient littéralement rien en commun, si ce n'est qu'il leur arrivait de dormir sous le même toit.

Une autre semaine s'écoula sans qu'elle eût aucune nouvelle. Le week-end se profilait de nouveau à l'horizon, et elle se sentait très nerveuse. Viendrait-il ou pas ? De plus, on était vendredi soir, c'était toujours à ce moment-là que les invités arrivaient. La plupart du temps, Sinclair la prévenait à l'avance, mais pas systématiquement. Au cas où, elle veillait à ce que la maison soit toujours étincelante de propreté, à ce que le réfrigérateur soit bien rempli, les lits, faits, et les serviettes de toilette, propres.

Par le passé, elle attendait, anxieuse, derrière la fenêtre, dans l'espoir de voir Sinclair arriver, de préférence sans femme à son bras. Aujourd'hui, elle se rongeait les ongles. Que ferait-elle s'il venait accompagné ? Parviendrait-elle à l'accueillir avec un sourire, comme d'habitude, à lui proposer de s'occuper de ses bagages et de ceux de sa compagne, comme si elle n'avait jamais senti la tiédeur de son souffle au creux de son cou, ses mains sur sa peau nue ?

Quand une voiture arriva dans l'allée, son cœur fit un bond dans sa poitrine. Résistant à l'envie de courir se cacher dans l'office, elle alla jeter un coup d'œil par la fenêtre.

Pourvu qu'il n'y ait pas de femme avec lui ! Elle espérait avoir le temps d'oublier la sensation de ses lèvres sur les siennes avant de le revoir en galante compagnie.

Elle eut un mouvement de recul en voyant une blonde élégante descendre de la voiture, côté passager.

Merci, Sinclair. Peut-être voulait-il lui faire comprendre qu'ils n'avaient aucun avenir ensemble. De toute façon, ses excuses et son départ précipité deux semaines plus tôt l'avaient empêchée de se faire des illusions sur ce point.

Devait-elle aller leur ouvrir ?

Elle avait envie de s'éclipser par la porte de derrière et de s'enfuir.

Tu es professionnelle, tu vas y arriver. Elle se tapota les cheveux et lissa le devant de son chemisier à rayures roses et blanches. S'il était capable de faire comme s'il ne s'était rien passé, elle aussi. Tôt ou tard, ils en parleraient, et en riraient même peut-être. Peut-être aussi qu'ils n'évoqueraient plus jamais ce qui s'était passé.

S'armant de courage, elle alla ouvrir la porte avec un sourire.

— Bonsoir…

— Bonsoir, Annie, répondit-il de sa belle voix grave, qui lui fit l'effet d'un coup de poignard dans le cœur. Vous vous souvenez de ma mère, bien sûr…

Abasourdie, Annie regarda l'élégante dame blonde.

— Je suis ravie de vous revoir, madame Drummond.

Mince et bronzée à longueur d'année, la mère de Sinclair faisait beaucoup plus jeune que son âge. La cinquantaine, elle passait le plus clair de son temps à faire des voyages culturels, et Annie ne l'avait pas vue depuis près d'un an. Seigneur, et dire que, de loin, elle l'avait prise pour une rivale ! Elle devait être bien perturbée.

— Annie, ma chérie ! J'espère que je ne serai pas un fardeau pour toi. Les médecins m'ont dit que j'étais hors de danger et prête à prendre un peu l'air de la mer.

— Fantastique ! s'écria-t-elle avec un enthousiasme sincère.

Elle s'approcha du coffre de la voiture, dont Sinclair sortait déjà leurs bagages, quand la portière arrière s'ouvrit. Elle sursauta, surprise, et vit alors une jeune femme brune, grande et mince, descendre de la voiture. Elle avait son téléphone portable à l'oreille et était en grande conversation.

Annie sentit son cœur se serrer. Alors même qu'elle croyait avoir évité le pire, elle se trouvait face à la nouvelle petite amie de Sinclair.

Elle s'apprêtait à prendre l'un des sacs dans le coffre, mais il l'en empêcha.

— Je m'en occupe, grommela-t-il.

Il prit les bagages et se dirigea vers la porte. Elle referma le coffre sans bruit, douloureusement consciente de la façon dont il avait évité de croiser son regard.

— Madame Drummond, voulez-vous vous installer dans le salon ? Je vais vous apporter une tasse de thé.

Elle regarda de nouveau la jeune femme svelte qui tentait de fermer la portière tout en jonglant avec ses bagages et son téléphone portable. Annie aurait probablement dû l'aider, et avec le sourire, mais elle s'en sentait incapable.

— Annie, ma chérie, je te présente Vicki, dit Mme Drummond.

La jeune femme leva les yeux vers elle et lui adressa un

sourire un peu forcé, reportant presque aussitôt son attention sur sa conversation téléphonique.

Parfait ! Vicki semblait être exactement le genre de femme dont Sinclair n'avait pas besoin : froide et arrogante. Malheureusement, c'était exactement le genre de femme qu'il aimait.

— Bonsoir, Vicki… Je vais prendre vos bagages, dit Annie, se surprenant elle-même.

Finalement, elle avait réussi à faire preuve de courtoisie. Absorbée par sa conversation, Vicki la laissa prendre son gros sac argenté Dolce & Gabbana sans même lui jeter un regard.

Elle réprima un soupir et, avec un sourire poli, se dirigea vers la maison, contente de l'avoir impeccablement tenue. Sinclair avait disparu, probablement dans sa chambre. Le cœur lourd, elle monta avec le sac de Vicki. Celle-ci la suivit, riant gaiement dans son téléphone. En passant dans le couloir, Annie jeta un coup d'œil dans la chambre de Mme Drummond, et vit que Sinclair y avait déjà déposé les bagages de sa mère, comme elle s'y était attendue. Sa chambre à lui était juste à côté. L'espace d'un instant, elle hésita, se demandant si c'était là qu'elle devait mettre le sac de voyage de Vicki.

— Vous n'imaginez tout de même pas que je vais dormir avec Sinclair ? s'écria Vicki, quelques mètres derrière elle.

Annie se retourna. Vicki s'approcha d'elle en riant.

— Mon Dieu, non ! Je crois que même quand nous étions gamins nous ne dormions pas ensemble, mais c'est tellement loin, je n'en suis même plus sûre !

— Vicki peut dormir dans la chambre bleue, dit Mme Drummond.

— Parfait ! Cela conviendra très bien à mon humeur.

Vicki s'arrêta et posa son sac sur sa hanche un moment, donna à Annie le temps d'admirer son pantalon cigarette gris, son débardeur moulant blanc et l'étrange pendentif en argent qui tombait entre ses seins.

Elle cligna des yeux, s'arrachant à sa stupeur.

— Bien sûr.

Vicki n'était donc pas la nouvelle petite amie de Sinclair. Qui était-elle, alors ?

Comme si elle avait lu dans ses pensées, Mme Drummond poursuivit :

— Vicki est une vieille amie de la famille. C'est étonnant que tu ne la connaisses pas, Annie.

— Cela faisait longtemps que je n'avais pas eu le plaisir de venir, dit Vicki, remontant son sac en peau de serpent sous son bras. C'est fou ce que le temps passe vite ! Je suis ravie d'être ici, avec vous.

Elle crut percevoir une pointe d'ironie dans la voix de la jeune femme, et se crispa instantanément. Vicki était-elle là pour profiter de leur hospitalité et se moquer d'eux ? Une chose était sûre : elle ne ressemblait pas aux autres amies de Sinclair, avec leurs coiffures impeccables et leurs twin-sets en cachemire.

— Et nous sommes très heureux que tu sois ici, ma chérie, dit Mme Drummond en l'embrassant chaleureusement.

Elle n'en croyait pas ses yeux. Elle n'avait jamais vu Mme Drummond manifester ainsi son affection pour quelqu'un en public.

— Ce sera comme au bon vieux temps, ajouta-t-elle.

— Mon Dieu, je n'espère pas ! Je n'aime pas vivre dans le passé, dit Vicki en faisant mine de frissonner, mais je suis contente d'être en compagnie de vieux amis.

Vicki tendit le cou et regarda le couloir, devant elle.

— Où est la chambre bleue ? J'ai hâte de prendre une douche !

Annie sursauta, brutalement rappelée à la réalité.

— Je suis désolée. Votre chambre est là-bas… Je vais vous apporter des serviettes propres. Avez-vous besoin de shampoing ou d'après-shampoing ?

— J'ai tout ce qu'il me faut, il ne me manque plus que l'eau…

Vicki la regarda avec un peu trop d'insistance à son goût. Annie sentit son ventre se nouer. Elle avait un mauvais pressentiment. Qui était vraiment Vicki, et pourquoi était-elle ici ?

Pour le dîner, Annie prépara l'un des plats préférés de Katherine Drummond : du saumon grillé avec une sauce aux mûres, accompagné de pommes de terre nouvelles et de haricots verts frais.

— C'est merveilleux ! s'écria Katherine. Sinclair t'a donc prévenue de notre arrivée… Je ne sais jamais s'il va le faire.

Elle regarda son fils avec amour. Annie, occupée à les servir, évita soigneusement de croiser le regard de Sinclair. Elle avait appris à être prête à faire face à n'importe quelle situation, et elle avait vraiment plaisir à faire son travail convenablement. Des bougies éclairaient la pièce d'une douce lueur, et la lumière dorée du crépuscule filtrait à travers les vitres étincelantes. Grâce à ses efforts, la maison était chaleureuse et accueillante.

Elle se pencha au-dessus de l'épaule de Sinclair pour lui servir du vin. Il aurait eu besoin d'aller chez le coiffeur : ses cheveux frôlaient le col de sa chemise.

Elle se troubla en repensant à leur douceur soyeuse sous ses doigts. Une impression étrange la poussa à lever les yeux, et elle s'aperçut que Vicki l'observait avec curiosité. L'avait-elle surprise en train de regarder Sinclair ? Elle s'empressa de reporter son attention sur Katherine pour remplir son verre.

— Ce n'est pas juste pour Annie d'être aux petits soins pour nous alors que c'est elle qui a préparé ce délicieux repas, dit Vicki de sa voix argentine.

Elle tressaillit.

— C'est tout à fait vrai, acquiesça Katherine. Annie, ma chérie, va chercher une assiette et joins-toi à nous ! Après tout, nous sommes en famille, ce soir.

Katherine tendit le bras sur la table et posa sa main sur celle de Vicki. Celle-ci leva légèrement les sourcils, mais elle sourit.

— C'est gentil…

Annie hésita. Elle se sentait humiliée. Elle était contente de leur servir ce repas, mais l'idée de s'asseoir à table avec eux la mettait mal à l'aise. Comment saurait-elle quand se lever pour apporter le plat suivant ? Pouvait-elle se permettre de boire un peu de vin, ou valait-il mieux qu'elle se contente d'eau, pour ne pas risquer d'être étourdie et de faire brûler les soufflés au chocolat ?

— J'ai déjà mangé, merci, prétendit-elle.

— Joins-toi quand même à nous, insista Katherine en lui indiquant la chaise libre, à côté de Sinclair. J'ai hâte de savoir où en sont tes recherches dans le grenier !

Annie tira la chaise, dont les pieds raclèrent le sol bruyamment. Elle s'assit le plus loin possible de Sinclair, qui gardait les yeux rivés sur son saumon. Avait-il seulement jeté un coup d'œil dans sa direction depuis son arrivée ?

Il valait mieux qu'il n'en fasse rien. Elle n'aurait pas supporté qu'il la considère avec dégoût, comme s'il avait peine à croire l'erreur qu'il avait faite en couchant avec elle.

Elle s'arracha à ses sombres pensées et répondit à Katherine.

— J'ai cherché dans un assez grand nombre de boîtes et de vieilles malles, et j'ai fait un inventaire. Voulez-vous que j'aille le chercher ?

Elle aurait fait à peu près n'importe quoi pour se lever.

— Non, pas maintenant... J'en conclus que tu n'as pas encore trouvé le fragment de la coupe ?

Annie secoua la tête.

— J'examine attentivement tout ce que je trouve, pour voir s'il pourrait s'agir de cela, mais pour l'instant je n'ai rien vu de ressemblant. Je présume qu'il n'en existe pas de description ?

Katherine but une gorgée de vin.

— Non... On raconte que la coupe était en argent, et qu'elle n'était pas incrustée de pierres précieuses, mais en fait nous pensons qu'elle était en étain. C'est étrange de penser que quelque chose d'aussi précieux n'ait aucune valeur marchande.

Vicki se laissa aller en arrière sur sa chaise.

— Cela prouve bien des choses sur la nature humaine... Si la coupe avait eu une vraie valeur, quelqu'un l'aurait sûrement fait fondre, ou en aurait retiré les gemmes pour en faire des bijoux. En la rendant sans valeur pour toute personne qui ne fait pas partie de la famille, vos ancêtres ont assuré sa pérennité. Etait-elle contemporaine de l'époque où les frères Drummond ont quitté l'Ecosse ?

— Nous l'ignorons, répondit Katherine.

Elle prit une petite fourchette de haricots verts. Elle mangeait lentement et précautionneusement, comme si elle craignait d'être empoisonnée. C'était sans doute dû à sa maladie, mais cela n'aidait pas Annie à se détendre.

— La coupe pourrait avoir bien plus de trois cents ans si elle était déjà dans la famille avant que les Drummond n'arrivent aux Etats-Unis. Personne ne sait où la légende a pris naissance. Quand je me suis mariée avec Steven... le père de Sinclair, précisa-t-elle en regardant Annie, sa mère était encore en vie, et elle aimait beaucoup nous raconter l'histoire de la famille. Elle se demandait s'il était temps pour nous de se mettre sérieusement en quête de la coupe. Elle n'avait jamais été très heureuse en ménage, et ses fils, y compris mon époux, étaient assez extravagants.

Pendant quelques instants, elle regarda Sinclair d'un air songeur. Il paraissait absorbé par la pomme de terre qu'il était en train de couper.

— Depuis, reprit Katherine, je me suis souvent demandé si trouver la coupe pourrait changer la destinée de notre famille et nous faciliter l'existence.

Elle se pencha vers Vicki et continua sur le ton de la conspiration.

— D'après la légende, la coupe favorise le sort des hommes de la famille, et en tant que femmes nous savons très bien que nous avons tout à y gagner !

Soudain, elle comprit : Katherine avait fait venir Vicki dans l'espoir qu'elle deviendrait un membre de la famille à part entière. En épousant Sinclair.

Son cœur sombra.

— Il y a toutes sortes de choses intéressantes dans le grenier, déclara-t-elle, impatiente de changer de sujet. J'ai trouvé des objets hétéroclites, un cor de chasse, une énorme broche de nacre... C'est ce qui m'a poussée à dresser une liste de toutes mes trouvailles. Ce serait vraiment dommage que des choses aussi extraordinaires restent enfouies dans de vieux coffres.

— Parfois, garder des choses enfouies est une façon de les

préserver, remarqua Katherine, surtout à une époque où tout se vend sur eBay. Bien sûr, j'imagine que Vicki ne sera pas d'accord avec moi…

Vicki rit.

— J'aime l'idée de trouver à chaque objet son propriétaire idéal.

— Vicki est antiquaire, expliqua Katherine.

Vicki haussa les sourcils d'un air lourd de sous-entendus.

— Certains me qualifieraient d'autre chose… Après tout, la valeur est quelque chose de subjectif.

— Je croyais que l'on disait cela de la beauté, dit Sinclair.

C'étaient les premiers mots qu'il prononçait depuis le début du repas. Il y eut un silence.

— N'est-ce pas la même chose ? demanda enfin Vicki en prenant son verre de vin, regardant Sinclair droit dans les yeux.

Annie sentit sa gorge se serrer. Vicki débordait d'assurance. Il n'y avait rien d'étonnant à ce que Sinclair s'intéresse à elle.

— Je vais débarrasser, annonça-t-elle brusquement.

Troublée, elle se leva et commença à rassembler les plats. Elle entendit la voix de Sinclair s'élever alors qu'elle sortait de la pièce pour regagner la cuisine.

— Bien souvent, il n'y a aucun lien entre la valeur et la beauté. Quelques-uns de mes meilleurs investissements ne sont pas des choses belles à regarder.

— Eh bien, cela signifie que les choses auxquelles tu accordes le plus de valeur sont vilaines et ennuyeuses.

Annie eut envie de rentrer sous terre, comme si la remarque de Vicki était une façon de reprocher à Sinclair son intérêt pour elle. Cependant, il ne s'intéressait pas particulièrement à elle, il l'ignorait complètement depuis qu'il était arrivé et lui avait dit bonsoir sans enthousiasme.

— J'accorde surtout de la valeur aux choses utiles.

— Qu'allons-nous faire de votre fils ?

Annie mit le reste des pommes de terre dans une boîte en plastique pour son propre dîner, suivant malgré elle la conversation depuis la cuisine.

— Dieu sait que j'ai essayé de le dégeler au fil des ans, mais en vain ! Je crains que la coupe soit notre seul espoir…

Les rires de Katherine et de Vicki lui serrèrent le cœur. De toute évidence, elle n'avait pas sa place au sein du petit groupe.

Elle retourna discrètement dans la salle à manger pour finir de débarrasser la table. On parlait maintenant d'une réception à venir. L'espace d'un instant, elle se sentit comme Cendrillon, condamnée à aider tout le monde à se préparer pour un bal auquel elle n'était pas invitée.

Elle prit l'assiette de petits pains, à laquelle personne n'avait touché, et ne put s'empêcher de jeter un bref coup d'œil à Sinclair. Leurs regards se croisèrent, mais il reporta presque aussitôt son attention sur sa mère.

— Je vais faire de la voile, demain, dit-il. Je serai parti toute la journée.

— Vicki et moi en profiterons pour faire quelques recherches dans le grenier, répondit Katherine.

Les mains d'Annie se mirent à trembler. Etait-elle évincée ? Devait-elle comprendre qu'elle n'était plus censée chercher le fragment de la coupe ? Profondément déçue, elle s'aperçut qu'elle avait pris l'habitude d'aller au grenier et qu'elle se sentait bien au milieu des trésors abandonnés qu'il recelait.

C'était ridicule, bien sûr. Aucun de ces objets ne lui appartenait ni ne lui appartiendrait jamais. La robe bleue qu'elle avait essayée était pendue dans l'armoire de l'une des chambres d'amis, à quelques dizaines de mètres seulement de l'endroit où elle se trouvait maintenant. Pendant un court moment, il lui avait semblé qu'elle était faite pour la porter, que la robe était à elle, mais rétrospectivement elle se rendait compte que c'était elle qui avait appartenu à la robe, et que la porter l'avait, l'espace d'un instant, métamorphosée en une autre femme. Il valait peut-être mieux qu'elle ne s'approche pas trop de toutes ces étranges antiquités aux pouvoirs magiques.

Elle emporta les assiettes dans la cuisine, les rinça et les mit dans le lave-vaisselle. Elle espérait entendre la voix de Sinclair, mais seules celles de Katherine et de Vicki lui parvenaient.

Il ne s'intéresse pas à toi. Il s'est laissé aller dans un moment d'égarement, voilà tout.

— Annie...

Elle sursauta. Elle fit volte-face et le vit, dans l'embrasure de la porte. Sinclair était là.

— Il faut qu'on parle.

— Oui, répondit-elle, la gorge serrée.

Il fronça les sourcils, visiblement nerveux.

— Demain... A un moment où nous serons seuls.

Elle hocha la tête, le cœur battant la chamade. Il se retourna et s'en alla, les épaules légèrement voûtées.

Il avait été tellement taciturne, ce soir, participant à peine à la conversation... Pensait-il à elle ?

Oh! arrête de te faire des illusions. Pour s'arracher à sa rêverie, elle mit les couverts dans le lave-vaisselle. Depuis son arrivée, elle avait l'impression qu'il allait simplement faire comme s'il ne s'était rien passé. Deux semaines s'étaient écoulées depuis qu'ils avaient fait l'amour, et il n'avait pas cherché à la contacter. Elle avait fini par se dire qu'elle avait tout imaginé.

Pourtant, maintenant, il voulait la voir en tête à tête pour lui parler. Son cœur continuait de marteler sa poitrine. Dans le pire des cas, il avait l'intention de la renvoyer.

Dans le meilleur des cas, en revanche... Elle se mordit la lèvre inférieure.

Soudain, elle entendit la voix de Katherine derrière elle.

Il fallait qu'elle revienne à la réalité, et tout de suite.

— Annie, ma chérie, peux-tu nous apporter une autre bouteille de chablis, s'il te plaît ?

Elle s'essuya les mains sur un torchon et se dirigea aussitôt vers la cave.

Sinclair et elle appartenaient à deux mondes bien différents.

- 3 -

Sinclair prenait généralement du pain grillé et du café pour le petit déjeuner, mais Annie ne savait jamais ce que les invités souhaiteraient manger. Elle se dirigea donc vers la cuisine pour préparer une omelette et du porridge. Sinclair descendrait-il le premier, auraient-ils alors leur conversation en tête à tête avant le réveil de sa mère et de Vicki ?

Mais, à son grand désarroi, Vicki fut la première à se lever. Elle arriva en bâillant, ses cheveux bruns, lisses et brillants, attachés en une torsade souple mais élégante. Elle portait un pantalon de toile et un T-shirt court.

— Bonjour, Annie ! Allez-vous me demander si je veux manger quelque chose ?

Elle parvint à sourire aimablement. Elle avait l'habitude des invités exigeants.

— Exactement... Que puis-je vous servir ?

— Avez-vous du pamplemousse ?

— J'ai fait une salade de fruits avec du melon, du raisin, et de l'ananas, mais nous n'avons pas de pamplemousse. Voulez-vous que j'aille en acheter ?

A en juger par sa minceur, Vicki se nourrissait sans doute essentiellement de pamplemousses.

— Mon Dieu, non ! Votre salade de fruits doit être délicieuse. J'adorerais l'accompagner d'œufs brouillés et de bacon, si c'était possible... Avez-vous vu Sinclair ?

— Pas encore...

— Il s'est probablement éclipsé de bonne heure pour nous éviter, dit Vicki avec un sourire de conspiratrice. Il n'est pas très sociable, hein ?

A ses yeux, Sinclair était au contraire très sociable. Mais, bien sûr, mieux valait ne pas lui dire pourquoi.

— Voulez-vous votre bacon croustillant ?

— Oui, ce serait parfait !

Vicki prit le *New York Times* posé sur le plan de travail et se dirigea vers la salle à manger d'un pas nonchalant. Les gens comme elle donnaient des ordres tout naturellement. Ils y avaient été habitués dès leur plus jeune âge. Cela faisait partie du travail d'Annie de s'exécuter sans un moment d'hésitation, quoi que l'on puisse lui demander.

Par chance, le réfrigérateur était bien rempli, et elle avait donc tout ce qu'il fallait sous la main. Les tranches de bacon grésillaient dans une poêle et les œufs cuisaient doucement quand la porte de la cuisine s'ouvrit brusquement.

Elle sursauta, s'attendant à voir apparaître Sinclair.

C'était Vicki. Annie vit un sourire se dessiner sur ses lèvres.

— Eh bien ! Vous semblez nerveuse. Vous attendiez quelqu'un d'autre ?

— Non.

Elle avait répondu trop vite, elle s'en rendait bien compte. Elle mit le bacon et les œufs brouillés sur une assiette, espérant que Vicki attribuerait la rougeur de ses joues à la chaleur qui s'élevait de la cuisinière.

Dans l'embrasure de la porte, Vicki continuait de l'observer.

— Sinclair est un homme énigmatique.

Elle avait envie de la contredire. Et puis, pourquoi disait-elle une chose pareille ? Mais Vicki lui tendait un piège, elle en était certaine, et elle ne voulait pas tomber dedans.

— Voulez-vous que je vous serve le petit déjeuner dans la salle à manger ?

— Je m'en charge !

Vicki lui prit l'assiette et les couverts des mains avec un grand sourire. Annie poussa un profond soupir quand la porte de la cuisine se referma enfin derrière elle. Qu'avait-elle voulu dire, au juste, par sa remarque sur Sinclair ?

Elle écarta une mèche de cheveux de son front moite, espérant n'avoir trahi aucune émotion.

Vers 10 heures, Annie s'affairait dans la cuisine lorsque Katherine l'y rejoignit.

— Mon fils nous a-t-il déjà abandonnées ?

— Je n'en suis pas sûre, répondit-elle en lui servant un verre de jus de fruits.

Comment Sinclair avait-il fait pour sortir sans être vu ? Elle s'était levée aux premières lueurs de l'aube. Il devait être bien décidé à l'éviter. Cela ne présageait rien de bon pour la conversation qu'ils allaient avoir.

— J'ai hâte de monter au grenier, dit Katherine, mais je vais devoir me ménager. Les médecins m'ont dit que je n'avais pas le droit de rester debout plus d'une demi-heure d'affilée.

Elle lui sourit pour lui témoigner sa sympathie.

— Je vois mal comment l'on peut accomplir quoi que ce soit en étant obligé de s'asseoir toutes les trente minutes, mais j'ai promis à Sinclair de suivre leurs instructions scrupuleusement.

— Comment vous sentez-vous, madame Drummond ?

— Faible ! répondit Katherine avec un petit rire. Je me fatigue facilement. Je suis censée manger toutes sortes de choses énergétiques pour reprendre des forces, mais je n'ai pas d'appétit. Je vais peut-être essayer l'acupuncture... L'une de mes amies m'en a dit beaucoup de bien.

— Ma sœur a essayé de s'arrêter de fumer grâce à l'acupuncture, mais cela n'a pas marché. C'est sa faute, cela dit, pas celle de l'acupuncteur... Je crois qu'elle était plus acharnée à prouver que la méthode ne fonctionnait pas qu'à arrêter de fumer !

Le sourire chaleureux de Katherine illumina son visage.

— Je suis bien décidée à aller mieux. J'ai tant de choses à vivre ! Je veux absolument connaître mes petits-enfants.

Annie resserra la main sur l'anse de la carafe pour dissimuler son tremblement. Sinclair était fils unique. De toute évidence, le rêve le plus cher de sa mère reposait donc sur son prochain mariage.

Perspective qui la plongeait dans le désarroi le plus profond.

— Je comprends, dit-elle avec un fil de voix.

Katherine haussa les sourcils.

— Et toi, Annie ? Y a-t-il quelqu'un dans ta vie ?

Elle s'immobilisa. Et si Katherine soupçonnait qu'il y avait quelque chose entre Sinclair et elle ?

— Tu sembles mener une vie si tranquille ici... Je crains que nous t'ayons coupée du monde et que tu souffres de cet isolement. Tu pourrais peut-être t'inscrire sur un site de rencontres ?

Son cœur se serra. Apparemment, Katherine n'avait même pas imaginé un seul instant qu'il pût y avoir quelque chose entre elle et son fils.

— Je suis heureuse comme ça. Un jour, mon prince viendra !

Elle se força à sourire, espérant avoir l'air convaincant.

— De nos jours, cela ne paie pas d'attendre le prince charmant... Il vaut mieux partir à sa recherche avant qu'une autre s'en empare !

Deux autres femmes se sont déjà « emparées » de Sinclair, et il est toujours disponible. Elle retint un soupir.

— Je n'ai pas le temps de sortir. De toute façon, j'ai l'intention de prendre des cours du soir à l'université.

— C'est vrai ? dit Katherine, les yeux écarquillés.

Elle regretta aussitôt ses paroles. Son projet n'était qu'à moitié formé dans son esprit, et déjà Mme Drummond, son employeur, allait s'inquiéter qu'elle se relâche dans son travail. Pourquoi avait-elle abordé le sujet ? Avait-elle peur de passer pour une vieille fille vouée à faire briller des cuivres toute sa vie ?

— Ce ne sera pas très prenant. J'envisage simplement de prendre quelques cours de commerce.

Elle haussa les épaules d'un air contrit. Il valait mieux qu'elle ne parle pas à Katherine de son rêve d'ouvrir un jour sa propre boutique.

— C'est une excellente idée, Annie ! Si je peux faire quoi que ce soit pour t'aider, n'hésite pas à me le dire. Je suis sûre que Sinclair va être très content pour toi.

Elle doutait fort de l'intérêt de Sinclair pour la question, mais il serait sans doute content d'apprendre qu'elle essayait d'élargir ses horizons professionnels : il n'apprécierait certainement pas de l'avoir dans sa maison pendant encore des années après leur… incartade.

— Merci, répondit-elle simplement. Puis-je vous apporter un peu de pain grillé ?

— Non, merci. J'aimerais monter au grenier, maintenant, si tu es prête.

Elles passèrent une bonne partie de la journée à fouiller dans des boîtes et des coffres pleins de vieilles choses. A mesure que les heures passaient, il faisait de plus en plus chaud. Vicki était étonnamment silencieuse, examinant chaque objet minutieusement. Elles trouvèrent plusieurs pièces datant du XVIIIe siècle, et une boîte soigneusement emballée contenant deux vases chinois, mais en dehors de cela aucun objet de valeur.

En fin d'après-midi, elles interrompirent leurs recherches.

— Je crois qu'il est temps que nous allions boire un verre de thé glacé, dit Katherine en se levant de la chaise pliante qu'Annie lui avait montée.

— Allez-y, je vous rejoins dans une minute, répondit Vicki, penchée au-dessus d'une grande malle noire.

Katherine s'éventa avec la main, d'un geste gracieux.

— Il y a quelque chose d'intéressant là-dedans ?

— Je n'en suis pas encore sûre… Je vous le dirai si je trouve quelque chose de bien.

— Allons-y, Annie.

Annie jeta un dernier regard à Vicki. Son instinct lui dictait de ne pas la laisser seule au milieu des trésors familiaux.

— Peux-tu m'aider à descendre l'escalier, Annie ?

Forcée d'aider Katherine, elle quitta le grenier à contrecœur. Elle passa l'heure qui suivit à faire des scones et à les tartiner de confiture et de crème.

Katherine s'assoupissait dans un fauteuil, et Vicki, enfin descendue du grenier, lisait des messages sur son portable, quand Annie entendit le ronron d'un moteur et vit la voiture de Sinclair s'engager dans l'allée.

Son cœur fit un bond dans sa poitrine. Elle se hâta de

retourner dans la cuisine pour ne pas le voir embrasser Vicki. S'il voulait lui parler, il saurait où la trouver.

Elle ne put s'empêcher de regarder son reflet dans le miroir en passant et de se recoiffer rapidement. Elle regretta aussitôt l'inutilité de son geste. Comment pouvait-elle seulement imaginer que Sinclair s'intéresse vraiment à elle ?

A la fois soulagée et déçue, elle tressaillit en entendant les pas de Sinclair dans l'escalier. Il montait ! De toute évidence, il n'avait pas spécialement hâte de la voir. Elle aurait pu frapper à la porte de sa chambre sous prétexte de lui apporter des serviettes de toilette propres ou prendre son linge sale. D'ailleurs, c'était sans doute ce qu'elle aurait fait tout naturellement en temps normal.

Hélas, plus rien ne serait normal.

Elle entendit d'autres pas, plus légers, probablement ceux de Vicki, montant à son tour. Peut-être allait-elle se jeter au cou de Sinclair et lui demander de lui raconter sa journée en mer.

Elle s'en voulut d'avoir une telle pensée. Elle n'aurait pas dû se soucier des agissements de Vicki, elle n'avait pas le droit d'être possessive vis-à-vis de Sinclair. Elle n'avait pas envie d'éprouver ce qu'elle éprouvait. Elle n'aurait jamais dû le laisser l'embrasser. Si seulement elle pouvait revenir en arrière et changer le cours des choses !

Plus tard, cet après-midi-là, Annie entendit la voix de Vicki s'élever dans le couloir, à l'étage.

— C'est l'un des meilleurs portraitistes qui soient, mais si tu es sûr de toi… Katherine, Sin n'a pas envie de venir avec nous !

— Je me tue à lui dire qu'il devrait s'intéresser davantage à l'art d'une manière générale, mais il refuse de m'écouter. A quelle heure devons-nous y aller ?

Alors qu'elles se préparaient à se rendre à un vernissage, Annie les écouta planifier leur sortie et calcula le temps que Sinclair et elle avaient pour rester seuls. Ils allaient enfin pouvoir discuter !

Elle prépara le dîner pendant que Katherine et Vicki se

faisaient belles. Comme d'habitude, la mère de Sinclair était très élégante. Ses cheveux blonds encadraient joliment son visage, et elle portait un tailleur-pantalon impeccable, et un collier de jade. Vicki, quant à elle, avait l'air d'une déesse. Cette allure donnait l'impression d'être naturelle, mais devait en fait être savamment étudiée. Sa robe blanche, diaphane, mettait en valeur sa silhouette élancée et la finesse de ses jambes.

Elle résista à l'envie de baisser les yeux sur sa propre tenue. Comme si elle était en compétition avec l'une ou l'autre de ces femmes ! Elle ne jouait pas dans la même cour qu'elles, et personne ne s'attendait à ce que ce soit le cas.

Alors pourquoi ses vêtements classiques lui paraissaient soudain démodés et sans chic ?

Dès qu'elles furent parties, elle se réfugia dans la cuisine. Sinclair ne tarda pas à l'y rejoindre.

— Je ne vous ai pas entendu venir, bredouilla-t-elle en le voyant.

Qu'il était beau ! Il se tenait dans l'embrasure de la porte, l'air grave. La vieille cuisine du XVIIIe siècle avait été rénovée et était équipée de tous les appareils les plus sophistiqués, mais les proportions de la pièce étaient restées les mêmes, le plafond était bas, et Sinclair n'en paraissait que plus grand et imposant.

Ses cheveux mouillés étaient lissés en arrière, mais une mèche noire lui tombait sur le front. Il portait un polo gris et un pantalon en toile un peu usé. Il était pieds nus, et cela la troubla. Comment pouvait-il être aussi séduisant et élégant dans une tenue aussi décontractée ?

— Ecoutez, Annie…

Comme si j'avais le choix !

— A propos de l'autre jour, continua-t-il, les sourcils froncés, je ne sais comment expliquer…

— Moi non plus, dit-elle. C'était très inattendu.

Il sembla soulagé. Pour une raison ou pour une autre, cela la blessa. Elle se consola en se disant qu'au moins il n'essayait pas de faire comme s'il ne s'était rien passé.

— Je crois que nous devrions tous les deux oublier ce qui s'est passé.

Frappée par l'ironie du contraste entre ce qu'il disait et ce qu'elle avait justement en tête, elle s'empressa de répondre pour sauver la face.

— Bien sûr !

Il aurait pu en rester là, tourner les talons, satisfait d'avoir mis les choses au clair, mais il ne bougea pas.

— Vous êtes vraiment gentille, Annie…

Oh ! non… Il allait lui faire le discours habituel : « Ne sois pas blessée, ce n'est pas parce que tu ne m'intéresses pas que tu n'intéresseras personne. » Elle aurait voulu s'enfuir en courant pour ne pas avoir à endurer sa pitié et sa condescendance.

— Vous aussi, vous êtes gentil.

Bravo, Annie… Quelle réponse de gamine ! Tu aurais mieux fait de te taire. Ce n'était pas étonnant qu'il ne s'intéresse pas à elle.

— Pas vraiment…

Il se passa une main sur le torse machinalement, et ses muscles se dessinèrent sous son polo. Les jambes en coton, elle détourna le regard. Blottie contre lui, elle avait posé la joue contre ce torse. Maintenant, il regardait dans le vague avec une expression douloureuse. Il pensait sans doute à ses ex-femmes. La seconde avait dit à la presse toutes sortes de choses déplaisantes à son sujet quand elle s'était rendu compte qu'elle n'était pas restée mariée avec lui assez longtemps pour avoir droit à une pension alimentaire.

— Je sais que vous ne vouliez pas… faire ça.

Elle ne parvenait même pas à mettre des mots sur ce qui s'était passé. Sinclair et elle n'avaient pas « fait l'amour » ou même « couché ensemble ». Ils avaient eu un rapport sexuel, purement et simplement. Ce n'était pas compliqué, mais elle ne pouvait se résoudre à le dire.

— Je sais que vous n'aviez pas prévu ce qui s'est passé, et que vous regrettez que cela se soit produit, reprit-elle, la gorge serrée.

Ce qui avait été l'heure la plus merveilleuse de sa vie n'était pour lui qu'un incident embarrassant. Voilà qui réglait tout.

— Exactement.

La réponse de Sinclair lui fit l'effet d'un coup de poing dans le ventre. Leurs ébats n'avaient eu aucun sens, pour lui ; pourquoi ne pouvait-elle s'empêcher d'espérer le contraire ? C'était pathétique.

— Je ne m'explique pas ce qui s'est passé, moi non plus…

Ce qui s'est passé, c'est que je vous aime secrètement depuis bien trop longtemps !

— … mais je n'essaierai plus jamais cette robe, conclut-elle avec un sourire tremblant.

Il sourit et une fossette se creusa dans sa joue.

— Vous étiez superbe, Annie.

Son cœur se mit à battre la chamade malgré elle : non seulement il l'avait appelée par son prénom, ce qui la troublait toujours, mais en plus il lui avait fait un compliment.

— Oh ! je crois que c'est la robe qui était superbe ! Elles sont toutes absolument magnifiques… Je ne les ai pas regardées depuis que je les ai pendues dans l'armoire, mais j'ai eu l'impression qu'elles n'avaient jamais été portées.

— Eh bien, en tout cas, la bleue a été portée, maintenant…

— Bien peu de temps !

Elle soupira. Etre si proche de lui la perturbait sérieusement. Elle sentait le parfum de son savon sur sa peau, voyait les petites rides d'expression aux coins de ses yeux.

— Si ces vêtements n'ont jamais été portés et qu'ils se sont retrouvés dans une malle au grenier, c'est peut-être pour une bonne raison.

Il haussa un sourcil interrogateur.

— Une malédiction ?

Un pétillement malicieux brillait dans ses yeux. Il ne croyait pas aux légendes qui plaisaient tant à sa mère, elle le voyait bien. Elle joua le jeu.

— Un sortilège, peut-être, transformant même une femme raisonnable en dévergondée.

— C'était un sortilège très puissant…

Il plongea ses yeux dans les siens et la regarda si intensément qu'elle en eut le souffle coupé.

— Je ne sous-entendais pas que vous étiez une dévergondée, bien sûr, mais…

— J'ai bien compris ce que vous vouliez dire, dit-elle.

S'il avait su ! Le moindre contact, même accidentel, aurait bel et bien pu faire d'elle une dévergondée de la pire espèce.

Etait-ce le fruit de son imagination, ou venait-il de la regarder avec une lueur de désir dans les yeux, à la dérobée ? Elle l'aurait juré !

Cependant, elle n'en était pas tout à fait sûre. Peut-être se demandait-il au contraire comment il avait fait pour se retrouver dans une situation aussi délicate. Il n'était vraiment pas du genre à risquer d'avoir des problèmes judiciaires en batifolant avec une employée. Toute l'affaire était franchement bizarre.

Et inoubliable.

Parfait ! Elle allait passer le restant de ses jours à comparer tous les hommes à Sinclair Drummond.

Il alla prendre un verre dans l'un des placards. Elle aurait dû lui demander s'il voulait quelque chose, mais maintenant c'était trop tard. Il tendit le bras, et elle vit son biceps se contracter sous la manche courte de son polo, qui se souleva sur la taille de son pantalon, juste assez pour lui rappeler le moment où elle avait glissé les doigts sous sa ceinture.

Elle se détourna et fit mine de se diriger vers le réfrigérateur, s'arrachant à ses coupables pensées.

— Voulez-vous un thé glacé ? lui demanda-t-elle d'un ton faussement dégagé.

— Non, merci, Annie… Je vais prendre un verre d'eau.

Elle devait chercher un autre travail. La situation était bien trop gênante. Comment pouvait-elle être au service d'un homme dont elle revoyait le corps puissant tout contre le sien ?

Elle ne trouverait jamais un travail aussi bien payé, qui lui permettrait de vivre dans une maison aussi belle, tout près de la mer, et d'être son propre patron la plus grande partie du temps. Ce travail lui avait permis de mettre de l'argent de côté, et elle allait bientôt réaliser son rêve en prenant des cours à l'université. Si elle démissionnait maintenant, elle serait probablement obligée de puiser dans ses économies, et tous ses projets s'écrouleraient.

Il buvait son verre d'eau, et elle restait silencieuse. C'était vraiment curieux d'être dans la même pièce que lui sans qu'ils discutent. Pourtant, cela n'aurait rien eu de curieux un peu plus de deux semaines plus tôt : il n'était pas particulièrement bavard, et elle non plus.

Elle n'éprouvait jamais le besoin de meubler le silence. Elle aimait écouter les bruits autour d'elle, ou laisser ses pensées vagabonder. Bien sûr, il était peut-être silencieux pour des raisons complètement différentes des siennes.

— Maman veut passer le reste de l'été ici, dit-il enfin, les sourcils légèrement froncés, et je crois aussi que c'est ce qu'elle a de mieux à faire pour se rétablir. L'air de la mer lui fera du bien, et elle peut se reposer sur vous pour la plupart des choses.

— Bien sûr, très bonne idée !

Elle se sentait soudain profondément découragée. Elle aimait beaucoup Katherine Drummond, mais dans l'immédiat elle avait besoin d'être seule pour panser ses blessures. La perspective de se tenir disponible à longueur de journée lui était insupportable. Peut-être était-ce pour Sinclair une façon de lui dire : « Ne démissionnez pas avant la fin de l'été, ma mère est souffrante, elle a besoin de vous. »

— Vicki sera là pour lui tenir compagnie, alors vous ne serez pas obligée de vous occuper d'elle tout le temps.

Annie eut un geste maladroit et renversa le sucrier. La situation pouvait-elle encore empirer ? De toute évidence, il savait bien que ces nouvelles étaient désagréables.

Il se passa une main dans les cheveux machinalement, les ébouriffant un peu.

— Maman m'a convaincu de travailler d'ici pendant quelques semaines. Elle trouve que je travaille trop.

Il soutint son regard.

— Excellente nouvelle.

Elle-même s'aperçut que ces mots semblaient vides de sens, car elle ne les prononçait pas avec sincérité.

— Nous sommes tous les deux des adultes raisonnables, dit-il, ses yeux noirs plongés dans les siens. Je suis sûr que nous arriverons à ne pas nous arrêter à ce qui s'est passé.

Essayait-il de l'en persuader ?

Elle ne voulait pas qu'il sache à quel point ce qu'ils avaient partagé avait été important pour elle. Maintenant, le simple fait de le regarder lui était douloureux. Même son air las, son regard sombre ajoutaient à son charme.

— Bien sûr, répondit-elle. Je serai la discrétion même.

Il fronça les sourcils.

— Je savais que je pouvais compter sur vous, Annie.

Cette fois encore, elle se troubla en entendant son prénom franchir ses lèvres. Cela lui rappelait le moment où il l'avait prononcé dans un souffle, avec passion. Pour elle, dire son prénom avait quelque chose d'intime. Elle n'aurait jamais pu l'appeler Sinclair aussi souvent et avec un tel détachement.

Tout le problème était là. Ils étaient trop différents l'un de l'autre, venaient de milieux complètement différents. Au XXIe siècle, cela n'aurait pas dû avoir d'importance, mais hélas c'était bel et bien le cas. Elle aurait peut-être pu faire des études et une belle carrière, comme lui, si elle en avait eu l'occasion, devenir une femme d'affaires et le côtoyer dans les salles de conférences de New York, mais ce n'était pas comme cela que les choses avaient tourné. Elle était destinée à être sa gouvernante.

Elle aurait voulu qu'il s'en aille, maintenant. La situation était bien trop gênante. Il continuait à la regarder fixement.

Malheureusement, c'était sa cuisine à lui et elle était son employée, il pouvait donc rester là à la regarder avec pitié toute la journée si cela lui chantait. Elle ne pouvait même plus chercher un autre poste : elle pouvait difficilement abandonner la mère de Sinclair alors qu'elle était en convalescence.

— Je vais faire une promenade, dit-il.

Cependant, il ne bougea pas.

— D'accord.

Comme si mon opinion importait !

Il hésita encore, les sourcils froncés, et posa une fois de

plus sur elle son regard pénétrant. Enfin, il tourna les talons et sortit de la pièce.

Elle s'appuya au plan de travail tandis que le son de ses pas résonnait dans le couloir. Comment allait-elle survivre à cet été ? Le pire, c'était qu'elle sentait confusément qu'il taisait quelque chose. Elle le devinait à sa façon étrange et troublante de la regarder. On aurait dit que la folie qui s'était emparée d'eux deux semaines plus tôt couvait encore en lui.

Cependant, c'était sans importance, puisqu'il avait l'intention d'oublier l'après-midi magique qu'ils avaient partagée. Elle serait bien obligée de faire face, un jour après l'autre, en commençant ce soir, au dîner.

Soudain, elle eut envie de pleurer.

- 4 -

Sinclair resta dans sa chambre le plus longtemps possible, à lire le rapport d'un de ses employés sur une compagnie uruguayenne. Il préférait travailler que se « détendre » avec sa mère, qui organisait des choses pour lui à longueur de journée. Le programme du jour comprenait une partie de croquet, à laquelle il était censé participer, même s'il aurait préféré rester un peu tout seul. Si sa mère n'avait pas été si gravement malade récemment, il aurait sans doute refusé de céder à tous ses caprices.

Il poussa un profond soupir, ferma son ordinateur portable et se leva.

— Sinclair, c'est toi ?

La voix de sa mère lui parvint depuis le couloir. Ecoutait-elle à la porte dans l'espoir d'entendre un signe de vie ?

Il secoua la tête, dépité. Elle avait probablement invité une petite dizaine de jeunes femmes séduisantes et célibataires, qui se battraient pour gagner son cœur.

Il soupira.

— J'arrive dans une minute…

— Tant mieux, mon chéri ! Tout le monde est là.

Il jeta un coup d'œil par la fenêtre et aperçut au moins quinze des habitantes les plus en vue de Dog Harbor. Elles étaient rassemblées dans le jardin, un verre à la main, leurs talons hauts s'enfonçant dans la pelouse.

Comment allait-il pouvoir supporter tout cela ? Les réceptions de sa mère auraient presque pu rendre intéressants les dossiers les plus ennuyeux sur lesquels il travaillait.

Annie serait là. Elle ne jouerait pas au croquet, ne battrait pas des cils bêtement, elle servirait du thé glacé et des petits sandwichs. Il la chercha du regard, mais ne la vit pas. Troublé par la déception que cela lui inspira, il s'écarta de la fenêtre et, tout en se dirigeant vers la porte de sa chambre, remit sa chemise dans son pantalon et se passa une main dans les cheveux pour les lisser.

Après tout, la présence de toutes ces personnes lui changerait peut-être un peu les idées.

Si ce n'était pas le cas, cela signifiait qu'il perdait la tête pour de bon. Le désir était une malédiction pour l'humanité ou, du moins, pour les hommes. L'abstinence ne leur réussissait pas. Quand ils étaient seuls, ils finissaient toujours par faire quelque chose d'insensé.

Hélas, il n'était apparemment pas capable d'avoir une relation normale avec une femme. Ses deux mariages ratés en étaient la preuve.

Il descendit l'escalier et sortit dans le jardin. En le voyant arriver, plusieurs personnes s'adressèrent à lui en même temps :

— C'est un plaisir de te revoir, Sinclair…

— Cela fait si longtemps !

On l'embrassa chaleureusement, et il fut contraint d'échanger des civilités et de répondre à des questions oiseuses.

— Voulez-vous un verre de vin blanc ? demanda la voix douce d'Annie, derrière lui.

Il se retourna.

— Je me contenterais de thé glacé, merci…

Ces mots lui semblaient tellement inadéquats, tellement ridicules, après ce qui s'était passé entre eux ! Il eut un pincement au cœur en la regardant s'éloigner pour aller lui chercher à boire. C'était une femme adorable, et il lui avait rendu les choses difficiles. Elle méritait d'être traitée avec respect, pas d'être la proie d'un homme incapable de maîtriser ses instincts.

— A toi l'honneur, Sinclair !

Sa mère, qu'il n'avait pas vue aussi rayonnante et heureuse depuis longtemps, lui mit un maillet dans les mains. Elle adorait recevoir et était dans son élément. Bien sûr, elle n'était pas une vraie Drummond, elle n'avait donc pas le côté solitaire qui l'agaçait tant, chez lui ou chez son père.

Annie réapparut avec son verre de thé glacé. Son regard se posa sur le maillet.

— Oh ! vous allez commencer à jouer… Je ferais peut-être mieux de vous le garder pour plus tard.

Ses cils étaient blonds, plus foncés à la base. Elle hésita, le verre à la main. Il repensa au corps voluptueux qui se cachait sous ses vêtements amples, et une vague de désir le submergea aussitôt.

— Je vais le boire maintenant, merci.

Il lui prit le verre des mains, un peu trop brusquement, craignant de trahir les coupables pensées qui lui traversaient l'esprit.

Une jeune femme brune, qu'il avait aperçue au yacht club, choisit ce moment pour l'aborder, et, hélas, Annie s'éclipsa.

— Cela faisait une éternité que nous ne t'avions pas vu, Sinclair… Si ta famille n'était pas propriétaire du domaine depuis toujours, dit-elle avec un sourire, j'aurais imaginé que tu cherchais à vendre !

— Je ne pourrais pas, nos ancêtres viendraient me hanter.

Sa mère se rua sur eux.

— Nous formons des équipes. Sinclair, pourquoi ne te mettrais-tu pas avec Lally ?

Elle indiqua la jeune femme brune, qui murmura que ce serait un plaisir de faire équipe avec lui. Il se sentit soudain profondément accablé. Pourquoi ne le laissait-on pas tranquille ? Maintenant, Lally serait blessée s'il ne flirtait pas avec elle, ou s'il ne l'invitait pas à sortir, ou s'il l'invitait uniquement parce qu'il se sentait obligé de le faire, ou s'il refusait de coucher avec elle.

A cette pensée, il eut un mouvement de recul.

— Bonne idée, répondit-il en se forçant. Veux-tu commencer ?

Il tendit le maillet à sa partenaire, qui lui donna son verre à tenir en échange. Apparemment, elle buvait le légendaire Long Island Iced Tea d'Annie, un mélange de tequila, de gin, de vodka, de rhum blanc, de triple sec, avec un peu de cola pour donner au tout de la couleur. C'était un cocktail sucré, à la douceur trompeuse, un mélange fatal. Il songea à le boire d'un seul trait, mais se retint.

— Oh ! non ! Il nous manque un joueur, s'écria sa mère en courant çà et là pour compter les invités. Philip s'est décommandé à la dernière minute, il a une rage de dents.

Quel veinard, ce Philip ! Il avait sans doute mieux à faire qu'une partie de croquet avec une horde de jeunes femmes célibataires en quête d'un mari.

— Comment vont les affaires ? demanda Lally, s'efforçant de paraître intéressée.

Il lui fit la réponse standard, qu'il faisait chaque fois qu'on lui posait cette question, tandis que ses pensées vagabondaient. Qu'est-ce qui pouvait bien expliquer que sa mère voie en cette jeune femme une troisième épouse potentielle ?

Elle était jolie, avait entre vingt et vingt-cinq ans, et était mince comme un fil. Personnellement, il préférait les femmes qui avaient des formes, mais c'était apparemment passé de mode. Elle avait les dents très blanches et un sourire immense.

— Ouah, c'est génial ! Cela doit être merveilleux de savoir jongler comme ça avec les chiffres…

Sa mère se tourna vers lui.

— Chéri, sais-tu où est passée Annie ? Nous avons besoin d'elle pour former la dernière équipe.

Il se crispa.

— Elle ne doit pas être bien loin.

Elle s'était probablement réfugiée à l'intérieur pour échapper à cette corvée. Il comprenait qu'elle n'ait pas envie de jouer au croquet.

— Elle est sûrement occupée.

— Mais non, voyons ! Tout a été préparé à l'avance, et les gens peuvent très bien se servir eux-mêmes à boire. Je vais la chercher !

Nerveux, il reporta son attention sur Lally. Elle se tenait si près de lui que son parfum capiteux le faisait suffoquer. Il résista à la tentation de faire un pas en arrière.

— Que fais-tu dans la vie ? demanda-t-il.

C'était généralement la question idéale pour faire parler quelqu'un un bon moment.

Elle rejeta légèrement la tête en arrière.

— A vrai dire, j'ai mis au point un concept assez original…

Elle jeta un coup d'œil autour d'elle, comme si elle craignait d'être entendue et qu'on lui vole son idée, mais avec un grand sourire, visiblement fière d'elle.

— J'organise des soirées Botox. Les participants repartent le cœur léger et le visage rayonnant !

Il était horrifié et ne put s'empêcher de vérifier qu'il avait bien compris.

— Tu veux dire qu'ils repartent avec le visage injecté de neurotoxine ?

Elle rit.

— C'est parfaitement inoffensif à petite dose ! Si ce n'était pas le cas, je serais déjà morte, n'est-ce pas ?

Il était abasourdi.

— Tu as eu recours au Botox ? Tu ne dois pas avoir plus de vingt-cinq ans !

Elle lui fit un clin d'œil d'un air conspirateur.

— J'en ai vingt-neuf, mais ne le dis à personne… Je suis la preuve vivante de l'efficacité de ce produit.

Il ne put s'empêcher de regarder fixement son front parfaitement lisse.

— Tu penses encore que c'est de la folie ? demanda-t-elle.

— Absolument !

Il avait envie de fuir le plus loin possible, mais la politesse exigeait qu'il endure d'abord cette maudite partie de croquet.

— Mon projet est de me faire connaître et d'aller encore plus loin en…

Elle continua à discourir, mais il ne l'écoutait plus, accaparé par l'arrivée d'Annie, au bras de sa mère. Elle avait l'air intimidée et, il le remarqua avec inquiétude, avait les larmes aux yeux. Allait-elle bien ? Son nez était un peu rouge, comme si elle avait pleuré.

— Ton équipe passera en dernier, comme ça, tu auras tout le temps de comprendre les règles du jeu. Et Dwight se fera un plaisir de te renseigner s'il y a quelque chose qui t'échappe… n'est-ce pas, Dwight ?

Dwight, un homme grand aux cheveux blond cendré avec lequel Sinclair avait fait de la voile par le passé, acquiesça avec enthousiasme. Sinclair en éprouva un vif sentiment de jalousie.

— Tout va bien ? demanda-t-il discrètement à Annie.

Elle sursauta et leva les yeux vers lui.

— Oui, très bien.

Elle parlait vite, d'une voix un peu plus aiguë que d'habitude.

— Je fais des allergies. C'est affreux, à cette période de l'année.

Il fronça les sourcils, perplexe. C'était sans doute l'une des nombreuses choses qu'il ignorait à son sujet. Pourtant, il ne se rappelait pas l'avoir vue dans cet état auparavant. Lui mentait-elle ? Avait-elle pleuré ?

— Nous jouons les premiers, Sinclair…

Il tressaillit en sentant la main de Lally se poser sur son bras.

— Regarde bien si tu veux voir où j'envoie la boule, ajouta-t-elle d'un ton assuré.

Elle donna un coup sec avec son maillet et envoya la boule de bois sous le premier arceau. Les autres invités applaudirent, et Lally se tourna vers lui avec un large sourire. Il remarqua que seules ses lèvres bougeaient quand elle souriait, le reste de son visage restant parfaitement immobile. Il lui rendit son verre, en partie pour résister à l'envie d'en avaler le contenu. Il aurait fait n'importe quoi pour pouvoir partir sur-le-champ !

Il jeta un coup d'œil à Annie, par-dessus son épaule. Elle avait séché ses yeux, et était en grande conversation avec Dwight. Ils parlaient de quelque chose d'hilarant, à en juger par la façon dont elle riait. Il sentit son estomac se nouer. Dans son souvenir, Dwight n'était pas particulièrement spirituel. Que pouvait-il bien lui dire d'aussi drôle ?

Il tendit l'oreille dans l'espoir d'entendre ne serait-ce que des bribes de leur conversation, mais sans succès : juste à côté de lui, Lally monologuait au sujet de sa nouvelle villa à Sainte-Lucie.

Le nez d'Annie était couvert de taches de rousseur, et se

plissait adorablement quand elle parlait. Elle ne levait pas le menton d'un air hautain et n'agitait pas les mains pour ponctuer ses phrases, comme le faisait en ce moment même l'ambitieuse Lally.

Il hocha la tête distraitement, pour faire semblant de s'intéresser à son histoire de yacht au large des îles des Caraïbes, mais il ne cessait de regarder Annie du coin de l'œil. Il était content que ses vêtements classiques cachent sa silhouette de rêve, sa poitrine et ses hanches généreuses. Il lui semblait sentir encore la courbe de ses fesses sous la paume de sa main.

— Où ai-je bien pu poser mon verre ? demanda-t-il, interrompant Lally sans scrupule.

— Je ne sais pas… Où est passée la fille qui servait les boissons ?

Elle jeta un coup d'œil autour d'elle.

— Ah ! La voilà… Sinclair voudrait boire quelque chose !

Il se crispa en entendant Lally interpeller aussi grossièrement Annie. Celle-ci se tourna vers eux, haussant les sourcils de façon presque imperceptible.

— Bien sûr. Voulez-vous que je vous apporte du vin, ou quelque chose de plus fort ?

Il se retint de rire. Elle lisait en lui comme en un livre ouvert.

— Non, merci, je n'ai besoin de rien.

Lally semblait interloquée.

— Mais tu viens de dire…

— Je viens de dire que je n'avais besoin de rien. Si je veux quelque chose, je peux aller le chercher moi-même.

Son ton sec étonna les deux jeunes femmes. Il tenta de se rattraper.

— Je n'arrive pas à croire que tu t'inquiètes pour une boisson en plein milieu d'une partie de croquet aussi palpitante ! Toute ton attention devrait être concentrée sur le sort de nos boules…

Dwight éclata de rire.

— Les boules de certains d'entre nous sont encore en sécurité ! s'exclama-t-il en faisant un clin d'œil à Annie.

Cette fois encore, un sentiment de jalousie envahit Sinclair.

— Ne soyez pas si grossier, Dwight, dit Vicki, apparue de

nulle part à ses côtés. Vous allez choquer Sinclair ! C'est un homme sensible, aux manières vieux jeu.

Il la regarda, surpris. Que faisait-elle là, finalement ? Pourquoi sa mère l'avait-elle invitée ? Depuis quelques années, il ne la voyait plus qu'en passant. Sa mère ne pouvait pas décemment s'imaginer qu'il allait se marier avec elle !

— Effectivement, mon fils est un gentleman à l'ancienne, dit sa mère en s'approchant à son tour. Nous devrions tous prendre exemple sur lui.

Etait-ce une sorte de mise en scène, dans laquelle tout le monde connaissait son texte sauf lui ?

Il regarda de nouveau Annie à la dérobée. Elle avait baissé les yeux avec un air gêné, comme si elle regrettait de ne pouvoir être ailleurs, n'importe où, mais ailleurs. C'était exactement ce que lui éprouvait. La seule solution était d'en finir le plus rapidement possible avec ce jeu.

— C'est à moi de jouer, je crois.

Il avait vu ses adversaires taper dans leur boule inefficacement. Il donna un coup sec dans la sienne avec le maillet et, chassant deux autres boules au passage, l'envoya sous un arceau. Elle poursuivit sa course en ligne droite et passa sous deux autres arceaux.

Le visage sans rides de Lally rayonnait.

— Je suis contente d'être dans ton équipe, Sinclair ! Tu es impitoyable…

Si seulement il était assez impitoyable pour oser dire à sa mère de le laisser tranquille. Hélas, elle continuerait à s'immiscer dans sa vie sentimentale probablement jusqu'à ce qu'il se remarie. Il aurait aimé avoir des enfants, et aurait préféré jouer au croquet avec eux qu'avec ses invités du jour. En revanche, l'idée de se remarier ne le tentait pas du tout. Les femmes changeaient dès qu'on leur passait la bague au doigt.

Une jeune femme rousse vêtue d'une robe verte, son maillet dans une main et son cocktail dans l'autre, s'approcha de lui.

— Salut, Sinclair ! Tu te souviens de moi ?

— Bien sûr, Mindy.

— Il paraît que Diana est en Grèce pour l'été.

Pourquoi les gens s'imaginaient-ils qu'il avait envie de savoir ce que faisait son ex-femme ?

— Eh bien, j'imagine que cela va relancer l'économie grecque.

Mindy rit.

— Tu es trop drôle, Sinclair ! J'adore !

— Je suis contente de voir que tout le monde s'entend si bien, dit sa mère en arrivant parmi eux, tout sourire, avec un plateau couvert de pâtisseries. Quelle façon charmante de profiter de ce bel après-midi d'été !

Annie s'élança vers elle et essaya de lui prendre le plateau des mains.

— Laissez, je vais le faire…

— Surtout pas ! Tu es ici pour faire la fête avec nous, et tu as un rôle beaucoup plus important à jouer.

Annie se tourna vers lui et lui lança un coup d'œil, visiblement nerveuse. Leurs regards se croisèrent, et un courant passa aussitôt entre eux. Il s'empressa de détourner les yeux.

Pourquoi Annie ? Pourquoi avait-il fait l'amour aussi passionnément avec la seule femme avec laquelle il avait jusque-là eu des relations simples et agréables ?

De toute évidence, les rumeurs sur son compte étaient fondées : il était absolument impossible.

Epuisée par ses efforts pour ignorer Sinclair, tout en faisant la conversation poliment et en participant à un jeu auquel elle jouait pour la première fois, Annie lava et rinça les plats de service, alors que tout ce dont elle avait envie était de se glisser dans son lit et de pleurer.

Un peu plus tôt, dans un moment de faiblesse qui l'avait surprise elle-même, elle avait eu les larmes aux yeux en disposant dans une assiette les petits sandwichs et en regardant les belles jeunes femmes assemblées autour de Sinclair, toutes vêtues pour l'impressionner et le séduire.

Katherine l'avait surprise dans cet état. Maintenant, elle

allait devoir faire semblant d'utiliser un antihistaminique et d'éternuer chaque fois qu'elle voyait une fleur.

— Qu'y a-t-il entre vous et Sinclair ?

Elle sursauta violemment. Seigneur, Vicki se tenait derrière elle ! Avait-elle marmonné sans s'en rendre compte ? Avait-elle dit quelque chose à propos de Sinclair ?

— Rien.

— Hé là ! Inutile de me rembarrer aussi brutalement, dit Vicki en prenant une gougère restée sur l'un des plats qu'elle n'avait pas encore lavés. Je vois que j'ai touché la corde sensible...

— Je ne vois vraiment pas de quoi vous voulez parler.

— Hmm... La couleur de vos joues dément vos paroles. Ne me dites pas que vous ne le trouvez pas séduisant, parce que je ne vous croirai pas ! Personnellement, je le trouve magnifique.

Elle mangea la gougère et en prit une autre.

— Beau et riche... Que peut-on désirer de plus ?

— Vous me posez la question, ou vous pensez simplement tout haut ?

Laisser Vicki croire qu'elle pouvait la tourmenter impunément n'était pas une bonne idée.

Vicki rit, rejetant en arrière sa crinière brune et soyeuse.

— Je pensais tout haut, j'imagine... Pensez-vous que je serais à mon avantage sur une photo de mariage à côté de lui ? demanda-t-elle en haussant les sourcils.

Il était difficile de dire si elle plaisantait ou non.

Imaginer sa beauté délicate et hautaine à côté de Sinclair lui serra le cœur.

— Vous feriez un très beau couple, répondit-elle avec sincérité.

— Dommage que cela ne soit pas suffisant, n'est-ce pas ?

Vicki s'approcha un peu plus et prit un morceau de céleri sur un autre plat. Annie aurait voulu pouvoir la chasser de la cuisine.

— La vie serait tellement plus simple s'il suffisait d'être bien assortis physiquement.

— Je suppose que Sinclair serait d'accord avec vous, répondit Annie d'un ton neutre.

Elle savait qu'il avait été anéanti par l'échec de son second mariage, en partie parce qu'elle avait surpris des bribes de conversation, mais aussi parce qu'il avait changé radicalement de comportement quand sa femme l'avait quitté.

— Que s'est-il passé entre lui et Diana ?

— Je ne sais vraiment pas.

— Oh ! je vous en prie ! Vous vivez sous le même toit.

— Diana n'aimait pas Dog Harbor. Trop morne pour elle... Une fois mariés, ils ne sont presque plus jamais venus.

Après leur séparation, en revanche, Sinclair s'était souvent réfugié ici pour guérir ses blessures en paix.

— J'ignore ce qu'il leur est arrivé.

— C'est un peu comme si vous n'aviez regardé qu'un seul épisode d'un feuilleton à l'eau de rose.

Exaspérée, elle regarda Vicki, qui s'était appuyée au plan de travail, les bras croisés sur sa poitrine. Elle portait une robe blanche en mousseline qui montrait ses jambes fines et bronzées.

— Je parie que vous aimeriez connaître la suite de l'histoire...

— J'ai mieux à faire pour m'occuper. Ce qui s'est passé entre eux ne me regarde pas.

Vicki l'observa en silence pendant un moment.

— Je n'en suis pas sûre. Je pense que, puisque votre travail est de faciliter la vie de Sinclair, ce qu'il fait vous regarde.

Elle jeta son éponge dans l'évier. Mais pourquoi cette femme la tourmentait-elle à ce point ?

— Mon travail est d'entretenir la maison et de veiller à ce que le réfrigérateur soit bien rempli quand il arrive.

Elle avait haussé la voix, contrariée et humiliée de devoir supporter l'inquisition de Vicki. Dans d'autres circonstances, elle aurait pu l'envoyer au diable, ou simplement s'en aller, elle. Mais, Vicki étant l'invitée de son employeur, elle ne le pouvait malheureusement pas.

— Allons, allons, ne vous fâchez pas ! dit Vicki, les yeux brillants de malice. Je suis sûre que vous cachez bien des choses derrière votre sourire placide.

Vicki continuait à la dévisager effrontément, et elle sentait la colère monter en elle.

— J'ai remarqué que Sinclair vous regardait, lui aussi…

— C'est normal, je suis son employée.

La situation était vraiment insupportable. Alors même qu'elle démentait, les sous-entendus de Vicki tournaient follement dans sa tête. Sinclair la regardait-il différemment ? Comment Vicki aurait-elle pu s'en apercevoir ? Elle ne l'avait pas vu depuis des années. Sans doute essayait-elle seulement de la pousser à bout.

— J'ai du mal à faire la vaisselle correctement quand vous me parlez.

— Eh bien, laissez-la pour plus tard ! Elle ne va pas s'envoler.

— Je ne peux pas. Je vais bientôt préparer le dîner, j'ai besoin de la place.

Vicki inclina légèrement la tête sur le côté.

— Cela ne doit pas être facile d'être tout le temps en train de s'escrimer en cuisine pendant que tout le monde se repose et boit du champagne. Je crois que cela me rendrait folle !

— C'est mon travail. Nous en avons tous un.

— Vraiment ?

— Sinclair travaille très dur, lui aussi.

Vicki haussa les sourcils.

— Vous êtes dévouée, et vous avez sûrement raison. D'ailleurs, il ne fait que ça !

— Qu'y a-t-il de mal à aimer son travail ?

— Rien, bien au contraire !

— Vous travaillez pour une société de ventes aux enchères ? demanda-t-elle, curieuse de savoir si Vicki avait un vrai travail.

— Entre vous et moi, c'est une période de transition pour moi, en ce moment.

— Je présume que vous avez une fortune personnelle, dit Annie en rinçant un plat avant de le poser sur l'égouttoir.

— On peut dire ça comme ça.

Vicki eut un sourire forcé.

— Il faut que je file ! C'était intéressant de discuter avec vous.

Elle se détendit instantanément en la voyant se diriger vers la porte de sa démarche dansante.

— Et je persiste à penser qu'il y a quelque chose entre vous et Sinclair.

Le lendemain matin, Katherine demanda à Annie de l'aider dans ses recherches au grenier. Par chance, Sinclair s'était absenté pour jouer au golf avec un client potentiel, mais malheureusement Vicki était là. Rien ne semblait échapper à ses grands yeux violets.

— Cette collection de couteaux doit valoir quelque chose.

Elle tint dans la lumière l'une des lames ternies, puis écrivit quelque chose dans son calepin.

— Je pourrais trouver un amateur, si vous voulez.

Annie fronça les sourcils. Elle avait remarqué que Vicki s'intéressait à de nombreux objets. Elle avait rempli des pages entières de notes.

— C'est une bonne idée. Que pourrions-nous bien en faire ?

— Rien ! Ils ne servent à personne dans ce grenier.

— Ils font partie de l'histoire de la famille Drummond, déclara Annie.

Elle avait envie de lui faire remarquer que Sinclair en voudrait peut-être un jour, mais elle ne pouvait se permettre de le dire explicitement.

— C'est vrai, dit Katherine, mais nous devrions peut-être nous débarrasser d'une partie de ces affaires inutiles pour faire de la place à de nouvelles choses merveilleuses. C'est ce que dit toujours mon amie Claire, elle ne jure que par le feng shui.

— Je suis bien d'accord, acquiesça Vicki en prenant d'autres notes. Parfois, un objet reste à la même place pendant une centaine d'années à amasser la poussière, alors que quelqu'un se réjouirait de l'utiliser.

Elle essaya d'imaginer certains de ces objets dans les mains d'autres propriétaires. Les générations futures auraient peut-être plaisir à voir ce que leurs ancêtres portaient ou utilisaient.

— Les enfants de Sinclair aimeraient peut-être fouiller dans tout ça un jour.

Katherine leva les yeux vers elle, interdite. Elle resta un instant immobile, puis hocha lentement la tête.

— Tu as tout à fait raison, Annie, c'est évident. Nous devrions tout laisser en l'état.

Annie ne put s'empêcher de jeter un coup d'œil à Vicki. L'espace d'un instant, celle-ci la regarda d'un air furibond, puis elle eut un sourire forcé. Annie éprouva une certaine fierté à avoir défendu l'héritage de Sinclair.

— Avez-vous eu des nouvelles des autres branches de la famille ? demanda-t-elle à Katherine.

— Non, aucune. J'ai téléphoné environ une semaine après avoir envoyé les lettres. J'ai laissé des messages, mais personne ne m'a rappelée. C'est vraiment exaspérant. Ce serait inutile de trouver un fragment de la coupe si nous ne pouvons pas les convaincre de chercher les deux autres.

— Sont-ils seulement au courant de l'existence de la coupe ? demanda Annie en triant des assiettes désassorties.

— Maintenant, oui, s'ils ont reçu mes lettres. Je sais que les différentes branches de la famille ne s'entendaient pas, mais il est temps de tourner la page. Le père de Sinclair est mort, comme la plupart des Drummond de sa génération. Ceux qui ont l'âge de Sinclair, ou presque, n'ont aucune raison d'éprouver de l'hostilité les uns envers les autres. De nos jours, les jeunes gens n'épousent pas les querelles de leurs ancêtres.

— Vraiment ? demanda Vicki d'un air énigmatique.

— Pas Sinclair, en tous les cas, répondit Katherine en déployant une veste de brocart. Bien sûr, le revers de la médaille, c'est qu'il ne manifeste aucun intérêt pour l'histoire de la famille…

Katherine soupira et laissa tomber la veste sur ses genoux.

— Il n'a pas non plus l'air très pressé de mettre au monde la prochaine génération.

Annie tressaillit. Si elle n'avait pas eu de moyen de contraception, elle aurait pu porter l'enfant de Sinclair à l'heure qu'il était. Ils n'avaient pas pris le temps d'aborder la question dans leur hâte de se déshabiller avec fougue.

— Il a encore le temps, dit Vicki en détachant les yeux de son calepin, il est jeune !

— Je le sais, mais pas moi… J'aimerais profiter de mes petits-enfants pendant que je suis encore assez dynamique pour m'amuser avec eux.

Annie eut envie de rire. Katherine Drummond faisait à peine plus de quarante-cinq ans ! C'était sans doute grâce aux meilleurs spécialistes de chirurgie esthétique et de dermatologie, bien sûr. En fait, elle devait avoir entre cinquante-cinq et soixante ans, ce qui n'était tout de même pas vieux.

— Sinclair finira par trouver la femme de sa vie, dit Vicki en jetant un coup d'œil dans un petit coffre de bois.

— Vraiment ? Je n'en suis pas sûre. Il a trouvé ses deux premières femmes lui-même, et je crois qu'il est grand temps que je lui prête main-forte. Il a besoin d'une femme qui ne soit pas trop ambitieuse. Il n'a pas envie d'aller au bout du monde en jet privé tous les week-ends… Il lui faut quelqu'un de calme, quelqu'un de simple.

Annie était parfaitement d'accord. Peut-être était-elle bel et bien la femme de sa vie, et peut-être que tout le monde finirait par s'en apercevoir si elle attendait patiemment.

Vicki rit.

— Je crois qu'il n'y a pas beaucoup de femmes qui aimeraient être décrites en ces termes ! En tout cas, moi, je n'aimerais pas !

— Je ne pensais pas à quelqu'un de simple intellectuellement, mais à quelqu'un qui n'aurait pas de motivations inavouées. Sinclair est un homme brillant…

— Mais simple, conclurent-elles en chœur.

Elles éclatèrent de rire. Annie avait le sentiment que Sinclair n'aurait pas du tout aimé que l'on parle de lui d'une façon aussi désinvolte. Ne se souciaient-elles donc pas de ses sentiments ?

— J'en conclus que je ne suis pas censée tenter de le séduire, dit Vicki en examinant un trophée de verre gravé, ou du moins en faisant mine de l'examiner.

Katherine haussa les épaules.

— A mes yeux, tu es la bouffée d'air dont il a besoin. Tu es franche, et avec toi on sait toujours à quoi s'en tenir.

— Certains estiment que c'est mon pire défaut.

— Seulement si l'on ne veut pas connaître la vérité, dit Katherine en souriant.

Les pensées se bousculaient dans la tête d'Annie. Vicki lui avait-elle dit la vérité à propos du regard que Sinclair portait sur elle ? Peut-être la désirait-il encore réellement, ou peut-être avait-il même des sentiments plus profonds ?

Troublée, elle sentit ses joues s'empourprer et alla se réfugier à l'autre bout du grenier, dans l'ombre. Si Katherine et Vicki soupçonnaient ce qui lui traversait l'esprit, elles seraient scandalisées.

Elles parlaient des amours de Sinclair devant elle comme si elle n'existait pas. De toute évidence, Katherine n'aurait jamais imaginé que son fils adoré puisse avoir une aventure avec sa gouvernante.

Elle soupira.

— Je ne pense pas que Lally lui ait beaucoup plu, remarqua Katherine.

— Pas du tout ! Et à mon avis cela prouve qu'il a bon goût !

— Lally vient d'une très bonne famille, dit Katherine avec conviction.

— Est-ce que c'est important ?

— Je trouve. Pas toi ?

— Absolument pas. J'ai toujours rêvé en secret d'épouser un Drummond, malgré la réputation douteuse de la famille.

— Oh ! Vicki ! Toi et Sinclair feriez un couple charmant.

— C'est ce que je disais à Annie, répondit Vicki en jetant un coup d'œil dans sa direction. Elle était tout à fait d'accord avec moi.

Katherine battit des mains en riant.

— Eh bien, dans ce cas, les choses se présentent plutôt bien !

Vicki tourna de nouveau la tête vers Annie, comme si elle cherchait à croiser son regard, mais Annie fit mine d'être affairée à fouiller dans les tiroirs d'une commode. Cherchait-elle à tout prix à la tourmenter ? Elle prenait sans doute un malin plaisir à lui montrer qu'elle pouvait avoir Sinclair si elle le désirait.

Une fois pour toutes, si elle ne voulait pas perdre la tête, elle devait oublier les brefs moments de passion qu'elle et Sinclair avaient partagés.

Hélas, ce n'était pas aussi simple.

- 5 -

Le cœur battant la chamade, Annie s'approcha de Sinclair. Il avait été absent une bonne partie de la semaine passée, pour faire du bateau ou jouer au tennis. Elle l'aurait soupçonné d'éviter quelqu'un, si elle ne savait pas déjà que c'était exactement ce qu'il faisait.

Cependant, elle ne pouvait se taire plus longtemps.

Je suis folle de vous.

Elle réprima un petit rire nerveux. Non, elle ne pouvait pas lui dire une chose pareille !

Pour se donner du courage, elle prit une profonde inspiration et ouvrit la porte du salon.

— Sinclair ?

Il lisait le journal, seul, devant la grande cheminée, dans laquelle aucun feu ne brûlait.

Il leva les yeux vers elle.

— Bonjour, Annie.

Elle se sentit fondre. Pourquoi fallait-il toujours qu'il l'appelle par son prénom ? Ignorait-il à quel point elle était troublée lorsqu'elle l'entendait le prononcer ?

Elle jeta un coup d'œil derrière elle. Elle ne voulait surtout pas que l'on surprenne la conversation qu'elle s'apprêtait à avoir avec lui.

— J'ai quelque chose à vous dire… au sujet de Vicki. Puis-je fermer la porte ?

Il fronça légèrement les sourcils, l'air intrigué.

— Vous êtes bien mystérieuse…

Il lui fit signe de fermer la porte, ce qu'elle s'empressa de faire.

— Elle est venue au grenier avec votre mère et moi pour regarder toutes les antiquités qui s'y trouvent.

Elle s'interrompit, se demandant comment formuler le reste de ce qu'elle avait à dire.

— Je sais, répondit-il en se penchant légèrement en avant. C'est pour ça qu'elle est là, soi-disant.

— Ce n'est probablement pas à moi de dire quoi que ce soit, mais je ne peux pas garder le silence plus longtemps, car je sais que la maison et toutes ses richesses comptent beaucoup pour vous.

Il la regarda, l'air interdit. Il pensait sûrement qu'elle avait perdu la tête. Elle aurait peut-être mieux fait de ne rien dire. Cela ne la regardait pas vraiment, mais elle était gouvernante et c'était aussi son rôle de veiller à ce genre de choses.

— Vicki prend des notes détaillées sur la plupart des objets que nous avons trouvés au grenier, et je l'ai vue faire des recherches sur internet.

— Elle est antiquaire.

— Je sais… Je l'ai également vue consulter des enchères sur eBay. Je crois qu'elle a l'intention de vendre une partie des objets qui ont appartenu à vos ancêtres.

— Ma mère lui a peut-être demandé de le faire. Il y a bien trop de vieilleries là-haut.

Elle secoua la tête.

— J'ai entendu votre mère lui dire de tout garder pour vos futurs enfants.

Elle ne mentionna pas le rôle qu'elle avait joué dans la décision de Katherine.

— Typique ! dit-il en secouant la tête. Pourquoi est-ce que tout le monde serait obligé d'avoir des enfants ? Qu'y aurait-il de si tragique à ce que cette branche des Drummond s'éteigne avec moi ? Mettez tout sur eBay, voilà ce que je dis ! ajouta-t-il avec un sourire narquois. Cela dit, j'apprécie que vous vous inquiétiez pour le sort de nos vieilleries. C'est très gentil de votre part.

Se moquait-il d'elle ? Il n'avait pas l'air de se soucier de l'attitude de Vicki. Peut-être qu'il ne voulait vraiment pas d'enfants, que tout ce que contenait la maison serait un jour vendu aux enchères.

— Vous devriez avoir des enfants, dit-elle, se surprenant elle-même.

Visiblement abasourdi, il se redressa un peu dans son fauteuil.

— Vous avez l'air d'en être convaincue... Puis-je vous demander pourquoi ?

Une lueur amusée brillait dans ses yeux. Elle aurait voulu disparaître.

Parce que vous feriez un très bon père, sévère, mais aimant. Parce qu'avoir des enfants ferait ressortir l'enfant qui sommeille en vous.

— Je ne sais pas. Ce serait dommage que vous n'en ayez pas, c'est tout. Et puis votre mère serait très déçue.

— Elle s'en remettrait. Je ne peux pas contenter tout le monde.

— Vous ne voulez pas d'enfants ?

Pourquoi s'enlisait-elle davantage ? Elle brûlait de curiosité, et la question lui avait échappé.

Il regarda à travers la fenêtre, l'air soucieux.

— Je voulais en avoir, avant... mais je n'ai pas envie d'être père célibataire, et apparemment pas une femme au monde ne peut me supporter.

Son cœur se serra. Croyait-il vraiment ne pas être digne de l'amour d'une épouse ?

— C'est faux ! Vous n'avez pas encore rencontré la bonne personne, c'est tout.

La lumière jouait dans ses cheveux noirs et leur donnait des reflets brillants. Si seulement elle avait pu lui dire qu'il avait rencontré la bonne personne, et qu'elle se tenait là, devant lui !

Hélas, il lui avait dit d'oublier les moments merveilleux qu'ils avaient passés ensemble. Elle ne l'intéressait pas. Il avait couché avec elle dans un moment d'égarement mais, maintenant qu'il avait repris ses esprits, il ne voulait plus d'elle.

Il la regarda, les sourcils froncés, et une expression étrange passa sur son beau visage.

— Vous avez peut-être raison...

Il détourna vivement les yeux.

— Je ne sais pas, dit-il encore.

Il y eut un silence tendu. C'était sa faute : elle était venue ici et avait abordé ce sujet bien trop personnel, après avoir accusé l'une de ses plus vieilles amies de vouloir le voler. Elle aurait de la chance de ne pas être renvoyée.

— Je ferais mieux d'aller préparer le dîner.

De nouveau, une lueur amusée passa dans son regard.

— Oui, vous feriez mieux… avant de faire d'autres déclarations grandiloquentes.

Il lui sembla que quelque chose restait en suspens dans l'air, des mots inexprimés, des sentiments qui n'auraient pas dû être éprouvés.

Elle tourna les talons et sortit avant d'aggraver la situation.

Pendant le dîner, la conversation tourna autour d'un bal donné par une grande vedette de la musique qui célébrait son vingtième anniversaire de mariage.

Katherine était tout excitée.

— Nous avons croisé sa femme, Jess, à la pépinière, aujourd'hui… Elle cherchait un arrangement floral pour les centres de table. Apparemment, tout Long Island est invité ! Quand je lui ai dit que Vicki serait encore chez nous à ce moment-là, elle a insisté pour qu'elle soit ta cavalière, Sinclair. Oh ! cela va être sensationnel ! Je regrette de ne pas être assez en forme pour vous accompagner. Je me souviens de la réception qu'ils avaient organisée pour fêter le diplôme de leur fils… Il y avait toute une compagnie de ballet russe, et une centaine de cygnes noirs glissaient sur le lac, derrière le jardin d'hiver. Il faudra que tu te trouves une tenue fabuleuse, Vicki !

Annie retourna dans la cuisine avec les restes du plat principal, des pavés de saumon accompagnés d'épinards à la crème. Elle avait vraiment l'impression d'être Cendrillon : tout le monde irait au bal, et personne ne songerait qu'elle pût être triste de ne pas être invitée.

Elle retourna dans la salle à manger avec une tarte aux pêches qui sortait du four, et un pot de crème fraîche épaisse.

— Il faudra que nous allions en ville, dit Katherine. Une excursion sur Madison Avenue s'impose !

Katherine semblait prête à bondir de sa chaise et à héler un taxi sur-le-champ. Vicki, en revanche, paraissait étrangement hésitante.

— Je ne sais pas… Je n'ai rien à me mettre pour ce bal.

— Mais, ma chérie, c'est l'occasion idéale pour faire de folles dépenses ! J'ai vu une robe violette magnifique chez Fendi quand je suis allée chez le médecin, elle t'irait merveilleusement bien.

— Je ne sais pas, répéta Vicki. Est-ce que tu vas t'acheter un nouveau smoking, Sinclair ?

— Oh ! cela m'étonnerait ! intervint Katherine. Il porterait de vieux vêtements trouvés dans le placard de son père si je le laissais faire… Je vais veiller à ce qu'il soit présentable.

Elle lui adressa un sourire indulgent, qu'il ignora.

— Vous m'avez donné une idée, dit Vicki. Enfin, c'est peut-être insensé…

Katherine se pencha légèrement en avant, intriguée.

— Quoi donc ?

— Je pourrais peut-être porter l'une des robes que vous avez trouvées dans le grenier !

Annie s'immobilisa dans l'embrasure de la porte. Son cœur se serra à l'idée que Vicki puisse se pavaner dans la maison dans la robe bleu paon qui avait tant troublé Sinclair.

— Quelle excellente idée ! Nous ferons faire des retouches si cela s'avère nécessaire, mais tu es tellement mince, tu peux tout te permettre… Elles sont pendues dans la chambre d'amis. Il y en a une bleue absolument magnifique. On dirait de la soie de Thaïlande, elle est merveilleusement chatoyante.

A ces mots, elle sentit le feu lui monter aux joues et elle regarda discrètement Sinclair, qui avait pris son verre et buvait une gorgée de vin blanc. Elle regagna la cuisine. Elle recevait décidément une terrible leçon d'humilité. Elle allait maintenant devoir endurer de voir Vicki porter la robe avec la grâce voulue par la couturière. C'était une erreur de l'avoir essayée, cela continuait d'avoir des répercussions humiliantes.

— Allons les regarder maintenant, dit Katherine en se levant, ce sera très amusant ! Viens avec nous, Annie, tu pourras nous aider à les ranger dans un endroit plus approprié.

Elle aurait voulu se dérober, mais elle ne parvint pas à trouver une excuse et finit par les suivre en silence, jusqu'à la chambre d'amis avec sa grande armoire en noyer.

— Quelle jolie nuance de lavande, dit Katherine en décrochant un cintre sur lequel était pendue une robe bleu pâle.

Elle était ornée de broderies perlées, et semblait prête à être portée.

— Les finitions sont exquises. Je me demande pour qui ces robes ont été réalisées.

Sinclair, qui les avait suivies, se tenait dans l'embrasure de la porte. Son polo bleu marine mettait en valeur son torse musclé. Appuyé au chambranle, il regardait sa mère d'un air indulgent.

— Probablement pour une dame morte avant d'avoir eu l'occasion de les porter. A l'époque, la vie était très différente… Les gens mouraient en une nuit de choses pour lesquelles nous n'irions même pas chez le médecin aujourd'hui.

Annie était touchée de voir à quel point sa mère comptait pour lui. Quand Katherine était tombée malade, il avait pratiquement abandonné son travail, et maintenant il faisait tout pour la rendre heureuse et la divertir. Son dévouement filial faisait partie des choses qui lui plaisaient tant chez lui.

— C'est vrai… Tout de même, ce serait intéressant de connaître l'histoire de ces robes. Cette jeune femme était-elle une Drummond de naissance, ou par alliance ?

Elle sortit de l'armoire une robe gris-vert à la doublure grenat.

— Quoi qu'il en soit, c'était manifestement quelqu'un de très élégant !

— A vrai dire, j'ai fait quelques recherches, dit Vicki en s'approchant. Le nom de la couturière est écrit sur la malle dans laquelle les robes étaient rangées, c'était une personne de Lyme, dans le Connecticut.

Tandis que Vicki continuait à parler, Annie jeta un coup d'œil à Sinclair. Son expression était sombre, lasse. Elle aurait aimé qu'il se repose un peu. Il n'arrivait jamais à se détendre quand il y avait d'autres personnes dans la maison. Les rares week-ends où il venait seul, il était tout à fait différent.

Tout comme il était tout à fait différent quand ils n'étaient que tous les deux. Bien sûr, ce n'était certainement pas comme cela qu'il voyait les choses. Il devait considérer qu'il était tout seul, puisque c'était sa maison à lui et qu'elle n'était qu'une employée.

— La jeune femme s'est enfuie avec un autre homme et l'a épousé !

L'exclamation de Katherine la rappela à la réalité.

— C'est incroyable, continua-t-elle. Je pensais que les gens ne faisaient cela que dans les romans… Je suis persuadée qu'elle l'a regretté toute sa vie.

Vicki réarrangea son chignon faussement négligé.

— Eh bien… L'homme qu'elle était censée épouser, Temperance Drummond, a tenté de faire arrêter le marié pour vol !

— Le vol de sa fiancée ? demanda Sinclair, haussant les sourcils.

— Non, pour le vol de son cheval et de sa charrette. L'homme en question était l'un des domestiques de la fiancée de Temperance Drummond, il a volé un attelage à ce dernier pour prendre la fuite avec elle.

— A-t-on retrouvé la jeune fille ? demanda Katherine, visiblement fascinée.

— Si c'est le cas, cela n'est consigné nulle part. Elle et son époux se sont volatilisés en 1863, et on ne les a jamais revus.

Elle se tourna vers Sinclair.

— Que crois-tu qu'il leur soit arrivé ? Sont-ils partis vers l'Ouest, ont-ils rejoint un convoi de chariots, participé à la ruée vers l'or et fait fortune ?

— Qui sait ? Peut-être, répondit-il, l'air songeur, mais j'en doute.

— Et vous, Annie ? Pensez-vous qu'ils aient été heureux en ménage ?

Elle se contenta de hausser les épaules. Les réflexions de Vicki la mettaient toujours mal à l'aise.

— Pensez-vous que des gens de milieux différents puissent vivre heureux ensemble ?

Mais pourquoi Vicki s'acharnait-elle sur elle ? Elle eut un mouvement de recul. Pire encore : instinctivement, elle se tourna vers Sinclair. Leurs regards se croisèrent. Elle fut parcourue d'un frisson.

Elle se força à répondre, espérant que personne ne verrait à quel point elle était troublée.

— Je ne vois pas pourquoi ce serait impossible, s'ils ont les mêmes valeurs.

— Je ne suis pas convaincue, dit Katherine en caressant du bout des doigts la doublure de la robe lavande. Je crois que l'on partage davantage de choses avec un partenaire du même milieu social. Cela fait longtemps que le père de Sinclair est mort, et je n'ai jamais eu envie de fréquenter notre jardinier…

Elle rit, comme si cette seule idée était comique. Elle l'était, en quelque sorte, car leur jardinier était une jeune femme de vingt-cinq ans, particulièrement athlétique.

— … même si j'admire ses abdominaux, je dois le reconnaître !

Ils se mirent tous à rire de bon cœur. Annie était soulagée que le moment de tension soit passé.

— Ces robes sont magnifiques, reprit Katherine. C'est bien dommage que la jeune femme à laquelle elles appartenaient n'ait pas pu les emporter avec elle.

— C'est vrai… Apparemment, elles faisaient partie de son trousseau, on les avait mises dans une malle en prévision de la lune de miel. Elle et l'homme auquel elle était promise devaient se marier trois jours après le jour où elle s'est enfuie. J'ai lu toute l'histoire sur internet, dans la version en ligne des mémoires d'une voisine de l'époque.

Vicki regarda Sinclair.

— Tu devrais les lire, elles racontent une foule d'anecdotes sur tes ancêtres. Temperance s'est marié cinq fois, et ses épouses ont toutes disparu mystérieusement.

Katherine frissonna.

— La malédiction ! Les Drummond ont toujours été voués à connaître un sort funeste… mais nous allons y remédier, pour que Sinclair trouve le bonheur.

Annie jeta un coup d'œil à Sinclair, et un frisson la parcourut tout entière. Il était beau à se damner ! Comme il avait posé ses mains jointes sur sa nuque, ses biceps étaient un peu contractés sous les manches de son polo. Elle se força à détourner les yeux.

— Je veillerai à ce qu'il soit heureux au bal, tout au moins, dit Vicki en effleurant une robe vaporeuse en taffetas rose. En revanche, je ne vais pas essayer de robe pour l'instant… Je suis sûre qu'il y en aura une qui m'ira.

— Allons prendre le café, dit Sinclair d'un ton bourru.

Annie était contente de s'arracher au spectacle de Vicki manipulant ces robes. Elles ne lui appartenaient pas plus qu'elles n'appartenaient à Vicki, mais depuis qu'elle avait essayé la bleue, qui l'avait plongée dans le ravissement, elle avait envie de les garder précieusement et de ne les partager avec personne.

Apprendre qu'elles avaient appartenu des siècles plus tôt à une jeune femme qui s'était écartée du droit chemin la décourageait. Comment être heureux lorsqu'on prenait la fuite ?

Elle ne le saurait jamais. Elle n'était pas assez audacieuse pour tenter quoi que ce soit d'aussi risqué.

— Vous allez assister à ce bal, Annie, lui murmura Vicki au creux de l'oreille en passant à côté d'elle dans le couloir.

Elle s'immobilisa.

— Quoi ?

Mais Vicki se dirigeait déjà vers le salon, discutant de tout autre chose avec Katherine.

- 6 -

— Mais je ne peux pas !

Annie leva les yeux du saladier plein de petits pois qu'elle écossait pour regarder Vicki et Katherine. Il était 17 heures, et Vicki aurait dû être en train de s'habiller pour aller au bal. Au lieu de quoi, elle venait de lui demander de prendre sa place. Elle, Annie, accompagner Sinclair au bal !

Une vague de panique l'envahit.

— Laissez-moi deviner, Annie : vous n'avez rien à vous mettre, dit Vicki en croisant les bras sur sa poitrine.

— Non seulement ça, mais je n'ai pas été invitée, et je n'ai…

Elle ne termina pas sa phrase, réticente à dire tout haut ce qu'elle avait en tête.

— Tu n'as pas ta place là-bas ? devina Katherine avec une perspicacité déconcertante. Ne dis pas de bêtises ! Il y aura plus de cinq cents personnes à cette réception, Sinclair ne peut pas y aller tout seul, car c'est une soirée à thème et des activités à faire en couple sont prévues.

Elle écarquilla les yeux.

— Des activités à faire en couple ? répéta-t-elle, stupéfaite.

La mère de Sinclair essayait-elle de les rapprocher ?

— Sinclair et toi ne ferez rien de… romantique, bien sûr, dit Katherine en riant, comme si l'idée était vraiment saugrenue, répondant sans le vouloir à sa question inexprimée. Mais je suis sûre que vous passerez une bonne soirée !

De toute évidence, l'idée de Vicki l'enchantait. Katherine se tourna justement vers elle.

— Veux-tu une autre aspirine, ma chérie ?

— Je veux bien, merci… Je vais finir par prendre tout le tube, si cela continue !

Vicki se plaignait d'avoir horriblement mal à la tête depuis le début de l'après-midi.

— Enfin ! Quand j'ai la migraine, aucun médicament ne me soulage, je suis condamnée à passer le reste de la journée à me reposer.

— Ma pauvre… Veux-tu aller t'allonger ?

— Oh ! non ! répondit précipitamment Vicki, avant de prendre un air grave. Aider Annie à se faire belle m'aidera à penser un peu moins à la douleur.

Elle lui adressa un sourire éclatant, qui lui fit l'effet d'un coup de poing dans le ventre. Pourquoi essayait-elle de l'humilier de la sorte ?

— Je crois que ce n'est vraiment pas une bonne idée, dit Annie.

Elle avait envie de protester avec plus de véhémence, mais elle s'efforça de rester calme et posée. Assister à une réception de cette ampleur n'entrait certainement pas dans le cadre de ses fonctions.

— Je suis sûre que Sinclair préférerait y aller seul.

Elle n'avait aucun doute à ce sujet. Il voulait prétendre qu'il ne s'était jamais rien passé entre eux, ne voulait plus jamais l'embrasser ni lui faire l'amour. Un nouveau sentiment de déception mêlée d'amertume la submergea.

— C'est absurde ! Tu vas bien t'amuser, Annie, tu verras… C'est la soirée de l'année. Vois cela comme une expérience, comme une aventure… Bien ! Maintenant, nous devons te trouver une robe. Je crois que j'ai une Zang Toi un peu vague qui t'irait…

— Ce ne sera pas nécessaire, intervint Vicki en passant un bras autour d'Annie, qui se crispa aussitôt. Choisissons plutôt l'une des robes du trousseau abandonné !

Katherine la considéra d'un air sceptique.

— Je ne suis pas sûre qu'elles lui aillent…

— Je suis convaincue qu'Annie est bien plus mince que

ses vêtements de tous les jours ne le laissent à penser. Allons jeter un œil à ces robes !

Vicki se dirigea vers le couloir d'un pas décidé, Katherine sur les talons. Annie ne put faire autrement que de les suivre, traînant les pieds.

Comment Sinclair réagirait-il lorsque sa mère et Vicki la feraient défiler devant lui vêtue de l'une des robes qui avaient déjà causé tant de problèmes ? Il serait épouvanté, et imaginerait sûrement que c'était son idée, une ruse grossière pour tenter de le séduire. Peut-être refuserait-il tout net d'aller au bal.

— La robe gris argenté irait merveilleusement bien à votre teint…

Le gris argenté et le rouge écrevisse allaient-ils si bien ensemble ? Elle évita soigneusement de regarder son reflet dans le miroir de l'armoire tandis que Vicki tenait devant elle la robe longue au décolleté profond.

— Bien sûr, à l'époque, on portait ce genre de robe avec une crinoline et plusieurs jupons, mais nous allons vous épargner cela… De toute façon, nous n'en avons pas. Nous allons attendre dans le couloir pendant que vous l'enfilez.

Elle apprécia que Vicki respecte sa pudeur. Elle se déshabilla avec un sentiment d'appréhension. Si cette robe-ci ne lui allait pas, on lui en ferait essayer une autre. Dans le pire des cas, elle finirait par devoir mettre la bleue, et serait horriblement gênée.

La robe grise était assez lourde, les manches ballon lui serraient un peu les bras. Elle se boutonnait dans le dos.

— Hmm…

— Vous avez besoin d'aide ? demanda Vicki, derrière la porte.

Elle et Katherine entrèrent sans attendre sa réponse.

— Oh ! oui, je vois…

Elle sentit ses joues s'empourprer.

— Je dois avoir l'air ridicule.

— Absolument pas ! Tu es ravissante, dit Katherine.

Puis, en fronçant les sourcils, elle se tourna vers Vicki :

— Et maintenant, comment allons-nous la coiffer ?

— Il faut lui attacher les cheveux. J'ai des épingles et de la laque dans ma chambre, et des boucles d'oreilles !

Elles boutonnèrent la robe, qui tombait parfaitement. Son ancienne propriétaire devait être un peu pulpeuse pour les critères de l'époque. Le corsage attirait l'attention sur sa poitrine de façon embarrassante mais flatteuse, d'autant plus que Katherine l'avait convaincue d'enlever son soutien-gorge.

Vicki s'occupa de sa coiffure, formant autour de ses doigts de petites boucles pour les faire retomber autour de son visage, et Katherine lui prêta une paire de ballerines argentées.

— Je ne risque pas d'être trop habillée ?

— Une dame n'est jamais trop habillée, répondit Katherine en la regardant d'un air approbateur, surtout pas quand elle est superbe. Mon Dieu, Annie, j'ignorais que tu avais une aussi jolie silhouette ! Tu devrais la mettre en valeur plus souvent.

Parfait ! Maintenant, on allait probablement lui faire porter un costume de soubrette pour travailler.

Vicki jeta un coup d'œil en direction de la porte.

— Nous devrions peut-être vérifier que Sinclair est présentable…

— Oh ! ne t'inquiète pas pour lui ! Il est toujours très élégant. C'est affreusement injuste. Et je ne sais pas comment il fait pour être toujours bronzé alors qu'il passe sa vie devant son ordinateur.

— Je le soupçonne d'avoir une double vie, dit Vicki en faisant un clin d'œil à Annie, qui fit semblant de ne pas le remarquer.

— Une double vie au soleil ? demanda Katherine.

Vicki rit.

— Quelque chose me dit que la plupart des gens ne voient qu'une facette de la personnalité de Sinclair.

— Eh bien, du moment qu'une autre facette de sa personnalité le pousse à me donner des petits-enfants avant que je sois trop vieille, cela me va ! Il ne sait pas qu'Annie te remplace, ce soir, si ?

— Je ne lui ai rien dit. Je crois que ce serait mieux de le

laisser dans l'ignorance jusqu'à la dernière minute, ce sera une surprise !

Annie resta silencieuse. Elle avait renoncé depuis longtemps à tout contrôle sur les événements de la soirée. La seule chose qu'elle pût encore faire était de s'armer de courage.

Quand elle entendit les pas de Sinclair dans l'escalier, un sentiment d'anxiété envahit Annie. Il était resté cloîtré dans sa chambre depuis le déjeuner, soi-disant pour travailler. Il ignorait tout du prétendu mal de tête de Vicki, et ne savait pas non plus que sa gouvernante était habillée comme une princesse.

— Venez, mettez-vous ici ! J'ai hâte de voir sa réaction…

Vicki la fit se placer à l'entrée du salon. Annie regrettait de ne pas pouvoir le prévenir, d'une façon ou d'une autre. Quelle expression s'afficherait sur le visage de Sinclair ? Une expression horrifiée, vraisemblablement.

— Sinclair, mon chéri ! lui cria sa mère. Viens me rejoindre dans le salon…

Elle fit un clin d'œil à Annie.

— Est-ce que Vicki est prête ? demanda-t-il depuis le couloir.

Ses pas résonnaient sur le parquet.

— Pas exactement…

Visiblement, Vicki était contente d'elle. Elle posa un doigt sur ses lèvres pour leur faire signe de ne rien dire. Annie avait envie de plonger derrière le canapé. Son cœur martelait sa poitrine, elle se sentait oppressée dans son corsage étroitement ajusté.

Enfin, il apparut dans l'embrasure de la porte. Immobile, incapable de prononcer un mot, elle attendit sa réaction. Il avait l'air étonné, voire même incrédule. Elle rougit tandis qu'il observait tour à tour sa coiffure, ses boucles d'oreilles, son maquillage discret mais élégant. Puis il baissa les yeux, presque imperceptiblement, sur son décolleté et sa taille. Il lui sembla percevoir une lueur de désir dans son regard, mais peut-être était-ce une lueur d'inquiétude.

— Annie, vous êtes superbe.

Sa voix était calme et posée, comme s'il s'était attendu à la trouver là, prête à l'accompagner au bal.

— Vicki se sent mal, s'empressa-t-elle d'expliquer, votre mère et elle ont pensé que vous ne pouviez pas aller à cette réception seul, elles ont insisté pour que je…

— Je suis désolé pour Vicki, dit-il en l'interrompant, mais je ne perds pas au change !

Son expression était indéchiffrable.

Il était simplement poli, il aurait pu dire la même chose à une amie. Il ne voulait sans doute pas l'humilier devant Katherine et Vicki, ou leur montrer qu'il était mal à l'aise, car elles auraient alors soupçonné qu'il y avait autre chose en dehors de la raison évidente : elle était sa gouvernante, elle n'était pas là pour l'accompagner à un bal.

— Ç'aurait vraiment été dommage de laisser passer cette invitation, dit Katherine en faisant mine d'enlever une peluche sur le revers du smoking impeccable de son fils. Pourquoi Annie ne pourrait-elle pas s'amuser un peu, pour changer ? Tu veilleras à ce qu'elle passe une bonne soirée, n'est-ce pas ?

— Bien sûr, répondit-il sans la quitter des yeux. Avec plaisir.

Son ton était étrangement monocorde.

Elle le regarda intensément, pour lui faire comprendre qu'elle était désolée. Il devait être consterné à l'idée de passer la soirée avec elle, songeant sans doute qu'elle essaierait de raviver la flamme de la passion entre eux.

— Et si nous prenions tous un petit cocktail ? suggéra Vicki.

— Non, merci, répondirent Sinclair et Annie d'une seule voix.

Il y eut un silence gêné.

— Nous ferions mieux d'y aller, dit enfin Sinclair.

Elle empoigna sa jupe pour ne pas se prendre les pieds dedans. Avec un peu de chance, elle ne se ridiculiserait pas en tombant. Elle se dirigea vers la porte de derrière, mais Katherine alla ouvrir celle du grand hall, qu'ils utilisaient rarement.

— Passez par ici, ce soir ! Tu es bien trop élégante pour te faufiler discrètement par la cuisine.

Il lui fallait maintenant descendre les marches plutôt inégales du seuil et remonter l'allée jusqu'à la BMW noire de Sinclair. Elle aperçut alors une Bentley garée un peu plus loin.

— Un chauffeur nous emmène, dit-il calmement. Maman veille toujours à ce que nous ne prenions pas le volant après une soirée un peu arrosée.

Le chauffeur descendit pour leur ouvrir la portière. Elle se sentit découragée en constatant qu'elle ne serait pas seule avec Sinclair assez longtemps pour le convaincre de son innocence dans cet imbroglio.

Consternée, elle monta dans la voiture et arrangea sa robe autour d'elle. Sinclair s'assit à côté d'elle. La banquette arrière était assez spacieuse, et ils restèrent assez éloignés l'un de l'autre.

Le chauffeur, qui avait un fort accent de Brooklyn, brisa le silence.

— Je serai à votre disposition toute la nuit, vous pourrez rentrer quand vous en aurez envie. Il paraît que ça va être une sacrée fête ! Ce soir, tout le monde voulait une limousine…

Se démener pour obtenir une limousine, ce n'était pas le genre de problèmes auxquels elle était confrontée habituellement. Décidément, il fallait qu'elle s'y prépare : la soirée allait être éprouvante.

Toute la situation l'était, du reste.

Sinclair la regarda du coin de l'œil. Il se demandait probablement pourquoi elle avait pris la place de Vicki.

— Vicki a passé l'après-midi à se plaindre d'une migraine, dit-elle, ressentant le besoin de tout lui expliquer. Elle a insisté pour que je la remplace.

— Je la connais depuis des années, et je ne l'ai jamais entendue se plaindre d'une migraine.

Il tourna la tête vers elle. L'intensité de son regard de braise lui coupa le souffle.

— Je suis sûr qu'elle a menti.

— J'avoue que je me suis posé la question…

Elle joua nerveusement avec les perles qui soulignaient la taille de sa robe.

— Toute cette histoire était son idée.

— Cela ne m'étonne pas du tout.

Elle hésita. C'était difficile d'être franche sans trop en dire. Sinclair avait-il raconté à Vicki leur… mésaventure ?

— Je ne lui ai pas parlé de… vous savez…

Il fronça légèrement les sourcils.

— Je n'ai jamais pensé le contraire.

Elle s'attendait à ce qu'il lui dise que lui non plus n'avait rien confié à Vicki, mais il ne le fit pas.

— Elle a probablement des intentions cachées. Elle doit éviter quelqu'un qui sera là ce soir.

Annie hocha la tête.

— Peut-être.

Elle ne comprenait pas du tout Vicki mais, étant donné qu'elle l'avait taquinée en lui disant qu'elle était convaincue de son attirance pour Sinclair, elle pouvait très bien en avoir fait autant avec lui. Quoi qu'il en soit, il n'avait apparemment pas l'intention de lui en dire plus.

Il était magnifique dans son smoking. Le col de sa chemise, d'un blanc immaculé, mettait en valeur la peau mate de son visage. Elle aurait adoré l'admirer à loisir, mais devait hélas se contenter de le regarder discrètement.

— Votre mère va un peu mieux chaque jour.

— Oui, Dieu merci ! Les médecins ont dit qu'il lui faudrait des mois pour se remettre complètement, mais elle semble être en voie de guérison. Elle a eu beaucoup de chance. Cette histoire de coupe la force à rester ici, et c'est une très bonne chose. En temps normal, elle parcourt le monde, ce que les médecins lui ont dit de ne surtout pas faire tant qu'elle ne sera pas complètement rétablie. Je suis persuadé que c'est la seule raison pour laquelle elle n'est pas en Ecosse pour prendre d'assaut la demeure seigneuriale du Drummond qui vit là-bas.

Elle rit.

— C'est fou, tout ce qu'il y a dans le grenier… Il faudrait une vie entière pour tout trier.

— Tant mieux, cela incitera maman à rester à Dog Harbor le plus longtemps possible !

Son sourire amusé l'attendrit. Il posa la main sur la banquette en cuir et, l'espace d'un instant, elle l'imagina sur sa cuisse, sur les couches de soie de sa robe.

— Cette robe vous va magnifiquement bien. On croirait qu'elle a été faite pour vous.

— C'est curieux, n'est-ce pas ? Sa première propriétaire devait mettre un corset avec cette robe… Il faut croire que j'ai la taille fine !

Elle haussa les épaules.

— Je ne devrais pas porter une robe aussi ancienne, je risque de l'abîmer… mais Vicki n'a pas arrêté de répéter que les vêtements sont faits pour être portés, pas pour être conservés dans des malles, et elle est antiquaire, alors je suppose qu'elle sait de quoi elle parle.

— Je suis d'accord avec elle. Et cette robe a peut-être réellement été faite pour vous, si les forces invisibles auxquelles ma mère croit tant sont véritablement à l'œuvre.

Son regard noir et pénétrant se posa sur elle. Une étrange émotion l'envahit. Ces mêmes forces mystérieuses les avaient-elles poussés dans les bras l'un de l'autre ? Peut-être étaient-ils faits l'un pour l'autre, et peut-être Vicki était-elle une bonne fée, qui l'avait aidée à se parer de ses plus beaux atours pour qu'elle pût aller au bal avec son prince.

Cette Bentley risquerait alors de se transformer en citrouille à minuit.

— Pourquoi riez-vous ? lui demanda Sinclair, l'arrachant à ses fantasques pensées.

— Je ne sais pas… Pour détendre l'atmosphère.

Elle jeta un coup d'œil au chauffeur et sourit. Il s'agissait peut-être d'un rat que la fée avait transformé en homme en agitant sa baguette magique. Elle ne voulait pas qu'il sache qu'elle n'était pas censée être là. Elle aurait très bien pu être une riche héritière, habituée à sortir avec Sinclair Drummond.

Comment allait-il la présenter ce soir ? « Voici Annie Sullivan, ma gouvernante », serait sans doute mal vu. « Je vous présente Annie, une vieille amie » ? « Permettez-moi de vous présenter l'amour de ma vie » ?

Elle eut un autre rire nerveux. Etre si près de lui la grisait.

Le bas de sa robe frôlait sa jambe de smoking. Elle rêvait d'en faire autant, de lui caresser la cuisse du bout des doigts. Après tout, peut-être était-il heureux d'être là, avec elle ? Peut-être avait-il tout orchestré secrètement, avec Vicki pour complice, afin de pouvoir l'emmener au bal sans alarmer sa mère, encore faible ?

Il lui suffit de voir son visage de profil tandis qu'il regardait à travers la vitre pour s'ôter cette idée de l'esprit. Il aurait sûrement préféré être n'importe où ailleurs. Il n'avait même pas réagi quand elle avait dit qu'elle voulait détendre l'atmosphère ; il préférait peut-être la tension à une trop grande familiarité. Elle devait faire en sorte de passer une bonne soirée en étant le moins humiliée, le moins blessée possible, et devait donc veiller à ne pas dévoiler ses émotions.

Ils arrivèrent au manoir en bord de mer une dizaine de minutes plus tard. Le chauffeur gara la Bentley dans l'allée circulaire, dans une rangée de voitures de maître, dont les autres invités descendaient les uns après les autres. La façade de l'imposante maison en pierre était éclairée par une multitude de bougies disposées çà et là, leur lueur dorée brillant dans la nuit et mettant en valeur les robes de soirée élégantes des dames présentes.

Le chauffeur aida Annie à descendre. Elle le remercia, puis attendit que Sinclair contournât la voiture et vînt lui prendre le bras.

Leur proximité accrue l'alarma. Et si elle ne pouvait résister à l'envie de se jeter à son cou et de l'embrasser ? Comme elle l'avait déjà prouvé, elle pouvait perdre la tête en sa présence.

— Ne soyez pas nerveuse, ces gens sont tous humains en dessous de leurs tenues extravagantes.

Le murmure rauque de Sinclair au creux de son oreille la fit d'abord sursauter, puis sourire. C'était tellement gentil de sa part d'essayer de la rassurer !

— C'est sûrement moi qui ai la tenue la plus extravagante !

Sa robe pâle attirait l'attention au milieu de toutes les robes sombres des autres invitées.

Il s'arrêta et la regarda un moment, comme s'il considérait

ses paroles. D'autres voitures arrivèrent, et ils furent pris dans un tourbillon d'invités.

— Vous êtes la plus belle femme de la soirée, et cette robe vous va à merveille.

Il lui sembla que le brouhaha des conversations et le ronronnement des moteurs s'évanouissaient tandis que ces mots résonnaient dans sa tête. Avait-elle bien entendu ? Ou avait-elle tout imaginé ? Ses yeux noirs restèrent posés sur elle encore quelques secondes. L'espace d'un instant, elle crut s'évanouir.

— Sinclair, chéri !

Brusquement rappelée à la réalité, elle vit une grande blonde se jeter au cou de Sinclair.

— Mon mari avait peur que tu ne viennes pas, mais je savais que tu nous ferais le plaisir de ta présence charismatique !

Elle l'embrassa sur les deux joues.

— Et qui est la demoiselle à ton bras ce soir ?

Elle posa ses grands yeux bleus sur Annie.

— J'ai le plaisir de te présenter la charmante Annie Sullivan.

— Je suis ravie de faire votre connaissance, mademoiselle Sullivan, dit leur hôtesse en lui serrant la main chaleureusement. J'ai l'impression que ce n'est pas la première fois que je vous vois… Nous sommes-nous déjà rencontrées ?

Elle hésita. Elle l'avait certainement déjà débarrassée de son manteau, ou lui avait peut-être servi le thé un jour, mais elle ne pouvait pas le lui dire. Ces dames riches, blondes et minces se ressemblaient toutes.

— Peut-être.

— Je vous prie, dirigez-vous vers le bar et prenez quelque chose à boire… Les festivités vont bientôt commencer.

— Joyeux anniversaire, Jessica, dit Sinclair en souriant.

Il se retourna alors vers elle, lui prit de nouveau le bras et l'entraîna le long d'un chemin bordé de lampions, jusqu'à l'arrière de la maison. Des notes de musique s'égrenaient dans l'air, se mêlant au tintement des verres et aux rires argentins.

— Jessica est une vieille amie de ma mère, chuchota Sinclair quand ils se furent un peu éloignés.

— Merci de ne pas m'avoir présentée comme votre

gouvernante... même si je ne sais pas moi-même pourquoi j'aurais trouvé cela embarrassant... Après tout, c'est mon travail.

— Vous n'êtes pas ici en tant que gouvernante, vous êtes ma cavalière.

Il la regarda d'un air farouche. Elle n'était pas sûre de devoir le prendre au sérieux. Etait-ce un rendez-vous galant ?

Un serveur s'approcha d'eux avec un plateau chargé de coupes de champagne. Sinclair en prit une et la lui tendit. Le contact glacé du verre sur sa peau brûlante était saisissant.

Des lampions de toutes les couleurs éclairaient la grande terrasse d'une douce lueur, juste assez pour qu'ils se voient et distinguent les invités les plus proches d'eux, mais au-delà le jardin était plongé dans l'obscurité. L'orchestre entama un morceau de jazz entraînant.

Elle but une petite gorgée de champagne, et il l'imita. La lumière tamisée dansait sur son beau visage. Il plongea ses yeux brillants, noirs et impénétrables, dans les siens.

— Je n'ai jamais vu une femme plus radieuse, Annie.

Il avait prononcé ces mots naturellement, sans le moindre accent de moquerie ou d'exagération. Elle en eut le souffle coupé.

— Je n'ai jamais vu d'homme aussi beau, répondit-elle d'un ton enjoué, essayant de tourner en plaisanterie son compliment en lui rendant la pareille avec désinvolture.

Cependant, Sinclair ne s'en aperçut même pas.

— Pourquoi cachez-vous votre beauté ? demanda-t-il, les sourcils froncés.

— Je ne cache rien. Vous me voyez tous les jours, du moins, quand vous êtes à Dog Harbor. Je ne porte pas un masque... C'est ce soir que je ne suis pas moi-même, je suis celle que Vicki a apprêtée pour cette soirée.

Il but une autre gorgée de champagne.

— Vous avez raison, bien sûr. D'ailleurs, je trouve que vous êtes encore plus belle quand vous n'êtes pas habillée comme une princesse.

Ces mots lui allèrent droit au cœur. Elle resta sans voix.

— C'est rafraîchissant de voir quelqu'un qui n'a pas peur

d'être spontané et qui ne s'acharne pas à tout prix à améliorer un naturel déjà ravissant.

Décontenancée, elle parvint tout de même à sourire.

— Je suis sûre que mes fans seraient ravis d'entendre ça, ils seraient déçus d'apprendre que j'ai troqué mes pantalons de toile et mes chemisiers classiques pour des robes de soirée.

— Eh bien, je suis d'accord avec eux ! La Annie authentique me plaît.

— Votre mère ne pensait pas que je rentrerais dans l'une de ces robes. Je crois que l'opinion générale est que ma tenue de tous les jours me grossit.

— Je ne suis pas du tout d'accord, mais je dois avouer qu'elle laisse une place à l'imagination, dit-il avec un petit sourire, et qu'elle cache quelques surprises.

Flirtait-il avec elle ?

— Je crois que vous avez découvert la plupart de mes surprises.

Voilà ! Elle l'avait fait, elle avait mentionné l'après-midi qu'ils avaient passé ensemble. Elle n'aurait pas pu tenir toute la soirée sans y faire allusion.

— J'en doute fort, dit-il, soutenant son regard de façon troublante. A vrai dire, je suis intimement persuadé de n'avoir fait qu'effleurer la question.

Il y eut un silence, qui lui laissa à penser qu'il aimerait faire d'autres découvertes. Elle était tout à fait partante, bien entendu, mais seulement s'il ne s'agissait pas d'une autre erreur. Elle ne supporterait pas de devoir prétendre une deuxième fois qu'il ne s'était rien passé. En revanche, s'ils en avaient tous deux envie, et s'ils se mettaient d'accord, c'était une autre histoire.

Elle but une gorgée de champagne.

— Quelles sont les activités prévues au programme ce soir ?

— Etes-vous nerveuse ? demanda-t-il, visiblement amusé.

— Un peu… D'autant qu'on nous veut à moitié ivres avant même de commencer. Cela m'a l'air dangereux !

— Je vous protégerai.

Il leva sa coupe et but une gorgée de champagne sans cesser de la regarder. Le danger était bien présent…

— Je devrais sans doute me protéger de vous. Après tout, nous n'avons pas eu besoin de beaucoup d'encouragements, l'autre fois…

Une lueur intense passa dans les yeux noirs de Sinclair.

— C'est vrai, mais ce soir je serai un parfait gentleman, quoi qu'il m'en coûte.

— Dommage ! dit-elle avec audace.

Elle ne voulait pas qu'il pense qu'elle n'était pas intéressée. Elle était déjà dans une situation délicate, alors pourquoi ne pas tenter le tout pour le tout ? Peut-être le champagne la rendait-il imprudente.

Il sourit et ses yeux se plissèrent d'une façon adorable.

— Si vous ne voulez pas que je me conduise en gentleman, cela peut s'arranger.

— Tant mieux ! Je crois que je préférerais que vous vous comportiez en mauvais garçon.

Voilà qu'elle flirtait !

— Vraiment ? Dans ce cas, reprenez un peu de champagne pour que j'aie plus de facilité à vous séduire !

Il fit signe à un serveur qui passait non loin de là.

Au même moment, une jeune femme brune s'approcha.

— Sinclair ! Comment as-tu fait pour échapper à ma vigilance ? Je te guettais depuis mon arrivée, murmura-t-elle d'une voix suave. Ta mère m'a dit que tu passais l'été ici… J'espère que tu viendras voir mon nouveau yacht !

— Annie, je te présente Dara. Dara, voici Annie.

Annie tendit la main à la jeune femme pour ne pas être accusée d'être aussi impolie qu'elle. Dara, qui avait à peine jeté un coup d'œil dans sa direction, lui serra la main distraitement. Au moins, Annie ne l'avait jamais vue chez Sinclair.

— Je vais être très occupé, cet été. Annie m'a prévu tout un programme.

L'expression de Sinclair était sérieuse, mais il avait prononcé ces mots d'un ton vaguement suggestif. Dara resta un instant bouche bée avant de se ressaisir. Elle la regarda un peu plus attentivement, puis reporta son attention sur lui.

— Vraiment ? Eh bien, si jamais tu changes d'avis…

Elle partit dans un mouvement d'humeur, visiblement furieuse.

— C'était cocasse, remarqua-t-il avant de boire un peu de champagne.

— Vous êtes très vilain !

— Oui, et cela m'amuse beaucoup. Dansons !

Ce n'était pas une question. Il lui passa un bras autour de la taille et l'entraîna vers la piste de danse, un plancher installé sur la pelouse, sous les arbres. Ils posèrent leur coupe sur le plateau d'un serveur, traversèrent la foule des invités qui discutaient et riaient, et s'engagèrent sur la piste au moment où une chanson se terminait. La chanteuse de l'orchestre de jazz était stupéfiante.

— Oh ! mon Dieu, est-ce que c'est Natalie Cole ?

— Probablement.

Elle rit et, tandis que l'orchestre entamait une autre chanson, il l'enlaça. Il la guida, et elle le suivit sans difficulté, au son langoureux du saxophone, comme si la danse n'avait pas de secrets pour elle. Elle ne pouvait s'empêcher de sourire. Il la faisait tournoyer sur la piste, et sa longue robe flottait autour d'elle. Il avait plongé ses yeux dans les siens, comme s'il la mettait au défi de détourner le regard.

Ils continuèrent à virevolter avec élégance, plus vite à mesure que le rythme de la chanson s'accélérait. Les mains expertes de Sinclair la guidaient, lui donnant l'impression d'être souple et d'avoir des mouvements fluides.

Elle s'abandonna à l'émotion que la voix passionnée de la chanteuse suscitait en elle, le cœur battant de plus en plus vite à mesure que Sinclair la serrait plus étroitement contre lui.

Leurs visages étaient tout proches l'un de l'autre. Il était plus grand qu'elle mais, s'il inclinait légèrement la tête, ses lèvres effleureraient les siennes.

Elle fut parcourue d'un frisson d'impatience. Il ne pouvait tout de même pas la tenter de la sorte et ne pas l'embrasser ? Tout son corps vibrait de désir.

La chanson se termina. Elle attendit, fébrile, qu'il l'embrasse enfin.

- 7 -

Annie resta immobile, stupéfaite. Sinclair ne l'avait pas embrassée. Il s'était même écarté un peu et, se passant machinalement une main dans les cheveux, avait détourné les yeux.

Ils s'étaient arrêtés de danser si brusquement qu'elle avait l'impression d'être un corps sans vie rejeté par les vagues sur une plage. Elle cligna des yeux et fit un pas en arrière, s'efforçant de ne pas perdre contenance. Elle se heurta à quelqu'un et se retourna pour s'excuser. Quand elle reporta son attention sur Sinclair, il regardait dans le vague et son visage semblait taillé dans le granit.

— Qu'y a-t-il ?

— Rien, répondit-il, les sourcils froncés. Allons prendre un peu d'air.

Elle se retint de lui faire remarquer qu'ils prenaient déjà l'air, étant donné qu'ils étaient dehors. Tandis qu'ils marchaient sur la pelouse, un autre verre de champagne à la main, elle s'aperçut que le « lac » dont Katherine avait parlé était en fait le détroit de Long Island. La clarté argentée de la pleine lune se reflétait sur la surface de l'eau, donnant au cadre une dimension mystérieuse et féerique.

— Pensez-vous que nos hôtes aient aussi commandé cette pleine lune ?

— Sûrement ! Je ne sais pas combien ils ont payé, mais cela valait la peine.

Il resta un moment silencieux. Il n'avait pas l'air détendu. Elle était encore sous le coup de la déception de ne pas avoir été embrassée. Elle était nerveuse, submergée par une énergie refoulée. Il semblait éprouver la même chose.

Aurait-elle dû lui dire qu'elle ne regrettait pas une seule seconde l'après-midi enfiévré qui avait réveillé sa sensualité ?

Soudain, il se tourna vers elle et brisa le silence.

— Quel est votre rêve, Annie ?

Etait-ce une sorte de test ? Si elle ne lui répondait pas ce qu'il espérait, perdrait-il toute estime pour elle ?

— Avoir ma propre maison, répondit-elle sincèrement.

C'était un rêve modeste, et sans doute vieux jeu, mais c'était le sien depuis qu'elle était partie de chez ses parents, à l'âge de vingt et un ans.

Il fronça légèrement les sourcils.

— Pourquoi n'en achetez-vous pas une ?

Elle rit.

— C'est cher !

— Vous avez un beau salaire.

— Oui, mais je vis chez vous. Si je perdais mon travail, je n'aurais plus de toit sur la tête.

— Travailler chez moi vous empêche donc de réaliser votre rêve ?

— Pas du tout. Je mets de l'argent de côté pour pouvoir en acheter une en temps voulu. Je n'en suis pas encore là, si toutefois vous vous inquiétez de voir vos parquets se ternir !

Elle plaisantait, mais son propre ton lui parut réprobateur.

— C'est quelque chose dont j'ai toujours eu envie. J'ai grandi dans une grande maison pleine de monde, la maison de ma grand-mère.

Le Connecticut de son enfance était très différent de celui que Sinclair et Muffy, sa première épouse, avaient connu. Elle avait vécu dans un quartier industriel plutôt sinistre, il n'y avait ni pelouses à l'ombre des arbres, ni manoirs luxueux.

— Mes parents et ma sœur vivent encore là-bas. Ma sœur a déménagé quand elle s'est mariée et qu'elle a eu un enfant, mais elle y est retournée après son divorce. Mon père est en invalidité depuis des années et passe ses journées à regarder la télévision. En fait, il pourrait travailler s'il le voulait, mais il préfère rester assis à ne rien faire. Ma mère, au contraire, travaille jour et nuit pour fuir la maison. C'est probablement ce que je ferais, moi aussi, si j'habitais encore là-bas. Je veux avoir un endroit bien à moi, où je pourrai faire ce que j'ai envie de faire.

— C'est votre seul but ?

Apparemment, ce n'était pas suffisant pour Sinclair Drummond. Etant donné ce qu'il avait accompli, ce n'était pas surprenant.

— Je songe aussi à ma carrière… J'ai l'intention de suivre des cours du soir pour apprendre à diriger une petite entreprise. J'aimerais être mon propre patron, un jour, et peut-être même avoir une boutique. Etre gouvernante n'ouvre pas beaucoup de portes, de nos jours, conclut-elle en souriant.

— J'imagine que ce n'est pas facile de trouver quelqu'un qui a tant de maisons qu'il ne peut pas s'occuper de toutes…

On aurait dit qu'il s'apprêtait à sourire, mais il n'en fit rien. Au contraire, il semblait plutôt peiné. Peut-être avait-il espéré qu'elle aurait plus d'ambition et serait alors digne de lui. Il semblait cruellement déçu par la simplicité de ses aspirations.

— Et vous, quel est votre rêve ?

Elle n'aurait jamais osé le lui demander s'ils n'avaient pas été là, dans la clarté de la lune.

Les sourcils froncés, il hésita un moment avant de répondre.

— Je ne le sais plus vraiment moi-même… Autrefois, je voulais fonder une famille, avoir des enfants, mais maintenant je sais que je ne suis pas fait pour cela.

— Comment le savez-vous ? Vous n'avez jamais essayé !

Son indignation la rendait effrontée.

— Pour fonder une famille, il faut être marié, et, comme mes deux tentatives l'ont prouvé, je ne suis pas un bon mari.

— Peut-être que vos femmes n'étaient pas de bonnes épouses.

— Pas pour moi, manifestement. Quoi qu'il en soit, je ne veux pas refaire la même erreur… Je ne m'aventurerai plus sur ce terrain-là.

— C'est vraiment dommage. Vous êtes bien trop jeune pour renoncer à trouver l'amour… et puis, vous pouvez vous permettre encore quelques divorces !

La plaisanterie était censée détendre l'atmosphère mais, à

en juger par le regard noir qu'il lui lança, elle n'avait pas eu l'effet escompté.

— Vous ne divorcerez peut-être plus jamais, bien sûr…

— Je vous garantis que je ne divorcerai plus, car je ne me remarierai plus jamais.

Il vida sa coupe de champagne et regarda les eaux sombres qui s'étendaient devant lui.

— Vous, vous devriez vous marier.

Cette remarque la choqua. L'idée même qu'il ait un avis sur la question la mettait mal à l'aise.

— Quoi ? Pourquoi ?

— Vous êtes douce et attentionnée, vous feriez une bonne mère… et vous avez tout pour rendre un homme heureux.

Il lui jeta un rapide coup d'œil, puis reporta son attention sur l'eau, comme s'il distinguait quelque chose de fascinant dans les ténèbres.

— A vous entendre, on dirait que je suis quelqu'un de bien ennuyeux… Certainement pas une femme faite pour porter une robe de bal et se rendre à des réceptions élégantes, dit-elle pour le taquiner.

— Ce n'est pas du tout mon avis ! De toute évidence, vous êtes rayonnante et avez tout à fait votre place dans une réception comme celle-ci.

Ses yeux se posèrent brièvement sur ses lèvres, qui frémissaient encore du baiser qu'elles n'avaient pas reçu.

Elle devait absolument penser à autre chose. Au fond, elle savait qu'il fallait résister au désir dévorant qui l'animait. Y céder n'aurait fait que rendre les choses encore plus compliquées. Après tout, Sinclair lui avait bien fait comprendre qu'il ne voulait de relation sérieuse ni avec elle ni avec personne d'autre. Où cela les aurait-il donc menés ?

Hélas ! Pourquoi fallait-il qu'il ait une bouche aussi sensuelle, des lèvres si parfaitement dessinées, ce profil aristocratique ?

Elle s'efforça de se reprendre, et posa une question qui ne manquerait pas de rompre le charme.

— Pourquoi ne voulez-vous pas vous remarier ?

Il haussa les sourcils.

— N'est-ce pas évident ?

— A cause de vos mariages ratés ? Je parie qu'avec la bonne personne tout se passerait bien.

Je pourrais être la bonne personne !

Cette pensée s'imposa à elle. Elle la rejeta violemment, désireuse de se défaire de son attirance pour lui.

— Vous devriez peut-être chercher ce qui n'a pas marché précisément. L'avez-vous déjà fait ?

Elle était trop curieuse, elle s'en rendait bien compte.

— Oui, et ce n'est pas compliqué : nous voulions des choses différentes. Ma première épouse, Muffy…

Il hésita.

— Nous nous sommes fréquentés tout au long de nos études, nous faisions tout ensemble. Nous nous sommes mariés dans le courant de l'été suivant la remise des diplômes. Nos deux familles étaient enchantées. Nous avons acheté une maison charmante dans le Connecticut… Je croyais que nous allions y vivre heureux. Elle a alors décidé de faire un doctorat de langues modernes à Yale, puis de devenir professeur, et ensuite de prendre un poste dans une université péruvienne. Nous avons fini par nous rendre compte que nous n'avions plus rien en commun. Nous avons pris des chemins différents. Elle enseigne en Argentine, maintenant. Quand nous nous sommes mariés, elle est devenue une tout autre personne.

— N'avez-vous jamais envisagé de la suivre en Amérique du Sud ?

— Non. Ma vie est ici, mon entreprise est ici. Je n'ai pas envie de passer mon temps à voyager dans le monde entier. Quand nous nous sommes séparés, j'ai décidé de ne plus jamais m'engager avec une femme qui se lançait à peine dans la vie et ne savait pas encore ce qu'elle voulait faire. L'une des choses qui m'ont plu chez Diana était le fait qu'elle avait monté sa propre agence de relations publiques. J'étais sûr qu'elle n'allait pas tout envoyer promener pour aller vivre au Tibet et rejoindre un monastère…

Il eut un sourire ironique.

— C'est alors que les ennuis ont commencé !

— Elle a rejoint un monastère ?

— Non ! Sa vie était tellement bien remplie qu'elle n'avait plus de place pour moi. Je n'avais pas envie de parcourir le pays tous les week-ends pour assister à des mariages et à des réceptions, pour aller voir des amis et des clients. Or, quand je ne faisais pas toutes ces choses, je ne la voyais jamais. Malgré tout, j'étais bien décidé à faire tout mon possible pour que notre mariage soit une réussite, alors je la laissais faire ce qu'elle avait envie de faire pendant que je m'occupais de mon côté.

Il fronça les sourcils.

— Je commençais à croire que c'était la seule façon d'être heureux en ménage. Mes parents ne m'ont pas donné un très bon exemple… Ils menaient des vies complètement séparées quand j'étais enfant. C'est l'une des raisons pour lesquelles nous avons plusieurs maisons. Enfin ! dit-il avec un soupir. Toujours est-il que Diana a rencontré quelqu'un d'autre.

Elle le savait. L'infidélité de Diana avait été l'un des motifs du divorce.

— Oh… Je suis désolée.

— C'est ainsi, je suis trop rigide. Je devrais peut-être me contenter de prendre un chien ? suggéra-t-il d'un ton pince-sans-rire, avec un pétillement malicieux dans les yeux.

— Je ne sais pas… C'est un engagement considérable, répondit-elle d'un ton faussement solennel. Toutes ces promenades… Et s'il veut aller au parc alors que vous voulez aller à la plage ?

Elle rit. Il lui avait confié l'histoire de ses déboires amoureux. Il n'y avait pas grand-chose de plus personnel. Elle ne s'était jamais sentie aussi proche de lui.

— Vous avez raison, dit-il, et puis je me déplace beaucoup.

— Vous seriez obligé de demander à votre gouvernante de promener le chien ! Remarquez, une gouvernante peut prendre ce genre de responsabilités.

— Eh bien ! Il semblerait que j'aie davantage besoin d'une gouvernante que d'une épouse.

— C'est une chance : vous en avez déjà une…

Elle but un peu de champagne.

— … et en plus vous avez des avantages en nature, dit-elle d'un ton lourd de sous-entendus.

L'air choqué de Sinclair lui fit regretter sa plaisanterie. Puis son expression s'adoucit, et il posa sur elle un regard intense qui la troubla profondément.

— Cela prouve sans doute qu'avoir une gouvernante ne suffit pas…

Sa voix était riche de toutes les émotions que son visage ne trahissait pas.

Elle prit un air qui se voulait malicieux.

— Vous êtes un homme exceptionnel, il vous faut une gouvernante exceptionnelle.

De toute évidence, elle était pompette. A moins que ce soit la robe qui la rendait terriblement audacieuse. C'était bien ce qu'il lui était arrivé avec la robe bleu paon.

— Que faites-vous là, tous les deux ? leur cria une voix à l'autre bout de la pelouse. Rejoignez la civilisation pour partager quelques huîtres avec nous !

— Des huîtres ! dit-il en riant. Exactement ce dont nous avons besoin !

— N'est-ce pas un aphrodisiaque ?

— Si ! Avons-nous besoin d'un aphrodisiaque ? demanda-t-il, la dévorant du regard.

Non, nous n'en avons pas besoin. L'attirance entre eux était bien réelle, il venait enfin de l'admettre.

— Je n'ai jamais mangé d'huîtres.

— Jamais ? Dans ce cas, nous allons y remédier tout de suite !

Il lui tendit le bras. Elle le prit dans le sien, et sentit immédiatement la chaleur qui émanait de sa peau à travers son smoking élégant.

Des couples flânaient sur la pelouse et sur la terrasse, bras dessus bras dessous, comme eux, riant de bon cœur. Des serveurs en livrée noire et blanche circulaient à travers la foule, portant des plats d'argent couverts d'huîtres. Des tables pour deux avaient été dressées un peu partout. Sur chacune d'entre elles étaient disposées des assiettes aux motifs délicats et un seau à champagne, et les chaises étaient ornées de rubans de velours.

Ils prirent place et, une fois assise, elle arrangea soigneusement sa robe autour de ses jambes. Deux petits bols de sauces, avec leurs minuscules cuillères, étaient placés au centre de la table, à côté d'une coupelle contenant des quartiers de citron. Les huîtres scintillaient étrangement à la clarté de la lune, dans leurs coquilles nacrées.

Il leur servit du champagne, puis il prit une huître, versa un peu de sauce dessus, et la lui tendit.

— Ouvrez la bouche.

Elle s'exécuta, un peu gênée.

Le goût iodé de l'huître se mêla délicieusement à celui de la sauce relevée sur ses papilles.

— C'est… curieux, dit-elle.

Il sourit.

— Maintenant, à vous de m'en donner une !

Elle lui décocha une œillade langoureuse.

— Mes responsabilités en tant que gouvernante prennent une direction de plus en plus étrange.

Pourquoi lui rappelait-elle sans cesse, pourquoi se rappelait-elle sans cesse, qu'elle travaillait pour lui ? Peut-être le faisait-elle inconsciemment afin qu'il n'oublie pas qui elle était, pour rendre l'idylle naissante entre eux bien réelle.

— Je ne vois pas en vous une gouvernante… mais donnez-moi quand même une huître.

Elle en choisit une et, laissant de côté le vinaigre à l'échalote et la sauce piquante, pressa un quartier de citron dessus et la tendit vers les lèvres de Sinclair, d'une main légèrement tremblante.

— Délicieux…

A en juger par son air satisfait, il ne parlait pas uniquement du coquillage.

A son grand étonnement, il lui prit alors la main et y déposa un baiser. Elle fut parcourue d'un frisson.

— Vous êtes sublime, Annie, dit-il d'une voix douce.

Elle rougit et baissa les yeux timidement. Elle ne savait que dire tant le compliment la décontenançait.

Les adorables rides d'expression de Sinclair apparurent.

— La plupart des femmes de ma connaissance sont faussement modestes, elles cherchent toujours les compliments, mais vous, vous êtes authentique.

Ses doigts entrelacés aux siens, il l'embrassa de nouveau, au creux du poignet, puis lui relâcha la main.

— Mon éducation m'a ôté toute velléité de prétention.

Il se pencha un peu vers elle.

— Je ne sais rien de votre famille, je sais seulement que vous voulez vous acheter une maison pour avoir votre indépendance…

Elle rit.

— Mes proches ne sont pas si terribles ! Ils sont juste un peu bruyants et autoritaires, mais ils sont gentils… à part peut-être ma grand-mère quand elle est de mauvaise humeur. Elle dirige toute la famille à la baguette.

— En partie parce que tout le monde vit chez elle, sans doute…

— Exactement, répondit-elle en souriant. Vous êtes bien placé pour la comprendre.

— Je suis toujours de bonne humeur ! protesta-t-il avec une lueur amusée dans le regard.

— Presque toujours, dit-elle, taquine. Enfin, s'il vous arrivait d'être de mauvaise humeur, je devrais bien le supporter, n'est-ce pas ?

— Certainement pas ! Je n'encourage pas les gens à tout accepter benoîtement. Je n'aurais pas une entreprise digne de ce nom si tout le monde disait amen à tout ce que je dis.

— Vous avez raison.

Elle se sentait toujours assez docile, avec lui. C'était peut-être pour cette raison qu'il avait mis si longtemps à la remarquer. A en juger par ses deux ex-épouses, il était attiré par les femmes qui avaient un caractère fort, même s'il ne restait pas marié bien longtemps avec elles.

— Je veillerai à être plus affirmée, à l'avenir. Cela dit, je ne suis pas sûre que ce soit nécessaire, puisque je fais déjà tout à ma manière et que vous semblez satisfait.

Il sourit.

— Parce que votre manière de faire les choses est parfaite…

Il inclina légèrement la tête sur le côté, plongeant ses yeux noirs dans les siens.

— … pour moi, du moins.

Elle eut l'impression que son cœur faisait un bond dans sa poitrine. Sinclair venait-il de lui faire une déclaration ? Ou faisait-il simplement la conversation, comme on le faisait au cours d'un dîner chic ? Elle n'avait pas assez d'expérience pour en juger. Son regard pénétrant la troublait au plus haut point.

Il prit les deux verres et lui en tendit un.

— A la perfection ! Qu'elle règne encore longtemps au château Drummond !

Le champagne contrastait agréablement avec le goût salé des huîtres.

— Château Drummond… Cela me plaît ! La maison n'a pas de nom, si ?

— Nous l'avons toujours appelée Dog Harbor, comme la ville. Elle devrait en avoir un, cela dit… Tout endroit vieux de trois cents ans mérite d'avoir un nom.

— Quand je pense à ces poutres, dans le grenier… Elles ont vraiment bien résisté au passage du temps. Pensez-vous qu'un fragment de la coupe se trouve vraiment quelque part dans cette pièce ?

Il haussa les épaules.

— C'est possible. Etant donné qu'il n'a ni valeur marchande ni utilité, personne n'aurait eu de raison de le vendre. A moins qu'on l'ait jeté à un moment donné, il doit donc être encore dans le grenier.

Il lui proposa une autre huître, dans un geste qui lui sembla plein de tendresse. Elle frissonna de plaisir.

C'est juste une soirée, ne t'emballe pas !

Elle avait beaucoup de mal à ne pas se laisser emporter. A son tour, elle prit une huître et la lui donna. Il la mangea sans cesser de soutenir son regard. On aurait dit qu'une force invisible les enveloppait, les poussant l'un vers l'autre.

Le charme fut rompu par l'arrivée d'un serveur à leur table. Le jeune homme affichait un grand sourire et avait à la main une bouteille de vin vide, et il leur présenta alors deux feuilles de papier toilé, et deux stylos dorés.

— Vous êtes invités à vous écrire l'un à l'autre un message, de préférence quelque chose que vous n'oseriez jamais vous dire à voix haute. Vous pouvez vous révéler le contenu des messages avant de les placer dans la bouteille, mais rien ne vous y oblige ! Toutes les bouteilles seront jetées dans l'océan, emportant vos messages avec elles.

Elle était abasourdie.

Quelque chose que je n'oserai jamais dire à Sinclair ? Je suis folle de vous !

Bien sûr, il en avait probablement déjà conscience.

Elle le vit regarder sa feuille de papier, les sourcils froncés. Il leva les yeux vers elle et la fixa avec une étrange expression.

— Ecrivons quelque chose que nous ne nous montrerons pas.

— D'accord.

Un vague sentiment de nervosité l'envahit : que se passerait-il si, au dernier moment, ils étaient contraints de se montrer leurs messages dans le cadre du jeu ? Elle prit son stylo et le mordilla, pensive.

— Au moins, on ne nous demande pas d'écrire des vers !

— C'est vrai, mais cela aurait pu être amusant…

Il sembla réfléchir un instant, puis commença à écrire, l'air absorbé. Elle ne voyait pas ce qu'il écrivait car, en dehors de la lune, la seule source de clarté était la flamme d'une bougie posée sur la table. Le carré de papier blanc semblait la narguer, et elle sentait la nervosité la gagner, d'autant plus que tout le monde glissait déjà sa feuille roulée dans sa bouteille.

— Et si la bouteille finit dans le vortex de déchets du Pacifique nord ?

— Et si elle finit entre les mains d'un naufragé solitaire, sur une île déserte du Pacifique, et qu'elle lui donne la force de tenir un mois de plus ?

— Apparemment, votre imagination est plus romanesque que la mienne.

Il avait fait un rouleau serré avec sa feuille et le tenait entre ses doigts.

— Je suis curieuse de savoir ce que vous avez écrit, ajouta-t-elle.

Il eut un sourire mystérieux.

— Je vous le dirai peut-être un jour…

Son regard s'attarda un moment sur son visage. Une douce chaleur l'envahit.

Sinclair, vous êtes un homme adorable, qui mérite de vivre heureux (de préférence avec moi). P.-S. : Je vous aime, écrivit-elle en caractères minuscules, qu'elle espérait indéchiffrables.

Elle se hâta de rouler le message et le glissa dans le goulot de la bouteille. Ses mains tremblaient, tant elle était bouleversée d'avoir écrit ce qu'elle avait envie d'écrire et non quelque chose de raisonnable. Tant pis si elle le regrettait un jour ! Pour l'heure, elle était dans un rêve et refusait de s'en extraire.

Sinclair mit lui aussi son message dans la bouteille, puis il la reboucha.

Le serveur s'approcha de nouveau de leur table, et leur demanda de le suivre. Elle se leva, et Sinclair et elle rejoignirent les autres couples qui se dirigeaient maintenant vers le bord de l'eau.

La pelouse formait un tapis moelleux sous leurs pieds, et le sable de la rive scintillait comme de la poudre de diamant. La lune projetait une lueur argentée sur le paysage, et faisait miroiter la surface lisse de l'eau, protégée de l'Atlantique par l'île de Long Island. Derrière eux, la maison ressemblait à un palais de conte de fées, avec ses nombreuses fenêtres éclairées et les guirlandes de lampions décorant les terrasses.

Tandis qu'ils approchaient de la rive, ils aperçurent des barques, telles des gondoles vénitiennes, les unes à côté des autres le long d'un ponton de bois. Elles tanguaient doucement sur l'eau calme. Des valets en uniforme de brocart noir aidaient chaque couple à monter dans sa barque, donnaient les rames aux hommes et leur indiquaient une petite île couverte d'arbres, au loin.

— Nous sommes censés ramer dans le noir ? demanda Annie.

Chaque gondole possédait une lanterne suspendue à la poupe.

— Ce sera l'aventure, murmura Sinclair en lui prenant la main.

Sa voix grave et le contact de sa peau douce et chaude contre la sienne la firent frissonner. Le cœur battant la chamade, elle remonta le ponton à ses côtés, au milieu du brouhaha des conversations et des rires des autres invités.

Sinclair l'aida à s'installer sur le siège rembourré, étonnamment confortable, de la barque, puis il prit place au niveau des rames.

— Arrêtez-vous à Peacock Island pour prendre des rafraîchissements, leur dit un homme vêtu avec élégance, en indiquant d'un geste les bouquets d'arbres de l'île, aux branches desquels étaient accrochés des lampions, à peine visible dans l'obscurité.

Sinclair écarta la barque du ponton avec de puissants coups de rames. Ils dépassèrent bientôt la barque partie en tête, et s'enfoncèrent dans les ténèbres.

— L'île est là-bas, dit-elle tandis que Sinclair s'en éloignait rapidement, envoyant dans leur sillage des vagues clapoter sur le rivage.

— Je sais. Je nous emmène ailleurs.

- 8 -

Sinclair aimait sentir les rames résister contre l'eau. Faire un peu d'exercice physique lui faisait du bien, et lui permettait de se libérer de la tension qui avait grandi entre Annie et lui tout au long de la soirée.

De profil, elle regardait défiler les longues rives sinueuses de l'île. La clarté de la lune jouait sur les traits de son beau visage. Elle avait une fraîcheur qui attirait toujours son attention, des yeux brillants, une bouche faite pour sourire, et un nez couvert de taches de rousseur. Même dans sa robe somptueuse, elle paraissait innocente.

Etait-ce ce qui lui plaisait tant ? Peut-être était-il tellement las des femmes mondaines qu'il trouvait sa beauté discrète et sa douceur irrésistibles.

Bien sûr, son corps parfait aussi pouvait expliquer son attirance pour elle. Sa robe volumineuse ne suffisait pas à effacer de sa mémoire le souvenir de ses jambes bien galbées enroulées autour de sa taille. Le corsage cintré mettait en valeur ses seins de façon troublante. Ses cheveux d'or étaient relevés en un chignon souple, dont s'échappaient quelques mèches rebelles, qui encadraient merveilleusement son visage et ses beaux yeux bleus.

Etait-ce vraiment une bonne idée de l'emmener à l'écart de la foule, loin des regards indiscrets des autres invités ? Probablement pas.

Cependant, il continua de manier les rames avec détermination, plus sûr que jamais de sa destination.

— J'adore cet endroit, dit-elle en se tournant vers lui, les yeux pétillants. C'est tellement calme, ici… C'est agréable d'être loin des lumières du rivage, nous pouvons enfin voir les étoiles.

Elle leva les yeux vers le ciel, et la lune baigna de nouveau son visage de sa douce lueur argentée. A son tour, il leva les yeux, et fut surpris de voir une myriade d'étoiles scintiller dans l'immensité noire, au-dessus de leur tête.

Elle eut un rire qui lui alla droit au cœur.

— Elles étaient là, pendant tout ce temps, à briller et à attendre que vous vous souveniez de leur présence !

— Il semblerait que j'aie oublié bien des choses. On dit que l'on gagne en sagesse en vieillissant, mais je n'en suis pas convaincu.

— Nous ne sommes pas encore assez vieux pour être sages. Nous avons d'autres étapes à franchir pour cela, comme par exemple voir nos espoirs déçus et prendre peur.

Elle semblait tellement indépendante, il avait du mal à imaginer qu'elle pût avoir peur de quoi que ce soit.

— De quoi avez-vous peur ?

Elle haussa les épaules avec une désinvolture feinte, puis serra les bras sur sa poitrine.

— J'ai peur que la vie ne se passe pas comme je l'avais espéré. Je crois que nous sommes tous les deux à un âge auquel on prend conscience que c'est maintenant ou jamais pour bien des choses.

— Ma mère est du même avis que vous. Elle croit que nous vieillirons seuls, elle et moi, et que les Drummond s'éteindront avec nous si je n'ai pas d'enfants dans le courant de l'année.

— Voilà ce dont elle a peur. J'imagine que, même quand on gagne en âge et en sagesse, on continue à s'inquiéter pour certaines choses. Et vous, de quoi avez-vous peur ? demanda-t-elle, ses yeux bleus rivés sur lui.

— De l'échec, répondit-il avec honnêteté. J'ai beau avoir réussi en affaires, j'ai échoué dans le domaine le plus important.

Elle le regarda d'un air bienveillant.

— Vous voulez fonder une famille, et vous avez peur de ne jamais y parvenir.

— A ce stade, je suis presque sûr de ne jamais y parvenir.

C'était tellement simple de se confier à elle ! Quand il lui parlait, il n'éprouvait pas le besoin de prendre une expression insondable.

— J'ai déjà essayé deux fois, et je sais reconnaître mes échecs. Si mes perspectives de mariage étaient cotées en Bourse, ajouta-t-il avec un sourire, je me débarrasserais de toutes mes actions. Ne renonceriez-vous pas, à ma place ?

— Non…

Elle hésita, les yeux pétillants.

— … mais je chercherais à améliorer ma stratégie commerciale pour augmenter mes chances de succès. J'envisagerais peut-être une nouvelle approche en matière de gestion, et une sélection plus réfléchie des partenaires.

Il rit.

— Vous essayez de me dire que je devrais avoir de meilleurs goûts en matière de femmes !

Elle haussa les épaules négligemment. Le clair de lune chatoyait sur sa peau veloutée.

— Cela ne peut pas faire de mal d'essayer.

Annie était-elle faite pour lui ? La question demeurait en suspens. A n'en pas douter, elle se la posait aussi. Peu de personnes sensées auraient regardé d'un bon œil un homme de son milieu et de sa condition s'amouracher d'une « gouvernante sans aucune instruction » mais Annie était loin de correspondre à cette description méprisante. Elle lisait beaucoup et s'intéressait à tout avec enthousiasme, ce qui compensait largement le fait qu'elle avait quitté l'école assez tôt. Comme ses deux mariages ratés l'avaient prouvé, choisir une épouse ambitieuse et cultivée n'était pas un gage de succès.

— Où allons-nous ?

La question le surprit.

— Je ne sais pas. Tout ce que je sais, c'est que j'apprécie énormément votre compagnie, et que vous êtes la femme la plus gentille et la plus belle que j'aie jamais rencontrée.

Elle le regarda fixement pendant quelques secondes, interdite, puis rit doucement.

— J'apprécie votre franchise, mais je voulais dire : où

allons-nous avec cette barque ? On ne voit plus du tout les lumières de la fête.

— Ne vous inquiétez pas, je connais cet endroit comme ma poche.

Il eut un sourire mystérieux.

— Vous n'avez toujours pas répondu à ma question.

Elle prit un air sérieux, mais il voyait bien qu'elle se retenait de sourire.

— Certaines personnes seraient nerveuses si on les emmenait en barque sans leur dire où, dans le noir.

— Etes-vous nerveuse ?

— Un peu.

Il avait envie de poser une main sur la sienne dans un geste rassurant, mais il ne pouvait pas lâcher les rames.

— Nous allons dans une crique privée, qui appartient à l'un de mes amis. J'y ai un bateau amarré, à vrai dire. Elle se trouve juste derrière cette avancée, là-bas.

Il indiqua l'endroit d'un geste, mais l'on ne voyait rien d'autre que les reflets de l'eau et le dais étoilé au-dessus de leur tête. Pourtant, il devinait la courbe de la côte comme le visage d'un vieil ami.

Enfin, le ponton de bois apparut. Il dirigea la barque vers la crique dérobée aux regards, où de larges dalles de pierre formaient un chemin entre l'eau et la maison d'été victorienne de son ami. Il amarra la barque, l'attachant à l'un des gros anneaux de fonte. Annie eut un petit rire quand il l'aida à descendre.

Elle regarda autour d'elle.

— J'ai l'impression d'être devant le Taj Mahal !

— Je crois que c'est l'effet recherché par l'architecte. Le trisaïeul de mon ami importait du thé d'Inde et souhaitait recréer ici un pavillon à l'image de ceux de l'Assam.

Il l'entraîna sous un passage voûté, jusqu'au large sofa couvert de coussins, sur la terrasse.

— Cela devrait être plus confortable que le siège de la barque, dit-il en l'aidant à s'asseoir sur les somptueux coussins.

Le pavillon richement peint les abritait du clair de lune, dont la lueur filtrait à travers les branches des arbres autour d'eux.

Elle haussa légèrement les sourcils.

— J'ai un peu peur que vous m'ayez amenée ici pour profiter de moi.

— Je vous ai amenée ici pour être seul avec vous. Même chez moi, cela semble impossible, en ce moment.

— Je trouve adorable votre façon de vous occuper de votre mère. On dit que la manière dont un homme traite sa mère en dit long sur lui.

— Eh bien, je ne suis peut-être pas aussi mauvais que la légende des Drummond laisserait à le croire !

Elle l'observa.

— Je sais que vous êtes bon et attentionné.

Il rit.

— Peut-être pas autant que vous le pensez. Vous avez sans doute de bonnes raisons de vous inquiéter pour votre vertu… N'importe quel homme aurait du mal à résister à la tentation, seul avec vous dans la pénombre.

A la faveur de la nuit, il se laissa aller à la dévorer du regard, repaissant ses yeux de sa peau, de ses traits délicats, de ses lèvres d'une exquise beauté, de son cou gracile, de sa gorge descendant doucement vers ses seins, mis en valeur de façon attrayante par le corsage de sa robe de soie gris argenté.

— Eh bien, je suis une femme et je dois admettre que j'ai du mal à lutter contre mon instinct et à ne pas me jeter à votre cou, dit-elle avec un sourire espiègle. Vous êtes très séduisant, en smoking.

Il rit.

— Je ne peux pas vous encourager à lutter contre votre instinct, je suis sûr qu'il est bien plus sain d'y céder.

— Alors vous croyez que je devrais céder à l'envie de retirer votre nœud papillon et d'ouvrir le col de votre chemise ?

— Je ne sais pas si c'est une bonne idée, mais il n'y a qu'un seul moyen d'en avoir le cœur net.

Il sentit le feu l'embraser lorsqu'elle tendit les bras vers lui et lui enleva son nœud papillon. Il percevait l'effluve subtil de sa peau. Cela lui plaisait qu'elle ne porte pas de parfum. Pourquoi l'aurait-elle fait ? Celui, naturel, de sa peau, était aussi grisant que la plus raffinée des fragrances.

Elle lui effleura la gorge du bout des doigts en déboutonnant le col de sa chemise. Une vague de désir le submergea aussitôt.

Ce n'était vraiment pas une bonne idée. Il avait regretté d'avoir couché avec elle la première fois. Il s'était senti merveilleusement bien dans le feu de l'action, mais tout de suite après il avait été pris de remords.

Pourquoi ?

Il ne voyait maintenant plus aucune raison de ne pas faire l'amour avec Annie Sullivan. Ils étaient tous deux adultes et responsables de leur destinée, et il ne la forçait aucunement : à en juger par son attitude, elle en avait autant envie que lui. Lentement, inexorablement, elle approchait sa bouche de la sienne.

Leurs lèvres se rencontrèrent en une lente collision, comme deux orages éclatant en même temps au-dessus de l'océan. Au contact de sa peau, il eut l'impression d'être frappé par la foudre. Il la prit dans ses bras avec fougue et la serra contre lui. Comme il en avait envie, depuis des jours et des jours !

L'ardeur de son baiser enflamma tous ses sens. Elle fit glisser ses doigts dans ses cheveux, sur sa nuque, sur sa chemise, et dans ses caresses il sentait le même désir brûlant que celui qu'il éprouvait pour elle. Incapable de s'en empêcher, il défit quelques-uns des boutons dans le dos de sa robe et glissa une main sous son corsage, surpris de ne sentir aucun sous-vêtement.

— Es-tu nue sous cette robe ?

— Peut-être…

Il devina à sa voix qu'elle souriait.

— Tu vas devoir partir en exploration pour le découvrir.

L'invitation, terriblement affriolante, eut l'effet d'une bouffée d'oxygène sur les flammes qui le consumaient.

Elle commença à le déshabiller sans timidité. Elle lui enleva sa veste et déboutonna sa chemise avec une expression absorbée qui l'amusa.

— Tu dois avoir chaud, après avoir ramé pendant tout ce temps, murmura-t-elle en guise d'excuse.

Il la désirait de toutes ses forces. Il avait déjà eu un aperçu de la sensualité et de la passion qui se cachaient derrière sa douceur et son apparente docilité.

Elle tira sur sa chemise pour la sortir de son pantalon et la lui retira, exposant son torse et ses bras à l'air doux de la nuit.

— N'est-ce pas mieux comme ça ?

— Si, répondit-il en l'embrassant avec tendresse, d'autant plus que maintenant je peux faire ceci…

Il l'attira vers lui, plaquant son torse contre ses seins. La sensation de ses tétons durcis de désir contre sa peau nue l'étourdit.

Leur baiser se fit plus profond tandis qu'ils se serraient l'un contre l'autre, enveloppés dans le bruissement des arbres et le clapotis de l'eau contre le ponton. Leur baiser avait un goût enivrant de miel, de fruit et de champagne. Pour la première fois depuis des mois, ou plutôt pour la deuxième fois, un sentiment de paix et de contentement l'envahit. En cet instant précis, tout était parfait.

Pourquoi éprouvait-il ce sentiment uniquement avec elle ? Il ne se rappelait pas avoir apprécié à ce point la compagnie d'une autre femme. S'agissait-il seulement d'une violente attirance sexuelle ? Il ne le croyait pas. Il y avait quelque chose de plus profond dans la satisfaction qu'il tirait de sa présence à ses côtés, mais il ne parvenait pas vraiment à définir ce que c'était.

Il détacha ses lèvres des siennes, laissant un instant l'air frais lui caresser la bouche avant de la poser sur sa poitrine. Sa peau rayonnait à la lueur pâle de la lune, on aurait dit une statue antique, à demi dévêtue. Il passa la langue sur le bout de ses seins, ravi du petit gémissement de plaisir qu'elle poussa. Elle fit glisser ses mains sur son dos et sur ses bras, et son désir pour elle s'intensifia aussitôt. Puis elle passa une main sous la ceinture de son pantalon, et il lui sembla qu'il ne pouvait endiguer plus longtemps la passion qu'il s'efforçait de contenir.

— J'ai envie de te faire l'amour…

Il se rendait bien compte que la formulation était un peu

vieux jeu, mais elle décrivait pourtant bien ses désirs et ses intentions.

— Et j'ai envie que tu me fasses l'amour, lui murmura-t-elle à l'oreille, d'une voix sensuelle. Encore…

Il ferma les yeux tandis que des souvenirs de leurs premiers ébats se mêlaient aux sensations et aux émotions du présent. Il ouvrit à tâtons les derniers boutons de sa robe, et la laissa tomber à ses pieds. Son cœur se mit à cogner dans sa poitrine : elle ne portait plus qu'une petite culotte délicate, couleur chair.

Qu'elle était belle ! Parfaitement à l'aise, magnifique image intemporelle de la beauté féminine, elle le regardait avec une confiance qui le fit trembler. Seigneur, avait-il jamais ressenti une telle émotion ? Enveloppés d'ombre et de clarté, son corps, la courbe de ses seins et de ses fesses étaient mis en valeur. Il aurait pu l'admirer pendant des heures.

Avec une lueur intense dans les yeux, elle lui retira sa ceinture. Bientôt, il se trouva entièrement nu devant elle.

— Tu es sûr que nous sommes seuls ici ? demanda-t-elle soudain, jetant un coup d'œil par-dessus son épaule, en direction des bois sombres qui bordaient la maison.

Il lui posa les mains sur la taille.

— Il doit y avoir une foule d'admirateurs dans les arbres…

Elle écarquilla les yeux.

— Tu plaisantes !

— … mais ils garderont notre secret, ils seront trop occupés à faire leur nid dans des troncs creux.

Elle sourit, mais son expression redevint presque aussitôt sérieuse.

— Est-ce que ce sera un autre secret ?

Il perçut dans son regard une certaine tristesse. Il repensa avec un sentiment de culpabilité à la façon dont il s'était éloigné d'elle après lui avoir fait l'amour pour la première fois. Son propre comportement l'avait choqué. Il venait à peine de divorcer et avait déjà couché avec une autre femme. Submergé par une foule d'émotions contradictoires, il s'était senti désorienté, et sa première impulsion avait été de prendre la fuite.

Cependant, il avait fini par revenir à son point de départ, entre les bras d'Annie.

— Seulement si c'est ce que tu souhaites, répondit-il.

Elle leva vers lui ses beaux yeux clairs.

— Je n'aime pas les secrets.

— Moi non plus. Je ne vois pas l'intérêt de faire des cachotteries. Nous sommes adultes.

— C'est indéniable, dit-elle d'un ton lourd de sous-entendus, avec un pétillement malicieux dans le regard. Tu es bel et bien un homme, un vrai…

Flatté, il l'attira vers lui et l'embrassa avec douceur.

— Et tu es une vraie femme.

Il lui empoigna les fesses avec un soupir de contentement, pressant son sexe en érection contre son ventre. Elle finit par s'écarter de lui, et s'allongea. Son corps était une invitation à la luxure.

Il se disait qu'il devait être l'homme le plus heureux de la terre, quand une sombre pensée lui traversa l'esprit.

— Ce n'est probablement pas le moment idéal pour parler de ça, mais je n'ai pas de préservatif.

Elle sourit et prit une pose encore plus aguichante.

— Mieux vaut en parler maintenant qu'après… et ne t'inquiète pas, j'ai un contraceptif.

Merci! Même un plongeon dans l'eau froide n'aurait pu calmer ses ardeurs.

— Cela ne me surprend pas, tu n'es jamais prise au dépourvu.

Il se plaça au-dessus d'elle sur le large canapé couvert de coussins, s'imprégnant de la chaleur de sa peau et de son parfum délicat. Elle lui passa les bras autour du cou pour l'attirer vers elle et l'embrassa avec tendresse. Il s'abandonna aux sensations voluptueuses qui le submergeaient, au plaisir grisant d'être dans ses bras.

Ce qu'il ressentait avec elle était complètement différent de tout ce qu'il avait pu ressentir auparavant, et il ne s'expliquait pas vraiment pourquoi. En temps ordinaire, il aurait sans doute cherché à élucider ce mystère, mais pour l'instant il n'avait absolument pas envie de réfléchir. Il voulait seulement se délecter de ce qu'il ressentait, physiquement et au plus profond de son cœur.

Il la pénétra lentement, sans cesser de l'embrasser. Ils bougèrent alors ensemble, à un rythme envoûtant. Les petits gémissements qu'elle poussait étaient une douce musique qui emplissait son cœur de joie. Il adorait sentir ses mains sur son corps, ses ongles s'enfoncer légèrement dans sa peau à mesure que la fièvre de leur passion la gagnait.

Souple et agile, elle roula sur le côté, l'entraînant avec elle, pour s'asseoir à califourchon sur lui. Elle l'emmena vers des sommets de plaisir inouïs et, juste au moment où il pensait ne plus pouvoir tenir bien longtemps, s'écarta de lui avec un sourire malicieux et l'attira de nouveau au-dessus d'elle.

Tout son corps vibrait de plaisir. Il avait envie de jouir tout de suite et de mettre un terme à la délicieuse agonie et, à la fois, aurait voulu que ce moment dure éternellement, qu'ils demeurent tous deux captifs de cette exquise volupté.

Auraient-ils des regrets le lendemain matin, quand les effets du champagne se seraient dissipés et que le clair de lune argenté aurait laissé la place à la lumière crue des rayons du soleil ?

— Je n'aurai aucun regret, murmura-t-elle soudain, comme si elle lisait dans ses pensées.

— Moi non plus.

Les jambes enroulées autour de sa taille, les bras autour de son cou, elle le serrait tout contre elle.

— Quoi qu'il arrive ensuite, ce moment nous appartiendra toujours… et je ne l'oublierai jamais.

Ces mots eurent raison de lui, le précipitant dans un univers où les tracas de ce monde s'envolaient miraculeusement, où plus rien d'autre que l'instant présent n'avait d'importance. Ils partagèrent un orgasme d'une puissance extraordinaire.

Le souffle court, haletants, leur poitrine se soulevant à la même cadence, ils reprirent leurs esprits ensemble.

— Pourquoi est-ce aussi bon ? demanda-t-elle après un long silence.

Il ne put s'empêcher de rire.

— Parce que, si ce n'était pas le cas, la terre serait dépeuplée. Si faire l'amour était aussi monotone que de se brosser les dents, les gens ne se donneraient pas la peine de le faire !

— Tu ne te brosses pas les dents ? demanda-t-elle d'un ton taquin, les yeux pétillants.

— J'ai tendance à faire les choses par devoir.

— J'aime ça, chez toi.

— Je le sais… Tu es comme moi. Je suis sûr que tu ne te couches jamais sans t'être lavé les dents.

— Suis-je aussi prévisible ?

Elle fit la moue d'un air faussement mécontent, mais ne parvint pas à cacher un sourire.

— Oui, je lis en toi comme en un livre ouvert.

Son sourire s'évanouit, et une expression pensive passa sur son visage.

— Vraiment ? Sais-tu depuis toujours que j'ai… un faible pour toi ?

Il l'ignorait. Cela ne lui avait jamais traversé l'esprit qu'elle puisse éprouver quelque chose pour lui. Elle avait toujours été une excellente employée pour lui, purement et simplement. Comment dire une chose pareille sans paraître grossier ou méchant ?

— Quelque chose me rendait aveugle à tes charmes jusqu'à ce que nous nous aventurions ensemble au grenier. Je ne comprends pas pourquoi, étant donné que tu as toujours été ravissante et que tu habites la maison depuis des années.

Elle fronça légèrement les sourcils.

— C'est étrange que cette excursion au grenier ait tout changé.

— Ma mère dirait que c'est le destin, que quelque chose de mystérieux est en train de se passer.

— C'est aussi ce que je ressens. Je n'aurais certainement jamais osé faire… quelque chose comme ça auparavant.

— Quelque chose comme faire l'amour passionnément sur la terrasse d'un inconnu ?

— Et avec mon patron, en plus ! J'arrive à peine à croire que nous soyons nus au clair de lune.

— Je sais… Il fait un peu frais.

Il la serra plus étroitement contre lui.

— C'est vrai ? J'ai plutôt chaud… mais il faut dire que je rayonne, grâce à toi.

Effectivement, elle était rayonnante. Tout en elle respirait la joie, et il avait le pouvoir d'accroître cette joie ou de la réduire à néant. Une ombre se posa sur son cœur. Il ignorait comment rendre une femme heureuse. Il se mariait, partait en voyage de noces, et ensuite tout s'effondrait.

Pourtant, avec Annie, cela pouvait peut-être se passer différemment.

Cette pensée le surprit lui-même. Songeait-il sérieusement à se lancer dans une autre relation, aussi rapidement après son deuxième mariage raté ? Si ce n'était pas le cas, que faisait-il ici, avec cette femme nue, douce et belle dans les bras ?

— Que se passe-t-il ?

L'inquiétude dans la voix d'Annie lui serra le cœur.

— Je ne suis pas très doué pour vivre l'instant présent.

Elle lui caressa la joue. Son expression était sérieuse, elle ne se moqua pas des doutes qu'il trahissait.

— Je vis davantage dans l'avenir. Je fais machinalement les gestes du quotidien, mais mon esprit vagabonde, je me projette toujours.

— Je crois que je vis plus dans le passé, personnellement. Je me dis souvent « si seulement »…

— Alors il n'y a vraiment aucun espoir pour nous ?

Elle avait pris un ton faussement enjoué, mais il percevait dans sa voix une pointe de tristesse.

— A moins que nous nous sauvions mutuellement et que nous vivions uniquement dans le présent, dorénavant.

Il eut une soudaine bouffée d'espoir, et l'embrassa avec fougue. Elle lui rendit son baiser avec autant de passion, se cramponnant à lui.

Quand il détacha enfin ses lèvres des siennes, il était essoufflé et vaguement hébété.

La voix douce d'Annie le rappela à la réalité.

— Nous ferions sans doute mieux de rejoindre les autres

invités avant que la fête ne se termine et que notre chauffeur se demande ce qui nous est arrivé.

— Tu as raison…

Il s'étira, savourant la sensation du corps d'Annie tout contre le sien.

— … mais cela me chagrine de me rhabiller alors que je me sens si bien !

— L'idée de remettre ma tenue me plaît. Je ne sais jamais ce qui va se passer quand j'enfile une des robes trouvées au grenier.

— Au contraire, peut-être que tu le sais très bien, maintenant ! Je crois voir un schéma récurrent…

Il lui caressa tout doucement la joue. Après avoir échangé un autre baiser, ils se rhabillèrent et remontèrent avec précaution dans la barque.

Le trajet du retour jusqu'à la demeure de leurs hôtes leur parut plus rapide que l'aller, sans doute parce qu'ils sentaient que leur soirée ensemble touchait à sa fin. Il avait la désagréable impression que tout serait différent une fois qu'ils auraient rejoint les autres invités. Que cette parenthèse enchantée touchait à sa fin.

Assise à la proue de la barque, elle regardait les eaux noires, dont la surface, lisse quand ils avaient fait le trajet dans l'autre sens, était maintenant ondulée, agitée par des courants sous-marins et des forces invisibles.

Soudain, elle leva les yeux vers une lumière vive dans le ciel, comme une comète dans les ténèbres.

— Qu'est-ce que c'est ?

— Une lanterne vénitienne. C'est la mode d'en utiliser dans les soirées. On allume la mèche à l'intérieur, la lanterne en papier est emportée par le vent et s'en va à la dérive dans les airs, jusqu'à ce que la flamme s'éteigne.

Alors qu'ils prenaient le dernier coude de la rivière, le ciel s'emplit de lanternes, qui s'envolèrent de plus en plus haut, de plus en plus loin dans la nuit.

— C'est magnifique, murmura-t-elle, fascinée.

Il l'admira tandis qu'elle s'extasiait devant la beauté du

spectacle. La flamme de la passion qui brûlait en lui ne vacillait pas. Cette fois, tout allait être différent. Ils surmonteraient tous les obstacles qui s'érigeraient entre eux. Une véritable relation allait naître de leur liaison, et ils apprendraient à vivre ensemble sans perdre leur personnalité. Peut-être même se marieraient-ils et fonderaient-ils une famille.

Il prit une profonde inspiration. Il se laissait emporter. Pour l'instant, il valait mieux qu'il se contente de ramer, et qu'il laisse les choses se faire naturellement.

Comme ils approchaient de la rive, elle se tourna vers lui et remit en place quelques mèches sorties de son chignon.

— Je suis comment ?

Elle était encore plus belle maintenant que quelques heures plus tôt, quand elle venait de s'apprêter pour sortir. Plus naturelle, et encore plus séduisante.

— Magnifique. J'espère que personne ne devinera ce qui s'est passé…

Elle lui adressa un sourire irrésistible.

— Ce sera notre petit secret. Personne n'a besoin de savoir que nous sommes des invités terriblement impolis…

Elle écarquilla les yeux.

— Nous ne sommes même pas allés sur l'île ! s'écria-t-elle.

— Ce n'est pas grave, nous dirons que nous nous sommes perdus.

D'une certaine façon, c'était l'impression qu'il avait : il s'était écarté du cours habituel de sa vie, s'était abandonné entre les bras d'Annie, et découvrait maintenant un monde extraordinaire, où toutes les possibilités s'offraient à lui.

— J'ai hâte de me perdre de nouveau…

— Moi aussi.

Cependant, il avait l'horrible pressentiment que cette soirée parfaite serait le dernier aperçu qu'il aurait du bonheur véritable.

Les paroles de sa deuxième épouse résonnaient dans sa tête. *Tu ne sais pas profiter de la vie. Tu t'inquiètes toujours de tes devoirs et de tes responsabilités, tu es incapable de t'amuser.*

Il fut pris d'une envie de rire à la pensée qu'il était venu à cette soirée pour ne pas manquer à ses obligations. Sa mère lui avait confié Annie, parée de ses plus beaux atours, en sachant pertinemment qu'il l'emmènerait au bal, ne serait-ce que par devoir. Parfois, agir par devoir était un vrai plaisir.

Dès qu'ils arrivèrent à la maison, Annie regagna sa chambre, comme Cendrillon après le bal. Si une vraie relation devait naître de sa liaison avec Sinclair, tout le monde l'apprendrait tôt ou tard, mais à 4 heures du matin ce n'était pas le moment idéal pour déclarer leur passion.

Elle fronça les sourcils, pensive. Pourquoi les héroïnes de contes de fées devaient-elles toutes être aussi secrètes et retrouver chaque nuit leur prince en cachette ? Pourquoi ne pouvaient-elles pas simplement les épouser et vivre heureuses en leur compagnie ? Elle ne voyait pas d'explication logique à cela. Peut-être ces héroïnes n'étaient-elles pas du tout des princesses, peut-être étaient-elles des gouvernantes obligées de se lever à l'aube pour faire le ménage, et qui auraient eu des ennuis si l'on s'était aperçu qu'elles découchaient.

Grâce à Sinclair, la soirée avait été parfaite. Dès l'instant où on l'avait vu arriver avec elle pour cavalière, il s'était montré tendre et charmant, adorable. Il l'avait traitée comme une princesse, et en conséquence elle était encore plus éprise de lui.

Quand ils sortaient de leurs rôles habituels, elle n'avait aucun mal à lui parler à cœur ouvert. Il était beaucoup plus intéressant que les hommes avec lesquels elle était sortie jusque-là. Il avait des connaissances dans de nombreux domaines, ce qui lui permettait d'élargir son horizon. Elle faisait de son mieux pour combler les manques de son éducation en dévorant livres et magazines, et c'était amusant de s'apercevoir qu'il avait acquis la plupart de ses connaissances de la même façon. Peut-être n'étaient-ils pas si différents, après tout ?

Elle sourit en trouvant le petit mot laissé sur son oreiller par la mère de Sinclair : *Ne t'avise pas de te lever avant midi !* Elle avait signé « Kate ».

Annie posa le morceau de papier sur la table de chevet et se glissa entre les draps. Sinclair avait libéré quelque chose de sauvage en elle, et son cœur débordait d'espoir. Elle entrevoyait un avenir dont elle n'avait encore jamais osé rêver.

Annoncerait-il la nouvelle à sa mère et à Vicki ? Elle ne pouvait se défaire de l'impression étrange et dérangeante que c'était tout autre chose qui allait se produire.

- 9 -

Annie faillit faire ce que Katherine lui avait recommandé dans son petit mot. Elle avait mis son réveil à sonner à 7 heures, mais apparemment elle l'avait éteint dans son sommeil, bien qu'elle n'en eût aucun souvenir. Elle se réveilla en sursaut un peu avant 11 h 30, et se redressa aussitôt dans son lit.

Avait-elle vraiment fait l'amour avec Sinclair la veille au soir ? Elle commençait à avoir du mal à distinguer la réalité de ses rêves. Quel genre de femme couchait avec son patron uniquement parce qu'il était magnifique et irrésistible ? Elle pouvait se répéter que l'excès de champagne expliquait en partie son comportement, mais au fond elle ne pouvait nier avoir fait preuve de faiblesse quand elle s'était trouvée seule avec lui.

Elle poussa un gémissement plaintif. Elle se rappelait mot pour mot la conversation qu'ils avaient eue après avoir fait l'amour, mais leur sentimentalité lui semblait maintenant bien naïve. Ce qui paraissait sensé au clair de lune pouvait s'avérer ridicule après une bonne nuit de sommeil.

Je n'aurai aucun regret. Elle avait prononcé ces mots avec la plus grande sincérité, mais tandis qu'elle posait les pieds sur le parquet froid, essayant d'imaginer comment il réagirait en la voyant, elle n'était plus aussi convaincue de ne rien regretter.

Elle prit une douche rapide et s'habilla, se demandant ce que tout le monde avait mangé au petit déjeuner. Au moins, étant donné l'heure tardive, elle pourrait se réfugier un moment dans la cuisine pour préparer le déjeuner.

Le cœur battant, elle quitta sa chambre et remonta le couloir d'un pas pressé.

— Vous voilà déjà revenue aux pantalons en toile ?

La voix de Vicki la fit sursauter. Elle se retourna et la vit qui remontait le couloir d'un air décidé, un magazine à la main.

— Que penseraient les éditeurs de *Women's Wear Daily* ?

— Je ne crois pas qu'ils auraient une quelconque opinion sur le sujet.

Elle avait essayé de prendre un ton à la fois dégagé et poli, mais elle se rendit compte que cela faisait un peu forcé. *Women's Wear Daily* était l'un des nombreux magazines de mode qui emplissaient la boîte aux lettres depuis l'arrivée de Vicki.

— Ah, mais vous vous trompez !

Vicki passa à côté d'elle, entra dans la cuisine et posa le magazine ouvert sur le plan de travail. Annie s'immobilisa en voyant les trois photographies d'elle au bal de la veille. Elle les regarda de plus près.

« Robe mystérieuse pour une mystérieuse inconnue », disait le titre.

— Pourquoi publier une chose pareille ?

— Parce que vous avez fait parler de vous, hier soir, répondit Vicki d'un air triomphant, les bras croisés sur sa poitrine. Et, apparemment, vous et Sinclair avez raté le dîner.

Le dîner ? Elle ne s'en était même pas rendu compte. Ils étaient passés des huîtres à… Oui, elle comprenait comment les rumeurs avaient commencé.

— Etant donné qu'il s'agit d'un magazine de mode, ils sont aussi curieux de savoir qui a dessiné la robe que de savoir qui la portait.

— La personne qui l'a dessinée est morte depuis bien longtemps.

Elle continuait à examiner les photos, fascinée. L'une les montrait, Sinclair et elle, enlacés, en train de danser, sa robe tourbillonnant autour de ses jambes. Sur une autre, ils discutaient sur la terrasse. Sur la dernière, il lui avait passé un bras autour de la taille et la serrait contre lui.

— Ils ne le savent pas, répondit Vicki, ils croient que c'est une création du prochain Balenciaga !

— Où est Sinclair ? demanda Annie, prononçant son prénom avec douceur.

Avait-il vu ces photographies, qui divulguaient effrontément leur aventure au monde entier ?

— Il a passé une bonne partie de la matinée au téléphone. Je présume qu'il travaille, pour ne pas changer… Enfin, apparemment, vous l'avez un peu déridé, hier soir. Il est radieux, sur cette dernière photo.

C'était vrai. Son beau visage était rayonnant.

— Nous avons passé une très bonne soirée, dit-elle d'un ton presque contrit.

Vicki se servit un verre d'eau fraîche.

— Je vois ça ! C'est exactement ce que j'avais prévu.

— Vous n'aviez pas réellement la migraine, n'est-ce pas ?

Vicki rit de bon cœur.

— Je souffrais le martyre, et ne vous avisez pas de dire le contraire à qui que ce soit ! Vous deviez absolument assister à ce bal, ma chère… Je me suis amusée à agiter ma baguette magique, et voyez comme cela s'est bien passé !

Annie la regarda. Son sourire était tellement sincère et réjoui ! Elle commençait à l'apprécier réellement.

— Et ce n'est pas fini… Je parie que vous êtes aussi dans la rubrique des échos du *New York Times*. Le Tout-New York va parler de vous !

Annie cligna des yeux, un peu désorientée. Comment Sinclair réagirait-il à tout cela ? Il avait toujours su préserver sa vie privée. Il serait probablement mécontent de voir des photos d'eux dans tous les journaux, surtout quand les gens s'apercevraient que la femme qui était dans ses bras était sa gouvernante.

— Il va être contrarié.

— Et alors ? Il faut qu'il vive un peu ! Je trouve que vous formez un très joli couple.

Vicki tapota du bout du doigt la photo sur laquelle ils dansaient.

— Dites-moi que ce n'est pas romantique !

Elle regarda la photo que Vicki lui montrait et sentit son cœur se serrer. Sur la piste de danse, Sinclair et elle se regardaient intensément, comme s'ils étaient seuls au monde et que la musique n'était jouée que pour eux.

La nuit précédente, ils s'étaient évadés dans un petit monde bien à eux, oublieux des conséquences de leurs actes.

Elle se mordilla un ongle distraitement.

— J'espère qu'il ne sera pas trop embarrassé… Je crois que nous nous sommes tous les deux laissé emporter par l'ambiance de la soirée.

— Tant mieux ! Sinclair aurait bien besoin de se laisser emporter plus souvent. Je m'arrangerai pour que sa mère et moi soyons sorties tard, ce soir.

Vicki la regarda d'un air entendu, puis elle sortit de la pièce, laissant le magazine ouvert sur le plan de travail. Annie se hâta de le refermer et de le cacher dans le garde-manger. Elle ne voulait surtout pas qu'il s'imagine qu'elle s'extasiait sur ces photos.

Elle préparait une salade composée quand elle entendit des pas dans l'escalier. Il ne pouvait s'agir que de Sinclair. Le cœur battant la chamade, elle essuya ses mains tremblantes sur un torchon et se recoiffa en hâte.

La nuit précédente avait été merveilleuse, magique. C'était un rêve devenu réalité, et même les photographies que l'on pouvait voir dans le magazine le montraient. La complicité entre eux serait-elle palpable dès qu'il entrerait dans la pièce ? Comment devait-elle l'accueillir ? Avec un « bonjour » enjoué, avec un baiser, peut-être ?

Il apparut enfin dans l'embrasure de la porte. Elle s'immobilisa en voyant son expression. Son visage était de marbre, son regard d'onyx, impénétrable.

Elle sentit sa gorge se serrer. Tous ses espoirs se flétrirent instantanément.

Cette fois, elle allait lui dire ce qu'elle ressentait, ne laisserait aucune place au mystère, pour l'empêcher de tirer le rideau sur ce qu'ils avaient partagé. Ils allaient tout au moins en parler.

— J'ai passé une très bonne soirée, hier… mais je crois comprendre que ce n'est pas ton cas.

Il se passa une main dans les cheveux, machinalement. A en juger par leur aspect, il avait déjà fait ce geste plusieurs fois.

— Annie…

Il s'avança et referma la porte derrière lui. Il semblait hésiter, comme s'il se demandait quoi répondre.

— Ne me dis pas d'oublier ce qui s'est passé la nuit dernière, reprit-elle. Je ne le ferai pas, je ne pourrai pas le faire.

Il fronça les sourcils.

— La nuit dernière était… merveilleuse.

Il plongea ses yeux dans les siens. La douleur qu'elle y perçut la stupéfia.

— Alors pourquoi as-tu l'air aussi malheureux ?

Elle avait envie de s'approcher de lui et de le prendre dans ses bras, mais elle s'efforça de rester raisonnable et de se préparer à la déconvenue qui se profilait.

— Il est arrivé quelque chose.

Un sentiment de panique l'envahit brusquement. Elle n'avait pas encore vu Katherine, et avait supposé qu'elle était déjà levée et sortie.

— Est-ce que c'est ta mère ? Qu'y a-t-il ?

L'expression de Sinclair s'assombrit.

— Non, ce n'est pas maman… C'est mon ex-femme, Diana.

Elle cligna des yeux, perplexe. A sa connaissance, il ne lui avait pas parlé depuis des mois. Leur divorce s'était très mal passé, même s'ils n'avaient pas été mariés bien longtemps.

— Est-elle malade ?

— Non…

Il prit une profonde inspiration, et expira bruyamment.

— Elle est enceinte.

— Oh…

Elle sentit son cœur sombrer.

— Tu es le père de l'enfant, dit-elle.

Pourquoi la nouvelle aurait-elle été si terrible sinon ?

— Oui, répondit-il. Elle va accoucher d'un jour à l'autre. Elle m'a dit qu'elle ne m'en avait pas parlé avant parce que nous étions en plein divorce, mais qu'elle éprouvait le besoin de me mettre au courant maintenant qu'elle allait accoucher.

Elle éprouvait peut-être aussi le besoin de toucher une pension alimentaire. Annie garda cette mauvaise pensée pour elle, mais ne put s'empêcher d'en exprimer une autre.

— Ne fréquente-t-elle pas quelqu'un d'autre ?

D'après les commérages, elle avait trompé Sinclair, mais Annie ne connaissait pas les détails de l'histoire.

— Le père de l'enfant ne pourrait-il pas être cet homme ?

Ce n'était pas très gentil de sa part de suggérer une telle chose.

— Je viens de l'avoir au téléphone, elle jure que cette histoire n'était qu'un prétexte pour divorcer, et que l'enfant est de moi.

— Elle veut que vous vous réconciliiez ?

Sa voix trahissait son manque de conviction, elle s'en rendait bien compte. L'expression peinée de Sinclair était éloquente.

— Non, mais elle ne va pas tarder à accoucher et, si ce bébé est bel et bien le mien, il faut que je sois là pour sa naissance.

Le mot « si » lui donna une lueur d'espoir. Manifestement, il n'était pas sûr d'être le père de l'enfant.

— Pourquoi ne te l'a-t-elle pas dit plus tôt ?

La tristesse de Sinclair se lisait dans ses yeux. Cela faisait peine à voir.

— Elle m'a dit qu'elle ne voulait pas que je le sache, qu'elle voulait élever l'enfant toute seule.

Un sentiment de frustration envahit Annie.

— Alors pourquoi ne la laisses-tu pas faire ?

— Je ne me le pardonnerais jamais si notre enfant grandissait sans ses deux parents sans que j'aie fait tout mon possible pour arranger les choses.

— Tu n'es pas obligé de te remarier avec elle pour arranger les choses. Beaucoup de parents séparés élèvent leurs enfants à deux.

Allait-il vraiment l'abandonner après tous les serments qu'ils avaient échangés la veille ?

— Je sais… mais il faut que j'essaie de bien agir. Je suis comme ça.

— Je comprends.

Il n'y avait rien d'étonnant à ce qu'il veuille agir honorablement et élever son enfant.

— J'espère que tout se passera bien.

C'était un mensonge, mais avec le temps elle finirait peut-être par avoir la générosité d'esprit de le souhaiter réellement. Pour l'instant, elle avait envie d'une seule chose : se pelotonner dans son lit pour pleurer.

— Apparemment, Diana vit à Santa Barbara, maintenant. Je vais y aller, je prends l'avion cet après-midi.

— Oh…

Tant pis pour notre soirée en tête à tête ! Elle regretta aussitôt cette pensée égoïste. La vie de Sinclair allait être bouleversée, quelle que soit l'issue de son voyage à Santa Barbara.

Mais personne ne se souciait de sa vie à elle.

— Je suis désolé que cela se produise, surtout maintenant, dit Sinclair, qui semblait dans tous ses états. Je n'aurais jamais… profité de toi hier soir si j'avais su.

Ses paroles lui firent l'effet d'un coup de poing.

— Tu n'as pas profité de moi, répondit-elle, s'efforçant de garder une voix calme et posée. J'étais consentante.

Ce que je peux être bête ! Sinclair n'était pas responsable de ce qui se passait. Cependant, il n'était pas obligé de se ruer auprès de son ex-femme pour essayer de la reconquérir.

Elle sortit le magazine du garde-manger.

— Est-ce que tu as vu ça ? demanda-t-elle en lui montrant les photos d'eux au bal.

— Bon sang !

Il lui arracha le magazine des mains. De nouveau, elle eut un pincement au cœur.

— Je n'avais pas vu que l'on nous prenait en photo…

Elle était bien trop absorbée par leur éphémère idylle.

— Moi non plus, dit-il en regardant la couverture du magazine. Qu'est-ce que c'est que cette revue ?

— Un magazine de mode, c'est Vicki qui me l'a donné.

— Cela ne m'étonne pas.

Il posa le magazine sur le plan de travail, après avoir pris soin de le refermer.

— Espérons que la presse traditionnelle n'aura pas vent de l'affaire.

— Oui…

Elle avait peine à parler. Il voulait réellement oublier leur merveilleuse soirée ensemble. Une vague de tristesse la submergea, qu'elle espérait pouvoir endiguer jusqu'à ce que Sinclair soit parti.

— Je vais faire mes bagages. Ne t'embête pas à préparer à manger pour moi, je pars pour l'aéroport dans dix minutes.

Leurs relations étaient de nouveau strictement professionnelles. Elle acquiesça d'un hochement de tête, se gardant bien de prononcer un mot, craignant de fondre en larmes.

— Je suis désolé, Annie.

Sa voix était tendue. Essayait-il de faire bonne figure, ou ne ressentait-il rien, tout simplement ? Elle commençait à se poser sérieusement la question.

— Moi aussi.

Elle remit le magazine dans le garde-manger, contente d'avoir une excuse pour se détourner et échapper à son regard dur. Quand elle se tourna de nouveau, il était parti.

Bouleversée, elle s'appuya au plan de travail. Elle respirait péniblement tant elle avait pris sur elle pour réprimer ses émotions. Elle avait envie de hurler, de douleur et de colère, mais elle n'en fit rien. Elle s'était aventurée à vivre son rêve le temps d'une soirée merveilleuse, elle pouvait être fière d'avoir fait preuve de courage et d'audace. Seulement, voilà, maintenant, elle n'avait plus aucune raison d'espérer davantage.

Elle finit de préparer à manger, prenant tout son temps pour être sûre qu'il serait parti quand elle sortirait de la cuisine.

— Oh ! non ! Sinclair met les voiles, une fois de plus…

La voix de Vicki la fit sursauter si violemment qu'elle renversa la salière.

Elle se contenta de hausser les épaules. Elle ne se tourna pas vers Vicki, elle ne voulait pas lui montrer à quel point elle était malheureuse. Elle ne comprenait pas pourquoi Vicki s'acharnait à essayer de la pousser dans les bras de Sinclair.

— On dirait qu'il a vu un revenant.

— Il est parti ? demanda Annie en jetant un rapide coup d'œil par la fenêtre.

— Oui, à toute allure !

Elle finit par se retourner pour regarder Vicki.

— Pourquoi veut-il se réconcilier avec son ex-femme alors qu'elle ne veut pas ?

La question la taraudait. Elle ignorait quel genre de relation Sinclair et Diana entretenaient mais, si elle lui avait caché sa grossesse pendant près de neuf mois, ils n'étaient sûrement pas très proches.

— Sinclair croit probablement qu'un bébé peut tout arranger, c'est un romantique inconditionnel… On ne peut pas en dire autant de Diana. Elle est aussi affectueuse que ce radis.

Elle prit un radis dans la botte posée sur le plan de travail et mordit dedans.

Le cœur d'Annie se brisait. Quel gâchis ! Sinclair et elle auraient pu être heureux ensemble, mais maintenant il retournait auprès d'une femme qui ne lui avait apporté que de la souffrance.

Elle se risqua à poser à Vicki une question qui lui brûlait les lèvres.

— Pourquoi Sinclair est-il tombé amoureux d'elle ?

Vicki haussa les épaules négligemment.

— Elle est belle, très manipulatrice et autoritaire. Elle lui a probablement dit ce qu'il avait envie d'entendre… du moins, avant d'être mariée avec lui.

— Pourquoi ne lui a-t-elle pas dit plus tôt qu'elle était enceinte ?

— Je présume que cela ne l'arrangeait pas. Elle avait peut-être un homme encore plus riche et encore plus beau en réserve… même si c'est difficile à imaginer. Sinclair est un très beau parti.

— Alors comment se fait-il que vous ne vouliez pas de lui, vous ? demanda Annie.

Son audace la surprenait elle-même. Peut-être était-elle aussi franche parce qu'elle n'avait plus rien à perdre.

Vicki rit.

— Sinclair est beaucoup trop bien pour moi ! C'est vraiment une crème, dit-elle d'un air vaguement mélancolique, et pas seulement parce qu'il a un charme fou et beaucoup d'argent. C'est vraiment un homme bien, qui a des principes et qui s'évertue à agir honorablement.

— Alors pourquoi est-ce qu'il sabote tout, tout le temps ?

L'espace d'un instant, Vicki la regarda fixement, les yeux légèrement écarquillés, puis elle rit de plus belle.

— Vous dévoilez une tout autre facette de votre personnalité, aujourd'hui, Annie ! Je n'en sais pas plus que vous. Pourquoi les hommes sont-ils stupides ? C'est l'éternelle question.

Il était loin d'être stupide, mais il avait de très mauvais goûts en matière de femmes, c'était indéniable.

Qu'en était-il d'elle ? N'était-elle qu'une femme qui ne lui convenait pas parmi tant d'autres ?

Un horrible sentiment de vide l'envahit. Il lui semblait soudain que plus rien n'avait de sens. Les questions se bousculaient dans sa tête sans qu'elle pût répondre à la moindre d'entre elles.

Pauvre Sinclair, voué à répéter inlassablement la même erreur. Et pauvre de moi, abandonnée le cœur brisé !

Vicki joua avec le fermoir de son lourd bracelet en argent.

— Eh bien ! Quoi qu'il en soit, il est parti. Toutes les bonnes choses ont une fin, même si ce n'est vraiment pas la fin que j'avais en tête. Je suis désolée de vous avoir encouragée dans cette voie, dit-elle d'un air contrit, apparemment sincère. J'espère que je ne vous ai pas compliqué les choses.

— La situation était déjà compliquée, avant votre arrivée.

Elle soupira. Elle ne pouvait pas rester dans ces circonstances. Elle ne pouvait pas continuer à travailler pour Sinclair après avoir couché avec lui deux fois et après avoir été repoussée sans cérémonie deux fois. Peu importait que Sinclair soit parti pour de bonnes raisons ou non, elle devait se sortir de cette situation.

Cela signifiait qu'elle devait abandonner Katherine Drummond alors qu'elle était en convalescence, mais elle trouverait bien quelqu'un d'autre pour lui faire à manger pendant le reste de l'été.

— Je ferais mieux de servir le déjeuner.

— Je vais mettre la table, dit Vicki.

Le repas fut sinistre. Annie ne resta pas assise à table mais, évidemment, elle ne s'en éloigna jamais beaucoup. Katherine, d'habitude bavarde et pleine d'entrain, fut étrangement silencieuse. Elle était plus pâle qu'elle ne l'avait été ces derniers temps. Apparemment, la nouvelle de la naissance imminente de sa petite-fille ou de son petit-fils n'était pas aussi réjouissante qu'elle aurait pu l'être.

— Oh ! pauvre Sinclair ! s'écria-t-elle enfin, après avoir un moment repoussé sa salade du bout de sa fourchette dans son assiette. Cette femme ne le rendra jamais heureux…

Vicki était la seule à avoir de l'appétit.

— Non, répondit-elle en se resservant. Nous avons intérêt à retrouver cette satanée coupe le plus vite possible, pour remettre sa destinée sur la bonne voie.

Katherine rit faiblement.

— Je commence à croire que ce n'est qu'une légende et que la coupe n'existe même pas. Nous avons fouillé le grenier de fond en comble, ou presque, et nous avons certes trouvé des choses intéressantes, mais rien qui ressemble à un fragment de coupe vieille de trois cents ans.

Vicki manquait tout de même un peu d'allant.

— Peut-être que les trois frères se sont réunis, qu'ils ont rassemblé les trois fragments de la coupe, et que la destinée des Drummond ne peut pas être meilleure.

— Pourtant, ils ne se sont pas réunis, dit Katherine d'un air pensif, les sourcils froncés. Aaron Drummond, le fils de notre ancêtre, tenait un journal, et il a écrit plusieurs fois au sujet de la déception de son père, qui n'a jamais réussi à retrouver ses frères. Apparemment, il s'en plaignait encore sur son lit de mort.

— Pas de chance ! Pourquoi ne se sont-ils jamais retrouvés ?

— D'après le journal d'Aaron, l'un des frères a été arrêté pour vol, s'est évadé de prison et est devenu pirate, partant à l'abordage de tous les navires de Virginie jusqu'en Floride. Il a fini par disparaître. Le troisième frère a fait fortune grâce au commerce de la fourrure de castor, puis il est retourné en Ecosse et a racheté le domaine familial. Ses descendants y vivent encore. Je suppose que l'on ne traversait pas l'Atlantique pour rendre visite à sa famille, à l'époque. Voilà pourquoi ils ne se sont jamais revus... Notre ancêtre a construit la partie la plus ancienne de cette maison, et notre branche en est propriétaire depuis, si la coupe a bel et bien existé, l'un des fragments est donc ici.

— Et il y restera peut-être pendant encore trois cents ans, dit Vicki en soupirant. Nous n'arriverons jamais à rassembler les trois fragments ! Je doute que votre ancêtre pirate ait pris grand soin du sien...

— On raconte qu'il a enterré de l'or et des trésors un peu partout sur la côte est. Il n'est jamais venu à New York. Etant devenu un hors-la-loi, il n'avait peut-être pas envie de faire face à son frère.

Pendant quelques instants, Katherine regarda fixement son verre d'eau pétillante.

— Ce serait intéressant de convaincre les autres Drummond de nous aider à chercher les fragments... Vous pourriez peut-être offrir une récompense pour toute aide que l'on vous apporterait, suggéra Vicki.

— Une récompense ? Autant que je sache, les autres Drummond sont aussi riches que Sinclair, ils ne nous aideront pas pour quelques milliers de dollars.

Vicki se pencha légèrement en avant.

— Exactement ! Ils se moqueraient d'une récompense parce qu'ils pensent avoir déjà tout ce dont ils ont besoin. Ce serait plus logique de faire participer d'autres gens... Des gens qui auraient une véritable motivation financière seraient prêts à chercher la coupe avec acharnement, et les Drummond cueilleraient les fruits de leur travail !

L'idée sembla alarmer Katherine.

— Des étrangers ?

— C'est une idée ! J'ai bien peur que nous ne trouvions jamais les trois fragments de la coupe.

De là où elle se tenait, debout près du buffet, Annie vit l'expression calculatrice de Vicki. Elle retourna dans la cuisine. Elle ne se souciait plus des intrigues de Vicki, elle avait maintenant d'autres chats à fouetter. A la fin du déjeuner, elle donnerait sa démission. Elle avait peine à le croire elle-même : elle allait quitter le poste qu'elle occupait depuis six ans, la maison qu'elle aimait tant, elle n'avait aucun endroit où aller, et aucun autre travail ne l'attendait.

La voix de Vicki l'arracha à ses sombres pensées.

— Vous n'allez pas démissionner, tout de même ?

Comment faisait-elle pour se déplacer toujours comme une ombre ?

— Pourquoi vous en souciez-vous ? Je suis sûre que vous pensez que je gâche ma vie à faire les poussières ici, de toute façon.

— Ça, c'est vrai… J'imagine que je n'ai pas envie de me dire que c'est ma faute, répondit Vicki, les sourcils froncés.

— Ce n'est pas le cas, croyez-moi. Cela faisait un moment que je songeais à aller de l'avant, j'avais simplement besoin d'un déclic… Vous pouvez donc continuer à profiter de l'été sans vous sentir coupable. En revanche, j'apprécierais que vous preniez soin de Katherine. J'avais promis à Sinclair de veiller sur elle, mais…

Son cœur se serra. Elle n'aimait pas revenir sur une promesse, et n'avait pas du tout envie de le décevoir, mais il était grand temps qu'elle pense un peu à elle. Elle s'effaçait depuis bien trop longtemps. Katherine et Sinclair étaient adultes, ils pouvaient prendre soin d'eux tout seuls, ou du moins payer quelqu'un d'autre généreusement pour s'en charger.

— Bien sûr, dit Vicki, l'air grave. Je ferai en sorte qu'elle passe un été sain et reposant.

— Quel gâchis ! J'espère que Sinclair ne fera rien de vraiment stupide, comme par exemple se remarier avec Diana.

— Quoi qu'il puisse faire, cela ne me regarde pas. Maintenant, si vous voulez bien m'excuser… Je dois parler à Katherine.

- 10 -

Sinclair quitta le parking de l'aéroport de Santa Barbara au volant de la voiture de location, la mort dans l'âme. Il n'avait pas du tout envie de revoir le visage de son ex-femme. Petit à petit, il avait appris que son ovale parfait et sa peau lisse, loin d'être le signe d'un tempérament paisible, n'avaient rien de naturel mais étaient en fait le résultat de la chirurgie esthétique. Epouvantée à l'idée d'avoir un jour des rides, Diana dormait avec une épaisse couche de crème autour des yeux et sur le cou. Même ses cheveux noirs et brillants n'étaient pas naturels : elle se faisait poser des extensions toutes les trois semaines. Il sentit son estomac se nouer à la perspective de devoir de nouveau embrasser ses lèvres botoxées.

Le cœur lourd, il pensa alors à Annie et à sa beauté parfaitement naturelle, à sa peau laiteuse parsemée de taches de rousseur, à ses cheveux roux aux reflets dorés, aux petites rides d'expression qui se formaient au coin de ses yeux quand elle souriait, à son corps gracieux et à la douceur de ses formes.

Il regrettait profondément la façon dont il l'avait traitée. Fou de désir pour elle, il lui avait retiré sa belle robe argentée et lui avait fait l'amour au clair de lune, sans plus de cérémonie. Il n'avait jamais éprouvé un tel désir pour aucune femme, et il ne comprenait pas encore très bien ses sentiments pour Annie. Il y avait quelque chose en elle qui le touchait profondément.

Avoir à lui annoncer qu'ils ne pouvaient pas être ensemble, le matin même, avait été déchirant. C'était cruel pour elle, une véritable torture pour lui.

Il jura tout bas. Il avait goûté au bonheur, pour se le voir aussitôt arraché. Peut-être était-il maudit, finalement. Sa mère avait sans doute raison : ils étaient tous condamnés à être malheureux en amour.

La crainte qui l'habitait se fit plus intense encore lorsqu'il se gara devant la maison de Diana. Cela ne faisait pas si longtemps qu'ils l'avaient choisie, ou plutôt qu'elle l'avait choisie. Lui n'aimait pas beaucoup le style méditerranéen de la façade, mais à l'époque il faisait tout pour rendre sa jeune épouse heureuse. Quand ils avaient divorcé, il la lui avait bien volontiers laissée.

Tendu, il appuya sur la sonnette. Trois voitures étaient garées dans l'allée, il y avait forcément quelqu'un. Il entendit des pas résonner sur le carrelage de l'entrée, et la porte s'ouvrit.

— Sinclair !

Le ton alarmé de Diana et son expression épouvantée correspondaient à l'accueil auquel il s'était attendu.

— Il fallait que je te voie.

— Pourquoi ? Je t'avais dit de ne pas venir !

Elle ne s'écarta pas pour le laisser entrer. Elle prenait presque toute la place dans l'embrasure de la porte. Son ventre énorme était caché derrière une véritable montagne de satin ivoire, son visage était bouffi et elle était trop maquillée. Elle semblait sortir d'un film d'horreur.

Chasse ces vilaines pensées de ton esprit ! C'est la mère de ton enfant.

— Pourquoi ? Parce que nous allons avoir un enfant ensemble.

— Non, certainement pas. Je vais avoir un enfant. Nous avons divorcé, au cas où tu l'aurais oublié. Enfin, puisque tu es ici, j'imagine qu'il vaut mieux que tu entres…

Sa voix avait une acidité qu'il ne lui connaissait pas. Vraisemblablement, maintenant que le divorce avait été prononcé, elle n'éprouvait plus le besoin de l'amadouer pour obtenir ce qu'elle aimait le plus au monde : de l'argent.

— Si je suis bien le père…

Il n'en était pas persuadé, mais il devait lui accorder le bénéfice du doute, dans l'intérêt de l'enfant.

— … j'ai l'intention d'être très présent dans la vie de notre enfant, et nous allons devoir nous mettre d'accord pour avoir des relations correctes.

Il avait abandonné toute idée de réconciliation en voyant son expression amère et coléreuse.

— Qui est-ce, chérie ? appela une voix d'homme depuis la cuisine, à l'arrière de la maison.

Visiblement gênée, elle jeta un coup d'œil par-dessus son épaule. Sinclair se hérissa.

— Qui est-ce ?

Vivait-elle déjà avec quelqu'un d'autre ? Imaginer un autre homme élever son enfant le révulsait.

— C'est Larry. Larry ! appela-t-elle.

Elle continua de le regarder froidement, tandis qu'un jeune homme qui ne devait pas avoir plus de vingt-deux ans, grand et massif, aux cheveux blonds décolorés, faisait son apparition. Larry le salua d'un hochement de tête et prit une posture de garde du corps derrière elle.

— Je peux entrer ? demanda Sinclair.

Cela lui restait sur le cœur d'avoir à demander la permission d'entrer dans cette maison qu'il avait achetée.

— Il faut bien…

Diana se retourna et parcourut le couloir, jusque dans le salon surchargé de bibelots et de dorures.

— … mais ce ne sera pas la peine que tu restes longtemps. Comme je te l'ai déjà fait remarquer, il n'y a plus rien entre nous.

— Il y aura quelque chose entre nous si nous avons un enfant ensemble. Pourquoi n'as-tu pas mentionné ta grossesse pendant le divorce ?

Elle joua avec l'une de ses bagues, la faisant tourner sur son doigt, et leva le menton d'un air de défi.

— Je ne voulais pas que tu aies l'impression que je t'appartenais, que tu avais un droit de regard sur mon avenir.

— Alors pourquoi m'annoncer la nouvelle maintenant ?

Cela n'avait aucun sens.

— Pour gagner ma vie, je dois assister à toutes sortes de réceptions et rester en contact avec des gens. J'avoue que je ne m'étais pas rendu compte qu'être enceinte m'en empêcherait. De toute évidence, je ne peux pas être vue dans cet état.

Il avait peine à croire ce qu'il entendait.

— Alors c'est juste une question d'argent… Tu ne veux pas que je joue un rôle dans la vie de cet enfant, tu veux seulement que je subvienne à tes besoins pendant que tu t'en occupes.

— Exactement.

— As-tu fait un test ADN ?

— Oui. Je te l'ai dit au téléphone.

C'était pour cette raison qu'il était venu aussi vite, mais maintenant qu'il était là toute l'histoire lui semblait suspecte.

— Montre-moi les résultats.

— Je ne sais pas où ils sont, répondit-elle en croisant les bras sur son ventre énorme.

— Alors tu attends de moi que je te croie sur parole ?

— Je sais que tu n'as pas envie de repasser devant le juge, et pour toi une pension alimentaire représente une bagatelle. Verse-la-moi et laisse-moi tranquille, je te laisserai voir l'enfant quand tu le voudras.

Quelque chose dans son regard le poussa à insister.

— J'ai besoin de voir les résultats du test.

— Je ne vois pas pourquoi ! Je suis enceinte de neuf mois, il y a neuf mois, nous étions toujours mariés, lança-t-elle d'un ton hargneux. Fais le calcul, tu verras que tu es le père du bébé.

— Cela supposerait que tu ne m'aies pas trompé, et tu as déjà reconnu l'avoir fait.

— J'ai dit que je t'avais trompé uniquement parce que l'Etat de New York n'accepte pas le divorce par consentement mutuel, il fallait que l'un de nous deux ait trompé l'autre.

C'était ce qu'elle avait prétendu à l'époque, et il ne l'avait pas crue, pas plus qu'il ne la croyait maintenant.

— Je suis tombée enceinte quand nous étions encore mariés, et tu es le père du bébé.

— Je n'ai plus l'intention de te croire sur parole. Tu vas devoir refaire un test.

— Je ne vais pas mettre le bébé en danger en me laissant

enfoncer une aiguille dans le corps à un stade aussi avancé de la grossesse.

Ses yeux étaient exorbités, et ses seins semblaient sur le point de sortir de sa tunique. Ce n'était pas du tout une perspective alléchante.

— Dans ce cas, je resterai ici jusqu'à l'accouchement, et à en juger par ton apparence, je ne devrais pas avoir à attendre très longtemps.

S'il était bien le père de l'enfant, il ravalerait sa rancœur et s'accommoderait au mieux de la situation. En revanche, si le bébé n'était pas le sien, ce serait une autre histoire.

— Annie !

Sa grand-mère la serra tendrement dans ses bras. Annie lui rendit son étreinte avec chaleur.

— Pourquoi n'es-tu pas venue depuis si longtemps ?

— Je suis venue à Noël, répondit-elle, consciente que la réponse était pitoyable. J'ai été très prise.

Elle avait démissionné la veille et quitté Dog Harbor tôt le matin même. Transporter toutes ses affaires dans des cartons lui avait été assez difficile, et maintenant elle se sentait épuisée.

— Combien de temps restes-tu ? demanda sa grand-mère en s'écartant un peu pour la regarder. Tu es pâlotte… Tu n'es pas malade, dis-moi ?

Elle secoua la tête et se força à sourire.

— Non, non, je vais bien. J'aimerais rester le temps de trouver un autre travail… si vous voulez tous bien de moi.

Sa grand-mère écarquilla les yeux.

— Tu as démissionné ?

— Oui. Il était temps. Je faisais la même chose depuis six ans, je commençais à m'encroûter.

Sa grand-mère fit la grimace.

— Ce n'est pas le meilleur moment pour trouver du travail, ma chérie… Ta sœur en cherche depuis quelque temps, mais sans succès.

— Je sais, répondit Annie, mais il fallait que je parte.

Elle eut un haussement d'épaules qui se voulait désinvolte.

— Il y a autre chose qui ne va pas, dit sa grand-mère l'observant attentivement, les yeux plissés. Je le vois bien !

Annie sentit les larmes lui monter aux yeux, mais elle prit sur elle pour ne pas les laisser couler sur ses joues.

— Il y avait… quelqu'un, mais c'est fini, maintenant.

Sa grand-mère la prit de nouveau dans ses bras.

— Oh ! Mon pauvre bébé… Dis à mamie Pat où il habite, je vais aller lui remonter les bretelles, moi !

Annie ne put s'empêcher de rire.

— Si seulement c'était aussi simple !

— Allez, entre et pose tes affaires. Nous avons entassé des vieilleries dans ton ancienne chambre, mais nous allons les mettre ailleurs.

Cependant, les vieilleries en question n'ayant aucun autre endroit où aller, elle dormit cette nuit-là dans un lit entouré de cartons pleins d'objets et de bibelots que sa mère et sa grand-mère avaient accumulés au fil des ans. Se retrouver dans ce lit à une place et plein de bosses de surcroît était un triste symbole d'échec. Sinclair partageait probablement le lit de la redoutable Diana en ce moment même, attendant impatiemment l'arrivée de son premier enfant.

Elle regarda le plafond, s'efforçant de ne pas trop regretter sa chambre paisible à Dog Harbor, le bruissement des arbres derrière la fenêtre et le chant des chouettes dans la nuit. Tout cela faisait maintenant partie du passé, et elle devait aller de l'avant. Demain, elle s'inscrirait à l'université. Elle vivrait sur ses économies pendant quelque temps, même si elle devrait alors renoncer au rêve de s'acheter une maison.

Elle ne voulait pas savoir ce qui se passait entre Sinclair et son ex. Il était allé la rejoindre sans un moment d'hésitation, ce qui montrait bien que les sentiments qu'il avait pu avoir pour Annie étaient superficiels et insignifiants. Après tout, il avait volontiers reconnu qu'il l'avait à peine remarquée avant qu'elle n'essaie la fameuse robe bleue. De toute évidence, il n'avait éprouvé pour elle qu'un désir fugace, vite oublié une fois satisfait.

Les ressorts du matelas grincèrent quand elle se leva le lendemain matin. Les rayons du soleil filtraient à travers les rideaux défraîchis. Elle s'était habituée au riche décor de Dog Harbor, et aurait probablement des goûts de luxe toute sa vie.

Elle n'allait pas attendre à ne rien faire qu'il se passe quelque chose. Tout en se passant de l'eau sur le visage, elle décida de prendre les choses en main. Elle n'allait peut-être pas conquérir le monde comme les femmes qui plaisaient à Sinclair, mais elle réaliserait ses rêves, petit à petit.

— Peut-on avoir de ces œufs au plat que tu fais si bien ? lui cria son père depuis le rez-de-chaussée.

Elle rit. Elle ne risquait pas d'avoir un jour de congé ici. Chez Sinclair, elle était souvent toute seule, mais dans sa famille ses talents culinaires seraient sans cesse sollicités. Au moins, elle se sentirait utile, et ne tournerait pas en rond dans sa chambre à se morfondre.

— J'arrive !

Elle s'habilla en hâte et descendit, mais la cuisine était déserte. Les bonnes odeurs attireraient tout le monde. Elle fit chauffer du beurre dans une poêle, cassa quelques œufs et les fit cuire avec du bacon.

Sinclair n'aimait pas le bacon. *Tu es venue ici pour oublier Sinclair et aller de l'avant.*

Tout lui faisait penser à lui. Elle poussa un gémissement plaintif et s'efforça de se concentrer sur l'avenir. Qu'allait-elle chercher comme travail ? Elle devrait peut-être trouver un emploi dans une boutique, pour voir si elle avait vraiment envie d'avoir la sienne un jour. En fait, elle ne savait pas réellement ce qu'elle voulait.

Sinclair l'avait probablement déjà oubliée. Elle s'était donnée à lui trop facilement. Tous les magazines féminins s'accordaient à dire que ce n'était pas une bonne chose. Les hommes n'aimaient pas les conquêtes faciles, ils préféraient les femmes inaccessibles. Hélas, elle n'avait pu lui résister.

— Pourquoi est-ce que je n'arrête pas de penser à Sinclair ?

Ses mots résonnèrent dans le silence de la cuisine.

— Parce que tu es amoureuse de lui ?

La voix de sa sœur, Sheena, la fit sursauter. Elle n'avait parlé à personne de ses mésaventures sentimentales.

— Certainement pas…

— Oh ! que si !

Sa sœur, appuyée au chambranle de la porte, affichait un petit sourire moqueur.

— Tu as beau être cachottière, ajouta-t-elle, je le lis sur ton visage.

— Pourquoi ai-je l'impression d'avoir de nouveau quinze ans ?

— Je ne sais pas ! Ce qui me révolte, c'est que tu aies l'air d'avoir quinze ans… Tu n'es pas assez stressée.

— Crois-moi, je le suis bien assez.

Elle posa les œufs et les tranches de bacon sur un plat.

— Mange ton petit déjeuner, et laisse-moi tranquille…

Elle se dirigea vers la porte et cria à la cantonade :

— C'est prêt !

— Non, répondit sa sœur, je vais prendre mon petit déjeuner, mais je vais continuer à te taquiner. Alors… Est-ce qu'il est beau ?

— Je ne sais pas de quoi tu parles.

Le sourire de Sheena s'élargit.

— Tu le sais très bien ! Tu parlais de lui quand je suis entrée, alors n'essaie pas de prétendre qu'il n'y a personne. Comment s'appelle ton patron, déjà ?

— Il s'appelait Sinclair.

— Il a changé de prénom ? demanda Sheena en haussant les sourcils d'un air faussement perplexe.

— Non, il s'appelle toujours Sinclair, mais ce n'est plus mon patron.

Le simple fait de prononcer ces mots lui noua le ventre. Elle avait peine à croire que sa vie ait été bouleversée en si peu de temps, et ne se rendait pas encore bien compte qu'elle avait quitté son travail.

— Alors, tu es amoureuse de lui, mais lui ne t'aime pas.

— Plus ou moins. Je n'ai vraiment pas envie d'en parler.

— Tu en parlais déjà avant que j'arrive, alors je crois que

tu as besoin de dire ce que tu as sur le cœur. Est-il amoureux de quelqu'un d'autre ?

— Non. Je crois qu'il n'a jamais été amoureux et qu'il ne le sera jamais. Il a été marié deux fois et je pense qu'il n'a aimé ni sa première épouse ni la deuxième. Il essayait sans doute seulement de rentrer dans le moule. Toute sa vie, il a été organisé, efficace, parfait. Je doute qu'il soit capable d'émotions.

— Eh bien ! Je n'étais pas sûre que toi, tu en sois capable, mais je vois que je me suis trompée. Je t'ai toujours envié ton indépendance.

— J'aimais mon indépendance, répondit Annie d'une voix brisée, et j'espère que je l'apprécierai de nouveau quand je me serai sorti Sinclair de la tête.

Sa sœur s'appuya de nouveau au chambranle de la porte avec nonchalance.

— A quoi ressemble-t-il ?

— Qu'est-ce que ça peut faire ?

Elle s'assit à table et se força à manger quelque chose. Comment endurer cela ? Sa famille, les questions... Et surtout l'idée d'avoir perdu Sinclair à jamais. Elle soupira.

— Serait-il grand, beau et ténébreux, par hasard ?

— Oui. Evidemment ! Il est magnifique.

— Il a de larges épaules et des petites fesses bien fermes ?

— Fiche-moi la paix !

— Est-ce qu'il est BCBG, style premier de la classe ?

Annie fronça les sourcils, décontenancée.

— Oui... Comment le sais-tu ?

— Eh bien, je te décris le gars qui est sous la véranda en train d'embobiner mamie Pat.

Elle s'immobilisa.

— Avec qui mamie est-elle en train de parler ?

Elle avait peine à s'exprimer clairement tant elle était troublée.

— Un gars qui est arrivé dans une grosse voiture, répondit sa sœur en faisant mine d'être absorbée par ses œufs au plat. Il a demandé si une certaine Annie Sullivan vivait ici.

Annie se leva d'un bond et faillit renverser sa chaise.

— Il me cherche ?

— Oui. Il avait l'adresse, mais comme il n'y a pas de numéro sur la porte…

Elle sortit de la cuisine en courant. Le cœur battant, elle ouvrit la porte d'entrée et s'avança sous la véranda. Sa grand-mère et Sinclair se tournèrent tous deux vers elle.

Elle croisa le regard de Sinclair, qui s'approcha d'elle. Il portait une chemise blanche, dont le col était déboutonné, et un pantalon noir. Comme d'habitude, il était très élégant.

— Dieu merci, je t'ai enfin retrouvée !

Sa voix grave lui fit l'effet d'une caresse, et ses mots la troublèrent tout autant. On aurait dit un amoureux transi qui venait de parcourir le monde à la recherche de la femme qu'il aimait. Sinclair l'aimait-il ? Non, elle ne se berçait plus d'illusions.

— Je ne pouvais pas rester, pas après la deuxième fois…

— Ce jeune homme a fait tout le trajet depuis la Californie sans s'arrêter pour te voir, dit sa grand-mère en souriant à Sinclair. Il n'était même pas sûr que tu sois là.

Peinée, elle détourna les yeux, mais il s'arrêta juste devant elle. La tension qui émanait de son corps était palpable, tandis qu'elle se sentait étrangement calme. Elle avait déjà pris la décision d'oublier leur brève liaison et d'aller de l'avant, et son apparition soudaine lui semblait surréaliste.

Il fronça les sourcils, l'air grave.

— J'ai fait une grossière erreur.

— Une seule ?

Son ton glacial la surprit elle-même. Peut-être était-elle en colère. Six années passées à se languir, suivies de la plus grande joie et de la plus cruelle souffrance en l'espace de deux semaines, pouvaient effectivement agacer.

— Tu m'as manqué.

Toi aussi. Elle ne prononça pas ces mots. Il lui avait manqué, mais elle n'avait pas vraiment eu le temps de s'attarder sur ce sentiment : elle avait été trop occupée à réfléchir au sens qu'elle allait maintenant donner à sa vie. Consciente que tout ce qu'elle avait laissé derrière elle la submergerait si elle y songeait, elle n'avait cessé de s'affairer pour garder l'esprit occupé.

— Je n'arrivais pas à croire que tu sois partie…

— Tu pensais que j'endurerais cette nouvelle déconvenue ? Je suis assez coriace, mais te voir repartir auprès de ton ex-femme était un peu trop pour moi…

Elle n'avait pas eu l'occasion d'espérer pendant plus de vingt-quatre heures que Sinclair et elle pourraient avoir un avenir ensemble. Par deux fois, l'aube blafarde l'avait arrachée à ses rêves pour la plonger dans une brume de souvenirs douloureux et de regrets.

Il fronça de nouveau les sourcils.

— Je n'aurais pas dû partir. J'aurais dû rester avec toi.

— Mais tu ne l'as pas fait.

Elle sentait la colère monter en elle, malgré sa ferme intention de garder le calme. Elle ne voulait pas entendre ses excuses, elles n'avaient plus aucun sens, maintenant. Ce qu'ils avaient partagé, si brièvement, était fini pour toujours.

Son ex-femme avait dû lui dire qu'elle ne voulait plus de lui. Sinon, il serait probablement encore avec elle, pour « agir honorablement ».

— Diana voulait de l'argent, c'est tout. Je ne suis pas le père de l'enfant. Dès que j'en ai eu la preuve, je suis reparti, et une fois à la maison j'ai demandé à ma mère et à Vicki de m'aider à retrouver ton CV, sur lequel il y avait ton adresse personnelle. Tu m'as dit que ta famille vivait toujours ici, j'espérais t'y trouver.

Elle eut un bref hochement de tête.

— J'ai des sentiments pour toi, Annie.

— J'ai toujours eu des sentiments pour toi, Sinclair, et cela ne m'a apporté que de la souffrance.

— Je sais que tout est ma faute, dit-il d'une voix chargée d'émotion. J'ai été aveugle pendant si longtemps !

Elle avait envie d'acquiescer, mais à quoi bon ? Son expression affligée faisait peine à voir. Même maintenant, même après tout ce qui s'était passé, elle avait envie de se jeter à son cou et de lui dire qu'elle était heureuse de le voir. Il avait fait tout le trajet depuis le Connecticut pour la retrouver et pour lui réaffirmer ses sentiments.

Mais dans quel but ? Allait-il lui demander de repartir avec lui et de redevenir son amante ? Ou de s'occuper de sa maison et de sa mère ?

— Qu'attends-tu de moi, Sinclair ?

Elle se prépara à dire non à ce qu'il espérait la persuader de faire.

Il glissa la main dans la poche de son pantalon et en sortit une bague sertie d'un énorme diamant. Elle écarquilla les yeux, stupéfaite. Il n'allait tout de même pas… ?

Si ! Il allait lui demander sa main. Les pensées tournoyèrent dans sa tête avec la violence d'un tourbillon. Toutes ces années de rêveries et d'espoirs aboutissaient à cet instant insensé, sous la véranda. L'homme de sa vie tenait entre ses doigts une bague magnifique, et était sur le point de lui demander de l'épouser.

Et elle s'apprêtait à dire non.

Avec une expression d'intense concentration, Sinclair tint la bague entre son pouce et son index, et prit une profonde inspiration, plongeant ses yeux dans les siens.

— Annie, veux-tu m'épouser ?

- 11 -

Sinclair avait l'impression que la bague était tranchante entre ses doigts. Les rayons du soleil frappaient les facettes du diamant, qui renvoyaient mille poignards de lumière.

Sa question resta en suspens dans l'air. Le silence qui s'ensuivit lui sembla durer une éternité.

Le ventre noué, il attendit la réponse d'Annie. Elle ne sourit pas, comme il l'avait espéré, ne soupira pas, ne rit pas d'un air gêné. En fait, elle paraissait peinée.

— Vous avez peut-être besoin d'un peu d'intimité.

Il était comme plongé dans un brouillard, un brouillard d'incrédulité. Pourquoi demeurait-elle silencieuse ? La voix de la grand-mère d'Annie l'arracha à sa rêverie. L'expression de la vieille dame, jusque-là enjouée, s'assombrit quand elle posa les yeux sur Annie.

— Y a-t-il quelque chose que j'ignore ? lui demanda-t-elle en regardant sa taille avec insistance.

— Non !

La réponse foudroyante d'Annie lui fit l'effet d'une gifle. Il avait le sentiment qu'elle refusait sa demande, alors même qu'elle ne faisait que répondre à sa grand-mère.

— Entrons, dit-elle sans le regarder.

Tenant toujours la bague entre son pouce et son index, il la suivit à l'intérieur. Elle remonta le couloir et entra dans un salon spacieux, haut de plafond. Elle lui fit signe de s'asseoir. Il prit place sur le canapé usé, tandis qu'elle s'asseyait sur une chaise, le plus loin possible de lui. Son cœur battait la chamade.

— Tu trouves sûrement que ma demande est prématurée,

étant donné que nous ne sommes jamais vraiment… sortis ensemble.

— Effectivement ! Tu ne me connais pas vraiment.

Son visage était sans expression, comme si elle ne sentait aucune des émotions qui le submergeaient, lui.

— Mais si !

L'occasion de pouvoir s'expliquer lui rendit espoir.

— Je te connais depuis six ans. Je me sens plus proche de toi que de qui que ce soit d'autre, même si nous n'avons passé qu'une seule nuit ensemble. Tu dois bien sentir le lien qui nous unit !

Il vit une lueur d'émotion passer dans ses beaux yeux bleus.

— Oui, bien sûr… mais cela ne signifie pas que nous sommes faits l'un pour l'autre. Nous n'avons rien en commun ! Si je n'avais pas travaillé pour toi, nous ne nous serions jamais rencontrés.

— Nous avons beaucoup de choses en commun, dit-il d'une voix douce. Je regrette d'avoir mis si longtemps à m'en apercevoir, mais je me rends compte aujourd'hui que nous voyons les choses de la même façon.

— C'est sûrement pour ça que tu étais si satisfait de la manière dont je tenais ta maison.

Il avait envie d'acquiescer avec enthousiasme, mais la remarque ressemblait plus à une accusation qu'à autre chose.

— Je ne veux pas que tu t'occupes de ma maison, je veux que tu t'occupes de moi !

Elle écarquilla les yeux.

— Comme une assistante améliorée ?

— Non !

Un sentiment de frustration l'envahit. Pourquoi était-il aussi peu doué en amour ?

— Je veux partager ma vie avec toi, je veux que tu sois ma compagne de toujours… mon âme sœur.

Elle resta parfaitement immobile, l'air triste.

— On ne devient pas l'âme sœur de quelqu'un. Si nous étions des âmes sœurs, nous nous en serions rendu compte il y a longtemps.

Il referma la main sur la bague, laissant les facettes du diamant lui entrer dans la paume, furieux de s'être montré aussi stupide. Comment avait-il pu passer six ans sous le même toit que la femme idéale sans se rendre compte que c'était celle qu'il attendait depuis toujours ? Au lieu de cela, il avait fréquenté, épousé, même, des femmes qui n'étaient absolument pas faites pour lui.

— Oublie cette histoire d'âmes sœurs, dit-il en se penchant en avant. Je te veux, Annie. Quelque chose en moi, au plus profond de moi, me dit que j'ai besoin de toi. Je ne veux pas repartir à la maison sans toi.

Il espérait de tout cœur qu'elle sentirait l'émotion qui vibrait dans sa voix, sa sincérité.

Les yeux d'Annie se mirent à briller, et une larme coula sur sa joue. Il sentit son cœur se serrer. Sa déclaration l'avait-elle blessée encore davantage ?

Elle demeurait silencieuse, et ce silence brisait au fil des minutes le peu de confiance qu'il lui restait.

— Qu'y a-t-il, Annie ? Ai-je dit quelque chose de maladroit ?

— Nous venons de milieux complètement différents… comme tu peux le voir, dit-elle en indiquant la pièce d'un geste raide.

Sa voix était monocorde. Seuls ses yeux trahissaient son émotion.

— Cela n'a aucune importance. Toute ma vie, j'ai fréquenté des femmes de mon milieu, et regarde le résultat ! Peu importe d'où nous venons. Ce qui compte, c'est ce que l'on veut accomplir, la façon dont on mène sa vie, et avec qui on veut la partager.

Ses yeux étaient de nouveau secs. Elle l'observa un moment, sans ciller, puis elle baissa la tête.

— Cela ne marcherait pas.

— Pourquoi ? s'écria-t-il en se levant d'un bond.

Pourquoi ne parvenait-il pas à lui faire entendre raison ?

Elle le regarda.

— Parce que tu ne m'aimes pas.

Ses mots tombèrent sur son cœur comme une pierre. Lui

avait-il dit toutes ces choses, lui avait-il demandé de l'épouser, sans lui dire une seule fois qu'il l'aimait ?

Il prit une profonde inspiration.

— Je t'aime. Je t'aime de tout mon cœur.

Il s'approcha d'elle, s'accroupit à ses pieds et prit ses mains entre les siennes. La bague roula par terre.

— J'ignorais ce qu'était l'amour avant de te prendre dans mes bras. Je n'ai fait qu'effleurer la vie, jusqu'à présent. Je croyais percevoir l'éclat de ses couleurs, sentir ses parfums et entendre sa musique, mais je me trompais. Je voyais les autres vivre leur vie, mais maintenant, grâce à toi, je suis bien vivant, et je peux enfin sentir, voir et goûter à toutes ces choses que j'observais de loin !

Les mains d'Annie tremblaient légèrement. Il les serra plus étroitement dans les siennes.

— Je n'ai jamais éprouvé cela, reprit-il, je ne savais même pas que c'était possible. Il m'a fallu tout ce temps pour comprendre ce qui se passait. Quand je suis arrivé en Californie, j'avais l'impression que l'on m'avait arraché le cœur. J'avais une seule idée en tête : te retrouver… parce que je t'aime, Annie. Je t'aime vraiment.

Des larmes coulèrent de nouveau sur ses joues.

— Je te crois, dit-elle d'une voix tremblante. Oh ! Sinclair ! J'aimerais tant penser que nous pourrions être heureux ensemble…

Il reprit espoir en entendant ces mots.

— Nous serons heureux, et même malheureux ensemble s'il le faut, l'essentiel étant que nous soyons ensemble ! Je ne peux pas vivre sans toi, Annie.

Elle rit, et la lueur qu'il aimait tant voir briller dans ses yeux reparut.

— Te voilà redevenu raisonnable ! Etre malheureux ensemble semble tout à fait faisable !

— Cela vaut toujours mieux qu'être malheureux chacun de notre côté.

— Je ne te quitterai jamais, tu sais.

Elle avait retrouvé cette expression étrangement sereine.

— Je ne te laisserai pas me quitter !

Il desserra son étreinte sur ses mains juste assez longtemps pour les porter à ses lèvres et y déposer un baiser, se délectant du parfum de sa peau.

— Tu m'as tellement manqué, Annie…

— Toi aussi, tu m'as manqué. Je ne voulais pas me l'avouer, tout comme je ne voulais pas m'avouer que j'étais tombée amoureuse de toi au cours des six dernières années.

— Je m'en veux tellement d'avoir perdu tant de temps ! Je te promets de me rattraper, si tu m'en donnes l'occasion.

Elle se mordit la lèvre inférieure, trahissant sa nervosité.

— Je ne sais pas quoi dire…

— Attends ! Laisse-moi recommencer.

Une main posée sur les siennes, il ramassa, de l'autre, la bague tombée par terre, puis il inspira profondément pour se donner le courage de lui poser une seconde fois la question fatidique.

— Annie Sullivan, je t'aime comme je n'ai jamais aimé personne, et je veux passer le restant de mes jours à tes côtés. Veux-tu m'épouser ?

— Oui ! répondit-elle d'une voix douce, les yeux pétillants.

Il retint un cri de joie et lui passa la bague à l'annulaire.

— Elle est magnifique, murmura-t-elle en regardant, émerveillée, le diamant cerclé de minuscules rubis.

— Je suis content qu'elle te plaise. C'est une bague de famille, alors elle est peut-être maudite, mais ce n'est pas comme si nous espérions être heureux ensemble…

— Oui, quel soulagement ! dit-elle. De quelle manière horrible la dernière personne à l'avoir portée est-elle morte ?

— Hmm…

Il fit mine de réfléchir.

— A vrai dire, elle est encore en vie. Maman trouve que cette bague est trop belle pour rester dans un coffre-fort, alors elle m'a suggéré l'idée de te l'offrir.

Elle écarquilla les yeux.

— Ta mère sait que tu avais l'intention de me demander en mariage ?

— Elle m'a fait promettre de ne pas tout gâcher, et elle m'a dit qu'elle ne me parlerait plus jamais si je revenais à la maison sans toi.

Visiblement abasourdie, elle le regarda fixement, les lèvres légèrement entrouvertes. Il avait soudain une folle envie de l'embrasser.

— Tu as bien répondu oui, n'est-ce pas ? demanda-t-il dans un souffle, craignant de rompre le charme.

— Oui, oui…

Enfin, ils s'enlacèrent, et échangèrent un baiser plein d'une infinie tendresse. Il était merveilleusement bien entre ses bras, si bien qu'il aurait pu rester ainsi éternellement.

Cependant, on frappa à la porte, et ils s'écartèrent l'un de l'autre à contrecœur.

— Entrez ! dit Annie.

La porte s'ouvrit lentement. Sa grand-mère et une jeune femme qui ressemblait à Annie entrèrent dans la pièce. Annie se leva d'un bond.

— Vous écoutiez derrière la porte ?

Sa grand-mère se redressa, l'air digne.

— Je devais m'assurer que ce jeune homme ne profitait pas de toi, dit-elle en remontant ses lunettes sur son nez.

— Et toi, quelle est ton excuse ? demanda Annie à la jeune femme.

Celle-ci eut un sourire entendu.

— J'étais curieuse… et j'avais de quoi ! C'était palpitant.

— Eh bien ! Je suppose que ce n'est pas la peine de vous annoncer la nouvelle, alors…

— Nous aimerions quand même l'entendre, dit sa grand-mère d'un ton enjoué.

— Annie et moi aimerions vous annoncer que nous allons nous marier.

Elle se blottit alors contre lui et une vague de bonheur l'envahit.

— Sinclair, je te présente ma sœur, Sheena. Sheena, nous n'avons jamais dit que nous allions faire un mariage en grande pompe. Pour ma part, je préférerais quelque chose de sobre.

Un homme apparut dans l'embrasure de la porte.

— Qu'est-ce que j'entends ? Quelqu'un va se marier ?

La grand-mère d'Annie le regarda fixement.

— Seigneur ! Tout cet émoi a délogé votre père de son canapé ! Décidément, c'est un jour à marquer d'une pierre blanche… Ta fille va se marier, avec ce charmant jeune homme, ajouta-t-elle en indiquant Sinclair d'un geste.

Le père d'Annie se gratta le front d'un air ébahi.

— Eh bien, ça, alors ! Mes félicitations !

Il s'avança et lui serra la main chaleureusement.

— Je vous promets de prendre soin de votre fille.

— Je ne suis pas sûre d'avoir besoin que l'on prenne soin de moi, déclara Annie. En général, c'est moi qui prends soin des autres !

— Justement, il est grand temps que cela change, dit-il en lui passant un bras autour de la taille. Je crois que nous devrions commencer par prendre de longues vacances reposantes…

Annie remit ses effets personnels dans sa valise. Elle n'avait pas eu de mal à convaincre Sinclair de rendre visite à sa mère avant de s'en aller en amoureux. Katherine était encore faible, et les événements de la semaine passée auraient fatigué même une personne en parfaite santé.

Sa mère à elle avait poussé des cris de joie quand elle était rentrée du travail et avait appris la nouvelle. Ils avaient tous posé une foule de questions à Sinclair, qui s'était montré charmant et avait répondu avec tact, mais elle avait hâte de retrouver le calme de Dog Harbor.

Cependant, ce serait sans doute étrange de s'y trouver non pas en tant que gouvernante, mais en tant qu'invitée. Non, elle n'était pas non plus une invitée.

Sinclair apparut dans l'embrasure de la porte.

— J'ai l'impression d'être un chevalier venu ici pour te ravir à ta famille et t'emmener dans mon château !

— Je suis sûre que tes ancêtres approuveraient.

Ils firent leurs adieux dans la joie générale, et prirent la route de Dog Harbor.

Tandis que le paysage défilait derrière les vitres de la voiture, ils discutèrent du mariage. Dog Harbor, de préférence dans le mois, entourés de leurs familles et de leurs amis proches… Une cérémonie simple, intime. Elle était aux anges.

Quand ils arrivèrent dans l'allée de gravier, la maison lui parut étrangement différente, sans qu'elle pût s'expliquer pourquoi.

— Bienvenue à la maison, murmura Sinclair au creux de son oreille. Nous sommes tout seuls, j'ai demandé à maman et à Vicki de s'éclipser pendant quelques jours pour que nous puissions rattraper le temps perdu…

— Tu as bien fait ! Nous avons au moins six mois de rendez-vous galants en retard.

— Nous allons y remédier.

Son regard éloquent la fit frissonner. Elle savourait à l'avance le plaisir d'être seule avec Sinclair, son fiancé. Elle avait peine à le croire.

— Attends ! Il faut que je te porte pour franchir le seuil, dit-il en descendant de la voiture pour venir lui ouvrir la portière.

Il la prit dans ses bras et l'emmena vers la maison en courant. Elle poussa un petit cri de surprise.

— Cela ne te dérange pas que je me dépêche, j'espère ? Je suis un peu impatient !

— Je t'en prie, répondit-elle en se cramponnant à lui.

Il se démena pour ouvrir la porte en la gardant dans ses bras.

— Où est la gouvernante quand on a besoin d'elle ? chuchota-t-elle.

– Elle n'est plus disponible !

Il donna un coup de pied dans la porte pour l'ouvrir en grand, jeta ses clés sur le buffet et franchit le seuil.

— Hé ! Qu'est-ce que c'est ?

Quelque chose sur la table de la salle à manger avait attiré son attention alors que Sinclair l'emmenait vers l'escalier.

— Quoi donc ?

— Fais un détour par la salle à manger ! Je crois qu'il y a un mot sur la table.

— J'espère qu'il est court, répondit-il, j'ai d'autres priorités…

Il lui déposa un baiser sur la joue et l'emmena dans la salle à manger.

— Qu'est-ce que c'est ?

Une boîte de bois abîmée était posée au milieu de la table, à côté d'une feuille de papier sur laquelle étaient griffonnés les mots : *Nous l'avons trouvé !*

— Le fragment de la coupe ? Tu ferais sûrement mieux de me poser…

— Et si je n'ai pas envie de te poser ?

Il lui mordilla le lobe de l'oreille, et une vague de désir la submergea aussitôt.

— J'ai mieux à faire que de me soucier d'une vieille coupe !

Il la posa sur la table et l'embrassa avec fougue. Tout le désir qu'ils avaient contenu pendant le trajet pouvait enfin s'exprimer. Il déboutonna son chemisier et le lui enleva, puis elle lui retira son polo, se délectant de la vision de son torse musclé. Tandis qu'il couvrait ses seins de baisers, elle défit sa ceinture à tâtons. Il lui enleva alors son pantalon, et elle se retrouva en sous-vêtements sur la table en chêne. Elle ne put retenir un petit rire nerveux.

— Tu es sûr que nous devrions faire ça ici ?

— Absolument, répondit-il en achevant de se déshabiller.

Elle se sentit flamber de l'intérieur. Ses membres se liquéfiaient. Les jambes en coton, elle chancela, mais il la serra plus fort, tout en l'embrassant. Quand il la pénétra, elle souleva ses hanches et ondula contre lui, se grisant de l'extase qui se peignait sur son visage. Au moment où elle sentit l'orgasme arriver, il la souleva et l'emporta dans le salon, où il l'allongea sur la méridienne recouverte de brocart. Elle poussa un soupir de contentement, appréciant la douceur de la surface rembourrée.

Elle s'abandonna tout entière aux sensations délicieuses qui la submergeaient. Pour la première fois, elle n'avait pas à s'inquiéter de ce qui se passerait ensuite, ou à se demander si elle faisait une erreur. Elle était là où elle devait être, entre les bras de l'homme de sa vie. Son cœur débordait de joie et d'amour.

Cramponnée à lui, elle joignit ses mouvements aux siens, et ne tarda pas à jouir avec lui.

— Est-ce que je suis en train de rêver ? demanda-t-elle lorsqu'elle eut enfin repris son souffle.

— Si c'est le cas, nous faisons le même rêve... Continuons à dormir !

— Nous n'avons toujours pas regardé dans la boîte.

— Quelle boîte ? Ah, oui ! La boîte... Je suis sûr que cela peut attendre.

— Apparemment, nous ne pouvions pas.

Elle se mordit la lèvre pour réprimer un sourire.

— Parle pour toi ! J'aurais très bien pu attendre des heures, dit-il avec un pétillement malicieux dans les yeux.

— Menteur !

Elle lui caressa le dos du bout des doigts.

— Mais je suis contente de te faire perdre ton sang-froid... Si ce n'était pas le cas, nous aurions sans doute été obligés d'attendre six ans de plus.

— Je ne veux même pas y penser. Bon ! Allons découvrir ce que cache cette mystérieuse boîte...

Il se mit debout et l'aida à se lever, puis ils regagnèrent la salle à manger. Avec un grand geste du bras, Sinclair indiqua la boîte.

— A toi l'honneur ! Tu es la nouvelle venue au sein de la famille Drummond.

— Pas encore...

— Peu importe. La malédiction pèse sur toi dès l'instant où tu acceptes d'épouser un Drummond.

— Très bien ! Puisque je suis condamnée...

Elle souleva le couvercle, qui émit un grincement sonore. A l'intérieur de la boîte, un morceau de tissu écossais mangé par les mites enveloppait quelque chose. Elle le prit et le posa sur la table. Un petit nuage de poussière s'éleva dans l'air et vint lui chatouiller les narines. Elle écarta soigneusement le tissu, pour révéler une tige de métal ternie.

— Hein ? Je ne m'attendais pas à ça ! Je croyais que ce serait un fragment de la fameuse coupe.

— C'est peut-être le cas, dit Sinclair en prenant le bout de métal.

Sa surface était gravée, et il y avait une sorte de griffe à chaque extrémité.

— Il pourrait s'agir du pied de la coupe.

— Les deux autres fragments seraient la base et le calice ? Je n'y avais jamais pensé ! Les extrémités ont l'air de pouvoir se raccorder à quelque chose. Je me demande où Katherine et Vicki ont trouvé cette boîte…

— Et moi, je me demande quand elles l'ont trouvée, et si cela coïncide avec le moment où j'ai enfin eu la présence d'esprit de partir à la recherche de la femme de ma vie, dit-il avec sérieux.

Il plongea ses yeux dans les siens. L'intensité de ses sentiments pour elle se lisait sur son visage.

— Je t'aime, Sinclair.

— Je t'aime aussi.

Il lui déposa un baiser sur les lèvres.

— Bienvenue chez toi, Annie.

Epilogue

— Katherine, c'est de la folie ! s'écria Annie en déballant le cadeau enveloppé dans du papier de soie. Ce n'est même pas encore Noël…

— Je n'ai pas besoin d'attendre une occasion spéciale pour offrir quelque chose à mon petit-fils !

Des paquets-cadeaux étaient déjà empilés au pied du sapin que Sinclair et elle avaient installé dans le salon et décoré.

— Non, dit Sinclair d'un ton pince-sans-rire, mais tu pourrais peut-être attendre qu'il soit né !

Il passa les bras autour de la taille d'Annie, qui épaississait de jour en jour.

Elle sortit du paquet une adorable petite salopette imprimée de bateaux, avec le bob et les bottes assortis.

— Bien sûr, répondit-elle. Comment ne pas être enthousiaste à l'idée de l'arrivée de notre petit bonhomme ?

— Il ne manquera de rien. Vous croyez que ce serait ridicule d'acheter une luge ?

— Ridicule ! répondit Sinclair en riant. Il ne pourra pas faire de luge avant deux ans, au moins… Et puis, nous avons retrouvé plusieurs luges de bois dans le grenier. Elles seront sûrement plus rapides et plus solides que tout ce que tu pourras trouver dans les magasins.

— Je suis tellement heureuse, j'ai du mal à me retenir ! Je suis sûre que je serai plus calme quand j'aurai de nouveau le droit de voyager. Je vais devoir patienter encore un peu ! Cela me rend folle de ne pas pouvoir aller en Ecosse pour convaincre le jeune Drummond de chercher son fragment de la coupe.

Il déposa un baiser plein de tendresse sur la joue d'Annie.

— Pourquoi n'irais-tu pas harceler le Drummond qui vit en Floride ? Tu peux très bien prendre l'avion, du moment que tu ne vas pas très loin.

— Vicki a insisté pour s'en charger, répondit Katherine avec un haussement d'épaules. Elle avait l'air d'être très intéressée... Je crois qu'elle a des amis là-bas.

— Ou alors elle espère obtenir la récompense qu'elle t'a convaincue d'offrir à toute personne qui retrouvera un fragment de la coupe, remarqua Sinclair en remplissant leurs verres de lait de poule.

— Sinclair ! Vicki n'a pas besoin d'argent, sa famille est richissime.

— Peu importe. J'espère qu'elle retrouvera les fragments manquants. Tout le monde mérite d'être aussi heureux que nous.

— Tu vois, je savais que tu pouvais être heureux en ménage. Il fallait juste que tu choisisses la bonne personne.

Katherine rayonnait de joie. Annie regarda Sinclair en souriant.

— C'est ce que je lui dis, moi aussi.

— Et la maison n'a jamais été aussi belle !

Des branches de houx et de sapin ornaient les rampes et les cheminées, et des décorations de toutes sortes étaient disposées un peu partout dans la maison et sur le sapin.

— C'est parce que nous allons dans le Colorado, d'habitude.

Annie regarda autour d'elle, contente de son œuvre. Elle avait toujours rêvé de décorer la maison pour Noël. Tout comme leur mariage charmant dans le jardin, c'était un rêve devenu réalité. Son cœur débordait parfois de tant de joie qu'elle avait peine à contenir ses émotions.

— Ce sera encore plus merveilleux l'année prochaine, quand le petit sera là pour fêter Noël avec nous.

Katherine se leva et vint la serrer dans ses bras, les larmes aux yeux.

— Je suis tellement heureuse !

Elle se tourna vers son fils.

— Quant à toi, je devrais te gronder pour avoir mis si longtemps à revenir à la raison...

Sinclair but une gorgée de lait de poule.

— Je n'apprends pas vite, mais je finis par y arriver. Quand je pense que je ne venais ici que sur de courtes périodes, avant !

— La maison est différente maintenant que c'est un vrai foyer, dit Annie en regardant le salon bien décoré avec un sourire satisfait. Avant, j'avais un peu l'impression de vivre dans un décor de théâtre.

— Je trouve que tu as apporté une touche personnelle de très bon goût à la maison, Annie.

— J'aime être entourée de toutes les choses que la famille a accumulées au fil des ans. Cette maison est tellement belle !

— Je me réjouis à l'idée de passer le restant de mes jours ici, avec toi, dit Sinclair en lui passant un bras autour des épaules.

— Moi aussi.

Katherine soupira, visiblement satisfaite.

— Sinclair m'a dit que tu allais ouvrir une boutique.

— Oui ! répondit Annie, à la fois transportée et nerveuse à la perspective de mettre son grand projet à exécution. Je compte vendre des objets artisanaux et des produits locaux… mais je n'ouvrirai pas avant l'année prochaine. D'ici là, je vais être bien occupée, ajouta-t-elle en tapotant son ventre arrondi.

— Je savais que trouver un fragment de cette coupe nous porterait chance ! Où est-il, d'ailleurs ? Il ne faudrait pas le perdre avant de retrouver les deux autres…

Annie rit.

— Il est sur la cheminée, à côté de cette bouteille.

— Que fait une bouteille de vin vide sur la cheminée ? s'étonna Katherine.

Annie haussa les épaules.

— Sinclair et moi l'avons trouvée en nous promenant, elle avait été rejetée sur le rivage.

Ils marchaient sur la plage quand il l'avait vue danser sur les vagues. Sinclair l'avait attrapée et, surprise ! ils avaient découvert deux petits rouleaux de papier à l'intérieur. De l'eau s'était infiltrée par le bouchon craquelé et avait effacé ce qui était écrit sur les morceaux de papier. S'ils étaient persuadés qu'il s'agissait de l'une des bouteilles jetées à la mer lors de la réception à laquelle ils avaient assisté ensemble, ils n'avaient aucun moyen de savoir si c'étaient leurs vœux qui se trouvaient au fond, ou ceux de deux autres personnes.

Alors, de nouveau, ils avaient écrit leurs vœux les plus chers et les avaient confiés à la bouteille :

Annie, j'ignorais ce que je cherchais avant de vous tenir dans mes bras.

Sinclair, vous êtes un homme adorable, qui mérite de vivre heureux (de préférence avec moi). P.-S. : Je vous aime.

JENNIFER LEWIS

Un baiser au parfum d'océan

Passions

éditions HARLEQUIN

Titre original : THE DEEPER THE PASSION...

Traduction française de MARION BOCLET

83-85, boulevard Vincent-Auriol, 75646 PARIS CEDEX 13.
Service Lectrices — Tél. : 01 45 82 47 47

www.harlequin.fr

- 1 -

— Cela se prononce un peu comme « sincère ».

Vicki Saint Cyr était appuyée au comptoir de la réception de l'hôtel. Elle avait l'habitude que l'on écorche son nom.

— Ne croyez pas un mot de ce qu'elle vous dit !

Elle sursauta en entendant la voix grave derrière elle, et fit volte-face.

Les beaux yeux noirs qu'elle connaissait si bien étaient posés sur le visage de la réceptionniste.

— On ne peut absolument pas lui faire confiance...

Elle vit la jeune femme qui se trouvait derrière le comptoir lever les yeux, et son visage s'illuminer sous le regard prédateur du bel homme.

— Que puis-je faire pour vous, Monsieur ?

— Rien, merci.

Jack reporta son attention sur Vicki, qui sentit aussitôt une douce chaleur l'envahir.

— Jack... Ça, alors !

Elle s'aperçut, trop tard, qu'elle avait croisé les bras sur sa poitrine dans un geste défensif.

— Vicki, quelle surprise !

Sa voix n'était pas plus étonnée que la sienne. Il la déshabillait du regard et semblait mettre à nu une petite partie de son âme.

Elle détourna le regard, sentant une vague d'appréhension l'envahir.

— Il paraît que tu me cherches, Vicki...

Comment l'avait-il appris ? Elle sentit sa gorge se serrer. Elle avait espéré avoir au moins l'avantage de la surprise. Bien sûr, il avait toujours une longueur d'avance sur elle. Pourquoi les choses auraient-elles changé ?

— J'ai une proposition à te faire.

Il s'appuya au comptoir avec la grâce indolente d'un puma.

— Comme c'est romantique !

— Pas ce genre de proposition, répliqua-t-elle d'un ton sec qu'elle aurait voulu adoucir aussitôt. Il s'agit d'une proposition… professionnelle.

— Nous ferions peut-être mieux d'aller dans un endroit plus tranquille.

Sa voix était pleine de sous-entendus. Il se tourna vers la réceptionniste.

— Mademoiselle n'aura pas besoin d'une chambre, vous pouvez annuler sa réservation.

Une flamme de désir submergea Vicki, bien malgré elle.

Elle remonta la lanière de son sac à main sur son épaule. Elle était forte, maintenant. Elle saurait faire face à Jack. Il le faudrait bien.

— Pourquoi est-ce que je n'aurai pas besoin d'une chambre ici ?

Elle posa la question uniquement pour la forme, car elle connaissait la réponse aussi bien que lui.

— Tu vas rester chez moi, comme au bon vieux temps !

Un sourire carnassier se dessina sur ses lèvres sensuelles. Il prit son sac de voyage, posé à ses pieds, et se dirigea vers la porte à grandes enjambées. Elle resta plantée devant la réception, ne sachant que faire, et le suivit du regard. Décidément, ses larges épaules et ses muscles saillants sous son T-shirt usé la fascinaient toujours.

— Dois-je annuler votre réservation ? demanda la réceptionniste sans quitter Jack des yeux tandis qu'il passait le tambour. Il y aura des frais d'annulation…

— Oui, répondit-elle en posant sa carte de crédit sur le comptoir.

Que représentaient cinquante dollars au vu des dettes qu'elle avait déjà ? Elle économiserait une fortune en évitant cet hôtel chic. Deux années passées à essayer de sauver les apparences l'avaient laissée proche de la mendicité. Elle n'aurait pas été là sinon, mais à situation désespérée, moyens désespérés ! Elle s'aventurerait donc de nouveau dans l'antre de Jack Drummond.

Jack était déjà au volant de sa Mustang quand elle sortit de l'hôtel. Le soleil éclatant de Floride tombait sur le goudron et se reflétait sur la carrosserie verte. Le moteur tournait et la portière côté passager était ouverte. Savait-il qu'elle n'avait pas de voiture ? Par le passé, elle en aurait loué une et aurait insisté pour aller chez lui par ses propres moyens, juste pour avoir une issue de secours. Hélas, aujourd'hui, elle ne pouvait s'offrir ce luxe. Elle monta dans la voiture et s'installa confortablement sur le siège en cuir.

— Comment savais-tu que je serais ici ?

— Mes espions sont partout.

Ils quittèrent le parking, laissant derrière eux le Ramona Beach Inn. Jack avait les yeux rivés sur la route, et elle en profita pour l'observer. Sa peau, toujours aussi mate, était d'une belle couleur cuivrée, ses cheveux noirs et soyeux brillaient au soleil.

— Tu n'as pas d'espions, tu te débrouilles toujours tout seul.

Elle vit ses mains se crisper sur le volant.

— Tu as passé un peu de temps avec les Drummond de New York. Je me suis dit que je serais le suivant sur ta liste.

Elle inspira profondément.

— J'ai passé quelques semaines très reposantes avec Sinclair et sa mère. C'était agréable de renouer avec de vieux amis.

Il sourit.

— Tu as toujours des motivations secrètes. Tout le plaisir est de les découvrir !

Elle se raidit.

— Mes motivations sont très simples. J'aide Katherine Drummond à retrouver les fragments d'une coupe qui est dans la famille depuis trois cents ans.

Il tourna enfin la tête vers elle. Son sourire s'élargit.

— Et tu le fais par passion pour l'histoire ? J'ai entendu dire que tu étais devenue antiquaire.

— Cette coupe a effectivement une histoire intéressante.

— Oh ! oui !

Il prit une voix théâtrale, moqueuse.

— Trois frères venus d'Ecosse, rejetés sur les rives du Nouveau Monde par les flots déchaînés, se séparèrent en se promettant de se réunir un jour pour assembler les trois fragments d'un trésor de famille. Alors seulement les puissants Drummond pourraient connaître le sort heureux de leurs très estimés ancêtres !

Il éclata de rire.

— Je t'en prie, Vicki… Ce n'est pas ton style !

— Il y a une récompense à la clé.

Autant jouer cartes sur table. De toute façon, Jack serait plus tenté par l'argent que par la sentimentalité.

— Dix mille dollars, dit-il en quittant la route principale pour s'engager sur un chemin de terre bordé de palmiers et de broussailles. J'ai des vieilleries qui valent plus que ça dans le coffre de ma voiture !

— C'est vingt mille dollars par fragment. J'ai convaincu Katherine d'augmenter le montant de la récompense, pour attirer les bons chasseurs de trésors.

— Comme moi.

— Comme moi.

Il tourna de nouveau la tête vers elle. Son regard noir croisa le sien, et elle se troubla instantanément. Des sentiments depuis longtemps enfouis refaisaient dangereusement surface. Elle fut soudain prise de panique.

— Je n'ai pas vraiment besoin de cet argent, bien sûr, mais tant qu'à chercher une vieille coupe autant en tirer profit.

— Et tu as besoin de mes compétences pour obtenir ta récompense.

— Tu es le chasseur de trésors le plus renommé de toute la côte atlantique. J'ai lu un article sur ton nouveau bateau et son équipement coûteux… Tu es célèbre.

— D'aucuns diraient tristement célèbre.

— Le fragment de la coupe est probablement quelque part dans ta maison.

Elle avait trouvé un premier fragment chez le cousin de Jack, Sinclair, dans le grenier de sa maison de Long Island.

— S'il existe bel et bien.

Il fit glisser ses mains sur le volant pour tourner, et s'engagea dans un autre chemin de terre, qui descendait vers une plage. Il se gara à quelques mètres d'un large ponton de bois. Un bateau de bonne taille, blanc avec des bastingages chromés étincelants, flottait tout au bout.

— Ce n'est pas comme dans mon souvenir.

— Cela fait longtemps…

Il était déjà descendu de la voiture, avait pris son sac de voyage, et se dirigeait maintenant vers le ponton avec une grâce féline.

— Pas si longtemps que ça. Il y avait un bâtiment là-bas, et un portail.

Et un banc, sur lequel ils avaient fait l'amour au clair de lune.

— Le dernier ouragan a tout emporté.

— Cela doit être contrariant de perdre des biens immobiliers de cette façon…

— Pas quand on aime le changement !

Il jeta son sac sur le pont et se tourna pour la regarder remonter l'embarcadère. Elle espérait que sa démarche était aussi élégante que la sienne.

Il l'aida à monter sur le bateau. Elle alla s'installer dans un fauteuil rembourré, à quelques mètres du gouvernail, et se cramponna aux accoudoirs. Il avait toujours aimé la vitesse, elle le savait bien. Le moteur se mit à vrombir, le bateau démarra avec une embardée, et de l'écume se forma autour de l'hélice. Elle prit appui sur le repose-pieds tandis qu'ils bondissaient sur l'océan agité. Moins de cinq minutes plus tard, l'île de Jack apparut à l'horizon. Bordée de palmiers, sans bâtiments visibles, on aurait dit le genre d'endroit où l'on pouvait être abandonné et mourir. Elle allait y être à la merci de Jack Drummond, sauf si elle regagnait le continent à la nage.

Le ponton de l'île était le même que lorsqu'elle l'avait vu la dernière fois, des années plus tôt. Fait de corail sculpté, il était flanqué de deux tourelles de pierre, dans lesquelles, autrefois, se cachaient probablement des soldats en armes.

— Tu n'as plus le pied marin ?

Il lui attrapa le bras pour la soutenir lorsqu'elle chancela en essayant de descendre du bateau.

— Je n'ai pas passé beaucoup de temps en mer, dernièrement.

— Quel dommage !

Il la regarda intensément et, à son grand désarroi, elle sentit le rouge lui monter aux joues. Comment faisait-il pour la troubler à ce point ? Elle n'avait pas pour habitude de se laisser impressionner par les hommes.

Me trouve-t-il encore belle ? Cette pensée s'imposa à elle et la déstabilisa encore davantage. Pourquoi était-elle aussi peu sûre d'elle en sa présence ?

Peu importe qu'il te trouve belle ou non, tu n'es pas là pour qu'il tombe amoureux de toi. Tu as besoin de son aide pour retrouver un morceau de la coupe, et ensuite tu pourras te désintéresser de lui pour toujours.

La vieille maison sur l'île avait manifestement été construite comme une forteresse plus que comme un foyer douillet. Des murs s'élevaient derrière la haie sauvage qui séparait la plage de sable blanc de l'intérieur de l'île. Seules deux petites fenêtres perçaient la façade de pierre, mais les portes cloutées étaient grandes ouvertes pour laisser entrer la lumière du jour.

Soudain, une pensée déplaisante lui traversa l'esprit.

— Y a-t-il quelqu'un d'autre en visite chez toi en ce moment ?

Une autre femme ? Il n'était sans doute pas célibataire. Il ne le restait jamais bien longtemps. Jack Drummond était toujours entouré d'un essaim de femmes.

— Non, nous serons seuls.

Tant mieux. Elle n'avait vraiment pas besoin de compétition, et flirter devant quelqu'un d'autre aurait été embarrassant. Cela l'aurait peut-être amusée par le passé, mais elle avait perdu l'assurance effrontée de la première jeunesse.

Il passa devant elle. Le soleil donnait à ses cheveux noirs

des reflets dorés. Il franchit la porte voûtée, s'engouffrant dans l'ombre de sa tanière.

Le somptueux sol de marbre de couleur de l'entrée contrastait fortement avec la façade de la forteresse. Les ancêtres de Jack étaient peut-être des pirates, mais ils appréciaient les belles choses, les choses coûteuses, ce qui expliquait sans doute pourquoi ils étaient devenus pirates.

Il paraissait aussi arrogant qu'autrefois. Il débordait d'assurance et, même de dos, avait du charisme. Ses cheveux mi-longs venaient caresser le col de son T-shirt. Jack ne prenait jamais la peine de se conformer aux normes. Il n'en éprouvait pas le besoin. Digne descendant d'une lignée de chasseurs de trésors plus ou moins criminels, il excellait dans les affaires familiales et, au cours des cinq dernières années, avait gagné plus d'argent légalement que tous ses ancêtres réunis.

Il remplit un verre d'eau glacée au distributeur de l'énorme réfrigérateur et le lui tendit.

— Il est trop tôt pour une coupe de champagne, mais je fête tout de même ton arrivée.

Elle prit le verre, désarmée par le pétillement dans ses beaux yeux noirs. Etait-il véritablement heureux de la revoir ?

— Tout le plaisir est pour moi, dit-elle en levant son verre comme pour porter un toast, prête à flirter. Tu m'as manqué, Jack.

— De mieux en mieux ! Je n'ai toujours pas deviné ce que tu cherches vraiment…

La remarque terre à terre la piqua au vif. Il s'appuya à la large table de bois et croisa les bras sur son torse puissant. Elle regarda sa peau bronzée, ses muscles parfaitement dessinés, se reprochant aussitôt de s'y intéresser.

— Je rends visite à un vieil ami pour rendre service à un autre… N'est-ce pas suffisant ?

— Non, et dix mille dollars ne seraient pas assez tentants pour la Vicki Saint Cyr que je connais… à moins que ta situation financière ait changé.

Il plissa légèrement les yeux. Il était un peu trop perspicace à son goût. Elle sentit son ventre se nouer, mais s'efforça de ne rien laisser paraître de son anxiété. La presse n'avait pas encore flairé la brusque faillite de son père. La confusion créée par sa mort d'une attaque brutale avait fait écran de fumée. Sa mère s'était enfuie en Corse avec un riche ami de son père, et Vicki restait donc seule pour faire face à la situation.

— Je suis sûre de pouvoir trouver une jolie babiole à m'acheter avec dix mille dollars.

Elle joua avec son bracelet argenté, qui avait dû lui coûter quelque chose comme douze dollars.

— C'est terrible d'avoir des goûts de luxe !

— A moins d'être né avec une cuillère d'argent dans la bouche. Tu n'as jamais eu besoin de gagner de l'argent, lui fit remarquer Jack.

— Je trouve cela satisfaisant sur le plan émotionnel.

S'il savait qu'elle avait bel et bien besoin d'argent, il serait moins enclin à l'aider. Il ne pourrait résister à l'envie de jouer avec elle, comme un chat avec une souris.

— Cela me donne le sentiment d'être normale, ajouta-t-elle.

Il renversa la tête en arrière et éclata de rire.

— Normale ? Tu es probablement la personne la moins normale que je connaisse, et c'est pour cette raison que tu me plais tant !

— Nous ne nous sommes pas vus pendant longtemps, Jack… Je suis peut-être plus conformiste qu'autrefois.

— J'en doute, dit-il avec un sourire.

Passer à l'offensive était peut-être la meilleure façon de détourner l'attention.

— Et toi, pourquoi est-ce que tu t'acharnes à gagner de l'argent ? Tu pourrais très bien vivre confortablement grâce aux biens mal acquis par tes ancêtres, mais au lieu de cela tu pars en mer tous les jours en quête de doublons, comme si ta vie en dépendait.

— Je me lasse facilement.

Elle sentit son estomac se nouer. Il s'était lassé d'elle. Après huit mois magiques, un beau jour, il était parti à la recherche d'un trésor plus difficile à obtenir et d'une nouvelle compagne pour son lit.

— Je sais. Que fais-tu de tout l'argent que tu gagnes ?

— J'en dépense une partie pour m'acheter de nouveaux gadgets, et je garde le reste dans des sacs que je cache un peu partout dans la maison, répondit-il avec un pétillement malicieux dans les yeux. Mes bateaux me coûtent une fortune, aussi. Le dernier en particulier.

— J'aimerais le voir.

— *La* voir, la corrigea-t-il d'un air espiègle.

— Oh ! ton bateau est du genre féminin !

— Comme tous les bateaux.

— Pourquoi cela ?

Il haussa les épaules avec désinvolture.

— Peut-être parce qu'ils nous rendent fous, nous, les hommes…

Son regard s'attarda sur son visage et, cette fois encore, elle sentit ses joues s'empourprer.

— … mais nous les aimons quand même.

L'entendre parler d'amour la décontenança. Comment Jack Drummond s'y prenait-il pour la troubler comme aucun autre homme ?

— Alors, cette coupe… Elle fait partie de ton histoire familiale et est probablement enfouie dans un coin poussiéreux, quelque part dans cette maison, dit-elle en montrant d'un geste vague les murs de pierre qui les entouraient. As-tu une idée de l'endroit où elle se trouve ?

Jack inclina légèrement la tête sur le côté comme s'il réfléchissait.

— Pas la moindre.

— Pourrions-nous chercher dans les archives de ta famille ?

— Les pirates n'ont pas pour habitude de tout archiver scrupuleusement. C'est plus difficile de nier que l'on possède quelque chose quand il y a une trace écrite.

Elle se tapota les lèvres du bout de l'index, songeuse.

— On ne devient pas riches comme l'étaient tes ancêtres en ne tenant pas ses comptes correctement. Je parie qu'il y a de vieux livres reliés en cuir quelque part…

— Même si c'était le cas, pourquoi aurait-on pris la peine

de cataloguer un vieux fragment de coupe sans valeur ? On l'a probablement jeté.

— Un bien de famille ? Certainement pas !

Cependant, elle eut un frisson d'appréhension. Les gens se débarrassaient tous les jours de choses inestimables parce qu'ils n'avaient pas conscience de leur valeur.

— Les Drummond sont bien trop fiers de leur héritage écossais pour cela. Regarde…

Elle montra du doigt la vieille cheminée de la cuisine. Sur le manteau de bois usé, à la peinture décolorée par les ans, étaient sculptées les armoiries familiales.

Jack sourit.

— C'est vrai, mes ancêtres consignaient bel et bien certaines choses… J'ai tout passé au peigne fin, mais je n'ai jamais rien lu au sujet d'une coupe.

— Il ne s'agit pas de la coupe dans son intégralité. Nous avons trouvé le pied chez Sinclair. Tu devrais avoir la base ou le calice, qui pourraient avoir été décrits comme tout autre chose par quelqu'un ignorant ce qu'il avait entre les mains. Pourquoi ne pas examiner ensemble les livres qui datent de l'époque du premier propriétaire et voir si nous trouvons quelque chose ?

— Oh ! il n'y a rien qui lui ait appartenu ici… Ce n'est pas lui qui a construit cette maison. Apparemment, il n'est même pas arrivé jusqu'à l'île… Il a fait naufrage avec toutes ses possessions et est mort noyé.

Elle fronça les sourcils, perplexe.

— Dans ce cas, qui a découvert cette île et assuré la descendance ?

— Son fils. Il a nagé jusqu'au rivage et s'est installé sur l'île. Il n'avait que quinze ans à l'époque, mais a repoussé tous ceux qui s'approchaient avec des mousquets et des balles qu'il avait réussi à récupérer. Il a fini par réussir à voler et escroquer suffisamment de gens pour reconstituer la fortune familiale. Je suis sûr que c'était un bon garçon !

— Je n'en doute pas…

Elle sentit son cœur sombrer.

— Si son père avait la coupe, elle aura été perdue dans le naufrage, reprit-elle.

— Avec tout son butin et sa nouvelle et jeune épouse.

Elle inspira profondément. Jack se moquait d'elle. Avant même qu'elle monte dans sa voiture, il savait que l'objet qu'elle recherchait avait disparu depuis longtemps. Cependant, il était chasseur de trésors sous-marins.

— Le naufrage a-t-il eu lieu loin d'ici ?

— Pas du tout ! Le gamin s'est cramponné à un bout de mât et a été rejeté sur le rivage tout près d'ici. Le bateau a dû sombrer à quelques miles, à peine.

— Alors allons le trouver !

Cette fois encore, il éclata de rire.

— Bien sûr ! Nous n'avons qu'à jeter une ligne de pêche et le ramener à la surface ! Les gens cherchent ce navire depuis des années…

Sa moitié des vingt mille dollars de récompense lui semblait de plus en plus difficile à atteindre.

— Et pourquoi est-ce que personne ne l'a trouvé ?

Il haussa les épaules négligemment.

— Qui sait ?

— Je t'en prie ! Je suis sûre que tu l'as cherché.

— Oui, à mes débuts. La vérité, c'est que ces eaux sont pleines d'épaves, et que je suis toujours tombé sur autre chose pour m'occuper. Etant donné le nombre de navires espagnols qui venaient régulièrement de La Havane et la violence des tempêtes dans cette partie du globe, cet endroit est le paradis des chasseurs de trésors.

— Mais tu es mieux équipé maintenant qu'à tes débuts, dit-elle, exaltée. Je parie qu'il y avait un trésor sur ce bateau quand il a coulé.

— Sûrement, acquiesça Jack, une lueur amusée dans le regard. Je n'aurais jamais cru t'entendre me supplier de partir avec toi à la chasse au trésor…

— Je ne t'ai pas supplié !

— Pas encore, mais tu le feras si je refuse.

Son arrogance lui donnait envie de le gifler.

— Je te le demande, purement et simplement.

— Non.

Il tourna les talons, traversa la cuisine et disparut par une autre porte. Elle resta un moment immobile, bouche bée. Puis elle se ressaisit et lui courut après. Il remontait le couloir.

— Comment ça, non ?

Il se tourna vers elle.

— Non, je ne t'aiderai pas à chercher une vieille coupe. En revanche, je serais curieux de savoir pourquoi tu veux à tout prix la retrouver…

— Et si la légende était vraie ? Si les Drummond ne pouvaient trouver le bonheur qu'une fois les trois fragments de la coupe réunis ?

Elle haussa les sourcils d'un air qui se voulait nonchalant.

— On ne peut pas dire que nous souffrons comme des damnés, pour l'instant !

— Peut-être, mais aucun d'entre vous n'est heureux en ménage non plus.

Cependant, Sinclair, le cousin de Jack, ne tarderait pas à l'être, en grande partie grâce au rôle d'entremetteuse qu'elle avait joué.

Il se remit à marcher. Elle le suivit.

— Jack, tes parents étaient-ils heureux en ménage ?

— Tu sais très bien que non. Ma mère a complètement plumé mon père quand ils ont divorcé. Elle a même obtenu cette île !

Sa mère, un ancien mannequin nicaraguayen, en était maintenant à son quatrième ou cinquième mari.

— Tu vois ? Et savais-tu que les parents de Sinclair n'ont pas été heureux en ménage, non plus ? C'est sa mère qui a entrepris de rechercher cette coupe, elle ne veut pas que son fils endure ce qu'elle a enduré.

— Comment va ce cher Sinclair ? demanda Jack d'un ton ironique.

— Sinclair est un homme bien, figure-toi, et il vient de tomber amoureux.

— Voilà ce que vaut ton histoire de malédiction familiale !

— Lui et sa bien-aimée se languissaient secrètement l'un de

l'autre depuis des années… Elle travaillait comme gouvernante pour lui. Ce n'est que quand ils ont commencé à chercher la coupe qu'ils se sont enfin rapprochés.

Elle se garda bien de mentionner le rôle de bonne fée qu'elle avait joué dans l'histoire, en les poussant dans les bras l'un de l'autre.

Il arriva devant une porte de bois sculptée et posa une main sur la poignée.

— C'est adorable. Et si je n'ai pas envie de tomber amoureux ?

— Tu l'es peut-être déjà.

— De toi ? demanda-t-il avec un pétillement malicieux dans les yeux.

— De toi-même.

Comment pouvait-il être aussi beau ? On aurait pu croire que le soleil et les embruns auraient flétri son visage. Au lieu de cela, sa peau était mate et brune, il avait le corps sculptural d'un dieu grec, et avait pris un peu de muscles au fil des ans. Par chance, elle n'était plus aussi faible qu'autrefois ; sinon, elle aurait été en grand danger de retomber dans ses filets.

— Bon, d'accord, c'était tout à fait déplacé. Tu es étonnamment modeste, étant donné tout ce que tu as accompli, et je suppose que tu es toujours entouré de femmes follement amoureuses de toi.

— Tu as raison, pourtant…

— Tu es amoureux de toi-même ?

— Non… Je ne suis jamais tombé amoureux. Pas vraiment.

Son regard s'assombrit. L'espace d'un instant, il sembla sur le point d'ajouter quelque chose, mais il n'en fit rien. Elle résista à l'envie de le taquiner en disant qu'il avait été amoureux d'elle, des années plus tôt. Il n'y avait pas là matière à plaisanter.

— Et tu trouves qu'il est temps que cela change ?

Hésitant dans l'embrasure de la porte, il se frotta le bras, l'air songeur.

— Eh bien, le fait est que je veux des enfants…

Elle écarquilla les yeux, stupéfaite. Jack Drummond voulait fonder une famille ? Elle avait peine à le croire. La faisait-il marcher ?

— Tu en trouveras peut-être un sur le rivage, rejeté par les flots lors de la prochaine tempête…

— Tu penses que je plaisante, mais ce n'est pas le cas. J'aime bien les enfants, ils sont marrants… Ils apportent une perspective différente à toute chose et aiment les jouets autant que moi.

Elle rit.

— Tu es plein de surprises, Jack ! Alors, pourquoi n'y a-t-il encore aucun enfant courant çà et là dans les couloirs de ta forteresse ?

— Je n'ai pas encore rencontré la mère de mes enfants… Du moins, je crois.

Il inclina légèrement la tête sur le côté et la regarda droit dans les yeux. Sa voix avait quelque chose de suggestif. Elle rentra dans son jeu.

— Tu vois ? Il faut que tu trouves la coupe pour rencontrer la femme de ta vie et fonder une famille. Examinons quelques-unes de ces cartes compliquées que tu aimes tant et voyons si nous pouvons localiser cette épave !

Elle s'approcha de lui. Elle voyait bien qu'il était intéressé, même s'il prétendait le contraire.

— Je vois que tu sais parler aux hommes…

Il ouvrit enfin la porte.

— … mais, avant toute chose, allons au lit !

- 2 -

Jack entra dans la chambre, persuadé que Vicki le suivrait. Elle se prétendait farouche et imprévisible, mais il la connaissait bien : elle voulait retrouver cette coupe pour une raison ou pour une autre, et était bien décidée à faire tout son possible pour l'obtenir. Il ne put résister à l'envie de se retourner pour voir son expression. Comme il s'y était attendu, elle l'avait suivi avec une décontraction insolente et regardait autour d'elle.

— Très joli, Jack. C'est un lit français ?

— C'est possible.

L'énorme lit en chêne était là depuis la construction de la maison. Elle s'en approcha et examina le bois sculpté de la tête de lit.

— Je parie qu'il aurait des histoires à raconter…

Il s'allongea sur le lit, détendu, les bras croisés derrière la tête.

— Heureusement, il est discret… Viens !

— Tu ne m'as tout de même pas fait venir ici dans l'espoir de me séduire ?

— L'espoir fait vivre !

— J'ignorais que tu étais à ce point optimiste.

— Il faut bien, pour être chasseur de trésors.

Les cheveux noirs de Vicki étaient relevés en un chignon faussement négligé, dont s'échappaient des mèches rebelles, qui tombaient sur ses oreilles délicatement ourlées. Il se rappelait en avoir mordillé le lobe.

Ses yeux se posèrent un peu plus bas, sur son T-shirt noir, apparemment constitué de morceaux de tissu déchirés puis recousus. C'était probablement une création parisienne qui lui avait coûté une petite fortune. Il savait que derrière ces mystérieuses épaisseurs noires se cachaient des seins fermes et un ventre plat. Elle portait aussi un jean qui mettait en valeur ses longues jambes fines, avec une large ceinture de cuir. Une vague de désir le submergea.

— Et le trésor est plus tentant que jamais.

— Je vois que tu n'es pas devenu plus subtil, avec l'âge.

— Ni plus sage ! Et toi ?

— J'ai l'impression de devenir plus bête chaque année. Pourquoi est-ce que je serais revenue ici, sinon ? demanda-t-elle avec un sourire provoquant.

— Parce que tu n'arrivais pas à m'oublier.

Il l'observa attentivement pour voir sa réaction. Bien sûr, il prenait sûrement ses désirs pour des réalités. Elle avait dû l'oublier dix minutes après son départ. En fait, c'était ce qu'il avait espéré, à l'époque. Les choses étaient devenues trop intenses, et il avait estimé qu'il était temps pour lui de lever l'ancre et de prendre le large.

— Je t'ai oublié dès que j'ai franchi la porte de cette maison, répliqua-t-elle en levant le menton d'un air de défi, alors ne va pas t'imaginer que je suis ici pour toi. Je suis ici uniquement parce que j'ai besoin de ton aide.

— Mon cœur s'emballe, dit-il avec ironie en posant une main sur sa poitrine.

Il ne fut pas surpris de constater que son cœur battait effectivement plus vite que d'habitude. Elle devait avoir cet effet sur tous les hommes.

— Viens t'allonger à côté de moi.

— Certainement pas.

— C'est important.

— Je ne vois pas pourquoi, dit-elle en croisant les bras sur sa poitrine.

— Je croyais que tu voulais trouver ta précieuse coupe…

— Je ne vois pas comment me coucher dans ce lit avec toi m'aiderait à atteindre mon but.

Il haussa les sourcils.

— J'aurais cru que tu avais une façon non conventionnelle

d'aborder les problèmes. Il faut que tu viennes t'allonger à côté de moi pour voir les choses comme elles sont.

Elle fit la moue et posa sur lui ses yeux violets, d'un air particulièrement soupçonneux.

— Je vois très bien d'ici.

— Non…

Il leva les yeux vers le plafond. Le temps avait estompé les couleurs ternies de la fresque, et le plâtre était craquelé par endroits, mais l'on voyait encore le vert du rivage et le bleu pâle de la mer.

— Allez ! dit-il en tapotant les couvertures. Viens jeter un coup d'œil à la vieille carte de famille.

— Quoi ?

Elle leva la tête, mais il savait que, de là où elle était, elle ne pouvait rien voir. Le tour du lit à colonnes cachait la peinture aux regards de toute personne qui n'était pas couchée sur le matelas.

— Lazaro Drummond, le survivant du naufrage, a peint la carte au-dessus de son lit pour que personne ne puisse la voir sauf lui.

— Sauf lui et ses amantes.

Il sourit.

— Exactement.

Elle s'approcha et grimpa sur le lit avec précaution, puis elle s'allongea à côté de lui, la tête appuyée sur l'oreiller. Il l'observa attentivement pour voir si elle était mal à l'aise ou, au contraire, agréablement troublée, mais toute son attention était concentrée sur la fresque, au-dessus de leur tête. Elle la regarda fixement, sans rien dire, pendant un long moment.

— Je crois que c'est la première vraie carte au trésor que je vois de ma vie.

— Elles ne ressemblent jamais à celles que l'on voit dans les films.

Il aimait l'expression fascinée de son beau visage. Depuis combien de temps n'avait-il pas embrassé cette bouche impertinente ? Six ans, au moins. Il éprouvait le vif désir de poser de nouveau ses lèvres sur les siennes.

— Je ne trouve pas le X censé marquer l'endroit où le trésor est caché.

— Le X est la sirène assise sur le rocher.

— Hmm…

L'air pensif, elle n'avait pas quitté le plafond des yeux depuis l'instant où elle s'était allongée.

— L'épave est donc au sud-est de l'île. Y a-t-il une échelle pour savoir à quelle distance ?

— D'après la taille de l'île, et si les proportions sont respectées, l'épave serait à environ deux miles et demi au large de la crique la plus au sud. En tout cas, c'est ce que les Drummond ont toujours pensé.

— Et aucun d'entre vous ne l'a jamais trouvée.

Il lui lança un coup d'œil amusé.

— Pas encore…

Elle tourna enfin le visage vers lui. Ses beaux yeux étincelaient comme des diamants.

— C'est pour cela que je suis ici.

— Je veux bien croire que tu portes bonheur.

— Que je porte bonheur ? Et mon esprit vif ?

Elle reporta son attention sur la carte. Il regretta aussitôt son regard brillant, plein d'espoir.

— Que feras-tu pour moi si je te trouve ce bateau ?

Il avait veillé à prendre un ton suggestif.

— Qu'est-ce que je ferai pour toi ? Tu auras enfin le butin que ton ancêtre a volé et emporté avec lui au fond de l'océan… N'est-ce pas suffisant ?

— Rien n'est jamais suffisant…

Il la regarda fixement. Il aurait tout donné pour qu'elle lui accorde de nouveau son attention rayonnante. Et, comme si elle avait lu dans ses pensées, elle tourna le visage vers lui, une joue appuyée contre l'oreiller.

— A quoi pensais-tu, au juste ?

Ses cils noirs bordaient délicatement ses yeux violets, leur donnant une intensité sensuelle. Sa bouche rose, parfaitement dessinée, semblait pleine de promesses. Et, s'il se penchait vers elle et posait ses lèvres sur les siennes, que se passerait-il ? Cette fois encore, il eut une bouffée de désir.

— J'aime t'avoir de nouveau dans mon lit.

Elle eut un sourire irrésistible.

— Si tu partages mon lit pendant que nous entreprenons nos recherches, je sonderai les profondeurs de l'océan pour toi.

Elle écarquilla les yeux, visiblement abasourdie.

— Tu m'en demandes beaucoup !

— Toi aussi. Mes projets actuels pourraient m'occuper jusqu'en 2050. Tu me demandes de tout laisser tomber pour partir à la recherche d'une épave que des gens cherchent depuis plus de deux cent cinquante ans. Elle ne sera certainement pas facile à trouver.

— Et tu n'aimes pas la facilité, hein, Jack ?

Il rit.

— Non, Vicki, je n'aime pas la facilité.

— Dans ce cas, je ne peux pas décemment accéder à ta requête… aussi facilement !

Elle se leva d'un bond et traversa la pièce avant qu'il n'ait eu le temps de rassembler ses esprits.

Elle le connaissait trop bien.

— Alors, où est le bateau ?

Vicki traversa plusieurs pièces sombres aux meubles anciens. Par chance, elle se repérait plus ou moins dans la grande maison. Une fois dans le grand salon, elle ouvrit la porte-fenêtre, qui donnait sur une large terrasse en pierre.

— Il est amarré au ponton.

— Pas le bateau avec lequel nous sommes venus, ton bateau high-tech chasseur de trésors.

— Ah ! Celui-là est caché.

— Il a plus de valeur que les trésors qu'il déniche ?

— C'est à peu près ça.

Il la suivit sur la terrasse et plissa les yeux, ébloui par le soleil.

Bon sang ! Elle avait été tentée d'accepter sa proposition. Elle l'avait trouvé tellement beau, terriblement séduisant, allongé sur le matelas moelleux, parfaitement détendu, avec cette expression étrange. Cependant, comme elle lui en avait fait la remarque, il n'aimait pas la facilité. Il se lassait rapidement. Pour attiser sa curiosité, il valait mieux le faire languir. Elle était d'autant plus nerveuse qu'elle avait déjà échoué une fois dans ce domaine.

— Tu as confiance en moi, n'est-ce pas ? demanda-t-elle d'une voix mielleuse.

Il eut un sourire indolent.

— Je te ferai confiance aussi longtemps que je pourrai te porter…

Il fit un pas vers elle. Son expression et ses muscles contractés trahissaient son intention.

— Voyons voir combien de temps je peux tenir !

Il tendit les bras vers elle pour l'attraper. Surprise, elle poussa un cri aigu et s'enfuit en courant, descendant les marches de la terrasse en direction de la pelouse mal entretenue. Il fut plus rapide qu'elle. Il lui passa un bras autour de la taille et la serra contre lui. Haletante, troublée par ce contact, elle s'attendait à ce qu'il la soulève, mais il se contenta de resserrer son étreinte. Elle sentait la chaleur de son souffle sur sa nuque. Une vague de désir la submergea. Elle aurait pu se retourner brusquement et l'embrasser, mais cela aurait mis un terme à la poursuite, et c'était précisément cela qui plaisait à Jack.

— Tu ne profiterais pas d'une jeune fille sans défense, quand même ?

— Certainement pas… mais de toi, oui, sans hésiter !

Elle devina à sa voix qu'il souriait. Ses mains restèrent sagement sur sa taille, et elle se surprit à souhaiter qu'il les laisse vagabonder.

— Alors tu ne vas pas me porter ?

— Apparemment, je n'en suis pas capable.

— Tu es trop faible ?

— On peut dire ça comme ça. Cela n'augure rien de bon, mais étrangement j'ai confiance en toi. Tu ne m'as jamais menti ou dupé. Du moins, pas que je sache…

Il semblait pensif.

— Et je n'ai pas l'intention de commencer maintenant.

Elle avait envie de se libérer de son étreinte. Etre si près de lui, sentir ses bras autour d'elle et son torse puissant tout contre son dos, la troublait profondément. Elle avait les jambes flageolantes, ce qu'il ne tarderait pas à remarquer si ce n'était pas déjà fait, et elle aurait préféré mourir plutôt que de lui laisser savoir qu'il avait encore cet effet sur elle.

— Alors, ton précieux bateau ? Je présume qu'il est caché dans une crique ?

— Non, il est à l'autre ponton.

Il la relâcha lentement. Elle éprouva un profond soulagement mêlé d'une étonnante tristesse. Pourrait-elle un jour se libérer de son emprise ? Pourquoi avait-elle autant besoin d'être près de lui ?

— Suis-moi, ajouta-t-il.

Il s'éloigna d'un pas vif et traversa la pelouse. Elle se sentait abandonnée, mais elle devait faire tout son possible pour ne pas le montrer. Elle n'arriverait pas à ses fins s'il se lassait d'elle avant même qu'ils aient entamé leurs recherches. Cette fois, c'était elle qui contrôlait la situation, et elle avait bien l'intention de faire en sorte que cela dure.

Le bateau chasseur de trésors de Jack était d'un bleu marine décoloré par le soleil. Il n'avait pas l'air particulièrement cher, mais les trésors qu'il dénichait ne payaient probablement pas de mine non plus, à première vue.

Il monta à bord. Elle vit ses muscles se contracter sous son jean délavé.

— Tu as fait un peu de plongée, récemment ?

— Non.

— Tu te rappelles comment on fait ?

— Plus ou moins.

Il lui avait appris à plonger des années plus tôt. Respirer sous l'eau lui avait semblé horriblement contre nature, et son apprentissage avait été laborieux. Elle n'avait surmonté ses peurs que pour lui prouver qu'il avait tort lorsqu'il lui avait dit qu'elle n'y arriverait jamais. L'idée de recommencer ne l'enthousiasmait pas du tout.

— Allons-nous être obligés de plonger ? Tu n'as pas un sonar pour localiser l'épave et une équipe de robots pour ramener les objets à la surface ?

Il rit.

— Ce serait beaucoup moins drôle !

Il lui tendit la main. Non sans hésitation, elle la prit dans la sienne pour qu'il l'aide à monter sur le pont.

— Il nous arrive d'utiliser un sonar pour localiser une épave, mais ce n'est pas toujours nécessaire. Ces cheminées servent à creuser des trous dans les fonds marins pour exposer tout ce qui est enfoui sous le sable. A partir de là, il faut simplement un œil de lynx et beaucoup de patience.

— Je n'avais pas l'impression que tu étais particulièrement patient.

Eblouie par la luminosité, elle plissa les yeux. Le bateau était rutilant, chaque cordage, soigneusement enroulé, et toutes les surfaces, d'une propreté étincelante.

— Je suis très patient ! protesta-t-il avec un sourire indolent, comme pour la mettre au défi de dire le contraire. J'attendrais toute la vie quelque chose qui mérite d'être attendu.

— Fascinant…

Elle regarda les commandes. Après tout, diriger un bateau n'était peut-être pas plus difficile que de conduire une voiture.

— Je suppose que c'est pour ça que tu ne t'es jamais marié, ajouta-t-elle.

— Qui te dit que je ne me suis jamais marié ?

Elle tourna vivement la tête vers lui, ce qu'elle regretta amèrement en voyant son sourire s'élargir.

— J'ai seulement dit que je n'étais jamais tombé amoureux, mais je suis touché de voir que tu te soucies de moi.

— Alors, as-tu été marié ?

Elle s'efforça de prendre un air dégagé, s'éloignant un peu sur le pont. Imaginer Jack s'engager auprès d'une autre femme pour la vie lui serrait le cœur. C'était ridicule ! Cela n'aurait pas dû avoir d'importance.

— Non…

Elle se sentit profondément soulagée, sans doute parce

qu'elle n'avait pas besoin de complications en ce moment, comme par exemple l'arrivée d'une ex-femme réclamant la moitié du trésor.

— … mais j'aurais pu.

— S'il y avait une femme assez insensée pour vouloir de toi.

— J'aime bien les femmes un peu folles…

Il la regarda de la tête aux pieds, lentement, ce qui la troubla et l'agaça à la fois.

— Pourquoi est-ce que cela ne me surprend pas ?

— C'est sans doute pour ça que tu me plaisais tant.

Il ne la quittait pas des yeux. Son regard noir et pénétrant semblait voir jusqu'au plus profond de son âme. Pourquoi fallait-il qu'elle éprouve encore une telle attirance pour lui ? On aurait pu penser que ce genre de choses passait avec le temps. C'était ce qu'elle avait cru ! Pourtant, maintenant qu'elle était là, à quelques mètres de lui seulement, ce désir depuis longtemps oublié refaisait surface comme un trésor, de pacotille peut-être, enfoui sous le sable.

— Je ne te plaisais pas tant que ça, je crois…

Elle s'approcha de la proue du bateau, veillant à ne pas tomber sur le sol glissant. Le pont se soulevait au rythme de la houle, et elle craignait sans cesse de perdre l'équilibre.

— … mais je me trompe peut-être.

Elle se tourna vers lui, plus à l'aise maintenant qu'elle s'était éloignée un peu.

— Peut-être.

Les yeux rivés sur elle, il fronçait les sourcils, l'air songeur. Pensait-il à leur idylle fugace, à toutes ces nuits torrides de l'été qui avait suivi la fin de ses études ? Elle-même n'y pensait plus beaucoup, plus maintenant. Elle avait eu le cœur brisé mais s'en était remise.

A vrai dire, elle ne s'était pas vraiment remise d'avoir été abandonnée et, si la flamme entre eux devait être ravivée, elle se ferait un plaisir de lui rendre la pareille.

Le bateau, continuellement ballotté par la houle, ne cessait de bouger, et elle commençait à sentir son estomac se soulever.

S'il s'en apercevait, il se moquerait d'elle et dirait qu'elle n'avait vraiment pas le pied marin.

— Alors ! Commencerons-nous nos recherches demain ?

Elle aurait ainsi le temps de prendre un médicament contre le mal de mer.

— Je ne sais pas…

Il regarda l'horizon, les yeux perdus dans le vague. Il cherchait sûrement à la tourmenter. Enfin, il se tourna vers elle. Son cœur s'arrêta. Il était beau à couper le souffle, mais il fallait qu'elle se ressaisisse si elle voulait qu'il l'aide.

— As-tu réfléchi à ma proposition ?

— Je suppose que ce serait logique de passer du temps ensemble sous la carte… pour l'étudier.

Elle aurait préféré être n'importe où que sur ce pont vacillant. Elle se cramponna au bastingage, s'efforçant de prendre un air désinvolte. C'était incroyable de voir qu'il suffisait d'un mouvement aussi infime pour avoir à ce point mal au cœur.

— Ce sera comme au bon vieux temps, dit-il d'un ton lourd de sous-entendus.

Sans attendre d'y être invitée, elle entreprit de descendre du bateau, traversant le pont avec une certaine difficulté, qu'elle tenta de dissimuler, et regagna enfin la terre ferme.

— Pas vraiment, répondit-elle.

Cette fois, ce serait elle qui aurait le contrôle de la situation, quand leur aventure se terminerait.

— Tu t'en vas déjà ? J'allais te montrer le sonar.

— Je le verrai à l'œuvre demain.

Elle se dirigea vers la maison d'un pas décidé, pressée d'arriver pour s'écrouler quelque part. Elle ne voulait surtout pas qu'il la voie dans un moment de faiblesse. En bon prédateur, il ne pourrait résister à l'envie de s'amuser avec elle, et elle n'aurait pas la force de le supporter.

En revanche, dès qu'elle aurait obtenu la récompense promise par Katherine Drummond, elle se sentirait forte. Dix mille dollars n'étaient peut-être pas une somme d'argent astronomique, mais ce serait suffisant pour démarrer une nouvelle vie, et ne plus dépendre de personne.

Elle entendit le pas lourd de Jack sur le pont. Il la suivait. Presque malgré elle, elle eut un sourire satisfait. Elle accentua le balancement de ses hanches, sachant, espérant, qu'il la dévorait du regard.

Il croyait avoir remporté une victoire en la persuadant d'accepter de coucher avec lui, mais il ignorait que c'était ce qu'elle prévoyait depuis le début. Elle en avait autant envie que lui. Cela faisait près d'un an qu'elle n'avait pas eu d'aventure. Elle avait été trop occupée à éviter les créanciers et à cacher la précarité de sa situation financière. Elle n'avait pas voulu d'une relation intime avec un homme auquel elle aurait été obligée de se confier.

Elle n'aurait pas à se confier à Jack. Il avait érigé de véritables remparts autour de son cœur, et ne permettait à personne de les franchir. Ils pouvaient passer la nuit à faire l'amour sans rien trahir de leurs émotions. Son propre cœur était soigneusement fermé, et elle ne l'ouvrirait certainement pas à Jack Drummond.

Ses pas se rapprochaient. Elle résista à l'envie de marcher plus vite, et se laissa rattraper.

— Y a-t-il un espoir de dîner sur cette île déserte ?

— J'ai pêché un espadon, hier. Nous pourrions le faire griller.

— Je croyais que l'on n'était plus censé manger d'espadon, à cause de la pollution des océans. Une de mes amies est enceinte et son médecin lui a dit que cela pouvait nuire au bébé.

— Mes enfants seront peut-être ravis d'avoir trois yeux, dit-il avec un sourire éclatant. Est-ce que tu t'inquiètes pour ta progéniture ?

— Je n'aurai jamais d'enfants, répondit-elle d'un ton enjoué. Je peux donc manger autant d'espadon que je veux !

Le sourire de Jack s'évanouit.

— Tu ne peux pas avoir d'enfants ?

Son brusque changement d'attitude la surprit. Pourquoi se souciait-il qu'elle puisse ou non avoir des enfants ?

— Ce n'est pas que je ne peux pas en avoir, c'est que je ne veux pas. Je ne suis pas faite pour être mère, je n'ai pas envie de passer mon temps à changer des couches et à sécher des larmes.

Il rit.

— Ta mère faisait-elle ce genre de choses ?

— Non, elle avait engagé une nourrice pour le faire à sa place.

Elle accéléra le pas. Cette conversation devenait un peu trop personnelle à son goût.

— Tu pourrais faire la même chose.

Troublée, consciente de son regard perçant posé sur son visage, elle sentit ses joues s'empourprer.

— Non, merci. Je ne tiens pas à faire exactement la même chose que mes parents.

— Moi non plus. Contrairement à mon père, j'ai l'intention d'être encore en vie à cinquante ans.

Quelque chose dans sa voix la poussa à le regarder. Son expression s'était assombrie.

— J'ai appris son décès, je suis désolée pour toi. Il est mort dans un accident d'avion, n'est-ce pas ?

Il regardait maintenant droit devant lui. La maison apparaissait enfin à travers les arbres.

— Ce n'était pas un accident. Cela faisait des années qu'il voulait se suicider.

La malédiction des Drummond. Elle pensa à Katherine Drummond, qui l'avait quasiment suppliée de l'aider à retrouver les morceaux de la coupe pour lever la malédiction qui pesait sur la famille depuis des siècles. Vicki avait d'abord ri de cette histoire, mais maintenant elle devait bien admettre que les Drummond n'avaient pas de chance en amour. Ils étaient riches, mais décidément malheureux en ménage.

— C'est le moment du silence gêné, dit Jack d'une voix douce, vaguement moqueuse. Allez ! Nous mangerons donc de l'espadon… Nos enfants feront contre mauvaise fortune bon cœur.

Elle regrettait sa remarque au sujet du poisson, qui les avait amenés à parler du suicide de son père, car elle n'aimait pas le voir si peiné.

— Je suis sûre que ce sera délicieux. J'en mange tout le temps, j'adore ça.

— Je me souviens que c'est ton poisson préféré.

Il ouvrit une porte à la lourde poignée en cuivre terni, sur le côté de la maison, et entra.

Son ton l'avait troublée. Que se rappelait-il d'autre ? Se souvenait-il qu'elle l'avait appelé en pleine nuit juste pour entendre le son de sa voix ? Qu'elle soupirait de plaisir quand il l'embrassait dans le cou ?

A moins qu'il ait refoulé ce souvenir précis, il se rappelait certainement la grossière erreur qu'elle avait faite en lui disant qu'elle l'aimait. Cette déclaration l'avait fait fuir.

Elle le suivit à l'intérieur, dans la fraîcheur et la pénombre. Les choses auraient été beaucoup plus simples si elle avait pu retrouver cette coupe sans son aide. Hélas, le morceau qu'elle cherchait était quelque part au fond de l'océan, et même s'ils localisaient bel et bien l'épave ce serait un miracle si elle retrouvait et identifiait le morceau en question. Tous ses efforts s'avéreraient peut-être vains, et elle ne pouvait même pas se permettre de consacrer beaucoup de temps à sa quête. Il valait sans doute mieux qu'elle se donne une date butoir. Si leurs recherches n'étaient pas fructueuses dans un délai de deux semaines, elle renoncerait à sa récompense et s'en irait sans son butin.

— Tu es plus silencieuse qu'autrefois.

La voix de Jack l'arracha à ses pensées.

— Il se passe plus de choses dans ma tête, il en sort moins de ma bouche, répondit-elle tandis qu'ils entraient dans la cuisine.

Elle sourit et s'appuya au plan de travail.

— Très énigmatique… Pinot gris ? proposa-t-il en prenant une bouteille dans un casier.

— Avec plaisir.

Elle le regarda enlever la feuille de métal du bouchon. Ses doigts étaient habiles, précis et soigneux, ce qui, à n'en pas douter, lui était utile lorsqu'il manipulait des objets anciens et précieux. Il déboucha la bouteille avec l'enthousiasme dont il faisait preuve en toute chose. Voir les muscles de ses avant-bras se contracter réveilla en elle un instinct primitif. Son cœur se mit à battre un peu plus vite.

Elle se força à penser à autre chose en regardant fixement les carreaux derrière la cuisinière. Inutile de se laisser emporter par la perspective de cette soirée en tête à tête avec lui : elle serait peut-être obligée de prendre ses distances à un moment donné, et elle ne voulait surtout pas que son propre désir l'en empêche.

Jack lui tendit un verre plein d'un vin d'une belle couleur d'or pâle.

— Aux trésors !

Elle sourit et leva son verre pour trinquer.

— Aux trésors…

Elle but une gorgée de ce vin délicieux, doux et riche.

— Des joyaux et des lingots d'or pour toi, un morceau de vieille coupe pour moi !

Ses yeux noirs brillaient derrière la mèche de cheveux tombée sur son front.

— Ce n'est pas juste… Nous pourrions peut-être te trouver un collier en or, ou quelques bagues.

Elle tendit la main vers lui.

— Comme tu peux le constater, je ne porte pas beaucoup de bagues.

— Tu changeras peut-être d'avis quand tu rencontreras la bonne personne !

— Certainement pas…

Elle regarda son annulaire gauche. Elle refusait de vivre sa vie selon les règles de quelqu'un d'autre.

— … mais, si on m'offre un jour une bague de fiançailles, je serai ravie de la revendre à bon prix, ajouta-t-elle avec un grand sourire. En fait, ce serait un bon début pour ma future entreprise !

— J'ai entendu dire que tu travaillais pour une société de ventes aux enchères.

— Pour faire mon apprentissage. Maintenant que j'ai de l'expérience et que je connais la valeur des choses, j'ai l'intention de me débrouiller toute seule.

Elle but une autre gorgée de vin.

— C'est très bon… On sent que c'est un vin cher.

Il sourit et ses yeux se plissèrent.

— Effectivement, tu connais la valeur des choses.

— Tu me fais rire, Jack. Tu as toujours une allure désinvolte et tu prétends que l'argent ne t'intéresse pas, mais tu apprécies les bonnes choses de la vie.

— C'est l'une de mes nombreuses faiblesses.

— Hmm… J'en viens à me demander quelles sont les autres.

— Ma passion pour une maîtresse inconstante…

— La mer, dit-elle.

Elle savait très bien qu'il ne parlait pas d'une vraie femme. Un cœur tendre n'était certainement pas une de ses faiblesses.

— Oui, mais je dois reconnaître qu'elle a toujours été bonne avec moi.

— Elle t'a donné les richesses de centaines d'hommes et de femmes morts au large de cette île au fil des siècles…

— J'ai bien dit qu'elle était inconstante !

— Et, de toute évidence, elle a ses favoris.

Un sourire se dessina lentement sur les lèvres de Jack.

— Allons nous asseoir à un endroit où nous pourrons la voir.

Il l'entraîna sur la terrasse, qui donnait sur les dunes. L'océan s'étendait sous leurs yeux comme une couverture de velours bleu. On entendait les vagues qui s'écrasaient sur la plage, cachée derrière les dunes. Il l'invita à prendre place sur un sofa d'extérieur et, dès qu'elle fut installée, s'assit à ses côtés, posant négligemment un bras sur le dossier, derrière elle. Troublée par sa proximité, elle fut parcourue d'un frisson. Bien sûr, il cherchait à la tourmenter, à la tenter. Il avait l'intention de la séduire, et elle se laisserait peut-être faire, mais pas avant d'être en bonne voie pour trouver le fragment de la coupe. S'il obtenait ce qu'il voulait trop rapidement, il risquait de l'envoyer promener.

Elle fit rouler le pied de son verre entre ses doigts.

— Etant donné qu'il y a une récompense à la clé, d'autres gens essaient sûrement de retrouver la coupe. Nous devons agir vite.

— Nous commencerons nos recherches demain matin, aux premières lueurs de l'aube.

— C'est-à-dire ?

— Vers 6 heures, environ… A l'heure où l'on peut distinguer la mer du rivage.

Elle tressaillit. Jack ne prenait probablement même pas de café, le matin. Elle démarrait généralement la journée en feuilletant ses journaux et magazines préférés, devant un copieux petit déjeuner, avant de s'aventurer au-dehors, dans le monde froid et cruel. La perspective de s'arracher à son lit pour partir en mer d'aussi bonne heure l'horrifiait, et elle avait intérêt à prendre quelque chose pour calmer son estomac. Si elle s'était attendue à ce que le morceau de la coupe soit enfoui au fond de l'océan, elle aurait été mieux préparée.

— Où est la pharmacie la plus proche ?

— Tu as mal à la tête ?

Elle hésita.

— Non… Je vais peut-être avoir besoin de quelque chose contre le mal de mer demain, sur le bateau. Il vaut toujours mieux être paré, on ne sait jamais.

— Ne t'inquiète pas, il y a tout ce qu'il faut sur le bateau.

Ses yeux pétillaient. Allait-il lui donner un placebo pour voir si elle passait son temps penchée au-dessus du bastingage, à sa merci ?

— Nous pouvons rester en mer pendant des jours et des jours, voire même pendant des semaines.

— Je ne suis pas sûre de survivre des semaines coincée avec toi sur un bateau, Jack.

— Je suis persuadé que tu survivrais à n'importe quoi, ou presque.

Il bougea légèrement le bras, derrière elle. Cette fois encore, elle s'efforça d'ignorer le frisson qui la parcourut.

— Tu es svelte et, à première vue, tu n'as pas l'air très solide, mais tu es coriace.

— J'espère…

Sa résistance allait justement être mise à l'épreuve. Etre aussi proche de Jack avait un effet dangereux sur elle. C'était ridicule : elle avait pourtant l'habitude des hommes beaux et riches.

— L'avenir le dira, j'imagine.

— Tu as changé...

Il l'observa attentivement, les yeux plissés, avec une telle intensité que son cœur se mit bientôt à battre la chamade.

— Eh bien, nous ne nous sommes pas vus pendant six ans.

La trouvait-il... vieillie ?

— Toi, en revanche, tu es exactement le même.

Pas *exactement*. L'action combinée du temps et du soleil lui avait donné un air à la fois farouche et distingué. Il avait encore cette lueur insolente dans le regard, et ce sourire arrogant, à cause duquel elle se demandait souvent s'il riait d'elle ou avec elle.

Etait-ce le fruit de son imagination, ou venait-il, presque imperceptiblement, d'approcher sa cuisse de la sienne ? Il lui semblait sentir la chaleur qui émanait de son corps. Elle inspira profondément, mais l'air marin la grisa encore davantage.

Il continuait à la dévisager, et elle continuait d'éviter son regard, les yeux rivés sur l'horizon, droit devant elle.

— Je ne saurais pas dire précisément en quoi tu es différente... mais tu as beaucoup changé.

Son regard inquisiteur la mettait un peu mal à l'aise. C'était vrai, elle n'était plus la jeune fille effrontée, pleine d'assurance, qui avait fait l'amour avec lui sur la plage, six ans plus tôt. A l'époque, elle s'imaginait que le monde lui appartenait et qu'elle prenait des vacances avant de partir à sa conquête. Au cours des années qui avaient suivi, elle avait compris que le monde ne s'intéressait pas particulièrement à elle, et que le fondement de son existence, la fortune et les privilèges dont elle bénéficiait depuis toujours, reposait sur les sables mouvants de l'illusion.

Jack ne devait l'apprendre sous aucun prétexte. Ils pourraient en rire plus tard, quand elle se serait fait un nom et mériterait ses propres lauriers, mais pour l'instant sa situation était des plus précaires, et cela demeurerait son secret.

Avec un peu de chance, elle ne parlerait pas dans son sommeil.

- 3 -

Vicki regardait au loin. On apercevait les lumières des bateaux de pêche, celles d'un yacht de temps en temps, mais sur l'île tout était immobile et silencieux.

Jack avait fait griller le poisson et l'avait servi sur la terrasse, avec de délicieuses brochettes de légumes.

— C'est tellement calme, ici ! Cela ne te rend pas fou ?

— J'ai toujours été fou… C'est peut-être à cause de ça.

Il se laissa aller en arrière dans son fauteuil. Les bougies du vieux chandelier au centre de la table projetaient sur son visage des ombres vacillantes.

— J'ai besoin de ce calme, cela dit… Il m'aide à recharger mes batteries.

— Hmm… Personnellement, je peux me contenter de me relier au moteur de ma voiture à l'aide de câbles de démarrage.

Elle but une gorgée de vin, mais reposa son verre en s'apercevant qu'elle en avait déjà bu trois. Elle risquait d'être pompette, alors qu'il valait mieux qu'elle reste parfaitement lucide.

— Tu aimes encore autant vivre en ville ?

Il leva les bras et les croisa derrière sa tête, lui donnant une vue saisissante sur ses biceps. La gorge serrée, elle s'éclaircit discrètement la voix avant de répondre.

— Oui… Je crois que j'aime l'idée d'être un visage anonyme parmi tant d'autres. Je m'imagine mal vivre dans une petite ville, où tout le monde me connaîtrait.

— A t'entendre, on croirait que tu cherches à fuir quelque chose… ou quelqu'un.

— Je préfère peut-être simplement être hors d'atteinte.

Elle sourit et évita soigneusement de prendre son verre de vin. Si seulement ils pouvaient aller au lit ! Elle ne serait alors plus obligée de faire bonne figure. Bien sûr, coucher avec lui ne ferait peut-être qu'aggraver la situation.

— As-tu pensé un peu à moi… au fil des ans ? demanda-t-il à voix basse.

— Certainement pas. Tu m'as quittée, tu te souviens ?

Ils devaient aborder le sujet à un moment ou à un autre, c'était inévitable. Autant en finir au plus vite. Mais elle n'avait aucune envie de lui révéler que, oui, elle avait pensé à lui, et qu'il lui avait beaucoup manqué.

— Je m'en suis toujours voulu de la façon dont je suis parti. J'étais jeune et immature, à l'époque, et c'est la seule chose qui explique mon comportement.

Elle le regarda du coin de l'œil. Elle avait du mal à déchiffrer son expression à la lueur des bougies, mais il semblait avoir l'air penaud.

— Tu te flattes ! Je n'ai pas passé ces dernières années à me languir pour toi. J'ai eu des relations bien plus intenses et difficiles depuis.

— Vraiment ? Est-ce que quelqu'un t'a brisé le cœur ?

— Sûrement pas ! Il n'y a rien d'autre dans ma poitrine que des rouages de machine.

Soudain, le vent frais de la nuit la fit frissonner, et elle se frotta les bras pour se réchauffer.

— Je suis peut-être un peu rouillée, mais il n'y a rien de brisé.

Il eut un petit rire.

— J'ai de l'huile pour ta machine rouillée !

— Je n'en doute pas…

Elle le regarda d'un air faussement agacé, se retenant de sourire. C'était quasiment impossible de s'emporter contre Jack.

— … mais je n'en ai pas besoin. J'aime à considérer ma rouille comme une barrière protectrice.

Il s'étira et, cette fois encore, elle ne put s'empêcher d'admirer ses biceps parfaitement dessinés.

— Je suis jaloux… et je commence à croire que j'ai fait une grossière erreur, à l'époque.

— Une parmi tant d'autres, j'imagine.

Une fois de plus, elle résista à la tentation de prendre son verre de vin pour se donner une contenance. Elle était de plus en plus nerveuse, mais s'efforçait de paraître calme et posée.

— Bien sûr, répondit-il avec un sourire indolent, mais ces erreurs ont toutes été très amusantes !

— Imagine tout ce que nous aurions raté si nous étions tombés follement amoureux l'un de l'autre et si nous avions fait quelque chose de stupide, comme se marier… Nous aurions vu cela comme un véritable acte de révolte, à l'époque.

Il rit.

— Oui ! Tes parents auraient été horrifiés à l'idée que leur princesse épouse un gamin qui passait son temps à traîner sur les plages…

— Jusqu'à ce qu'ils apprennent que tu es richissime ! Ils t'auraient alors accueilli à bras ouverts. Tout cela aurait été terriblement ennuyeux.

— Je nous ai épargné ça en m'enfuyant lâchement au premier signe d'émotion.

Elle s'immobilisa. Il venait d'admettre qu'il se souvenait de tout.

Je t'aime.

Elle avait prononcé ces mots pour la première et dernière fois de sa vie. On ne l'y reprendrait plus.

— Je ne suis pas sûre d'avoir déjà été capable d'émotions.

— Moi non plus. Laissons cela aux gens qui ne font pas assez de choses de leur vie ! En parlant de ça… nous devrions aller au lit.

Une lueur intense passa dans ses yeux.

— Nous nous levons tôt, demain matin, ajouta-t-il d'un ton suggestif.

Soudain, l'idée de profiter de la situation pour coucher avec lui lui parut stupide. Elle se sentait si fatiguée, si vulnérable. Les souvenirs évoqués avaient ravivé ses anciennes douleurs.

— Tu dors dans le lit sous la carte ?

— Bien sûr. Cette chambre a toujours été celle du capitaine.

Il prit la bouteille et les verres. Elle hésita un instant avant de rassembler les couverts et les assiettes. Elle avait pris l'habitude d'être servie comme une princesse chez Sinclair Drummond, par la fille même qui allait devenir son épouse.

— Tu dois connaître cette carte par cœur, depuis le temps !

— Cela ne m'a pas aidé à trouver le trésor, en tout cas.

Ils rentrèrent dans la maison.

— Tu la lis peut-être mal… Il faudrait l'examiner sous un angle différent.

Elle ne voulait même pas songer au nombre de femmes qui avaient regardé cette carte au fil des siècles.

— Je serais ravi d'avoir ton point de vue, mais je crois que nous l'avons regardée sous tous les angles.

— Pourtant, vous n'avez jamais trouvé l'épave.

— A l'heure qu'il est, le bateau pourrait avoir été brisé en mille morceaux et emporté au large.

La coupe serait alors perdue à jamais.

— Non, il est là, quelque part… Je le sens.

Elle lui jeta un coup d'œil tandis qu'ils parcouraient le couloir en direction de la chambre.

— Ah ! J'avoue que je suis prêt à me fier à ton intuition.

— Tu as bien raison. J'ai poussé ton cousin Sinclair et sa fiancée dans les bras l'un de l'autre. Dès que j'ai vu la façon dont ils se regardaient, j'ai su qu'ils étaient faits l'un pour l'autre.

— Est-ce qu'ils sortaient ensemble ?

— Non, elle lui servait son café et briquait sa maison, mais j'ai veillé à ce que Cendrillon aille au bal avec son prince, et tout est parti de là ! Sinclair se fie certainement à mes intuitions, maintenant.

— Eh bien, je m'y fierai aussi, et je mettrai à ta disposition mon équipement et mes compétences.

Il ouvrit la porte de la chambre, faiblement éclairée par les appliques murales, qui projetaient leur lumière tamisée sur les plâtres. Curieusement, le lit ne lui semblait plus aussi grand.

— Nous allons être serrés comme des sardines.

— Tant mieux !

Il eut un sourire carnassier, mais retrouva bientôt une expression courtoise.

— Je te laisse te changer pendant que je ferme tout pour la nuit.

— Nous sommes sur une île… Qui veux-tu empêcher d'entrer ?

— Tu devrais plutôt me demander qui je veux empêcher de sortir.

Il disparut avant qu'elle n'ait eu le temps de trouver une réponse spirituelle.

Son sac de voyage était posé dans un coin de la pièce. Elle se hâta de se déshabiller et de mettre son pyjama, prenant soin de garder une petite culotte et un soutien-gorge en dessous. Bien sûr, Jack n'aurait rien tenté pendant son sommeil. Ce n'était pas son genre, il n'était absolument pas sournois. En revanche, elle doutait de sa capacité à lui résister. Il lui semblait donc préférable de se couvrir de plusieurs épaisseurs de tissu.

Elle se lava le visage au-dessus du grand lavabo en onyx de la salle de bains attenante. Le miroir était vieux, moucheté de taches noires. Elle eut un mouvement de recul lorsqu'elle aperçut son reflet. Son visage était blême, fantomatique. Elle se détourna vivement. Quand elle retourna dans la chambre, Jack était là. Il se déshabillait, dévoilant son corps bronzé avec décontraction. Elle s'efforça de ne pas le regarder, mais cela lui fut difficile car il lui tournait le dos, et elle pouvait donc l'admirer tout à loisir sans qu'il s'en aperçoive.

Il était encore plus beau qu'avant. Il avait pris du muscle, et ses larges épaules semblaient prêtes à supporter toute la misère du monde. Quand son jean glissa sur ses hanches, elle retint son souffle et le désir la fit frissonner.

Il avait dû l'entendre derrière lui, car il tourna la tête vers elle.

— J'espère ne pas être impoli en me déshabillant devant toi… Après tout, tu as déjà tout vu.

— C'est ta chambre, fais ce que tu veux.

Elle prit son téléphone portable dans son sac pour s'occuper en relevant ses messages, puis elle grimpa dans le lit, avec quelque difficulté car il était très haut. Elle se glissa sous les couvertures et découvrit avec plaisir que les draps étaient exceptionnellement doux. Dans tous les domaines, Jack Drummond voulait ce qu'il y avait de mieux.

Elle alluma son portable et écouta ses messages, mais il n'y en avait aucun d'intéressant. Son regard se posa sur la fresque au-dessus de sa tête, sur le rivage vert avec ses palmiers, la mer bleue, la sirène grossièrement peinte sur son rocher. C'était loin d'être une œuvre d'art et, de toute évidence, la peinture n'avait jamais été restaurée. Même la faible lueur de l'écran de son portable faisait ressortir la surface inégale et montrait que de minuscules morceaux de plâtre s'étaient effrités. La fresque était brunie par des siècles de fumée de bougie et de pipe, et de tout ce que les ancêtres de Jack avaient pu faire brûler dans cette pièce. Elle aurait aimé voir ce qu'un bon nettoyage aurait pu révéler.

— Comment as-tu mesuré les distances sur la carte pour savoir où chercher ? demanda-t-elle, prenant soin de ne pas le regarder.

Il s'approcha du lit, nu, d'après ce qu'elle apercevait du coin de l'œil, et se glissa sous les couvertures.

— Nous avons commencé à quelques mètres de la côte et avons continué à avancer vers le nord. En toute honnêteté, nous n'avons pas fait de calculs très scientifiques, mais j'ai consacré presque deux ans à ces recherches, et je suis sûr de ne pas avoir été le seul.

— Peut-être qu'un de tes ancêtres a retrouvé l'épave et récupéré tout ce qui s'y trouvait.

Sentir son corps nu si près du sien, dans la pénombre, la mettait mal à l'aise.

— Retrouvé, peut-être, mais tout récupéré, impossible. Il y a un écueil abrupt au large, et l'épave se trouve quelque part au-delà. L'eau est bien trop profonde pour que quelqu'un ait pu explorer cette zone sans un équipement sophistiqué et sans bouteilles d'oxygène. L'épave n'a pas pu être retrouvée avant le XXe siècle, et si quelqu'un l'avait découverte récemment je serais au courant.

Il roula vers elle, si près qu'elle sentait son souffle sur sa peau. Elle résista à l'envie de se lever d'un bond et de s'enfuir et, au prix d'un effort considérable, parvint à garder les yeux rivés sur le plafond.

A la lueur de son téléphone portable, elle aperçut des cratères minuscules dans la peinture. Un sentiment d'excitation l'envahit.

— Tu aurais une lampe de poche ?

— Bien sûr.

Il se retourna et tendit le bras vers la table de chevet.

— J'en garde tout le temps une près du lit. Il y a souvent des coupures de courant pendant les tempêtes.

Elle se tourna vers lui pour prendre la lampe et aperçut ses magnifiques pectoraux bronzés.

— Merci.

Elle repoussa les draps, prenant soin de ne pas dévoiler encore davantage la nudité de Jack, et se mit debout sur le matelas. Tenant la lampe de poche au-dessus de sa tête, elle la dirigea vers le plafond.

— Intéressant…

Les battements de son cœur s'accélérèrent. Elle tendit le bras un peu plus haut, s'efforçant de ne pas perdre l'équilibre sur la surface molle du matelas, qui ployait sous le poids de Jack.

— Qu'est-ce que tu vois ?

— La peinture est légèrement écaillée par endroits, mais il y a de la couleur derrière. Je crois qu'il y a une autre peinture sous celle-ci.

— Tu plaisantes ?

Elle vacilla un peu tandis qu'il se redressait.

— Tu devrais savoir que je ne suis pas une grande blagueuse.

Elle toucha l'une des petites bosses avec précaution, et la gratta du bout de l'ongle. Un conservateur de musée aurait frémi en la voyant faire. De minuscules éclats de plâtre s'effritèrent, mais la surface du plafond en dessous resta intacte. Il y avait bel et bien de la couleur.

— Je me demande si l'un de tes ancêtres n'aurait pas sournoisement recouvert la vraie carte d'une carte erronée pour envoyer tout le monde sur une fausse piste.

— Eh bien, si c'est le cas, cela a bien marché ! Comment retirer la couche du dessus ?

— Nous devrions pouvoir l'écailler. Regarde…

Elle lui montra un petit trou dans la fresque.

— Il y a un peu de bleu ici, sous le vert… C'est ce qui m'a laissé à penser qu'il y avait une autre peinture.

Il se leva, faisant ployer tout le matelas de son côté. Elle vacilla et dut poser une main à plat sur son torse musclé pour ne pas perdre l'équilibre. Dès qu'elle fut de nouveau solide sur ses jambes, elle retira vivement sa main.

— Bien sûr, si nous effritons toute la peinture, la fresque sera détruite. Je sais qu'elle est dans ta famille depuis des générations…

— Les Drummond ont beaucoup trop de vieilleries.

— Nous pourrions décoller la fresque du dessus avec des outils spéciaux pour la transférer sur un autre support, mais il nous faudra trouver le matériel nécessaire et faire quelques recherches, car je n'ai jamais fait ça…

— Je vais chercher des couteaux plats, dit-il en sautant du lit, la déséquilibrant de nouveau.

Elle posa une main sur le plafond pour ne pas tomber. Elle aurait juré sentir la surface craqueler sous ses doigts, prête à céder pour révéler ses secrets.

Il avait quitté la pièce, et elle en profita pour pousser un profond soupir de soulagement. Au lieu de passer la nuit sous les draps à ses côtés, mal à l'aise, elle était apparemment sur le point de faire une découverte des plus intéressantes avec lui.

A moins qu'elle ne fût sur le point de détruire un héritage familial de grande valeur. Elle sortit son appareil photo de son sac et prit une cinquantaine de clichés de la fresque, sous différents angles, au cas où il s'avérerait qu'ils avaient fait une erreur en la détruisant.

Jack réapparut quelques instants plus tard avec une boîte de bois pleine d'outils. Dieu merci, il avait enfilé un short. Elle fouilla dans la boîte et en sortit un vieux tournevis et un petit marteau.

— Il faut utiliser quelque chose d'émoussé pour ne pas

endommager la peinture du dessous. Avec un peu de chance, il nous suffira de craqueler la surface pour qu'elle tombe d'elle-même.

Elle commença la première, tapant doucement dans l'un des trous existants. Les fissures s'élargirent lentement sur le plâtre, millimètre par millimètre. Elle retenait son souffle tant elle était nerveuse. Ils étaient peut-être en train de faire une terrible erreur, il était possible que quelqu'un ait peint un fond uni avant de peindre la carte. Cependant, elle continua, et au bout de quelques minutes un morceau de plâtre d'un centimètre carré à peine tomba sur le lit. En dessous, on voyait s'étaler le riche bleu indigo qu'elle avait aperçu un peu plus tôt.

— Tu ferais mieux de tendre un grand drap sur le lit si tu ne veux pas qu'il soit couvert de poussière, dit-elle avec un sourire satisfait.

— Je m'en moque !

Il prit un petit marteau et, à son tour, commença à taper dans le plâtre.

— Je n'arrive pas à croire que j'ai dormi là-dessous pendant des années sans jamais penser à regarder sous la surface…

— Alors c'est un miracle que je sois revenue dans ta vie, n'est-ce pas ?

— Ça, c'est sûr !

Jack avait mal au bras à force de le tendre au-dessus de sa tête pour taper sur la fresque. Ils devaient faire preuve de délicatesse, pour ne pas abîmer la peinture qui se cachait en dessous, et leur progression était donc lente. A 3 heures du matin, ils avaient enlevé suffisamment de plâtre pour révéler une autre carte, peinte dans des couleurs bien plus riches que la première. Celle-ci ne montrait que le rivage de l'île, son contour détaillé avec ses coins et ses recoins, ses affleurements de roches. En dehors de cela, ce qu'ils voyaient pour l'instant de la carte était le bleu indigo de la mer. Il n'y avait aucune croix indiquant l'emplacement de l'épave, aucune sirène pour les aider.

— Que penses-tu de toutes ces lignes blanches ?

Le fond bleu était entrecroisé de fines hachures blanches.

— Elles pourraient avoir un rapport avec l'endroit où le trésor est caché, mais ce n'est pas sûr.

Vicki tapait avec acharnement sur le plâtre, qui tombait sur le lit, et parfois sur lui, en une fine poussière.

— Nous en saurons davantage quand nous verrons la carte dans son intégralité.

— Et si nous faisions une pause ?

Il était fatigué, et seul le fait de voir le corps souple de Vicki si près de lui lui donnait le courage de continuer.

— Hors de question ! Nous devons partir en mer demain. Il y a une récompense pour la coupe, tu te souviens ?

— Comment quelqu'un d'autre que nous pourrait la retrouver alors que personne ne sait qu'elle est au fond de l'eau ?

— Cela finira par se savoir, répondit-elle sans le regarder, absorbée par sa tâche. Crois-moi, ce ne sera pas long. Quelque chose me dit qu'il y a des livres sur tes ancêtres et leurs trésors.

Il haussa les épaules négligemment.

— Sans doute, mais la récompense n'est pas assez grosse pour attirer les meilleurs chasseurs de trésors.

— Non, mais le trésor lui-même, si ! Et, une fois que d'autres gens auront commencé à le chercher, nous aurons de la concurrence. Que ressentirais-tu si un amateur muni d'un détecteur de métal le trouvait avant nous ?

— J'en pleurerais…

Il la regarda du coin de l'œil. Elle tourna enfin le visage vers lui, à sa grande satisfaction.

— … mais au moins, tu serais là pour sécher mes larmes.

— N'y compte pas. Je serais auprès de celui qui l'aurait trouvé pour l'amadouer.

Elle eut un sourire éclatant, qui le troubla profondément. Comment pouvait-elle être encore aussi belle ? Les années avaient affiné ses traits de jeune fille. Elle avait les pommettes saillantes, un petit menton déterminé, son regard avait une intensité qu'il ne lui connaissait pas, et un air de défi mêlé de méfiance ajoutait de la profondeur à sa beauté arrogante.

— Alors, comme ça, tu me laisserais tomber pour le vainqueur ?

— N'en ferais-tu pas autant à ma place ?

Il sourit.

— Probablement. Ce n'est pas facile de mentir à quelqu'un qui me connaît si bien…

— Même après toutes ces années ? Tu n'as pas beaucoup changé…

— Je crois que je n'ai pas changé du tout.

Il faisait tout pour ne pas devenir aussi guindé et tristement ordinaire que ses anciens copains, avec leurs maisons luxueuses et leurs énormes voitures.

— Et si tu n'as pas changé non plus, ajouta-t-il, nos concurrents n'auront qu'à bien se tenir !

— Oui, et c'est pour cette raison que nous n'allons pas abandonner cette fresque maintenant.

Elle avait toujours les bras levés et continuait à taper doucement sur le plâtre fragile. La poussière lui brûlait les yeux, mais il refusait de capituler avant elle. Il aurait baissé dans son estime s'il l'avait fait, et pour une raison qu'il ne tenait pas à analyser l'estime de Vicki était importante pour lui. Réprimant un gémissement plaintif, il se remit donc au travail, ôtant la couche de plâtre du plafond alors même qu'il aurait préféré ôter le pyjama poussiéreux de Vicki et enlacer le corps magnifique qui se cachait en dessous.

Il aurait tout le temps de faire cela plus tard.

— Je crois que c'est une sorte de code, murmura-t-elle d'une voix à peine audible.

Elle s'était interrompue et regardait fixement le plafond.

— Il y a des chiffres romains sur les hachures blanches.

Il posa ses yeux fatigués sur la peinture.

— Pourquoi mettre des chiffres cachés sur une carte ?

— Je n'en sais rien.

Elle essuya la fresque du plat de la main pour faire tomber la poussière. Ce simple geste eut pour effet de tendre son T-shirt sur ses seins fermes et pointus, et il dut s'appuyer à la colonne du lit pour ne pas perdre l'équilibre tant il était troublé.

— Ne va pas tomber, tu pourrais te blesser, dit-elle d'un ton empreint d'ironie, les sourcils légèrement haussés.

Il ne put s'empêcher de sourire. S'efforçant de se concentrer de nouveau sur la carte, il aperçut effectivement quelque chose qui ressemblait vaguement à des chiffres romains, au croisement des lignes verticales et horizontales.

— Tu as raison... On dirait un VIII, dit-il en pointant le doigt sur le plafond.

— Oui, et ici, il y a un X, divisé en deux V pour que ce ne soit pas trop évident.

— Le X indiquerait l'endroit que nous recherchons ?

— Non, sûrement pas... Ce serait trop facile. D'ailleurs, regarde : il y en a plusieurs.

— Génial ! J'ai un peu l'impression de chercher une aiguille dans une botte de foin.

— Moi aussi, répondit-elle, les yeux rivés sur la carte. Ces nombres reviennent avec une certaine régularité. Depuis quand parle-t-on de latitude et de longitude ?

Il haussa les épaules avec désinvolture.

— Nous, les Drummond, avons toujours préféré voler les vestiges de l'histoire plutôt que de les étudier.

— Je t'en prie !

Elle le défia du regard. Son visage rayonnait d'un enthousiasme que lui-même commençait à ressentir.

— Tu es un chasseur de trésors professionnel, je suis persuadée que tu en sais plus sur l'histoire de vos naufrages que sur ce qui se passe dans le monde actuellement.

— Il y a encore un monde au-delà de cette île ? Je l'ignorais, j'essaie de ne pas entrer en contact avec lui.

Il aimait la taquiner et voir une lueur d'impatience passer dans ses beaux yeux.

— J'imagine que c'est assez facile quand on possède sa propre île déserte... mais revenons aux choses sérieuses. Pourrait-il s'agir de latitudes et de longitudes ?

Il regarda les chiffres romains à peine visibles. A sa connaissance, on ne les utilisait pas pour donner des coordonnées géographiques.

— Ce qui est sûr, c'est que l'on utilisait la latitude et la longitude au XVIIIe siècle. On définissait son emplacement à l'aide d'un sextant, qui servait à mesurer la distance angulaire entre le soleil et l'horizon, pour pouvoir savoir où l'on se trouvait par rapport à l'équateur.

Il soupira.

— Ici, nous sommes à environ 28° de latitude Nord, et 80° de longitude ouest.

Il reporta son attention sur les lignes blanches, qui dansaient devant ses yeux fatigués. Il lut XX, puis VIII, IX, et enfin XIV.

— Tu es peut-être sur une piste…

— Génial ! Maintenant, il ne nous reste plus qu'à noter ces chiffres et à trouver le trésor.

Bien sûr, ce serait beaucoup plus compliqué que cela, mais le pétillement de joie dans les yeux de Vicki le poussa à se taire. Pour une raison obscure, cela lui aurait été pénible de la décevoir. Il voulait la rendre heureuse.

C'était là un constat très perturbant.

- 4 -

Vicki était assise à la proue du bateau, les yeux plissés, aveuglée par le soleil matinal. Au-dessus d'eux, les nuages d'un blanc éblouissant filaient dans le ciel. Elle essayait de se concentrer sur ses notes, mais le manque de sommeil et les nombres dénués de sens qui se bousculaient dans sa tête l'en empêchaient.

Et puis, il y avait Jack. Il était tellement gentil, tellement obligeant, que c'en était désarmant. Elle ne l'avait jamais vu comme cela, et commençait à penser qu'il manigançait quelque chose.

— Je ne comprends toujours pas ce que nous faisons ici, lui cria-t-il depuis le gouvernail. Nous n'avons pas la moindre idée de ce que ces chiffres veulent dire.

— J'espère que cela nous aidera à voir la carte sous un jour différent.

C'était son idée, et même la perspective d'avoir le mal de mer ne l'avait pas arrêtée. Elle avait à portée de main une Thermos de tisane au gingembre pour calmer son estomac fragile, et pour l'instant elle ne se sentait pas trop mal.

— L'épave est ici, quelque part sous nos yeux ! Nous avons toutes les pièces du puzzle, nous n'avons plus qu'à les assembler.

Bien sûr, c'était plus facile à dire qu'à faire, surtout avec la présence de Jack torse nu à quelques mètres seulement. Elle devrait peut-être faire l'amour avec lui une bonne fois pour toutes et passer à autre chose. Ce serait peut-être la seule façon d'atténuer la tension sexuelle entre eux.

Il n'arrêtait pas de lui décocher des œillades suggestives, en dessous de cette mèche de cheveux noirs qui lui tombait toujours sur le front. Elle essayait de se persuader qu'elle connaissait déjà ses qualités d'amant et qu'elle n'avait aucune raison d'être troublée, mais hélas les souvenirs qu'elle avait de lui dans ce domaine avaient l'effet inverse sur elle. Etait-il l'amant tendre et passionné de sa jeunesse ? Ou le temps avait-il fait de lui un compagnon plus impatient, plus réservé ? Elle était dévorée de curiosité.

Elle se força à reporter son attention sur ses notes, et sur les photos qu'ils avaient prises de la fresque, avec sa côte irrégulière. Ils avaient examiné de plus près les chiffres romains, et il lui avait dit qu'il ne pouvait pas s'agir de coordonnées.

Au point où ils en étaient, ils auraient sans doute mieux fait de rentrer dormir, mais le lit de Jack était couvert de morceaux de plâtre et de poussière, et elle ne voulait pas lui demander où ils pouvaient dormir, car il n'avait accepté de l'aider qu'à condition qu'elle partage son lit et, chanceuse comme elle l'était, elle se retrouverait collée contre lui dans un lit d'une personne, avec son torse en guise d'oreiller.

— Tu es fatiguée ?

Il avait dû la surprendre en train de bâiller. Elle s'empressa de sourire. Elle préférait lui laisser à penser qu'elle était une créature démoniaque qui n'avait pas besoin de sommeil.

— Pas du tout. Rien de tel qu'un peu de soleil et d'embruns pour se sentir revigoré !

— Je suis tout à fait d'accord.

A en juger par son ton railleur, il avait envie de rire. Elle résista à l'envie de se tourner vers lui, craignant d'être troublée par la vision de son torse musclé.

— Alors, reprit-il, où est cette épave ?

— Quelque part par ici.

L'océan était tellement vaste ! Opaque, insondable, sa surface bleue soulevait le bateau. L'épave avait peut-être été brisée en mille morceaux au fil des siècles, emportée à des miles de là par une tempête, ou découverte et pillée par l'un des ancêtres de Jack.

— Et si c'était un code ? suggéra ce dernier, l'arrachant à ses sombres pensées.

— Mais bien sûr, c'est un code ! s'écria-t-elle, exaltée. Il ne peut s'agir de rien d'autre !

Comment avait-elle pu ne pas y penser ? Elle avait été tellement obnubilée par cette histoire de latitude et de longitude qu'elle n'avait pas imaginé un seul instant que les chiffres romains puissent indiquer autre chose. Tout en s'efforçant de ne pas trop manifester son enthousiasme devant Jack, elle reporta son attention sur ses notes avec un regain d'intérêt.

Si les nombres correspondaient à des lettres, certains se répéteraient plus souvent que d'autres, comme le chiffre correspondant à la lettre E, par exemple. Elle parcourut la feuille des yeux et soupira. Les chiffres romains étaient eux-mêmes terriblement répétitifs. Pour compter de 1 à 10, on n'utilisait que trois caractères : I, V et X. Sa retranscription fidèle ne contenait aucun chiffre plus élevé. On ne pouvait pas dire que les mots lui sautaient aux yeux.

— Ça y est, tu l'as déchiffré ? lui demanda Jack d'un ton taquin.

Sans réfléchir, elle tourna la tête vers lui. Son regard se posa aussitôt sur ses biceps parfaitement dessinés.

— Presque. Nous devrions peut-être jeter un filet et voir si nous pouvons attraper l'épave.

Il rit.

— Tu dis ça parce que tu as encore envie de poisson…

Son estomac se souleva à l'idée de manger du poisson. Il était à peine 8 heures du matin. Elle but une grosse gorgée de tisane et se concentra sur les chiffres qu'elle avait sous les yeux. Elle n'était même pas sûre qu'ils aient noté les bons : il y avait une multitude de X, de I et de V sur la carte, Jack et elle pouvaient très bien en avoir oublié.

Cependant, il y avait beaucoup de IX et de III. Ceux-ci correspondaient peut-être à des voyelles. Les embardées du bateau ne l'aidaient pas à réfléchir. Elle avait besoin d'être sur la terre ferme pour élucider ce mystère.

— Nous devrions peut-être rentrer.

— Je croyais que tu allais utiliser ton intuition féminine pour trouver l'emplacement de l'épave.

— Il faut que je mange quelque chose. Allons en ville !

— Tes désirs sont des ordres.

Il fit virer le bateau et prit la direction de la côte à une vitesse impressionnante. Elle serra ses papiers contre elle pour les protéger des éclaboussures et l'observa.

— Ça, c'est ce qui me plaît dans les bateaux.

— Quoi donc ? demanda-t-il avec un sourire en coin.

Il plissait les yeux, ébloui par le soleil.

— Le fait de pouvoir dire « allons en ville », ou « à Madagascar », ou « aux Bahamas », et changer de cap sans avoir à se soucier du code de la route ou des embouteillages.

— Tu commences à comprendre l'appel de la mer.

Il la regarda avec insistance pendant un moment, jusqu'à ce qu'elle ait l'impression d'avoir la peau brûlante sous ses yeux de braise.

— Il n'y a pas non plus d'excès de vitesse !

Il accéléra encore davantage, et le bateau se mit à filer sur l'eau, bondissant sur les vagues. Elle se cramponna au bastingage, tandis que ses cheveux flottaient derrière elle. Elle avait envie de crier, de peur, mais aussi d'euphorie, grisée par la vitesse. Quand ils atteignirent la côte, son front était moite de sueur et elle ne pouvait s'empêcher de sourire d'un air béat.

— Tu es fou !

— Je l'ai toujours été, et je le serai toujours.

Ils prirent le petit déjeuner à la terrasse d'un café, sur le front de mer. Elle griffonna des idées sur ses feuilles, dans l'espoir de décrypter le code.

— J'entends les rouages de ton cerveau d'ici, dit Jack.

Un verre de thé glacé à la main, il se laissa aller en arrière sur sa chaise, l'air détendu.

— Est-ce son tic-tac incessant qui te maintient éveillé ? demanda-t-elle sans détacher son regard de ses notes.

Elle avait l'impression d'être sur le point de faire une découverte capitale.

— Cela ressemble plus à un bourdonnement, comme celui d'un laser.

Elle leva les yeux vers lui.

— Fais attention à ne pas t'exposer à mes rayons.

— Cela pourrait me plaire…

Une lueur amusée brillait dans ses yeux noirs. Il recommençait à flirter. Le pire, c'était qu'elle aimait cela ! Où étaient la rancœur et la colère qu'elle avait espéré éprouver ?

Ne tombe pas dans ses filets, il se lasserait de toi et te quitterait une deuxième fois.

Elle aurait dû écouter la voix de la raison, elle le savait, mais le sourire arrogant de Jack lui donnait envie de l'embrasser, son air assuré promettait des sommets de plaisir tels qu'elle n'en avait pas atteint depuis… depuis la dernière fois qu'ils avaient fait l'amour.

Le soleil et le manque de sommeil la rendaient un peu groggy.

— J'ai besoin de dormir… Je dis bien de dormir. Sinon, je n'éluciderai jamais cette énigme.

— Paloma doit avoir refait le lit à l'heure qu'il est.

— Tu as une gouvernante ?

Elle avait du mal à imaginer le personnel de Jack. Il haussa les épaules avec désinvolture.

— Il m'arrive d'être en mer pendant une semaine, ou même plus. Les lézards prendraient possession de la maison s'il n'y avait pas quelqu'un pour lutter contre les forces de la nature.

— J'imagine que c'est le risque quand on habite dans une vieille demeure.

— Construite par des pirates sans aucune expérience dans le bâtiment ! dit-il en s'étirant, lui donnant un autre aperçu de ses biceps. C'est incroyable qu'elle ne se soit pas encore effondrée.

— J'imagine que, lorsqu'on est capable de maintenir un navire de bois à flot, empiler quelques pierres pour bâtir une maison solide ne semble pas si difficile. Je me demande si tes ancêtres ont caché des trésors dans les murs…

Il haussa les sourcils.

— Nous devrions peut-être donner quelques coups de burin autour des fenêtres ?

— Trouvons d'abord l'épave…

Elle passa la lanière de son sac à main sur son épaule.

— Mais avant toute chose il faut que je dorme.

A son grand étonnement, Jack la laissa bel et bien dormir, seule dans le confort somptueux des draps frais. Sa gouvernante invisible avait enlevé toute trace de plâtre du lit, et la chambre impeccable sentait bon la cire. Quand Vicki se réveilla, en fin d'après-midi, la fresque récemment dévoilée flottait au-dessus d'elle comme un ciel d'été, avec ses couleurs intenses, auxquelles les rayons du soleil et le temps n'avaient pas encore fait perdre leur éclat. Pourquoi quelqu'un l'avait-il recouverte ? On avait sans doute voulu cacher les indications que la carte recelait à des proches cupides ou aux domestiques.

Elle imaginait aisément les Drummond se méfiant les uns des autres. C'était une famille assez tourmentée. Peut-être qu'une malédiction pesait bel et bien sur eux.

Tendant l'oreille dans l'espoir d'entendre Jack, elle se leva et se dirigea vers le couloir. Où pouvait-il bien être ?

— Jack ?

Il ne répondit pas. Elle aurait dû profiter de sa solitude tant qu'elle le pouvait. Pourquoi le pourchassait-elle, pour qu'il recommence à la tourmenter ?

Elle prit son téléphone portable et remonta sur le lit. Elle avait quinze appels en absence, tous de Leo Parker. Pourquoi cet imbécile ne comprenait-il pas le message ? Elle n'était jamais vraiment sortie avec lui. Il l'avait accaparée lors d'un vernissage et elle s'était laissé inviter au restaurant parce qu'il lui avait fait miroiter la perspective d'un dîner chez Nobu. Le repas avait été délicieux, la compagnie beaucoup moins. Quand il l'avait de nouveau abordée à une vente aux enchères pour l'inviter à dîner chez Annisa, elle avait accepté, incapable de résister à la tentation. Faire la conversation avec lui n'était pas si difficile : il suffisait de hocher la tête de temps en temps pendant qu'il parlait de lui. Le plus délicat était de se débarrasser de lui à la fin de la soirée.

Peut-être croyait-il qu'elle se faisait désirer ? Elle n'aurait vraiment pas dû accepter son invitation à l'US Open. Elle n'aimait même pas particulièrement le tennis. Cependant, étant donné qu'elle manquait d'argent mais s'efforçait de sauver les apparences à tout prix, elle s'était dit que cela lui permettrait d'avoir quelque chose à raconter aux vernissages auxquels elle assistait tous les soirs pour manger des petits-fours gratuitement et caresser dans le sens du poil les riches amateurs d'art qui, avec un peu de chance, constitueraient un jour sa clientèle. Hélas, Leo s'était montré un peu trop entreprenant et avait essayé de l'embrasser. Elle avait réussi à le repousser en simulant une quinte de toux et en prétendant avoir terriblement mal à la gorge, mais il l'avait appelée au moins une fois par jour depuis. Elle avait profité de son séjour à Long Island, chez Sinclair, pour le tenir à distance, et était persuadée de se débarrasser de lui définitivement en partant pour la Floride. A la place de Leo, la plupart des hommes auraient compris qu'elle n'était pas intéressée. C'était inquiétant de voir que lui continuait à insister.

Elle écouta son message à contrecœur.

— Salut, bébé, ça fait un moment qu'on ne s'est pas vus. Nous pourrions aller dîner…

Il continuait de sa voix monocorde. Si seulement il avait été charmant, ou même simplement beau !

Tu lui as donné de faux espoirs, lui dit une petite voix accusatrice dans sa tête. Elle avait honte d'être tombée aussi bas pour quelques repas gratuits.

Et maintenant elle dupait Jack Drummond pour obtenir une récompense qui n'aurait quasiment rien représenté à ses yeux autrefois.

Cela faisait-il d'elle une fille aux mœurs douteuses ? Ce serait probablement le cas si elle couchait avec l'un ou l'autre, mais elle ne les avait même pas embrassés. Elle tressaillit en repensant à la déplaisante tentative de Leo. En revanche, l'idée d'échanger avec Jack un baiser torride était des plus tentantes.

Elle soupira et effaça ses autres messages. Aucun n'était important. A New York, la vie suivait son cours. Elle avait hâte de retrouver sa place privilégiée au sein de la bonne société. C'était la seule raison de sa présence chez Jack.

Où était-il passé ? Elle se releva et partit à sa recherche. Dans la cuisine récemment remise à neuf, le soleil brillait à travers les fenêtres, dardant ses rayons sur les plans de travail et les appareils électriques.

— Jack ! Où es-tu ?

Elle n'eut toujours pas de réponse. Elle se dirigea vers le salon, dont la porte-fenêtre était ouverte. Il n'y avait pas de moustiquaire. Il n'y avait rien d'étonnant à ce que des lézards entrent dans la maison ! Dehors, elle fut accueillie par l'odeur piquante de la mer et la brise, qui fit flotter ses cheveux autour de son visage, mais son hôte n'était pas là.

Pieds nus, elle s'avança sur l'herbe, puis descendit les quelques marches qui donnaient sur le ponton le plus proche. Le bateau de Jack avait disparu. Il l'avait donc abandonnée sur cette île, au milieu de nulle part.

Les rayons ocre du soleil couchant, qui s'allongeaient sur l'océan sombre et immobile, lui parurent soudain sinistres. Elle frissonna et, nerveuse, jeta un coup d'œil par-dessus son épaule. A quoi s'attendait-elle ? A voir apparaître le fantôme d'un pirate à la jambe de bois ?

Elle se ressaisit et inspira profondément. Jack était sans doute dans les bras d'une belle jeune femme. Peu lui importait. Elle avait besoin de lui pour ses compétences, et pour rien d'autre, afin de pouvoir partir d'ici le plus tôt possible.

Elle retourna donc dans la chambre examiner la carte et, plus précisément, les nombres qui y figuraient. Il y en avait beaucoup, mais aucun n'était très élevé. En y réfléchissant bien, elle n'en avait pas vu de plus élevé que vingt-cinq.

Soudain, une idée lui traversa l'esprit : si chaque chiffre romain correspondait à une lettre de l'alphabet, I représentant la lettre A, II la lettre B, et ainsi de suite…

Fébrile, elle prit une feuille vierge et changea un à un les nombres en lettres, suivant cette méthode. Lentement, un message apparut sur le papier.

A l'aube, mettez le cap au nord à partir de la crique des Morts, jusqu'au figuier des banians. Mettez ensuite le cap à l'est-nord-est et donnez soixante coups de rame. Pointez la proue vers l'horizon et donnez cent coups de rame vers le soleil, où l'îlot en face de la pointe nord de l'île rencontre le dock de Raster. Restez à proximité de la côte tout en donnant cent quarante coups de rame vers l'est-sud-est. Levez une rame vers le ciel, son ombre vous indiquera l'emplacement de ce que vous cherchez, par soixante-dix mètres de fond.

Quand elle eut terminé, Vicki regarda fixement la feuille de papier et poussa un profond soupir. L'espace d'un instant, elle eut envie de sauter de joie. Puis elle s'aperçut que les instructions manquaient de consistance. Le succès de la quête dépendait de la position du soleil dans le ciel et de la distance entre le bateau et la côte, et après trois cents ans de changements géologiques, on ne pouvait être sûr d'atteindre le même résultat que l'ancêtre de Jack qui avait dessiné la carte.

Son estomac émit soudain un grognement sonore, l'arrachant à ses pensées. Elle alla dans la cuisine et se fit un sandwich à la dinde. Au moins, Jack ne la trouverait pas morte d'inanition sur la terrasse quand il rentrerait.

Comment avait-il pu l'abandonner comme cela ?

De toute évidence, les coups de rame d'un homme grand et fort n'étaient pas les mêmes que ceux d'un mousse maigrelet. Comment savoir à quel genre d'homme la carte était adressée ?

On pouvait supposer que les ancêtres de Jack étaient tous comme lui : solidement charpentés, musclés et rebelles.

Elle soupira. Elle avait besoin de Jack, et d'un canot à rames. Hélas, il était très occupé.

Elle avait hâte d'être indépendante et de ne devoir s'en remettre à personne.

C'était presque l'aube quand elle entendit le bruit d'un moteur de bateau au loin. Elle hésita à faire semblant d'avoir dormi tout le temps et de n'avoir même pas remarqué son absence, puis décida de ne pas prendre cette peine. Elle se dirigea vers le ponton d'un pas décidé et attendit là, les mains sur les hanches, comme une épouse délaissée.

— C'est très agréable d'être accueilli par une belle femme ! lui dit-il depuis le pont du bateau, en arrivant à sa hauteur.

— Je suis contente que tu sois rentré. Je croyais que tu avais été renversé par un bus, et je craignais de mourir sur cette île déserte.

— Je crois qu'il n'y a plus de bus dans la région depuis les années 1960.

— Quel soulagement ! Au fait, j'ai déchiffré le code. Il ne nous reste plus qu'à aller chercher notre butin.

Toujours sur le pont, un carton dans les bras, il s'immobilisa.

— Où est-il ?

— Au fond de l'océan, évidemment. Nous le trouverons.

Elle tourna les talons et s'en alla vers la maison de la même démarche énergique, espérant avoir plus d'allure que la femme avec laquelle il avait passé la nuit.

— Je suis allé rendre visite à quelqu'un, dit-il une fois dans la cuisine, tout en rangeant dans le réfrigérateur une partie de ce que contenait le carton.

— Je m'en suis doutée…

— Ce n'était pas ce genre de visite ! Je suis allé voir un ami. Etais-tu jalouse ? demanda-t-il, l'air amusé.

Gênée de s'être trahie, elle haussa les épaules avec une désinvolture feinte.

— C'est ta vie.

— Mon ami est un vieil homme qui pêche la dorade et le bar au large de ces côtes depuis cinquante ans.

Elle croisa les bras sur sa poitrine. Elle n'était pas sûre de le croire.

— Vous avez passé la nuit à chanter de vieilles chansons de marins ?

— Je voulais lui demander s'il avait déjà remarqué des traces de naufrages par ici, ou des morceaux d'épaves. Il n'en a jamais vu.

— C'est encourageant.

— Peut-être ! Si l'épave est enfouie sous le sable ou recouverte de corail, elle est sans doute intacte, ou presque, et le morceau de coupe aussi.

— C'est possible, mais nous ne la trouverons jamais.

Il se servit un grand verre de jus d'orange et le but d'un trait.

— Pas sans mes canons, ça, c'est sûr.

— Tes canons ? Tu vas tirer des boulets de canon sous l'eau ?

— Non, je parle de canons de haute technologie spécialement conçus pour les fouilles sous-marines. Ils envoient de l'air avec force, créent des trous dans les fonds marins, et exposent tous les trésors cachés !

— Ah, les hommes et leurs joujoux… Enfin ! Combien d'heures t'a-t-il fallu pour apprendre que ton ami n'avait rien vu ?

Elle regretta aussitôt la question railleuse. Il eut un grand sourire.

— J'adore quand tu es jalouse ! Tes beaux yeux lancent des éclairs… Ça me plaît beaucoup.

— Je te déteste.

Il haussa légèrement les sourcils.

— De mieux en mieux ! La prochaine fois, je resterai loin encore plus longtemps.

— Je rejoindrai le continent à la nage.

— Tu en serais bien capable, dit-il avec un pétillement amusé dans les yeux, et tu serais obligée d'emporter ceci avec toi…

Il sortit du carton une pile de journaux et de magazines.

— Apparemment, ton courrier a été expédié ici.

Elle sentit le rouge lui monter aux joues.

— Il fallait que je le fasse suivre… J'ai utilisé ton adresse parce que je ne savais pas où j'allais loger.

— Ou alors, tu savais très bien que tu allais loger ici, avec moi.

— Tu dis n'importe quoi. En revanche, je savais que j'allais venir te voir, et j'ai pensé que cela ne te dérangerait pas.

C'était de pire en pire. Elle refusait d'avouer qu'elle n'avait plus d'adresse fixe. Son courrier et ses abonnements la suivaient partout où elle allait.

Il jeta un coup d'œil rapide à ses journaux et magazines.

— Le *Wall Street Journal* ? dit-il, étonné. Le *New York Post* et *Women's Wear Daily* ?

— J'essaie simplement de me tenir au courant de certaines tendances.

Celles des New-Yorkais riches et célèbres, pour être exacte.

— La plupart des gens iraient sur internet pour cela.

— Je suis traditionnelle, à bien des égards. J'aime avoir de l'encre sur les doigts en prenant mon café, le matin.

Il rit.

— C'est vrai, Vicki, tu es traditionnelle à bien des égards… C'est une des choses que j'aime chez toi.

Elle s'efforça d'afficher un air dégagé et lui prit ses journaux des mains. Elle n'avait pas résilié ses abonnements quand elle avait commencé à aller d'un endroit à un autre, pensant qu'elle s'installerait rapidement quelque part. Puis, s'apercevant que faire suivre son courrier était une démarche assez simple, elle avait continué à le faire au fil de ses allées et venues.

— Tu veux savoir ce que dit le code, oui ou non ?

Il semblait ne pas s'en soucier vraiment.

— Bien sûr ! Omelette aux champignons ?

— Pourquoi pas ?

Elle sortit la feuille de papier de la poche de son pantalon.

— Voilà ce que ton ancêtre a écrit…

Elle leva les yeux vers lui et fut contrariée de le voir prendre une poêle et des œufs dans le réfrigérateur au lieu de lui accorder toute son attention. Cependant, lorsqu'elle se mit à lire, il se tourna enfin vers elle, les sourcils froncés.

— L'îlot en face de la pointe nord de l'île ? répéta-t-il. Il n'y en a pas !

— Il est peut-être sous le niveau de l'eau, aujourd'hui. Où se trouve la crique des Morts ?

— Par là, répondit-il avec un signe de la tête. J'y ai encore trouvé un squelette incrusté dans la roche, l'autre jour. L'histoire familiale raconte que les naufragés étaient emportés par le courant jusqu'à la crique. Personnellement, je soupçonne mes ancêtres d'avoir choisi cet endroit pour y enterrer leurs ennemis.

Elle frissonna.

— Des gens charmants, tes ancêtres !

Il versa les œufs battus dans l'huile chaude de la poêle.

— Nous sommes fiers et solitaires, dit-il avec un clin d'œil, nous n'apprécions pas les intrus.

— Dans ce cas, je ferais mieux de faire attention à moi.

Elle détourna le regard. Son clin d'œil l'avait troublée, ce qui était passablement ridicule. Elle s'affaira à prendre des assiettes dans le placard et des couverts.

— Et le dock de Raster ?

— Quoi que ce fût, cela n'existe plus depuis longtemps. Il y avait une vieille propriété sur la côte, avec une sorte d'embarcadère, juste devant. Disons que c'est l'endroit que nous cherchons…

— As-tu un canot à rames ?

— Plusieurs.

Elle jeta un coup d'œil par la fenêtre.

— Nous ferions mieux de nous dépêcher si nous voulons être partis à l'aube.

— Ne t'inquiète pas, nous avons encore trois quarts d'heure devant nous.

Elle prit son assiette, sur laquelle il avait posé la moitié de l'omelette, et planta sa fourchette dedans. Elle était bien contente d'avoir échappé une seconde fois à passer la nuit aux côtés de Jack, dans son lit. Elle commençait à s'apercevoir que ses étreintes risquaient fort d'avoir le même effet qu'un prétendu dernier verre sur un ancien alcoolique.

— Dépêchons-nous.

- 5 -

A la lueur de la lanterne électrique, Vicki vit les muscles du dos de Jack se contracter tandis qu'ils sortaient le canot poussiéreux du hangar abandonné. La petite pièce au sol couvert de sable était pleine de filets, de bouées, de cannes à pêche de toutes tailles. Elle l'aida à soulever le canot au-dessus d'un vieux cageot rempli d'un enchevêtrement de cordes.

— Quand a-t-il été utilisé pour la dernière fois, en 1960 ? demanda-t-elle en considérant le canot d'une couleur indéterminée, une sorte de beige tirant sur le rose. Et qu'est-ce qui te fait croire qu'il est encore étanche ?

— Il est en parfait état, je m'en sers tout le temps.

— Etant donné la couche de poussière dont il est couvert, j'ai du mal à te croire. D'ailleurs, quand pourrais-tu bien te servir d'un canot à rames ?

— Quand je ne veux pas que l'on m'entende arriver.

Il tourna la tête vers elle avec un sourire entendu. Son cœur fit un bond dans sa poitrine.

— Merveilleux ! C'est la barque que tu utilises quand tu veux t'approcher sans faire de bruit d'une jeune femme sans méfiance. J'espère qu'il n'y a pas de soutien-gorge oublié là-dedans…

Il rit.

— Non, je n'en vois pas. Il y aura peut-être le tien, tout à l'heure !

— Dans tes rêves les plus fous, Jack.

— Effectivement… On a bien le droit de rêver. C'est l'un des rares privilèges que l'on ne peut pas nous enlever.

— C'est vrai… C'est curieux qu'il n'y ait pas encore de taxe sur les rêves torrides des hommes.

Il hissa la barque plus haut sur sa hanche, puis, sans la lâcher, se retourna pour marcher à reculons vers la plage, lui offrant une vue imprenable sur son torse puissant. Elle voyait bien que ses yeux étaient rivés sur elle. Elle veilla à ne pas croiser son regard, et fit semblant de contempler l'horizon, où le soleil commençait à peine à poindre.

— Combien de temps nous faudra-t-il pour aller à la crique des Morts ?

— Environ trois minutes. La mer est assez calme, aujourd'hui.

Ils poussèrent la barque sur l'eau et montèrent dedans avec précaution. Elle était pieds nus, et sentait les aspérités du fond poussiéreux. Il commença à ramer, et elle essaya de se souvenir des termes exacts du message codé, car il ne faisait pas encore assez clair pour qu'elle pût lire.

— Nous arrivons, murmura Jack.

Ils approchèrent de l'anse au moment même où une fine ligne d'or apparaissait à l'horizon.

— *Mettez le cap au nord à partir de la crique des Morts, jusqu'au figuier des banians.* Où est le figuier des banians ?

Il lui indiqua la direction d'un signe de tête. Elle plissa les yeux pour distinguer ce qui les entourait dans la pénombre brumeuse de l'aube, et aperçut un grand arbre noueux, près de la plage.

— Allons-y.

Il fit pivoter la barque avec une aisance évidente. Les premiers rayons du soleil projetaient une lueur dorée sur son torse nu. Il aurait tout de même pu mettre une chemise. La vue l'empêchait de réfléchir, et elle devait se concentrer sur les indications du message.

— Quel âge a cet arbre ?

— Je ne sais pas. Il est là depuis toujours, j'imagine.

Les abdominaux de Jack se contractaient tandis qu'il tirait et poussait sur les rames. Elle se hâta de reporter son attention sur les branches de l'arbre, mais son regard revenait sans cesse sur lui. Apparemment, cela faisait un peu trop longtemps qu'elle n'avait pas eu d'homme dans sa vie.

— Quand nous serons à la hauteur de l'arbre, tu devras mettre le cap à l'est-nord-est.

— L'arbre est loin de la rive, remarqua-t-il en jetant un coup d'œil par-dessus son épaule.

— Approche-t'en le plus possible, puis change de cap.

Il empoignait les rames avec force. Comment pouvait-elle se laisser troubler par ses mains dans un moment pareil ? Ils n'avaient que quelques minutes pour découvrir l'emplacement de l'épave avant que le soleil soit trop haut à l'horizon, les forçant à remettre leur quête au lendemain.

— Comment sais-tu quelle direction prendre pour aller à l'est-nord-est ?

Il rit.

— J'ai ça dans le sang !

— Tu dois avoir une boussole intégrée.

Soudain, elle vit un bateau au loin, puis un autre, plus au sud. Pouvait-on deviner ce qu'ils faisaient à leurs brusques changements de direction ?

Lorsqu'ils furent tout près de la côte rocheuse, elle compta à voix haute les coups de rames de Jack.

— … cinquante-neuf, soixante ! Maintenant, dirige-toi vers l'horizon.

Il fit de nouveau tourner la barque sur elle-même, sans effort visible. Elle se remit à compter, jusqu'à cent, cette fois. Sa voix et le clapotement de l'eau sous les rames semblaient résonner de façon sinistre dans le silence du large.

Elle regarda le rivage, là où le nord de l'île était censé rencontrer le dock de Raster. La pointe de l'île était cachée par les arbres jusqu'au bord de l'eau. Etait-ce là que se terminerait leur quête ?

— … quatre-vingts, quatre-vingt-un, quatre-vingt-deux…

Elle continuait à compter, regardant fixement l'île dans l'espoir de voir apparaître un signe. Cependant, il n'y avait ni îlot ni jetée.

— … quatre-vingt-dix-neuf, cent. Stop !

Jack immobilisa la barque avec une rapidité impressionnante.

— Nous sommes censés être à l'endroit où *l'îlot en face de la pointe nord de l'île rencontre le dock de Raster*, mais nous sommes au milieu de nulle part.

Il plissa les yeux et observa la côte.

— Ces rochers, là-bas… On peut à peine les voir à cette heure-ci, mais à marée basse ils sont bien visibles, et on dirait les ruines d'une ancienne jetée. Je suis prêt à parier qu'il s'agit du dock de Raster. Je ne sais pas où est l'îlot, cela dit… Il n'y a rien sous l'eau à cet endroit-là. S'il y avait quelque chose, je l'aurais vu quand je n'étais encore qu'un gamin.

Elle se mordilla la lèvre inférieure nerveusement et jeta un coup d'œil autour d'elle.

— Bon sang !

— Et si l'îlot n'était plus un îlot, s'il avait été rattaché à l'île ? Un amas de sable a pu se former pendant une tempête et faire le lien entre les deux.

Il regarda la canopée d'un air songeur.

— Je n'en suis pas sûr, remarque, je ne suis jamais allé dans ce coin-là.

— Faisons comme si c'était le cas et tentons le coup.

— C'est parti !

Il tira de nouveau sur les rames.

— Regarde… Vus d'ici, les arbres les plus hauts et les rochers sont alignés. Que devons-nous faire, maintenant ?

— Ne fais pas semblant de ne pas t'en souvenir ! Cent quarante coups de rame vers l'est-sud-est…

Il se remit aussitôt à ramer. On aurait dit que la barque bondissait sur l'eau. Ils ne pouvaient pas se permettre de perdre du temps. Une minute de trop, et le soleil serait trop haut dans le ciel pour leur indiquer l'emplacement de l'épave.

— … cent trente-neuf, cent quarante !

Cette fois encore, Jack immobilisa brusquement la barque. Il prit alors une rame, en posa une extrémité au fond de la barque et la leva vers le ciel. Son ombre noire était semblable à un long doigt fin pointé vers la terre.

— Tu crois que nous sommes juste au-dessus ?

Elle regarda l'eau. Sombre et profond, l'océan ne révélait rien.

— A moins que nous ayons été dupés et que le trésor soit en fait enterré sur l'île…

Il jeta un coup d'œil au rivage bordé de palmiers. Son expression trahissait son enthousiasme.

— Mais nous n'avons jamais fait de fouilles ici.

Elle regarda autour d'elle. L'eau s'étendait, miroitante, dans toutes les directions.

— Comment marquer notre position pour pouvoir la retrouver ? Nous pouvons difficilement planter un piquet en pleine mer…

Il sortit un petit appareil de sa poche.

— J'ai un GPS, je vais entrer nos coordonnées. Nous pourrions laisser une balise flottante, mais ce n'est pas la peine d'attirer l'attention sur cet endroit.

— J'aime votre façon de penser, capitaine Jack.

Il sourit.

Elle était surexcitée à l'idée de se trouver peut-être au-dessus d'un navire englouti par les flots.

— Tu crois qu'il y a des squelettes, dans l'épave ?

Son sourire s'élargit.

— Cela ne fait aucun doute. Comment sont tes compétences en matière de plongée sous-marine ?

— Un peu rouillées.

Elle n'aimait pas respirer sous l'eau, même dans les meilleures circonstances, et l'idée de se trouver face à des squelettes de pirates couverts de coquillages ne la rassurait certes pas.

La tête penchée sur son GPS, il la regarda sous sa mèche rebelle.

— Nous devrions peut-être renoncer et aller nous allonger sur la plage…

— Certainement pas !

Elle lui donna un petit coup de coude. La barque tangua dangereusement, et tous deux se mirent à rire.

— J'avoue que j'ai peur que nous ne retrouvions pas cet endroit précis.

— Ne t'inquiète pas, j'ai tout enregistré dans le GPS, et

dans mon cerveau de marin. Je pourrais revenir ici les yeux fermés. Allons chercher notre équipement de plongée !

Tandis qu'ils regagnaient le rivage, il lui raconta tout ce qui s'était passé la dernière fois qu'il avait trouvé une épave à piller. Lui et son équipage avaient aperçu d'abord le bout d'une ancre dépasser du sable, au fond de l'eau, puis l'extrémité d'un vieux canon.

Ce ne fut qu'une fois de retour sur la terre ferme qu'elle se rendit compte qu'elle n'avait pas eu le mal de mer.

Une fois munis du matériel de plongée, ils prirent le hors-bord de Jack et retournèrent à l'endroit où les instructions de la carte les avaient menés.

— Bon ! Jetons un œil autour de nous, dit-il en coupant le moteur.

Elle baissa les yeux vers les profondeurs insondables.

— Nous allons plonger, comme ça, directement ?

— Non, le sonar va le faire pour nous.

Tandis que le sonar descendait lentement sous l'eau, ils observèrent sa progression sur un moniteur. Elle regarda l'écran fixement, mais elle ne distinguait rien sur l'image en noir et blanc imprécise.

— Attends un peu, dit-il soudain, visiblement plus concentré qu'elle. Il y a quelque chose en dessous de nous.

— Eh bien, c'était facile !

— Ne t'emballe pas… Il pourrait s'agir d'une vieille voiture, ou de n'importe quoi d'autre. Voyons ça de plus près.

Elle plissa les yeux pour examiner l'image tremblotante, espérant de tout son cœur voir apparaître l'épave d'un grand navire de bois. Jack fit pivoter le hors-bord avec le plus grand calme, tout en continuant à sonder les environs.

— On ne devine pas grand-chose mais, d'après mon expérience, les irrégularités du sol rendent la zone intéressante à explorer.

— Comment ça ?

— Le fond est bosselé, ce qui signifie peut-être qu'il y a quelque chose sous le sable.

— Dans ce cas, prenons nos pelles et nos pioches et mettons-nous au travail !

— Attends un peu avant de plonger…

Il se dirigea vers l'arrière du bateau, et fit descendre dans l'eau deux gros cylindres.

— Ces canons vont soulever le sable et nous permettre d'avoir un meilleur aperçu de ce qui se trouve en dessous de nous.

L'eau autour du bateau devint rapidement trouble et sableuse.

— Comment allons-nous voir quoi que ce soit là-dedans ?

Il lui fit un clin d'œil.

— Nous allons attendre que le sable se pose.

— Il ne va pas de nouveau tout recouvrir ?

— C'est possible.

Il coupa le moteur et, avec un sourire charmant, s'allongea sur le pont. Pourquoi ne pouvaient-ils pas être dans un endroit où il faisait un temps affreux, et où il aurait été obligé de porter une combinaison de plongée ? Troublée par la vision de son torse nu, elle détourna les yeux.

Au loin, un bateau blanc aux lignes pures était arrêté, parfaitement immobile.

— Est-ce que c'est un bateau de pêche ?

— Parfois, c'est un bateau de pêche, répondit-il sans même regarder, parfois, c'est un bateau de plaisance, dont le propriétaire est Iago Knoll.

— Le célèbre trader ? Que fait-il ici ?

Elle le croisait souvent dans les soirées new-yorkaises.

— La même chose que tout le monde ! Il profite du soleil et il s'amuse.

— Ce n'est pas ce que moi je fais ici.

Elle croisa les bras sur sa poitrine. Elle s'était badigeonnée d'écran total et portait un T-shirt au-dessus de son maillot de bain.

L'air malicieux, il lui fit un autre clin d'œil.

— Pas encore… mais cela viendra !

— Certainement pas. Je suis bien trop citadine pour aimer faire le lézard au soleil.

Il se redressa et vérifia l'état du matériel de plongée.

— Qui parle de faire le lézard ? Il ne s'agit pas d'être mollasson, mais de faire du surf, de la voile, du kayak, de la plongée sous-marine !

— Tout cela doit être épuisant. Je préfère arpenter le bitume de New York. Le soleil et l'air de la mer m'étourdissent…

Et ta présence n'arrange rien.

Elle prit son propre équipement, qu'il avait déjà contrôlé. L'eau devenait moins trouble autour du bateau.

— Dans combien de temps pourrons-nous plonger ?

— Quand tu veux. C'est assez amusant d'être sous l'eau quand le sable retombe et révèle ce que l'on cherche.

— Je vois déjà la base de la coupe dépassant du sable…

— Tu penses qu'il s'agit de la base de la coupe ?

— Sinclair a déjà le pied. C'est donc soit le calice, le plus exaltant et le plus simple à trouver, soit la base. J'imagine qu'il s'agit de la base.

— C'est du pessimisme délibéré… Ce n'est pas ton style, dit-il en mettant ses bouteilles d'oxygène sur son dos.

— J'ai appris de mes expériences.

— Apparemment, tu n'as pas fait les bonnes expériences.

Il jeta un coup d'œil par-dessus le bord du bateau.

— Le sable est retombé.

— J'y vais !

Elle préférait se lancer tout de suite, pendant qu'elle s'en sentait le courage.

Le silence inquiétant qui régnait sous l'eau l'enveloppa dès qu'elle eut plongé. Elle donna quelques coups de palmes, et se rappela qu'elle pouvait respirer. Elle vit Jack passer à côté d'elle et filer vers le fond avec des mouvements fluides.

Elle regarda autour d'elle, essayant de s'habituer à ce milieu inconnu. Au-dessus de sa tête, le soleil faisait miroiter la surface de l'eau, mais hélas elle devait s'enfoncer encore davantage dans les profondeurs ténébreuses. Elle avait une torche dans une main et un bâton en acier dans l'autre. D'après Jack, c'était l'outil idéal pour fouiller dans le sable. Lui-même avait un détecteur de métal et une sorte de pince.

Il était déjà une vingtaine de mètres en dessous d'elle et, n'ayant pas envie d'être perdue dans cette immensité bleue, elle battit des jambes avec force pour le rejoindre. Les cuisses puissantes de Jack l'aidaient à se propulser apparemment sans effort à travers l'eau, mais elle haletait presque dans son masque lorsqu'elle toucha enfin le fond. Il commença à passer le détecteur au-dessus du sable, et elle chercha un endroit où planter son bâton, de préférence sans se rendre ridicule.

Dès que ses yeux furent habitués à l'obscurité et qu'elle parvint à allumer sa torche, elle remarqua quelque chose au bord de l'un des trous peu profonds creusés dans le sable par les canons.

Ce doit être la base de la coupe, se dit-elle avec amusement. Ici, dans les noires profondeurs de l'océan, l'idée de retrouver un objet vieux de trois cents ans semblait grotesque. Elle s'était attendue à fouiller dans le grenier de Jack et à trouver rapidement ce qu'elle cherchait, mais elle s'était trompée.

Elle s'approcha de l'objet et le poussa doucement avec son bâton. Il ne bougea pas. Elle creusa tout autour, et s'aperçut qu'il s'agissait de quelque chose d'assez grand, dont une partie était enfouie dans le sable. La partie qui dépassait était couverte de coquillages, mais il y avait bel et bien quelque chose de solide en dessous.

Elle dirigea sa torche sur Jack pour lui faire signe de la rejoindre, comme convenu. Il nagea jusqu'à elle, passa le détecteur de métal plusieurs fois sur le mystérieux objet, puis il se tourna vers elle et leva le pouce.

Ils creusèrent ensemble, mais plus ils creusaient, plus l'objet s'enfonçait dans le sable. Enfin, il lui fit signe de remonter.

Retrouver la lumière était comme revenir à la vie après un séjour aux enfers. Une fois à la surface, elle retira son masque. Il en fit autant et la regarda avec un grand sourire.

— Bon sang, Vicki, tu es un véritable porte-bonheur !

— Tu crois que c'est l'épave ?

— C'est un canon.

— Comment le sais-tu ?

— Quand on en a vu un, on les a tous vus. Je crois que tu as trouvé le trésor de Macassar Drummond !

Peut-être était-ce à cause de la lueur intense qui brillait dans ses yeux, ou de son équipement de plongée, mais elle avait soudain l'impression d'être en face du Jack Drummond qui avait ravi son cœur avant de le briser en mille morceaux. Elle fit un effort considérable pour ignorer les émotions contradictoires qui la submergeaient.

— C'est dommage que tu aies un prénom aussi banal alors que tous tes ancêtres avaient des prénoms originaux, dit-elle sans cesser d'agiter ses palmes pour garder la tête hors de l'eau.

Le sourire de Jack s'élargit.

— N'est-ce pas ? Je donnerai à mon fils un prénom dont tout le monde se souviendra.

— Comment peux-tu être sûr que tu auras un fils ?

— Les Drummond ont toujours des fils, c'est pour cette raison que nous sommes encore là. Si nous avions des filles, il n'y aurait plus de Drummond !

Il semblait n'avoir aucun mal à faire du sur-place malgré le poids des bouteilles d'oxygène. Elle aurait voulu lui tourner le dos et s'éloigner avec grâce, mais elle n'en était pas capable.

— Les Drummond doivent avoir trop de testostérone.

— Trop de quelque chose, ça, c'est sûr… mais tu vas peut-être trouver la coupe et changer notre destinée à tous ! Retournons sur le pont pour poursuivre nos investigations électroniques.

Il utilisa le sonar, et un magnétomètre pour repérer les endroits où creuser, puis ils plongèrent de nouveau. Ils trouvèrent deux bouteilles de verre très abîmées, et une assiette presque intacte. Le tout était couvert de coquillages, mais parfaitement reconnaissable.

— C'est incroyable ! s'écria-t-elle, haletante, lorsqu'ils firent de nouveau surface. Nous l'avons trouvé, n'est-ce pas ?

— Tu l'as trouvé, bébé. Je n'aurais jamais réussi sans toi. La carte serait restée cachée pendant encore deux cents ans si tu n'avais pas eu l'idée brillante de gratter la peinture qui la recouvrait !

Ils remontèrent sur le pont. La mer semblait s'embraser dans le soleil couchant. Trop excité pour retourner à la maison, Jack lui proposa de dîner sur le bateau pour plonger au clair de lune après le repas. Elle protesta, jusqu'à ce qu'il lui montre tout ce qu'il y avait de bon dans le réfrigérateur.

Après s'être régalés de crevettes accompagnées d'un chutney à la mangue et de riz au lait de coco, ils burent le cocktail « spécial plongée » de Jack, un mélange de jus de grenade, d'orange et de citron.

Il n'y avait pas de boissons alcoolisées à bord. Elle ne put donc même pas attribuer à l'abus d'alcool ce qui se passa ensuite.

- 6 -

— Bon sang ! Je ne mesurais pas à quel point tu me manquais.

Jack se laissa aller en arrière sur sa chaise, mettant en valeur ses abdominaux saillants et bronzés. La lune jetait sur la scène une lueur argentée, et l'air doux de la nuit enveloppait Vicki comme une caresse.

— Cela t'a manqué d'être mené à la baguette par une femme un peu folle ?

— Bien sûr, cela manquerait à n'importe qui, répondit-il avec un sourire éclatant. Et comment ne pas obéir aux ordres d'une femme un peu folle quand elle est aussi belle que toi ?

— Et si je t'ordonnais de nous emmener à Monte-Carlo ?

— Je serais ravi de m'exécuter… mais nous risquerions d'être à court de carburant en chemin.

— Ah, des excuses ! Que fais-tu pour t'amuser, Jack ?

— Ce que je fais en ce moment même : je paresse sur mon bateau avec la femme de mes rêves.

Elle rit, mais ses mots firent vibrer en elle une corde depuis longtemps muette. Bien sûr, il ne faisait que la taquiner.

— Avec un trésor caché dans le sable, en dessous de nous.

— Il n'y a pas mieux.

— Tu es un homme facile à contenter.

— Peut-être, mais peut-être aussi que je mène une vie parfaite, à mes yeux.

Elle enviait le sentiment de bien-être qu'il éprouvait, et qui contribuait à le rendre si séduisant.

— J'ai l'intention d'en faire autant dès que je serai de retour à New York.

Elle imaginait déjà son futur appartement. Elle en choisirait peut-être un offrant une vue sur Central Park, une fois qu'elle aurait signé ses premiers gros contrats. Ses clients les plus nantis lui rendraient visite dans son appartement moderne, décoré avec goût, pour discuter des œuvres d'art manquant à leurs collections.

Il l'arracha à ses pensées en se levant et en la rejoignant sur le banc rembourré, d'où l'on pouvait admirer les reflets argentés de l'océan.

— Alors pourquoi n'es-tu pas là-bas en ce moment même, à réaliser tes rêves ?

— Je dois d'abord retrouver le deuxième morceau de la coupe.

— Je sais que tu aimerais me faire croire que ton but est d'épargner aux Drummond une vie de souffrances, mais je ne pense pas que tu sois aussi charitable. Tu m'as dit que tu voulais la récompense, mais cela ne représente pas grand-chose pour toi... à moins que tu aies vraiment besoin de cet argent, pour une raison ou pour une autre.

Il se pencha légèrement vers elle et l'observa attentivement, les yeux plissés. Elle sentit son ventre se nouer, désemparée parce qu'il la soupçonnait d'être à court d'argent, et troublée par sa dangereuse proximité.

— J'ai appris que ton père était mort... Je suis désolé.

— Merci.

La conversation, bien trop personnelle à son goût, la mettait de plus en plus mal à l'aise.

— Pourtant, et je suis désolé d'être aussi cru, mais cela devrait signifier que tu roules sur l'or. Est-il arrivé quelque chose au coffre-fort familial ?

La question la laissa bouche bée. Personne n'était au courant de sa situation financière. Elle avait passé les dix-huit derniers mois à cacher à toutes ses relations qu'elle était sans le sou.

— Tu es bien silencieuse, Vicki... Je commence à me demander si tu n'es pas fauchée comme les blés !

Un pétillement malicieux brillait dans ses yeux, mais elle avait perçu dans sa voix une note d'inquiétude. Qu'allait-elle bien pouvoir dire maintenant ? Elle ne pouvait pas lui mentir. Il s'en apercevrait tout de suite et se moquerait d'elle.

Elle se pencha donc vers lui et posa ses lèvres sur les siennes. Il lui rendit aussitôt son baiser, et une vague de désir mêlé de confusion la submergea, ravivant la passion qui couvait en elle depuis toutes ces années. Elle lui passa les bras autour du cou tandis qu'il la prenait par la taille pour la serrer contre lui.

Emportée par la violence de son désir, elle laissa échapper un soupir. Elle sentit ses tétons se durcir sous son maillot de bain et frissonna de plaisir. Cramponnée à lui, elle inspira profondément pour s'imprégner de son parfum enivrant, viril et salé, qui le rendait tout simplement irrésistible.

Leur baiser se fit plus profond, et elle se trouva bientôt assise à califourchon sur lui. Il lui empoignait les fesses, et plaquait son torse puissant contre ses seins gonflés de désir. La sensation de sa bouche sur la sienne était exquise, chaude et familière. Les années qui s'étaient écoulées depuis la dernière fois qu'ils s'étaient embrassés semblèrent s'évaporer.

Elle avait l'impression de n'avoir jamais dit « je t'aime », de n'avoir pas tout gâché.

Cette pensée la rappela brutalement à la réalité. Elle s'écarta juste assez de lui pour détacher ses lèvres des siennes, bien que cela lui fût atrocement douloureux.

— Eh bien, ça, alors, murmura-t-il. Tu m'as manqué encore plus que je ne le croyais !

Toi aussi. Elle se retint de prononcer ces mots.

Sentant son sexe en érection contre sa cuisse, elle baissa les yeux et eut un petit rire gêné.

— Je vois ça… Tu as l'air content de me voir.

— Je suis content de te voir, et de m'accrocher à toi.

Il la serra doucement contre lui, tendrement. Son cœur fit un bond dans sa poitrine, et elle ferma les yeux un instant pour éviter de croiser son regard.

— Je me sens un peu étourdie… Ce doit être le manque de sommeil.

Elle fit mine de s'étirer, mais il déposa un baiser sur ses lèvres. Elle sursauta, comme si elle avait reçu une décharge électrique, et rouvrit tout de suite les yeux. Bien sûr, son regard noir et pénétrant était posé sur son visage.

— Crois-moi, dit-il, le manque de sommeil est la dernière chose dont je me préoccupe en ce moment même…

Il eut un sourire éloquent, qui attisa la flamme du désir en elle. Après tout, serait-ce si dangereux de faire l'amour avec Jack ? Ils étaient au milieu de nulle part, à moitié nus. Ils avaient déjà couché ensemble, des années plus tôt, et l'expérience avait été merveilleuse.

Elle ne pouvait se bercer d'illusions plus longtemps : faire l'amour avec Jack Drummond ne l'aiderait absolument pas à tourner la page. Au contraire, cela risquait fort d'avoir l'effet inverse.

Dans le pire des cas, elle aurait des regrets, le cœur brisé, et il lui faudrait quelques mois pour s'en remettre. Cela ne lui semblait pas si terrible.

Elle l'embrassa avec fougue. Le sourire de Jack s'élargit. Il lui rendit son baiser avec la même ardeur, et émit un grognement bas, comme celui d'un fauve, qui ne fit que la troubler encore davantage.

— J'ai l'impression de retomber dans une ancienne addiction…

— A laquelle il n'existe aucun remède.

Elle n'avait pas besoin d'acquiescer : son corps entier le faisait pour elle. Elle lui effleura le torse du bout des doigts tandis qu'il lui enlevait le haut de son maillot de bain. L'air doux caressa ses seins nus, juste avant que la bouche de Jack ne se referme dessus. Elle se cambra et gémit quand il lécha l'un de ses tétons, qui durcit aussitôt.

Quand il releva la tête pour poser de nouveau ses lèvres sur les siennes, elle glissa ses doigts dans ses cheveux épais pour l'attirer plus près d'elle et mettre dans ce baiser toute la passion qu'elle contenait depuis six ans.

Comme autrefois, l'alchimie entre eux était explosive. Il lui suffisait d'un regard de Jack pour avoir envie de lui, d'une caresse pour perdre la tête. Sentir ses bras autour d'elle la libérait de la tension qui l'accablait, et elle s'échappait déjà de la réalité pour regagner l'univers fabuleux qu'ils partageaient.

Elle avait vaguement conscience de l'océan tout autour d'eux, des vagues qui clapotaient doucement sur la coque du bateau, de la tiédeur de l'air, tandis qu'il faisait glisser sa culotte de maillot de bain sur ses cuisses, la laissant entièrement nue sur le banc.

A son tour, elle le déshabilla, lui retirant son short. Son désir pour elle était fier et effronté, comme tout le reste chez lui. Leurs regards se croisèrent et ils rirent, tous deux nus et follement excités.

Ils étaient maintenant debout, avec pour seul témoin la lune. Jack s'approcha d'elle lentement, la dévorant des yeux, puis il la prit par les hanches et l'embrassa avec fougue. Son sexe en érection était plaqué contre son ventre. Elle frissonna de plaisir à l'idée de le sentir enfin en elle et, au moment même où elle pensait ne plus pouvoir patienter, il la souleva, la déposa sur le banc et se plaça au-dessus d'elle. Enfin, murmurant son prénom, il la pénétra.

— Oh ! Jack…

De nouveau, après toutes ces années, elle l'accueillit en elle, l'accueillit en son cœur. Elle n'avait jamais rencontré personne qui lui ait plu autant que lui. Toutes ses relations depuis qu'il l'avait quittée avaient été fades et insatisfaisantes. Comparé à Jack Drummond, tout homme paraissait falot, ennuyeux.

Il parvenait toujours à l'intéresser, à l'émouvoir et à l'ébranler jusqu'au tréfonds de son âme.

Elle se trémoussa en dessous de lui, s'abandonnant à une passion presque oubliée.

Je t'aime, Jack. L'écho de ces mots résonnait encore en elle, les fantômes du passé continuaient de la hanter. Elle savait qu'elle ne pouvait plus prétendre l'aimer. Trop de temps s'était écoulé, ils étaient très différents l'un de l'autre et menaient des vies très éloignées. Pourtant, les mots dansaient dans sa tête tandis qu'ils bougeaient ensemble à un rythme envoûtant.

Le corps puissant de Jack l'enveloppait et lui donnait un merveilleux sentiment de sécurité, même si, elle le savait, c'était illusoire. Jack Drummond avait toujours représenté un danger pour elle. Avec lui, elle perdait facilement pied et se laissait emporter en territoire inconnu. Il était le roc contre lequel son cœur s'échouait, pour finir blessé sur le sable.

Ces pensées lui traversèrent l'esprit, comme de petits nuages traversaient parfois le ciel bleu d'une magnifique journée d'été. Elles ne suffirent pas à assombrir le plaisir immense qu'elle éprouvait entre les bras de Jack. D'une certaine façon, c'était apaisant, voire même libérateur, d'avoir conscience d'être dépassée. Ces derniers temps, elle avait avancé avec précaution, craignant de commettre un impair et de se trahir. Au moins, dans la situation présente, elle savait pertinemment qu'elle se jetait la tête la première dans les ennuis, et elle avait bien l'intention de savourer chaque seconde.

Ils continuaient à bouger ensemble comme un couple de danseurs expérimentés. Elle eut un premier orgasme et, très rapidement, un deuxième, Jack et elle atteignant ensemble de nouveaux sommets de plaisir. Enfin, ils s'écroulèrent dans les bras l'un de l'autre, à bout de souffle, moites de sueur et absolument comblés. Elle avait l'impression d'être une autre personne, tant elle se sentait différente de la Vicki nerveuse et cachottière qu'elle était un peu plus tôt ce jour-là.

Peut-être était-ce dû au fait qu'elle avait quitté la terre ferme et flottait maintenant à la surface de l'océan, perdue dans son immensité. A aucun moment elle n'avait eu le mal de mer. Apparemment, elle avait enfin retrouvé le pied marin. Cependant, elle s'était abandonnée aux étreintes de Jack, pour s'aventurer de plus belle dans l'univers de plaisir qu'ils avaient toujours partagé.

— Vicki, Vicki, Vicki ! dit Jack d'une voix râpeuse, à bout de forces. Je commence à me rappeler pourquoi je m'étais enfui, il y a six ans…

— Ah, oui ?

Elle était appuyée sur un coude. Des mèches de cheveux rebelles, auxquelles le soleil avait déjà donné des reflets d'or, étaient collées à son visage moite. Une lueur de défi passa dans ses beaux yeux violets.

— Tu t'ennuies déjà ?

— Non, certainement pas ! Je ne m'ennuie jamais, avec toi. Je suis peut-être un peu… chamboulé.

Il avait du mal à trouver ses mots. Le corps souple de Vicki, nu dans la clarté argentée de la lune, langoureusement étendu à côté de lui, le troublait profondément.

Elle n'était pas comme les autres femmes. Si elle posait ses yeux perçants sur lui, ou glissait ses doigts fins dans ses cheveux, il était perdu.

Il inspira profondément et regarda son torse se soulever. Il avait l'impression que son corps appartenait à quelqu'un d'autre, que son âme flottait quelques mètres au-dessus, dans une brume de béatitude sensuelle et sexuelle.

Il plongea ses yeux dans les siens.

— Tu as des pouvoirs magiques.

— J'aimerais bien !

— Tu dois en avoir… Sinon, comment aurais-tu fait pour trouver un navire que mes ancêtres et des tas d'autres gens ont cherché pendant des siècles ? En moins de vingt-quatre heures, en plus !

— J'ai de bons yeux.

— Tu as de beaux yeux, d'une fascinante nuance de violet, mais cela n'explique pas leur pouvoir.

Elle se passa la langue sur les lèvres. Une vague de désir le submergea aussitôt.

— Quand on regarde quelque chose avec un œil neuf, tout semble plus clair. Quand on regarde la même chose tous les jours, on ne la voit plus vraiment ! Tu dormais sous cette fresque depuis si longtemps que c'était juste un plafond, pour toi. J'ai dû l'observer attentivement pendant un moment, j'ai eu de la chance parce que la lumière était favorable, et j'ai vu que la surface était fissurée. Une fresque bien peinte peut tenir des centaines et des centaines d'années. Celle de ta chambre était décolorée et s'effritait, c'est ce qui a éveillé mes soupçons.

— Je doute qu'un pirate s'inquiète de la qualité artistique

de son travail. La peinture aurait tout simplement pu être mauvaise… Comment as-tu deviné qu'il y en avait une autre en dessous ?

— Tu serais surpris de savoir combien de fois il y a une autre peinture sous celles qui passent entre les mains des commissaires-priseurs et des propriétaires de galeries d'art. Tout comme les pirates, les artistes sont des pilleurs sans le sou, contraints de se débrouiller avec ce qui leur tombe sous la main.

Elle eut ce sourire terriblement séduisant qui le troublait tant.

— J'ai eu une bonne intuition, voilà tout. N'importe qui aurait trouvé l'épave du navire après avoir examiné la carte, mais tes ancêtres ont été assez malins pour la cacher à un endroit où seules leurs plus intimes compagnes pouvaient la voir.

— Si mes aïeux avaient passé leurs nuits avec des femmes plus intelligentes, ils auraient trouvé le bateau et son trésor il y a bien longtemps.

— J'en frémis ! dit-elle, les yeux pétillants. L'un des Drummond qui t'ont précédé a-t-il quitté cette île pour de bon ?

— Mon père, mais pas par choix. Il y a été forcé par la loi. Il avait dilapidé au jeu et en alcool tout ce qu'il possédait d'autre… Il ne lui restait plus que l'île à céder à ma mère quand ils ont divorcé.

— Où habite-t-elle, maintenant ?

— A Miami. Elle et son nouveau petit ami préfèrent faire la fête que partir à la chasse au trésor !

— Elle a de la chance… Elle s'est enfuie et a survécu !

Il sourit.

— La question est : parviendras-tu à en faire autant ?

Une lueur vacillante passa dans ses yeux. En dépit de l'obscurité, il la voyait bien, car le ciel était dégagé et la lune, presque pleine, se reflétait sur l'eau tout autour d'eux, les baignant d'une étrange clarté argentée.

— L'avenir le dira, répondit-elle de façon énigmatique.

De toute évidence, sa question l'avait perturbée. Elle se leva, ramassa son maillot de bain et l'enfila, puis elle s'enveloppa dans une serviette et se tint au bastingage, regardant droit devant elle, les yeux perdus dans le vague.

— Pourrions-nous rentrer, maintenant ?

Il réprima un soupir. Il aurait aimé rester là une semaine entière avec elle, sans personne pour les déranger, coupés du monde.

— Si vous insistez, Madame !

— J'insiste, dit-elle avec un sourire. Une jeune femme doit se repoudrer le nez de temps en temps, tu sais…

Il rit, amusé à l'idée de Vicki se repoudrant le nez. Pourtant, qu'en savait-il ? Peut-être le faisait-elle, après tout. Il se leva, ramassa son short et l'enfila, se consolant en se disant que si le morceau de la coupe qu'elle cherchait était bel et bien là, il serait sans doute profondément enfoui dans le sable et couvert de corail, et qu'il leur faudrait alors un bon moment pour le retrouver.

Ils dormirent tard le lendemain matin. Vicki se réveilla la première et se redressa brusquement en repensant à ce qui s'était passé la veille au soir. Jack et elle avaient fait l'amour. Certes, cela n'avait rien d'un scoop, puisque ce n'était pas la première fois, mais cela avait été merveilleux.

Elle se glissa hors du lit sans faire de bruit, pour ne pas le réveiller, puis elle jeta un coup d'œil par-dessus son épaule. Il était dangereusement beau et, pire encore, avait les yeux entrouverts et l'observait.

— Tu as peur que je m'enfuie ?

Il eut un sourire arrogant qui l'agaça et éveilla son désir tout à la fois.

— Non. Le continent est trop loin pour que tu partes à la nage.

— Rendors-toi, j'ai envie d'être un peu seule.

Elle avait prononcé ces mots sans le regarder, d'un ton qui se voulait sévère. Elle avait bel et bien besoin d'un peu de temps pour digérer ce qui se passait. Il n'y avait rien de pire que d'être emporté par un flot d'événements sans pouvoir reprendre son souffle.

Elle avait déjà pris une douche avant de se coucher, et se contenta donc d'enfiler une petite culotte et une robe légère, puis elle prit son téléphone portable et sortit de la chambre.

Une fois dans le couloir, elle s'adossa au mur et prit une profonde inspiration. *Quelle nuit !*

Les autres hommes qu'elle avait connus ne lui avaient jamais fait l'amour comme Jack. Qu'avait-il de si différent ? Il faisait preuve de tant de conviction, d'une telle passion ! Entre ses bras, elle aurait presque cru qu'il était amoureux d'elle. Peut-être faisait-il tout ce qu'il entreprenait avec la même intensité ?

Elle se redressa et alla dans la cuisine se servir un verre de jus d'orange.

Jack Drummond... De nouveau ! S'était-elle vraiment attendue à réussir à lui résister ? Ils s'étaient protégés, bien sûr, mais son cœur, lui, était-il en sécurité ?

S'arrachant à sa rêverie, elle consulta son téléphone. Elle avait deux messages sur son répondeur, d'amis qui se demandaient où elle était. Elle n'avait parlé à personne de son séjour en Floride, au cas où elle aurait renoncé à y aller à la dernière minute.

Elle avait également dix-sept appels manqués, tous de la même personne : Leo Parker. Il l'avait appelée dix-sept fois et n'avait pas laissé de messages. S'imaginait-il qu'elle ne se rendrait pas compte qu'il la harcelait ? Il était vraiment navrant. Elle avait presque envie de le rappeler pour lui dire sa façon de penser, mais on ne gagnait rien à se faire des ennemis, surtout dans son milieu, où tout le monde connaissait tout le monde. Elle risquait de se le mettre à dos, puis de découvrir que sa tante était conservatrice au Metropolitan Museum of Art de New York.

Un bruit de pas feutrés dans le couloir interrompit ses pensées. Songeant spontanément à un puma en chasse, elle maudit sa réaction instinctive à l'approche de Jack. Pourquoi la troublait-il à ce point, même après tout ce temps ?

C'est purement sexuel. Il est viril, beau et audacieux, et tu as été bien trop longtemps insatisfaite sexuellement. C'est tout!

Elle le regarda d'un air défiant lorsqu'il entra dans la pièce.

— Tu ne pouvais pas te passer de moi, hein ?

Elle dut faire un effort considérable pour ne pas poser les yeux sur son torse nu et bronzé, ce qui était passablement ridicule puisqu'elle avait eu tout le loisir de l'admirer la veille, sur le bateau.

— Non…

Son assurance était à la fois adorable et horripilante. Il n'éprouvait jamais le besoin de louvoyer ou de prendre un air faussement nonchalant.

— … et je me suis dit que j'allais te préparer quelque chose pour le petit déjeuner. Tu ne m'as pas l'air de savoir cuisiner.

— Je déteste cuisiner.

— Je m'en souviens. C'est pour cette raison que je vais te faire des gaufres aux papayes de mon jardin.

A ce moment précis, son estomac la trahit en émettant un grognement sonore.

— Apparemment, mon corps trouve que c'est une idée fantastique.

Il eut un sourire qui lui serra le cœur. Pourquoi fallait-il qu'il soit aussi gentil ? Bien sûr, il était aussi arrogant, mais au fond Jack Drummond était vraiment un homme bien.

En revanche, on ne pouvait pas se reposer sur lui. Il chérissait par-dessus tout son indépendance, sa liberté, et quiconque oubliait cela ne fût-ce que l'espace d'un instant finissait tôt ou tard par être rappelé à la réalité.

Elle ne commettrait pas deux fois la même erreur.

Ils passèrent la journée sur le bateau et sous l'eau, à fouiller dans le sable. Etant arrivés à la conclusion qu'il y avait bel et bien une épave de bateau en dessous d'eux et que la déterrer entièrement serait une entreprise colossale, ils décidèrent de faire venir les renforts. Jack appela un à un les membres de son équipage, et leur fit jurer de garder le secret. Quand il raccrocha après avoir passé un dernier appel, son expression s'était assombrie.

— Dirk m'a dit qu'il venait de recevoir un coup de téléphone de Lou Aarons, qui lui a demandé de plonger pour fouiller la même épave.

— C'est impossible ! Personne ne sait qu'elle est ici.

— Personne ne le savait jusqu'à présent, mais ce n'est pas difficile de remarquer que quelqu'un est sur un coup. Les gens connaissent mon bateau et, quand ils le voient à l'ancre au même endroit pendant un certain temps, ils commencent à se douter de quelque chose.

Elle se mordilla la lèvre inférieure nerveusement. Etait-il vraiment possible que quelqu'un leur prenne la coupe sous le nez ? Par moments, quand elle laissait son imagination vagabonder, elle s'imaginait demander à Jack sa part des lingots d'or qu'ils trouveraient, et maintenant elle risquait de tout perdre, y compris la maigre récompense dont elle avait tant besoin.

— Ne pourrions-nous pas établir notre droit à ce site ?

— Si, bien sûr, mais cela prendrait du temps, et en attendant n'importe qui peut fouiller la même zone que nous. Les vestiges d'un naufrage sont dispersés tout autour de l'épave... Le morceau de la coupe que tu cherches pourrait être à cinq cents mètres d'ici. Mon équipage va nous aider. Nous allons passer au port pour faire des provisions, et ensuite nous resterons sur le bateau jour et nuit, jusqu'à ce que nous trouvions ce que nous cherchons.

Elle se demanda ce que lui cherchait, au juste. Pas un morceau de la coupe, évidemment. Il devait être emballé à l'idée de trouver le trésor de son ancêtre pirate. Elle devait bien admettre que cette perspective l'enthousiasmait, elle aussi.

Ils allèrent au port le plus proche pour se ravitailler en carburant. Il alla à l'atelier de réparation de bateaux pour se procurer quelques pièces de rechange au cas où, tandis qu'elle allait au supermarché pour acheter de quoi manger et des bidons d'eau. Elle venait de déposer le tout dans le bateau et se dirigeait de nouveau vers les commerces pour prendre un cappuccino quand elle entendit des pas derrière elle, sur les lattes de bois du quai, puis la voix de Leo Parker.

— Quelle surprise ! s'écria-t-il d'un ton ironique.

Elle fit volte-face, abasourdie.

— Que fais-tu ici ?

— Je suis en vacances avec mon vieux pote Iago. Tu le connais ? C'est le P.-D.G. de Viscaya Investments.

Elle se contenta de hausser les épaules. Elle avait entendu parler de lui, mais pas en bien. Comment échapper à Leo ? Cette fois, s'il l'invitait à dîner, elle répondrait par un non catégorique.

— Tu n'as pas eu mes messages ? demanda-t-il, les sourcils froncés sous ses cheveux blonds parfaitement coiffés.

Elle secoua la tête.

— J'ai perdu mon portable.

L'avait-il suivie jusqu'ici ? Son ventre se noua à cette pensée.

Il eut son petit sourire satisfait habituel.

— Ah, je comprends mieux ! Iago est reparti à New York pour quelques jours, j'ai la maison et le bateau pour moi tout seul… Que dirais-tu de te joindre à moi ?

Décidément, il était en plein délire. Elle jeta un coup d'œil autour d'elle. Aucun signe de Jack.

— Je ne peux pas, je suis désolée… Je suis ici avec un ami, et nous sommes très occupés.

Malheureusement, elle ne pouvait pas entrer dans les détails : cet idiot aurait été capable de dire à tout le monde ce qu'il savait et d'éveiller l'attention de tous les chasseurs de trésors de la côte est, involontairement ou non.

— Je suis sûr que tu peux trouver un petit peu de temps pour moi, Vicki.

La façon dont il prononça son prénom la fit frissonner. Son regard bleu acier avait quelque chose de menaçant qu'elle ne lui avait jamais vu.

— J'en sais plus sur toi que je ne te l'ai dit.

Elle s'immobilisa. Que pouvait-il bien savoir sur elle ? Elle avait soigneusement évité de révéler quoi que ce soit.

— Il faut vraiment que j'y aille…

Elle indiqua le bateau qu'elle venait de quitter d'un geste vague. Elle ne voulait pas lui dire qu'elle s'apprêtait à aller prendre un café, de crainte qu'il prenne cela pour une invitation.

Où était passé Jack ? L'atelier de réparation était dans un grand hangar, à l'autre bout du port, il y était sans doute encore.

— Je suis au courant de la faillite de ton père.

Les mots de Leo lui firent l'effet d'un coup de poing. Son père ne s'était jamais déclaré en faillite : la complexité de ses investissements, ou peut-être l'illégalité de certains d'entre eux, avait rendu la chose impossible. Il avait tout simplement été ruiné.

Cependant, le lui faire remarquer n'aurait fait que prouver que sa situation financière était bel et bien désastreuse.

— Je ne vois pas de quoi tu parles.

Il eut un rire railleur.

— Ne jouons pas à ce petit jeu, Vicki. Tu as besoin d'argent, j'ai de l'argent… Nous apprécions la compagnie l'un de l'autre, et nous avons beaucoup de choses en commun. Dîne avec moi, nous discuterons tranquillement.

Elle eut un mouvement de recul et, prise de panique, dit la première chose qui lui vint à l'esprit.

— Je ne peux pas dîner avec toi, Leo, ni aujourd'hui ni un autre jour. Je suis ici avec mon fiancé.

Ce ne fut que lorsqu'elle eut prononcé ces mots qu'elle vit Jack descendre d'un bateau rouge et blanc, à quelques mètres de là.

- 7 -

Vicki était horriblement gênée. Elle avait envie de s'enfuir en courant. Jack avait-il surpris toute sa conversation avec Leo ? Elle ne voulait surtout pas qu'il sache qu'elle n'avait plus un sou. Il l'aurait prise en pitié, et elle ne l'aurait pas supporté.

De toute évidence, il avait au moins entendu la fin de la conversation, car il s'approcha d'elle, lui passa un bras autour de la taille et la serra tendrement contre lui.

— Tout va bien, mon cœur ?

Le terme affectueux la prit au dépourvu.

— Euh… oui. J'allais justement à ta rencontre.

Elle aurait sûrement dû lui présenter Leo, mais celui-ci était tellement pénible qu'il aurait été capable de prendre cela pour un encouragement et de s'inviter à dîner chez Jack. Il valait encore mieux paraître grossière. Cependant, Jack se présenta de lui-même.

— Jack Drummond. Etes-vous un ami de ma fiancée ?

Il lui enfonça les doigts dans les côtes en prononçant ce dernier mot. Elle sentit le rouge lui monter aux joues, ce qui ne lui arrivait pas souvent.

— Oui, nous sommes amis, mais j'ignorais qu'elle était fiancée.

Leo semblait décontenancé. Il se demandait sans doute pourquoi elle ne le lui avait pas dit plus tôt. Elle sentit le regard de Jack se poser sur elle.

— Nous nous aimons depuis des années, mais nos fiançailles ont été très soudaines. Nous n'avons même pas encore nos bagues…

L'amusement dans sa voix était perceptible, ou du moins elle en avait l'impression.

— Vicki est venue ici pour vivre avec moi sur mon bateau.

Si elle n'avait pas été obligée de jouer la comédie, elle l'aurait giflé et lui aurait rétorqué qu'elle aurait encore préféré vivre sous une tente dans le désert de Gobi.

— J'ai toujours aimé l'océan, dit-elle simplement avec un sourire forcé.

Elle sentit au tressautement de son torse tout contre elle que Jack se retenait d'éclater de rire.

— Allez, mon chou ! Retournons sur le bateau, il est temps que tu nous prépares un petit dîner.

Il la serra de nouveau contre lui, tandis qu'elle résistait à l'envie de le pousser dans l'eau du port.

— J'ai été ravi de vous rencontrer, monsieur…

— Parker, Leo Parker.

La voix de Leo était un peu hésitante. Les choses ne se passaient pas du tout comme il l'avait imaginé.

Pourquoi Jack avait-il insisté pour connaître son nom ? Se pouvait-il qu'il soit jaloux ? Cette pensée lui mit du baume au cœur.

Leo s'éclipsa discrètement. Elle poussa un profond soupir de soulagement et laissa Jack l'entraîner vers le bateau. Une fois en sécurité à bord, elle se retourna pour vérifier que Leo avait disparu. Elle le vit monter dans une grosse voiture noire, garée sur le parking du port.

— Ce type ne savait même pas que nous étions fiancés, dit Jack avec un pétillement malicieux dans les yeux. Le plus drôle, c'est que moi non plus !

— C'est un casse-pieds, j'essayais simplement de me débarrasser de lui…

Avait-il entendu Leo dire que son père avait fait faillite ? Elle n'allait certainement pas le lui demander.

— J'espère qu'il ne m'a pas suivie jusqu'ici.

— Comment aurait-il pu savoir où te trouver ?

Elle haussa les épaules négligemment.

— Eh bien, j'ai fait suivre mon courrier, et Katherine

Drummond savait que je venais puisqu'elle t'a averti. D'ailleurs, tu n'as pas eu de mal à me trouver, toi.

Elle jeta un autre coup d'œil par-dessus son épaule. La voiture noire était encore là. Leo était peut-être en train de les observer. Cette pensée la fit frissonner.

— Il a peut-être glissé un dispositif de pistage dans mon sac à main la dernière fois que j'ai été assez stupide pour accepter son invitation à dîner.

Jack ne paraissait pas du tout jaloux. Il pensait sans doute qu'elle se sentait très seule et qu'elle était désespérée pour sortir avec un homme comme Leo Parker. C'était exact, mais elle ne voulait pas qu'il le sache.

— Eh bien, s'il ne comprend pas le message, je serai obligé de défendre ta vertu ! dit-il en se dirigeant vers le gouvernail, visiblement amusé.

— Merci. Il n'est pas près de partir, il loge chez Iago Knoll.

— Pourquoi es-tu sortie avec lui ?

— Je ne savais pas qu'il finirait par me suivre partout.

— Effectivement, c'est difficile à prévoir, dit-il tandis qu'ils quittaient le port, mais tout de même, ce n'est pas ton genre d'homme.

Elle croisa les bras sur sa poitrine. L'exaspérante arrogance de Jack était une agréable distraction, dans des circonstances comme celles-là.

— Et quel est mon genre d'homme, au juste ?

— Moi, évidemment ! répondit-il avec un grand sourire.

— Tu es bien sûr de toi, n'est-ce pas ?

— Je suis persuadé que c'est l'une des choses qui te plaisent le plus, chez moi.

Il avait raison, bien sûr, mais elle se garda bien de le reconnaître.

— Ne prends pas la grosse tête ! Je ne m'intéresse à toi que pour ton corps athlétique.

— Et pour mes talents mondialement connus de chasseur de trésors !

— C'est vrai. Retournerons-nous sur le site ce soir ?

— Non, nous passerons prendre l'équipage ici demain

matin, aux premières lueurs de l'aube, et nous irons là-bas tous ensemble. Tu vas enfin rencontrer les gars !

— Tant mieux. Vas-tu leur dire que je suis ta fiancée ?

L'éclat de rire retentissant de Jack fut plus éloquent que toute réponse.

Au lit, ce soir-là, elle envisagea de le repousser avant que lui ne le fasse. Si l'idée d'être fiancé à elle était tellement risible pour lui, cela signifiait que leur relation serait de courte durée. Quelqu'un allait être abandonné, et cette fois elle était bien décidée à faire en sorte que ce ne soit pas elle.

Cependant, quand il lui posa une main sur la taille, elle sentit sa détermination vaciller. Pourquoi se priverait-elle du plaisir exquis d'étreintes torrides avec le meilleur amant qu'elle eût jamais connu ? Ce n'était pas parce qu'elle aimait faire l'amour avec lui qu'elle tomberait amoureuse. Elle pouvait très bien apprécier quelques instants volés en sa compagnie, puis s'en aller sans un regard en arrière.

N'est-ce pas ?

Il y avait pourtant eu quelques moments dangereux au cours de la nuit passée : ivre de plaisir entre les bras de Jack, elle s'était surprise à songer à une vie heureuse à ses côtés, et ces rêveries n'avaient pas tardé à se transformer en véritables rêves quand elle s'était endormie, blottie contre lui.

Pour une fois, elle n'était pas obligée de se battre ou de s'inquiéter du lendemain. Il s'occupait de tout : pendant que lui et son équipe d'experts plongeraient avec leur matériel de pointe, elle pourrait sûrement se prélasser sur le pont du bateau, un cocktail de fruits à la main, à regarder les pélicans dans le ciel. Elle serait coincée sur le bateau, sans réseau pour téléphoner, sans rendez-vous, sans avoir à faire la conversation à des clients potentiels.

Elle était la prisonnière consentante de Jack Drummond. A moins que lui soit son prisonnier à elle ? Quoi qu'il en soit, c'était son idée d'être là. Cela lui faisait le plus grand bien d'être coupée du monde, et elle avait bien l'intention d'en profiter.

*
* *

L'équipage de Jack était composé de quatre hommes qui avaient entre vingt et soixante ans. Ils avaient tous l'air très heureux d'être là. Jack lui attribua tout le mérite de la découverte de l'épave, et la traita de la même façon que le reste de l'équipage. Cela aurait dû lui faire plaisir ; après tout, tout ce qui lui importait était de retrouver ce vieux morceau de coupe pour pouvoir s'en aller et obtenir sa récompense.

Ils prirent deux bateaux pour regagner l'endroit où se trouvait l'épave. Quand ils arrivèrent, ils arrimèrent le plus petit, et montèrent tous sur le bateau de Jack pour se préparer à plonger. Ils contrôlaient leurs équipements quand Jack arriva derrière elle, lui passa les bras autour de la taille et lui déposa un baiser sur la joue.

Elle en eut le souffle coupé. Un sentiment d'embarras mêlé d'indignation l'envahit. Cherchait-il à se rendre intéressant, à leur prouver qu'il pouvait avoir n'importe quelle femme d'un claquement de doigts ? Elle s'attendait à ce que les quatre hommes lèvent la tête et les regardent, mais ils n'en firent rien. Jack était peut-être toujours accompagné d'une femme sur son bateau.

Elle avait envie de le gifler, de se moquer de lui en lui faisant remarquer qu'il était incapable de lui résister, pour sauver la face et montrer à tous qu'elle n'était pas une autre de ses conquêtes se pâmant d'amour pour lui.

Pourtant, le contact de ses lèvres sur sa joue, de ses bras autour de sa taille la fit fondre. Elle lui rendit son baiser et ferma les paupières comme malgré elle, oubliant jusqu'à la présence des hommes, oubliant la mer, le soleil, le navire englouti, la coupe, Leo Parker et toutes les autres pensées qui encombraient habituellement son cerveau. Ils s'embrassèrent passionnément, comme s'ils étaient seuls au monde, comme si c'était la dernière chose qu'ils feraient.

Cependant, il finit par détacher ses lèvres des siennes. Elle recula trop vite, trébucha sur une bouteille d'oxygène et dut lui attraper le bras pour ne pas tomber.

— Tu plonges ? lui demanda-t-il soudain, comme s'il ne s'était rien passé.

— Bien sûr.

Tout à coup, elle n'avait plus envie d'être la mascotte, assise sur le pont à attendre que les hommes reviennent.

— Allons-y !

Elle s'occupa en contrôlant son matériel de plongée et en s'en équipant. Jack s'était éloigné et discutait avec l'un des membres de l'équipage. En fin de compte, elle préférait plonger que rester assise là à soupirer pour un homme qui lui avait déjà brisé le cœur une fois.

Ils passèrent la matinée entière à plonger, et ne s'arrêtèrent que vers midi pour manger des brochettes que l'un des hommes avait apportées dans une glacière. Le déjeuner fut très animé, tout le monde s'enthousiasmant pour la découverte de l'épave.

Mel était le plus âgé, il avait travaillé comme pêcheur pendant des années avant de se lancer dans la chasse aux trésors. Il avait les cheveux argentés, mais le corps athlétique et hâlé d'un jeune homme. Il avait un grand sens de l'humour, tout comme Greg, qui leur raconta une foule d'anecdotes amusantes sur son récent séjour aux Bahamas. Luca était un bel Italien, à l'accent savoureux et aux manières enjôleuses, qui l'auraient sans doute troublée si elle n'avait pas été obnubilée par Jack. Enfin, Ethan était un étudiant enthousiaste, qui s'émerveillait de tout ce qui l'entourait sur le bateau. Ils traitaient tous Jack avec déférence, ce qui était à la fois impressionnant et agaçant.

— Vicki est mon porte-bonheur, dit-il au cours du repas. Je crois que l'épave attendait son arrivée pour se révéler.

Mel la regarda en souriant.

— Les bateaux sentent des choses. N'importe quel vieux matelot vous le dirait ! Et maintenant, l'épave s'élève jusqu'à nous comme par magie… Elle est comme la Belle au bois dormant, elle a dormi sous sa couverture pendant trois cents ans en attendant notre arrivée.

Ils avaient presque entièrement dégagé l'épave du sable qui la recouvrait. Elle était étonnamment bien conservée.

— Vicki s'intéresse surtout à un morceau de coupe qui

devrait faire partie du butin. Du moins, c'est ce que nous espérons… mais elle pourrait aussi être dans une taverne, quelque part en Jamaïque. Enfin, même si nous ne la trouvons pas, nous serons récompensés de notre travail.

Il indiqua d'un signe de tête les containers dans lesquels ils avaient mis tout ce qu'ils avaient déjà remonté. Pour l'instant, cela ressemblait à des morceaux de roche collés les uns aux autres, recouverts de corail et de coquillages. Pourtant, elle les avait entendus s'extasier sur des pièces de monnaie, des boucles et des armes, alors il devait bien y avoir des bagues précieuses et des peignes à cheveux en nacre dans le lot.

— Nous avons eu de la chance d'arriver aussi vite ici… Regardez qui voilà ! dit Greg en leur montrant un grand bateau blanc au loin.

Mel rit et secoua la tête.

— Lou Aarons ! Toujours un train de retard ! Je serais prêt à parier que ce gars surveille Jack pour voir où va son bateau et fouiller dans les environs…

Jack eut un grand sourire et but une gorgée de thé glacé.

— Laissons ce vieux Lou se contenter de nos restes ! Nous n'avons pas besoin de nous montrer mesquins avec un tel butin à portée de main, du moment qu'il ne s'approprie pas la coupe de Vicki.

Il lui lança un rapide coup d'œil. Aussitôt troublée, elle pensa à la nuit qui les attendait et à tout ce qu'ils feraient dans l'intimité de sa chambre, mais elle s'efforça de paraître calme et posée.

— A ce propos, continua-t-il, n'oubliez pas que cela ne ressemblera probablement pas à une coupe, puisqu'il peut s'agir de la base. Alors montrez-moi tous les objets de métal que vous trouverez, même s'ils vous semblent complètement inintéressants.

Tout le monde acquiesça, et Mel leur raconta qu'il avait un jour trouvé un morceau de métal incrusté de pierreries, qui s'était avéré être un plastron de cuirasse inca.

Quand ils eurent fini de manger, ils plongèrent de nouveau, et remplirent dix autres grands containers en plastique de trouvailles diverses, avant de s'arrêter pour la journée, juste avant le coucher du soleil. Ethan passait la nuit sur le bateau pour monter la garde, tandis que les autres retournaient au port avec l'autre bateau. Jack et Vicki les déposèrent, puis retournèrent sur l'île, emportant leur butin avec eux.

Elle était épuisée d'avoir passé la journée à plonger, mais brûlait d'impatience d'examiner les mystérieux trésors qu'ils avaient arrachés à l'océan après trois cents ans d'ensevelissement.

— Nous devons les garder dans l'eau salée, dit Jack. Il ne faut pas les exposer trop longtemps à l'air avant de savoir de quoi il s'agit.

— Oui, capitaine !

— Je commence à croire que tu es à moitié poisson… Tu n'as eu aucun mal à faire des heures de plongée avec nous, qui le faisons tout le temps. Qu'est devenu ton mal de mer ?

Elle haussa les épaules avec désinvolture.

— Je dois reconnaître que je me suis bien amusée. Ça change de Manhattan !

Elle sortit de l'un des containers quelque chose qui ressemblait à un gros morceau de roche dont dépassaient des bouts de métal.

— Comment sais-tu de quoi il s'agit ?

— Nous nous servons généralement d'un burin ou de rayons X, selon la fragilité et la valeur potentielle de l'objet. Dans le cas présent, je vote pour les rayons X.

Le scanner était portable. Jack le plaça dans le salon, de façon à examiner chaque objet posé sur la table, sur une plaque de verre marquée d'une croix.

— Ici, la croix indique bel et bien ce qui nous intéresse, dit-elle, surexcitée, en mettant le premier objet sur la plaque. Quelle est la chose la plus étrange que tu aies trouvée ?

Elle s'écarta pour le laisser allumer la machine.

— Un dentier complet en or dans un crâne, répondit-il.

— Quelle horreur ! Je n'aurais pas dû te poser cette question. Les dents en or étaient sûrement à la mode chez les pirates, autrefois…

— Elles tenaient sans doute mieux que les dents de bois, assez répandues à l'époque !

Il observa attentivement l'écran.

— Tiens, tiens…

— Quoi donc ?

Elle s'approcha pour voir l'image. Plusieurs formes onduleuses se détachaient sur le fond, ainsi qu'une masse arrondie.

— On dirait une tasse et des couteaux… Nous avons peut-être trouvé la cuisine !

— Ce serait l'endroit idéal pour ranger une coupe, dit-elle en le regardant du coin de l'œil.

Il rit.

— Si seulement c'était aussi simple ! Il y a bel et bien quelque chose d'intéressant là-dessous, nous allons pouvoir sortir nos burins… mais plus tard.

Ils s'arrêtèrent pour dîner. Dès qu'ils eurent mangé le gratin de pâtes préparé par la gouvernante de Jack, ils retournèrent passer aux rayons X quelques-unes de leurs trouvailles. Il reconnut des pièces de monnaie, mais ne s'enthousiasma pas au point de les dégager du bloc dans lequel elles étaient prises. Pour lui, les vieilles pièces avaient peut-être perdu leur intérêt. Il avait dû en voir trop. Un grand nombre des formes qu'ils distinguèrent auraient pu évoquer un morceau de coupe, ce qui était soit encourageant, soit désespérant, selon la façon dont on voyait les choses.

Un peu avant minuit, elle se surprit à s'impatienter : elle avait hâte de passer à la suite, c'est-à-dire de se glisser entre les draps avec lui.

— Nous devrions aller dormir…

Jack leva les yeux de l'écran en entendant la voix de Vicki.

— Est-il si tard que ça ?

Il perdait toujours la notion du temps quand il se penchait sur de nouvelles trouvailles. Découvrir des trésors enfouis sous le sable depuis des années était tellement exaltant qu'il aurait pu rester éveillé plusieurs jours d'affilée.

— Oui, répondit-elle, assez...

Elle n'avait pas l'air fatiguée. Elle était magnifique.

— Je vais me coucher.

— D'accord, dit-il en réglant la luminosité de l'écran.

Il distinguait vaguement quelque chose d'étrange. Cela semblait avoir plusieurs facettes et être très délicat. Il était trop tôt pour le dire, mais il s'agissait peut-être d'un bijou.

— Tu ne viens pas ? demanda-t-elle d'un air hésitant, dans l'embrasure de la porte.

Elle portait une longue chemise fine, et il avait aperçu la dentelle d'un soutien-gorge très troublant lorsqu'elle s'était penchée pour ramasser quelque chose, un peu plus tôt.

Il reporta son attention sur le mystérieux objet et répondit distraitement.

— Dans un moment...

— Je risque de me sentir un peu seule.

Il releva brusquement la tête. Elle venait implicitement de lui demander de l'accompagner au lit. Jusque-là, c'était toujours lui qui avait flirté, et il s'était heurté à sa réticence.

Apparemment, c'était à son tour d'être séduit, maintenant.

— Dans ce cas, je viens avec toi.

Il éteignit le scanner et la suivit dans le couloir. Le balancement discret de ses hanches le fascinait. Même un bijou datant du XVIIIe siècle était éclipsé par une femme comme elle.

Quelle femme ! Il avait gardé un œil sur elle toute la journée pendant qu'ils plongeaient, mais sa prudence s'était avérée inutile : elle se débrouillait très bien toute seule. Elle s'était très bien entendue avec l'équipage, et avait plongé comme une professionnelle, sans jamais se plaindre et avec un enthousiasme à l'égal du sien.

En plus d'être belle, elle était intelligente, spirituelle et adroite. Il aimait même ses remarques mordantes et ses regards froids. Il les préférait de beaucoup aux minauderies des jeunes femmes qui l'abordaient dans les bars et le suppliaient de leur raconter ses chasses aux trésors.

Vicki, Vicki, Vicki !

Il la suivit dans la chambre, s'arrêtant pour apprécier la

vue comme elle enlevait sa chemise. Sa petite culotte noire révélait plus de peau qu'elle n'en couvrait. Si elle avait été conçue pour faire perdre aux hommes l'usage de la parole, c'était une réussite.

Elle monta sur le lit et s'y allongea dans une attitude alanguie. Il enleva précipitamment son jean et son T-shirt et traversa la pièce en hâte, brûlant de désir. Il l'embrassa, tendrement d'abord, puis avec plus de fougue.

Il déposa une ligne de baisers entre ses seins, sur son ventre, puis la caressa avec sa langue jusqu'à ce qu'elle gémisse de plaisir. Elle fit glisser ses mains sur son dos, passa ses doigts dans ses cheveux, s'abandonnant complètement.

Fou de désir, il s'autorisa enfin à la pénétrer. Elle brûlait d'impatience, se cramponnait à lui, l'attirant vers elle et l'embrassant, les yeux fermés, répétant son prénom entre deux soupirs.

Elle était vraiment la femme la plus fascinante, la plus déroutante, la plus originale et la plus merveilleuse qu'il eût jamais rencontrée. Il regrettait d'avoir eu peur de sa fougue et de sa force de caractère, des années plus tôt. A l'époque, elle était comme une tornade, emportant tout sur son passage. Maintenant, elle paraissait plus calme, plus subtile, mais elle n'en demeurait pas moins passionnée. Le feu couvait sous la cendre.

Elle était tellement sûre d'elle, consciente de son pouvoir sur les hommes, sur toute chose. Son assurance, son arrogance, faisait partie de son charme. Jouer avec elle était comme jouer avec un bébé tigre : on ne savait jamais quand cela allait mal tourner.

Six ans plus tôt, il avait donc fait preuve de lâcheté et avait fui.

Il avait essayé de se perdre dans les étreintes d'autres femmes, de se réfugier dans le travail, les voyages et les projets exaltants, et pendant longtemps il avait cru avoir tourné la page.

Puis il avait appris qu'elle était en ville, et avait été tellement impatient de la voir qu'il était allé la trouver à l'hôtel. Elle avait resurgi dans sa vie comme un ouragan, bouleversant son existence et lui rappelant pourquoi il était resté sur ses gardes, la première fois.

Pourquoi était-elle revenue ? Elle prétendait être à la recherche de la coupe pour la récompense, mais cela n'aurait eu de sens que si elle avait désespérément besoin d'argent, ce qui était difficile à imaginer.

Elle lui mordilla le lobe de l'oreille. Il frémit de plaisir et, l'entraînant avec lui, roula sur le côté pour qu'elle soit à califourchon sur lui. Si c'était l'appât du gain qui l'avait ramenée dans sa vie, ce n'était certes pas cela qui l'avait poussée à partager son lit. Elle le désirait avec autant de force que lui, et n'hésitait pas à le lui montrer.

Quand il se plaça de nouveau au-dessus d'elle, il l'embrassa à travers les mèches de cheveux qui lui encadraient le visage, s'imprégnant de son parfum enivrant. Elle le rendait fou de la plus délicieuse des façons. Il accéléra la cadence, jusqu'à ce qu'elle jouisse, le précipitant avec elle dans un tourbillon de plaisir.

Ils retombèrent ensemble sur les oreillers moelleux, la peau moite de sueur et la poitrine se soulevant au rythme de leur respiration saccadée. Avoir Vicki à ses côtés lui semblait parfaitement naturel. Il rouvrit les yeux pour regarder la fresque qu'elle avait découverte. Il avait dormi en dessous depuis des années sans soupçonner sa présence, de la même façon que, sans Vicki, il avait traversé la vie sans vraiment la vivre.

Son retour avait peut-être une raison d'être plus profonde qu'il n'y paraissait. C'était peut-être le signe qu'il était temps pour lui de s'assagir.

L'espace d'un instant, l'idée le déstabilisa, puis il eut envie de rire. Il serait loin de s'assagir en choisissant de vivre avec Vicki Saint Cyr ! Elle était aussi impétueuse que lui et se lassait aussi facilement, courant toujours après de nouveaux plaisirs, de nouvelles découvertes.

Vivre avec Vicki Saint Cyr. Etait-ce là sa destinée ? La question dansa dans sa tête, dans son cœur, et il se surprit à aimer cela.

Ressentait-elle la même chose ? Ses émotions étaient difficiles à deviner, car elle était d'une nature secrète.

Ses paupières étaient closes, et ses longs cils noirs effleuraient sa peau de porcelaine. Soudain, elle ouvrit les yeux et posa sur lui son regard perçant. Sentait-elle que son esprit vagabondait ? Ses pensées à elle demeuraient pour lui un mystère. En temps normal, il était rarement tenté de regarder sous la surface des choses, mais Vicki l'intriguait et il avait envie de connaître tous ses secrets, d'admirer toutes les facettes de sa personnalité.

Elle referma les yeux. Cette longue journée l'avait fatiguée. Dans un élan protecteur, il éprouva soudain le besoin de veiller à ce qu'elle fasse une bonne nuit de sommeil. A son arrivée, elle était pâle et avait les traits tirés. Le soleil, l'air de la mer et leurs repas copieux lui avaient déjà redonné bonne mine, mais il continuerait à prendre soin d'elle.

Elle remua légèrement dans son sommeil et poussa un petit soupir. Elle semblait tellement détendue quand elle dormait, tellement vulnérable ! Ses paupières tressautèrent et elle sourit. Elle était sans doute en train de rêver.

Rêvait-elle de lui ? Il l'espérait, car apparemment c'était un beau rêve.

Blottie tout contre lui, toujours profondément endormie, elle eut un petit rire charmant et soupira encore. Puis ses jolies lèvres roses s'entrouvrirent, et elle murmura quelque chose tout doucement, comme un secret. Personne n'était censé l'entendre, mais il l'entendit bel et bien, et son sang se glaça.

- 8 -

Vicki se réveilla en sursaut, éblouie par la lumière qui inondait la chambre et un peu désorientée. Jack n'était plus à ses côtés. Quelle heure pouvait-il bien être ? Elle se leva et alla chercher son téléphone portable : 9 heures 20 ! Comment était-ce possible ? Ils étaient censés retourner sur le site de l'épave aux premières lueurs de l'aube.

Elle enfila un long T-shirt, ouvrit la porte de la chambre et passa la tête dans l'entrebâillement.

— Jack ?

— Bonjour, Mademoiselle.

Elle sursauta en voyant une dame aux cheveux noirs sortir de la pièce d'à côté. Ce devait être la gouvernante de Jack.

— Vous devez être Vicki.

— Et vous, Paloma. Jack m'a beaucoup parlé de vous !

Après avoir vu Sinclair Drummond tomber amoureux de sa propre gouvernante, elle devait bien admettre que, devant celle de Jack, assez âgée pour être sa mère, elle était soulagée. Cela signifiait-il qu'elle était jalouse ?

Elle regrettait d'être vêtue en tout et pour tout d'un T-shirt. C'était évident qu'elle et Jack avaient passé la nuit ensemble. Paloma avait probablement vu beaucoup de jeunes femmes sortir de cette chambre au petit matin, et elle détestait être l'une d'entre elles.

Elle avait envie de demander si Jack était parti, mais ne voulait pas reconnaître qu'elle n'était pas déjà au courant.

— Jack m'a demandé de vous laisser dormir. Il m'a dit que vous aviez travaillé trop dur et trop tard, hier, dit Paloma d'un ton autoritaire, étrangement rassurant. Il m'a demandé aussi de vous faire un copieux petit déjeuner, et de vous dire que vous pouviez faire tout ce que vous vouliez avec les containers qui sont dans le salon.

Elle secoua la tête d'un air réprobateur.

— Je ne vois vraiment pas pourquoi il ne peut pas faire ça dans l'atelier… L'eau de mer abîme le parquet.

— Je veux bien vous croire.

Il lui faisait donc confiance, et elle pouvait passer la journée à découvrir les objets. Cela aurait dû lui faire plaisir, et pourtant elle était blessée qu'il l'ait laissée toute seule. Peut-être essayait-il ainsi de lui faire comprendre que l'équipe allait plus vite et était plus efficace sans elle.

Ou peut-être était-ce le signe qu'il commençait à mettre de la distance entre eux.

— Avez-vous des pamplemousses ?

— Bien sûr, répondit Paloma en souriant, et je viens de faire des biscuits. Voudriez-vous des œufs brouillés ?

— Avec plaisir !

Eh bien ! Tant pis s'il n'était pas là. Cela ne lui ferait pas de mal de ne pas être en butte à son charme irrésistible pendant quelques heures, et elle pourrait aussi en profiter pour faire la sieste.

Après le petit déjeuner, elle s'aventura à l'extérieur. Elle ne voyait aucun bateau à l'horizon. C'était une belle journée, idéale pour se détendre dans un hamac. Cependant, elle ne pouvait résister à la tentation d'être la première à manipuler les objets trouvés dans l'épave.

Elle rentra, alluma l'ordinateur qu'ils avaient utilisé la veille au soir et imprima toutes les images des objets passés au scanner. Même si un vieux morceau de coupe n'était pas très enthousiasmant par rapport à de l'or ou des bijoux, elle se devait de tout examiner attentivement.

Quelque chose retint son attention, une délicate pièce de métal torsadée, prise dans un bloc de corail et de sable solidifié. Le cœur battant, elle distingua les contours d'un collier. Elle repéra le container portant le même numéro que l'image, et se munit de l'un des burins que Jack avait préparés, puis, maintenant le bloc sableux dans l'eau de mer pour qu'il ne s'effrite pas complètement, elle commença à taper doucement dedans.

La surface était étonnamment dure. Quand elle parvenait à l'entamer, de gros morceaux en tombaient. Elle prit un burin plus petit pour un travail plus précis. Elle ne voulait surtout pas que Jack revienne et s'aperçoive qu'elle avait abîmé ou cassé une pièce inestimable.

Elle finit par trouver la technique et, vers midi, le bijou émergea enfin de sa tombe de pierre. Elle retira alors le sable presque grain par grain.

De l'or ! Le métal précieux était inaltéré, grâce à sa gangue de pierre. Les rayons du soleil se reflétaient sur sa surface. Le collier semblait intact, mais le pendentif qui y était attaché, également en or, de forme carrée, était cabossé, et aucune pierre n'était sertie en son centre.

Elle rit. Elle aurait dû en vouloir à Jack de s'être débarrassé d'elle, mais elle s'amusait bien trop pour cela.

Après le départ de Paloma, elle s'octroya la sieste dont elle avait tant envie. Elle s'allongea dans le hamac, entre deux palmiers, à l'ombre d'un raisinier. Ses rêves l'entraînèrent dans un monde de sensualité, proche de celui dans lequel Jack et elle s'étaient aventurés la nuit passée. Apparemment, elle ne pouvait plus se passer de lui, au point de le faire apparaître même lorsqu'il n'était pas là. Voilà qui était dérangeant, et n'augurait rien de bon. Il faudrait pourtant bien qu'elle soit capable de l'oublier facilement quand leur aventure se terminerait.

Il revint peu de temps après le coucher du soleil. Elle avait fouillé dans le réfrigérateur et avait trouvé un ragoût préparé par Paloma, qu'elle avait fait réchauffer. Elle avait mis la table, servit deux verres de vin, allumé des bougies et avait pris le temps de se recoiffer et de se maquiller, pour qu'il ait plaisir à la voir.

Il entra et sourit dès qu'il la vit.

— Tu nous as manqué ! dit-il en la serrant dans ses bras.

Ses mots et son geste la touchèrent. Son T-shirt était maculé d'eau de mer, sa peau sentait délicieusement bon, et elle dut résister à l'envie de l'embrasser.

— Toi aussi, tu m'as manqué... juste un peu, mais je me suis bien occupée.

— Cela ne m'étonne pas ! Tu as trouvé des choses intéressantes ?

— Bien sûr. J'ai entassé toutes mes trouvailles sur la commode du salon.

Cela lui semblait tout à fait approprié pour un trésor de pirate d'être éparpillé çà et là dans la maison plutôt que catalogué et rangé dans des containers en plastique dans un atelier. Cependant, consciente de l'importance cruciale de la provenance de chaque pièce, elle avait pris des photos des différentes étapes de son travail et avait attribué un numéro à chaque objet. Le Smithsonian aurait été fier d'elle.

— J'ai trouvé un collier, quatre balles de mousquet, une fourchette, deux bagues et un pichet.

— Impressionnant !

Il sourit et, lui empoignant les fesses, la serra plus étroitement contre lui pour lui déposer un baiser sur la joue.

— Je parie que vous n'avez pas trouvé autant de choses, sans moi pour te porter bonheur...

— Eh bien, tu devais être avec nous par la pensée, parce que nous avons trouvé un autre filon ! Probablement la cabine où les femmes s'abritaient pendant les tempêtes...

— Il y avait des femmes sur un bateau pirate ?

Il haussa les épaules négligemment.

— Si tu étais un bandit viril, ne voudrais-tu pas quelques dames pour t'accompagner en voyage ?

— Une, peut-être...

Elle haussa un sourcil interrogateur.

— Préférerais-tu un ménage à trois ?

— Certainement pas ! Je suis l'homme d'une seule femme.

L'homme d'une seule femme, mais jamais la même. Elle essaya de ne pas laisser son expression trahir ses pensées.

— Me voilà rassurée. Le dîner est prêt, mais ce n'est pas moi qui l'ai préparé, c'est Paloma... C'est elle que tu devrais emmener sur ton bateau pirate !

— Elle est mon arme secrète.

— Comment vient-elle jusqu'ici ?

— J'ai un vieil ami marin qui la prend au port tous les matins à 9 heures et qui vient la rechercher à 13 heures pour la raccompagner.

— Je suis ravie de l'entendre, je commençais à croire qu'il y avait de la magie là-dessous. Elle a fait un ragoût, ajouta-t-elle en indiquant la salle à manger d'un geste vague, avec le plus de désinvolture possible. J'allais nous en servir une bonne grosse louche.

Elle essayait de paraître désinvolte, pour qu'il ne s'imagine pas qu'elle s'attendrissait avec l'âge.

Il s'arrêta dans l'embrasure de la porte quand il vit les bougies et les verres de vin.

— Quelle jolie table !

Je te manquerai peut-être quand je serai partie. Cette pensée s'imposa à elle. C'était stupide : s'il voulait une femme au foyer, elle n'était certainement pas la personne la plus indiquée pour l'emploi, et d'ailleurs il pouvait très bien demander à Paloma de mettre la table pour lui.

Lui manquerait-elle ? Lui avait-elle manqué la première fois ? Puisqu'il l'avait quittée, il n'avait pas dû la regretter.

Elle servit le ragoût, dont émanait une délicieuse odeur de thym, et s'assit à table. Jack s'installa en face d'elle et leva son verre.

— A ce repas en tête à tête avec une femme que mes ancêtres m'envieraient !

— Ils sont tous autour de nous, n'est-ce pas ?

Elle promena son regard sur la pièce. Dans un manoir de style plus classique, il y aurait eu des portraits de famille accrochés un peu partout. Ici, les murs étaient ornés de sabres décoratifs, et d'autres armes de piraterie.

Il haussa les épaules.

— Si c'était le cas, ne m'auraient-ils pas dit où trouver l'épave ?

— Cela les a peut-être amusés de te regarder la chercher ! Avez-vous vu des squelettes, aujourd'hui ?

— Non, aucun !

Il but une gorgée de vin.

— Parfois, les corps disparaissent sans laisser de trace.

Elle frissonna.

— Ces pauvres gens… Je me demande si le bateau a coulé rapidement.

— Sûrement, puisque Lazaro Drummond a été le seul rescapé. Personne d'autre n'a survécu. Nous ne saurons jamais ce qui s'est vraiment passé, j'imagine. Comme tu as pu le constater, les pirates ne sont pas doués pour consigner leur histoire familiale.

— Ils veulent préserver le mystère.

Elle était bien placée pour comprendre cela. Plus elle restait chez Jack, plus elle se révélait, et ce n'était pas une bonne chose.

— Alors, tu penses que le trésor se trouve dans la pièce que vous avez découverte ?

Il acquiesça d'un hochement de tête.

— Il semblerait. Les pirates rassemblaient souvent leurs biens les plus précieux dans une pièce fermée en cas de danger.

— Même dans des circonstances normales, ils devaient garder leur butin sous clé pendant le voyage… J'imagine que le capitaine d'un bateau pirate se méfiait de son propre équipage.

Il haussa les sourcils.

— Tu te trompes ! Le capitaine ne s'entourait que de gens de confiance prêts à donner leur vie.

— Les pirates respectaient donc le code de l'honneur, malgré tout !

— La plupart d'entre eux. Les traîtres finissaient dans la crique des Morts.

Après le dîner, elle lui montra ses trouvailles. Pour sa plus grande joie, il fut impressionné par son travail. Il apporta dans le salon les containers que lui et son équipe avaient remplis le jour même, et passa les nouvelles concrétions au scanner.

— Et si nous trouvions plusieurs morceaux de vieilles coupes ? Nous allons peut-être avoir l'embarras du choix, dit-elle en regardant l'image en noir et blanc sur l'écran.

— Dans ce cas, tu les emporterais tous chez ce bon vieux

Sinclair pour voir s'ils s'assemblent avec le pied de la coupe. Comment le calice a-t-il pu être séparé du reste ?

— D'après l'aspect du pied, les pièces s'emboîtent parfaitement les unes dans les autres. Nous avons d'abord pensé que c'était de l'étain, mais finalement c'est du laiton. Le pied est gravé, il y a sans doute le même genre de décorations sur les autres parties de la coupe.

— Et, si tu réussis à assembler ces pièces, moi et les autres Drummond vivrons heureux jusqu'à la fin des temps !

— Ou du moins vous aurez de plus grandes chances de bonheur.

Elle avait du mal à l'imaginer vivant paisiblement avec une seule et même femme pour le restant de ses jours. Il se lasserait probablement au bout d'un an. Au moins, cette fois, elle ne serait pas la femme dont il se fatiguerait ; elle s'enfuirait assez vite pour s'en assurer. En attendant, pourquoi se priver d'ébats torrides ?

Il éteignit l'écran.

— Nous ferions mieux d'aller nous coucher.

— Bonne idée !

Elle avait hâte de sentir sa peau nue contre la sienne. Il était terriblement séduisant, dans son pantalon en coton noir et son T-shirt moulant et délavé, mais il serait encore plus beau lorsqu'elle les lui aurait enlevés.

— Dors dans mon lit, je vais à côté.

— Comment ça, à côté ? demanda-t-elle, abasourdie.

— Dans la chambre d'à côté.

Il lui tourna le dos et se dirigea vers la porte. De toute évidence, sa décision était prise.

— Pour que nous ne soyons pas tentés de… Tu sais…

Oui, je sais, et j'avais l'intention de me laisser tenter.

— Je ne suis pas si fatiguée que ça.

— Tu le seras si tu ne fais pas une bonne nuit de sommeil. Ne veux-tu pas venir sur le bateau demain ?

— Si, mais j'ai l'habitude d'avoir une vie nocturne active.

Si seulement il se tournait vers elle, elle pourrait le charmer ! Hélas, il remontait déjà le couloir vers les chambres. Elle pressa le pas pour le rattraper, puis prit conscience de ce qu'elle était en train de faire. Il s'éloignait d'elle, et elle lui courait après comme un chiot égaré.

— A vrai dire, un peu de calme me fera du bien.

Qu'il dorme tout seul s'il le désirait ! Elle leva le menton avec fierté. Elle n'avait pas besoin de lui, elle avait seulement besoin de ses compétences professionnelles.

— A demain…

Elle hésita.

— Tu me réveilleras ?

Pathétique ! On aurait dit un chien prenant sa laisse dans sa gueule et l'apportant à son maître.

Pourtant, elle serait blessée d'être de nouveau mise à l'écart. Comment était-ce possible ? Pourquoi son équilibre émotionnel dépendait-il soudain des humeurs et caprices de Jack Drummond ?

— Bien sûr, répondit-il. Il sera tôt, je te préviens.

Elle avait espéré un baiser, tout au moins, mais il disparut derrière la porte de bois sculptée de la chambre d'amis, la laissant seule dans le couloir, les bras ballants.

Elle poussa un profond soupir. Que s'était-il passé ? La nuit précédente, il était fou de désir pour elle. Ils avaient fait l'amour plus passionnément que jamais. Puis, au petit matin, il était parti sans prévenir. Et maintenant…

Il s'était passé quelque chose, mais quoi ?

— C'est l'heure d'y aller, dit Jack d'un ton bourru pour réveiller Vicki.

Il n'avait pas envie d'entrer dans la chambre et de voir son corps de rêve. Il avait hâte d'être sur le bateau avec son équipe, pour penser à autre chose qu'à ses charmes.

Le soir même, il ferait tout pour l'aider à retrouver la fameuse coupe dans les blocs de sable et de corail. Elle pourrait alors faire ses bagages et repartir, et ce serait sans doute mieux ainsi.

Il entendit la douche et imagina l'eau chaude couler sur ses longues jambes fines. S'arrachant à ses pensées, il s'occupa en faisant du café.

Il ne voulait surtout pas la blesser plus qu'il ne l'avait déjà fait. Ses mots résonnaient encore dans sa tête.

Je t'ai toujours aimé, Jack. Toujours.

Un sentiment de culpabilité l'envahit. Comment l'histoire pouvait-elle se répéter de cette façon ?

Il s'était pourtant dit qu'elle était peut-être la femme de sa vie. Une chose était sûre : il ne se lasserait jamais d'elle. Ils semblaient faits l'un pour l'autre, elle s'adaptait merveilleusement bien à son mode de vie, et il éprouvait une étrange sensation de vide intérieur à l'idée de son départ imminent.

Cependant, quand elle avait parlé dans son sommeil, toutes ces pensées vagabondes s'étaient dissipées, et il s'était instinctivement replié sur lui-même. Il n'était pas prêt à endosser la responsabilité du bonheur de quelqu'un.

Je t'ai toujours aimé. Bon sang ! Qu'est-ce que cela signifiait ? S'était-elle languie de lui pendant toutes ces années ? Quel cauchemar ! Il avait souvent pensé à elle, bien sûr, mais il s'était occupé en fréquentant d'autres jeunes femmes, et il pourrait en rencontrer encore beaucoup d'autres.

« Goujat ! » lui aurait dit sa mère pour le taquiner. Sa réputation de don Juan, bien méritée, l'amusait. Grâce à sa triste notoriété, les femmes qu'il rencontrait savaient pertinemment à quoi s'attendre en couchant avec lui. Sa vie de bohème était une excuse toute trouvée pour ne pas s'engager. Toutes ses relations étaient simples, éphémères.

— Bonjour, dit Vicki en entrant dans la pièce d'une allure nonchalante.

Ses longs cheveux noirs étaient un peu ébouriffés. Elle portait un haut de Bikini bleu marine sous une chemise blanche quasiment transparente.

Il sentit sa gorge se serrer. Elle voulait qu'il la désire, et il la désirait bel et bien. Comment résister à la tentation lorsqu'on y était exposé de façon aussi délicieuse ?

Cependant, ils n'étaient plus des gamins, il ne pouvait pas lui briser le cœur et prétendre que c'était par manque d'expérience.

C'était une vraie femme, qui était revenue dans sa vie et dans son lit. Elle paraissait forte, bien sûr, mais si ce qu'elle avait dit était vrai elle n'avait jamais cessé de l'aimer, et il venait d'attiser la flamme de sa passion.

— Jus d'orange ? proposa-t-il d'un ton faussement dégagé.

Il ne voulait rien laisser transparaître de ses pensées.

— Je préfère le jus de grenade.

Elle le regarda d'un air de défi. Il ne put s'empêcher de sourire. Elle allait vraiment lui manquer.

— Cela ne m'étonne pas ! Que dirais-tu d'un café, à la place ?

— Ça fera l'affaire.

Il fit du pain perdu, et coupa quelques tranches de papaye. Elle lui posa des questions sur les concrétions qui se formaient autour de l'épave, et il lui expliqua qu'elles aidaient bien les chasseurs de trésors en conservant la plupart des pièces en bon état au fil du temps.

Bon sang ! Elle était vraiment belle. Cela ne tenait pas seulement à ses yeux violets, à sa peau douce ou à ses cheveux de jais, mais aussi à toute son attitude, à son allure fière et passionnée. Il n'avait jamais rencontré quelqu'un comme elle.

Vicki était contente d'être sur le bateau. Cela l'aidait à ne pas ressasser le brusque changement d'attitude de Jack. Elle discuta avec les gars, qui étaient aux petits soins pour elle. Jack, en revanche, était plongé dans ses graphiques et ne quittait pas des yeux son ordinateur.

Elle s'efforça de faire semblant de rien. Bien sûr, elle était gênée en songeant qu'elle s'était laissé embrasser devant tout le monde deux jours plus tôt. Elle ne pouvait pas prétendre qu'il n'y avait rien entre eux. Peut-être se demandaient-ils pourquoi Jack était soudain si froid et distant avec elle.

Elle se surprit à avoir hâte d'enfiler son équipement de plongée pour se réfugier dans la sérénité du monde sous-marin, où l'on ne pouvait ni discuter ni interpréter le moindre regard, le moindre geste.

Avoir sous les yeux le corps musclé et bronzé de Jack était

un tourment de tous les instants, et elle avait encore plus envie de le toucher maintenant qu'elle n'en avait plus le droit.

— N'oublie pas de contrôler tes bouteilles d'oxygène, Vicki, dit-il, posant sur elle son regard de braise. Je voulais le faire, mais je n'ai pas eu le temps.

— Merci de me le rappeler.

Elle remarqua avec dépit qu'une de ses bouteilles était presque vide. Finalement, elle pouvait difficilement prétendre être autonome.

— Il faut penser à tant de choses quand on plonge…

— C'est une question d'expérience. Tu t'en sors très bien pour un marin d'eau douce.

L'entendre utiliser cette expression la blessa profondément, ce qui était ridicule : depuis quand espérait-elle être considérée comme un vieux loup de mer ?

Elle contrôla soigneusement le reste de son équipement et regarda autour d'elle pour voir si elle pouvait se rendre utile. Elle ne voulait pas qu'on la voie comme un fardeau, même si c'était exactement ce qu'elle était.

— Tu te rends compte de ce que tu as fait, Vicki ? lui demanda le plus jeune membre de l'équipage, la rappelant brusquement à la réalité.

Elle jeta un coup d'œil à son équipement, se demandant ce qu'elle avait fait de mal, puis leva les yeux vers lui.

— Non, quoi ?

— Tu as trouvé ce qui est probablement l'épave du XVIIIe siècle la mieux conservée de l'histoire de la région.

Il secoua la tête d'un air admiratif, et ses cheveux décolorés par le soleil flottèrent autour de son visage.

— Cela commence à se savoir, et les vautours ne vont pas tarder à tourner autour… Regarde !

Il lui montra un hélicoptère, dans le ciel. Elle ne l'avait pas remarqué jusque-là, mais elle le voyait bel et bien maintenant, qui décrivait des cercles au-dessus d'eux.

— Les reporters seront les suivants ! Une bonne chasse au trésor fait toujours de l'audience.

— Est-ce une bonne chose ou une mauvaise ?

— Une bonne, quand on espère faire monter les prix des pièces trouvées, une mauvaise quand on est encore en train de les extraire… Dans le pire des cas, on peut se voir interdire les fouilles à cause de quelqu'un revendiquant le droit au trésor.

— Comment quelqu'un pourrait-il faire ça alors que le propriétaire d'origine est mort depuis des siècles ?

— Parfois, la couronne d'un pays veut sa part du butin. L'Espagne et le Portugal ont revendiqué les navires perdus de leurs flottes, même s'ils ont sombré il y a cinq cents ans.

— Ont-ils eu gain de cause ?

— Oui.

— C'est insensé… mais ce navire-là appartenait à l'ancêtre de Jack, alors les choses sont un peu plus simples.

— Sauf que l'ancêtre de Jack était un pirate connu. Si quelqu'un est en mesure de prouver que les biens qu'il a volés appartenaient à son ancêtre…

Il haussa les épaules négligemment.

— On ne sait jamais de quoi les gens sont capables quand il est question d'or, ajouta-t-il.

Indignée, elle jeta un coup d'œil à l'hélicoptère. Blanc et bleu, c'était manifestement un hélicoptère privé, sans aucun signe distinctif. Quelqu'un les espionnait.

Etant donné sa malchance, il s'agissait probablement de Leo Parker. Avait-il répandu la nouvelle de ses prétendues fiançailles à Jack ? Aurait-elle à démentir une foule de rumeurs compliquées au sujet de sa vie amoureuse quand elle retournerait à New York ?

Son ventre se noua à cette perspective.

— Allons-y ! s'écria Jack avec son enthousiasme habituel.

Il plongea le premier, donnant l'exemple. Elle mit son masque et le suivit. L'eau tiède se referma au-dessus de sa tête, étouffant le bruit de l'hélicoptère et voilant la lumière éclatante du soleil.

Elle agita ses palmes, se propulsant vers les ténèbres des profondeurs. Là, au moins, personne ne s'apercevrait qu'elle commençait déjà à soigner les blessures de son cœur brisé.

- 9 -

— Vicki devrait passer à l'antenne.

Les membres de l'équipe étaient assis autour de la grande table de chêne. Quand Jack et elle étaient rentrés la veille au soir, une multitude de messages téléphoniques les attendaient, de différentes chaînes de télévision, qui espéraient avoir l'exclusivité de leur découverte.

Ils avaient de nouveau passé la nuit chacun dans leur chambre. Le désintérêt de Jack, qui arrivait beaucoup plus tôt qu'elle ne s'y était attendue, la blessait profondément. Cependant, elle devait faire bonne figure et prétendre que tout allait bien.

— Non, je ne connais vraiment rien à l'histoire du navire, ni aux méthodes que vous utilisez. Il vaudrait mieux que quelqu'un d'autre s'en charge.

— J'expliquerai tout, dit Jack, mais je pense aussi que Vicki devrait être présente. Elle a résolu une énigme que les Drummond cherchaient à résoudre depuis des siècles.

Son instinct lui disait que ce n'était pas une bonne idée. Et si un journaliste trop consciencieux s'était renseigné sur elle et avait appris la faillite de son père ? C'était un miracle que cela n'ait pas déjà été révélé au grand jour.

— Si tu leur parles de la carte au trésor, ils vont vouloir venir ici et prendre des photos. Il vaudrait sans doute mieux que tu leur dises que tu es tombé sur l'épave par hasard.

— Pas question ! protesta Ethan. La découverte de la carte est ce qu'il y a de plus palpitant dans cette histoire. Je vois déjà le film qu'on pourrait en tirer, avec Russell Crowe dans le rôle de Jack et Demi Moore dans le tien, Vicki.

— Demi Moore ? s'écria-t-elle. Elle a au moins vingt ans de plus que moi !

— Oui, mais elle est toujours aussi séduisante, dit Jack avec un grand sourire. Je demanderai peut-être au réalisateur si je peux lui donner la réplique moi-même !

Elle leva le menton fièrement.

— Bonne idée, fais ça ! Et, si tu veux que des reporters envahissent ton île, invite-les, pendant que tu y es.

Il fronça les sourcils.

— Cela irait à l'encontre de mon attachement à préserver ma vie privée… D'un autre côté, contrairement à mes ancêtres, je n'ai rien à cacher.

— Ton île risque de devenir une destination touristique. Tu pourrais te retrouver envahi par des vacanciers impatients de découvrir le repaire des célèbres Drummond.

— Je pourrais créer un petit commerce de T-shirts, de coquillages et de fausses antiquités.

Il se laissa aller en arrière sur sa chaise et joignit les mains derrière la tête, lui donnant cette fois encore une vue imprenable sur ses biceps. C'était vraiment cruel de sa part de lui donner de faux espoirs, de lui faire l'amour passionnément, puis de la laisser tomber comme si rien ne s'était passé.

— Et de mugs avec des photos de toi dessus !

Son sourire s'élargit.

— Hé, bonne idée ! Alors, qui appelons-nous d'abord ? demanda-t-il à la cantonade.

Elle avait envie de soupirer et de se prendre la tête dans les mains, mais elle se força à garder un visage impassible.

— Et si tu commençais par la chaîne locale ?

Avec un peu de chance, elle serait partie avant que la couverture de l'événement prenne une ampleur phénoménale. Si elle ne trouvait pas le morceau de coupe d'ici la fin de la semaine, elle s'en irait sans. De toute façon, ils avaient déjà remonté tellement de choses à la surface que, s'il n'était pas dans l'un des containers, cela signifiait probablement qu'il était perdu à jamais.

Et puis, étant donné les circonstances, elle ne s'en souciait plus vraiment. Il devait bien y avoir d'autres moyens de gagner dix mille dollars. Quel dommage qu'elle ait été trop fière pour demander à Jack sa part du butin !

— D'accord, dit-il, appelons l'équipe de WGX ! J'ai fait de la pêche en haute mer avec le chef du service de la rédaction, il avait l'air sympa.

Elle se leva. Il n'y avait rien d'étonnant à ce qu'il choisisse de contacter un ancien marin. Elle avait hâte de retourner dans son monde, où elle aussi avait des relations.

— Parfait ! Si vous voulez bien m'excuser, je vais me remettre au travail.

Jack s'en voulait terriblement. Vicki était blessée, et elle avait toutes les raisons de l'être. Elle avait fini par baisser sa garde et lui tomber dans les bras, pour être presque aussitôt rejetée, alors qu'ils avaient passé du bon temps ensemble.

Si seulement elle n'avait pas dit qu'elle l'aimait depuis toujours ! Son cœur se serra à cette seule pensée.

Par chance, il n'avait pas le temps de s'apitoyer sur son sort, car l'équipe de WGX était déjà là et envahissait les lieux, tirant des fils et installant des projecteurs un peu partout.

Elle s'était réfugiée dans l'atelier. Elle avait insisté pour ne pas passer à l'antenne, mais il avait remarqué qu'elle avait enfilé une tenue élégante et s'était particulièrement bien maquillée, et quelque chose lui disait qu'elle serait blessée s'il ne la poussait pas devant la caméra.

C'était donc exactement ce qu'il avait l'intention de faire. Elle était magnifique. Son jean noir moulait ses longues jambes fines, mises en valeur par des sandales à talons, et son chemisier blanc était légèrement translucide. Il mourait d'envie de la prendre dans ses bras et d'enfouir son visage dans sa chevelure d'ébène.

— Hé, Jack… Pouvons-nous prendre quelques images de votre bateau ? demanda une jeune journaliste enthousiaste, passant la tête dans l'entrebâillement de la porte.

— Euh… oui, bien sûr.

Il s'arracha à ses pensées et reporta son attention sur le chaos qui régnait autour de lui. Deux jeunes filles entrèrent dans la pièce et observèrent les containers.

— Ce sont les trucs que vous avez trouvés dans l'épave ? demanda celle aux cheveux roux en soulevant l'un des couvercles en plastique.

Vicki se précipita pour le refermer.

— Oui, et il ne faut pas les exposer à l'air à cause de l'oxydation.

Elle regarda la jeune fille d'un air sévère.

Il se retint de rire. *Vicki en maîtresse d'école ! On aura tout vu...*

Elle ferait une bonne mère. Elle serait stricte, veillerait à ce que ses enfants aient de bonnes manières, puis elle les laisserait se coucher tard pour regarder un film effrayant.

— Et si tu expliquais ce qu'est l'oxydation à ces jeunes filles, Jack ?

La suggestion de Vicki le rappela brusquement à la réalité, et il s'aperçut avec désarroi qu'il était en train de penser à ses qualités maternelles. De toute évidence, il perdait la tête. Elle devait bientôt repartir et il n'avait aucune raison de croire qu'elle changerait d'avis. Cela n'avait aucune importance, d'ailleurs. Vicki et lui avaient une relation bien trop instable pour vivre sous le même toit pendant bien longtemps et, a fortiori, pour avoir des enfants ensemble. Du moins, c'était ce dont il essayait de se persuader, mais son instinct lui dictait tout autre chose.

— Que voulez-vous savoir ? demanda-t-il aux deux jeunes filles en les regardant tour à tour.

Elles devaient être étudiantes et faire un stage au sein de WGX. Vicki les lui présentait peut-être comme appât pour voir s'il mordrait à l'hameçon.

— Comment l'eau empêche-t-elle l'oxydation ?

— L'eau protège les objets du moment qu'ils sont complètement immergés.

— Mais il y a de l'oxygène dans l'eau, dit la jeune fille aux cheveux blonds coiffés en queue-de-cheval.

Il haussa les épaules négligemment.

— Oui, mais apparemment cela n'a pas d'importance. Je ne suis pas chimiste, juste chasseur de trésors. Je fais ce que j'ai à faire sans vraiment chercher à savoir le pourquoi et le comment.

Il sourit. Elles acquiescèrent toutes les deux d'un hochement de tête, et l'une d'elles souleva un autre couvercle.

— Alors nous pouvons regarder ce qu'il y a là-dedans du moment que nous ne sortons pas les objets de l'eau ?

Vicki le foudroya du regard.

— Seulement si Vicki est d'accord.

— Je crois qu'il vaudrait mieux que nous sélectionnions quelques objets pour que vous les filmiez.

Son ton professionnel contrastait fortement avec son allure de gravure de mode.

— Dans ce container, vous pouvez voir un vieux boulet de canon enchâssé dans du corail, et plusieurs morceaux d'une bouteille de verre. Pourquoi ne m'aideriez-vous pas à l'emporter dans la pièce d'à côté ?

Il la regarda partir avec les deux jeunes filles. Cela lui avait été très pénible de ne pas partager son lit avec elle la nuit précédente. Il savait qu'il avait laissé passer une belle occasion, et qu'il n'aurait plus jamais la chance de coucher avec elle, pas à moins de s'engager sérieusement envers elle.

Une fois encore, la perspective déraisonnable d'une relation stable avec Vicki s'imposa à lui. Cela n'avait pas de sens ! Bien sûr, il y avait entre eux une alchimie puissante, et ils s'entendaient merveilleusement bien sexuellement, mais en dehors de cela ils étaient très différents : elle aimait New York, son effervescence et ses soirées, et lui aimait être sur son bateau, au beau milieu de l'océan, là où personne ne pouvait le trouver.

Evidemment, l'idéal aurait été d'être sur son bateau avec Vicki.

La porte s'ouvrit brusquement.

— Nous sommes prêts !

— J'arrive...

Il retourna dans le salon. Comme il s'y était attendu, Vicki occupait déjà le devant de la scène et faisait son numéro de charme habituel. Elle accepta en riant de raconter l'histoire de la carte et de la montrer à la journaliste.

Il la regarda avec plaisir. On aurait dit une actrice de cinéma à l'ancienne, comme Lauren Bacall ou Audrey Hepburn. On pouvait l'admirer pendant des heures sans se lasser. Du moins, lui le pouvait.

Que ressentirait-il quand elle serait partie pour de bon ?

Tandis qu'elle emmenait l'équipe de tournage dans la chambre de Jack, Vicki regretta de s'être engagée sans réfléchir à montrer la carte.

La journaliste, une jeune femme élégante d'une trentaine d'années, indiqua le plafond d'un geste vague.

— Alors, dans quelles circonstances avez-vous vu la carte pour la première fois ? lui demanda-t-elle en souriant.

Vicki s'éclaircit la voix.

— Jack m'a expliqué que son ancêtre, Lazaro Drummond, avait peint la carte ici pour qu'elle ne soit visible que de ses relations intimes.

— Insinuez-vous que Jack et vous êtes intimes ?

Elle plaisantait, plus ou moins, mais Vicki sentit ses joues s'empourprer.

— Jack et moi sommes de vieux amis… de très vieux amis, mais c'est tout.

Elle mentit sans difficulté. Elle sentit le regard de Jack posé sur elle, et se demanda ce qu'il pensait. Il était sans doute soulagé. Manifestement, il regrettait leur « intimité », puisqu'il tenait maintenant à dormir seul dans une autre chambre.

— Jack, pouvez-vous nous rejoindre ? demanda la journaliste en se tournant vers lui. Ce serait amusant que vous nous racontiez cette histoire à deux.

Vicki se crispa, troublée à l'idée d'être tout près de lui. Il s'approcha d'un pas hésitant qui ne lui ressemblait pas, et, lorsque la journaliste lui adressa un grand sourire, elle ne put s'empêcher de se sentir agacée.

— Parfait ! Bon, je crois que nous sommes prêts à tourner.

Il y eut un moment d'agitation, puis on commença à filmer.

— Vicki, Jack, avez-vous découvert la fresque ensemble ?

— Tout le mérite revient à Vicki…

La voix de Jack semblait plus grave, son ton, plus bourru que d'ordinaire.

— Elle était allongée sur le lit et a remarqué que la peinture s'écaillait par endroits et qu'il y avait une autre fresque en dessous.

Elle sentit sa gorge se serrer. Pourquoi s'était-il senti obligé de mentionner qu'elle était allongée sur le lit ? Pourquoi n'avait-il pas ajouté qu'elle était en déshabillé, tant qu'il y était ? Elle décida d'intervenir.

— En fait, je relevais mes messages sur mon téléphone portable, et la lumière de l'écran a éclairé la fresque de telle sorte que j'ai vu que la surface était inégale.

La journaliste leva les yeux vers le plafond.

— Vous devez avoir de bons yeux… Nous avons un bon éclairage en ce moment même, mais il doit faire assez sombre dans cette pièce en temps normal.

— J'ai demandé à Jack une lampe de poche dès que j'ai cru remarquer quelques boursouflures…

— Ah, alors il était là, avec vous ?

La journaliste le regarda avec un pétillement malicieux dans les yeux.

— Euh…

Elle sentit le regard hésitant de Jack sur elle.

— Bien sûr, je n'allais tout de même pas fouiller toute sa maison sans lui !

Elle vit avec tristesse qu'il semblait soulagé. Il ne voulait décidément pas que l'on pense qu'ils formaient un couple. Peut-être était-il attiré par Mademoiselle Microphone.

— Alors vous êtes venue ici expressément pour examiner la carte ? demanda la journaliste d'un air soupçonneux.

Vicki cligna des yeux sous les lumières éblouissantes et le regard inquisiteur de la jeune femme.

— En quelque sorte… J'étais en visite chez des parents de Jack, et ils ont éveillé mon intérêt pour l'histoire de la famille.

Le visage de la journaliste s'éclaira et elle se pencha légèrement vers elle, visiblement intriguée.

— J'ai entendu des choses fascinantes au sujet des Drummond… On offrirait une récompense à la personne qui retrouvera un objet précieux ayant appartenu à la famille. Est-ce ce que vous cherchiez ?

Elle ne pouvait éluder la question. Elle se sentit soudain profondément abattue. Ce reportage ne ferait qu'attirer d'autres chasseurs de trésors. Evidemment, à ce stade, cela n'avait plus tellement d'importance. Il fallait qu'elle s'en aille le plus vite possible, qu'elle ait ou non trouvé ce qu'elle cherchait.

— Oui… Il s'agit d'une coupe, que trois frères Drummond ont apportée d'Ecosse et séparée en trois morceaux. Si ces trois morceaux sont de nouveau réunis, la chance sourira de nouveau à toute la famille.

— Quelle histoire romantique !

La journaliste sourit à Jack.

— Croyez-vous en l'existence de la coupe ?

— Absolument. En revanche, je ne sais pas s'il sera possible de la retrouver, répondit-il, l'air de nouveau détendu. Ce qui est sûr, c'est que c'est amusant de la chercher. La découverte de la carte au trésor nous a conduits à l'épave du bateau de mon ancêtre, Macassar Drummond. Nous avons déjà réussi à récupérer beaucoup de choses intéressantes, et nous venons seulement de commencer. Nous avons des mois de travail gratifiant devant nous !

— Alors la coupe vous apporte déjà la chance ?

Elle vit le regard de la jeune femme se poser un instant sur les avant-bras bronzés de Jack. Elle le trouvait séduisant, bien sûr. Comment aurait-il pu en être autrement ?

— C'est une façon intéressante de voir les choses. Effectivement, on peut dire qu'elle nous porte chance…

Il regarda Vicki en souriant.

— … et tout ça grâce à ma bonne et vieille amie !

Elle tressaillit. Elle n'aimait pas beaucoup être décrite comme la bonne et vieille amie.

— C'est fascinant, pour moi aussi. Je suis antiquaire de mon métier, je m'intéresse beaucoup aux pièces qui ont une histoire.

Elle se força à afficher un sourire éclatant. Autant profiter de ce fiasco pour se faire un peu de publicité. Mademoiselle Microphone reporta son attention sur elle.

— Vraiment ? Avez-vous déjà trouvé quelque chose de précieux dans l'épave ?

— Oui ! J'ai mis quelques pièces de côté pour vous les montrer.

La journaliste fit un geste de la main à l'équipe, et tout s'interrompit aussitôt, au grand soulagement de Vicki. Ni elle ni Jack ne bougèrent tandis que les cameramen emmenaient leur matériel dans la pièce d'à côté.

— C'était probablement une erreur, dit Jack à voix basse, empreinte d'humeur, quand tout le monde fut sorti et qu'ils se trouvèrent seuls, debout devant le lit.

— Oui, mais une erreur inévitable.

Elle était bien placée pour savoir ce que c'était qu'une erreur inévitable. La pire qu'elle eût faite était sans doute de coucher avec Jack.

— Nous n'aurons plus une minute de paix.

— Ce sont les joies du monde moderne, dit-elle, s'efforçant de paraître plus détendue qu'elle ne l'était.

— C'est la première fois que le monde moderne entre dans ma tanière… D'habitude, c'est ici que je fuis tout ça.

— Eh bien, maintenant, tu sais ce que le commun des mortels ressent. Nous ne pouvons pas fuir, nous n'avons aucun endroit où nous cacher.

Elle haussa les épaules d'un air qui se voulait décontracté, sans grand succès.

— Il y a toujours l'océan, dit-il avec un pétillement malicieux dans les yeux.

— Je suis sûre que tes ancêtres pirates disaient la même chose.

Elle ne put s'empêcher de sourire. Elle avait du mal à rester sérieuse bien longtemps en présence de Jack. Peut-être était-ce là le problème.

Pourquoi ne pouvait-elle pas simplement lui demander pour quelle raison il était brusquement devenu distant ? Parce qu'il en aurait conclu que leur aventure avait été importante pour elle, et elle ne voulait pas qu'il le sache. Elle préférait passer pour désinvolte.

— Il est trop tôt dans la journée pour prendre un petit verre de vodka, j'imagine…

Elle fit la grimace en entendant un bruit de raclement dans la pièce d'à côté.

— Pas si tu es assez audacieuse pour boire à l'antenne.

Elle soupira.

— Je ne suis plus aussi audacieuse qu'autrefois. Il y a cinq ans, je n'aurais pas hésité ! Je deviens peut-être plus sage, avec l'âge.

— Méfie-toi, cela risque de devenir ennuyeux.

— Je suis peut-être déjà ennuyeuse.

— Tu ne seras jamais ennuyeuse, Vicki Saint Cyr.

Alors pourquoi est-ce que tu n'as plus envie de moi ?

La porte s'ouvrit brusquement.

— Nous sommes prêts à reprendre, si vous voulez bien venir nous parler de ce que vous avez trouvé…

— Bien sûr.

Elle s'étira.

— Eh bien ! La vodka attendra. Dieu sait que j'ai fait des choses bien plus folles sans avoir bu une goutte d'alcool…

Il rit, mais elle perçut dans ses yeux une étrange lueur. Elle aurait juré qu'il la considérait avec tendresse. Pourtant, c'était impossible ; les pirates n'étaient pas tendres, et Jack Drummond était loin d'être sentimental.

La nuit était tombée depuis longtemps quand l'équipe de WGX s'en alla enfin. Jack semblait nerveux. Vicki ne l'avait jamais vu comme cela. Ses épaules étaient crispées, ses sourcils, froncés.

Leurs visiteurs avaient mis du désordre dans le matériel et

les containers qu'elle avait soigneusement rangés, mais elle n'avait pas l'énergie de tout réorganiser pour l'instant.

Elle s'était servi un verre de chablis, et le sirotait en admirant l'océan éclairé par la lune, debout dans l'embrasure de la porte-fenêtre. La paix avait été rétablie, du moins, au-dehors.

— Quand diffuseront-ils le reportage ?

— Ce soir, j'imagine. Je ne sais même pas à quelle heure passe le journal télévisé.

— Ah oui, c'est vrai, tu ne veux pas laisser le monde extérieur envahir ton sanctuaire !

— Je ne regarde pas souvent la télévision. Je parie que toi non plus.

Il s'approcha d'elle, mais pas assez pour la toucher.

— Je ne crois pas que nous puissions rester assis assez longtemps pour regarder une émission en entier.

Elle frissonna de le sentir si près et si loin à la fois. Pourquoi ne pouvait-il pas poser ses mains sur elle ? *Bon sang !*

Le vin ne l'aidait pas, il ne faisait qu'accentuer la langueur de l'air du soir et lever ses inhibitions. Elle mourait d'envie d'un baiser voluptueux. Elle s'entoura de ses bras.

— Tu as froid ?

— Non. Nous devrions peut-être regarder les informations pour voir comment ils ont traité le sujet.

Au moins, s'ils diffusaient le reportage le jour même, ils n'auraient pas le temps de fouiner dans son passé.

Elle ne pouvait plus supporter de rester immobile, si près de lui.

— Oui, répondit-il.

Il ne bougea pas. Il lui bloquait le passage. Elle avait l'impression de sentir la chaleur qui émanait de son corps, mais peut-être n'était-ce que le fruit de son imagination enfiévrée.

— Vicki…

Sa voix était étrangement hésitante.

— Oui, c'est moi.

Elle regretta instantanément sa réponse narquoise. Comment un homme aurait-il pu être sentimental avec elle alors qu'elle était un vrai oursin ?

— Oui, c'est bien toi, dit-il avec douceur.

Là-dessus, il tourna les talons et rentra, la laissant seule dans la pénombre. Elle ne saurait jamais ce qu'il avait eu l'intention de lui dire.

Tant pis pour moi ! C'est ma faute.

Il n'y avait rien d'étonnant à ce que Leo Parker soit le seul homme à la poursuivre de ses assiduités. Il fallait vraiment être fou ou stupide pour vouloir à tout prix quelqu'un d'aussi difficile qu'elle. Autrefois, elle pensait que Jack était un peu fou, mais finalement il était merveilleusement sain. Leo, quant à lui, était bête et arrogant, et c'était sans doute le genre d'homme qu'elle méritait.

Elle s'écarta du chambranle de la porte et rentra à son tour.

— Tout va bien, Vicki ? Tu as l'air bizarre…

L'émotion lui serrait la gorge.

— Ça va. La journée a été longue, c'est tout.

— Tu peux aller te coucher si tu veux, je te raconterai ce qu'ils ont dit au journal.

Elle pouvait aller se coucher et dormir seule. Elle se sentit encore plus abattue à cette pensée.

Quand elle avait décidé de venir ici chercher la coupe, elle avait envisagé plusieurs scénarios. Dans la plupart, Jack essayait de l'attirer dans son lit, dans certains, elle lui résistait, mais elle n'avait jamais imaginé que ce serait lui qui la tiendrait à distance.

— Non, merci… Je vais rester encore un peu.

Toute la nuit s'il le faut. Si le morceau de coupe était dans l'un des containers, elle le trouverait. Sinon, elle partirait sans.

Elle devait partir, ou elle perdrait la tête. Elle faisait bonne figure depuis bien trop longtemps. La promesse d'un avenir meilleur et son assurance naturelle l'avaient aidée à tenir jusque-là, mais si elle restait ici elle finirait par s'essouffler.

Elle referma la porte-fenêtre de la terrasse et suivit Jack dans le salon, où un canapé en angle permettait de s'installer confortablement devant l'immense écran plat. Un jour, il regarderait probablement un film avec sa femme et leurs enfants dans ce canapé, en savourant des gambas grillées, ou quelque chose de tout aussi raffiné et exotique.

Pendant ce temps, elle serait penchée sur un quelconque objet du XVIIIe siècle, une loupe à la main. C'était exactement ce qu'elle avait envie de faire.

Il s'assit sur le canapé de cuir, mais elle resta debout, près de la porte, prête à s'échapper. Il zappa plusieurs fois et s'arrêta sur la chaîne locale. Le journal avait déjà commencé.

— Nous l'avons peut-être raté…

Elle s'en moquait. Tout ce qu'elle voulait, maintenant, c'était retrouver la coupe.

— Ce sera sûrement en fin de journal, ce n'est pas le scoop de la journée et le reportage ne dure que cinq minutes.

Elle croisa de nouveau les bras sur la poitrine instinctivement puis, s'apercevant de son geste, laissa retomber ses bras le long de son corps.

Elle servit deux verres de vin pour s'occuper les mains, mais ne toucha pas au sien, se méfiant des effets de l'alcool dans son état. Elle était déjà bouleversée, comme elle ne l'avait encore jamais été, et boire ne l'aiderait pas à se calmer.

— Ça y est ! s'écria-t-il en se penchant en avant.

Son bateau apparut à l'écran, et une voix off commença à raconter leur découverte.

— Le célèbre chasseur de trésors Jack Drummond a fait une nouvelle découverte palpitante : celle d'une épave vieille de trois cents ans non loin de nos côtes. Le plus extraordinaire est que le bateau pirate appartenait à son ancêtre, Macassar Drummond.

La journaliste évoqua l'histoire de la région, expliquant que la Côte des Trésors devait son surnom aux nombreux navires qui sillonnaient la mer et venaient s'échouer sur les rivages bordés de palmiers à cause des violentes tempêtes.

Elle sursauta en se voyant apparaître à l'écran. Elle paraissait tellement professionnelle, moins glamour qu'elle ne l'avait imaginé, même dans la tenue qu'elle avait choisie pour l'occasion. A côté de Jack, qui avait le charisme d'un acteur hollywoodien, elle semblait petite, plutôt sage, et elle parlait avec trop de sérieux. C'était un miracle qu'on ne l'ait pas coupée au montage.

On vit ensuite des images plus attrayantes de Jack sur le pont de son bateau, cheveux au vent, le soleil tombant sur sa peau bronzée. Il était l'incarnation du pirate tel qu'on l'imaginait.

— Eh bien, ce n'était pas mal, dit-il, rayonnant, à la fin du reportage. J'ai l'air plutôt professionnel pour un descendant de pirates notoires !

— Cela attirera quand même la concurrence et les profiteurs.

— On ne peut pas le leur reprocher. Qui n'aurait pas envie de prendre une part d'un butin comme celui-là ? Maintenant que nous avons dégagé toute l'épave, des petits objets de toutes sortes vont être rejetés sur les plages au gré des marées…

Il eut un grand sourire. De toute évidence, cela ne le dérangeait pas le moins du monde de partager le trésor avec des étrangers. Il était plus gentil et plus généreux qu'elle. Ce n'était pas étonnant qu'il ne veuille pas d'elle.

— Je vais retourner fouiller dans les containers.

— Tu cherches encore cette satanée coupe ?

Sa voix était empreinte d'humour.

— Tu me remercieras quand je l'aurai trouvée et que tu vivras heureux grâce à moi.

— Je n'y compte pas trop. Bon ! Je vais me coucher. On se lève tôt demain, on a encore beaucoup à faire.

— D'accord. A demain.

Elle avait déjà quitté la pièce et remontait le couloir. Elle n'allait pas attendre qu'il lui dise de nouveau poliment qu'il valait mieux qu'ils dorment chacun dans leur chambre.

Dans le salon, elle alluma l'ordinateur et examina méthodiquement les images de tous les objets, dans l'espoir de trouver quelque chose qui aurait la forme d'un calice ou d'une base de coupe.

Une forme ovale retint son attention. Cela méritait qu'elle s'y arrêtât. Elle chercha le container portant le même numéro que l'image, puis en sortit la concrétion. Elle était massive et très lourde. Elle la posa sur des serviettes par terre et, à l'aide de burins de plus en plus petits, elle dégagea le corail et les coquillages qui enserraient le mystérieux objet dans leur étreinte pétrifiante.

A mesure qu'elle progressait dans son travail, son cœur battait de plus en plus vite. Elle avait un bon pressentiment, et son instinct la trompait rarement. Ses amis la taquinaient souvent en lui disant qu'elle était capable de différencier une œuvre d'art d'un faux grâce à ses cheveux qui se dressaient sur sa nuque quand elle faisait une vraie découverte, et c'était exactement ce qui se passait à cet instant précis.

Si l'histoire de Katherine Drummond était vraie, elle était peut-être sur le point de trouver la deuxième pièce de la coupe.

C'était bien du métal. Elle fit attention de ne pas griffer la surface. La dernière couche de sédiments tomba facilement, révélant le bord d'une coupe. Elle se mordit la lèvre inférieure, craignant de prendre ses désirs pour des réalités.

Enfin, elle aperçut un motif délicatement gravé, presque parfaitement intact, exactement semblable à celui qui se trouvait sur le pied de la coupe, chez Sinclair Drummond.

Je l'ai trouvé ! Un sentiment d'euphorie, mêlé d'une tristesse importune, l'envahit. Maintenant, elle pouvait s'en aller. Elle ne reverrait probablement plus jamais Jack Drummond.

Quel soulagement ! Alors pourquoi se sentait-elle si mal ?

- 10 -

Le calice était lourd et large comme une main d'homme. Vicki l'enveloppa dans une serviette pour le protéger, mais aussi pour le cacher, sans vraiment savoir pourquoi.

Elle passa la serpillière sur le sol mouillé, puis emporta son trophée dans sa chambre. Elle avait l'intention de partir sans prévenir Jack. Le lendemain matin, elle prétendrait être fatiguée et le laisserait partir tout seul, puis elle appellerait un bateau-taxi et rejoindrait la civilisation. Il ne s'apercevrait de rien avant de rentrer le soir. A ce moment-là, elle serait déjà aux côtés de Katherine Drummond et aurait touché sa récompense. Elle enverrait sa part à Jack une fois rentrée à New York.

Elle remonta le couloir, le plus discrètement possible pour ne pas le réveiller. Elle ne voulait pas le revoir. Elle était blessée et humiliée d'avoir encore des sentiments pour lui alors qu'il l'avait rejetée pour la deuxième fois. Etrangement, les nuits qu'elle avait passées seule n'avaient pas atténué son désir, au contraire.

Elle ouvrit la porte de sa chambre sans faire de bruit. Les gonds avaient tendance à grincer et il dormait dans la chambre voisine. Elle alluma la lumière mais, éblouie, l'éteignit aussitôt. Cherchant à tâtons son sac de voyage, elle y enfouit le calice, qu'elle glissa dans son pyjama de flanelle.

Elle se déshabilla et se dirigea vers le lit, trop découragée pour se démaquiller. Ce ne fut que lorsqu'elle se glissa sous les couvertures qu'elle s'aperçut que Jack était dans le lit.

Jack sourit dans le noir quand Vicki y grimpa. Elle l'avait réveillé en allumant brièvement la lumière, et il s'était demandé comment elle réagirait à sa présence. L'espace d'un instant, elle sembla hésiter, mais elle finit par s'allonger à ses côtés. Il mourait d'envie de la toucher, de glisser ses doigts dans ses cheveux ou de poser sa main sur sa taille, mais il se retint.

Elle avait été particulièrement silencieuse toute la journée. Il ne l'avait jamais vue comme cela. Etait-ce pour cela qu'il était là, après l'avoir évitée pendant deux jours pour ne pas lui donner de faux espoirs ?

De faux espoirs ? Comment pouvait-il être aussi arrogant ? Rien n'indiquait qu'elle était vraiment attachée à lui, à part les quelques mots qu'elle avait prononcés dans son sommeil, et encore : ce n'était peut-être même pas à lui qu'elle parlait, il pouvait s'agir d'un autre Jack ! Cette idée le perturba.

Quoi qu'il en soit, il l'avait trouvée abattue et s'était dit que ses étreintes étaient le remède idéal. Son raisonnement lui semblait maintenant très prétentieux, et stupide. Si elle se languissait de lui, le fait de coucher avec elle ne ferait-il pas qu'empirer les choses ?

Il inspira profondément. Tout cela était bien trop déroutant.

Il tendit timidement une main vers elle et la posa sur sa cuisse. Elle ne le repoussa pas. Il l'entendit retenir son souffle et sa propre respiration s'accéléra quand il enfouit son visage dans ses cheveux, s'imprégnant de son parfum grisant.

Oh ! Vicki !

Elle ne bougeait pas, mais il percevait son trouble. Elle était en droit de se faire désirer étant donné la façon dont il s'était comporté les deux derniers jours.

Il referma une main sur son sein et sentit que son cœur battait la chamade, puis il déposa un baiser sur sa joue. Elle se tourna vers lui presque imperceptiblement, et il l'embrassa de nouveau, sur les lèvres cette fois-ci. Aussitôt, elle roula sur le côté et lui passa les bras autour du cou, lui rendant son baiser avec fougue.

Je t'aime… Je t'ai toujours aimé, Jack. Les paroles de Vicki résonnaient dans sa tête. Ces deux phrases, prononcées à six

ans d'intervalle, l'avaient d'abord effrayé, mais elles ne lui faisaient plus peur. Loin d'atténuer son désir, elles l'intensifiaient.

Je t'aime aussi, Vicki. Il ne prononça pas ces mots, mais les répéta plusieurs fois intérieurement. Une étrange sensation de légèreté l'envahit. Il se sentait bien, dans ses bras. Ce pur plaisir physique lui était familier, mais ce n'était pas tout ce qu'elle lui apportait. Avec elle, il était submergé d'émotions.

Leur baiser se fit plus profond, leurs caresses devinrent plus fébriles. Quand il lui fut impossible de se maîtriser plus longtemps, il la pénétra. Elle poussa un petit gémissement de plaisir et se cambra pour l'accueillir plus profondément en elle.

Au cours des deux derniers jours, il avait résisté constamment à l'envie dévorante de se perdre en elle. Il avait eu de quoi s'occuper l'esprit, mais avait pensé à elle à chaque instant. Dormir seul dans la chambre d'amis l'avait pour ainsi dire rendu fou. Il lui avait été cruel de savoir que Vicki était dans la pièce voisine, qu'elle le désirait comme il la désirait, mais qu'il était trop froussard pour la rejoindre.

Prenant pleinement conscience du ridicule de son comportement, il se mit à rire.

— Pourquoi ris-tu ? demanda-t-elle dans un souffle.

— Parce que j'ai vraiment été stupide de dormir seul alors que j'aurais pu être dans tes bras !

— Je suis bien d'accord, lui murmura-t-elle à l'oreille, mais tu ne brilles pas par ton intelligence, c'est bien connu… Tu es plutôt un homme d'action.

— C'est vrai !

Il bougea lentement en elle, changea de position plusieurs fois, se laissant guider par les gémissements de Vicki qui, comme lui, semblait éprouver un plaisir d'une extrême intensité.

Prononcerait-elle de nouveau les mots tant redoutés ? A cet instant précis, il les aurait entendus avec bonheur. Il ne pouvait le nier plus longtemps : elle et lui étaient faits l'un pour l'autre. Même au cours des années pendant lesquelles ils ne s'étaient pas vus, un lien mystérieux les avait unis l'un à l'autre. Le destin avait fini par les réunir.

— J'espère que tu ne trouveras jamais cette coupe, murmura-t-il entre deux baisers passionnés.

C'était la quête de la coupe qui l'avait ramenée dans sa vie, et elle risquait de disparaître de nouveau si elle la retrouvait. Il ne pouvait envisager cette éventualité.

Il lui mordilla le lobe de l'oreille, sachant que cela la rendait toujours folle. Elle gémit et se trémoussa en dessous de lui. Ils roulèrent sur le côté pour qu'elle puisse s'asseoir à califourchon sur lui, puis ils continuèrent à bouger au même rythme langoureux et, bientôt, jouirent ensemble.

Vicki, Vicki, Vicki! Pourrait-il vivre sans elle ? Sûrement pas.

Vicki entendit Jack se lever, mais se garda bien d'ouvrir les yeux. Il faisait encore nuit, mais elle savait qu'il avait l'intention d'aller sur le lieu des fouilles avant l'aube pour arriver avant d'éventuels concurrents ayant vu le journal télévisé la veille au soir.

Elle retint son souffle en l'entendant hésiter. Se demandait-il s'il devait s'en aller furtivement ou la réveiller ?

— Viendras-tu sur le bateau aujourd'hui, Vicki ?

Voilà qui répondait au moins à une question. Elle fit semblant de s'éveiller mais garda les paupières closes et prit une voix endormie.

— Je suis trop fatiguée…

— Dors bien, beauté.

Elle faillit ouvrir les yeux quand il lui déposa un baiser sur les lèvres, et poussa un profond soupir de soulagement quand il referma enfin la porte derrière lui.

Les pensées se bousculèrent dans sa tête. Fallait-il vraiment que Jack vienne dormir avec elle juste parce qu'il le pouvait ? Elle aurait eu de bonnes raisons de lui battre froid, mais apparemment elle était incapable de lui résister. C'était vraiment humiliant. Heureusement, elle avait retrouvé le calice et pouvait enfin s'en aller, avec le peu de dignité qui lui restait.

Un sentiment d'excitation l'envahit malgré tout en pensant au calice. Elle avait hâte de l'apporter à Katherine, et pas

raisiniers, la végétation luxuriante qui mettait la demeure ancestrale des Drummond à l'abri des regards indiscrets. Quel endroit magique !

La première fois que Jack lui avait brisé le cœur, elle s'en était plus ou moins remise. Elle n'aurait sans doute pas cette chance cette fois-ci, mais tant pis. Son cœur n'était plus qu'une coquille vide, de toute façon.

De retour à New York, elle se réfugia chez son amie Zara. Elle pourrait rester là quelques jours, pour se chercher un nouvel appartement, mais le loft de Zara était entièrement ouvert, et le manque d'intimité deviendrait vite gênant.

Elle ne voulait pas non plus abuser de l'hospitalité de Sinclair et de sa fiancée. Elle aimait bien Annie, qui était pragmatique et lui était tout de suite apparue comme la femme idéale pour Sinclair, mais pour une raison obscure ses sentiments n'étaient pas réciproques.

Elle soupira.

Par ailleurs, cela promettait d'être délicat de demander à Katherine, qu'elle connaissait depuis toujours, la récompense promise. Elle prétendrait avoir l'intention de tout donner à son œuvre caritative préférée, sans préciser qu'il s'agissait d'elle-même.

Elle se décida enfin à téléphoner à Katherine.

— Vicki ! Je me demandais quand tu appellerais. D'après ce que j'ai vu à la télévision, tu n'as eu aucun mal à trouver Jack.

— Les Drummond ne sont jamais très difficiles à trouver, ils vivent toujours dans leur maison de famille depuis trois cents ans.

Katherine rit.

— C'est vrai ! Alors, comme ça, tu as trouvé le calice dans l'épave de Macassar Drummond ?

— C'est une longue histoire.

Katherine l'invita à les rejoindre à Long Island dès le lendemain. Vicki aurait été honteuse d'admettre que les vingt mille dollars étaient sa principale motivation. Elle attendrait peut-être un peu avant d'envoyer sa part à Jack. Avec les millions qu'il avait déjà, il pouvait bien attendre un mois ou deux.

Elle prit le train pour Long Island, renonçant à louer une voiture par souci d'économie. Elle ne fut pas surprise de voir qu'Annie l'attendait à la gare, et la salua d'un geste amical.

— Je vois que vous êtes toujours la personne la plus serviable à Dog Harbor !

Comme chaque fois qu'elle lui parlait, Annie se raidit. Elle essaya de lui prendre son sac de voyage pour le mettre dans le coffre, mais Vicki l'en empêcha.

— Je m'en occupe ! Vous n'êtes plus gouvernante, Annie !

— Avez-vous fait bon voyage ? demanda Annie d'un ton un peu guindé.

— Oui, répondit-elle en s'asseyant côté passager. Annie, puis-je vous demander d'être tout à fait franche ?

— Oui…

Annie n'avait pas l'air enthousiaste.

— Je vois bien que vous ne m'aimez pas beaucoup, et je me demande pourquoi.

Annie, qui avait commencé à sortir de sa place de parking, s'arrêta et la regarda d'un air affligé.

— Eh bien, je ne sais jamais ce que vous allez dire, et quand vous dites bel et bien quelque chose, je suis prise au dépourvu. En toute honnêteté, vous me faites un petit peu peur.

Annie avait prononcé ces aveux précipitamment, sans reprendre son souffle. Soudain, elle s'aperçut qu'elle bloquait le passage aux autres voitures, et redémarra en hâte.

Vicki prit une profonde inspiration.

— Oh… Je suis désolée.

Les paroles d'Annie la faisaient réfléchir. Elle avait tendance à ne pas trop s'inquiéter de ce que pensaient les gens. Souvent, quand elle déplaisait à quelqu'un, elle ne s'en apercevait pas à moins que quelqu'un d'autre le lui fasse remarquer et, même dans ce cas-là, elle ne s'en souciait pas réellement.

Pourtant, pour une raison ou pour une autre, elle avait envie d'être appréciée d'Annie, et cela lui faisait de la peine de voir que ce n'était pas le cas.

— Et puis, à vrai dire, reprit Annie, les sourcils légèrement froncés, c'était éprouvant d'être la gouvernante, d'être aux petits soins de tout le monde et polie en toutes circonstances, que je le veuille ou non.

— Et maintenant vous pouvez être malpolie, si vous en avez envie…

Annie éclata de rire.

— Je ne crois pas en être capable ! Je dois être trop refoulée, ou quelque chose comme ça. Vous et moi sommes le contraire l'une de l'autre.

— C'est précisément pour cette raison que je n'aurais jamais pu être avec Sinclair, bien qu'il soit adorable, et que vous êtes la femme de sa vie. J'ai deviné que vous étiez faits l'un pour l'autre dès que je vous ai vus ensemble.

— Comment ? demanda Annie, avec une curiosité évidente. Personnellement, je ne pensais pas que nous étions faits l'un pour l'autre. Je crois qu'il n'y aurait jamais rien eu entre nous si vous ne nous aviez pas poussés dans les bras l'un de l'autre.

Vicki la regarda du coin de l'œil.

— Je ne suis pas tombée de la dernière pluie… Il s'était déjà passé quelque chose entre vous.

Annie se mordilla la lèvre.

— Quelque chose de… totalement inattendu, quelque chose d'insensé et de tout à fait déplacé !

— Qui s'est transformé en une chose merveilleuse, parfaite et dont tout le monde se réjouit.

Annie la regarda en souriant.

— Grâce à vous… Je crois que je vous aime bien, en fin de compte, et qu'il serait temps peut-être que nous nous tutoyions.

— Je ne suis même pas sûre de m'aimer moi-même… Nous finirons peut-être toutes les deux par nous habituer à moi.

*
* *

Tous les regards étaient tournés vers l'objet que Vicki avait sorti de son sac. Katherine eut les larmes aux yeux en voyant le calice. Elle était assise à la table de la salle à manger. Sinclair se tenait debout près d'elle, un bras autour des épaules d'Annie, sa fiancée.

Terni et encore partiellement couvert d'un dépôt, le calice n'était pas si impressionnant. Elle se demanda soudain si c'était le bon. Les pièces de la coupe ne s'emboîteraient peut-être pas, et elle s'apercevrait qu'elle avait perdu son temps.

— Vicki, ma chérie, je n'arrive pas à croire que tu te sois donné tant de mal pour le trouver ! s'écria Katherine, émue.

— Tout le mérite revient à Jack.

— Comment as-tu fait pour le convaincre de se mettre à sa recherche ? Je n'ai même pas réussi à lui donner envie de me rappeler !

— J'ai simplement fait appel à son instinct de chasseur de trésors. Ce n'était pas si difficile. Ne devrions-nous pas vérifier qu'il s'emboîte bien sur le pied ?

Katherine prit le pied, d'apparence très quelconque, posé dans une boîte garnie de tissu sur la table. Elle suspendit son geste et la regarda.

— Je sais que nous devons encore trouver la troisième pièce, mais j'ai le sentiment de vivre un moment historique.

Vicki retint son souffle. Katherine serait tellement déçue si ce n'était pas le bon calice. Elle espérait de tout cœur mettre un terme aux tragédies familiales et aux unions malheureuses, grâce à cette relique du passé.

Elle tendit le calice à Katherine, qui y ajusta le pied. Les restes de sable firent crisser le métal. Elle regretta de ne pas l'avoir mieux nettoyé, mais elle avait agi dans la précipitation.

— Ça marche !

Katherine leva vers elle des yeux brillants de plaisir. Elle souleva la coupe solennellement.

— Regarde, Sinclair ! La malédiction va prendre fin… Cela a déjà commencé.

— Pas mal…

Vicki eut envie de rire. Sinclair n'était pas du genre à s'extasier sur une antiquité, et Annie et lui étaient trop heureux et trop accaparés par leurs projets pour se soucier des conséquences d'une vieille malédiction sur leur avenir.

Katherine tourna la coupe dans sa main pour faire jouer la lumière sur sa surface.

— Je me demande si tu es censé boire dedans…

— Je crois que vous devriez attendre d'avoir la troisième pièce. Avez-vous réussi à contacter les Drummond qui vivent en Ecosse ?

Katherine secoua la tête.

— Non ! C'est très contrariant. Cela dit, je ne peux pas en vouloir à James Drummond : apparemment, il est à Singapour, alors je ne suis même pas sûre qu'il ait eu mes messages. Je suppose que tu n'as pas envie d'aller en Ecosse pour trouver la troisième pièce, Vicki ?

Elle s'immobilisa.

— Non, il faut vraiment que je retourne à New York…

Elle n'avait pas besoin de rencontrer un autre Drummond beau et ténébreux, d'une élégance nonchalante. Cela ne lui aurait rien apporté de bon.

— Vous pourriez peut-être y aller, vous ?

— Mon médecin m'a interdit de voyager trop loin. Je suis encore un peu faible, ce ne serait pas raisonnable…

Elle leva les yeux au ciel.

— Je vais devoir continuer à écrire et à téléphoner à James Drummond ! Je finirai bien par réussir à le contacter, un jour ou l'autre.

Elle admira de nouveau la coupe.

— Je suis sûre que nous trouverons la troisième pièce. Regarde comme Sinclair est heureux !

Katherine sourit tendrement à son fils. Effectivement, Sinclair rayonnait de bonheur. Elle sentit son cœur se serrer.

— Vous trouverez la base de la coupe, je n'en doute pas. Malheureusement, je suis obligée de vous quitter… Je voulais vous apporter le calice le plus vite possible, mais cela fait déjà quelques semaines que j'ai laissé mon travail de côté, et j'ai beaucoup à faire.

Elle espérait ne pas avoir à rappeler à Katherine qu'elle avait promis une récompense. Elle avait réussi à cacher sa situation financière pendant tout ce temps, mais cette fois elle était vraiment acculée. Elle n'avait plus d'argent sur son compte, et avait besoin de liquidités pour se lancer à New York.

— Quel dommage que ce soit des gens qui ont déjà de l'argent qui reçoivent la récompense que tu m'as convaincue d'offrir ! dit Katherine en riant. Enfin, Jack et toi pourrez toujours en donner une partie à une œuvre caritative, j'imagine.

Vicki se força à rire.

— Bien sûr ! Il y a des bonnes causes qui me tiennent à cœur…

Comme manger et mettre un toit sur ma tête, par exemple.

— … et Jack aussi, j'en suis sûre.

— Je vous ai vus à la télévision. Vous feriez un très beau couple !

Elle sentit sa gorge se serrer. Leur aventure était censée être un secret. Les gens devineraient-ils qu'il y avait eu quelque chose entre eux ?

— J'ignorais que le reportage était passé sur les chaînes nationales, répondit-elle d'un ton faussement dégagé. Je pensais que cette histoire n'intéresserait pas grand-monde.

— C'est l'une des plus grandes découvertes du siècle ! C'est agréable d'entendre parler des Drummond en bien, pour changer. D'habitude, on ne voit notre nom dans les journaux que quand il y a un accident d'avion ou un naufrage. Jack est vraiment très séduisant ! Tu ne trouves pas qu'il est beau ?

Elle était sur des charbons ardents, gênée par la question et obnubilée par le chèque que Katherine devait lui faire.

— Si, sûrement… Il est assez arrogant, mais il a des raisons de l'être, j'imagine.

— Effectivement. Il va peut-être trouver l'amour, maintenant que tu as trouvé le calice, dit Katherine avec un sourire ému. Enfin ! Tu es pressée, et je te retiens… Je vais te donner ton chèque.

*
* *

Vicki sous-loua un studio sur Sutton Place, ne choisissant l'endroit que parce que le quartier était connu pour être chic. En réalité, même si l'immeuble donnait sur l'East River, son minuscule appartement, au premier étage, donnait sur la rue de l'autre côté. Cependant, l'adresse prestigieuse ferait bonne impression sur ses clients potentiels, et elle pouvait à tout moment boire un café au bord de l'eau, en regardant Roosevelt Island.

Signer un chèque de dix mille dollars et l'envoyer à Jack Drummond ne fut pas particulièrement agréable. Elle avait espéré pouvoir tourner la page après l'avoir posté et laisser derrière elle cet épisode malheureux, mais ce ne fut pas le cas : voyant qu'il n'encaissait pas le chèque, elle se mit à vérifier son solde bancaire de façon quasi obsessionnelle.

Le chèque s'était-il égaré ? Jack était-il trop occupé pour aller à la banque le déposer ? Avait-il deviné qu'elle avait besoin d'argent et la prenait-il en pitié ?

Les questions se bousculaient dans sa tête. Elle avait du mal à se concentrer sur son travail.

Elle avait rencontré ses deux premiers clients par l'intermédiaire d'un architecte d'intérieur, lors d'une réception. Le premier était un grand chausseur brésilien, qui venait de s'installer sur Park Avenue et avait besoin d'œuvres d'art pour décorer son nouvel appartement. C'était urgent, car il fiançait sa fille et organisait une grande soirée. Le second était directeur artistique dans le secteur de la publicité. Il avait hérité de plusieurs millions, s'était acheté un loft dans Manhattan, et voulait le remplir de tableaux contemporains.

Elle était bien occupée. Elle devait appeler ses contacts et assister à toutes les ventes aux enchères pour repérer peintures et sculptures. D'ici la fin de l'année, elle aurait retrouvé une stabilité financière.

La vie était belle. Pourtant, rien ne comblait le vide intérieur qu'elle éprouvait. Bien peu de choses l'enthousiasmaient. La triste vérité était que Jack lui manquait terriblement. Elle se languissait de lui, et la perspective de n'avoir jamais de relation durable la déprimait profondément.

Près d'un mois s'était écoulé depuis son retour. Aurait-elle dû l'appeler pour voir si le chèque avait été perdu ? Chaque fois qu'elle décrochait le téléphone pour le faire, son cœur battait si fort qu'elle craignait de ne pas réussir à parler normalement, et raccrochait aussitôt. Parfois, quand le téléphone sonnait, elle sursautait en pensant que c'était Jack qui l'appelait pour lui reprocher d'être partie sans même lui montrer le calice, mais apparemment il s'en moquait.

Soudain, un soir, le téléphone sonna alors qu'elle consultait la liste des biens d'une vente aux enchères.

C'était Jack. Cette fois, elle en était sûre.

— Allô ?

Elle regretta aussitôt son ton plein d'espoir.

Une voix d'homme s'éleva dans le combiné, mais ce n'était pas celle de Jack.

— Bonsoir, Vicki, c'est Leo.

Son cœur sombra. Elle aurait voulu lui raccrocher au nez, mais il avait trop de relations pour qu'elle pût se le permettre.

— Bonsoir, répondit-elle d'un ton plat, pour ne pas l'encourager.

— Pour quand est prévu le mariage ?

— Quel mariage ?

Elle se frappa le front, se souvenant quelques secondes trop tard de ses prétendues fiançailles.

— Tu n'es plus avec Jack Drummond, si ?

Sa voix avait une intention caustique qu'elle ne lui connaissait pas. Il avait dû voir le reportage et comprendre qu'elle lui avait menti.

— Non… Non, nous nous sommes séparés.

Nous n'avons jamais été ensemble.

— J'ai un autre appel, je peux te rappeler plus tard ?

— Tu ne me rappelleras pas, tu ne me rappelles jamais.

Tu devrais peut-être en tirer les conclusions qui s'imposent.

— Pourquoi m'as-tu appelée ?

Autant en finir tout de suite. Elle risquait de le croiser tôt ou tard, puisqu'ils évoluaient dans les mêmes cercles, et il valait mieux une conversation pénible maintenant qu'une scène embarrassante en public.

— Je suis désolé que cela n'ait pas marché avec Jack Drummond, mais puisque tu es de nouveau célibataire nous pourrions aller voir *La Traviata* ensemble et dîner chez Per Se.

Il était vraiment inquiétant.

— Je suis encore amoureuse de Jack, dit-elle, surprise, s'apercevant elle-même de la véracité de ses paroles.

— C'est un mufle.

— C'est un homme merveilleux.

Elle avait peine à croire qu'elle avait une telle conversation avec Leo.

— Alors pourquoi l'as-tu quitté ?

— Je ne l'ai pas quitté, c'est lui qui m'a quittée.

Heureusement, c'était un mensonge : elle avait pris les devants pour ne pas être délaissée une seconde fois. Hélas, cela avait eu l'effet inverse à celui qu'elle avait escompté, car maintenant elle se demandait ce qui aurait pu se passer si elle était restée à ses côtés.

— Ecoute, Vicki, j'ai été très patient avec toi, mais je commence à en avoir assez. Je veux t'inviter au restaurant, et tu viendras.

— Non.

— N'oublie pas que je suis au courant des problèmes financiers de ta famille. Aimerais-tu que j'en parle à des journalistes ?

— Fais ce que tu veux, dit-elle avant de raccrocher.

Elle poussa un profond soupir. *Fais ce que tu veux, Leo Parker.*

Elle ne pouvait vivre dans la peur de ses menaces. Elle était douée pour son travail, peu importait sa situation actuelle. Les gens la prendraient comme elle était.

Le scandale éclata dans le courant de la semaine suivante, dans la rubrique des échos des journaux, sur différents blogs. Cela inspira à certains journalistes des articles sur les privilèges et la cupidité. Les conséquences furent désastreuses. Ses deux clients l'abandonnèrent, lui laissant le soin de payer trois œuvres d'art qu'elle avait achetées en leur nom. Elle resta cloîtrée chez elle, dans son studio sur Sutton Place, pour soigner ses blessures et attendre que l'agitation retombe.

Compatissante, Annie l'avait appelée pour lui remonter le moral après avoir lu un article à son sujet dans le *Huffington Post*.

— Tout le monde aura tout oublié d'ici un mois. L'intérêt des journalistes pour ce genre d'histoires retombe dès qu'ils ont un autre scoop.

— Je ne peux pas vraiment dire que je sois surprise de leur réaction, c'est parce que je m'y attendais que j'ai caché ma situation pendant si longtemps. La pauvreté terrifie les riches.

Annie éclata de rire.

— Tu n'es tout de même pas indigente !

— C'est ce que tu crois…

C'était un soulagement d'être enfin honnête.

— Je suis douée pour sauver les apparences, c'est tout. Cela fait presque un an que je vis au jour le jour. Pourquoi crois-tu que j'ai passé tant de temps chez Sinclair, cet été ?

— Je pensais que tu appréciais notre compagnie ! J'aurais dû me douter que ce n'était pas une raison suffisante, dit Annie d'un ton pince-sans-rire. Alors, que vas-tu faire ?

— Je survivrai ! Je vais peut-être aller en Ecosse dans l'espoir de trouver le troisième morceau de la coupe.

— C'est vrai ?

— Non.

Soudain, on tambourina à la porte. Elle sursauta. C'était étrange. D'habitude, le portier l'appelait par l'Interphone pour annoncer tout visiteur.

— Je dois y aller, dit-elle précipitamment, il y a quelqu'un.

Elle dit au revoir à Annie et raccrocha avec un sentiment d'inquiétude. Pouvait-il s'agir de Leo Parker ? De toute évidence, il était vindicatif et avait l'intention de lui nuire le plus possible.

— Qui est-ce ?

— C'est Jack.

- 11 -

Elle ouvrit la porte et se tint là, sans voix, pendant quelques instants. Elle n'avait jamais imaginé voir Jack Drummond faire irruption chez elle.

— Comment m'as-tu retrouvée ? demanda-t-elle enfin.

— Je suis chasseur de trésors, répondit-il avec un sourire irrésistible. Quand quelque chose vaut la peine d'être trouvé, je le trouve.

Ses yeux pétillaient. Il avait l'air amusé.

— Pourquoi es-tu ici ?

— Premièrement, pour te dire que je ne veux pas un centime de la récompense.

Il entra sans attendre d'y être invité et referma la porte derrière lui.

— Mais, tu... tu...

Elle s'interrompit, ne sachant contre quoi protester d'abord : son refus de partager la récompense ou sa brusque apparition. Sa présence la désorientait.

Il leva une main.

— Ne dis rien. Je sais que tu as besoin d'argent, et tu sais que ce n'est pas mon cas.

Il avait pitié d'elle. C'était encore plus insupportable que d'être repoussée. Elle se sentait profondément humiliée.

— Je vais très bien...

Jouer la comédie paraissait ridicule maintenant que tout le monde était au courant de sa situation, mais c'était pour ainsi dire devenu un réflexe.

— ... et il faut que tu partes.

Pas un muscle ne bougea sous le jean noir délavé ou le T-shirt moulant de Jack. C'était navrant, mais elle avait terriblement envie de se blottir contre son torse puissant. Il lui fallut faire un effort considérable pour se maîtriser.

— Je ne sais pas ce que tu manigances, Jack, mais tu n'as aucune raison d'être ici, et…

— Aucune raison ? Tu t'es enfuie avec un calice ayant appartenu à l'un de mes ancêtres, et je n'ai même pas eu l'occasion de le voir.

Il avait pris un ton sévère, mais une lueur espiègle brillait dans son regard.

— Tu te moques éperdument de ce calice ! De toute façon, je ne l'ai plus, je l'ai donné à Katherine.

Il soupira.

— Je sais. Je viens de lui rendre visite. Les retrouvailles avec cette branche de la famille ont été très touchantes. Sinclair et Annie forment effectivement un joli couple, et j'ai appris que tu avais joué les entremetteuses pour les réunir…

— J'aurai au moins fait une bonne chose cette année.

Pouvait-elle le faire sortir de force ? Elle avait peur de ce qui risquait de se passer si elle posait les mains sur lui. Elle était déjà suffisamment troublée comme cela.

— Tu m'as manqué, Vicki, dit-il sans détour, l'air sérieux, cette fois. J'étais heureux avant tu viennes me rendre visite…

— Et j'ai tout gâché, je sais ! C'est ce que je fais de mieux.

Elle leva les bras au ciel dans un geste d'impuissance. Elle débitait des banalités, elle s'en rendait bien compte, mais elle voulait à tout prix atténuer la tension.

Toutes les émotions qu'elle gardait depuis si longtemps en elle, inexprimées, tous ses espoirs déçus, la submergèrent brusquement. Quand elle avait décidé d'aller voir Jack en Floride, elle s'était sentie nerveuse, et pour cause ! Elle avait cru pouvoir se maîtriser en sa présence, mais elle s'était trompée. Cette fois, il l'avait blessée trop profondément pour qu'elle pût un jour s'en remettre.

— Il faut vraiment que tu partes.

— Je n'irai nulle part. Pourquoi t'es-tu enfuie ?

— Je suis chez moi, il me semble que c'est à moi de décider qui a le droit d'entrer…

Elle croisa les bras, et sentit son cœur marteler sa poitrine.

— … et je ne me suis pas enfuie, je suis partie, tout simplement.

— Sans me prévenir.

— Je voulais éviter une scène.

Elle leva le menton d'un air de défi.

— Et tu pensais que j'en ferais une ?

Son amusement évident l'exaspéra et la découragea à la fois. Elle haussa les épaules.

— J'avais peut-être peur que tu n'en fasses pas, justement. Je n'aurais jamais dû coucher de nouveau avec toi. C'était une grossière erreur.

— Non, dit-il d'une voix douce mais ferme, ce n'était pas une erreur. C'est ce que j'ai pensé, moi aussi, au début… Je me suis senti complètement dépassé, alors j'ai pris de la distance et je suis allé dormir dans la chambre d'amis, ajouta-t-il d'un air penaud. C'est là que j'ai fait une erreur. J'ai été stupide, et je te demande pardon. Je mourais d'envie de dormir à tes côtés.

Elle était bouleversée. Jack Drummond s'excusait ? Quelque chose d'étrange était en train de se passer.

— Alors pourquoi l'as-tu fait ? De dormir dans la chambre d'amis, je veux dire…

Sa curiosité l'emportait sur sa méfiance.

Il hésita un instant avant de répondre.

— Tu as dit quelque chose qui m'a fait peur dans ton sommeil.

— J'ai parlé de vengeance et de couteaux aiguisés ? demanda-t-elle d'un ton railleur.

Cependant, les possibilités se bousculaient dans sa tête, toutes plus embarrassantes les unes que les autres.

Il la regarda droit dans les yeux.

— Tu as dit que tu m'avais toujours aimé.

Elle rougit.

— Tu as dû mal entendre.

Il secoua la tête.

— J'ai très bien entendu. Tu dormais, et je n'étais pas censé t'entendre, dit-il, les sourcils froncés. Tu as dit que tu m'avais toujours aimé, et j'ai pris peur.

— J'imagine ! Quel cauchemar !

Etait-il venu ici pour se moquer d'elle ? Un cuisant sentiment d'humiliation l'envahit.

— Et tu es venu ici dans l'espoir de rire de cette bonne blague avec moi ?

— Non.

Il fit un pas vers elle. Il avait l'air perplexe et contrarié, ce qui ne lui ressemblait pas.

— Je suis venu ici parce que je me suis rendu compte que je… que je…

Il fronça les sourcils.

— … que je t'aime aussi.

Elle en resta bouche bée. Il avait prononcé ces mots lentement, posément, comme s'il était sincère. Ils résonnèrent en elle, mais elle ne parvenait pas à le croire.

— Est-ce que tu te moques de moi parce que je ne t'ai pas dit au revoir gentiment ?

Elle l'observa attentivement, la tête légèrement inclinée sur le côté, s'attendant à ce qu'il éclate de rire à tout moment.

— Je ne suis pas doué pour ça, je manque d'entraînement. Je descends d'une longue lignée de pirates, mon héritage génétique me dicte de te jeter sur mon épaule et de t'emporter en haute mer. Je suis malheureux sans toi, Vicki, et j'aimerais ne pas être malheureux.

Son expression intense la surprenait tellement qu'elle avait presque envie de rire, ne serait-ce que pour détendre l'atmosphère.

Elle ne savait pas quoi dire. Les pensées tourbillonnaient dans son esprit. Jack l'aimait. Il était venu à New York pour la voir. Il voulait repartir avec elle. Etait-ce possible ?

— Je voudrais que tu reviennes avec moi sur l'île. Elle paraît vide, sans toi, et mon bateau aussi.

— Je n'ai pas ma place là-bas.

Elle essayait de s'en convaincre elle-même. Cette maudite île lui avait manqué à chaque instant depuis qu'elle l'avait quittée, tout comme la maison avec son décor de piraterie et le grand lit dans lequel ses ancêtres avaient dormi, sous la carte au trésor.

— Je suis une New-Yorkaise dans l'âme, tu le sais très bien.

Croirait-il à ce mensonge ?

De toute façon, lui ne pouvait pas être sincère. Peut-être avait-il l'impression de l'aimer et d'avoir besoin d'elle, uniquement parce qu'il était stupéfait qu'elle soit partie sans le consulter. Si elle acceptait de repartir avec lui, il se lasserait d'elle une fois que son sentiment de triomphe se serait dissipé.

Il fit un autre pas vers elle.

— Je ne pense pas que tu sois une New-Yorkaise dans l'âme. Je crois que tu aimes l'aventure. Tu es comme un poisson dans l'eau, et je sais que tu as aimé fouiller l'épave et découvrir tous ses trésors.

Elle haussa les épaules avec une désinvolture feinte, mais elle avait du mal à paraître détachée alors même que son cœur martelait sa poitrine.

— Bien sûr, mais je ne dois pas pour autant tout abandonner et te suivre en courant. Je viens juste de monter ma propre affaire.

Inutile de lui avouer qu'elle avait déjà échoué dans ses projets.

— J'ai besoin de retrouver mes marques et de savoir ce que je veux vraiment.

C'était lui qu'elle voulait vraiment, elle le savait très bien. Hélas, elle n'était pas faite pour lui, elle l'avait appris à ses dépens.

Il sembla se crisper. Il n'avait probablement pas l'habitude de ne pas arriver à ses fins.

Il prit ses mains entre les siennes. Une vague d'émotions la submergea et, troublée au plus haut point par ce simple contact, elle prit sur elle pour garder une expression neutre.

— Bon sang ! Je t'aime, Vicki ! Je ne peux pas vivre sans toi… Je voudrais que tu deviennes ma femme.

Elle resta pétrifiée. Il voulait l'épouser ? Elle n'imaginait pas Jack épouser qui que ce fût.

— Tu as perdu la tête ?

— Apparemment, oui, et je ne vois qu'une seule solution pour retrouver la raison…

Tenant toujours ses mains au creux des siennes, il mit un genou à terre.

— Vicki Saint Cyr, veux-tu m'épouser ?

Elle le regarda fixement.

— Je dois être en train de rêver. J'ai des hallucinations… à moins que j'aie un accès de démence.

— Dans ce cas, nous sommes deux, dit-il, les yeux levés vers elle. Dis oui, je t'en prie… Tu sais que nous sommes faits l'un pour l'autre.

C'était de la pure folie. Pourtant, étrangement, l'idée avait un sens. Elle sourit, presque malgré elle.

— Nous sommes les deux seuls à pouvoir nous supporter, admit-elle.

— Je t'aime, Vicki. Je t'ai aimée dès que je t'ai rencontrée, j'étais juste trop lâche pour le reconnaître. Aujourd'hui, je suis plus courageux, plus fort, et je suis venu te déclarer mon amour.

Il serra tendrement ses mains dans les siennes, se releva et plongea ses yeux dans les siens. Elle se sentit soudain faible. Des larmes lui brûlaient les paupières, mais elle s'efforça de les retenir.

— Je t'aime aussi, Jack. Je t'ai toujours aimé, même si je l'ai souvent déploré, et je n'avais certainement pas l'intention de te l'avouer.

Le visage de Jack s'éclaira.

— Je suis heureux que tu l'aies fait, même malgré toi. Cela m'a ouvert les yeux. Nous avons besoin l'un de l'autre… Tu le sais, n'est-ce pas ?

Elle acquiesça d'un hochement de tête, mais sa gorge se serra.

— Oui, mais nous sommes tous les deux très indépendants. C'est pour cette raison que cela n'a jamais marché entre nous, jusque-là.

En réalité, elle avait surtout peur que lui soit trop indépendant pour rester toujours à ses côtés.

— Nous pouvons très bien être indépendants ensemble ! Pourquoi pas ? Si tu veux vivre à New York, je peux passer du temps ici, moi aussi. Je peux très bien faire des allers et retours, en avion ou en bateau, et le week-end nous irons à Madagascar ou au Brésil !

Elle rit. Elle se sentait enfin profondément soulagée.

— C'est tellement insensé que cela paraît réalisable !

Ses mains étaient toujours prisonnières des siennes. Elle mourait d'envie de les libérer pour pouvoir l'étreindre. Comme s'il lisait dans ses pensées, il la relâcha et la prit dans ses bras. Elle se serra contre lui.

— Oh ! Jack ! Nous sommes perdus, n'est-ce pas ?

— Ouais ! Nous allons devoir nous attacher l'un à l'autre comme les survivants d'un naufrage, et espérer nous en sortir…

Elle appuya la joue au creux de son cou, en partie pour échapper à son regard farouche.

— J'aime ton île. C'est un bon point de départ pour partir à l'aventure…

Elle imaginait déjà toutes les merveilleuses possibilités qui s'offriraient à eux.

— … et ce serait l'endroit rêvé pour élever des enfants.

Il y eut un silence assourdissant. Venait-elle réellement de prononcer ces mots ?

— Je n'ai pas l'intention de faire pression sur toi pour que nous ayons des enfants, dit-il avec douceur. Nous prendrons toutes les décisions importantes ensemble.

Elle leva le visage vers lui.

— Nous serons probablement obligés de les scolariser à la maison, pour être plus libres.

Il hocha la tête, les yeux brillants d'émotion.

— Quoi que nous fassions, je sais que ce sera une aventure.

Leurs lèvres se rencontrèrent enfin. Une vague déferlante s'abattit sur elle, de soulagement mêlé de désir. A en juger par le gémissement viril de Jack, il ressentait exactement la même chose.

Ils finirent par s'écarter l'un de l'autre, mais il garda ses bras autour d'elle.

— Je t'ai attendue dans ton lit le dernier soir parce que

j'avais enfin compris que j'étais stupide de passer une nuit de plus loin de la femme que j'aime.

Son cœur se serra.

— Tu as dû être furieux quand tu as trouvé mon petit message le lendemain.

— J'étais terrassé, tu veux dire ! Ma première impulsion a été de te courir après et de te ramener avec moi, mais mon orgueil m'en a empêché. Heureusement, j'ai fini par me ressaisir…

Il eut un sourire canaille.

— … et me voilà ! Je méritais que tu me quittes, et je te promets de passer le restant de mes jours à me rattraper.

— C'est un bon plan !

Epilogue

Six mois plus tard

— C'est stupéfiant de voir à quel point la prime d'assurance diminue quand on dit que l'objet assuré se trouve sur une île privée !

Vicki recula un peu pour admirer le petit tableau de Vermeer dont elle venait de faire l'acquisition à Bruges. En tout cas, elle était persuadée qu'il s'agissait d'un Vermeer. Le propriétaire de la galerie où elle l'avait acheté lui avait dit que c'était l'œuvre d'un peintre hollandais mineur, mais le tableau avait un je-ne-sais-quoi qui attirait l'œil, et elle était sûre de pouvoir convaincre tout le monde qu'elle avait trouvé une œuvre d'art inestimable.

Jack était allongé sur le canapé de cuir, soulevant au-dessus de sa tête un mousquet terni par le temps.

— Une assurance… Quelle bonne idée !

— Tu n'es pas assuré ?

Il lui adressa son sourire éclatant.

— Non, ma réputation me sert d'assurance… Tout le monde sait que je collectionne les mousquets !

— Et les canons.

— Et les boulets de canon, et la poudre !

Il rit.

— Mais les choses que tu rapportes à la maison sont plus jolies.

— C'est beau, n'est-ce pas ?

Le tableau représentait une jeune femme qui portait un

petit médaillon en or. Quel secret recelait-il ? Une mèche de cheveux de l'être aimé ? Un billet doux ?

Décidément, elle devenait de plus en plus sentimentale !

— J'ai hâte de lui trouver un propriétaire... de préférence, un riche !

Il rit.

— J'aime ton côté vénal ! C'est grâce à lui que tu es revenue dans ma vie.

— Hé ! Je ne suis pas si vénale que ça... J'ai fait don de vingt mille dollars à une œuvre caritative. Cela me semblait être la chose à faire maintenant que je suis de nouveau à l'aise financièrement.

— Quelle œuvre caritative as-tu choisie ?

— Une fondation qui aide les artistes débutants sans le sou. Il faut bien encourager les jeunes talents !

Elle sourit. C'était agréable d'avoir de nouveau de l'argent, de pouvoir en faire profiter les autres et en profiter soi-même.

— Alors... Dans quelle aventure allons-nous nous lancer, maintenant ?

— Cela dépend de ce que nous recherchons : une épave ou un tableau de valeur ? C'est dur de se décider. Au fait, a-t-on des nouvelles du cousin écossais censé avoir la base de la coupe ?

— Aucune ! Apparemment, c'est un magnat de la finance, il passe tout son temps à Singapour.

— J'aurais cru que Sinclair aurait trouvé le moyen de le contacter, étant dans le même domaine.

— Je ne pense pas que Sinclair soit très intéressé. Il est trop sérieux pour apprécier autant que nous les trésors et les autres bizarreries de ce genre.

— C'est vrai. Il paraît que James Drummond est toujours célibataire... Cela va peut-être changer quand on aura retrouvé la dernière pièce de la coupe.

Elle rit.

— C'est peut-être pour ça qu'il ne veut pas entendre parler de cette histoire !

Il posa son mousquet, s'approcha d'elle et la prit dans ses bras de cette façon délicieusement possessive qui lui plaisait tant.

— Il ne sait pas ce qu'il rate !

— Personne ne le sait avant d'avoir été aveuglé par l'amour, dit-elle en lui caressant la joue. Je ne m'attendais certainement pas à tomber follement amoureuse… et sûrement pas de l'homme dont j'étais déjà tombée amoureuse une première fois et qui m'avait brisé le cœur.

— Heureusement pour moi, tu es assez impétueuse pour faire deux fois la même erreur.

Il lui déposa un baiser sur les lèvres. Elle frissonna de plaisir.

— La femme que j'aime n'a peur de rien.

— Comment fais-tu pour me faire perdre la tête aussi facilement ?

Elle se trémoussa alors qu'il lui mordillait le lobe de l'oreille.

— Je suis à l'écoute de ton corps… Je dessine une carte de tes zones érogènes, murmura-t-il en glissant une main sous son chemisier.

— Cela te mènera-t-il au trésor ?

— Oh ! mais je sais déjà où il se trouve…

Ils remontèrent le couloir à pas feutrés, pieds nus sur le sol de pierre, et se glissèrent dans le lit où ils avaient passé tant de nuits à faire l'amour, sous la carte qu'ils avaient découverte ensemble.

JENNIFER LEWIS

Les brumes du désir

Passions

éditions HARLEQUIN

Titre original : A TRAP SO TENDER

Traduction française de MARION BOCLET

83-85, boulevard Vincent-Auriol, 75646 PARIS CEDEX 13.
Service Lectrices — Tél. : 01 45 82 47 47
www.harlequin.fr

- 1 -

Son ennemi était beau. Avec ses yeux bleu ardoise et ses traits aristocratiques, il avait tout du châtelain écossais. Elle serra la main qu'il lui tendait.

— Enchantée ! Je suis Fiona Lam.

— James Drummond.

Je sais. Elle sourit gentiment. Sa poignée de main était énergique, et sa peau, fraîche. Sa propre main lui sembla brûlante, et elle résista à l'impulsion de la retirer brusquement. Le cocktail fastueux auquel ils assistaient, organisé par une banque internationale, fourmillait de jeunes gens élégamment vêtus, mais étrangement ceux-ci semblèrent soudain se fondre dans le décor.

— Je viens d'arriver à Singapour, j'arrive de San Diego.

— Vraiment ? demanda-t-il, haussant un sourcil.

— J'ai vendu ma première affaire et je cherche de nouvelles opportunités. Travaillez-vous ici ?

— Parfois…

Il tenait encore sa main dans la sienne, l'effronté ! Ce n'était pas étonnant qu'il ait une réputation d'homme à femmes.

— J'ai un domaine en Ecosse.

Il s'agissait bien sûr du domaine majestueux dont elle avait entendu parler. Elle s'en moquait. En revanche, elle aurait bien voulu récupérer sa main, de plus en plus brûlante, et quand elle tira doucement il la relâcha enfin, avec un vague sourire.

— Il paraît que l'Ecosse est un pays magnifique.

— Quand on aime la brume et la bruyère…

Son regard d'acier ne cillait pas. Elle comprenait mieux comment il intimidait ses concurrents.

— Ce n'est pas votre cas ?

— J'en ai hérité, je n'ai pas vraiment besoin d'avoir un avis sur la question. Puis-je vous apporter un verre ?

— Volontiers. Je prendrai du champagne, s'il vous plaît.

Elle éprouva un vif soulagement quand il s'éloigna. Cet homme avait quelque chose de troublant. Ce n'était pas grave, bien sûr : elle n'était pas obligée de l'apprécier. Il fallait seulement que lui l'apprécie, elle.

Il revint avec deux coupes de champagne et lui en tendit une. Personne ne l'avait avertie qu'il était aussi beau. C'était une réalité des plus déconcertantes. D'après son expérience, les spécialistes du capital-risque étaient généralement des hommes d'une soixantaine d'années. Elle but une gorgée de champagne, s'efforçant de ne pas s'étrangler alors que les bulles lui chatouillaient la gorge. Elle n'aimait pas particulièrement l'alcool, mais elle voulait donner l'impression d'être à l'aise dans ce genre de réceptions.

Il leva légèrement le menton.

— Qu'est-ce qui vous amène à Singapour ?

— J'examine quelques affaires potentielles.

De nouveau, il haussa les sourcils.

— Je suis dans les affaires, moi aussi. Que faites-vous ?

— Je viens de vendre une entreprise de stickers. Smileworks.

La plupart des gens souriaient en entendant ce nom. Elle regrettait d'avoir eu à vendre, mais était très satisfaite de l'argent qu'elle en avait obtenu.

— J'ai entendu parler du rachat. Félicitations ! C'était un beau coup.

La lueur d'intérêt dans ses yeux s'était intensifiée. Elle éprouva un bref sentiment de pouvoir mêlé de plaisir.

— Merci. Bâtir Smileworks a été une expérience enrichissante, mais j'ai atteint mes limites.

— Qu'allez-vous faire, maintenant ?

Il se pencha légèrement vers elle, manifestement intrigué. Elle haussa les épaules avec une désinvolture feinte, contrariée du trouble dans lequel il la plongeait et espérant qu'il ne le remarquerait pas.

— Je ne sais pas encore. Je vais voir ce qui éveille mon intérêt.

Décidément, dans son costume anthracite et sa chemise blanche impeccable, James Drummond éveillait son intérêt et faisait prendre à son imagination vagabonde toutes sortes de directions peu souhaitables. Il semblait tellement conformiste que l'idée de lui arracher sa chemise et d'ébouriffer ses cheveux parfaitement coiffés représentait un défi très tentant.

Mais était-ce bien raisonnable de coucher avec l'ennemi ? Probablement pas. En revanche, flirter ne pouvait pas faire de mal. Elle devait à tout prix gagner sa confiance, puis trouver un moyen de racheter l'entreprise de son père.

Elle se força à boire une autre gorgée de champagne. Il fallait qu'elle reste concentrée. Son père avait besoin d'elle, et elle avait enfin l'occasion de lui prouver son affection. Ce n'était pas sa faute à elle si elle avait grandi à quinze mille kilomètres de lui et appelé un autre homme « papa ». Elle n'avait eu aucun contrôle sur les vingt premières années de sa vie, mais le reste était devant elle et lui appartenait, et elle avait bien l'intention de réparer certaines injustices dont Walter Chen avait été victime, à commencer par celle commise par James Drummond.

Fiona et James quittèrent la réception ensemble, et le chauffeur les conduisit à Rain, le restaurant le plus en vogue de la ville.

— Cet endroit est magnifique ! J'ignorais que Singapour était aussi animée, la nuit…

Elle regarda autour d'elle, admirant le décor minimaliste, avec ses lumières vertes rafraîchissantes.

— Apparemment, je devrais sortir plus souvent, ajouta-t-elle.

— Il faut bien divertir les abeilles ouvrières, sinon elles s'envoleraient vers d'autres cieux !

Il était assis en face d'elle, agréablement surpris de la tournure qu'avait prise la soirée, avec un agréable dîner en compagnie d'une belle jeune femme qu'il connaissait depuis à peine une heure. Fiona avait toute son attention. Sa société,

Smileworks, avait fait parler d'elle avec son graphisme moderne et ses concepts nouveaux. C'était impressionnant qu'elle l'ait vendue et en ait obtenu autant d'argent.

Non seulement elle était intelligente, mais en plus elle était belle. Elle avait des yeux noirs d'une grande intensité, mis en valeur par ses sourcils parfaitement dessinés, et sa bouche pulpeuse était une incitation au baiser. Son accent américain l'avait surpris, et ajoutait à son charme intrigant. Elle incarnait exactement le genre de femme qu'il se voyait bien épouser, et il devait se marier.

Le serveur leur apporta les menus. James regarda les cils de Fiona cacher ses yeux de braise tandis qu'elle consultait le sien. Puis elle posa de nouveau sur lui son regard pénétrant.

— Que me conseillez-vous ?

— Tout est délicieux, mais personnellement je vous recommande les oursins.

Elle écarquilla les yeux.

— J'ignorais que c'était comestible !

Le serveur lui présenta une bouteille de son vin préféré, et il approuva d'un signe de tête. Dès que le jeune homme eut rempli leurs verres et se fut éloigné, il se pencha légèrement vers elle.

— La dernière fois, j'ai choisi le pigeon. C'était très bon. Il y en a pour tous les goûts, vous pouvez manger la viande d'animaux terrestres, marins ou des airs, ici !

Elle rit.

— Pas d'animaux d'étang ?

— Le canard est très tendre, répondit-il en souriant, et je suis presque sûr qu'ils seraient capables d'accommoder des algues, s'ils essayaient.

— Sautées à la poêle avec de l'ail, un peu de sel et de poivre ? suggéra-t-elle avec un pétillement malicieux dans les yeux.

Elle but une gorgée de vin.

— Hmm... Ce vin est excellent.

— C'est l'un de mes préférés.

— Passez-vous plus de temps à Singapour qu'en Ecosse ? demanda-t-elle en dépliant soigneusement sa serviette.

— Oui. On ne peut pas dire que l'Ecosse soit l'endroit idéal pour faire des affaires.

C'était amusant et rafraîchissant de constater qu'elle ne lui avait même pas demandé ce qu'il faisait. Manifestement, étant arrivée à Singapour tout récemment, elle ne connaissait pas sa réputation. C'était une bonne chose. Il en avait assez d'expliquer à tout le monde qu'il n'était pas un requin, et que de toute façon les requins faisaient partie de la chaîne alimentaire et étaient utiles, eux aussi.

— On peut travailler de n'importe où, de nos jours. Je fais une grande partie de mon travail sur internet.

— Moi aussi, mais rien ne vaut le face-à-face.

Elle était ravissante. Sa peau était lisse, son teint, rayonnant, et ses épais cheveux noirs tombaient en cascade sur ses épaules. Il avait envie de glisser ses doigts dans cette magnifique chevelure.

Si tout se passait comme il le prévoyait, il finirait par pouvoir le faire.

— C'est curieux que vous ayez un nom écossais, alors que vous n'avez vraiment rien d'une Ecossaise.

Elle leva le menton d'un air de défi.

— J'aime les tartans. Et vous, qu'avez-vous de particulièrement écossais ?

— Bonne question, on ne me l'avait encore jamais posée. Je suis probablement le seul à aimer le whisky single malt.

Elle fronça le nez d'un air dégoûté.

— Vous êtes le seul que je connaisse, en tout cas. J'ai goûté, et je ne recommencerai pas, je peux vous l'assurer !

— Je n'en abuse pas non plus, cela a tué bon nombre de mes ancêtres.

— Etaient-ils de grands buveurs ?

— Ils buvaient beaucoup, se battaient, conduisaient trop vite… Ils étaient du genre à s'attirer des ennuis.

Une lueur de curiosité brillait dans le regard de Fiona. Cela ne faisait qu'attiser son désir pour elle.

— Vous n'êtes pas comme cela ?

— Non, pas du tout.

Elle sembla réfléchir quelques instants.

— Avez-vous peur de finir comme vos ancêtres ?

— Pas réellement. Cela dit, je reçois une foule d'e-mails et de lettres d'une tante américaine, qui s'est donné pour mission de sauver les Drummond d'une malédiction en rassemblant les trois morceaux d'une vieille coupe perdue.

Elle écarquilla les yeux.

— Une malédiction ? Y croyez-vous ?

— Absolument pas, ce sont des inepties. Le travail et le bon sens sont le remède à toutes les prétendues « malédictions ».

— Vous dites pourtant que vos ancêtres s'attiraient des ennuis… Cette histoire de malédiction est peut-être fondée. Où la coupe est-elle censée se trouver ?

— D'après ma tante, on a déjà retrouvé deux des trois pièces, l'une chez son fils, à Long Island, et l'autre au fond de l'océan, dans l'épave d'un bateau pirate vieux de trois cents ans, au large d'une île, en Floride. Elle pense que la troisième pièce a été rapportée en Ecosse par l'un de mes ancêtres.

— C'est fascinant !

Elle se pencha légèrement en avant, et son délicieux parfum de fleurs parvint jusqu'à lui, l'enivrant.

— Allez-vous la chercher ?

Il avait presque oublié Katherine Drummond, qui insistait pour qu'il l'aide à retrouver le dernier morceau de la coupe. Il avait été tellement occupé, ces derniers temps, qu'il ne lui avait même pas répondu. Mais l'enthousiasme de Fiona éveilla soudain son intérêt.

— Je ne sais pas… Vous croyez que je devrais ?

— Absolument, répondit-elle, les yeux brillants. C'est tellement romanesque !

Les pensées qu'elle lui inspirait étaient, elles aussi, romanesques. Sa petite robe noire mettait merveilleusement en valeur sa silhouette svelte et athlétique.

— Katherine Drummond, ma tante, est persuadée que le troisième morceau de la coupe se trouve quelque part dans mon château, en Ecosse. Elle a même promis une récompense à la personne qui la trouvera. J'ai dû engager des agents de sécurité pour empêcher les chasseurs de trésors de grimper aux remparts et de faire des trous dans la pelouse.

Elle rit.

— Vous ne l'avez jamais cherché vous-même ?

— Non. Il y a des moyens plus simples de gagner quelques milliers de dollars.

— Peut-être, mais ce serait une aventure exaltante !

Elle était véritablement rayonnante. Il résista à l'envie de déboutonner le col de sa chemise, qui lui paraissait soudain trop serré.

— Vous devriez le chercher. Qui sait ce qui se passera de fabuleux si vous le trouvez et que vous reconstituez la coupe ?

— Ma vie est déjà très satisfaisante.

— Je parie qu'il y en a au moins un aspect qui pourrait être amélioré.

En effet. J'ai bel et bien besoin d'une épouse. Il n'allait certainement pas lui avouer cela. A Singapour, la culture était conservatrice, et un homme de trente-six ans qui n'était toujours pas marié était mal vu. Un associé potentiel avait renoncé à un projet très intéressant avec lui parce qu'il désapprouvait son style de vie. Son *style de vie*. Ce n'était pourtant pas parce qu'il tenait à avoir le contrôle de sa propre destinée qu'il était un coureur de jupons.

Il était célibataire depuis trop longtemps et, même s'il ne fréquentait jamais plusieurs femmes à la fois, son comportement pouvait facilement se prêter à des malentendus.

Nombreuses étaient celles qui auraient bien voulu l'épouser, la plupart d'entre elles après avoir entendu parler de son domaine en Ecosse ou de sa fortune.

Ce qu'il lui fallait, c'était une partenaire facile à vivre et de bonne compagnie, en laquelle il pourrait avoir confiance. Après tout, un mariage était une sorte de contrat.

Quelqu'un comme Fiona Lam pourrait, peut-être, lui convenir.

Elle but une gorgée de champagne et se passa la langue sur les lèvres. Aussitôt, il eut une autre bouffée de désir. Il prit une profonde inspiration pour se calmer, et retira sa veste. Fiona était une jeune femme très attirante, et son intelligence était encore plus séduisante que ses lèvres pulpeuses ou ses jambes bien galbées.

— Je me trompe peut-être, reprit-elle en se laissant aller en arrière sur sa chaise, le jaugeant du regard. Y a-t-il quoi que ce soit dont vous ayez envie et que vous ne possédiez pas encore ?

Il rit.

— Bien sûr ! C'est ce qui me motive à me lever le matin.

— Le frisson de la conquête ?

— C'est essentiel pour un spécialiste du capital-risque, comme moi.

— Après tout, vous n'êtes peut-être pas si différent de vos ancêtres écossais… Vous vous enthousiasmez simplement pour d'autres choses.

— Vous avez sans doute raison. Ils voulaient obtenir le domaine du voisin, je veux un conglomérat international au fort potentiel de croissance !

Elle sourit.

— Vous êtes un homme amusant.

— Je ne sais pas… mais je suis assez prévisible.

Elle inclina légèrement la tête sur le côté. Une mèche de ses cheveux noirs et brillants glissa sur son épaule.

— Pourquoi ne vous êtes-vous jamais marié ?

Il s'immobilisa. En savait-elle plus à son sujet qu'elle ne le prétendait ?

— Qu'est-ce qui vous fait dire que je ne me suis jamais marié ?

— Vous n'avez pas d'alliance, et pas de marque à l'annulaire.

Il se détendit un peu. Etant assez tristement célèbre en matière de femmes, il avait tendance à être sur ses gardes lorsqu'il rencontrait quelqu'un. N'importe quelle personne ayant feuilleté un magazine financier connaissait l'essentiel de sa vie.

— Je n'ai jamais rencontré la bonne personne.

— Seriez-vous trop exigeant ?

— Sans doute… Un mariage n'est pas un investissement, on ne peut pas prendre des risques en se disant que l'on pourra toujours se rétracter.

— On peut toujours se rétracter, mais cela a un prix, dit-elle avec un sourire.

Il fit la grimace.

— En général, le prix le plus élevé possible ! Ce n'est pas une perspective alléchante pour quelqu'un comme moi.

— Vous êtes trop prudent pour vous marier, n'est-ce pas ?

Il hocha la tête.

— C'est peut-être à cause de la malédiction familiale…

Elle eut un rire cristallin, absolument charmant.

— Je crois que vous devriez vraiment retrouver le dernier morceau de la coupe… Cela ferait une histoire merveilleuse à raconter !

Elle posa ses coudes sur la table et appuya le menton sur ses mains jointes. Soudain, une idée folle lui traversa l'esprit.

— Venez la chercher, vous !

Elle écarquilla les yeux.

— Pardon ?

— Venez en Ecosse ! Je dois y aller incessamment sous peu pour régler deux ou trois choses au domaine. Vous disiez avoir envie de visiter l'Ecosse… Quittez l'effervescence de Singapour, et venez prendre l'air des Highlands !

Elle resta silencieuse pendant un moment qui lui sembla durer une éternité. Ses yeux pétillaient et, de toute évidence, l'idée l'intriguait.

— Je vous connais à peine…

— Je suis assez connu, ici. Renseignez-vous à mon sujet.

— Que me dira-t-on ?

Elle semblait très sérieuse.

— Que je crée mes propres règles du jeu, mais que je n'ai qu'une parole…

Il hésita, songeant à ce qu'on lui dirait d'autre.

— … et qu'il n'y a rien que j'aime autant qu'obtenir une nouvelle entreprise.

Il évita soigneusement de lui parler de sa réputation de don Juan.

Elle plissa légèrement les yeux d'un air pensif, comme si elle examinait sa proposition. Il sentit son cœur s'emballer et s'aperçut qu'il avait vraiment envie qu'elle accepte. La désagréable perspective de retrouver son immense et lugubre château, avec son majordome et sa liste interminable de choses à faire, était moins déprimante à l'idée que la charmante Fiona puisse l'accompagner.

— C'est d'accord, dit-elle d'une voix douce mais assurée.

— Vous acceptez de venir avec moi ? demanda-t-il, incrédule.

— Oui, répondit-elle avec sérieux. J'ai toujours rêvé d'aller en Ecosse, je suis enchantée à l'idée de chercher une relique du passé, et je n'ai rien de particulier à faire en ce moment… Alors, pourquoi pas ?

— Pourquoi pas, en effet ?

Ils discutèrent de leurs emplois du temps respectifs pendant quelques minutes, puis il envoya un message à son pilote pendant que le serveur leur apportait ce qu'ils avaient commandé.

Pour la première fois depuis bien longtemps, il se laissait emporter par autre chose que les affaires.

— C'est réglé ! Nous partons demain.

— Parfait ! dit-elle, et elle lui décocha un léger sourire dans lequel il aperçut une ombre d'hésitation.

Fiona détourna les yeux.

Les choses allaient beaucoup plus vite qu'elle ne s'y était attendue.

— Qui aurait cru que je mangerais des oursins et que j'irais en Ecosse dans la même semaine ?

Que penserait son père ? Elle venait à peine d'arriver, et déjà elle repartait. Le but principal de son séjour à Singapour était de tisser des liens avec James Drummond, l'ennemi juré de son père. Il lui avait fallu dix jours pour trouver le courage d'engager la conversation, et maintenant elle s'en allait à l'autre bout du monde avec lui ?

Elle expliquerait son plan à son père, il comprendrait, il saurait qu'elle faisait tout cela pour lui. Il serait tellement heureux, et fier, quand elle trouverait le moyen d'arracher son entreprise aux griffes de James Drummond. Quelqu'un devait arrêter cet homme, et elle n'avait pas peur de s'en charger.

— Resterez-vous avec moi, là-bas ?

Alors même qu'elle lui posait cette question, elle s'aperçut qu'elle aurait dû y penser plus tôt. Il lui avait proposé de chercher la coupe chez lui, rien de plus. Fureter dans sa vieille demeure serait certainement amusant, mais elle n'atteindrait pas son but véritable s'il n'était pas là.

— Bien sûr. Je ne vous laisserais pas toute seule après vous avoir invitée ! Par ailleurs, je dois faire acte de présence. Les gens du coin s'inquiètent quand le châtelain disparaît pendant trop longtemps.

— Vraiment ?

Il hocha la tête.

— Je ne comprends pas pourquoi, mais apparemment ils estiment que je dois assister aux concours de compositions florales à la fête du village et donner des banquets lors de certaines occasions.

— C'est très médiéval !

L'idée lui plaisait, ce qui prouvait à quel point elle était bizarre. De toute évidence, lui détestait cela et s'enfuyait à Singapour à la moindre occasion pour échapper à ses responsabilités.

— Pouvez-vous faire exécuter quelqu'un si l'on vous contrarie ?

Il sourit.

— Je n'ai jamais essayé… Personne ne m'a agacé à ce point.

Je pourrais être la première. A son tour, elle sourit en songeant à son secret.

— Fait-on pression sur vous pour que vous trouviez la maîtresse de maison idéale ?

Il rit.

— Ils n'oseraient pas ! Enfin, ils oseraient peut-être s'ils ne craignaient pas que cela me fasse fuir pour de bon.

Ils ne seraient certainement pas ravis s'il choisissait une Américaine râleuse ayant des origines singapouriennes. Ils préféreraient indubitablement une Ecossaise délicate, aux cheveux blond vénitien et aux joues roses.

De toute façon, James ne l'emmenait pas là-bas pour tenter de la séduire. A vrai dire, elle ne voyait pas pourquoi il l'avait invitée. Elle le considéra avec intérêt, les sourcils froncés. Leurs regards se croisèrent, et ses yeux pétillèrent. Un étrange sentiment d'excitation mêlée d'inquiétude et de désir l'envahit.

Voulait-il vraiment qu'elle cherche la coupe ? Il aurait sûrement mieux fait de choisir quelqu'un qui habitait en Ecosse pour s'en charger. Espérait-il l'attirer dans son lit ?

Oui. La lueur qui brillait dans ses yeux le trahissait. Peut-être était-il un don Juan. Si c'était le cas, il serait déçu quand il essaierait d'ajouter son nom à la liste de ses conquêtes.

Elle reporta son attention sur son repas, auquel elle n'avait pas encore touché. James l'empêchait vraiment de se concentrer. Elle avait tout intérêt à ne pas perdre de vue son projet : récupérer l'usine de son père.

— C'est délicieux, dit-elle, agréablement surprise.

— Je vous l'avais dit ! Maintenant, vous savez que vous pouvez me faire confiance.

Elle rit. Il avait dit cela d'un ton parfaitement innocent, comme s'il le pensait réellement. Si elle n'avait pas connu sa réputation de requin de la finance, elle l'aurait pris pour un homme adorable. Il semblait généreux et enthousiaste, c'était indéniable. Heureusement pour elle, sa réputation le précédait.

— Je n'accorde pas ma confiance aussi facilement, mais apparemment j'aime l'aventure ! Je suis enchantée d'aller en Ecosse.

— Vous obtiendrez la récompense si vous trouvez le troisième morceau de la coupe.

— Si je l'obtiens, j'en ferai don à une œuvre caritative. On ne peut pas dire que je sois à court d'argent depuis que j'ai revendu Smileworks.

— Que ferez-vous ensuite ?

Vous le découvrirez quand ce sera trop tard! Elle haussa les épaules négligemment.

— J'improviserai, au gré de mon humeur. J'ai tout mon temps.

Elle parviendrait peut-être à le convaincre de lui revendre l'usine pour une somme dérisoire. Elle ne comprenait même pas pourquoi il l'avait achetée.

— Quel est votre dernier projet ?

— Je me suis découvert un intérêt pour l'immobilier. Tôt ou tard, la récession finira, et les gens voudront des propriétés plus récentes, plus grandes et plus belles que jamais.

— Et vous avez l'intention de vous tenir prêt à en profiter.

Il but une gorgée de vin. Sa bouche était magnifique. Il aurait dû être une rock star plutôt qu'un homme d'affaires.

— J'essaie d'être prêt en toutes circonstances.

L'entreprise de son père était située tout près du centre, dans un vieux quartier industriel qui ne demandait qu'à être rénové. Le bâtiment datait des années 1950 et ressemblait à une énorme boîte à chaussures. A peine six semaines plus tôt, l'usine employait dix-huit personnes et représentait la seule source de revenus de son père, mais James Drummond avait réussi, par le biais d'une machination sournoise impliquant l'administration locale, et parce que son père n'avait pas payé ses impôts, à le contraindre à la lui vendre pour une bouchée de pain. Tous les ouvriers avaient été renvoyés, et son père était maintenant en faillite. Dans de telles circonstances, le temps pressait.

Quand il était plus jeune, son père était propriétaire d'une chaîne de restaurants, mais apparemment cela n'avait pas fonctionné. Ils avaient eu tellement peu de nouvelles de lui à partir du moment où elle était partie vivre aux Etats-Unis avec sa mère qu'elle avait été stupéfaite de le retrouver dans une situation financière aussi désastreuse, alors qu'elle avait toujours entendu parler de lui comme d'un homme d'affaires important.

Son cœur se serra. Elle avait grandi sans lui, et refusait de le perdre maintenant.

— J'essaie d'être prête en toutes circonstances, moi aussi… mais je n'avais certainement pas prévu d'aller en Ecosse avec un parfait inconnu.

Il leva son verre pour porter un toast.

— A l'imprévu !

Elle sourit et fit tinter son verre contre le sien. *Si vous saviez !*

- 2 -

— Ces bornes marquent les limites du domaine.

James conduisait la Land Rover qu'ils avaient récupérée à l'aéroport d'Aberdeen. Fiona, qui admirait le paysage, ressentit une impatience grandissante. C'était ridicule : elle était là en mission, et elle se laissait transporter comme si elle espérait réellement trouver le troisième morceau de la coupe et avoir une aventure avec James.

Sur le bas-côté, les fossés profonds laissaient la place à des haies d'arbustes. Ils continuèrent à rouler pendant près de vingt minutes.

— Combien d'hectares fait la propriété ?

— Quelques-uns. Ne vous inquiétez pas, nous sommes presque arrivés.

Effectivement, après un virage, ils franchirent enfin un grand portail aux colonnes de pierre. Les collines majestueuses qui les entouraient lui donnèrent le sentiment d'être toute petite.

— Mes ancêtres tenaient à leur solitude.

— Pas vous ?

— Pas à ce point, répondit-il avec un sourire. Un mur entre mes voisins et moi me suffit, je n'ai pas besoin de plusieurs kilomètres !

— Eh bien, c'est une chance que je sois ici pour vous embêter.

— Je suis bien d'accord.

Elle était heureuse de constater qu'il se réjouissait de sa présence. Elle aurait dû se sentir coupable d'être là dans le seul but de récupérer l'entreprise de son père, et pourtant ce n'était pas le cas. Ce qu'elle avait lu sur les pratiques de James en affaires l'avait fait frémir : pour lui, la fin justifiait les moyens, et il n'hésitait pas à écraser quiconque se trouvait sur son chemin si cela pouvait lui rapporter plus d'argent. Par ailleurs, il ne l'avait pas fait venir uniquement pour trouver une vieille coupe. Elle n'avait peut-être pas beaucoup d'expérience, mais elle n'était pas non plus née de la dernière pluie, et elle savait bien que lui aussi avait des motivations secrètes.

Le chemin traversait en ligne droite le paysage vallonné. Des haies impressionnantes se dressaient devant eux et, quand ils les dépassèrent enfin, le château apparut, menaçant, sous leurs yeux. Elle en resta bouche bée. Le bâtiment de pierre était tentaculaire.

— C'est immense ! s'écria-t-elle.

— C'était pratiquement un village, autrefois. Tout le monde vivait dans le domaine. C'est encore le cas du majordome et de son personnel.

— Je comprends que l'on puisse se sentir seul, ici.

— Vous n'imaginez pas à quel point ! Par comparaison, Singapour est un endroit accueillant.

Elle l'observa avec curiosité. Elle éprouvait un élan d'affection pour cet homme qui se sentait plus à l'aise dans une ville bruyante d'Asie que dans la demeure seigneuriale de ses ancêtres. Cela le rendait plus humain.

Ce n'était pas une bonne chose.

— Il doit falloir beaucoup de personnel pour entretenir une demeure comme celle-ci.

— Pas vraiment… Je sais que les villageois pensent que je devrais m'en occuper davantage, mais du moment que quelqu'un veille à ce que le toit et les fenêtres soient en bon état le reste s'organise tout seul. Les moutons tondent la pelouse… Un château fort en pierre nécessite peu d'entretien par rapport à une maison moderne.

Elle regarda autour d'elle. Quelqu'un devait monter sur un échafaudage toutes les semaines pour que ces immenses haies soient aussi impeccables. Peut-être n'avait-il pas la moindre idée du travail que tout cela représentait ? Il ne s'en souciait probablement pas, il se contentait de payer des gens pour s'en charger et l'argent n'était pas un problème pour lui.

La voiture s'arrêta dans la cour de gravier. Il n'y avait pas une mauvaise herbe en vue. Deux hommes en costume noir portant des talkies-walkies apparurent, mais s'arrêtèrent aussitôt en apercevant la voiture.

— Ce sont les agents de sécurité. Je me demande où ma tante avait la tête lorsqu'elle a annoncé qu'elle offrirait une récompense à toute personne qui trouverait un morceau de la coupe.

— Elle pensait que cela intéresserait les gens… De toute évidence, elle avait raison.

Il descendit de voiture tandis que le chauffeur venait ouvrir sa portière. Elle commençait à avoir l'impression d'être un membre de la famille royale à force d'être traitée comme tel. Elle aurait peut-être du mal à retrouver sa vie de tous les jours après cela.

Un homme d'un certain âge sortit de la maison. Après un bref échange avec James, lui et le chauffeur emportèrent leurs bagages à l'intérieur.

— Est-ce le majordome ?

Il hocha la tête.

— Oui. Il s'appelle Angus, nous le décrivons comme le « gestionnaire du ménage ». C'est plus moderne, ne trouvez-vous pas ?

— Oh ! oui !

Il n'y avait rien de moderne dans tout cela, ce qui ne faisait qu'attiser sa curiosité.

N'ayant aucun bagage à porter, elle traversa la cour avec un certain embarras. Elle avait du mal à marcher sur le gravier avec ses talons aiguilles. James atteignit avant elle les larges marches de pierre du seuil.

Il se tourna et lui offrit son bras. Ne pouvant que l'accepter, elle s'efforça d'ignorer le trouble que ce contact provoqua en elle. On aurait pu s'attendre à ce qu'une journée entière de trajet à ses côtés ait étouffé toute étincelle d'attirance physique, mais malheureusement la proximité n'avait fait que l'intensifier. Par chance, elle avait pour habitude d'écouter sa raison plutôt que son instinct.

La porte d'entrée de la maison ressemblait à celle d'une cathédrale. Elle s'attendait presque à sentir un parfum d'encens et à entendre le murmure de moines, mais au lieu de cela elle fut accueillie par une délicieuse odeur de bacon et entendit des chiens aboyer, au loin.

— Vous avez des chiens ?

— Non, je voyage trop pour en avoir... Les chiens de meute des chasseurs du coin vivent sur mes terres. En revanche, j'ai des chevaux... Je ne monterai pas pendant votre séjour, bien sûr.

Elle haussa un sourcil interrogateur.

— Pourquoi pas ?

— Ce serait grossier de ma part de vous laisser seule.

— Je pourrais peut-être vous accompagner...

— A cheval ? demanda-t-il d'un ton incrédule.

Elle éclata de rire.

— Je suis américaine, et j'ai reçu une bonne éducation !

— Vous savez monter ?

— Bien sûr, répondit-elle d'un ton faussement dégagé.

Intérieurement, elle jubilait. Manifestement, James Drummond n'avait pas la moindre idée de ce qui l'attendait.

— Où vais-je dormir ?

— A l'étage. Suivez-moi, je vais vous montrer votre chambre.

La chambre en question aurait pu être celle d'une reine. Au milieu de la pièce se dressait un imposant lit à baldaquin, dont les rideaux écartés révélaient une parure de brocart. Les étroites fenêtres à petits carreaux ne laissaient passer qu'une lumière blafarde, le grand tapis oriental était usé et décoloré, probablement par les années. Un vase magnifique, qui semblait très précieux, était posé sur la cheminée.

— Votre famille n'a pas refait la décoration récemment, n'est-ce pas ?

Il rit.

— Pas depuis 1760, environ. On peut dire que nous tenons à nos habitudes.

— Eh bien, au moins, vous ne dépensez pas d'argent pour des lubies.

— Pas souvent. Ces fenêtres ultramodernes à double vitrage

ont été très controversées quand nous les avons installées, mais elles nous plaisent bien.

Elle sourit.

— Et vous pouvez toujours les ouvrir pour repousser les assaillants…

— Oui, la personne qui les a créées a pensé à tout !

— Y a-t-il une salle de bains, ou n'est-ce pas à la mode depuis assez longtemps ?

Il lui indiqua une porte de bois, assez basse. Elle appuya sur la poignée avec une certaine appréhension, mais fut agréablement surprise de découvrir une salle de bains spacieuse, au sol de marbre, pourvue de toilettes, d'un lavabo et d'une baignoire qui semblaient très anciens mais étaient d'une propreté éclatante.

— Nous n'avons pas de douche, dit James, mais il y a bel et bien l'eau courante… Vous n'aurez pas besoin d'appeler Angus pour qu'il vous apporte un broc d'eau chaude !

— Quel soulagement !

Elle eut envie de rire, mais parvint à se retenir.

— Je commence à me demander si j'ai la moindre chance de trouver cette coupe…

Il fronça les sourcils. Son expression lui donnait un charme irrésistible.

— Pourquoi ?

— Parce que ce château est immense…

— C'est vrai, mais on y retrouve son chemin facilement, et il n'y a pas beaucoup de désordre. Les Drummond ont toujours affectionné le minimalisme.

— C'est très avant-gardiste de leur part.

— Etes-vous fatiguée ?

— Non. Mais je pensais au bacon que j'ai senti en entrant et à la personne qui va avoir la chance de le manger.

Il rit.

— Allons-y !

Le petit déjeuner était servi dans une grande salle à manger. Ils s'assirent autour d'une longue table de bois, à la surface cirée et brillante. Les assiettes de porcelaine bleue et blanche avaient dû être importées de Chine au début du XVIIIe siècle. Quand ils furent rassasiés, James lui fit visiter le château.

— Vous devez être la première personne qui ne fait pas partie de la famille Drummond à voir l'aile est du château en un siècle, chuchota-t-il en ouvrant une lourde porte de bois cloutée.

Il se baissa pour la franchir.

— Vous êtes sûr que vous ne devrez pas me tuer parce que j'en aurai trop vu ?

La découverte du repaire des Drummond et la proximité constante de James la grisaient.

— L'avenir le dira…

Il la regarda d'un œil noir. L'espace d'un instant, elle s'immobilisa, puis elle vit le pétillement malicieux dans ses yeux.

Elle sentit sa gorge se serrer tant elle était troublée. L'avenir dirait beaucoup de choses, mais en attendant elle avait tout intérêt à mettre de la distance entre eux.

Il lui fit signe de passer. Le couloir était étroit, et elle lui effleura le bras involontairement. Bien qu'il portât une chemise, ce simple contact l'électrisa. Comment était-il, sous ses vêtements élégants ? Etait-il athlétique, ou se laissait-elle emporter par son imagination débordante ?

Son cœur se mit à battre un peu plus vite comme elle s'engageait dans le couloir bas de plafond. S'il l'avait enfermée dans une pièce de cette aile abandonnée, des mois se seraient écoulés avant que l'on ne retrouve sa trace.

— Où m'emmenez-vous ?

— Dans la partie la plus ancienne de la maison, où tous les Drummond ont entassé leurs vieilleries. C'est là que je vous suggérerais de commencer à chercher la troisième pièce de la coupe.

— A quoi ressemble-t-elle ?

Elle avait fait des recherches, mais ce n'était pas la peine de lui dire qu'elle s'était renseignée à son sujet.

— Il s'agit de la base de la coupe. Sa forme peut aussi bien être ronde qu'hexagonale.

— J'espère qu'elle n'a pas été mise au rebut.

— Personnellement, j'espère qu'on ne l'a pas fait fondre pour faire des balles avec son métal. Les Drummond seraient tout à fait capables de faire quelque chose de ce genre.

— Eh bien ! Vos ancêtres ont l'air de gens charmants…

— « Garde ta lame bien aiguisée » est notre devise. Elle est écrite sur les armoiries familiales.

Cela expliquait sans doute l'attitude impitoyable de James en affaires. Cependant, comme il ignorait qu'elle connaissait sa réputation, elle décida de risquer le tout pour le tout.

— Vous avez l'air tellement différent d'eux…

— Vraiment ? Parfois, je me demande si je le suis réellement, dit-il d'un air songeur.

Son regard se porta sur le ciel blanc, que l'on apercevait derrière une fenêtre étroite.

— Pourquoi vous considérez-vous comme impitoyable ?

Elle réussirait peut-être à l'encourager à sonder son propre cœur et à faire appel à sa capacité à discerner le bien du mal pour récupérer l'usine de son père. Il lui serait alors reconnaissant de l'avoir aidé à s'amender. Ils pourraient être amis, ou amants, et vivre heureux.

Son rire la rappela brusquement à la réalité.

— Ce n'est pas à moi qu'il faut demander cela !

Elle décida de ne pas insister pour l'instant. Elle était son invitée et ne voulait pas éveiller ses soupçons.

Le couloir semblait interminable, et toutes les portes des pièces qu'il desservait étaient fermées.

— Qu'y a-t-il derrière ces portes ?

— Des petites chambres, probablement occupées par des vassaux, autrefois.

— Des vassaux ?

Il rit.

— Oui, les profiteurs qui vivaient aux dépens des Drummond !

— Intéressant.

— Les gens qui sont vos obligés peuvent s'avérer très utiles quand vous avez besoin d'un service.

Elle lui lança un coup d'œil. L'avait-il fait venir pour une raison bien précise ? Elle s'était crue maligne en se faisant inviter dans son château, mais peut-être avait-il lui aussi des plans la concernant ?

Soudain, il s'arrêta devant une lourde porte de bois et appuya sur la clenche.

— Bienvenue dans la partie la plus ancienne du château !

La porte s'ouvrit sur une sorte de balcon. Elle s'avança et se pencha légèrement au-dessus de la balustrade en pierre pour regarder la grande salle carrée environ dix mètres plus bas. Les meubles antiques s'étalaient sur le sol dallé dans un décor austère. Au-dessus d'eux, les poutres du plafond semblaient avoir mille ans.

Le balcon donnait sur une galerie. Il la remonta, puis descendit l'escalier étroit qui conduisait à la grande salle. Elle le suivit lentement, sans cesser de regarder autour d'elle. Elle avait l'impression de sentir la présence des hommes et des femmes qui avaient habité ce lieu au fil des siècles.

— C'est merveilleux ! Comment se fait-il que vous n'utilisiez pas cette pièce ?

— Les parties plus récentes du château sont plus confortables, et elles sont chauffées !

Une immense cheminée de pierre se dressait contre un mur, vide et froide. Les images d'une belle flambée et d'un rôti sur une broche s'imposèrent à elle.

— C'est étrange de penser que vos ancêtres ont toujours vécu ici…

— Ils n'ont pas toujours vécu ici, dit-il en levant les yeux vers les armoiries familiales, gravées sur la cheminée. Gaylord Drummond a perdu tout le domaine à une partie de dés, au XVIIIe siècle. C'est pour cette raison que plusieurs Drummond se sont retrouvés en Amérique. Gaylord a perdu au jeu et en alcool tout ce qu'il possédait, à l'exception de la mystérieuse coupe qui intéresse tout le monde. Ses trois fils sont partis pour les terres encore sauvages du Nouveau Monde dans l'espoir de faire fortune. Apparemment, ils se sont séparés, ont divisé la coupe et en ont pris une pièce chacun, faisant le serment de la rassembler un jour.

Son regard dur restait rivé sur la pierre ciselée.

— Et l'un d'eux est revenu ici, conclut-elle pour lui.

— Il avait fait fortune en vendant des peaux de castors au Canada.

— Pauvres castors !

— On faisait des chapeaux avec leur fourrure, autrefois. Après avoir fait fortune, mon ancêtre est revenu ici et a racheté le domaine au fils du fermier qui l'avait gagné en jouant aux dés avec son père.

— Et vraisemblablement il a ramené son morceau de la coupe avec lui.

Il haussa les épaules négligemment.

— J'avoue que je ne m'en soucie guère.

— Vous êtes incroyable ! Cette coupe fait partie de votre histoire familiale.

— J'entretiens la demeure familiale, c'est ma contribution à l'histoire des Drummond. Je devrais peut-être me mettre à jouer, moi aussi... J'économiserais une fortune si je la perdais à mon tour.

— Vous ne le pensez pas !

— Pas vraiment...

Il la regarda enfin. Son regard gris lui coupa le souffle.

— ... mais parfois je le déplore.

Il lui sembla percevoir une certaine émotion derrière son expression dure. Comment ne pas ressentir la puissance de l'histoire, comment ne pas avoir l'impression d'avoir une destinée extraordinaire, dans un cadre aussi ancien et spectaculaire ? Si elle le ressentait, James Drummond devait bien éprouver une certaine fierté. Elle avait peine à imaginer ce que c'était qu'être l'héritier d'un tel domaine.

Elle prit une profonde inspiration et regarda autour d'elle.

— Cet endroit est magique.

Il l'observa attentivement. Son regard perçant la mit un peu mal à l'aise. La soupçonnait-il de tenter de gagner insidieusement son affection pour devenir la maîtresse des lieux ? Beaucoup de femmes avaient dû essayer, au fil des ans. Elle regretta son enthousiasme, et haussa les épaules avec une désinvolture feinte.

— Bien sûr, un appartement sur Orchard Road est plus facile à entretenir.

Il rit.

— Incontestablement !

Il plissa les yeux, et elle eut de nouveau le sentiment d'être passée au crible. L'espace d'un instant, il lui sembla qu'il l'examinait froidement de la tête aux pieds comme un instrument de précision, et pourtant elle en fut profondément troublée.

Les jambes flageolantes, elle se détourna. Il aurait peut-être moins de pouvoir sur elle si elle ne le regardait pas. Cela l'exaspérait de constater que son cœur s'emballait à cause d'un simple regard de James. Il était son ennemi, tout de même ! Peut-être amenait-il toutes ses conquêtes potentielles ici pour les impressionner avec les splendeurs de la demeure familiale et les voir défaillir entre ses bras.

— Alors, où peut bien être cette coupe ?

Elle s'éloigna un peu de lui. Afficher un air dégagé était encore la meilleure stratégie.

— Je n'en sais pas plus que vous !

— Cela m'étonnerait. Vous connaissez tous les coins et recoins du château, les endroits où vos ancêtres enfermaient leurs ennemis et les laissaient pour morts.

— Les oubliettes sont une spécialité française… Nous, les Ecossais, préférons couper la gorge de nos ennemis au grand jour et ensuite fêter ça.

Elle ne put s'empêcher de rire.

— Quel peuple charmant !

— Oui… Les journalistes m'accusent parfois d'adopter le même comportement en affaires.

Une lueur amusée brillait dans ses yeux. Elle maudit la façon dont son cœur palpitait. Il venait juste d'admettre qu'il était sans pitié ! Comment pouvait-elle éprouver de l'attirance pour lui ? Avait-elle perdu la tête ?

— Pensez-vous qu'ils aient raison ?

Elle parvint à garder un ton dégagé.

— Peut-être.

Il tourna les talons et traversa la pièce à grandes enjambées, la laissant là, interdite, le cœur martelant sa poitrine, lourd de pensées inexprimées.

Vous avez volé l'entreprise de mon père, il s'est retrouvé sans le sou et anéanti à cause de vous ! Elle devait garder la tête froide, au moins jusqu'à ce qu'elle ait trouvé un moyen de récupérer l'usine. James ne devait surtout pas deviner qu'elle faisait partie des gens qui étaient épouvantés par sa conduite.

— Les affaires sont les affaires, n'est-ce pas ?

Il fit volte-face. Elle fut surprise de le voir esquisser un sourire.

— C'est un soulagement de parler à quelqu'un qui comprend.

La remarque la prit au dépourvu. Elle s'était prise à son propre piège.

— Je n'ai coupé la gorge de personne.

Il rit.

— Vous êtes encore jeune…

Quelle arrogance ! Il était à peine plus âgé qu'elle.

— Pas tant que cela, et j'ai beaucoup d'expérience.

— Je n'en doute pas, dit-il d'un ton pince-sans-rire, avec un pétillement malicieux dans les yeux.

Elle avait envie de le gifler.

— J'ai monté ma première affaire à l'âge de douze ans.

— Vous vendiez de la citronnade sur un stand ?

Elle ignora l'ironie et leva le menton d'un air de défi.

— Je rachetais de vieux ordinateurs et je les revendais à la casse. C'était bien plus rentable que de presser des citrons.

Inutile de préciser qu'elle avait aussi un stand pour vendre de la citronnade.

Il s'approcha d'elle.

— J'ai monté ma propre affaire à onze ans.

— Vous avez l'esprit de compétition, dites-moi !

Il continuait à s'approcher. Elle fut parcourue d'un frisson.

— Oui. Certains disent que cela causera ma perte.

Peut-être plus vite que vous ne le croyez.

— Quelle était cette affaire ?

— J'achetais des barres chocolatées au prix de gros et je les revendais à mes camarades de pensionnat.

— Un public captif.

— Il n'y a pas mieux.

Ses larges épaules, mises en valeur par la coupe élégante de son costume, avaient quelque chose de menaçant. Il faisait froid dans la grande pièce, mais son regard brûlant lui donnait une tout autre impression. Ses yeux gris étaient posés sur son visage, et l'on aurait dit à son expression qu'il la mettait au défi de le contredire.

Elle se redressa de toute sa hauteur mais, hélas, elle faisait une quinzaine de centimètres de moins que lui.

— Est-ce difficile à trouver, de nos jours ?

— Pas du tout, répondit-il en soutenant son regard. Tout le monde est captif, d'une manière ou d'une autre.

— Vous aussi ?

Il s'était encore approché. Il était maintenant si près d'elle qu'elle n'aurait eu qu'à lever la main pour le toucher. Son parfum viril et enivrant, un mélange subtil de laine et de musc, vint lui chatouiller les narines.

— Absolument.

Sa voix, plus grave que d'ordinaire, la fit tressaillir. Du bout des doigts, il lui fit lever le menton, puis il posa ses lèvres sur les siennes.

Ce contact l'électrisa, elle eut l'impression que tout son corps s'embrasait. *Je suis en train d'embrasser James Drummond !*

Il posa les mains au creux de ses reins. Elle fit glisser les siennes sur son torse et empoigna sa chemise. Cet homme était une bête sauvage. Il ne faisait qu'une bouchée de ses adversaires, il venait lui-même de le reconnaître !

Il émit un gémissement qui l'emplit de désir. Elle enfonça ses doigts dans son dos musclé et se serra contre lui. Il l'embrassa avec plus de fougue encore. Au lieu de le repousser comme elle aurait dû le faire, elle lui rendit son baiser avec toute l'ardeur dont elle était capable.

L'étreinte farouche de James trahissait la passion qu'il cachait sous des dehors froids. Mais elle aussi se sentait envahie d'une ferveur presque belliqueuse.

Ce lieu était-il ensorcelé ? Si c'était le cas, c'était la magie noire qui était à l'œuvre. Il y avait aussi cette histoire de malédiction. Ce qui était sûr, c'était qu'elle ne contrôlait pas entièrement la situation, et qu'elle avait peine à se dominer elle-même.

Il lui empoigna les fesses pour la serrer plus étroitement contre lui et, sans détacher ses lèvres des siennes, il referma une main sur l'un de ses seins. Il l'embrassait tantôt avec fougue, tantôt avec tendresse, comme on ne l'avait jamais embrassée jusque-là.

C'est ton ennemi ! C'était sans doute exactement ce que ses ancêtres faisaient avec leurs ennemis de sexe féminin. Il l'avait enlevée et profitait d'elle. Pourquoi était-ce aussi agréable ?

Sans vraiment s'en apercevoir, elle avait glissé les doigts dans ses cheveux épais. D'ordinaire, James Drummond paraissait si froid, si réservé, que sentir la force de son désir pour elle ne faisait qu'attiser la passion qui l'animait.

Cet homme était décidément plus complexe qu'il n'en avait l'air, et avait certainement plus d'étoffe qu'on ne le laissait à penser dans les colonnes de l'*Investor's Business Daily.*

Il la troublait tant qu'elle s'imaginait aisément lui retirer sa chemise et son pantalon et faire l'amour avec lui ici même, sur le sol glacé.

Cependant, il finit par détacher ses lèvres des siennes, et laissa retomber ses bras le long de son corps. Elle avait soudain l'impression d'avoir la peau glacée aux endroits où, à peine quelques secondes plus tôt, ses mains étaient encore posées. Elle rouvrit les yeux, prenant seulement conscience qu'elle les avait fermés, et se trouva éblouie par la lumière froide de la grande salle vide.

Le visage de James était dur, ses sourcils, légèrement froncés. Il passa une main dans ses cheveux ébouriffés.

— Je n'avais pas prévu qu'il se passerait cela… pas aussi vite.

- 3 -

Fiona lissa le devant de sa robe-chemisier noire. Etant donné qu'elle ne s'était pas changée après avoir pris l'avion, elle était sans doute déjà froissée avant que James ne promène ses mains dessus. Elle avait peine à croire qu'elle s'était laissé embrasser alors qu'elle venait à peine d'arriver chez lui.

Je n'avais pas prévu qu'il se passerait cela… pas aussi vite. Cela voulait tout dire : elle avait maintenant la certitude qu'il avait eu l'intention de l'attirer dans son lit, après avoir flirté suffisamment longtemps à son goût. Apparemment, il s'était impatienté, et elle lui était tombée dans les bras, probablement comme beaucoup d'autres jeunes femmes.

— Je n'avais pas prévu qu'il se passerait cela du tout, répliqua-t-elle, s'efforçant de prendre un air calme et posé. A vrai dire, je ne suis pas sûre de comprendre ce qui s'est passé.

— Je crois qu'on appelle cela « s'embrasser », dit-il, visiblement amusé, et je dois reconnaître que c'est prématuré.

Elle frémissait encore d'excitation. Elle avait envie de toucher son corps puissant, de sentir sa bouche sur la sienne.

— C'est vous qui avez commencé.

Elle regretta immédiatement la remarque puérile, même si elle était fondée.

Il écarquilla les yeux.

— Je n'ai pas eu l'impression que vous me repoussiez.

— J'essayais peut-être simplement de me comporter en invitée polie.

Ses arguments étaient de plus en plus ridicules. Il eut un sourire narquois.

— Vos manières sont irréprochables.

Une vive irritation se mêla au désir qu'elle éprouvait encore pour lui.

— Je n'en dirai pas autant des vôtres.

Il haussa les sourcils, visiblement surpris.

— Vous avez raison. J'ignore si je dois vous présenter des excuses… Etant donné les circonstances, ce serait purement et simplement grossier.

Elle prit une profonde inspiration.

— Nous ferions peut-être mieux de faire comme s'il ne s'était rien passé.

— Cela me semble difficile…

Son regard intense se posa sur sa gorge, puis sur ses mains, jointes devant elle.

— Je ne suis pas douée pour faire semblant.

Il rit.

— Moi non plus. Très bien, nous nous sommes embrassés, et cela m'a plu !

Elle réprima un sourire.

— Sans commentaire.

Elle avait aimé l'embrasser, bien sûr, mais c'était tellement évident qu'elle n'avait pas besoin de le dire. Inutile de l'encourager.

Il y eut un bref silence.

— Alors, reprit-elle, cette coupe… Où en étions-nous ?

James jeta un coup d'œil autour de lui, comme s'il ne savait même plus où ils étaient.

— Je me le demande.

Elle rit. C'était plus fort qu'elle. C'était probablement dû à la tension de la situation.

— Reprenons la visite, d'accord ? Et essayons de rester concentrés, cette fois…

— J'aime les femmes qui ont la tête sur les épaules.

— Je vois ça, dit-elle en levant le menton fièrement. Qu'y a-t-il derrière cette porte ?

Elle avança d'un pas énergique, bien décidée à avoir un relatif contrôle sur les événements. De toute évidence, se laisser guider et le laisser prendre les rênes était dangereux.

— Appuyez sur la poignée.

Elle tendit le bras, essayant d'imaginer le pire qui pouvait se trouver de l'autre côté.

— Et si c'était un cagibi plein des squelettes de vos ancêtres ?

— Si l'un d'eux a une coupe à la main, nous aurons fait un grand pas en avant.

— Si les Drummond de Long Island ont le pied et que ceux de Floride ont le calice, il ne reste pas grand-chose à tenir par des doigts squelettiques.

— Avez-vous peur d'ouvrir cette porte ?

— Non.

Elle appuya sur la clenche. La porte s'ouvrit brusquement, l'entraînant presque avec elle. Dans la pièce étaient entassés toutes sortes de meubles, des chaises, des tables, des commodes, le tout fait du même bois sombre.

— Je crois que nous avons trouvé le débarras.

Il la suivit à l'intérieur.

— Intéressant… C'est la première fois que j'entre dans cette pièce. Je crois que je n'avais encore jamais remarqué cette porte.

Il promena son regard sur les piles de meubles qui leur bloquaient partiellement le passage.

— Vous apportez quelque chose à cette quête, c'est indéniable.

— Espérons que je vous porte chance !

— Je suis prêt à le découvrir.

Il posa sur elle ses beaux yeux gris provocateurs. Son cœur fit un bond dans sa poitrine, en partie, elle le savait, parce que son regard pénétrant la troublait toujours, et en partie parce qu'elle n'était pas venue là pour lui porter chance.

— Je suis sûre que certaines de ces pièces ont beaucoup de valeur.

Il passa la main sur une chaise posée à l'envers sur une table.

— Vous y connaissez-vous, en antiquités ?

— Pas du tout.

— Moi non plus. Ces meubles attendront d'être découverts par la prochaine génération, je présume… mais nous pouvons toujours fouiller tous les tiroirs, au cas où nous y trouverions la base de la coupe.

Il tira sur la poignée en cuivre d'une commode finement ciselée. Le tiroir ne bougea pas.

— Je vais essayer…

Elle était nerveuse et avait besoin de s'occuper. A son tour, elle tira sur la poignée. Celle-ci lui resta dans la main.

— Oh !

— Apparemment, mieux vaut vous tenir à l'écart des objets de valeur, dit-il avec un pétillement malicieux dans les yeux.

Elle regarda la poignée qu'elle avait à la main.

— Je suis sûre que cela peut se réparer facilement… mais il vaudrait mieux laisser un professionnel s'en charger.

Elle ne connaissait pas grand-chose aux meubles antiques, mais cette commode devait bien avoir plusieurs centaines d'années.

Il passa une main derrière la commode et poussa le tiroir. Vide.

— Eh bien, tout ça pour ça !

Elle poussa un soupir de soulagement, puis se demanda pourquoi. Avait-elle eu peur de trouver la base de la coupe trop rapidement et de n'avoir alors plus aucune excuse pour rester ?

Il ouvrit le tiroir du dessous, qui était vide aussi, et taché d'encre noire.

— Est-ce le sang d'un ennemi de l'un de vos ancêtres ?

— Non, c'est trop sombre. Il y a une latte du parquet qui est tachée de sang dans l'une des chambres de l'étage, elle a résisté à toutes les tentatives de nettoyage. C'est là que l'un de mes ancêtres a été assassiné par son valet de chambre.

— Quelle horreur ! Comme quoi, la malédiction est peut-être bien réelle…

— Sûrement ! Quoi qu'il en soit, la tache n'est pas de la même couleur que celle-ci. Elle est beaucoup plus claire, on dirait presque de la teinture pour bois.

— Je m'en souviendrai si jamais je n'ai pas les moyens d'en acheter, un jour, dit-elle d'un ton pince-sans-rire.

Elle se détourna et souleva le couvercle d'une vieille malle de bois, sur laquelle étaient gravées des feuilles de chêne. *Bon sang, ce n'est pas possible !* Un coup d'œil au contenu, et elle en eut le souffle coupé.

— Cette malle est pleine de bases de coupes !

Il s'approcha d'elle et éclata de rire.

— Ce sont des chandeliers !

— Oh… Bien sûr.

Quelle idiote !

— Je viens de prouver que l'on voit parfois les choses comme on a envie de les voir.

Il prit l'un des bougeoirs et le tint dans la lumière. Le métal terni avait perdu son éclat.

— Ils ont dû être relégués ici quand on a installé l'électricité.

— C'est drôle de penser à l'importance qu'ils ont eue un jour.

— Ils nous seraient encore bien utiles… Il y a souvent des pannes de courant, ici.

Il la regarda en souriant. Aussitôt, son cœur se mit à battre la chamade.

— Attendez qu'il y ait un orage, vous verrez !

Elle réprima un frisson.

— Ce sont les fantômes qui en profiteront pour sortir qui m'inquiètent.

— Ils ne me font pas peur, dit-il en fouillant dans les bougeoirs.

— Alors il y a bel et bien des fantômes ?

Il sortit un bougeoir de la malle et l'observa attentivement.

— J'imagine, mais du moment qu'ils me laissent tranquille leur présence ne me dérange pas.

Elle le regarda fixement. James Drummond s'avérait être très différent de l'homme qu'elle avait imaginé.

— Nous devrions sûrement chercher là-dedans pour voir si la base de la coupe ne se cache pas parmi ces bougeoirs. De quelle taille est la coupe ?

Il fronça les sourcils.

— Je ne sais pas. Je vais appeler Katherine pour lui demander des détails, maintenant que nous commençons officiellement nos recherches.

— Je suis sûre qu'elle sera ravie !

— Moi aussi. Je vais lui demander de nous envoyer quelques photos des deux autres pièces.

Mais Katherine était sortie, et il lui laissa un message pour lui expliquer la situation et lui demander de le rappeler.

Epuisés par leur long trajet, ils dînèrent tôt et allèrent se coucher chacun dans leur chambre. Elle ferma la porte à clé. Il n'allait pas venir lui rendre visite, mais elle préférait être prudente, étant donné ce qui s'était passé un peu plus tôt dans la journée.

Elle se réveilla en pleine nuit, sans la moindre idée de l'heure qu'il pouvait être. Elle s'était endormie aussitôt allongée. Le ciel devait être couvert, car la lune n'était pas visible. La chambre était plongée dans l'obscurité la plus totale.

Elle remonta les couvertures sous son menton.

Ce baiser avait été insensé. Il était arrivé sans prévenir, et l'avait troublée au plus haut point. Donc James éprouvait de l'attirance pour elle. Elle le trouvait très beau, bien sûr, mais elle était capable de se maîtriser, elle en était sûre. Car elle n'avait pas pour habitude de se jeter à la tête de parfaits inconnus.

Il avait dû ressentir la même chose qu'elle. Ainsi, James Drummond la trouvait séduisante ! Cette pensée lui procura un vif sentiment de satisfaction.

Cependant, elle s'en voulut aussitôt. Elle était là pour aider son père, les bas instincts de James Drummond ne devaient l'intéresser que dans la mesure où ils pouvaient lui permettre de réaliser son plan.

Elle s'assit. Par moments, dans la journée, elle avait presque oublié son père et cette maudite usine, mais maintenant qu'elle n'était plus sous le regard ensorcelant de James elle pouvait se concentrer sur ce qui importait vraiment.

Décidée à trouver son téléphone portable, elle posa les pieds par terre avec précaution. Elle sentit le tapis persan élimé sous ses pieds, et une latte du parquet émit un craquement sinistre quand elle se leva. Le cœur battant, elle se dirigea à l'aveuglette vers la chaise sur laquelle elle avait posé son sac à main. Tâtonnant çà et là, elle trouva enfin son portable et poussa un soupir de soulagement. Elle regagna son lit précipitamment et se réfugia sous les couvertures, puis elle appela son père.

Il décrocha au bout de quatre sonneries, comme toujours.

— Allô ? fit-il d'un ton bourru.

— Bonsoir, papa !

Elle sourit. Toute sa vie, elle avait espéré avoir un jour de bonnes relations avec son père. Elle ne l'avait pas vu pendant près de douze ans, et en voulait encore à sa mère, qui lui avait souvent répété qu'il valait mieux le laisser tranquille, de l'avoir éloignée de lui.

— Qui est-ce ?

Il avait un ton un peu agressif, il fallait bien le reconnaître. Elle comprenait qu'il ne soit pas fait pour sa mère, pétillante et artiste dans l'âme.

— C'est Fiona…

De qui aurait-il bien pu s'agir ? Il n'avait pas d'autre enfant !

— Tu ne devineras jamais d'où je t'appelle.

Soudain, elle hésita à le lui dire. La croirait-il quand elle lui dirait qu'elle était en Ecosse dans le seul but de l'aider, ou la soupçonnerait-il d'avoir des motivations tout à fait différentes ?

— Où es-tu, Fifi ?

Le surnom affectueux la fit sourire. Si quelqu'un d'autre l'avait appelée comme cela, elle aurait été furieuse, mais son père pouvait se le permettre.

— Je suis en Ecosse, chez James Drummond !

Elle retint son souffle. Allait-il se lancer dans une salve d'injures en entendant le nom de l'homme qu'il détestait tant ? Il y eut un long silence.

— Je suis ici pour récupérer ton usine, papa.

— Quoi ? C'est impossible. Elle n'existe plus, ce sale type me l'a prise !

Sa voix se fit tellement tonitruante qu'elle faillit lâcher le téléphone.

— Oui, elle lui appartient, maintenant, mais il n'en a encore rien fait. Je vais la lui racheter.

— Il ne veut pas la revendre.

C'était vrai. Elle avait demandé à un agent immobilier de

lui faire une offre, et il l'avait déclinée. Mais, avec un peu de chance, les choses changeraient lorsqu'ils se connaîtraient davantage.

— Tout s'achète, c'est une question de prix. Je le convaincrai de vendre.

— C'est un homme malfaisant.

Elle fronça les sourcils.

— Pas malfaisant, simplement dans l'erreur.

En cela, il n'était pas très différent de son père. Sa mère lui avait dit des choses peu flatteuses à son sujet : apparemment, il n'ouvrait la bouche que pour émettre des critiques, travaillait à longueur de temps et mettait tout ce qu'il gagnait dans son entreprise, la forçant à tenir la maison avec un budget très modeste. A l'époque, l'existence de sa mère n'était certes pas celle dont rêvait une jeune épouse.

Maintenant qu'elle était adulte, Fiona comprenait qu'il fallait faire des sacrifices pour atteindre certains buts. Ses parents étaient tout simplement différents.

— Il n'est pas si terrible, je t'assure.

— Pourquoi t'a-t-il invitée ? Essaie-t-il de profiter de toi ?

Oui. Au début, elle n'était pas sûre de comprendre pourquoi il l'avait invitée. Maintenant, elle en avait une idée un peu plus précise. Etrangement, cela ne l'inquiétait pas.

— Pas du tout, répondit-elle. Je suis ici pour l'aider à chercher un bien de famille perdu. Nous fouillons des pièces pleines de vieilleries.

— Méfie-toi de ce serpent !

Elle se méfierait surtout de l'effet déconcertant de son regard perçant, du désir qu'il éveillait en elle.

— Je serai prudente, ne t'inquiète pas. J'essaie de le connaître un peu mieux pour mettre au point un bon plan. Je vais peut-être lui dire que je compte acheter un bâtiment à Singapour. S'il est aussi impitoyable qu'on le dit, il se fera un plaisir de me le vendre du moment qu'il croit me rouler.

— Ne donne pas ton argent à ce démon ! Il m'a volé.

— Je sais. As-tu appelé l'avocat dont je t'ai parlé ?

Son père pourrait certainement récupérer son argent en faisant appel à la justice, si on le lui avait pris de façon illégale.

— Je n'aime pas les avocats. Ils me prendront tout ce qu'il me reste.

— Alors, James Drummond a payé tes taxes, et il a pu garder le bâtiment ? Je ne comprends pas vraiment comment cela s'est passé.

— J'étais un peu en retard dans mes paiements, pas très en retard, mais un peu.

A quel point ? Les autorités administratives qu'elle avait contactées lui avaient dit qu'il avait perdu l'usine parce qu'il n'avait pas payé ses taxes, mais avaient refusé d'entrer dans les détails. Son père soutenait que James la lui avait volée.

Elle avait renoué avec son père récemment et ne voulait pas faire quoi que ce soit qui pût l'embarrasser et le faire fuir. Il comptait plus que tout au monde pour elle, et elle ne voulait plus jamais le perdre.

— Je trouverai une solution. Je voulais juste te dire où j'étais pour que tu ne te fasses pas de souci.

— Apparemment, j'ai de bonnes raisons de m'en faire, Fifi. Fais attention à toi, avec cet *ang mo gui*.

Elle résista à l'envie de protester. Littéralement, « *ang mo gui* » signifiait « démon aux cheveux roux », et c'était une insulte raciste désignant n'importe quel Occidental.

— C'est promis.

Elle promena son regard sur les ténèbres de la chambre. Elle n'avait pas envie de raccrocher. Il était 3 heures du matin, des heures d'obscurité la séparaient encore de l'aube.

— A mon retour, reprit-elle, je t'emmènerai dîner dans mon restaurant préféré.

Avec un peu de chance, elle lui annoncerait alors qu'elle avait racheté son usine, mais inutile d'être présomptueuse pour l'instant.

— Avec plaisir, Fifi. Je t'inviterai.

Elle sentit son cœur se serrer. Il n'avait sûrement pas les moyens de l'inviter au restaurant actuellement, mais il aurait été profondément blessé s'il avait su qu'elle en avait conscience.

Jusque-là, elle avait trouvé toutes sortes de stratagèmes pour l'inviter quand ils sortaient et pour lui offrir des cadeaux. La fierté de son père avait indéniablement joué un rôle dans sa chute, et elle aurait intérêt à s'en souvenir.

— Merveilleux ! Il vaut mieux que tu ne m'appelles pas ici, au cas où... Je ne veux pas que James Drummond découvre que je suis ta fille, je lui ai caché.

Il rit, visiblement enchanté par le subterfuge.

— Mes lèvres sont scellées.

— Je te rappellerai bientôt.

Elle raccrocha, heureuse à l'idée de cet échange avec son père, de l'occasion de pouvoir l'aider et gagner ainsi son amour. Elle n'allait pas la laisser passer. Il avait toujours regretté de ne pas avoir eu de fils, mais elle lui prouverait qu'avoir une fille pouvait être encore mieux.

Elle ne vit James qu'à l'heure du petit déjeuner. A force de s'ennuyer seule dans sa chambre, elle avait fini par trouver le courage de s'aventurer en bas. Elle ne s'était pas rendormie après avoir téléphoné à son père et, au bout de quelques heures, elle avait commencé à avoir faim. Sur la table du petit déjeuner, elle avait trouvé du bacon, du pain grillé froid, du beurre et de la marmelade, et un plat de porridge. Le tout, très aristocratique, était trop austère à son goût. Elle engloutit quelques toasts avec du bacon et but trois tasses de thé bien fort. Elle se sentait un peu mieux quand il arriva enfin.

— Je suis désolé de ne pas m'être levé le premier... J'étais plus fatigué que je ne le croyais.

— Il n'y a pas de mal. J'ai trouvé mon chemin jusqu'ici ! Je pourrais m'habituer à trouver le petit déjeuner sur la table tous les matins...

— Voulez-vous du café ?

— Non, merci, je me contenterai de thé. Je fais comme les autochtones !

— Katherine m'a envoyé par e-mail des photos des deux autres pièces de la coupe, je viens de vous les faire suivre.

Elle sortit son portable de sa poche, releva ses messages et regarda les images un peu floues du calice et du pied en métal ternis, sur un fond blanc.

— Elle est enchantée de savoir que je vais enfin entamer des recherches, continua-t-il. Je n'ai pas eu le cœur de lui dire que j'avais engagé des agents de sécurité pour empêcher les gens de ratisser le domaine dans l'espoir d'obtenir la récompense.

— Plus vite nous la trouverons, plus vite vous serez tranquille.

— Exact !

Il était encore plus beau que la veille, ce qui était passablement agaçant. Il portait une culotte de cheval avec des bottes de cuir, et une chemise à carreaux. Dans une telle tenue, il aurait dû avoir l'air ridicule, mais au contraire il avait fière allure et incarnait à merveille le seigneur et maître du château.

— Je vais faire du cheval, ce matin. J'ai pensé que vous pourriez vous joindre à moi, si cela vous intéressait…

Il haussa légèrement les sourcils. Essayait-il de la mettre au pied du mur ? Peut-être ne l'avait-il pas crue quand elle lui avait dit qu'elle savait monter.

Elle sourit.

— Avec grand plaisir ! J'espère que ce n'est pas contraire à la loi de monter en jean et avec des mocassins.

— Nous avons tellement de vieilles lois ici que la seule solution est de présumer que tout est interdit mais de le faire quand même.

Il se servit du bacon et des toasts.

— Par chance, cet endroit est immense et loin de tout, alors il n'y a jamais personne pour m'en empêcher.

— Tant mieux pour vous !

Les battements de son cœur s'étaient accélérés. Etait-ce la perspective de galoper à travers la lande écossaise, ou, plus vraisemblablement, parce que la présence de James la troublait ? Ses cheveux noirs étaient mouillés et lissés en arrière, et des gouttes d'eau étaient encore accrochées à son cou.

— Monter à cheval ne vous manque pas quand vous êtes à Singapour ?

Singapour. Elle trouvait étrange qu'il choisisse de passer

le plus clair de son temps là-bas alors qu'il possédait une propriété aussi magnifique en Ecosse.

— Pas du tout. Je fais du polo au moins deux fois par semaine.

Il but une gorgée de thé.

— Ah, je vois…

Ce n'était pas étonnant qu'il soit aussi mince et musclé.

— Vous en faites aussi ?

— Non, je n'ai jamais essayé, mais j'adorerais.

Il haussa les sourcils.

— Vraiment ? Il faudra que nous y remédiions quand nous serons de retour à Singapour.

Son cœur fit un bond dans sa poitrine. Elle aurait tant aimé le prendre au mot. Elle avait toujours eu envie de s'essayer au polo, mais n'en avait jamais eu l'occasion. En Californie, elle avait eu la chance de faire de la randonnée à cheval, et avait même participé à quelques concours hippiques, ce pour quoi elle s'était toujours sentie privilégiée. Hélas, quand ils seraient de retour à Singapour, il saurait qui elle était et il la détesterait certainement.

Un sentiment de regret l'envahit. Quel dommage qu'il soit son ennemi ! Elle aurait pu passer de bons moments avec lui.

Après le petit déjeuner, elle alla se changer, puis il l'emmena aux écuries, dans un long bâtiment de pierre au toit d'ardoise. En les entendant approcher, de grands chevaux majestueux passèrent leur tête au-dessus des portes fraîchement repeintes des stalles.

— Vous avez beaucoup de chevaux !

— Huit. C'est plus qu'assez pour Mick.

— C'est le palefrenier ?

— L'entraîneur. Il les monte tous les deux jours. Toby est le palefrenier.

Même les écuries étaient une petite entreprise dans cette mécanique bien huilée de luxe et de privilège. Et dire qu'il considérait l'endroit comme désolé !

— Vous devriez monter Taffy, dit-il en lui montrant une grande jument grise aux yeux doux.

— Elle a l'air adorable…

Son licou était accroché à côté de la porte de sa stalle.

— Je la fais sortir moi-même, ou il y a un employé chargé de le faire ?

Il rit.

— Faites-la sortir. Je me charge toujours de les panser et de les seller. C'est le seul moyen de savoir s'ils sont de bonne humeur avant de les monter !

Taffy se laissa passer le licou gentiment et resta parfaitement immobile quand elle l'attacha. Elle entraîna la jument hors de la stalle et fut surprise de constater que ses sabots ne cliquetaient pas sur les pavés.

— Elle n'a pas de fers ? demanda-t-elle en baissant les yeux.

— Non. Je ne ferre aucun de mes chevaux, dans la mesure du possible. C'est plus sain pour eux. Les gens se moquent de moi, mais rira bien qui rira le dernier quand l'un de leurs chevaux perdra un fer en pleine randonnée !

Elle le regarda, ébahie. Décidément, il était plein de surprises. Elle ne l'aurait jamais imaginé se souciant du bien-être de ses animaux.

— Attachez-la ici, je vais apporter le matériel pour la panser.

Elle noua la longe à l'anneau de fer qu'il lui indiquait et laissa Taffy lui sentir la main. James ne tarda pas à revenir avec le kit de pansements dans une belle boîte de bois, et avec un grand cheval bai.

— Le pauvre Dougal est enfermé dans sa stalle depuis un mois ! Il est un peu énervé.

— Il est magnifique. Comment choisissez-vous vos chevaux ?

— A l'instinct. J'ai acheté la plupart d'entre eux quand ils n'étaient encore que des tout petits poulains. J'ai un ami qui est éleveur et qui arrive à me convaincre de passer voir son haras au moins une fois par an.

Les chevaux étaient si propres que quelqu'un avait déjà dû les panser le matin même. Elle brossait Taffy quand un jeune homme arriva avec deux selles et des brides.

— Permettez-moi de la seller pour vous, Madame.

Elle le laissa placer la selle lustrée sur le dos de la jument, qui inclina ensuite la tête docilement pour se laisser passer la bride. Le jeune homme lui apporta un plot pour l'aider à monter. Déçue. Elle était déçue, et ceci parce qu'elle avait espéré que James l'aiderait !

Qu'est-ce qui cloche, chez toi ? Concentre-toi sur la vraie raison de ta présence ici ! James a beau avoir des chevaux superbes et un château magnifique, c'est un homme cruel qui gagne des millions en exploitant les autres.

Elle n'en était pas entièrement convaincue, mais elle se mit en selle et s'efforça néanmoins de ne pas regarder les fesses de James, mises en valeur par son pantalon de cheval.

Taffy ne semblait pas le moins du monde déconcertée par le fait d'être montée par une nouvelle cavalière. Elle suivit placidement James et Dougal, jusque sur un sentier, au-delà d'un mur de pierre. Ils descendirent une colline et pénétrèrent dans un petit bois. James lui demanda plusieurs fois si tout allait bien. Manifestement, il croyait qu'elle avait menti en disant qu'elle savait monter, et il s'attendait à ce qu'elle trahisse son incompétence à tout moment.

Le plus étrange, dans tout cela, c'était qu'il s'inquiète pour elle. S'il avait été un homme sans cœur comme elle l'imaginait, il serait parti au galop et l'aurait laissée se débrouiller seule. C'était à ne plus rien y comprendre, mais elle devait se montrer calme et faire preuve de lucidité.

Elle veilla à ne pas trop révéler ses talents de cavalière. Elle fit même mine de rire et de lâcher les rênes quand Taffy pencha la tête pour manger de l'herbe sur le côté du sentier. Après une dizaine de minutes, passées à admirer la vue panoramique, elle était sûre de savoir s'y prendre avec la jument. Les champs s'étendaient devant eux, à perte de vue.

— Et si nous les laissions se dégourdir un peu les pattes ? demanda-t-elle d'un ton faussement innocent.

— Hmm…

Il la regarda d'un air dubitatif. Elle devait lui sembler toute petite sur le dos de la majestueuse Taffy.

— D'accord, dit-il enfin. Passez devant.

Il espérait sans doute la ramasser lorsqu'elle tomberait. Elle passa devant lui, riant sous cape, puis elle raccourcit un peu les rênes et mit Taffy au trot. Quand elle fut certaine de savoir ce qu'elle faisait, elle serra les jambes et, comme prévu, la jument partit d'abord au petit galop, puis au grand galop. Elle s'aperçut qu'elle affichait un large sourire, pour des raisons qui n'avaient plus rien à voir avec James, tandis que le vent lui fouettait le visage et que le paysage défilait sous ses yeux. C'était follement amusant !

- 4 -

James avait prévu de maintenir les chevaux au pas. Il avait délibérément choisi Dougal, qui se remettait d'une blessure au tendon et avait besoin de reprendre lentement. Fiona était petite et menue, et ce n'était pas parce qu'elle avait fait une promenade à cheval sur une plage dans sa vie qu'elle savait monter. Elle semblait plutôt mal assurée sur le dos de Taffy, dont la constitution robuste n'avait d'égale que sa douceur de caractère. Dans son jean moulant et ses mocassins, Fiona était davantage parée pour aller se promener en ville que pour chevaucher une immense jument. Et pourtant elle continuait à sourire comme si de rien n'était.

Il garda une allure lente, ce qui ne fut pas facile pour le pauvre Dougal, qui aurait voulu se défouler. Il aurait sans doute mieux fait de prendre un cheval plus calme, mais Dougal avait besoin de faire un peu d'exercice.

Puis, brusquement, Fiona partit au galop. Les yeux écarquillés, stupéfait, il la regarda, luttant pour retenir Dougal, qui mourait d'envie de s'élancer derrière elle mais n'en avait pas le droit à cause de son tendon encore fragile. Se cabrant et se débattant, le cheval l'occupa pendant cinq bonnes minutes, jusqu'à ce qu'il entende le tambourinement des sabots de Taffy, qui revenait vers lui. Il leva les yeux, prêt à prendre son téléphone pour appeler les secours, persuadé que Fiona ne serait plus sur le dos de la jument. Pourtant, elle y était bel et bien.

— Vous êtes encore en vie !

Les yeux de Fiona brillaient, ses joues étaient roses, et ses lèvres, rougies par le vent. Taffy haletait et soufflait.

— Je suis tombée amoureuse.

— C'est vrai ?

Son cœur se mit à cogner dans sa poitrine. Il était tenté de répondre que lui aussi était amoureux. Le baiser qu'ils avaient échangé le hantait, ce qui n'arrangeait rien. La situation aurait difficilement pu être plus insensée, et Fiona était une bouffée d'air frais dans son existence sans surprise.

— Taffy est une perle ! Elle est attentive au moindre mouvement…

Il rit.

D'accord. Elle n'était pas amoureuse de lui. Etait-il déçu ? Il avait envie de se gifler.

— Je sais… C'est pour ça que je l'ai choisie pour vous. Elle sait également ignorer les faux mouvements, mais dans votre cas ce n'est pas utile !

Il l'observa attentivement. Elle était assise sur sa monture, visiblement à l'aise, et avait laissé la bride sur le cou de la jument.

— J'avoue que je ne m'attendais pas à ce que vous soyez si… douée.

— Je sais. Vous vous attendiez à ce que je glisse de la selle dès que nous sommes parties au trot, n'est-ce pas ?

Il eut un grand sourire.

— Exactement… mais je suis content de m'être trompé. Dougal se remet d'une blessure, lui et moi sommes désolés de ne pas pouvoir nous joindre à vous pour un autre galop.

— Une autre fois, peut-être…

Elle leva légèrement le menton, rayonnante. Elle était d'une beauté éblouissante, même coiffée de la bombe de velours noir qui flattait si peu de gens.

— Avec plaisir ! Pour l'instant, nous pourrions peut-être aller au petit trot, pour que le pauvre Dougal puisse suivre.

— D'accord.

Elle partit au trot, et il regarda ses jolies fesses se soulever et se reposer sur la selle, avec le sentiment d'avoir un air benêt. Fiona Lam s'avérait être très différente de ce à quoi il s'était attendu. Etait-ce une bonne chose ? Il n'en était pas encore sûr. Il avait tout de suite éprouvé pour elle une vive attirance, qui s'était transformée en un désir violent au cours des quelques heures qu'ils avaient passées ensemble.

Elle lui semblait être la compagne idéale. Elle était intelligente et paraissait raisonnable, et ses origines à la fois américaines et singapouriennes l'intéressaient, d'un point de vue strictement professionnel : elle ferait le lien entre la culture occidentale et la culture orientale, à Singapour, où il concluait la plupart de ses affaires et où son éducation britannique pouvait le défavoriser. Parfois, il ne comprenait pas l'optique et l'opinion des autres, et il mesurait alors l'étroitesse de ses propres vues.

Pour l'instant, la visite de Fiona était un franc succès. Il n'avait pas envie de la perdre, et veillerait donc à ne pas trouver trop rapidement la troisième pièce de la coupe. De toute façon, il était peu probable qu'ils y parviennent. Néanmoins, si cela arrivait, il trouverait un autre moyen de la retenir. Jusque-là, elle semblait s'amuser.

Elle ralentit et se laissa rattraper.

— Je ne vous comprends vraiment pas.

— Comment ça ?

— Vous pourriez faire cela tous les jours, et vous choisissez de vivre en appartement, dans l'une des villes les plus peuplées du monde !

— Je dois être fou.

Il avait amené des femmes ici. Elles s'étaient souvent plaintes du temps et lui avaient demandé où se trouvaient les boutiques les plus proches. Fiona, en revanche, s'était tout de suite plongée dans l'atmosphère du lieu.

— Oui, je crois que vous êtes fou. Enfin, ce n'est pas bien grave ! Nous le sommes tous un peu, chacun à notre façon, dit-elle avec un grand sourire. Je commence à m'apercevoir que j'ai été folle de passer les cinq dernières années penchée sur mon ordinateur. J'ai grand besoin d'élargir mes horizons.

— Vous l'avez bien mérité.

— C'est vrai… Je n'avais jamais vu les choses comme ça. Quand je ne travaille pas, j'ai l'impression d'être une fainéante.

— Je comprends très bien ! Je n'ai pas pris de vraies vacances depuis…

En avait-il déjà pris ? D'aussi loin qu'il s'en souvienne, chaque fois qu'il était parti, c'était pour affaires.

— … longtemps, dit-il finalement.

— Apparemment, nous avons beaucoup de choses en commun.

— Effectivement.

Une vague de désir le submergea. Il mourait d'envie de l'embrasser. Serait-ce vraiment si terrible de faire l'amour avec elle le soir même ? De toute évidence, l'attirance était réciproque.

— Pourquoi riez-vous ? demanda-t-elle, les yeux pétillants et les cheveux volant autour de sa bombe.

— Je ne sais pas… Je dois être ivre d'air frais !

Il se sentait bel et bien grisé. Les pensées se bousculaient dans sa tête. Etait-il possible qu'il ait trouvé la femme idéale ? Bien sûr, il ne l'aimait pas encore, il était bien trop raisonnable pour se laisser dominer par ses émotions. On ne dirigeait pas une entreprise au capital de deux milliards de dollars à moins de savoir garder la tête froide. Cependant, il envisageait un engagement sérieux auprès de Fiona comme un investissement très prometteur.

— Moi aussi…

Une petite bruine s'était jointe au vent et cinglait ses joues roses. La plupart des femmes auraient plissé les yeux et se seraient inquiétées de leur coiffure. Mais elle renversa la tête en arrière pour accueillir la pluie sur son beau visage.

De nouveau, il eut terriblement envie de l'embrasser.

— Nous ferions mieux de rentrer. Je crois que Dougal a eu assez d'émotions fortes pour aujourd'hui !

— D'accord ! J'ai hâte de poursuivre la visite du château maintenant que j'ai eu une bonne nuit de sommeil et que mon cerveau fonctionne de nouveau normalement. J'étais tellement fatiguée, hier, je me rappelle à peine ce qui s'est passé.

Il eut encore envie de rire. Leur baiser était très net dans sa mémoire à lui. Prétendait-elle que le voyage l'avait tellement épuisée qu'elle s'était simplement laissé faire ? Etrangement, cela ne fit qu'attiser son désir de la séduire de nouveau. Il résistait rarement à un défi.

— J'aimerais pouvoir faire la course jusqu'à la maison avec vous…

— Je gagnerais ! répliqua-t-elle avec assurance.

— Je connais ces chevaux bien mieux que vous… J'ai peut-être fait exprès de vous donner le plus lent.

— Je n'en doute pas, mais je gagnerais quand même.

— Comment ?

— Par la seule force de ma volonté ! On peut obtenir à peu près ce que l'on veut, quand on fait preuve d'assez de détermination.

Il rit.

— Il faudra que nous vérifiions cela…

— Avec plaisir.

Elle croyait peut-être pouvoir le battre, mais c'était uniquement parce qu'il voulait bien le lui laisser croire. Personne n'avait le dessus sur lui, à moins qu'il le veuille, dans un but stratégique, parce que cela servait ses intérêts.

Que penserait-elle si elle savait qu'il projetait de l'épouser ? Il imaginait déjà une grande cérémonie dans la vieille chapelle du domaine, avec des invités venus du monde entier, puis une réception fastueuse à Singapour pour séduire ses futurs associés et les impressionner grâce à son nouveau statut. Il avait l'intention de tout organiser comme le lancement d'une nouvelle entreprise. Fiona Lam ne verrait rien venir.

Fiona soupira. La chevauchée exaltante de la matinée l'avait enchantée et elle avait hâte de repartir en promenade. La seule chose qui l'attristait était le fait que cette aventure et sa brève liaison avec James seraient de courte durée. Pendant quelques instants précieux, sur le dos de la belle et douce jument, elle s'était autorisée à imaginer que c'était là sa vie de tous les jours.

Son imagination débridée était partie au galop avec elle, et elle avait eu bien du mal à la ramener au pas. Elle était loin d'être faite pour être la dame d'un manoir écossais, et les gens du pays seraient horrifiés si une roturière épousait leur seigneur.

Elle eut envie de rire. Elle songeait à épouser leur seigneur ! Heureusement, personne ne le saurait jamais. Elle récupérerait l'usine de son père et s'éclipserait discrètement. Seuls les hommes et femmes d'affaires de Singapour seraient au courant de ce qui s'était passé. Ils oublieraient bien vite son existence, cependant.

Elle sentit sa gorge se serrer. C'était étrange de connaître la fin de cette histoire alors qu'elle venait à peine de commencer.

James et elle passèrent une partie de l'après-midi à arpenter l'aile la plus ancienne du château, traversant des pièces étonnamment petit[illegible] dallé et aux murs de plâtre. Il s'était changé et portait maintenant un pantalon noir et une chemise à fines rayures de couleur pâle, qui ajoutaient à son allure aristocratique.

— Où sont les meubles, les bibelots ? On croirait que personne n'a jamais habité ici.

— Mes ancêtres ont dû tout perdre au jeu, ou tout vendre. N'oublions pas ce bon vieux Gaylord, qui a perdu le domaine aux dés ! La personne qui l'a gagné a peut-être tout mis au rebut.

— Quel dommage ! Toutes ces choses font partie de l'histoire de votre famille…

Avec son unique fenêtre étroite et haute, placée presque au niveau des yeux, la pièce dans laquelle ils se trouvaient avait des airs de prison.

— L'histoire existe qu'il y ait ou non un tas de vieilleries ici.

Il lui montra une tache de suie au plafond.

— Quelqu'un a dû s'asseoir ici pour lire à la lueur d'une bougie.

— Ou pour coudre.

— Ou pour perdre son dernier shilling au jeu, dit-il avec un sourire espiègle qu'elle trouva irrésistible.

— Ou pour comploter sa vengeance sur ses ennemis.

— Ou pour faire l'amour.

Il plissa légèrement les yeux, l'air pensif.

— Pas besoin de lumière pour cela, remarqua-t-elle d'une voix douce.

De nouveau, il eut un petit sourire.

— C'est vrai. Il suffit d'une surface douce.

— Et encore !

Mais que lui arrivait-il ? Elle s'efforça de paraître calme alors même que ses pensées vagabondaient en tous sens. Elle s'imaginait allongée sur le sol, puis plaquée contre un mur, fébrile, prisonnière des bras puissants de James. Il murmurait son nom, ivre de passion et de désir…

— Ils n'étaient peut-être pas aussi difficiles que nous.

En un mouvement rapide et fluide, il s'approcha et l'embrassa, refermant les bras autour d'elle et la serrant contre lui tandis qu'elle promenait ses mains sur son dos musclé. Sa raison l'abandonna instantanément.

Quand il détacha ses lèvres des siennes, elle ouvrit les paupières et cligna des yeux, éblouie par le peu de lumière qui filtrait à travers la fenêtre étroite.

— Etait-ce une sorte de reconstitution historique ?

Elle ne savait pas vraiment quoi dire, mais voulait briser le silence lourd de tensions.

— Pour l'instant, oui…

Il inclina légèrement la tête sur le côté, ses yeux gris posés sur elle. Il la tenait encore dans ses bras, et son envie de se libérer luttait avec son désir de lui rendre son étreinte.

Que faire ? Cela pouvait-il mener quelque part ? *Bien sûr : dans le lit de James.*

Ces derniers temps, elle avait été tellement absorbée par son travail qu'elle n'avait pas eu l'occasion de sortir. La publicité autour de la vente de Smileworks avait achevé d'intimider ses amis, sauf les plus vieux et les plus proches, et le fait qu'elle l'avait vendue pour une somme astronomique n'avait pas arrangé les choses.

Elle cligna des yeux une seconde fois. James était bien trop beau pour sa tranquillité d'esprit. Comment garder la tête froide face à lui ?

Elle aurait aimé pouvoir donner à son père assez d'argent

pour qu'il s'achète une autre usine, elle n'aurait alors pas eu à racheter l'ancienne à James. Hélas, son père n'accepterait jamais cet argent, elle le savait. Si elle le lui offrait, il trouverait le geste condescendant et serait en colère. Il était terriblement fier. Elle n'en prenait pas ombrage, au contraire : cela lui donnait envie de se démener pour lui faire plaisir. Elle aussi était fière, c'était l'un des nombreux traits de caractère dont elle avait hérité et qui venaient de lui.

Dans de telles circonstances, c'était vraiment gênant d'être là, dans les bras de James Drummond. Quelqu'un avait-il déjà embrassé son ennemi dans cette pièce ? C'était probable.

— Que réserve l'avenir ? demanda-t-elle, les yeux levés vers lui.

— Je ne suis pas un devin… Je ne vois que ce qui se trouve juste devant moi.

Il l'embrassa de nouveau, avec plus de fougue. Une vague de désir la submergea. Elle se rassura en se répétant que c'était une simple question d'alchimie, et que cette alchimie expliquait que ses doigts glissaient presque malgré elle vers ses fesses magnifiques.

Il la séduisait délibérément. Tout en lui caressant le dos, il déposa une ligne de baisers sur sa joue. Il la serra encore plus étroitement contre lui, de sorte qu'elle sentit son sexe en érection.

— Arrête ! s'écria-t-elle, se forçant à s'écarter de lui.

Il la regarda d'un air vaguement amusé.

— Tu ne veux pas vraiment que j'arrête.

Non, c'est vrai.

— Je viens juste de te rencontrer. Je suis ta prisonnière, enfin, je veux dire, ton invitée, et tout cela est bien trop précipité.

Il haussa les sourcils.

— Ma prisonnière ?

— Lapsus, mais tu dois bien reconnaître que je ne pourrais pas m'enfuir facilement.

— Tant mieux…

Les mains posées sur sa taille, il ne desserrait pas son étreinte. Réprimer son désir pour lui l'agaçait. Elle n'aimait pas sa façon de jouer avec elle, comme si elle était sa chose, et elle n'aimait pas non plus l'effet qu'il lui faisait instantanément.

— Est-ce la manière dont tu traites tous tes invités ?

— Non. Seulement celles qui sont jolies.

— Alors tu mérites ta réputation.

Il s'immobilisa. Elle sentit ses mains se crisper et ses muscles se contracter. Elle s'aperçut qu'elle en avait dit un peu trop. Elle était censée ne rien savoir de lui.

— Que sais-tu de ma réputation ?

— Eh bien, j'ai posé des questions autour de moi avant d'accepter de faire plusieurs milliers de kilomètres avec un quasi-inconnu.

Bien rattrapé ! C'était ce qu'aurait fait n'importe quelle personne sensée.

— Apparemment, cela ne t'a pas dissuadée de venir.

Son regard farouche la fit tressaillir.

— Ce n'est pas un… débauché qui va me faire peur.

Il rit.

— Un débauché ? Nous ne sommes plus au XVIIIe siècle !

— Disons, un play-boy.

Il eut un large sourire.

— Je crois que l'on ne m'a jamais dit non plus que j'étais un play-boy, et je ne suis certainement pas le don Juan que certains voient en moi. Je ne suis jamais sorti avec plus d'une femme à la fois.

— Alors pourquoi ne t'es-tu jamais marié ?

Elle n'avait pu s'empêcher de poser de nouveau cette question audacieuse. C'était le moment ou jamais de chercher à savoir ce qu'il cachait sous ses dehors si polis, si élégants. Il l'avait enfin libérée de son étreinte troublante, elle avait donc retrouvé son pouvoir de concentration.

— Tu m'as déjà dit que tu n'avais pas rencontré la bonne personne, mais je sais que ce n'est pas tout.

Il fronça les sourcils.

— J'ai bel et bien rencontré la bonne personne, il y a longtemps.

Il y eut un silence assourdissant. Il se détourna et se dirigea vers la porte à grandes enjambées. Elle se hâta de le suivre. Elle devait en savoir plus, ce qui s'était passé entre cette femme et lui était la clé de son cœur, elle en était certaine ! L'avait-elle quitté sans pitié ? S'était-elle enfuie avec son meilleur ami ?

Elle courut après lui dans le couloir, tandis qu'il traversait d'autres pièces inhabitées.

— Où allons-nous ?

Il ne répondit pas. Peut-être était-il perdu dans ses pensées.

— Comment s'appelait-elle ?

Elle ne voulait pas rater l'occasion de le faire parler de son amour perdu. Celle-ci ne se représenterait peut-être pas. Elle avait déjà du mal à croire qu'il ait abordé le sujet, lui qui était si réservé !

Au bout du couloir, un escalier de pierre en colimaçon conduisait aux étages supérieurs. James monta les marches une à une.

— Catriona.

Elle le suivit.

— C'est un prénom écossais.

— Elle était écossaise.

Il arriva sur le palier et disparut de son champ de vision.

— Comment ça, elle était ? Elle est morte ? demanda-t-elle sans y croire, pensant qu'elle n'était plus rien pour lui, tout simplement.

— Oui, répondit-il. Cela fera dix-sept ans ce week-end.

Elle était stupéfaite et horrifiée. Quelle égoïste faisait-elle. Et dire qu'elle l'avait taraudé pour obtenir des informations, et avait abordé un sujet particulièrement douloureux pour lui.

— Je suis vraiment désolée…

— Pourquoi ? Ce n'est pas toi qui l'as tuée.

Il fit volte-face, le visage sombre.

— C'est moi.

Elle sentit son ventre se nouer. James Drummond avait-il bien pire à cacher que sa réputation de requin de la finance ?

Elle était seule avec lui, dans l'aile abandonnée d'un château coupé du monde, au beau milieu des Highlands. A part son père, personne parmi ses proches ne savait où elle se trouvait, sinon ils ne se seraient pas fait prier pour lui dire que son projet était insensé, et ils auraient essayé de l'en dissuader.

Cependant, son instinct lui dictait de lui faire confiance. A vrai dire, elle avait même envie de le prendre dans ses bras pour lui manifester sa compassion.

— Que s'est-il passé ? demanda-t-elle faiblement.

Son expression s'adoucit. Il semblait avoir retrouvé son sang-froid.

— Un accident de voiture.

— Oh… Et c'est toi qui étais au volant ?

— Oui.

Il leva les yeux vers elle.

— Comment le sais-tu ?

— Je l'ai deviné. Tu te sens coupable.

— Je suis coupable. J'aurais dû éviter l'accident.

— Est-ce que cela s'est passé près d'ici ?

Elle se rendit compte qu'elle avait croisé les bras sur sa poitrine, comme pour se protéger.

— A quelques kilomètres du village.

Il se passa une main dans les cheveux. Il allait peut-être lui en dire plus de lui-même.

— Il était tard dans la nuit, nous revenions d'une soirée et je la ramenais dans sa famille, en ville.

C'était donc une fille du coin. Cela l'étonnait. Pour une raison ou pour une autre, elle avait supposé qu'il ne sortait qu'avec des femmes venues de lieux plus glamour.

— Vous connaissiez-vous depuis longtemps ?

— Depuis toujours.

Il prit une profonde inspiration.

— Nous n'étions pas là souvent, puisque nous étions tous les deux en pension, mais pendant les vacances nous passions le plus de temps possible ensemble. Son père était, est médecin, il la déposait ici tous les matins avant d'aller faire ses visites pour que nous passions la journée à faire du cheval à ou parler de livres.

— Vous étiez meilleurs amis…

— Oh ! oui ! Et en grandissant nous sommes devenus bien plus que cela.

— Elle était ton premier amour.

— Mon seul amour.

Il prononça ces mots assez vite, et elle se demanda si c'était la première fois qu'il disait cela. Elle frissonna. A peine quelques instants plus tôt, ils s'embrassaient et se serraient dans les bras l'un de l'autre, et maintenant un fossé s'était creusé entre eux.

— Je l'aimais vraiment.

Il regardait à travers une fenêtre dans le mur de pierre, qui donnait sur les champs verdoyants, entourés de collines herbeuses où paissaient des moutons.

— C'est pour cette raison que tu n'as jamais pu aimer personne d'autre ?

Il ne répondit pas tout de suite, mais fronça les sourcils, sans détourner les yeux de la fenêtre.

— Je n'ai jamais été aussi proche de quelqu'un d'autre… mais je suis peut-être enfin prêt à aller de l'avant.

Elle s'immobilisa, abasourdie. Essayait-il de lui faire comprendre qu'il était prêt à aller de l'avant avec elle, après dix-sept années passées à broyer du noir, alors qu'ils venaient à peine de se rencontrer ?

Un terrible sentiment de culpabilité l'envahit. Elle n'était pas là pour soigner son cœur brisé. A vrai dire, elle n'avait même pas pensé un seul instant à ce qu'il pouvait ressentir, principalement parce qu'elle s'était attendue à ce qu'il soit sans cœur.

Comment pouvait-il penser qu'elle était celle qu'il attendait depuis si longtemps ?

Bien sûr, peut-être attachait-elle trop d'importance à sa remarque. Il l'avait peut-être fait venir dans le seul but de passer un peu de bon temps, avant de partir en quête de la femme idéale. Il préférerait sûrement une jeune femme grande et blonde aux ancêtres aristocratiques, certainement pas une femme d'affaires californienne petite et menue, aux intentions malveillantes.

Elle ne savait pas quoi dire. L'atmosphère était tendue, comme avant un orage.

— C'est une bonne chose. Cela fait si longtemps…

Elle s'en voulut de dire quelque chose d'aussi banal.

— C'est ce que tout le monde me dit. Parfois, j'ai l'impression que c'était hier… surtout quand je reviens ici.

Il fronça les sourcils et reprit son ascension. Elle le suivit, soulagée de pouvoir de nouveau bouger et respirer normalement.

— C'est pour ça que tu n'aimes pas venir ici, n'est-ce pas ?

— Oui.

Il évitait donc sa demeure ancestrale et son superbe décor naturel non pas parce que l'endroit lui semblait ennuyeux et trop isolé, mais parce que des souvenirs douloureux et des regrets dont il n'avait pas réussi à se défaire le hantaient chaque fois qu'il s'y aventurait.

— Elle aurait voulu que tu ailles de l'avant, dit-elle, sans vraiment savoir pourquoi.

C'était le genre de chose qu'aurait pu lui dire une vieille tante, pas une jeune femme qu'il avait amenée ici pour se distraire.

Il se tourna vers elle, les sourcils froncés, puis se mit à rire.

— Qu'en sais-tu ?

Elle se sentit insultée et s'empressa de protester.

— Si elle t'aimait, elle souhaitait ton bonheur.

Bien sûr, si elle était égoïste et sans cœur, elle aurait préféré qu'il passe le restant de ses jours à pleurer sa perte.

Il resta silencieux et continua à monter les marches de pierre. A quel étage pouvaient-ils bien être ? Ils arrivèrent sur un autre palier. Il ouvrit une lourde porte de bois qui, à sa grande surprise, donnait sur l'extérieur. L'étroite cage d'escalier fut aussitôt inondée de lumière. Elle le suivit sur un balcon surplombant la lande environnante.

— Tu as raison, c'est évident… Mon comportement l'aurait épouvantée.

— Quel comportement ?

Elle fixa son regard sur lui. Ses yeux étaient perdus au loin, vers les collines qui se découpaient sur le ciel d'un blanc éblouissant.

— Je fais croire à des jeunes femmes innocentes que je suis un homme normal, susceptible de les rendre heureuses, et je les abandonne dès qu'elles manifestent la moindre émotion.

Elle sentit sa gorge se serrer. Il ne se montrait certainement pas sous son meilleur jour avec elle, ce qui signifiait qu'il ne cherchait ni à l'impressionner, ni à échanger autre chose que quelques baisers.

Pourquoi cela la dérangeait-elle à ce point ? Elle aurait dû ne pas s'en soucier le moins du monde. Elle n'était pas là pour tomber follement amoureuse de lui et l'entendre lui vouer un amour éternel.

— Alors, pourquoi dis-tu que tu es prêt à aller de l'avant ?

Elle ne comprenait pas encore très bien pourquoi il l'avait invitée à venir, mais elle doutait que ce soit uniquement pour chercher la coupe, car il ne semblait pas s'y intéresser beaucoup.

Les traits de James se durcirent.

— Il est temps pour moi de me marier et de fonder une famille.

Le ventre noué, elle redressa les épaules et prit une profonde inspiration. Manifestement, il se moquait d'elle. Ce n'était vraiment pas correct de sa part de l'embrasser puis de lui dire qu'il était prêt à épouser une autre femme.

Elle haussa un sourcil interrogateur.

— Penses-tu à quelqu'un en particulier ?

Il la regarda droit dans les yeux. L'émotion qui se lisait sur son visage la stupéfia.

— Oui.

- 5 -

Fiona resta bouche bée pendant un instant qui lui sembla durer une éternité. James venait-il de sous-entendre qu'elle pourrait devenir sa femme, la mère du prochain héritier des Drummond ?

Non, elle devait se faire des illusions !

Elle ne savait pas quoi dire, mais ne pouvait ignorer une déclaration aussi capitale.

— J'espère que tu trouveras l'amour. Ce serait malheureux que personne n'hérite d'un endroit aussi beau.

— C'est vrai. Je n'ai pas d'héritier, des investisseurs américains le rachèteront et en feront un golf, dit-il avec un pétillement malicieux dans les yeux.

— Ce ne serait peut-être pas si terrible…

— Pas si on aime le golf, j'imagine.

— Le domaine vaut son pesant d'or, c'est indéniable.

— Je ne m'en séparerais pas pour tout l'or du monde.

Il promena son regard sur le magnifique paysage. On voyait à des dizaines de kilomètres à la ronde.

— Je te comprends. C'est comme si tu possédais ton propre pays, sans être ennuyé par les habitants.

— Et sans les inconvénients de la modernité, comme par exemple les boutiques.

— Bah ! Personne n'a besoin des boutiques. Personnellement, je fais toutes mes courses en ligne. Je serais enchantée d'avoir mon propre petit royaume.

La remarque était audacieuse, voire même imprudente, étant donné la conversation qu'ils venaient d'avoir, mais elle détendit l'atmosphère. Après tout, puisqu'il lui faisait miroiter la perspective d'un mariage, pourquoi ne pas le taquiner ?

Il se tourna vers elle, s'appuyant aux créneaux du balcon.

— C'est vrai ? Tu ne crois pas que tu finirais par t'ennuyer, ou par te sentir seule ?

Elle leva le menton fièrement.

— Non. Je suis sûre de pouvoir m'occuper vingt-quatre heures sur vingt-quatre, sept jours sur sept, et puis il y aurait la place pour construire une hélistation, si jamais j'avais besoin de m'enfuir précipitamment.

Il rit.

— Il y a déjà une hélistation ici, mon père l'a fait construire dans les années 1970. Elle n'a plus été utilisée depuis que son hélicoptère est tombé en pleine mer.

— Je suis désolée… Cela a dû être horrible.

— Le pire, c'est que je ne l'ai jamais vraiment connu. Il était souvent parti, quand j'étais petit, et quand j'ai été en âge de tenir une conversation je suis allé en pension. J'imagine qu'il m'aurait manqué davantage si nous avions été plus proches, mais c'est frustrant de ne pas avoir l'occasion de connaître son propre père.

Je compatis. Elle ressentait exactement la même chose que lui. L'absence de son père pendant son enfance l'avait privée de quelque chose d'important. Cependant, elle avait la chance de pouvoir encore rattraper le temps perdu.

— Où vit ta mère ? demanda-t-elle avec une certaine appréhension, craignant qu'elle ait été tuée dans le même accident.

— A Zurich. Ma mère et moi venions rarement ici quand j'étais jeune, elle déteste cet endroit et n'y a pas mis les pieds depuis des années. Je la soupçonne de croire à la malédiction. Le domaine entier lui donne la chair de poule. Elle a toujours dit qu'elle ne supportait pas d'être aussi loin de toute civilisation.

Elle fronça les sourcils.

— Ce n'est pas du tout comme cela que je vois les choses. Je trouve cet endroit merveilleusement paisible.

— Il est paisible parce qu'il n'y a personne pour troubler la paix du lieu.

— C'est peut-être pour ça que tu m'as amenée ici…

Cette fois encore, il eut un sourire espiègle.

— C'est bien possible… et j'en suis très satisfait.

L'air était frais, mais elle aurait juré sentir la chaleur entre eux. Le pétillement dans ses yeux lui donnait un air bien moins hautain que d'ordinaire.

Elle se sentait grisée. S'embrasseraient-ils de nouveau ? Où cela les mènerait-il ?

Elle n'avait jamais été dans une situation aussi étrange. Peut-être était-ce ce qui arrivait aux gens qui devenaient riches du jour au lendemain. Quand elle dessinait des stickers et rêvait de devenir chef d'entreprise, aucun homme ne l'avait emmenée dans son château. A vrai dire, elle avait connu de longues périodes pendant lesquelles elle n'avait fréquenté personne.

Une sonnerie l'arracha à ses pensées. Il sortit son portable de sa poche et décrocha. Elle s'aperçut que c'était la première fois qu'elle le voyait téléphoner depuis qu'elle l'avait rencontré.

Elle se détourna pour lui laisser un peu d'intimité, mais garda l'oreille dressée. Qui avait le privilège de l'appeler sur sa ligne personnelle ?

Quelqu'un devait prendre la plupart de ses appels pour lui. Qui était son ou sa secrétaire ?

Il murmurait presque, mais elle était sûre qu'il parlait à un homme. Elle le devinait à son ton bourru, un peu formel. Au bout de quelques minutes, il dit à son interlocuteur qu'il avait hâte de le voir, puis raccrocha.

— Je ne savais pas que tu avais un portable.

— Je m'en passerais bien, mais de nos jours tout le monde s'attend à ce que l'on soit disponible à toute heure du jour ou de la nuit. Mon assistant filtre tous mes appels. Celui-ci venait d'un homme avec lequel j'ai des projets intéressants.

— A Singapour ?

Son ventre se noua. Etait-ce pour ces projets qu'il avait racheté l'entreprise de son père ?

— Oui, entre autres.

— Laisse-moi deviner… Il s'agit d'une chaîne d'hôtels ?

Elle avait envie d'en savoir davantage, mais ne voulait pas poser trop de questions.

— Pas exactement.

Son visage était impassible, comme d'habitude. De toute évidence, il n'avait pas l'intention de lui en dire plus.

— Je suis désolé, reprit-il, je vais devoir travailler un peu, j'ai quelques dossiers à compulser. N'hésite pas à explorer le reste du château.

Ils redescendirent et regagnèrent l'aile habitée. Manifestement, il était préoccupé, et il n'était pas du genre à parler pour meubler le silence. Elle aussi était plongée dans ses pensées. Que se passerait-il après le dîner, au juste ? Elle ne pouvait plus prétendre être fatiguée, et il lui avait déjà fait des avances explicites.

Elle ne lui avait pas opposé une résistance farouche, cela dit.

Une fois seule dans sa chambre, elle téléphona à sa meilleure amie, Crystal, qui vivait à San Diego.

— Comment ça, tu es en Ecosse ? s'écria celle-ci en apprenant la nouvelle.

— Tout s'est passé si vite, je n'ai pas eu le temps de te le dire plus tôt.

— Je rêve d'y aller depuis des années… Je n'arrive pas à croire que tu y sois sans moi !

— Ce n'était pas prévu, James m'a invitée et je n'ai pas su dire non.

— James ? Pas celui qui était dans notre classe au lycée, j'espère…

— Non, loin de là ! répondit-elle en riant. Le James dont je te parle possède un château.

— Bon sang de bonsoir ! Tu vas être duchesse.

— Je ne crois pas qu'il y ait de duché en Ecosse.

— Eh bien, châtelaine, alors !

— Mais non… Je viens à peine de le rencontrer, et il n'y a absolument rien entre nous.

Elle s'immobilisa en s'apercevant qu'elle avait menti à sa plus vieille amie, pour la première fois.

— Bon, d'accord, nous nous sommes embrassés une fois…

ou deux, mais en dehors de cela nos relations sont strictement professionnelles.

— Tu as embrassé un homme avec lequel tu as des relations de travail ? Cela ne te ressemble pas ! A l'époque, n'avais-tu pas refusé un bisou à Danny Fibonacci parce que tu étais persuadée qu'il voulait te prendre ton stand de citronnade ?

— Etant donné qu'il a récemment été accusé de délit d'initié, j'ai bien fait !

Crystal rit.

— Alors, de quel genre d'affaires s'agit-il ?

— Nous sommes à la recherche d'une vieille coupe, ou plutôt d'un morceau d'une vieille coupe.

Elle fronça les sourcils. Parfois, elle avait du mal à rester concentrée sur cet aspect des choses. Elle devait se rappeler la vraie raison de son voyage en Ecosse avec un parfait inconnu.

— C'est un bien de famille disparu il y a près de trois cents ans.

— D'après moi, c'est une excuse minable qu'il a inventée pour t'attirer dans son repaire et te séduire.

— Hé ! J'ai mes propres raisons d'être ici.

— Laisse-moi deviner, elles se résument en trois mots : grand, beau et ténébreux.

Elle jeta un coup d'œil autour d'elle, espérant qu'il n'y avait pas de micros cachés dans la chambre.

— Ce n'est pas du tout ça… Enfin, il est effectivement grand, beau et ténébreux, mais je suis ici pour récupérer l'usine de mon père, que James lui a escroquée.

Avouer ses viles intentions lui procura un vif soulagement. Cependant, son amie ne l'encouragea pas à sa manière rassurante.

Il y eut un long silence.

— Comment ça se passe, avec ton père ? demanda-t-elle enfin, d'un ton méfiant.

— Très bien ! Il est contrarié d'avoir perdu son entreprise, mais il me suffira de comprendre pourquoi James la voulait à tout prix pour pouvoir la récupérer.

— Hmm… As-tu déjà proposé à James de la racheter ?

— Il a refusé quand un agent immobilier lui a proposé de

ma part, mais quand je le connaîtrai mieux je trouverai une meilleure stratégie.

— Et s'il persiste dans son refus ?

Elle se mordit la lèvre inférieure nerveusement. Elle n'avait pas réellement songé à ce qu'elle ferait s'il se montrait catégorique.

— Je trouverai bien un moyen de le convaincre, j'ai beaucoup d'argent.

— Tout cela ne me dit rien qui vaille. Comment peux-tu être sûre que ton père appréciera le mal que tu te donnes ? Tu le connais à peine.

La remarque de Crystal lui fit l'effet d'une gifle.

— J'ai passé beaucoup de temps avec lui.

— Il aurait pu venir te voir en Californie quand tu étais enfant, mais il a choisi de ne pas le faire.

— C'est compliqué…

Comment expliquer à Crystal ? Chaque année, elle avait espéré une visite de son père, en l'imaginant dans le moindre détail. A défaut, elle avait supplié sa mère de l'emmener à Singapour. Et, chaque année, sa mère se fondait en excuses, ou prétextait des tas de raisons censées expliquer pourquoi son père ne pourrait pas venir la voir, mais le vide de ses espoirs déçus la hantait encore aujourd'hui, après tant d'années. Elle savait que le divorce de ses parents s'était très mal passé, et elle soupçonnait sa mère de vouloir oublier jusqu'à l'existence de son père.

Maintenant, elle pouvait enfin fêter son anniversaire avec son père, ou lui téléphoner simplement pour lui dire bonjour, comme elle en avait toujours rêvé.

— Je trouve ça beau que tu essaies de renouer avec ton père, dit Crystal, et je sais que tes intentions sont bonnes, mais je ne veux pas te voir souffrir.

Elle regrettait de l'avoir appelée.

— Je sais me débrouiller, merci. En attendant, je passe de bonnes vacances en Ecosse.

— J'en ai bien l'impression… J'ai hâte d'entendre les détails croustillants !

*
* *

Sachant que le dîner était servi par le personnel de maison dans la magnifique salle à manger lambrissée de chêne, Fiona s'apprêta pour l'occasion, optant pour une petite robe noire qui lui arrivait juste au-dessus du genou et des boucles d'oreilles en perle. Elle était élégante, mais pas trop habillée.

Elle se maquilla avec empressement, appliquant du mascara sur ses cils, et un peu de rouge à lèvres. Deux baisers signifiaient presque infailliblement qu'un troisième suivrait. On aurait pu penser que cela lui simplifierait la tâche quand elle lui demanderait de lui revendre l'usine, mais au contraire elle était persuadée que l'attirance entre eux ne faisait que compliquer les choses.

Soudain, on frappa à la porte.

— Entrez !

La porte s'ouvrit et James apparut dans l'embrasure, toujours aussi beau dans son costume noir et sa chemise blanche impeccable. C'était curieux qu'ils soient tous deux aussi élégamment vêtus alors qu'ils ne sortaient pas et allaient manger en tête à tête.

— Le dîner est prêt… Tu es superbe, dit-il en promenant son regard sur elle, de la tête aux pieds.

Elle en eut les frissons. De bien trop délicieux frissons…

— Merci ! Toi aussi.

Elle résista à l'envie de rire. Elle avait l'impression de se préparer pour un rendez-vous galant plein de promesses. Avec lui, elle flirtait spontanément. Même l'embrasser lui semblait tout naturel. Ce n'était qu'une fois seule qu'elle éprouvait le besoin de se concentrer de nouveau sur son plan.

Sa mission pour la soirée était de lui dire qu'elle voulait acquérir une propriété à Singapour à l'endroit précis où l'usine était située.

— Je suis presque prête.

Elle fit mine de retoucher son rouge à lèvres. Elle ne voulait pas donner l'impression de paraître trop impatiente. Il valait mieux prendre un air nonchalant, comme si rien de tout cela n'importait vraiment.

— Manifestement, tu fais bon usage du temps que tu prends.

Son regard approbateur lui donna le sentiment d'être belle. C'était une étrange sensation, inhabituelle, grisante. Elle s'efforçait d'être élégante, et avait la chance d'être mince, mais elle n'était pas une femme fatale. Les hommes n'allaient pas jusqu'à se retourner sur son passage. Pourtant, James lui donnait l'impression que c'était possible.

— Tu manges toujours assis à la grande table de la salle à manger, avec des gens autour de toi pour te servir ?

— Quand je suis ici, oui.

— Tu n'as jamais envie de manger devant la télévision, par exemple, ou quelque chose de ce genre ?

Une douce chaleur l'envahit quand elle passa tout près de lui pour sortir de la chambre.

— Je pourrais, mais curieusement ce n'est pas le cas. Je respecte les traditions, et les employés de maison n'ont déjà pas grand-chose à faire, je ne veux pas qu'ils se sentent négligés et me donnent leur démission.

— Je reconnais bien là l'homme d'affaires…

— Cette propriété est davantage une petite entreprise pour moi qu'un foyer.

Il remonta le couloir à ses côtés. Elle fut parcourue d'un frisson lorsqu'il lui posa la main au creux des reins.

— C'est triste, quand on pense au nombre de gens qui ont dû vivre et mourir ici. Chaque pièce, chaque meuble a une histoire.

— C'est l'une des nombreuses raisons pour lesquelles j'aime tant mon appartement moderne à Singapour, dit-il avec un sourire malicieux. Je peux m'y détendre sans être entouré de gens qui attendent quelque chose de moi.

L'immense tableau grandeur nature au bout du couloir attira son attention. Il représentait un jeune homme debout à côté d'un cerf, dans les bois. A en juger par la tenue de l'homme, on était au XVIIIe siècle.

— Cette peinture est absolument magnifique.

— Oui… Tout ce que je remarque est la façon dont ses yeux semblent me suivre quand je passe devant.

Elle observa le tableau plus attentivement.

— Mais il regarde sur le côté…

— Je ne parlais pas de l'homme, mais du cerf.

Il se dirigea vers l'escalier. Elle continua à examiner le tableau. Effectivement, on aurait dit que les grands yeux bruns du cerf étaient posés sur elle.

— Mon Dieu !

Elle se hâta de rattraper James, jetant un dernier coup d'œil par-dessus son épaule pour voir si l'animal la regardait encore. C'était le cas.

— Je vois ce que tu veux dire… Quelle est la devise de ta famille, déjà ?

— « Garde ta lame bien aiguisée », répondit-il en faisant la grimace. En affaires aussi, c'est un bon conseil.

— Au moins, avec une lame bien aiguisée, on peut trancher dans le vif, dit-elle.

Elle essayait seulement de détendre l'atmosphère, mais il s'arrêta net et la dévisagea.

— Exactement.

Il resta un instant immobile, puis fronça les sourcils et continua à descendre l'escalier.

Comme elle s'y était attendue, le dîner fut fastueux. Elle lui posa des questions sur la façon dont il gérait le domaine, en partie pour en apprendre davantage sur lui, mais surtout parce qu'elle était curieuse de savoir comment réaliser une tâche aussi archaïque au XXIᵉ siècle.

— Alors le domaine se suffit à lui-même ?

Les centaines de moutons qui entretenaient si soigneusement les pelouses ne payaient tout de même pas les factures !

— De justesse. Le marché de la laine fluctue d'une année sur l'autre. Il paraît que l'étape suivante est de créer ses propres produits de luxe, sa propre marque de vêtements, mais je n'ai pas envie de me lancer dans ce genre de projets.

— Pourquoi pas ?

— Le but du business du luxe est de produire et de vendre une petite quantité de marchandises avec une marge élevée. Ce n'est pas assez modulable pour éveiller mon intérêt.

— Pourtant, tu as des bâtiments et des hôtels de luxe. C'est sûrement un peu pareil…

Il but une gorgée de vin.

— Non. En plus de ce qu'ils rapportent dans l'immédiat, ce sont de véritables mines d'or à long terme. Mon grand-père disait toujours « ne vendez jamais vos terres », et il avait raison. Au bout du compte, c'est la terre qui a la plus grande valeur.

Le cœur battant, elle prit une bouchée de viande. Elle le soupçonnait depuis le début d'avoir racheté l'usine de son père pour le terrain sur lequel elle se trouvait. Qu'aurait-il bien pu faire d'une vieille usine de chaussures et accessoires ?

Comment le persuaderait-elle de s'en séparer s'il était convaincu de l'importance primordiale de la terre ?

— Il a bien dû t'arriver de vendre certaines de tes propriétés, tout de même ?

Il sourit.

— Jamais. Du moins, pas encore. J'imagine qu'il y aura bien un jour un prix auquel je ne saurais pas résister.

Soulagée, elle lui rendit son sourire.

— Ce sera un prix très élevé, je suppose ?

— Oh ! oui ! Et je ne me contenterais pas d'argent…

Il se laissa aller en arrière sur sa chaise.

— Bien sûr, même s'il m'arrive d'en avoir envie, je ne me séparerai jamais de ce château.

— Ce serait comme de vendre ton propre ADN…

— Je préférerais encore donner de mon ADN ! La science pourrait en faire bon usage, et mes cellules créeraient d'autres cellules.

Il avait fini de manger et se contentait maintenant de la regarder. Elle posa ses couverts. Il était temps pour elle de passer à l'étape suivante de son plan. Elle avait le ventre noué, ce qui était d'autant plus désagréable qu'elle avait mangé de bon appétit pour donner le change.

— Alors, comme ça, tu ne te contenterais pas d'argent…

Elle haussa les sourcils, espérant avoir un air aguicheur plus qu'accusateur.

— Ton acheteur potentiel devrait par exemple… relever un défi ?

Il inclina légèrement la tête sur le côté, visiblement intrigué.

— Je dois admettre que l'on ne m'a jamais rien proposé de tel… Le cas échéant, je devrais sans doute y réfléchir.

Elle s'efforça de respirer normalement. Elle ne voulait pas aller trop vite en besogne et éveiller ses soupçons.

— Eh bien, je cherche un nouveau projet. Etant donné que tu as l'œil pour les opportunités, je me dis que je devrais voler l'une de tes bonnes idées pour ma prochaine entreprise.

Il rit.

— Je suis sûr que tu peux trouver quelque chose de bien plus intéressant toute seule.

— Peut-être, peut-être pas… Tes compétences et les miennes pourraient être complémentaires, et nous pourrions faire ensemble quelque chose de mieux que seuls, chacun de notre côté.

Elle avait du mal à parler affaires quand la lueur de désir dans les yeux de James était aussi intense. Sa beauté virile et son intelligence lui plaisaient tant que l'attirance qu'elle éprouvait pour lui se lisait sans doute aussi dans son regard.

— Ta réputation est déjà bien établie à Singapour, tandis que j'y suis nouvelle et que j'essaie encore de me faire une place.

— Singapour est la pierre angulaire du monde des affaires.

— Tous les porte-conteneurs sont obligés d'y passer, pour de simples raisons géographiques.

Les yeux de James pétillèrent.

— Exactement. Ce sera toujours le cas, jusqu'à ce que quelqu'un invente un aéronef à vol stationnaire susceptible de transporter des conteneurs chargés de marchandises.

Elle se mordilla la lèvre inférieure avec un air faussement pensif.

— Hmm… Je devrais peut-être continuer à travailler à mon plan d'aéronef à vol stationnaire…

— Je serais le premier à investir.

Ou à essayer de me voler mon projet. Elle parvint à garder une expression neutre.

— Enfin ! Comme tu le disais tout à l'heure, je n'ai pas envie de me lancer dans ce genre de projets. J'aime repérer les tendances et trouver des styles. Je crois que je vais m'orienter vers la vente au détail.

Elle réfléchissait à toute vitesse. Elle avait visité la vieille usine de son père, un bâtiment délabré dans un lieu désert, à un pâté de maisons seulement d'une rue commerçante. Ce serait l'endroit idéal pour un hôtel, mais elle ne pouvait pas prétendre s'orienter dans cette branche, trop éloignée de ce qu'elle avait fait jusque-là.

— J'ai appris beaucoup de choses grâce à mon entreprise de stickers, et j'envisage de me lancer dans l'industrie de la mode, avec une présence forte sur internet et une boutique phare à Singapour.

A l'endroit précis où se trouve l'usine de mon père.

— J'ai plein d'idées de vêtements, et maintenant je cherche l'endroit idéal pour ma boutique.

Elle espérait que le mensonge n'était pas trop flagrant. Son cœur martelait sa poitrine, à la fois parce que le rôle qu'elle jouait la rendait nerveuse et parce qu'une vague de désir la submergeait chaque fois qu'elle croisait son regard. Si seulement ils ne s'étaient pas encore embrassés ! Il lui était pénible de se rappeler avec quelle rapidité, avec quelle intensité tout son corps avait réagi à son étreinte. C'était une question d'alchimie, purement et simplement. Cela se contrôlait, et elle pouvait certainement tirer parti de la situation.

— Le fait est que je connais assez bien Singapour pour te suggérer quelques endroits stratégiques. Nous ferons un tour ensemble quand nous serons de retour là-bas.

— Excellente idée !

James prit Fiona par la main et l'entraîna dans la bibliothèque. Il avait congédié le personnel de bonne heure, pour avoir un peu d'intimité. Il avait le pressentiment que quelque chose de capital allait se passer.

— Tu veux boire un verre ?

— Si tu m'accompagnes.

Elle sourit et s'assit sur le canapé. Elle était presque trop polie. Il voyait bien qu'elle était encore un peu gênée dans cet environnement qu'elle ne connaissait pas, et il avait envie de la mettre à l'aise.

— D'après moi, le champagne convient à toute occasion… Fêtons la naissance de ta nouvelle entreprise !

Il sortit une bouteille du miniréfrigérateur caché derrière un panneau de bois.

— N'est-ce pas un peu prématuré ?

Elle croisa les jambes, attirant son attention sur ses mollets bien galbés. Une vague de désir le submergea aussitôt.

— Pas du tout, répondit-il. Le plus important, dans la création d'une entreprise, c'est l'idée. Une fois qu'on l'a, tout pousse naturellement.

— Il me suffit donc d'ajouter de l'engrais et de l'eau, maintenant ?

Elle sourit et prit la coupe de champagne qu'il lui tendait.

— Exactement.

Il s'assit à côté d'elle, agréablement troublé par sa proximité. Elle n'était pas comme les autres femmes, elle ne minaudait pas comme la plupart de celles qu'il avait rencontrées. Elle était sérieuse, réfléchie, amusante, et très belle.

Elle inclina légèrement la tête en arrière pour boire, et referma les lèvres sur le bord de la coupe. Il eut une autre bouffée de désir. Il mourait d'envie de l'embrasser de nouveau. Il y avait songé tout l'après-midi, mais avait pris sur lui pour se maîtriser. Il avait déjà brûlé les étapes, et il ne voulait pas la faire fuir. Elle était peut-être faite pour lui.

Cette seule pensée était exaltante. Se pouvait-il vraiment qu'il soit sur le point de trouver une compagne et de fonder une famille ? Il avait peine à le croire, car il s'était longtemps répété que c'était impossible. Cependant, depuis qu'il avait rencontré Fiona, sa façon de voir les choses avait radicalement changé. Des choses qui lui paraissaient vaines ou irréalisables à peine une semaine plus tôt étaient maintenant prometteuses, porteuses de possibilités.

Il devait donc faire attention à ne pas tout gâcher.

Les cheveux noirs et soyeux de Fiona tombèrent en avant quand elle se pencha pour poser sa coupe sur la table basse. Il eut envie de passer la main dedans, mais résista à la tentation et but une autre gorgée de champagne.

— Comment as-tu appris à monter à cheval ?

— Comme tout le monde, répondit-elle en souriant, j'ai pris des leçons. Je suis un peu rouillée, maintenant. Cela faisait au moins deux ans que je n'avais pas monté.

— Tu t'es pourtant débrouillée comme une professionnelle, avec Taffy.

— Taffy est adorable ! J'avais l'impression d'être une princesse sur une jument aussi majestueuse, à galoper à travers la lande… J'ai hâte de recommencer.

— Moi aussi.

Se promener à cheval avec elle était l'une des choses qu'il brûlait d'impatience de refaire. Tout comme l'embrasser.

Un baiser, pas plus. Il devait se comporter en gentleman. Elle était son invitée et, malgré leur soudaine intimité, ils venaient juste de se rencontrer. L'attente vaudrait la peine, si elle était bel et bien parfaite pour lui, comme il le soupçonnait.

Sans prendre le temps de réfléchir, il l'enlaça et posa sa bouche sur la sienne, cédant enfin au désir qui le consumait depuis le baiser qu'ils avaient échangé un peu plus tôt dans la journée. Son parfum enivrant, son corps svelte et souple le rendaient fou. Sans vraiment avoir conscience de ce qu'il faisait, il fit glisser ses mains sur son dos, puis sur ses fesses fermes.

Elle lui rendit son baiser avec passion, ce qui ne fit qu'attiser la flamme qui brûlait en lui. Il sentit qu'elle tirait sur sa chemise, et frissonna de plaisir lorsqu'elle lui caressa le dos. Il défit la fermeture de sa robe et savoura le contact de sa peau douce.

Ressaisis-toi, James !

Il ne pouvait pas. Les mains de Fiona s'aventuraient maintenant vers la ceinture de son pantalon, elle soupirait au creux de son oreille. Sa raison l'abandonna complètement.

Oh ! Fiona... Il n'était même pas sûr d'avoir dit son prénom à voix haute. Avec la vague impression d'être dans un rêve, il l'aida à enlever sa petite robe noire, qui mettait merveilleusement en valeur sa silhouette fine.

Allongée sur le canapé, vêtue en tout et pour tout de sa petite culotte noire et du soutien-gorge assorti, elle était la tentation personnifiée. Ses yeux de braise et le rose de ses joues trahissaient l'ardeur de son désir.

Elle déboutonna sa chemise et la lui enleva, puis passa la langue sur son torse, lui arrachant un gémissement de plaisir. Il lui rendit la pareille en dégrafant son soutien-gorge et en déposant une ligne de baisers de la courbe de ses seins jusqu'au creux de son cou.

Partout où elle posait ses mains, elle laissait sa peau brûlante. Enfin, elle l'aida à se débarrasser de son pantalon.

— Il nous faut un préservatif, dit-il d'une voix rauque, se raccrochant à ce qu'il lui restait de bon sens.

Il savait qu'il y en avait dans sa chambre, mais celle-ci lui semblait soudain horriblement loin.

— Ne t'inquiète pas, j'ai ce qu'il faut.

Sans hésiter, elle lui retira son boxer, libérant son sexe en érection et le prenant dans sa bouche. Il se demanda s'il allait perdre connaissance tandis qu'elle le caressait avec sa langue.

Son corps était à la fois souple et ferme, athlétique et voluptueux, et il brûlait d'impatience de plonger en elle, ce qu'il finit par faire. Les gémissements de Fiona faillirent avoir raison de lui quand il la pénétra, le plus doucement possible. Elle se cambra et joignit aussitôt ses mouvements aux siens. Ils bougèrent d'abord lentement, langoureusement, puis de plus en plus vite. Ils changèrent de position plusieurs fois, pour faire durer le plaisir le plus longtemps possible.

Il dut faire un effort de volonté considérable pour se maîtriser jusqu'à ce que Fiona jouisse, et il s'abandonna alors avec une sensation de soulagement telle qu'il n'en avait jamais éprouvé.

A bout de souffle, ils s'écroulèrent tous deux sur le canapé, enlacés, ivres de plaisir.

Fiona est ma femme idéale. Il en était intimement persuadé. Il n'était pas amoureux d'elle, ce qu'il éprouvait n'était pas aussi simple que cela. D'ailleurs, il ne savait même plus ce que c'était que d'être amoureux. En revanche, il était sûr de pouvoir passer sa vie avec elle. Quelque chose en elle touchait la corde sensible en lui et, manifestement, éveillait un désir ardent. Ses promesses inexprimées de gentleman n'avaient pas servi à grand-chose.

Il rit.

— Qu'y a-t-il de si drôle ?

— J'avais l'intention de me conduire sagement, ce soir.

— Tu as échoué lamentablement.

— Je sais, et cela ne m'arrive pas souvent. Je dois perdre la tête.

Il lui déposa un baiser sur la joue, le cœur empli de plaisir et de joie.

— Ça me va…

Elle lui murmura ces mots à l'oreille, tout en lui caressant le torse du bout des doigts. Il fut parcouru d'un frisson, son désir pour elle renaissant instantanément de ses cendres.

Veux-tu m'épouser ?

Il se garda bien de prononcer les mots qui lui brûlaient les lèvres. Il savait pertinemment qu'il était trop tôt pour le faire. Le lendemain, en revanche, serait peut-être le moment idéal.

- 6 -

Fiona se demanda où elle était lorsqu'elle se réveilla. La lueur argentée de la lune filtrait à travers l'interstice entre les rideaux. Des souvenirs de la soirée précédente lui revinrent en foule.

Elle avait passé la nuit avec James Drummond.

Elle jeta un coup d'œil à l'oreiller à côté du sien.

Non. Ils n'avaient pas passé la nuit ensemble, ils avaient fait l'amour passionnément sur le canapé de la bibliothèque, puis avaient regagné leurs chambres respectives.

Où avait-elle eu la tête ? L'embrasser était une chose, c'en était une tout autre de lui arracher ses vêtements avec fougue et de coucher avec lui juste après avoir trouvé un moyen de le persuader de lui vendre la propriété qui l'intéressait.

Il ne savait pas qui elle était vraiment, ignorait tout de ses projets de vengeance. Aurait-elle dû être fière d'avoir réussi à gagner sa confiance en le séduisant ? Sa propre duplicité l'épouvantait.

Le pire, c'était qu'elle l'appréciait réellement. A son grand étonnement, il s'avérait être doux, tendre, et plus passionné qu'elle ne l'aurait jamais soupçonné.

Ses propres sentiments la surprenaient. Etaient-ce ses traîtresses motivations qui chargeaient l'atmosphère d'une irrésistible tension sexuelle et l'emplissaient de désir ? Elle ne le croyait pas.

Elle était convaincue que, par une cruelle ironie du sort, ils avaient beaucoup de choses en commun et éprouvaient tout simplement une violente attirance l'un pour l'autre, qui s'expliquait uniquement par une alchimie naturelle. En d'autres termes, ils allaient bien ensemble. Elle avait peine à accepter l'idée qu'il la détesterait quand il découvrirait son secret.

Elle prit son portable et regarda l'heure. 4 h 30 du matin.

Elle avait un message, qu'elle décida d'écouter tout de suite. C'était son père.

— Fifi, je m'inquiète pour toi.

Elle sourit, touchée de constater qu'il pensait à elle.

— Ne laisse pas ce démon de James Drummond profiter de toi.

Elle blêmit. James avait-il profité d'elle, ou était-ce elle qui avait profité de lui ? Quoi qu'il en soit, son père aurait été horrifié d'apprendre ce qui s'était passé.

— Tu n'arriveras pas à récupérer mon usine, tu devrais rentrer à la maison, disait-il pour finir.

Il voulait qu'elle retourne à Singapour et considérait déjà qu'elle y était chez elle ? Son cœur s'emplit de joie. A peine quelques semaines plus tôt, il n'aurait même pas pensé à l'appeler. Leurs relations s'étaient tellement améliorées, en si peu de temps ! Bientôt, elle l'aiderait à monter de nouveau son entreprise et à retrouver sa fierté, et ils seraient enfin parfaitement heureux.

Il devait être environ 11 h 30, à Singapour. Devait-elle l'appeler pour le rassurer ? Ou se sentirait-elle encore plus perfide quand elle lui dirait de ne pas s'inquiéter alors qu'elle avait couché avec l'ennemi ?

Angoissée à l'idée de passer encore trois ou quatre heures dans son lit sans pouvoir dormir, elle composa son numéro.

— Fifi, il faut que tu rentres, dit-il en décrochant, sans préambule.

L'ordre la fit sourire.

— Bonjour, papa ! Ne t'inquiète pas pour moi, je profite de mon séjour en Ecosse.

— C'est justement ce qui m'inquiète.

Elle eut envie de rire, mais hélas les craintes de son père étaient fondées.

— Ne te fais pas de mauvais sang, James ne sait pas qui je suis. Je serai bientôt de retour et, si jamais je n'arrive pas à racheter ton usine, je pourrai toujours t'aider à trouver un autre bâtiment pour en ouvrir une nouvelle.

— Bah ! Je suis trop vieux pour recommencer à zéro.

— Ne dis pas de bêtises… Tu as à peine soixante ans. Je pourrais t'aider à mettre au point un plan de développement, ce serait amusant !

Elle n'aurait alors pas à piéger James, et ils repartiraient sur de bonnes bases. Elle achèterait pour son père une usine dans un quartier industriel plus intéressant, à un endroit où il aurait moins de taxes à payer, et avec son soutien moral et financier il pourrait se refaire.

— Ce n'était pas l'endroit idéal pour une usine, de toute façon, déclara-t-elle. Le quartier était devenu trop chic.

— C'est ce qui lui donnait autant de valeur. Je comptais revendre le terrain, j'aurais fait fortune !

Dans ce cas, tu aurais dû payer tes taxes. Elle retint sa langue. Les taxes étaient montées en flèche à mesure que la valeur du terrain avait augmenté, et son père s'était cramponné obstinément à son usine alors que les pertes étaient plus importantes que les bénéfices.

— Pourquoi ne te lancerais-tu pas dans une branche différente ? Tu pourrais ouvrir un restaurant, par exemple.

Par le passé, il avait eu une chaîne de restaurants. Du moins, c'était ce que sa mère lui avait dit.

— Non, merci ! Les clients me rendent fou.

Elle rit. Apparemment, son père n'était pas très sociable. Elle l'imaginait aisément crier sur un client mécontent.

— Et pourquoi ne pas offrir des services aux hôtels ou aux compagnies de transport maritime, pour tirer profit de la conjoncture économique actuelle ?

— Ce sont les sacs à main et les chaussures qui m'ont rendu riche, Fifi. C'est tout ce que je connais, et tout ce que j'aime.

Son cœur sombra. Il était tellement têtu ! Manifestement, racheter cette maudite usine était le seul moyen de le rendre heureux, et quoi qu'il en dise c'était cela qu'il voulait, et rien d'autre. Pourtant, fabriquer des sacs à main démodés qui ne pouvaient pas rivaliser avec les articles d'exportation chinoise était un projet voué à l'échec. *A moins que...*

Peut-être pouvait-elle l'aider à changer l'image de la marque et à ouvrir la boutique imaginaire dont elle avait parlé à James. Avait-elle enfin trouvé un moyen de contenter tout le monde ?

— Je sais, papa. C'est ce que tu aimes, je comprends. Je ferai tout mon possible pour racheter cette usine.

— N'importe quel homme serait fier de t'avoir pour fille. Reviens vite, Fifi.

Comme à son habitude, il raccrocha de façon abrupte, la laissant à la fois déconcertée et heureuse de leur échange.

La situation était compliquée, mais elle ferait de son mieux pour surmonter les difficultés. Elle ne pouvait pas se contenter de lui donner de l'argent, car il était fier et inflexible, ce qu'elle respectait. Elle voulait qu'il l'admire comme elle l'admirait, et tous ses efforts seraient couronnés de succès quand son père serait de nouveau heureux.

James traversa la cour de gravier et monta les marches du seuil avec une nervosité à laquelle il n'était pas habitué. Il s'était réveillé ce matin avec un enthousiasme inhabituel, dû au souvenir à la fois doux et brûlant de la soirée incroyablement sensuelle que Fiona et lui avaient passée. Mais la journée avait été éprouvante. Il avait parcouru des dizaines de kilomètres au volant de sa voiture et passé près de trente coups de téléphone. Ainsi, l'après-midi touchait déjà à sa fin quand il avait enfin pu récupérer ce qui lui tenait à cœur : une bague parfaite, qu'un bijoutier doué avait réalisée en quelques heures en suivant soigneusement ses instructions.

La bague en question était maintenant cachée dans son petit écrin de velours, dans la poche intérieure de sa veste.

Il avait pris le tour de doigt de Fiona la nuit précédente, pendant qu'elle dormait, utilisant une mèche de ses cheveux pour mesurer et mémoriser le tour de son annulaire. Il avait dû faire très attention, craignant qu'elle se réveille, ce qui avait donné à la tâche un goût d'aventure.

Sa demande la surprendrait-elle ? Bien sûr. D'ailleurs, il devait envisager l'éventualité d'un refus.

Cependant, il ne pensait pas qu'elle dirait non. Peut-être était-il arrogant, ou simplement réaliste : une femme, même extraordinaire, pouvait difficilement refuser un domaine comme le sien et une immense fortune. Fiona était une femme pragmatique, et il était sûr de pouvoir la convaincre des avantages d'un mariage.

Il espérait aussi pouvoir l'en convaincre avant la réunion capitale du conseil d'administration, le mardi de la semaine suivante.

Un bon feu crépitait dans la cheminée du salon quand il entra dans la grande pièce. C'était curieux, à cette période de l'année.

— Bonjour, Monsieur, dit Lizzie, la gouvernante, en s'approchant de lui pour prendre son manteau. Mlle Lam a dit qu'il faisait froid et m'a demandé si nous pouvions faire du feu, ajouta-t-elle dans un murmure.

Il sourit.

— Pourquoi pas ? Je sais bien que c'est encore l'automne et qu'il fait assez doux, mais par rapport à Singapour ou à la Californie il fait un froid glacial, ici.

Cela lui faisait plaisir de voir que Fiona s'était sentie suffisamment à l'aise pour demander du feu dans cet endroit où, si ses espoirs se concrétisaient, elle serait bientôt chez elle, même si elle n'y passerait que quelques week-ends dans l'année.

Fiona se leva en entendant sa voix et lui sourit. Une étrange sensation l'envahit, et il en eut le souffle coupé : il était profondément heureux de la voir. Soudain, il se rendit compte qu'il avait inconsciemment glissé une main dans la poche intérieure de sa veste. Il laissa aussitôt retomber son bras le long de son corps. Il lui faudrait attendre le moment idéal pour faire sa demande, loin des oreilles attentives du personnel.

— As-tu trouvé de quoi t'occuper, aujourd'hui ?

— Oui… J'ai passé plusieurs heures à fouiller dans les pièces où nous sommes allés hier. J'ai examiné attentivement tous les bougeoirs pour voir si la base de la coupe ne se cachait pas parmi eux.

— Tu l'as trouvée ?

— Non ! Nos recherches risquent de durer un bon moment.

Cela ne semblait pas l'attrister.

— Si elle existe bel et bien, lui fit-il remarquer.

Il brûlait d'impatience. Elle était magnifique, avec ses cheveux soyeux attachés souplement, vêtue de son jean noir et d'un simple pull-over blanc. Elle était fraîche et séduisante, et il mourait d'envie de retrouver les courbes qu'il avait découvertes la veille au soir.

Veux-tu m'épouser ? Il se voyait très bien lui poser la question, mais ne parvenait pas à imaginer sa réponse. Il devait attendre encore un peu avant de se lancer.

Ils burent du champagne et se promenèrent dans le jardin avant de dîner en tête à tête. Mais son impatience grandissait, et, une fois le repas terminé, n'y tenant plus, il congédia de nouveau le personnel. Il voulait savourer la compagnie de Fiona, être tout seul avec elle, s'enivrer de son parfum. Lorsqu'il la conduisit dans le boudoir pour lui faire admirer les tapisseries et les aquarelles de ses ancêtres, la force du désir qui le poussait irrésistiblement entre ses bras devint insoutenable.

Il approcha ses lèvres de celles roses et pleines de Fiona et l'embrassa à lui en faire perdre haleine. Etait-ce le moment de lui offrir la bague, de lui faire sa demande ? Pas encore. Mais, quand le moment propice arriverait, il le sentirait. Pour l'instant, il devait patienter.

Ils firent l'amour dans son lit, d'abord avec passion, puis avec plus de sensualité, découvrant le corps l'un de l'autre. Tendrement enlacés, ils discutèrent ensuite de choses étranges auxquelles il n'avait pas pensé depuis des années : son tout premier baiser, lors d'une soirée dansante organisée par son pensionnat, sa première grande ambition, de jouer au cricket pour l'équipe écossaise, et le nombre d'enfants qu'il espérait avoir, trois.

— Pourquoi trois ? demanda-t-elle avec une lueur d'intérêt dans le regard.

— Je ne sais pas. J'ai répondu trois spontanément, mais je ne suis même pas sûr d'avoir songé à la question avant aujourd'hui.

Elle sembla hésiter quelques instants.

— Pourtant, aujourd'hui, tu y songes bel et bien.

— Oui.

Le moment était lourd de promesses. Etait-il temps de prendre la bague dans la poche de sa veste, maintenant chiffonnée sur le sol ? Il était bien dans ses bras et n'avait pas envie de la relâcher.

— A ton tour, maintenant ! Quand as-tu embrassé un garçon pour la première fois ?

— A dix-sept ans, et je devais être la seule fille de ma classe à n'avoir jamais embrassé de garçon ! Kevin Adams a fini par y remédier, sur le parking du bowling.

— Très romantique !

— Hélas, non… Son appareil dentaire s'est pris dans mes cheveux quand il a essayé de m'embrasser dans le cou, et nous ne nous en sommes jamais vraiment relevés.

Il rit.

— Je t'imagine mal en adolescente empotée.

— N'essaie même pas, je t'en prie ! Ce n'était pas beau à voir. Je suis beaucoup plus épanouie depuis que je suis adulte, et j'ai renoncé depuis longtemps à ma première ambition, qui était de devenir pilote dans l'armée de l'air.

Il haussa les sourcils, surpris.

— Que s'est-il passé ?

Elle eut un grand sourire.

— Je n'aime pas que l'on me donne des ordres, alors je suis indéniablement plus heureuse à mon compte !

— Et toi, combien d'enfants aimerais-tu avoir ?

Son cœur martelait sa poitrine. Sous couvert d'apprendre à mieux se connaître, ils parlaient en fait de l'avenir qu'ils partageraient. Il le sentait, aussi nettement qu'il sentait la chaleur qui émanait de sa peau, tout contre la sienne.

— Hmm… J'ai deux petits frères, et j'avoue que j'ai parfois regretté de ne pas être fille unique, mais avec le recul je peux dire que trois est un bon chiffre. Un héritier, un éventuel remplaçant et une brebis galeuse ! ajouta-t-elle avec un sourire.

— Tu vois ? Je savais que j'avais une bonne raison de répondre trois. Nous sommes d'accord sur beaucoup de choses.

Il y eut un silence lourd de possibilités. Pourtant, le moment n'était pas encore venu. Il valait mieux prendre son temps et veiller à poser les bases d'une relation solide plutôt que de se précipiter et arriver dans la salle du conseil le mardi suivant sans nouvelle capitale à annoncer.

Il n'était pas sûr du tout d'arriver à signer le contrat tant convoité avec SK Industries si sa situation amoureuse ne changeait pas. Le président du conseil d'administration avait très clairement marqué sa désapprobation à l'égard des hommes de l'âge de James n'ayant pas encore fondé de famille. James l'aurait ignoré s'il n'avait pas entendu un grand nombre de personnes lui faire la même remarque au cours de l'année passée. Et, surtout, s'il n'avait pas été d'accord.

Il caressa la joue de Fiona avec tendresse.

— Je commence à être fatiguée, murmura-t-elle, la tête appuyée sur son torse.

Il se sentait tellement bien avec elle, à discuter de choses dont il n'avait jamais parlé avec personne… oui, il en était certain, c'était elle, la femme qu'il attendait.

Il ne lui restait maintenant plus qu'à l'en convaincre.

Le lendemain matin, Fiona avait encore un bras tendu langoureusement sur le torse de James quand elle se réveilla. Quelle nuit ! Il ne cessait de la surprendre. Elle essayait de garder à l'esprit qu'elle n'était qu'une femme parmi toutes celles qu'il avait séduites, victime de son charme, mais c'était difficile. Si elle avait manqué de bon sens, elle aurait été tentée de croire qu'il l'aimait vraiment bien.

Ils prirent un copieux petit déjeuner ensemble, puis allèrent se promener à cheval. Elle choisit de nouveau l'adorable Taffy, tandis qu'il montait Salomon, un majestueux cheval bai. Ils allèrent au petit galop à travers champs, ne mettant leurs montures au pas que pour s'aventurer dans les collines sauvages, couvertes de bruyère lavande, rose et blanche.

— Ce paysage est de toute beauté, dit-elle en regardant James, qui avait fière allure sur son cheval fringant. Comment se fait-il qu'aucun centre commercial ou pavillon ne vienne gâcher la tranquillité du lieu ?

Il rit.

— C'est une région trop isolée… et l'avantage, quand on possède tant de terres, c'est que l'on peut décider de leur sort.

A n'en pas douter, c'était aussi comme cela qu'il voyait les choses en affaires. Il guida son cheval sur un sentier étroit, qui montait à travers la lande.

— Ce chemin existait déjà il y a cinq cents ans.

— Pourquoi l'a-t-on tracé ?

— Personne ne le sait. C'est l'un des nombreux mystères de ce paysage.

Au sommet, on voyait la vallée verdoyante, un village au bord de la rivière et le clocher de son église, qui dépassait les toits de toutes les maisons.

— J'aime venir ici et penser à tous les gens qui ont marché et chevauché sur ces terres autrefois. Cela m'aide à garder le sens des proportions et me remet à ma place.

— Nous ne sommes que de passage ici-bas…

Cette pensée la fit frissonner.

— Exactement !

Il mit pied à terre et, gardant les rênes à la main, s'approcha d'elle.

— Laisse-moi t'aider à descendre de ton cheval.

— Ici ?

Pourquoi descendre au milieu de nulle part ?

Il hocha la tête avec un petit sourire. Un sentiment d'appréhension l'envahit. Elle avait l'impression que quelque chose de crucial allait se produire. Elle sauta sur le sol moussu. Les chevaux soufflaient bruyamment, fatigués par leurs efforts, et dans l'air froid de la vapeur s'élevait de leur robe. Il attacha leurs brides l'une à l'autre et les laissa ainsi, un peu à l'écart.

— Vont-ils rester là sagement, sans bouger ?

— Ils sont dressés pour le faire… même si l'on ne peut jamais vraiment savoir à quoi s'attendre, avec les chevaux.

Elle le vit glisser la main dans la poche intérieure de sa veste, l'air concentré. Il s'arrêta juste devant elle et lui prit les mains. Le souffle coupé, elle se laissa faire. Allait-il l'embrasser ?

— Fiona…

Il s'interrompit, les sourcils froncés. L'intensité de son regard gris-bleu la troublait profondément.

— T'arrive-t-il d'avoir un bon pressentiment, de sentir quelque chose sans vraiment pouvoir te l'expliquer ?

— Euh… oui, bien sûr.

Elle avait du mal à réfléchir quand ses yeux perçants étaient posés sur elle, quand ses mains tenaient les siennes.

— Je me suis toujours enorgueilli de mon instinct, il ne m'a jamais trompé au fil des ans. Aujourd'hui, il me dit que tu es… différente. Différente de toutes les autres femmes que j'ai connues.

Elle sentit sa gorge se serrer. Avait-il compris qu'elle n'était pas réellement là pour l'aider à trouver la coupe ? Avait-il découvert ses véritables motivations ? La peur lui étreignait le cœur.

Cependant, son regard s'était adouci, et il brillait d'une lumière chaude et sensuelle.

— Je l'ai senti dès que je t'ai rencontrée. Tu es intelligente, sérieuse, et tu décides du cours de ta vie. J'ai tout de suite su que je pouvais te parler, et que tu me comprendrais.

Ne sachant que répondre, elle se contenta de hocher la tête. Cette conversation était de plus en plus étrange. On aurait presque dit qu'il s'apprêtait à lui demander sa main, ou qu'il allait se passer autre chose de tout aussi insensé.

Alors même que cette pensée lui traversait l'esprit, il mit un genou à terre, insoucieux de l'humidité du sol, et glissa de nouveau la main dans la poche intérieure de sa veste. Elle le regarda, bouche bée, le cœur battant.

— Mon instinct me dit que nous sommes faits l'un pour l'autre. Je sais bien que nous venons à peine de nous rencontrer, mais je suis sûr que nous formerions un couple puissant et uni, capable de conquérir le monde.

Il prit une profonde inspiration.

— Fiona, veux-tu m'épouser ?

Par chance, il lui tenait toujours la main. Sinon, elle serait probablement tombée à la renverse. Avait-elle imaginé toute la scène ? Sans raison valable, elle pensait à une demande en mariage, et soudain cela se réalisait.

Les pensées se bousculaient dans sa tête.

— Je... Je...

Incapable de former une réponse cohérente, elle ne savait ni quoi penser ni quoi dire. Elle aurait dû dire non, c'était évident, mais un refus aurait mis un terme à leur relation, et elle ne voulait pas de cela.

Elle ne voulait pas ruiner tout espoir de rendre son père heureux, et elle ne voulait pas non plus dire au revoir à James.

Que faire ?

Elle avait apprécié chaque instant passé en sa compagnie, et ne s'était jamais autant amusée. Un sentiment d'angoisse l'envahit. Elle avait envie de passer d'autres journées à galoper à travers la campagne à ses côtés, d'autres nuits entre ses bras.

Les oreilles bourdonnantes, elle le regarda. Il attendait sa réponse.

— Oui !

Ce mot franchit ses lèvres sans même qu'elle eût décidé de le prononcer.

— Merveilleux ! s'écria James avec un grand sourire.

Il se leva et, sans lui laisser le temps de reprendre son souffle, lui passa à l'annulaire une bague sertie d'un énorme diamant étincelant de mille feux.

Elle cligna des yeux, stupéfaite. Venait-elle réellement d'accepter d'épouser James Drummond ?

Ils échangèrent un baiser passionné qui, à son grand soulagement, lui évita d'avoir à trouver ses mots. La sensation des bras de James autour d'elle était merveilleuse, mais les questions ne cessaient de danser dans sa tête. Pourquoi lui avait-il demandé sa main ? Comment avait-il pu s'attendre à ce qu'elle accepte ? Son arrogance était extraordinaire.

Pourtant, elle avait bel et bien dit oui.

Ils s'écartèrent l'un de l'autre, et elle se surprit à le dévisager. Cet homme était beau, riche, possédait des hectares de terres, et il voulait se marier avec elle.

— Tu as l'air d'être abasourdie.

— Je le suis !

C'était un soulagement de l'admettre. Ils n'allaient pas réellement se marier, bien sûr. Entre ce moment précis et le mariage imaginaire auquel elle venait de consentir, leur relation se terminerait, d'une façon ou d'une autre, et ils se sépareraient. Tout cela n'était qu'un rêve temporaire qu'ils s'octroyaient ensemble.

— Je suis content que tu voies toi aussi qu'il n'y a aucune raison d'attendre, même si nous ne nous connaissons pas depuis longtemps. Tu sais prendre des décisions. Je crois que c'est ce trait de caractère qui nous rend si doués en affaires.

— Oui, acquiesça-t-elle machinalement, incapable de réfléchir posément. Absolument.

— Nous allons nous marier tout de suite ! Nous avons passé l'âge d'avoir de longues fiançailles. Nous pourrons certainement nous marier la semaine prochaine.

Elle sentit sa gorge se serrer.

— Mais… mes parents !

Elle pensa tout de suite à son père, qui ferait sans doute une crise cardiaque si elle épousait bel et bien James Drummond. Quant à sa mère et son beau-père, ils seraient anéantis de ne pas pouvoir assister à son mariage. Bien sûr, elle n'allait pas réellement se marier.

— Nous les inviterons, bien sûr, dit-il. Je connais quelqu'un qui organisera pour nous une réception inoubliable.

Il lui prit les mains avec tendresse. Elle réfléchit à toute vitesse, cherchant tous les arguments à lui opposer.

— James, nous devrions attendre de nous connaître mieux, et puis, j'ai besoin de temps pour… pour trouver la robe idéale et mes demoiselles d'honneur.

Elle n'avait jamais songé à ce genre de choses.

Il haussa les sourcils, l'air vaguement amusé.

— Veux-tu vraiment tout le tralala ?

— Oh ! oui !

Le cœur martelant la poitrine, elle avait du mal à parler normalement.

— Dans ce cas, tu l'auras, dit-il avec un grand sourire.

Son expression rayonnante l'attendrit profondément. James Drummond voulait l'épouser ! C'était on ne peut plus étrange. Pourquoi fallait-il qu'il soit aussi intelligent, aussi beau, aussi merveilleux, en somme ? Elle n'aurait jamais imaginé qu'un homme comme lui puisse avoir envie de se marier avec elle. Elle n'était pas incroyablement belle, ne brillait pas par son éloquence et, même depuis qu'elle était riche, on ne l'arrêtait pas dans la rue pour l'inviter à dîner. Pourtant, cet homme, l'un des meilleurs partis qui soient, souhaitait l'épouser au plus vite. Cela n'avait aucun sens. Il devait avoir des motivations secrètes… mais lesquelles ?

Taffy en avait assez de rester immobile et tendait le cou pour mordre dans la bruyère.

— Nous devrions peut-être…

Quoi ? Elle ne termina pas sa phrase. Les mots lui manquaient.

— Bien sûr !

Il se dirigea vers les chevaux et les détacha, puis lui tendit les rênes de Taffy. Elle monta sur le dos de la jument avec un vif soulagement. La bague brillait à son doigt, et il lui semblait qu'elle n'aurait pas dû la porter.

Il rayonnait de joie, elle le voyait bien. Si elle n'était pas à ce point ébahie, elle aurait été touchée. Etait-il tombé follement amoureux d'elle ? Cela semblait impossible, en un laps de temps aussi court, mais elle connaissait des couples ayant vécu des idylles aussi spectaculaires. Apparemment, le véritable amour naissait de façon brusque et inattendue.

Bien sûr, ce n'était pas de l'amour qu'elle éprouvait, mais un mélange de confusion, d'angoisse et de désir. Cet homme était vraiment unique.

Ils redescendirent la colline, suivant le même chemin étroit et tortueux qu'à l'aller. Une fois en terrain plat, James la regarda.

— On y va ?

Le comprenant à demi-mot, elle acquiesça. Ils s'élancèrent alors ensemble, laissant leurs chevaux partir au galop. Le vent lui fouettait le visage, et l'on aurait dit que le sol se dérobait sous les sabots de sa monture tant elle allait vite.

Ils ralentirent en approchant du château, croisant au pas un troupeau de moutons. Ce fut seulement à ce moment-là qu'elle s'aperçut qu'ils ne s'étaient même pas embrassés quand elle avait accepté sa proposition. En fin de compte, celle-ci tenait plus d'un arrangement que d'une demande en mariage passionnée.

Elle jeta un coup d'œil discret à James, dont l'expression était toujours aussi ravie. Elle éprouva soudain un certain malaise. Pouvait-il être sincèrement heureux à l'idée de l'épouser ? Ou ce mariage n'avait-il pour lui qu'un intérêt pratique ?

Il tapota le cou de son cheval.

— Je crois que je n'avais jamais galopé aussi vite !

Elle ne put s'empêcher de sourire. Son enthousiasme était contagieux.

— Manifestement, tu ne t'es pas promené à cheval avec les bonnes personnes… mais je dois reconnaître que c'était le galop le plus exaltant de ma vie.

— Nous devrions faire cela le plus souvent possible. Par moments, j'avais l'impression que nous faisions la course !

— Oh ! non… Si nous avions fait la course, j'aurais gagné.

Etrangement, à cet instant précis, tout lui semblait possible.

— A t'entendre, on croirait un défi, dit-il, les yeux pétillants.

— C'en est un !

Soudain, elle eut une idée brillante : celle d'une course, avec à la clé la récompense de son choix, non pas un vieux morceau de coupe en métal terni, mais quelque chose qu'elle voulait vraiment, l'usine de son père.

— D'ailleurs, reprit-elle, je te somme de relever le défi.

— Tu veux faire la course avec moi ?

— Pas à l'instant même, nos chevaux ont fait assez d'exercice pour aujourd'hui... mais un jour prochain, chacun avec un cheval de son choix, oui ! J'aimerais faire la course avec toi.

Il l'observa attentivement. Ses hanches bougeaient au rythme du pas de sa monture.

— C'est d'accord.

— Quelle sera la récompense pour le gagnant ? demanda-t-elle, espérant qu'il lui donnerait une ouverture.

— Hmm... C'est une bonne question. Nous avons tous les deux tout ce que nous désirons, dit-il en regardant les murs gris du château.

— Je cherche une propriété à Singapour, et tu en possèdes plusieurs. Je pourrais peut-être en choisir une si je gagnais ?

Elle s'efforça de prendre un air dégagé, mais en fait elle était terrorisée. S'il refusait, il lui serait sans doute beaucoup plus difficile de revenir à la charge sans éveiller ses soupçons.

Il fronça les sourcils.

— Une propriété à Singapour... Cela semble faisable, mais quelle sera ma récompense si je gagne, ou plutôt quand je gagnerai ?

Son arrogance aurait dû l'agacer, mais elle était bien trop exaltée par l'avancée de son plan pour s'en soucier.

Que pouvait-elle lui proposer ? Elle était presque sûre de gagner : il devait faire deux fois son poids, et les jockeys n'étaient pas choisis sans raison pour leur légèreté.

— Que dirais-tu de six mois de mon temps, passés à travailler sur le projet de ton choix ?

— En tant que consultante ?

— Oui.

— Je présume que ce serait pratique pour nous deux, puisque nous serons mariés et vivrons sous le même toit, à ce moment-là.

Elle s'immobilisa. Elle n'avait pas pris en compte cette histoire de mariage. Comment pourrait-elle travailler pour lui pendant six mois après avoir rompu leurs fiançailles insensées ?

Bien sûr, elle ne serait jamais confrontée à ce dilemme. Ce serait elle qui gagnerait la course, elle récupérerait l'entreprise de son père et retournerait en Californie, où elle serait en sécurité, sur tous les plans.

— Exactement, répondit-elle. Je pourrai travailler à ton projet vingt-quatre heures sur vingt-quatre !

Elle se détestait, d'une part parce qu'elle avait accepté d'épouser un homme qu'elle connaissait à peine sans réelle intention de se marier, d'autre part parce qu'elle faisait maintenant semblant d'être prête à travailler pour lui.

Essayer de gagner l'affection de son père avait bien plus de conséquences néfastes qu'elle ne s'y était attendue. Pour la première fois, elle se dit que son plan avait une faille considérable. Pourtant, elle était allée trop loin pour faire marche arrière.

Il guida son cheval dans sa direction et, une fois à ses côtés, lui tendit la main.

— Marché conclu !

Elle lui serra la main. Quoi qu'il pût arriver, elle tiendrait parole et honorerait ses engagements, même si cela l'obligeait à travailler pour un homme qui la haïssait.

- 7 -

Ils dînèrent au champagne.

— A notre avenir ! dit James en levant son verre.

Fiona trinqua avec un sourire un peu tremblant.

— J'avoue que je suis un peu inquiète au sujet de la malédiction qui pèse sur les Drummond. Nous n'avons pas avancé dans nos recherches de la coupe…

Elle prit une bouchée de saumon grillé.

— J'avais presque oublié.

— C'est pour cette raison que tu m'as fait venir.

— Pas seulement.

— Tu avais déjà l'intention de me demander en mariage quand tu m'as invitée ?

— Disons que j'y songeais.

Il but une gorgée de champagne, sans cesser de la regarder par-dessus le rebord de sa coupe.

— Pourtant, tu ne me connaissais même pas !

— Je fais confiance à mon instinct. Je ne l'écoute pas systématiquement, mais quand je le fais je me trompe rarement.

— Et ton instinct te dictait de bonnes choses sur mon compte ?

— De très bonnes choses.

Elle baissa les yeux sur son assiette. Les pommes de terre nouvelles lui paraissaient énormes, et elle faillit s'étouffer avec les haricots verts. Le sentiment de culpabilité qui l'habitait lui coupait l'appétit.

Il ignorait à quel point son instinct l'avait trompé, cette fois-ci. Cependant, c'était tellement arrogant de sa part de prévoir leurs fiançailles unilatéralement alors qu'il venait à peine de se rencontrer qu'il le méritait certainement.

— Le mariage devrait avoir lieu dans le courant du mois prochain. C'est généralement une période calme pour les affaires, ce qui nous permettrait de partir en voyage de noces. Où as-tu toujours rêvé d'aller ?

En voyage de noces ! Elle but une gorgée de champagne pour se donner une contenance tandis qu'elle rassemblait ses esprits.

— Le mois prochain ? C'est un peu rapide… Je vais avoir besoin de temps pour trouver la robe idéale.

— C'est très simple, il te suffit de choisir un bon couturier et de lui décrire ce que tu veux avec précision. Cela simplifie considérablement les choses. Je peux te conseiller un excellent tailleur à Singapour.

Discrètement, elle prit une profonde inspiration pour se donner du courage.

— Ma famille aura peut-être besoin d'un peu de temps pour se faire à l'idée de ce mariage.

— Pourquoi ? Tu as l'âge de te marier…

Elle soupira et le regarda. Les sourcils froncés, il semblait hésiter.

— Tu crois que tes proches ne vont pas m'aimer, pour une raison ou pour une autre ?

Son inquiétude évidente la toucha. *S'il savait !*

— Je suis sûre qu'ils t'apprécieront dès qu'ils te connaîtront, mais ils vont avoir besoin d'un peu de temps pour nouer des liens.

— Nous leur demanderons de venir la semaine prochaine. Ta mère pourra t'aider à trouver une robe et à organiser tout ce dont tu as envie.

Elle sentit sa gorge se serrer. Elle n'imaginait même pas la réaction de sa mère et de son beau-père, qui vivaient en Californie, mais son père serait fou de rage.

— Quand ferons-nous la course ?

— La course ?

— Tu sais, à cheval… Le gagnant aura…

Elle ne termina pas sa phrase. Elle savait qu'elle abordait

le sujet au mauvais moment, mais c'était la seule échappatoire qu'elle avait trouvée.

— Nous pourrons nous occuper de cela à Singapour. A ce propos, j'aimerais partir demain…

Il sortit son téléphone portable de sa poche.

— Je vais envoyer un message à mon pilote.

Mais… Mais… Elle ne trouva aucun argument pour l'arrêter. Il était chez lui et, s'il voulait partir, elle pouvait difficilement l'en empêcher. C'était un peu étrange, d'ailleurs, puisqu'ils étaient censés se marier. En tant qu'épouse, ou même en tant que fiancée, elle aurait dû pouvoir lui dire qu'elle aurait préféré rester en Ecosse, ou qu'elle avait des projets personnels, mais de toute évidence ils n'étaient pas sur un pied d'égalité.

Il avait quelque chose qu'elle convoitait, et elle tentait de s'en emparer. Manifestement, lui aussi voulait quelque chose : se marier avec elle. Cependant, elle ne devinait pas ses motivations. Il semblait l'apprécier sincèrement, mais ce n'était pas suffisant, pas pour un mariage aussi précipité. Bien sûr, elle ne pouvait pas lui demander d'avouer ses intentions, de peur qu'il lui demande quelles étaient les siennes.

Il finit par lever les yeux de son portable.

— Nous partirons à 6 heures du matin.

— C'est une chance que je n'aie toujours pas fini de déballer mes affaires ! Abandonnons-nous la quête de la coupe ?

— Apparemment, nous n'en avons pas besoin pour être heureux.

Elle but une gorgée de champagne.

— Apparemment.

Ils passèrent la nuit dans le lit de James. Elle retira la bague de fiançailles et la posa sur la commode avec le sentiment d'être libérée d'un poids. Nue sous les draps avec lui, elle pouvait oublier les complications de leurs fiançailles insensées, toutes ses machinations et fourberies.

Ses baisers étaient enivrants. Ses mains expertes et ses

caresses pleines de tendresse la faisaient frissonner de plaisir. Apparemment, il aimait son corps autant qu'elle aimait le sien.

Il passa sa langue sur sa peau brûlante, en découvrit chaque parcelle, avec une exquise lenteur, l'emmenant vers des sommets qu'elle n'avait encore jamais atteints. Elle lui rendit la pareille avec empressement, promenant sa langue sur son torse puissant, sur son sexe en érection.

Submergée de désir, elle s'assit enfin sur lui à califourchon et se laissa pénétrer. Pour sa plus grande satisfaction, il émit un gémissement viril et une expression intense passa sur son visage.

Pourquoi fallait-il qu'il soit aussi beau ? Même dans des circonstances aussi bizarres, être fiancée à un homme aussi séduisant était grisant.

Elle chassa donc ses soucis et ses sombres pensées de son esprit pour savourer l'instant présent, entre ses bras.

C'était un amant patient et d'une créativité sans limites. Il trouva des positions auxquelles elle n'avait jamais songé, et qui lui procurèrent un plaisir tel qu'elle n'en avait jamais éprouvé. Chaque fois qu'elle croyait avoir atteint le point de non-retour, il la ramenait prudemment et la rendait de nouveau folle de désir.

Quand elle atteignit l'orgasme, cela fut comme une délivrance, et ses propres cris de plaisir lui semblèrent venir de très loin. Il l'avait emmenée dans un monde coupé de la réalité, où seule existait la passion qui les animait.

Comblés, ils restèrent tendrement enlacés. Elle se sentait détendue, parfaitement sereine. Cela n'avait aucun sens, mais c'était sans importance.

Il était extraordinaire. Doux, attentionné, brillant, irrésistible, et pour une raison obscure, il voulait l'épouser, elle, Fiona Lam.

C'était incroyable, et merveilleux, si l'on oubliait l'imbroglio qui l'avait amenée à le rencontrer. Les événements avaient pris une tournure tellement inattendue qu'il était impossible de dire comment tout cela finirait.

Cette histoire abracadabrante aurait peut-être une issue

heureuse ? Elle était si bien entre ses bras que tout lui semblait soudain possible.

Fiona avait dit à sa mère qu'elle avait rencontré quelqu'un, et qu'elle voulait le lui présenter. Sa mère, ravie d'avoir une occasion de visiter Singapour, lui posa une multitude de questions sur James.

James insista pour tout payer, de telle sorte que sa mère et son beau-père n'eurent qu'à réserver leurs billets d'avion. Comme ils étaient tous deux originaires de Singapour, ils y avaient plein d'amis et de famille, et avaient hâte d'arriver.

Bien sûr, elle avait omis de leur dire qu'elle allait se marier, car elle n'allait pas se marier.

A moins que… ? D'après l'annonce rédigée par James, et qui devait paraître dans le *Straits Times*, elle et « James Farquahar Drummond, douzième comte de Ballantrae », étaient officiellement fiancés. Elle lui avait demandé de ne pas l'envoyer avant qu'elle ait annoncé elle-même la nouvelle à ses parents. Elle se garda bien de lui dire que l'annonce contenait une erreur flagrante : il n'avait indiqué que le nom de son beau-père, Lam, que sa mère lui avait fait prendre quand ils s'étaient installés en Californie, mais le nom de son père biologique n'était mentionné nulle part.

Dans la plus belle chambre du Four Seasons, que James avait tenu à choisir, sa mère défaisait ses valises tandis que son beau-père testait la télécommande.

— Je t'assure, ma chérie, nous aurions pu dormir chez ma sœur ! Je ne sais pas pourquoi j'ai apporté cette robe, il fait bien trop chaud pour porter ça… J'avais oublié à quel point il faisait chaud ici. Enfin ! Je ne comprends toujours pas pourquoi nous avons dû venir aussi précipitamment…

Pour m'aider à choisir une robe de mariée.

— Je voulais que vous rencontriez mon… petit ami.

Elle ne pouvait se résoudre à dire le mot « fiancé » à sa propre mère, alors qu'elle n'avait absolument pas l'intention d'épouser James.

— Cela doit être sérieux, entre vous...

Sa mère s'interrompit, un déshabillé à la main.

— Je suis contente de savoir que tu sors avec quelqu'un, ajouta-t-elle. Tu ne m'as jamais donné l'impression de t'intéresser aux garçons.

Elle ne put s'empêcher de sourire.

— Ce n'est pas vraiment un « garçon », il a quelques années de plus que moi.

Sa mère écarta la remarque d'un geste de la main.

— Ce n'est rien du tout... C'est bien pour une femme d'avoir un compagnon un peu plus âgé. En plus, il est de Singapour ! J'emmène ma fille à l'autre bout du monde, et elle retourne au pays pour se trouver un homme... C'est fou !

— En fait, il est écossais.

C'était la stricte vérité, et pourtant toute cette conversation lui faisait l'impression d'un horrible tissu de mensonges.

— Il travaille ici, mais il m'a invitée chez lui, en Ecosse... Il a un immense château au milieu de nulle part.

— Un château ? s'écria sa mère, qui faillit lâcher le chemisier qu'elle était en train de pendre tant elle était stupéfaite. Tu as entendu ça, Dan ? Un château !

Cette fois encore, Fiona sourit malgré elle. Ce serait tellement merveilleux si James et elle étaient follement amoureux l'un de l'autre et se mariaient bel et bien ! Ce serait un véritable conte de fées.

Hélas, les contes de fées ne devenaient pas réalité, du moins, pas à sa connaissance.

Que sa mère aurait-elle pensé si elle avait su que toute cette histoire était une mise en scène ? Assurément, elle ne trouverait pas cela aussi amusant que son père. Il avait ri et lui avait promis de ne rien dévoiler quand les fiançailles seraient annoncées. Sa mère était quelqu'un de doux dont le seul but dans la vie était de faire le bonheur des autres. Elle n'avait pas réussi à rendre le père de Fiona heureux, et lui avait conseillé de ne pas en attendre trop de lui, mais Fiona ne s'inquiétait pas pour cela : son père et elle se ressemblaient bien plus que sa mère ne semblait le penser.

— Alors, quand aurons-nous le plaisir de rencontrer cet homme merveilleux ?

— Ce soir, au dîner.

Elle sentit son estomac se nouer. James avait réservé une table dans le restaurant le plus chic de toute la ville. De toute évidence, il ne manquerait pas de parler de fêtes de fiançailles, de listes d'invités et de robes de mariée. Elle doutait que la question de son vrai père soit soulevée, car sa mère faisait souvent comme s'il n'avait jamais existé, et comme si Dan était son père biologique. Néanmoins, la situation pouvait très bien se retourner contre elle.

— Nous ferions peut-être mieux d'annuler… Vous devez être fatigués.

— Ne dis pas de bêtises ! J'ai hâte de rencontrer James.

Une heure plus tard, Fiona retrouvait James à son appartement. Son cœur martelait sa poitrine et, quand il ouvrit la porte, elle eut immédiatement envie de l'embrasser.

Dans son costume noir, avec ses cheveux lissés en arrière, il avait un charme dévastateur. Bien sûr, leur baiser fut aussi grisant que d'habitude.

— Tu m'as manqué, murmura-t-il, attisant le désir qu'elle éprouvait déjà.

— Toi aussi.

C'était vrai. Elle avait à la fois rêvé et redouté de le voir.

— Nous avons une heure et demie devant nous avant le dîner. Veux-tu que nous passions prendre tes parents pour les emmener boire un verre ?

— Non, répondit-elle un peu trop vite. Enfin, ce que je veux dire, c'est qu'ils préfèrent nous retrouver au restaurant… Le voyage a été long, ils se reposent un peu. Ils sont tous les deux de Singapour, ils trouveront leur chemin.

Il sourit.

— Parfait ! Tu veux entrer ?

Elle jeta un coup d'œil par-dessus son épaule.

— Et si nous marchions un peu, plutôt ?

Elle n'avait pas vraiment envie d'entrer, de l'embrasser passionnément et d'être dans tous ses états. Il valait mieux qu'elle s'en tienne à son plan. Justement, l'usine de son père n'était qu'à quelques pâtés de maisons de là.

— J'ai envie de prendre l'air et de me dégourdir les jambes. Je suis nerveuse à l'idée que tu rencontres mes parents.

C'était le moins que l'on pût dire.

— Ne t'inquiète pas, répondit-il avec un adorable sourire espiègle, je me conduis assez bien, je saurai les charmer.

— Je n'en doute pas.

Il lui prit le bras. Aussitôt, elle fut parcourue d'un frisson. Elle trouvait curieux qu'ils aient fait l'amour en Ecosse mais que James semble vouloir garder ses distances, depuis qu'ils étaient de retour à Singapour. En fait, c'était bien mieux ainsi, mais elle ne pouvait s'empêcher d'en être un peu froissée, même si elle avait conscience du ridicule de la chose.

— Je, euh… Je n'ai pas encore dit à mes parents que nous allions nous marier.

— Pourquoi ?

— Je veux qu'ils te rencontrent et qu'ils t'apprécient avant de leur annoncer la nouvelle.

— C'est une bonne idée.

Son expression rayonnante lui donna un profond sentiment de culpabilité, qui s'intensifia quand, après avoir traversé le quartier commerçant, ils arrivèrent dans le quartier où se trouvait l'usine. Elle savait exactement de quel bâtiment il s'agissait, mais lui ignorait qu'elle en connaissait l'existence. Comme ils en approchaient, elle ralentit un peu le pas. Avec les caractères chinois peints sur sa façade vétuste, la bâtisse en béton était encore plus déprimante que dans son souvenir. Il y avait même des ordures devant la porte d'entrée.

Comment manifester de façon subtile son intérêt pour un tel taudis ?

Il lui facilita la tâche en abordant le sujet de lui-même.

— Tu ne vas pas me croire, mais je viens d'acheter ce bâtiment.

Elle s'efforça de ne pas trahir son agitation.

— Pourquoi ? C'est une ruine…

— Pour le terrain, bien sûr. L'ancien propriétaire était là depuis des années, il dirigeait une usine qui ne lui rapportait quasiment rien. Les taxes étant calculées d'après la valeur potentielle du terrain, il ne faisait pas assez de bénéfices pour les payer. Là-dessus, je suis arrivé, je les ai réglées, et maintenant, le bâtiment est à moi !

Il regarda sa nouvelle acquisition avec une fierté évidente.

— C'est assez injuste, dit-elle, curieuse d'avoir son avis sur la question. Pourquoi les taxes ne sont-elles pas calculées en fonction de la valeur réelle de l'édifice ?

— Cela empêche les gens de s'accaparer trop longtemps certains terrains. Si le front de mer était bordé de cabanes de pêcheurs, Singapour ne serait pas la ville merveilleuse qu'elle est aujourd'hui.

— Mais que devient le pauvre homme qui a perdu son bâtiment ?

Pourquoi s'aventurait-elle sur un terrain aussi glissant ? Elle devait avoir perdu la tête.

— Les affaires sont les affaires ! S'il voulait gagner de l'argent, il n'avait qu'à exploiter le terrain lui-même. Il en avait peut-être l'intention mais, dans ce cas, il aurait dû payer ses impôts. Je fais en sorte de saisir toutes les occasions comme celle-là. J'ai acquis certains de mes meilleurs biens immobiliers de cette façon.

— Que comptes-tu construire ici ?

— Je ne sais pas encore. J'ai d'abord pensé à des bureaux, mais ce n'est pas assez grand… Comme le quartier est de plus en plus commerçant, je crois que je vais opter pour une boutique.

— Comme celle que j'ai l'intention d'ouvrir.

— Exactement.

Elle s'aperçut, un peu fébrile, qu'elle avait accompli précisément ce qu'elle devait accomplir. Le piège était tendu, et elle était tout aussi retorse et impitoyable que n'importe quel homme d'affaires puissant de Singapour.

Elle accéléra le pas, désireuse de s'en aller avant d'être tentée de se remettre à parler de l'ancien propriétaire.

Il lui tenait encore le bras, et elle s'efforça d'ignorer le mouvement de ses muscles sous son élégant costume. Il valait mieux qu'elle le voie comme un concurrent que comme un homme ayant des émotions et des sentiments. Elle savait qu'il lui avait demandé sa main dans son propre intérêt; tôt ou tard, elle découvrirait ses motivations, et s'en voudrait un peu moins de l'avoir dupé.

— Nous devrions aller au restaurant.

James commanda du vin. Il débordait d'enthousiasme. L'enjeu de la soirée était considérable, mais il était assez à l'aise. La mère de Fiona était charmante et très sociable, son époux, affable et spirituel. Fiona, quant à elle, était plutôt taciturne, mais c'était compréhensible : il s'était passé tant de choses en si peu de temps, elle était sans doute un peu perturbée.

— Alors, comme ça, vous vous êtes rencontrés il y a à peine deux semaines ?

La mère de Fiona voulait connaître tous les détails, mais il n'y avait pas grand-chose à raconter, ce qui était un peu gênant. Il comprenait que Fiona ait envie que ses parents le rencontrent avant de leur annoncer la nouvelle, mais il faudrait bien qu'ils acceptent leur mariage imminent, car il avait déjà pris des dispositions pour leur fête de fiançailles, qui aurait lieu la semaine suivante au Marina Bay Sands Hotel.

— Nous avons fait beaucoup de chemin, en deux semaines…

Il posa sa main sur celle de Fiona, qui lui parut étrangement crispée.

— Au sens propre comme au sens figuré ! remarqua-t-elle avec un sourire un peu forcé. Nous avons fait l'aller-retour entre Singapour et l'Ecosse…

Sa mère se pencha légèrement vers lui et le regarda par-dessus la monture de ses lunettes.

— Fiona m'a dit que vous aviez un château. L'avez-vous fait construire vous-même ?

Il rit.

— Mon Dieu, non ! Si c'était moi qui l'avais fait construire, il serait plus petit et mieux isolé… L'aile la plus ancienne remonte à l'époque romaine. Au fil des siècles, certains propriétaires du domaine ont essayé de l'embellir, mais sans grand succès. Fiona m'a dit que vous étiez de Singapour…

— Oui ! Je n'en suis partie qu'à vingt-six ans, quand j'ai rencontré Dan, répondit-elle en tapotant affectueusement le bras de son mari. Nous nous sommes installés en Californie quand il y a été muté par sa banque.

Soulagé d'avoir réussi à changer de sujet, il posa à la mère de Fiona des questions sur Singapour et sur ce qui y avait changé depuis qu'elle y avait vécu.

Soudain, il vit l'homme qu'il attendait entrer dans le restaurant.

— Veuillez m'excuser, dit-il en se levant et en quittant la table pour aller le saluer.

Il s'approcha de Goh Kwon Beng, le P.-D.G. de SK Industries, et lui serra la main chaleureusement. S'associer avec cet homme lui permettrait de réaliser son projet le plus ambitieux.

— Quelle surprise !

Il savait pertinemment que Beng dînait dans ce restaurant au moins trois fois par semaine avec son épouse et leurs filles, qui se dirigeaient déjà vers leur table habituelle. Leur rencontre n'avait donc rien d'un hasard.

— J'ai invité les parents de ma fiancée à dîner, ajouta-t-il en indiquant leur table.

Par chance, Fiona et ses parents étaient justement en train de rire.

Beng regarda le petit groupe, les sourcils froncés.

— J'ignorais que vous étiez fiancé.

— Rien n'a été annoncé officiellement pour l'instant, mais nous fêterons nos fiançailles le week-end prochain. J'espère que vous serez des nôtres !

Fiona avait insisté pour annoncer la nouvelle à ses parents avant de publier quoi que ce soit dans le journal.

Beng lui posa les mains sur les épaules.

— Félicitations ! Vous verrez que votre vie sera bien plus simple et bien plus satisfaisante une fois que vous serez un homme marié.

— J'ai mis du temps à trouver la femme idéale, mais heureusement j'ai fini par y arriver. Voudriez-vous la rencontrer ?

— Avec plaisir !

Tandis qu'ils se dirigeaient vers leur table, il se rendit compte qu'il venait d'annoncer son mariage imminent, alors que ses futurs beaux-parents n'en savaient rien. Il avait intérêt à faire preuve de doigté.

— Monsieur Beng, je vous présente Fiona Lam… Fiona, je te présente Goh Kwon Beng, l'un de mes plus éminents partenaires.

Avant que Beng n'ait eu le temps de dire quoi que ce soit, il s'empressa de lui présenter les parents de Fiona, et débita à toute allure tout ce qu'ils devraient faire pendant leur séjour à Singapour. Cela les amena à évoquer le bon vieux temps, jusqu'à ce que l'une des filles de Beng vienne le chercher.

Tandis que Beng s'éloignait, James s'assit, profondément soulagé. La mère de Fiona sourit.

— Quel homme charmant ! Son visage me dit quelque chose… J'ai l'impression de l'avoir déjà vu.

— C'est le P.-D.G. de SK Industries, l'un des hommes les plus puissants de Singapour, dit Fiona.

Elle lui jeta un coup d'œil qui le glaça. Savait-elle ce qu'il manigançait, ou avait-elle des soupçons ? Elle était trop intelligente pour ne se douter de rien.

En un sens, il avait peine à croire qu'elle ait accepté de l'épouser aussi spontanément. Bien sûr, il y avait véritablement quelque chose entre eux, et elle aussi devait en avoir conscience.

— Tu as des amis en haut lieu, James.

Le pétillement dans ses yeux le rassura. Elle semblait plus impressionnée que soupçonneuse. Il passa un bras autour d'elle, pour sentir la chaleur qui émanait de son corps, pour prouver que le lien qui les unissait était bien réel et la rassurer ou, peut-être, se rassurer.

Le dîner fut délicieux, et la conversation, fluide. A la fin du repas, ils riaient tous les quatre.

— Je comprends pourquoi ma fille s'est attachée à vous aussi vite, James ! Je dois dire qu'elle a très bon goût, dit la mère de Fiona.

Elle serra tendrement la main de cette dernière, qui eut un sourire un peu crispé.

— L'amour arrive souvent au moment où l'on s'y attend le moins. J'ai comme l'impression que vous ne tarderez pas à prévoir votre mariage !

Il jeta un coup d'œil à Fiona. Le moment était tout trouvé pour annoncer la nouvelle. Cependant, elle évita soigneusement de croiser son regard, gardant les yeux rivés sur sa mère, et eut un rire forcé.

— Peut-être bien !

Il se raidit, contrarié, puis, presque aussitôt, il se raisonna : tout se passait très vite, et elle avait besoin d'un peu plus de temps pour s'adapter à cette nouvelle situation.

Il lui était difficile d'être patient, pourtant. Il avait entamé des négociations avec SK Industries, et un grand mariage aurait indéniablement fait avancer les choses. Réunir tous les hommes d'affaires importants du coin pour leur offrir du champagne et leur donner une nouvelle image de lui était juste ce qui lui manquait pour conclure plusieurs contrats, mais il savait que certaines choses ne pouvaient être faites à la va-vite.

Il avait espéré passer la nuit avec Fiona, mais en quittant le restaurant elle insista pour raccompagner ses parents à l'hôtel, l'abandonnant avec un « je t'appellerai » hâtif. Cependant, elle ne l'appela pas.

A 23 heures, à bout de patience, il finit par lui téléphoner.

— Tu me manques, dit-il quand elle décrocha.

— Toi aussi.

Sa voix était étrangement tendue.

— Je ne sais même pas où tu habites.

Elle eut le même rire forcé que pendant le dîner.

— Je crois que c'est mieux ainsi !

— J'ai besoin de te voir, ce soir. Je peux envoyer mon chauffeur te chercher.

— J'ai besoin de sommeil… La journée a été longue, je suis épuisée.

La vive déception qu'il éprouva le surprit. Il avait passé la soirée avec elle. Comment pouvait-elle déjà lui manquer ?

— Tu pourrais dormir dans mes bras…

Il avait envie de sentir sa joue sur son torse, de se réveiller à ses côtés. De toute évidence, il perdait la tête.

— S'il te plaît…

— J'aimerais beaucoup, James, mais ce n'est pas une bonne idée. Voyons-nous plus tard !

— Nous pourrions déjeuner chez moi demain, suggéra-t-il.

— Non, je vois mon père.

Son refus le blessa. C'était ridicule ! Pourquoi se languissait-il d'elle à ce point ? Elle avait accepté de l'épouser. Il devait absolument se reprendre.

— Très bien. Tu me diras quand tu seras disponible alors.

Il raccrocha avec un mauvais pressentiment. Il ne se sentait pas maître de la situation, et cela lui était très désagréable. Il allait découvrir où elle vivait, sans attendre une minute de plus.

- 8 -

Le lendemain, très nerveuse, Fiona frappait à la porte du minuscule appartement de son père. Elle lui avait proposé de lui acheter une maison, mais il n'avait pas voulu en entendre parler. Il était bien trop fier pour cela.

Son cœur se serra quand sa voix bourrue s'éleva derrière la porte.

— Oui ?

— C'est moi, Fiona !

La porte s'ouvrit et un nuage de fumée de cigarette s'échappa de l'intérieur. Elle plissa les yeux et se retint de tousser.

— Je n'aime pas que tu viennes ici, c'est un taudis. Je ne vivrais jamais ici si je n'étais pas ruiné.

Il avait l'air fatigué et plus vieux que la dernière fois qu'elle l'avait vu. Elle eut un élan d'affection pour lui. Elle voulait à tout prix l'aider à se remettre sur pied pour qu'ils puissent apprécier ensemble les plaisirs simples de l'existence, sans amertume subsistante.

— Tu as vu les journaux ?

Elle n'était pas sûre qu'il ait lu l'annonce de ses fiançailles avec James. Jusque-là, il s'était montré discret, comme elle le lui avait demandé.

— Quels journaux ? Je ne lis pas ces torchons.

— Je peux entrer ?

— C'est le bazar… Allons plutôt dehors. Je t'invite à déjeuner, dit-il en prenant quelques billets froissés dans le tiroir d'une commode.

— Ah non, c'est moi qui t'invite ! Nous avons quelque chose à fêter…

— C'est vrai ?

Il la regarda intensément.

— Oui, enfin, nous aurons bientôt quelque chose à fêter. J'ai trouvé un moyen de récupérer ton usine, chuchota-t-elle tandis qu'il fermait la porte derrière eux et qu'ils se dirigeaient vers le restaurant.

— Tu vas épouser James Drummond, dit-il, les sourcils froncés.

— Ce n'est pas ce que tu crois, papa. Cela fait partie de mon plan.

— Tu vas me venger en faisant de sa vie un enfer ?

— Non ! J'ai prévu quelque chose, je lui ai lancé un défi, une course à cheval que je vais gagner. Quand j'aurai gagné, il devra me donner ce que je veux, et je lui demanderai ton usine.

Ils passeraient justement devant d'une minute à l'autre, elle était sur leur chemin.

Son père la regarda fixement.

— Une course à cheval ? répéta-t-il d'un air incrédule.

— Nous avons fait du cheval ensemble, en Ecosse. Je suis sûre de pouvoir le battre, je suis beaucoup plus légère que lui. Ne t'inquiète pas.

— Et il te donnera l'usine ? Vous en avez parlé ?

— Nous ne sommes pas entrés dans les détails, je ne veux pas éveiller ses soupçons.

Il rit. De toute évidence, l'idée lui plaisait.

— Tu ferais peut-être mieux de lui demander sa nouvelle tour, à côté du parc. Elle vaut beaucoup plus que cette vieille usine.

Elle prit une profonde inspiration.

— Ne compliquons pas les choses. En attendant, je dois jouer le jeu et faire semblant d'accepter ces fiançailles. Hier soir, il a invité maman et Dan au restaurant…

Son père s'arrêta net.

— Ta mère est ici ? Que se passe-t-il ?

Comme la plupart des enfants de divorcés, elle avait longtemps espéré que ses parents se réconcilieraient, mais elle avait compris que cela n'arriverait jamais.

— James voulait la rencontrer. J'ai réussi à l'empêcher de lui annoncer nos fiançailles, mais malheureusement elle l'a tout de suite apprécié.

— Quel lèche-bottes ! Je parie que c'est un vrai charmeur.

— Oui…

Elle avait envie de défendre James, de dire à son père qu'il était adorable avec elle, mais elle savait que c'était une mauvaise idée.

— Je vais devoir assister à quelques soirées et me forcer à sourire pendant une semaine ou deux, puis nous retournerons en Ecosse et je gagnerai cette course.

— Tu es encore plus retorse que lui ! C'est un plan machiavélique, ça me plaît beaucoup…

Il la serra dans ses bras. Elle en eut le souffle coupé. C'était la première fois de sa vie, du moins, autant qu'elle s'en souvînt, que son père la prenait dans ses bras. Les larmes aux yeux, elle lui rendit son étreinte, le serrant contre elle de toutes ses forces. Cela eut pour effet de le faire tousser. Il s'écarta d'elle et prit ses cigarettes.

— Tu devrais vraiment arrêter de fumer, dit-elle avec douceur.

— Je sais. Je suis trop stressé. J'arrêterai peut-être quand tu auras récupéré mon usine, ou que tu m'auras obtenu cette tour…

Il éclata de rire et eut une quinte de toux. Elle ne put s'empêcher de joindre son rire au sien, ne serait-ce que pour évacuer un peu de la tension qu'elle éprouvait.

Sa nervosité s'intensifia lorsqu'ils arrivèrent dans la rue de l'usine. Que se passerait-il si elle perdait la course et décevait son père ?

— La voilà…

— C'est vraiment un endroit sinistre, mais le terrain vaut une fortune.

— C'est pour cette raison que James a acheté l'usine. Qu'as-tu l'intention de faire avec le terrain ?

— Je voudrais y construire un hôtel, ou peut-être un petit commerce…

— Je pourrais être ton associée ! Nous pourrions creuser tes idées ensemble…

Il la regarda d'un air surpris et vaguement soupçonneux.

— Enfin, si tu veux, papa, ajouta-t-elle avec empressement. Je ne veux pas m'immiscer dans tes affaires.

Il se remit à rire et à tousser.

— Décidément, tu débordes d'enthousiasme, Fifi ! Tu ressembles beaucoup à ta grand-mère.

— Ta mère ? J'aurais aimé la connaître… Comment était-elle ?

Ils prirent un déjeuner raffiné et copieux à la terrasse d'un restaurant qui donnait sur le port. Son père lui raconta des anecdotes sur des membres de la famille dont elle ignorait jusque-là l'existence, l'éclairant sur elle-même autant que sur lui. Après un ou deux verres et un bon steak, il redevint l'homme d'affaires plein d'assurance qu'il était quand elle était enfant. Elle était enchantée de pouvoir jouer un rôle dans l'amélioration de sa situation.

Cependant, chaque fois qu'elle pensait à James, elle éprouvait un profond sentiment de culpabilité. Serait-il blessé quand elle le quitterait ? Probablement pas. Il ne l'aimait pas, elle le savait bien. Il n'avait pas prétendu le contraire. Depuis qu'il l'avait présentée à Goh Kwon Beng, elle était persuadée que leurs fiançailles faisaient partie d'un plan élaboré par James pour s'insinuer dans les bonnes grâces des magnats de l'industrie de Singapour. Elle ne voyait pas vraiment dans quelle mesure elle lui était utile, mais il devait avoir réfléchi à la question et estimer qu'elle faisait l'affaire, pour une raison ou pour une autre.

Elle ne se faisait pas d'illusions, il ne tenait pas réellement à elle. Il n'aurait pas le cœur brisé quand elle le quitterait, il serait simplement déçu de voir l'un de ses projets tomber à l'eau. Il trouverait quelqu'un de plus agréable et serait sans doute de nouveau fiancé quelques semaines plus tard.

Quant à elle, elle n'avait pas la moindre idée de ce qu'elle ressentirait quand toute cette histoire serait terminée. Elle avait déjà l'impression que son cœur était passé au hachoir.

Elle n'avait pas osé aller chez James, la veille au soir, même si elle en avait eu terriblement envie. Ils auraient fait l'amour et, chaque fois qu'il l'embrassait, une vague d'émotions troublantes la submergeait. L'attirance irrésistible qu'ils éprouvaient l'un pour l'autre combinée à la tendresse de James lui faisait perdre la tête. Elle s'était d'abord sentie inébranlable, mais elle devenait de plus en plus nerveuse. Elle risquait fort de tomber amoureuse de lui, et avait tout intérêt à garder ses distances le temps de cette mise en scène.

Eviter James s'avéra plus facile que prévu. Il était très occupé par son travail. Loin de se démener pour le tenir à distance, elle se surprit à se demander pourquoi il ne l'appelait pas. Apparemment, il croyait s'être assuré son affection et pouvoir la mettre tranquillement de côté jusqu'à leur fête de fiançailles. Seul l'énorme bouquet de fleurs qu'elle recevait chaque matin prouvait qu'il s'intéressait encore à elle.

C'était d'autant plus alarmant qu'elle ne lui avait jamais donné son adresse. Il avait dû la chercher, et en avait certainement profité pour se renseigner sur son passé. Apparemment, il n'avait rien trouvé qui l'inquiétât, puisque, dans les e-mails qu'il lui envoyait, il ne posait aucune question. Ses messages étaient gentils et affectueux, mais ne semblaient pas complètement sincères. C'était peut-être son assistant qui les écrivait pour lui… ou peut-être essayait-elle de s'en persuader pour se sentir un peu moins coupable.

Un coursier lui apporta une enveloppe contenant un paquet d'invitations à leur fête de fiançailles. Ils avaient vaguement parlé d'une date, mais elle était volontairement restée évasive. Apparemment, il en avait conclu que n'importe quelle date lui conviendrait.

La réception aurait donc lieu cinq jours plus tard, dans l'un des hôtels les plus chics de Singapour. Dans un petit mot écrit à la main, il lui disait d'inviter autant de gens qu'elle le souhaitait.

Les choses allaient beaucoup trop vite à son goût. Elle n'avait pas parlé de ce projet de mariage à sa mère, mais elle allait devoir y remédier, car ses parents seraient bien évidemment invités à la soirée.

— Je sais que nous sommes fiancés, mais nous n'allons pas nous marier avant très longtemps, maman…

Sa mère et elle regardaient les somptueuses robes de mariée d'une boutique de haute couture. Fiona était horriblement mal à l'aise. Elle n'était pas faite pour ces créations extravagantes, et probablement pas non plus pour le mariage, mais sa mère avait insisté pour l'aider à choisir une robe.

— Tant mieux ! C'est important d'apprendre à connaître l'autre avant de se lancer. Je n'aurais jamais épousé ton père si l'on m'avait donné ce conseil.

Vexée, Fiona leva le menton d'un air de défi.

— Oui, et je ne serais pas là.

— Je sais, ma chérie, dit sa mère en lui caressant la joue. C'est pour cette raison que, d'une certaine façon, c'est une bonne chose que j'aie rencontré ton père… mais je veux que tu sois heureuse en ménage.

— James ne te plaît pas ? lui demanda-t-elle.

— Si, bien sûr, il a l'air merveilleux…

Elle perçut l'hésitation dans la voix de sa mère.

— Mais ?

Sa mère fronça les sourcils.

— Je ne sais pas… Il semble presque trop merveilleux, il est charmant, il est grand, séduisant… riche, dit-elle en souriant. C'est trop beau pour être vrai !

— Tu ne me trouves pas assez bien pour un homme comme lui ?

— Bien sûr que si, ma chérie ! Je t'imaginais simplement avec quelqu'un de moins… parfait.

Moi aussi. Toute cette histoire invraisemblable avait quelque chose d'un conte de fées.

— Eh bien, quoi qu'il en soit, il faut que je trouve quelque chose à me mettre pour la fête de fiançailles, mais comme je te le disais je ne vais pas me marier avant un bon moment, alors tu peux t'éloigner de tout ce taffetas blanc !

Je ne vais pas me marier avant un bon moment. Spontanément, elle n'avait pas dit « nous ».

Elle se dirigea vers un portant de robes de soirée.

— Cela se fait de porter une robe noire à une fête de fiançailles ?

James passa prendre Fiona pour l'emmener à la réception. Elle ne l'avait pas vu depuis cinq jours, pendant lesquels elle n'avait donc pas été soumise à la tentation de soutenir son regard brûlant de désir.

Elle s'installa sur la banquette arrière de la voiture avec chauffeur, à côté de James. Il était incroyablement beau dans son costume anthracite, et son sourire était encore plus irrésistible que dans son souvenir.

Ils échangèrent un baiser passionné.

— Tu m'as manqué.

C'était vrai. Le sentiment de culpabilité mêlée d'angoisse qui l'accablait ne l'empêchait pas d'avoir envie de le voir.

— Toi aussi, répondit-il, mais j'ai été bien occupé. Les préparatifs de notre mariage avancent… Tu as un mois entier devant toi.

Il sourit.

Elle s'efforça de ne pas trahir son désarroi. En un mois, ils auraient amplement le temps de faire la course à cheval qu'ils avaient prévue, puis d'annuler le mariage.

Fallait-il qu'elle ait l'esprit tordu pour prévoir d'annuler son mariage alors qu'elle se rendait à sa fête de fiançailles !

Le chauffeur les déposa devant l'hôtel. Les invités arrivés en même temps qu'eux se précipitèrent à leur rencontre pour les saluer et les féliciter.

Nerveuse, elle se mordilla la lèvre inférieure.

Elle écarquilla les yeux en entrant dans la grande salle de réception au bras de James : au moins deux cents invités se tenaient là, au milieu des palmiers en pots, une coupe de champagne à la main. Un tonnerre d'applaudissements retentit.

Elle se força à sourire tandis qu'une foule de gens qu'elle n'avait jamais vus auparavant venaient la saluer.

James lui présenta sa mère, une grande dame blonde qui s'appelait Inez et qui, étonnamment, avait un accent d'Europe centrale. Fiona l'avait imaginée écossaise ou anglaise. Soudain, le choix de James d'épouser une étrangère ne lui semblait plus si excentrique.

Inez l'embrassa chaleureusement et lui présenta tous ses vœux de bonheur. Ne sachant que dire, elle bredouilla qu'elle adorait le château des Drummond. La mère de James eut une expression qui semblait vouloir dire : « Eh bien, pas moi ! » Fiona se dit qu'elles ne se verraient probablement pas souvent, puis elle se rappela que c'était une certitude, puisque James et elle ne se marieraient pas. Elle commençait à s'y perdre.

Sa propre mère était rayonnante. Quant à son père, il n'était pas là, fort heureusement. Avec un peu de chance, il n'avait même pas entendu parler de cette réception. James continuait à prendre son beau-père pour son père et, étant donné que sa mère faisait comme si c'était le cas et lui avait fait prendre le nom de Dan, l'illusion était facile à entretenir.

En fin de soirée, elle proposa à sa mère et à Dan de les raccompagner à l'hôtel, mais James intervint.

— Je crains que ce ne soit pas possible, dit-il avec une lueur espiègle dans les yeux, j'ai prévu quelque chose pour nous deux…

Sa mère sourit avec un air de conspiratrice.

— Eh bien, nous n'allons pas nous disputer avec ton futur mari !

Elle s'apprêta à protester, mais resta sans voix.

La foule des invités se dispersait. Sa mère et son beau-père s'en allèrent à leur tour, le sourire aux lèvres. La mère de James était partie depuis longtemps, et tous les hommes d'affaires puissants auxquels il l'avait présentée regagnaient leurs voitures de maître. Bientôt, James et elle se retrouveraient seuls.

— Qu'as-tu en tête ?

A son grand mécontentement, sa propre voix lui parut aiguë et tendue.

— C'est une surprise !

— Et si je n'aimais pas les surprises ?

— Je te connais déjà assez pour savoir que ce n'est pas le cas, répondit-il avec un sourire irrésistible. Viens…

Il passa son bras autour de sa taille et l'entraîna vers la sortie. Ils remontèrent dans la voiture, et le chauffeur prit la route qui conduisait chez James.

— Tu es sûr que c'est une bonne idée d'aller chez toi avant le mariage ?

Ils arrivaient dans la rue où il habitait. Elle jeta un coup d'œil à travers la vitre.

— Non, répondit-il. C'est pour ça que j'ai demandé à Al de se garer dans le parking sous-terrain. Nous prendrons l'ascenseur pour monter jusqu'à mon appartement, et nous ne risquerons pas d'être surpris par qui que ce soit, conclut-il avec un sourire malicieux.

— Tu as une mauvaise influence sur moi.

— Je suis désolé.

Visiblement, il ne l'était pas du tout.

L'idée seule de sentir ses mains sur sa peau la troublait, et elle était curieuse de voir l'endroit où il vivait. Elle avait visité la demeure familiale dont il avait hérité, mais son appartement était le lieu qu'il s'était choisi.

C'était un appartement spacieux, qui offrait une vue imprenable sur le port, tout éclairé à cette heure tardive. Le sol était en marbre, les meubles, modernes. Devant la baie vitrée, il y avait un piano à queue. Elle s'en approcha. C'était un Steinway, probablement d'une valeur inestimable.

— Tu en joues ? demanda-t-elle, résistant à l'envie de poser ses doigts sur les touches.

— Un peu.

— Tu me joues quelque chose ?

— D'accord.

Il retira sa veste de costume et la posa sur le dossier d'un fauteuil, puis il s'assit sur le tabouret de piano et entama un morceau de classique qui lui était vaguement familier. Ses doigts semblaient voler au-dessus des touches tandis qu'il exécutait la mélodie poignante avec la dextérité d'un concertiste.

Merveilleux! Une raison supplémentaire de se pâmer d'admiration devant James Drummond.

Il termina le morceau sans une fausse note.

— Tu veux jouer?

— Euh... oui.

Elle s'assit et fit comme si elle s'apprêtait à jouer avec deux doigts. Elle jeta un coup d'œil à James, qui affichait un grand sourire.

— Vas-y, tu as un esprit de compétition bien trop développé pour ne pas faire mieux que moi!

Elle rit.

— Tu me connais bien, je dois le reconnaître, mais malheureusement cela va être difficile de faire mieux.

Elle entama sa sonate préférée et ferma les yeux, se laissant envahir par la musique. Elle avait l'impression que le morceau se jouait de lui-même, que la mélodie emplissait toute la pièce. Quand les dernières notes s'éteignirent, elle rouvrit les yeux avec le sentiment de s'éveiller d'un rêve.

— Pas mal, dit James, les yeux pétillants.

Il lui tendit la main. Elle la prit et se leva, encore plus triste à l'idée de ne pas l'épouser.

— Comme je le soupçonnais, tu aurais probablement pu être concertiste. Bon! Maintenant que les préliminaires sont terminés, passons dans la chambre...

Elle rit.

— C'est difficile de te refuser quoi que ce soit.

Sa chambre était spacieuse, son grand lit, recouvert d'une épaisse couette blanche. Ils se déshabillèrent lentement, savourant chaque instant.

— J'ai l'impression qu'une année entière s'est écoulée depuis la dernière fois que j'ai posé mes mains sur ta peau, murmura-t-il d'une voix un peu rauque.

— Moi aussi...

Combien de fois encore feraient-ils l'amour avant qu'il

n'apprenne la vérité et la déteste ? Son cœur était lourd du regret des choses qui ne seraient pas.

Cependant, cela n'affaiblissait en rien son désir pour lui, son envie de se serrer contre lui et de sentir son parfum chaud et viril. Il la prit dans ses bras, lui procurant un étrange sentiment de sécurité.

C'était ridicule. De toute évidence, elle perdait tout bon sens en sa présence.

La chaleur de son souffle sur sa joue la fit frissonner de plaisir. Elle aimait son torse puissant, sa mâchoire carrée. Il y avait chez lui quelque chose de noble, qui la faisait se sentir extrêmement féminine.

Il l'embrassa avec fougue et une vague de désir la submergea. Que deviendrait-elle quand tout serait terminé ? L'embrasserait-on de nouveau avec une telle passion un jour ?

Un sentiment d'angoisse se mêla à la foule d'émotions qu'elle éprouvait.

— J'ai envie de toi…

Ces mots lui parurent sans danger. Ils étaient évasifs, purement sexuels. Pourtant, derrière cet aveu de désir se cachait quelque chose de bien plus profond. Elle avait envie de lui, avait envie d'être avec lui, de lui parler, de le toucher, de faire l'amour avec lui. Dans d'autres circonstances, ils auraient peut-être eu un avenir ensemble.

Cependant, ils avaient au moins l'instant présent. Elle déboutonna sa chemise et la lui retira, puis il lui enleva sa robe et déposa une ligne de baisers entre ses seins, jusque sur son ventre.

Tous ses sens étaient en éveil. Il était un amant merveilleux, il prenait son temps, se montrait à la fois doux et inventif. Il savait toujours exactement comment s'y prendre pour lui faire plaisir.

Elle adorait le goût salé de sa peau, ses muscles parfaitement dessinés, ses gémissements rauques et virils. Elle s'employa à lui faire perdre la tête comme lui lui faisait perdre la tête et, quand il la pénétra enfin, ils étaient tous deux ivres de plaisir. Ils parvinrent toutefois à prolonger la délicieuse agonie quelques instants de plus avant de lâcher prise et de s'abandonner complètement.

Elle n'avait jamais rien connu de tel, n'avait jamais été aussi bien assortie à un partenaire sexuel. La nature de James et la sienne se complétaient à la perfection. Peut-être qu'ils étaient bel et bien faits l'un pour l'autre, et que l'usine, son père, la coupe perdue n'étaient que des obstacles qu'ils devaient franchir avant de pouvoir vivre heureux ensemble. Quand ils étaient ainsi, dans les bras l'un de l'autre, il lui semblait impossible que quelque chose d'aussi trivial que les affaires puisse les séparer.

Il fallait peut-être bel et bien qu'elle retrouve le dernier morceau de cette satanée coupe pour lever la malédiction qui pesait sur les Drummond et ouvrir la voie à un avenir heureux pour James et elle. Elle voulait le voir heureux, et elle voulait être heureuse.

Elle aurait peut-être dû lui dire la vérité à propos de l'usine, tout simplement, et lui proposer de la lui racheter, de façon à ce que son père aussi soit heureux. Cependant, James aurait alors compris qu'elle manigançait quelque chose depuis le début. Si elle lui dévoilait la vérité, il serait horrifié, et elle le perdrait. Au moins, si elle s'en tenait à son plan initial, elle se rapprocherait de son père.

C'était tellement étrange d'être dans les bras de James, d'avoir la tête appuyée sur son torse alors que toutes ces pensées insensées lui traversaient l'esprit. Et lui, à quoi pouvait-il bien penser ? Elle savait qu'il ne voulait pas l'épouser par amour, mais pour des raisons connues de lui seul.

Il lui caressa les cheveux et, de nouveau, ses pensées vagabondèrent. Elle aurait voulu que ce moment dure éternellement, elle aurait voulu continuer à se reposer si près de lui, se délectant du parfum de sa peau. Hélas, elle ne connaissait plus la paix. Tout en elle était doutes et confusion.

— Cette vieille usine…

Elle prononça ces mots presque sans le vouloir.

— Celle devant laquelle nous sommes passés l'autre soir ?

Elle espérait qu'il ne remarquerait pas sa nervosité.

— Oui… Combien la vendrais-tu ?

Il rit.

— Je ne la vendrais pas !

— Même à un prix exorbitant ?

— Ce prix exorbitant serait forcément moins élevé que ce que le terrain vaudra quand je l'aurai exploité. Cela faisait près de deux ans que je voulais l'acheter, j'ai investi beaucoup de temps et beaucoup d'énergie pour y parvenir.

C'était ce qu'elle suspectait depuis le début. Devait-elle insister, au risque de trahir ses intentions ? Elle serait bien obligée de le faire, à un moment ou à un autre.

— Oh… Et si j'en voulais comme prix si je gagnais la course ?

Elle retint son souffle. Elle ne voyait pas son visage, mais imaginait son expression absorbée.

— Dans ce cas, répondit-il enfin, je pourrais difficilement refuser.

Elle perçut un certain amusement dans son ton. Il s'attendait probablement à gagner : c'était toujours le cas des hommes comme lui. C'était sans doute en partie pour cette raison qu'ils gagnaient bel et bien, la plupart du temps, mais dans le cas présent elle avait l'avantage.

Peut-être pourrait-elle gagner la course, rendre l'usine à son père, épouser James et vivre heureuse avec lui. Ils finiraient sûrement par rire de tout cela. Si elle s'y prenait convenablement, c'était possible. Il avait accepté de lui céder l'usine si elle remportait la victoire ; il ne lui restait donc plus qu'à gagner à la loyale.

Je veux l'épouser. Cette pensée s'imposa à elle. La prise de conscience la stupéfia. Se pouvait-il qu'elle l'aime ? L'étrange sentiment dont son cœur débordait et qui lui brouillait l'esprit pouvait-il être de l'amour ? Elle s'imaginait aisément à ses côtés pendant des années et des années. Après tout, s'il avait décidé de façon aussi abrupte de lui demander sa main, c'était peut-être parce qu'il était vraiment persuadé qu'ils étaient faits l'un pour l'autre, comme elle le pressentait en ce moment même.

Elle se redressa un peu et déposa un baiser sur ses lèvres. Il sourit.

— Tu veux vraiment cette usine ?

Elle haussa les épaules avec une désinvolture feinte.

— Je crois qu'elle serait parfaite pour moi.

— C'est d'accord !

Son cœur fit un bond dans sa poitrine. Il lui semblait soudain qu'elle pouvait tout avoir : l'usine, l'affection de son père et sa reconnaissance. Et, surtout, James, pour toujours. Elle avait toujours eu de la chance.

Elle l'embrassa de plus belle, savourant le frisson de désir qui la parcourut aussitôt.

Elle arriverait à ses fins, du moment qu'elle gardait son sang-froid. Elle ferait de cette course à cheval un véritable triomphe. L'enjeu était considérable : son bonheur et celui de plusieurs autres personnes en dépendait. Quelques jours plus tard, son avenir serait enfin scellé, pour le meilleur ou pour le pire.

- 9 -

La bruine matinale avait rendu la lande écossaise encore plus belle et odorante. Le pâle soleil réchauffait maintenant les murs du château.

James jeta un coup d'œil à Fiona.

— Les chevaux ont eu tout le temps de digérer leur petit déjeuner… Tu déclares forfait ?

Il la taquinait, mais au fond il était un peu inquiet. La course qu'ils avaient prévue promettait d'être longue, difficile et assez dangereuse. Il comprendrait parfaitement qu'elle veuille revenir sur ses engagements.

Il avait peine à croire qu'il lui avait promis cette usine. Qu'allait-elle pouvoir en faire si elle gagnait ?

— Pas du tout, répondit-elle en levant le menton d'un air de défi. Je veux juste être sûre qu'ils sont prêts.

— Je crois que c'est le cadet de leurs soucis !

Ils avaient bandé leurs pattes pour les protéger des broussailles et leur offrir un soutien. Les chevaux étaient en forme, car le valet d'écurie les avait entraînés toute la semaine.

— Tu es sûre de vouloir monter Taffy ? Salomon est plus rapide… C'est un cheval de course, et ce n'est pas le cas de Taffy.

— Peut-être, mais Taffy connaît bien la campagne, ce qui me donnera l'avantage.

Elle semblait confiante, sûre de gagner, et après tout peut-être gagnerait-elle bel et bien, mais il avait l'esprit de compétition et avait l'intention de lui montrer à qui elle avait affaire. Son cheval était plus rapide, et il connaissait mieux les environs. Il était donc presque sûr de gagner, mais il admirait son ambition et son assurance.

— Tu as ton téléphone portable sur toi ?

Il voulait être sûr qu'elle puisse appeler les secours si besoin était.

— Oui, dans ma poche intérieure, répondit-elle en tapotant sa veste, à côté de ma patte de lapin et de mon trèfle à quatre feuilles.

Il rit.

— Tu ne m'as pas l'air d'être superstitieuse…

— Tu ne me connais pas depuis bien longtemps. Je suis assez superstitieuse pour savoir que tu ne peux pas me battre avec la malédiction de tes ancêtres qui pèse sur toi. M'assurer que tu ne retrouves pas le morceau manquant de la coupe fait peut-être partie de ma stratégie…

Elle monta sur le dos de Taffy. Il regarda avec plaisir son corps souple et athlétique tandis qu'elle se mettait en selle avec agilité.

— Tu sais que je ne crois pas à cette histoire de malédiction. Ma vie se passe très bien sans cette satanée coupe. Par ailleurs, mes cousins n'en ont apparemment pas eu besoin pour trouver miraculeusement l'amour et le bonheur.

A son tour, il se mit en selle.

— Fais-tu allusion aux deux cousins qui ont trouvé leur morceau de la coupe ? demanda-t-elle d'un ton empreint d'ironie.

— Oui, mais la malédiction n'est censée être levée qu'une fois les trois morceaux réunis.

— Hmm… Dans ce cas, j'imagine que nous sommes condamnés à divorcer et à être seuls tant que nous n'aurons pas retrouvé le dernier morceau.

Il fronça les sourcils. Il avait un mauvais pressentiment, sans doute une certaine appréhension due à la course. Salomon commençait à s'agiter. Il lui tapota le cou pour l'apaiser.

Ses cousins, qui avaient tous deux à peu près le même âge que lui, éviteraient-ils les déceptions et les déboires endurés par leurs ancêtres ? Il refusait, quant à lui, de se lancer dans une relation vouée à l'échec. C'était précisément pour cela qu'il avait choisi une épouse avec sa tête plutôt qu'avec son cœur, même si son cœur s'emballait bel et bien chaque fois qu'il la voyait.

Elle passa devant lui sur le chemin.

— Tu te souviens de l'itinéraire ?

— Nous suivons les limites du domaine, dans le sens inverse des aiguilles d'une montre.

— Nous en avons pour cinq heures, environ.

— Je sais. J'ai l'intention de me ménager.

Elle affichait un air effronté. Il ne savait toujours pas comment elle était devenue aussi bonne cavalière.

— Tu as prévu une veste de pluie ?

Tout en continuant à avancer au petit trot, elle se tourna vers lui, une main posée sur la croupe de la jument.

— Arrête de te tracasser pour moi ! Je vais très bien, et je vais gagner.

Son sourire éclatant le ravit.

— Certainement pas.

— Regarde-moi bien, tu verras !

— Ce serait avec plaisir, mais je ne pourrai pas décemment me retourner en étant au galop…

Il fit avancer son cheval un peu plus vite pour aller se placer aux côtés de Fiona.

— Giles va annoncer le départ.

Giles, le palefrenier, les suivait de loin.

— Nous ne pouvons pas nous permettre de donner un coup de pistolet, cela affolerait les chevaux.

— Je veux que Taffy soit affolée, dit-elle en caressant le cou de la jument, mais ne t'en fais pas, je saurai l'encourager sans arme à feu !

Il était content qu'elle ait accepté de monter Taffy. Ce n'était certes pas l'animal le plus rapide de l'écurie mais, avec sa constitution robuste, elle ne risquait pas de s'effaroucher et de faire tomber sa cavalière.

Elle se tourna de nouveau vers lui et le regarda d'un air féroce.

— Tu vas me laisser gagner ?

— Certainement pas ! L'honneur des Drummond repose sur ma victoire.

Il tapa du poing sur sa poitrine. En réalité, il venait justement de se demander s'il devait rester derrière elle pour vérifier qu'elle ne commettait pas d'imprudences. Où avait-il la tête ? Voulait-il vraiment lui céder cette propriété près d'Orchard Road ? Soit il devenait trop indulgent, soit il s'attachait dangereusement à elle.

— Si tu gagnes, ce sera à la loyale, je te le promets.

— Tant mieux, parce que j'ai bien l'intention de gagner, et je n'aimerais pas que tu t'imagines que c'est de ton ressort.

La voix bourrue de Giles s'éleva soudain derrière eux.

— Le muret de pierre marque la ligne de départ !

Le muret en question séparait les pelouses impeccables du pâturage le plus proche du château. Ils franchirent le portail. Manifestement, les chevaux étaient tout excités et prêt à se défouler.

— Vous êtes prêts ? leur cria Giles.

— Oui ! répondirent-ils d'une seule voix.

— A vos marques, prêts… partez !

Les chevaux s'élancèrent au petit galop. Quelques nuages traversaient le ciel bleu, et le soleil brillait d'une lumière blanche aveuglante.

A sa grande contrariété, Fiona, debout sur les étriers, semblait flotter sans effort au-dessus de sa selle et galopait déjà loin devant lui. Il était beaucoup plus lourd et, pour l'instant, son cheval et lui étaient moins rapides, mais elle finirait certainement par se fatiguer à tenir cette position. *N'est-ce pas ?*

Pour la première fois, il se demanda si elle avait une chance de le battre. Cette perspective attisa son désir de gagner la course. Il partit au galop et la dépassa.

— N'épuise pas ton cheval trop vite ! lui cria-t-elle d'un ton enjoué.

— Ne t'inquiète pas pour nous… Salomon et moi avons tout prévu !

Il continua jusqu'au large fossé qui marquait la première étape, le traversa et le longea de l'autre côté.

Le martèlement des sabots de Taffy derrière lui le rassura. Il suivait la limite est du domaine, entre ses pâturages et l'étendue sauvage au-delà, quand, quelques minutes plus tard, Fiona arriva à sa hauteur. Presque aussitôt, elle le dépassa.

Il résista à l'envie de passer de nouveau en tête. Elle était plus en sécurité devant lui, là où il pouvait la voir. Et quelle vue ! Ses fesses parfaites restaient suspendues avec grâce au-dessus de la croupe puissante de Taffy.

Il pouvait la dépasser n'importe quand. Il n'en avait tout simplement pas envie. *Pour l'instant.*

L'ivresse du galop transportait Fiona. Dépasser James lui avait donné un sentiment d'euphorie, et elle s'imaginait maintenant en jockey au Grand National, se dirigeant vers la ligne d'arrivée devant une foule de spectateurs l'acclamant. Ici, pourtant, il n'y avait aucun spectateur, hormis, de temps en temps, un aigle ou un lapin traversant la lande.

La voix de James lui parvint, portée par le vent.

— Ne prends pas cette colline trop vite !

Plus bas s'étendait une vallée traversée par une rivière sinueuse.

— La vue m'empêche de me concentrer ! cria-t-elle.

Elle mit Taffy au trot pour descendre la pente. La colline n'était pas si escarpée, mais trop pour prendre un risque inutile.

Le sentier longeait les eaux tumultueuses de la rivière avant de remonter. James la dépassa, mais elle remit Taffy au galop en riant et passa à côté de lui comme une flèche.

— Heureusement pour moi, tes chevaux sont bien entraînés…

— Je tiens à ce qu'ils soient prêts à tout, lui cria-t-il en réponse.

— Tu songes à conquérir les terres voisines ?

— On ne sait jamais…

Elle sourit. Elle l'imaginait aisément mener une armée au combat, les étendards flottant au vent et les chevaux s'ébrouant. C'était sans doute ce que ses ancêtres avaient fait pour obtenir cet immense domaine et pour le défendre, au fil des siècles. Il n'y avait rien d'étonnant à ce qu'il ne puisse pas l'abandonner complètement pour son appartement à Singapour. Si elle avait été propriétaire du château, elle n'aurait jamais voulu le quitter.

Si elle avait été propriétaire du château.

Cela pourrait être le cas, si elle épousait James. Son père finirait bien par se faire à l'idée. Tôt ou tard, les deux hommes les plus importants pour elle se rapprocheraient et riraient de leur ancienne rivalité.

Eblouie par la clarté du ciel, le visage fouetté par le vent, elle se dit soudain que tout se déroulerait comme elle l'imaginait.

Elle encouragea la jument, qui montait une autre colline.

— Allez, Taffy !

Elle devait absolument gagner. Sinon, son plan soigneusement élaboré tomberait à l'eau.

Alors qu'elle arrivait sur un chemin particulièrement rocailleux, bordé d'un muret de pierre, James apparut à ses côtés.

— Ton cheval a l'air fatigué, remarqua-t-elle.

— Salomon n'a même pas encore eu besoin de son second souffle.

Il eut un grand sourire et talonna son cheval. Quand la queue noire de Salomon arriva au niveau du cou de Taffy, elle sentit son ventre se nouer. L'espace d'un instant, il lui sembla que tout lui échappait : l'usine, son père, son avenir avec James. Elle fit donc avancer la jument encore plus vite, jusqu'à ce qu'elle ait dépassé James. Le moment était venu de profiter du fait qu'elle était plus légère que lui et de mettre une vraie distance entre eux. Elle apercevait le château, sur sa gauche, et voyait qu'ils approchaient de la limite ouest du domaine. Elle ne risquait plus de se perdre. Si elle le dépassait et prenait un sérieux avantage sur lui maintenant, elle s'assurerait la victoire.

Elle alla à bride abattue. Le martèlement des sabots de Salomon se fit de plus en plus distant. Elle jeta un coup d'œil par-dessus son épaule et constata que James était très loin derrière elle. Elle ne pouvait pas garder cette allure trop longtemps, car elle risquait d'épuiser Taffy. Elle attendit encore un peu, pour être sûre d'avoir pris assez d'avance, puis elle repassa au petit trot. James aussi devait avoir ralenti, car il ne la rattrapait toujours pas.

Elle sourit et admira la vue spectaculaire. Que c'était beau, ce paysage sauvage et les tours moussues du château ! Avec un peu d'organisation et beaucoup de détermination, elle pouvait accomplir presque n'importe quoi.

Tandis que Fiona disparaissait de son champ de vision, James eut une prise de conscience passablement perturbante : il avait envie qu'elle gagne.

Le désir de voir son adversaire gagner allait à l'encontre de tout ce que son éducation et son expérience lui avaient appris. En pension, on lui avait inculqué l'inflexibilité. Pendant des années, il s'était astreint à se concentrer sur ses objectifs. Il parvenait presque toujours à signer les contrats qui l'intéressaient, même si cela prenait parfois beaucoup de temps.

Cependant, il envisageait maintenant de laisser Fiona le battre et de lui donner sa dernière acquisition immobilière, qu'il avait convoitée pendant des années.

De toute évidence, elle ne le laissait pas indifférent. Loin de là !

— Tu me rends fou, dit-il à haute voix, sachant qu'elle ne pouvait pas l'entendre.

Elle était bien trop loin devant. Son cœur s'emplit de joie tandis qu'il la regardait, au trot sur sa monture. A en juger par son aisance, elle aurait pu faire cela toute la journée. Visiblement, elle avait la ferme intention de gagner. Cela lui plaisait énormément !

Il n'aurait jamais cru rencontrer une femme aussi déterminée que lui. Son succès en affaires l'avait tout de suite intrigué, sa beauté et son intelligence l'avaient fasciné, et elle s'était avérée être encore plus merveilleuse qu'il n'avait osé l'imaginer.

D'après les brèves recherches qu'il avait faites, elle avait eu une enfance tranquille en Californie, avait toujours été très bonne élève, et avait fait ses études dans une grande université, puis elle avait monté sa propre entreprise, qui avait fait sensation. Fiona Lam était une femme extraordinaire.

Salomon commençait à souffler bruyamment. Il se détendait probablement, conscient que sa stalle n'était plus très loin.

— Courage, mon gars ! C'est bientôt fini. Et si nous faisions une dernière pointe de vitesse pour montrer notre bonne volonté ?

Sur son injonction, le cheval partit au galop. James aperçut bientôt Fiona et Taffy, sur l'allée bordée d'arbres qui conduisait au château.

— Je vais gagner ! cria-t-il, incapable de résister à un dernier défi.

Elle tourna vivement la tête vers lui, puis elle se tapit sur le dos de la jument et l'encouragea à aller encore plus vite. Il rit et apprécia la vue tandis que Salomon traversait le dernier pâturage qui les séparait des écuries. Fiona monta la côte au galop, comme si sa vie en dépendait. Une fois arrivée au sommet, elle leva un bras énergiquement, en signe de triomphe.

Il remit son cheval au pas tandis qu'elle descendait de Taffy et l'embrassait. Deux palefreniers se précipitèrent à leur rencontre pour panser les chevaux fatigués.

— Je t'avais dit que je gagnerais ! s'écria-t-elle avec enthousiasme, les mains sur les hanches.

Ses joues étaient toutes roses, sa culotte de cheval et ses bottes, maculées de boue.

— Tu avais raison… Je suis impressionné.

— Je suis beaucoup plus légère que toi.

Il sentit qu'elle suivait ses mouvements du regard tandis qu'il mettait pied à terre.

— Ça, c'est sûr !

Il avait envie de l'embrasser, là, maintenant. Pourquoi pas ?

Il la prit dans ses bras et posa ses lèvres sur les siennes, aussi rafraîchissantes qu'une gorgée de champagne après cette longue course. Un peu essoufflée, elle se cramponna à lui. Quand ils s'écartèrent enfin l'un de l'autre, il l'observa attentivement.

— Cette course était vraiment importante pour toi.

— Je n'aime pas perdre.

— Eh bien, tu as gagné ! Tu as mon admiration éternelle, et une propriété à Singapour.

Ses yeux pétillèrent.

— J'en suis enchantée ! Embrasse-moi encore…

L'exploit d'avoir gagné la course avait épuisé Fiona. Elle parvint à peine à tenir jusqu'à la fin du dîner tant elle avait envie de dormir. Un bain moussant et la promesse d'une nuit entre les bras de James auraient dû conclure à merveille cette journée sensationnelle.

Cependant, elle avait un mauvais pressentiment. Il devait retourner à Singapour pour une réunion. Elle avait envie de l'accompagner, mais savait que c'était une mauvaise idée.

Pourtant, elle était inquiète : que se passerait-il à Singapour ? Et si, une fois là-bas, il venait à découvrir qui était son vrai père ?

— Qu'est-ce qui ne va pas ? lui demanda-t-il en massant ses épaules contractées.

— Oh ! rien… Je suis fatiguée, c'est tout.

— Tu es sûre de vouloir rester ici pendant que je serai à Singapour ?

— Sûre et certaine. Je suis bien décidée à retrouver le morceau manquant de la coupe. Je crois que cela nous portera chance.

Elle ne pouvait pas envisager de retourner à Singapour et d'être de nouveau emportée dans la tornade de leurs fiançailles, pas tant que cela lui paraîtrait irréel.

— Du moment qu'il y a une voiture dont je peux me servir, tout ira bien.

— Angus en mettra une à ta disposition. Quand tu en auras assez de fouiller dans des vieilleries, tu pourras me rejoindre à Singapour, et nous mettrons au point les derniers détails du mariage.

— Es-tu vraiment obligé de partir aujourd'hui ? Reste encore un peu… Remets ta réunion à la semaine prochaine !

Elle était soudain terrifiée de le perdre.

— J'aimerais pouvoir, mais il s'agit d'un contrat que j'espère signer depuis des années. C'est avec Goh Kwon Beng, l'homme que je t'ai présenté l'autre jour.

— Oh…

Elle avait l'étrange impression que cette réunion avait quelque chose à voir avec leur mariage, même si elle avait du mal à imaginer comment c'était possible.

Une pensée la figea : il était pressé de l'épouser pour des raisons connues de lui seul. Il ne l'aimait pas. Ils n'avaient pas échangé de serments d'amour éternel et, en fait, ils commençaient à peine à se connaître. Ce n'était pas elle qu'il voulait. Mais le pouvoir, l'argent, la réputation. Alors qu'elle… Elle s'était fait prendre à son propre piège.

— Tu vas me manquer, dit-elle soudain, avec sincérité.

— Toi aussi.

Il l'embrassa avec une douceur infinie.

Avec un peu de chance, quand il reviendrait, elle aurait arrangé les choses avec son père en lui annonçant qu'elle avait récupéré son usine. Sa relation avec James pourrait alors peut-être devenir une vraie relation, sans complots ni manigances. Cependant, malgré l'appréhension et la tristesse qu'elle ressentait, elle devait d'abord achever d'exécuter son plan.

— M'enverras-tu le titre de propriété de l'usine ?

— Je l'ai ici, dans mon porte-documents. Je l'avais complètement oublié !

Il se leva, traversa la chambre, et sortit d'une serviette en cuir une enveloppe en papier kraft.

— Tiens !

— Je n'arrive pas à croire que tu l'aies apporté ici… Tu es trop drôle !

— Je suis toujours très sérieux.

— Cela me plaît.

C'était un homme de parole, on pouvait compter sur lui même dans les circonstances les plus bizarres. Elle prit l'enveloppe qu'il lui tendait d'une main légèrement tremblante. Comment aurait-il réagi s'il avait su qu'elle avait planifié toute leur relation dans le but d'obtenir ce document, que leur rencontre même avait été savamment orchestrée ?

Cela resterait son secret, du moins, pour l'instant.

— C'est gentil de ta part de me laisser rester ici toute seule.

Manifestement, il avait confiance en elle. Hélas, cette confiance n'était pas entièrement fondée.

— Je compte sur toi pour retrouver le dernier morceau de la coupe, pour que nous ayons un avenir glorieux ensemble, contrairement à la plupart des Drummond. Katherine m'envoie régulièrement des mails… Au moins, cela lui fera plaisir !

Elle se mordit la lèvre inférieure nerveusement.

— Qu'y a-t-il ?

— Et si je ne le retrouve pas ?

— Te voilà bien défaitiste ! Ce n'est pas une attitude digne de la Fiona que je connais et que…

Il s'interrompit, mais il s'était apprêté à dire « et que j'aime », elle en était convaincue. L'amour grandirait-il naturellement entre eux quand ils ne subiraient plus de pressions extérieures ? Ou étaient-ils destinés à connaître le sort malheureux de la plupart des Drummond ? Elle avait peine à respirer tant elle était angoissée.

— Tu le trouveras, reprit-il, j'ai toute confiance en toi.

Il s'allongea de nouveau à côté d'elle. Sa proximité avait quelque chose de rassurant. Elle redoutait le lendemain, le moment où il serait obligé de partir et où elle se retrouverait toute seule. Elle aurait bien trop de temps devant elle pour réfléchir et s'inquiéter.

— Je ferai de mon mieux.

La coupe était peut-être réellement la clé du bonheur de James, de son bonheur à elle.

— Je compte sur toi.

Ne compte pas sur moi, avait-elle envie de dire. *Je ne suis pas du tout telle que tu m'imagines, je suis une femme retorse, parvenue à ses fins à force de cajoleries.* Cependant, elle ne dit rien de tout cela. Elle lui caressa la joue du bout des doigts et lui déposa un baiser sur la bouche, le cœur débordant d'émotions contradictoires.

*
* *

— Surtout, papa, ne dis à personne comment tu l'as récupérée.

Elle arpentait les remparts de l'aile la plus ancienne du château, tout en parlant à son père au téléphone. Là, personne ne risquait de l'entendre. Le paysage spectaculaire s'étendait à perte de vue et lui donnait le sentiment d'être toute petite. Une vague de froid avait donné aux collines une teinte rousse. C'était magnifique.

— Pourquoi pas ? C'est une histoire amusante ! En plus, tu en as fini avec ce démon, maintenant… Tu peux l'envoyer balader.

Elle hésita. Comment lui dire qu'elle avait fini par l'apprécier ? Par l'aimer ?

Soit, peut-être ne pouvait-on pas aimer quelqu'un que l'on connaissait depuis si peu de temps, mais il lui plaisait plus que tous les hommes qu'elle avait jamais rencontrés.

— James et moi… Je ne veux pas qu'il soit au courant de toute l'histoire.

Soudain, son château de cartes risquait dangereusement de s'effondrer. Elle devait à tout prix gagner un peu de temps.

— Les taxes sont payées pour l'année entière, si tu pouvais garder le secret le temps que les choses se tassent…

— Mais j'ai besoin de rouvrir mon usine ! protesta son père avec humeur.

— Elle ne te rapportait rien… Attends un peu, nous travaillerons à un nouveau projet ensemble. J'aimerais ouvrir une boutique à Singapour, et tu es la personne idéale pour m'aider à le faire. C'est l'endroit rêvé, si près d'Orchard Road et…

— J'ai eu des commandes, déclara-t-il, je peux rouvrir d'ici la fin du mois. Toutes les machines sont encore en place.

Elle sentit son cœur sombrer. Son père était tellement têtu ! Bien sûr, elle lui avait promis de lui rendre son usine, pas de lui dire ce qu'il devait en faire. Elle lui avait déjà envoyé le titre de propriété par courrier. Arranger les choses avec James était son problème, à elle seule.

— James m'a fait confiance, papa. J'ai besoin de quelques semaines pour laisser la situation se décanter.

Avec le temps, elle trouverait sûrement une façon plus acceptable de lui présenter les choses, et les préparatifs du mariage seraient tellement avancés qu'il serait moins tenté de tout annuler.

— Promets-moi de n'en parler à personne pendant un petit moment.

— Oh ! Fiona, tu t'inquiètes tout le temps ! Tu es exactement comme ta mère.

James pensait continuellement à Fiona. Il se surprit à songer à leur avenir et à faire des projets dont il n'avait même pas encore discuté avec elle. Il pensait aux prénoms qu'ils choisiraient pour leurs enfants, et à l'éducation qu'ils leur donneraient. Il avait l'impression d'être tenu en suspens jusqu'à ce qu'il puisse de nouveau la serrer dans ses bras.

Les gros titres des journaux du mercredi lui firent un choc d'autant plus brutal.

Il était assis dans son fauteuil et avait l'impression que les murs de son bureau se resserraient autour de lui. Son petit monde s'avérait très différent de ce qu'il s'était imaginé.

« *Les fiançailles de Drummond n'étaient qu'un stratagème !* » Le titre le tournait en ridicule, l'article qui s'affichait en dessous l'anéantissait.

Fiona avait donné l'usine à son père. Elle l'avait rendue à son père. Il ne connaissait même pas l'existence de cet homme, ses brèves recherches ne lui ayant montré d'elle que ce qu'il avait envie de voir. Ce père criait maintenant sur tous les toits que leur idylle n'était qu'une mise en scène visant à lui faire céder l'usine qu'il avait « volée ».

Son premier instinct fut de nier ce que les médias disaient, de déclarer publiquement que rien de tout cela n'était vrai. Fiona ne ferait jamais une chose pareille !

Pourtant, au fond de son cœur, il savait que c'était non seulement possible, mais tout à fait vrai.

Elle n'avait jamais eu l'intention de l'épouser, ce qui expliquait qu'elle n'ait pas voulu choisir sa robe de mariée, ou même annoncer à ses parents la nouvelle de leur mariage, puisque, pour elle, il n'y aurait pas de mariage.

Il l'avait choisie comme compagne et avait précipité les choses pour s'assurer le contrat tant attendu avec Goh Kwon Beng, et cela ne lui avait jamais traversé l'esprit qu'elle pût avoir ses propres raisons d'accepter des fiançailles aussi hâtives. Ebloui par sa scolarité brillante en Californie et par sa réussite en affaires, il avait fait sa petite enquête avec des œillères. Il avait cherché des éléments positifs et en avait trouvé, tellement sûr de lui et décidé à atteindre ses propres objectifs qu'il avait sauté à pieds joints dans le piège.

La détermination inébranlable de Fiona et son côté intrépide l'avaient séduit, et maintenant il s'étonnait d'en faire les frais ? Il était vraiment stupide !

Elle ne répondit pas à ses appels ce matin-là. Ce n'était pas très surprenant. Il n'avait pas non plus réussi à la joindre la veille au soir. Quelqu'un à Singapour avait dû lui dire que la nouvelle allait éclater, à moins bien sûr qu'elle ait elle-même informé les journalistes.

Il allait donc être obligé de se renseigner auprès de son personnel de maison. Il avait peine à croire qu'il avait laissé une quasi-étrangère toute seule chez lui, dans la demeure de ses ancêtres. Bien sûr, elle était censée être sa fiancée, et le château devait lui appartenir, à elle aussi.

— Angus, euh… Est-ce que Fiona va bien ?

Comment demander de façon subtile à son majordome si sa fiancée était encore là ?

— Je l'ai accompagnée à l'aéroport ce matin, monsieur. Elle devrait être à vos côtés d'ici peu.

— Oui, bien sûr.

Il n'en croyait pas un mot. Où allait-elle ? Certainement pas à Singapour. Elle ne s'exposerait pas à ce genre de publicité, à moins qu'elle veuille se vanter d'avoir triomphé de lui.

— Merci, Angus, ajouta-t-il avant de raccrocher.

Elle n'avait pas fait tout cela par malveillance, il en était sûr. Mais après tout qu'en savait-il au juste ? Il se trompait peut-être. Sa crédulité était sans doute une preuve supplémentaire de sa bêtise. Il était tellement bien, avec elle ! Il n'avait jamais apprécié la compagnie d'une femme à ce point, et aimait passionnément lui faire l'amour. Elle aussi avait aimé leurs ébats torrides, il le savait. Seulement voilà, le désir de vengeance qu'elle éprouvait avait sans doute décuplé son plaisir.

Bon sang ! Il voulait lui parler, entendre sa version des faits. Cependant, il pouvait difficilement la contraindre à répondre au téléphone.

- 10 -

Fiona soupira. James avait laissé plusieurs messages sur son téléphone depuis qu'elle avait fui le château, le matin même. Les écouter lui était devenu tellement pénible qu'elle laissa la batterie s'épuiser. Si elle avait eu le moindre savoir-vivre et du courage, elle l'aurait appelé pour lui donner sa version des faits, elle lui aurait avoué ses sentiments pour lui, aurait imploré son pardon, et ils auraient alors peut-être eu une chance de vivre heureux ensemble.

Cependant, elle ne s'était pas moquée de n'importe qui, mais de James Drummond. Le ton de ses messages, d'abord un peu confus, était vite devenu glacial, trahissant une rage froide. Elle savait qu'elle s'attaquait à un adversaire de taille quand elle s'était lancée dans cette aventure.

Quand un journaliste d'un quotidien de Singapour l'avait appelée pour avoir des détails croustillants sur leur idylle, elle avait compris que l'affaire allait éclater et elle avait perdu tout espoir.

Leur relation était vouée à l'échec depuis le début, mais elle ne s'était pas attendue à souffrir à ce point de leur rupture.

Le trajet jusqu'en Californie fut éprouvant. Rongée de culpabilité, accablée de douleur, elle ne se réjouissait de rien. Crystal l'invita à rester chez elle aussi longtemps qu'elle le désirait. Elle avait donc un endroit où loger, tout du moins. Hélas, même la compagnie de son amie ne la consola pas d'avoir perdu James, au moment même où elle avait pris conscience de vouloir passer le reste de ses jours avec lui.

Le lendemain, Crystal essaya de la distraire en l'emmenant boire une margarita dans leur bar à tapas préféré.

— Tu as dit dès le début que c'était strictement professionnel, et tu es arrivée à tes fins. Tu devrais fêter ça, au lieu de te morfondre ! Tu as l'air sur le point de pleurer…

— Je ne vais pas pleurer, répondit-elle avant de boire une gorgée de margarita.

Elle avait déjà assez pleuré comme cela, mais elle était trop honteuse pour l'admettre.

— Il s'est avéré beaucoup plus… attachant que je ne m'y étais attendue.

Crystal l'observa, la tête légèrement inclinée sur le côté.

— Tu t'es bien amusée, avec lui.

— Bien trop !

Elle secoua la tête.

— J'ai même eu la folie de croire qu'il était l'homme de ma vie. Tu imagines à quel point j'étais perturbée pour penser une chose pareille tout en complotant contre lui…

Crystal soupira.

— Effectivement, c'est assez insensé… Vous deviez vous entendre à merveille sexuellement !

Elle hocha la tête.

— Exactement. Je n'aurai jamais cette complicité avec personne d'autre. Il y avait une vraie connivence entre nous.

— C'est peut-être toujours le cas, dit Crystal en prenant une crevette et en la trempant dans la sauce pimentée. Tu devrais le contacter et lui avouer ce que tu ressens.

— Certainement pas ! Tu n'as pas entendu les messages qu'il m'a laissés… Il est furieux, et je le comprends. J'ai lu certains des articles en ligne. Mon père a veillé à ce qu'il ait l'air d'un idiot. D'après les journaux, James n'est pas seulement perdant en affaires, il a été ridiculisé par la femme de sa vie. C'est l'humiliation suprême.

— Tu n'es pas responsable…

— Mon père s'est arrangé pour que j'en air l'air, c'est du pareil au même.

La colère monta de nouveau en elle. Elle avait attendu si longtemps, travaillé si dur pour gagner l'affection de son père, et il l'avait trahie !

— Eh bien, j'espère au moins que ton père t'est reconnaissant de ce que tu as fait pour lui.

Elle sentit sa gorge se serrer.

— J'ai essayé en vain de l'appeler plusieurs fois cette semaine, il ne m'a jamais rappelée. Je lui ai demandé dans un message s'il avait bien reçu le titre de propriété, il ne m'a même pas répondu… J'ai dû suivre le courrier par internet pour vérifier qu'il n'avait pas été égaré.

Peut-être ne voulait-il plus lui parler maintenant qu'il avait fait exactement ce qu'elle l'avait supplié de ne pas faire.

— Tu plaisantes ? demanda Crystal, visiblement horrifiée. T'a-t-il seulement remerciée ?

— Je suis sûre qu'il est reconnaissant, c'est juste que…

Que quoi ? Elle avait été persuadée d'être une véritable héroïne aux yeux de son père. Elle s'était attendue à ce que son dévouement les rapproche, à ce qu'ils aient enfin les bonnes relations dont elle avait toujours rêvé. Elle se rendait compte maintenant que ses espoirs avaient été vains. Son père était absorbé par son travail et n'avait plus de temps à lui consacrer. C'était exactement ce que sa mère et Crystal lui avaient prédit.

— Il s'est servi de toi !

— Mais non, voyons… Toute cette histoire était mon idée. Je ne peux m'en prendre qu'à moi-même. Je voulais aider mon père, je voulais gagner son affection… Je n'ai pas pensé un seul instant aux sentiments de James.

— Oui, mais tu ne pouvais pas savoir qu'il allait te demander en mariage. Ça, c'est sa faute !

— Je sais, et je suis sûre que, au départ, c'était un mariage d'intérêt, pour lui. Je sais qu'il m'utilisait, lui aussi, d'une certaine façon, mais cela ne m'aide pas à me sentir mieux. Car il avait des vrais sentiments pour moi.

— Qu'as-tu fait de la bague ?

— La bague de fiançailles… J'ai oublié de lui dire où je l'ai laissée.

Elle ferma les yeux quelques instants, horrifiée à l'idée qu'il puisse penser qu'elle l'avait emportée avec elle.

— Je l'ai mise dans un tiroir de la commode dans la chambre

où je dormais, au château. Je ne voulais pas que le personnel de maison la trouve. Je vais devoir lui dire où elle est, d'une façon ou d'une autre.

— Ecris-lui.

— Un e-mail ?

Elle avait bloqué son adresse après avoir reçu un déluge de messages de sa part.

— Non, pas un e-mail, une vraie lettre, à l'ancienne !

— Avec du papier et un stylo ?

Elle réfléchit. L'idée lui plaisait. Par ce biais, elle ne risquait pas d'avoir instantanément une réponse hostile, comme cela arrivait par e-mail ou au téléphone. Elle pourrait choisir soigneusement ses mots, et lui aurait le temps de réfléchir à sa réponse, s'il la gratifiait d'une réponse.

— C'est une excellente idée !

Elle veilla tard ce soir-là, à écrire et réécrire sa lettre, chiffonnant plusieurs brouillons et les jetant par terre autour d'elle.

Elle savait qu'il ne lui pardonnerait pas ses agissements. Les médias singapouriens continuaient à se moquer de lui, et elle venait de lire sur internet que Beng, le P.-D.G. de SK Industries, s'alliait avec un autre entrepreneur local, un homme plus âgé que James. Et père de famille, bien sûr. Non seulement elle avait fait de lui la risée des journaux à scandale, mais en plus elle avait anéanti ses projets avec l'un des hommes d'affaires les plus importants de Singapour.

Elle lui devait des explications. Elle n'aurait jamais pu les lui fournir par téléphone, elle avait bien trop honte de sa duplicité. Un e-mail était à la fois trop impersonnel et trop immédiat. En revanche, cela lui plaisait d'imaginer sa lettre voyager lentement dans les airs comme un oiseau et arriver à destination pour affronter son destin.

Cher James,

Je ne te demanderai pas de me pardonner, ou même d'accuser réception de cette lettre. Je reconnais que je suis trop froussarde pour te parler directement. C'est pour cette raison que je n'ai répondu à aucun de tes appels.

Je ne voulais pas que les choses prennent cette tournure. Quand mon père, mon père biologique, m'a dit qu'il avait perdu son usine, j'ai tout de suite voulu l'aider. Pour des raisons évidentes, je ne t'ai pas parlé de lui. Mais sache que j'ai vécu loin de lui presque toute ma vie et je voulais à tout prix que nous nous rapprochions.

Quand l'une de mes relations a attiré mon attention sur toi à la réception à laquelle nous nous sommes rencontrés, j'ai brusquement décidé de t'aborder et de te convaincre de me revendre ta dernière acquisition. Mon père m'avait dit que tu ne t'en séparerais jamais et, en apprenant à te connaître, je me suis aperçue qu'il avait raison. Tu réfléchis longtemps avant de faire quelque chose, et tu fais rarement machine arrière. Quand tu m'as proposé de t'accompagner en Ecosse, je me suis dit que la chance me souriait et j'ai accepté.

On ne pouvait pas lui reprocher d'être trop sensible ! Cependant, arrivée en Ecosse, elle avait été saisie par la beauté du paysage. Les collines de Californie, qu'elle avait jusque-là tant aimées, lui paraissaient maintenant sèches et dénudées, le soleil, trop éclatant. Les nuages et le patchwork vert, gris et brun des Highlands lui manquaient.

Les choses ont vite échappé à mon contrôle. Quand tu m'as fait ta demande, j'ai su que je n'atteindrais pas mon but si je disais non. Je sais bien que tu devais avoir tes propres motivations pour épouser aussi hâtivement quelqu'un que tu venais à peine de rencontrer. J'imagine que tes raisons étaient presque aussi intéressées que les miennes, mais toute la différence repose sur le fait que tu avais réellement l'intention de te marier avec moi et que tu étais honnête, tandis que moi, non.

J'ai honte d'avoir joué la comédie. Je pourrais te dire que j'avais changé d'avis, que je voulais bel et bien t'épouser au moment de notre course, mais le fait est que mon but principal restait d'obtenir l'usine de mon père, et que j'étais prête à tout mettre en jeu pour y parvenir.

J'aurais voulu que les choses se passent différemment. J'espérais que mon père ne dirait rien pendant quelque temps, jusqu'à ce que nous soyons mariés et heureux ensemble. J'aurais alors pu tout t'avouer, avec l'espoir que tu comprendrais, mais apparemment il n'a pas pu résister à la tentation de se vanter d'avoir triomphé de son « ennemi ». J'ai conscience d'être entièrement responsable de l'embarras dans lequel les médias t'ont plongé, et j'en suis sincèrement désolée.

Comme je te le disais, je ne te demande pas de me pardonner, je voulais seulement répondre à tes appels à ma façon, même si celle-ci est un peu lâche.

Je t'aime. Elle n'écrivit pas ces mots. Ce serait vraiment aller trop loin et, même si c'était vrai, cela paraîtrait déplacé.

J'aurais aimé trouver le dernier morceau de cette coupe, car je te souhaite de tout cœur un avenir heureux. Je sais que je dois incarner la malédiction, à tes yeux, et si je pouvais faire quoi que ce soit pour arranger les choses je le ferais bien volontiers, mais hélas mon imagination me fait défaut.

Bien que notre course ait eu des conséquences désastreuses, j'avoue que je chérirai cette journée comme l'un de mes plus beaux souvenirs.

Elle se garda bien de faire allusion à leurs étreintes torrides, mais elle ne les oublierait pas davantage.

J'espère que tu finiras par trouver la femme de ta vie. La prochaine fois, va plus lentement, prends le temps de la connaître avant de lui demander sa main.

Le conseil était un peu condescendant, mais elle ne voulait pas qu'il fasse la même erreur deux fois. On ne pouvait pas se précipiter avec une femme comme en affaires, donner des ordres et s'attendre à ce que tout se passe bien. Il avait vraiment besoin d'une femme forte et indépendante, comme elle.

Elle soupira. Décidément, ils allaient bien ensemble… mais pas assez bien.

Je t'embrasse,
Fiona.

Elle ferma l'enveloppe et y écrivit son adresse à Singapour, puis elle se rendit compte qu'elle avait oublié de mentionner la bague, et la rouvrit.

P.-S. : J'ai laissé la bague de fiançailles dans le premier tiroir de la commode de ma chambre.

« Ma chambre ? » Où avait-elle la tête ? Elle ne voulait pas réécrire toute la lettre maintenant.

Elle avait le cœur serré à l'idée que cette bague finirait peut-être au doigt de quelqu'un d'autre.

Elle poussa un profond soupir, écrivit l'adresse de James sur une autre enveloppe, et la referma.

La dernière fois qu'elle avait eu son père au téléphone, il avait déclaré d'un ton bourru qu'il était occupé et la rappellerait bientôt. C'était dix jours plus tôt. Les gens abandonnaient souvent ceux qui les avaient aidés dans l'épreuve, car ces derniers leur rappelaient les mauvais moments qu'ils voulaient oublier. Tout ce qu'elle voulait, c'était oublier les bons moments qu'elle avait passés en compagnie de l'homme qu'elle avait trahi.

James reposa la lettre. A quoi bon sentir un morceau de papier ? C'était ridicule ! Cela faisait près de trois semaines qu'il n'avait pas vu Fiona, il n'avait pas à penser à son parfum alors qu'il essayait de l'oublier. D'ailleurs, sa lettre ne sentait que l'encre et le papier.

Quant à ses mots, ils avaient quelque chose d'irrévocable. Jusque-là, il avait espéré qu'elle lui donnerait une autre version des faits, il s'en rendait compte maintenant. Il avait espéré qu'elle n'avait pas réellement entrepris de le piéger, qu'elle avait des sentiments pour lui, que les événements avaient pris une tournure inattendue et qu'elle avait été prise de court. Hélas, les journalistes persifleurs avaient apparemment raison. La supercherie avait été planifiée et exécutée avec une efficacité glaciale.

Comment avait-il pu être aussi aveugle ? Il se passa une main dans les cheveux.

Il avait vraiment cru plaire à Fiona. D'habitude froid et calculateur, il s'était métamorphosé en sa compagnie, et s'était surpris à avoir soif d'affection et d'intimité comme jamais auparavant. Pour la première fois depuis la tragédie qu'il avait vécue des années plus tôt, il avait eu le courage d'ouvrir de nouveau son cœur. Hélas, il l'avait donné à une femme qui ne faisait que jouer un rôle.

Fiona… quelle bonne actrice ! Même maintenant qu'il avait la preuve de sa duplicité, il avait peine à étouffer l'espoir qui vivait encore en lui. Il ne pouvait s'empêcher de lire et relire la même phrase : *J'espérais que mon père ne dirait rien pendant quelque temps, jusqu'à ce que nous soyons mariés et heureux ensemble.* On aurait dit qu'elle avait bel et bien eu l'intention de l'épouser, du moins au moment de leur course à cheval.

Il était soulagé de savoir qu'elle n'était pas à l'origine du délire médiatique, et qu'elle avait demandé à son père d'être discret. Apparemment, elle avait espéré être mariée avec lui depuis quelque temps quand il découvrirait ses machinations. Aurait-il été à ce point en colère dans ce cas-là ?

Il se remit à faire les cent pas dans le grand salon. Quand elle était là, le château lui avait pour la première fois semblé vivant, plein de possibilités. A présent, il lui paraissait froid et inhospitalier.

S'il l'avait épousée et avait découvert qu'elle était entrée dans sa vie avec des intentions cachées… il ne s'en serait pas soucié le moins du monde.

Cette prise de conscience lui fit l'effet d'une décharge électrique. Tout ce qui lui importait, tout ce qu'il voulait vraiment dans la vie, c'était elle. Quand elle était à ses côtés, tous ses grands projets professionnels lui semblaient dérisoires, même son association potentielle avec Beng. Dès qu'il avait décidé de se marier avec elle, il avait eu envie de se lancer dans la vie conjugale le plus vite possible, car il était impatient et désireux de tout partager avec elle.

En réalité, c'était encore ce qu'il souhaitait.

Il jura d'une voix forte, qui résonna dans la pièce vide. Il leva les yeux vers les armoiries familiales et la devise sinistre qui indiquait : « Garde ta lame bien aiguisée. » Il avait suivi ce conseil peu judicieux pendant des années en affaires, pour finalement donner son cœur en pâture à une femme.

Après tout, la malédiction était peut-être bien réelle. Il était peut-être condamné à mourir seul, plein d'amertume, sans jamais connaître le réconfort d'une relation durable ou la douceur d'un amour réciproque.

Idiot ! Il n'aurait jamais dû aller aussi loin. Dans un mouvement de colère et de frustration, il prit un presse-papiers pesant à portée de main sur une table, et le jeta de toutes ses forces sur la cheminée, où la lame de métal incrustée dans la pierre brillait faiblement. Le presse-papiers s'écrasa contre la cheminée avec un bruit sourd et roula sur le sol. Un morceau de pierre se détacha des armoiries familiales et tomba par terre dans un nuage de poussière. Il s'aperçut alors que la lame s'était dégagée du blason. A n'en pas douter, c'était encore un mauvais présage.

Il tourna les talons, s'apprêtant à quitter la pièce, mais s'arrêta net. Son pied venait de frôler un objet. Les sourcils froncés, il se pencha.

— C'est une plaisanterie, murmura-t-il en ramassant le disque de métal terni.

La base de la coupe ! Il regarda de nouveau la cheminée. Un morceau de pierre manquait maintenant sous la devise familiale, là où le disque avait été enchâssé de telle sorte que l'on n'en voie qu'une partie, ressemblant à une lame.

Au centre du disque se trouvait une petite pointe, qui devait s'emboîter dans le pied de la coupe.

— Je n'arrive pas à le croire…

Le métal, manifestement très ancien, était orné de gravures délicates. Il pensa à Katherine Drummond et aux nombreux messages qu'elle lui envoyait. Sa propre vie avait beau être bouleversée, sa trouvaille rendrait au moins une personne heureuse.

Il se dirigea vers la bibliothèque, où il avait noté son numéro, et lui téléphona. Elle décrocha immédiatement.

— James, je suis ravie de t'entendre !

— Je suis désolé d'avoir tant tardé à te rappeler, je…

— Oh ! ne me dis rien… Ta mère m'a déjà annoncé la bonne nouvelle de tes fiançailles, je suis très heureuse pour toi !

Il sentit son cœur sombrer. De toute évidence, sa mère n'avait pas été si prompte à partager les détails de son humiliation publique.

— Eh bien, à vrai dire, c'est un peu compliqué, mais passons ! J'ai une nouvelle à t'annoncer. J'ai retrouvé la base de la coupe. Elle était scellée dans la pierre des armoiries familiales, sur la cheminée. Pendant tout ce temps, elle était là…

Katherine poussa un cri de joie.

— Je le savais ! Je savais que tu la trouverais. Les Drummond vont enfin connaître le bonheur !

Il sentit sa gorge se serrer. Si seulement la coupe avait le pouvoir de remonter le temps ! Cependant, s'il pouvait bel et bien revenir en arrière, que ferait-il ? Choisirait-il de ne pas rencontrer Fiona, de ne pas connaître le plaisir de sa compagnie et la douleur de son absence ?

— En fait, dit-il d'une voix plate, Fiona et moi n'allons pas nous marier.

— Comment ? Mais ta mère m'a dit que la cérémonie aurait lieu dans le mois ! Je me demandais si vous alliez nous inviter ou non, cela fait des années que je ne suis pas allée en Ecosse et je n'ai jamais vu la demeure ancestrale des Drummond… As-tu rompu les fiançailles ?

— Pas exactement. C'est une longue histoire.

— Oh ! James… Tu as l'air tellement triste ! Néanmoins, j'en suis sûre, maintenant que tu as retrouvé le dernier morceau de la coupe, vous allez vous réconcilier et vivre heureux ensemble, je te le garantis.

— Si seulement c'était aussi simple que cela…

Il regarda le morceau de métal terni sans grande conviction.

— Quoi qu'il en soit, reprit-il, nous devons rassembler les trois morceaux de la coupe.

Il n'était pas vraiment d'humeur à prévoir une réunion de famille, mais puisque cela devait se faire autant s'en occuper tout de suite.

— Pourquoi n'en discuterais-tu pas avec Sinclair et Jack ? Vous pourriez vous organiser pour que l'on se retrouve tous en Ecosse. Nous reformerons la coupe solennellement, et nous verrons bien ce qui se passe…

Elle rit.

— Je suis sûre que le ciel sera zébré d'éclairs ! J'ai hâte… Je vais voir si Sinclair et Jack sont disponibles la semaine prochaine. Cela te conviendrait-il ?

— Bien sûr.

N'importe quelle semaine lui conviendrait. Il n'avait pas du tout envie de retourner à Singapour dans l'immédiat, projetait de faire profil bas et de rester en Ecosse jusqu'à ce que les choses se tassent.

Par chance, tout finit toujours par s'oublier, même les pires commérages.

— Vous êtes les bienvenus au château, venez quand vous le désirez.

Il savait que Katherine aimait ce genre de politesses. Il l'avait vue plusieurs fois quand il était plus jeune, chaque fois que sa mère avait décidé d'aller à New York pour faire les boutiques. Il avait également rencontré Sinclair et Jack, lors d'un séjour en famille à Palm Beach. Les retrouvailles promettaient tout au moins d'être divertissantes.

— C'est merveilleux ! D'ici là, appelle la charmante jeune femme dont j'ai tant entendu parler et réconcilie-toi avec elle pour que je puisse la rencontrer quand je viendrai.

— Ce n'est pas si simple…

— Ce n'est jamais simple, mais fais-le quand même.

Maintenant que tu as retrouvé le morceau manquant de la coupe, tu vas voir qu'il se produit des choses extraordinaires.

De nouveau seul dans la froide obscurité du château vide, cette nuit-là, il se surprit à avoir envie d'appeler Fiona. Il avait essayé de la contacter pendant trois semaines. La dernière fois, un dénommé Julio avait décroché et lui avait dit que c'était une erreur. Apparemment, elle avait donc changé de numéro de téléphone pour l'éviter. Elle ne recevait pas non plus ses e-mails. Il aurait dû la détester, mais c'était loin d'être le cas.

Elle lui manquait terriblement.

Même la perspective de nouvelles rencontres le laissait indifférent. Il n'avait pas du tout envie de recommencer à sortir et d'échanger des banalités avec des jeunes femmes avec lesquelles il n'avait rien en commun. Cette seule idée lui faisait regretter encore davantage la perspicacité de Fiona et son affection.

Il ne pouvait plus l'appeler, il ne pouvait plus lui envoyer d'e-mails. Mais il devait lui parler.

Car il l'aimait et elle était la femme de sa vie.

Il ne lui restait plus qu'une seule solution : aller la voir en personne.

- 11 -

L'adresse de Fiona était écrite au dos de l'enveloppe : 1732 Whitefern Road, San Diego, Californie. Il ne savait pas si c'était chez elle, chez ses parents ou même chez une amie, mais peu lui importait.

Il prit son jet privé jusqu'à l'aéroport de San Diego, où il avait réservé une voiture de location. Il fut très contrarié d'avoir à attendre vingt minutes pour qu'on lui donne les clés. Enfin, il entra l'adresse de Fiona dans le GPS et s'aventura dans les rues de cette ville qu'il ne connaissait pas.

Il était près de 21 heures quand il s'engagea dans Whitefern Road, une rue bordée d'arbres. Il sonda l'obscurité pour apercevoir le numéro qu'il cherchait.

Son cœur se mit à battre plus fort sous l'effet de la nervosité. Il ne savait pas ce qu'il allait dire à Fiona, mais il ne pouvait pas la laisser lui échapper après tout ce qu'il y avait eu entre eux.

Le numéro 1732 brillait sur une boîte aux lettres. Il se gara dans l'allée de la maison et coupa le moteur. Il y avait de la lumière aux fenêtres. Il descendit de la voiture et referma la portière sans faire de bruit. Il retint son souffle et appuya sur la sonnette.

Une voix de femme lui parvint de l'intérieur.

— Qui est-ce que ça peut bien être ? Je vais ouvrir !

Ce n'était pas Fiona. Il entendit des pas approcher et rassembla tout son courage. Enfin, la porte s'ouvrit. Une jolie jeune femme aux longs cheveux tressés se tenait dans l'embrasure, l'air interrogateur, comme si elle attendait qu'il annonce le motif de sa visite.

— Je cherche Fiona Lam.

Elle haussa les sourcils.

— Vraiment ? Et vous êtes… ?

— James Drummond.

— J'en étais sûre !

Elle lui fit signe d'entrer et s'écarta pour le laisser passer. Curieusement, il ne s'était pas attendu à cette réaction et resta donc un instant interdit avant d'entrer.

— Fiona, ma chérie, c'est pour toi !

— Je n'ai rien commandé, je croyais que nous sortions…

Il sentit son cœur s'emballer en entendant la voix de Fiona, qui provenait d'une pièce voisine. Il eut envie de se ruer vers elle, mais il s'efforça de garder son calme.

— Tu as de la visite !

Visiblement amusée, l'amie de Fiona le regarda de la tête aux pieds.

— Je comprends mieux, maintenant que je vous ai vu en chair et en os, chuchota-t-elle.

Elle lui tendit la main. Il la serra dans la sienne.

— Je m'appelle Crystal.

Le silence se fit quand Fiona apparut dans l'entrée et s'arrêta net en le voyant.

— Bonsoir, Fiona.

Fiona se dit qu'elle avait fini par perdre la tête. Elle avait des visions : James se tenait là, dans l'entrée, chez Crystal.

— James ?

Non, elle n'en croyait pas ses yeux. Son cœur martelait sa poitrine. Elle avait envie de s'élancer vers lui, de se jeter à son cou.

— Pouvons-nous parler seul à seule ? demanda-t-il d'un ton grave.

— Et me faire tout rater ? dit Crystal, taquine. Très bien ! Je vais aller me cacher dans ma chambre pour que vous puissiez réparer les dégâts que vous avez faits.

Crystal tourna les talons et se dirigea vers l'escalier. Fiona aurait voulu la supplier de rester, mais après tout n'était-ce pas exactement ce qu'elle avait espéré en secret en écrivant son adresse temporaire au dos de l'enveloppe ? N'avait-elle pas espéré qu'il vienne la voir ?

Elle serra ses bras sur sa poitrine et inspira profondément.

— James, je… je suis désolée !

Pouvoir enfin prononcer ces mots alors qu'il se tenait en face d'elle était un soulagement.

— Je sais que je n'aurais jamais dû faire ce que j'ai fait. Je n'ai pas réfléchi, la situation a échappé à mon contrôle et je…

Il la fit taire en la prenant dans ses bras et en posant sa bouche sur la sienne. Il l'embrassa farouchement, et elle succomba aussitôt, se cramponnant à lui et lui rendant son baiser avec toute la ferveur dont elle était capable.

Enfin, il détacha ses lèvres des siennes, la laissant vacillante.

— Ne t'imagine pas que je t'ai pardonnée, dit-il d'un air menaçant, les yeux légèrement plissés, parce que ce n'est pas le cas.

Elle sentit sa gorge se serrer. Un vif désir se mêlait maintenant à tout ce qu'elle éprouvait d'autre. Les pensées se bousculaient dans sa tête.

— Je ne me pardonne pas moi-même. J'aurais dû te dire la vérité, au sujet de mon père, de l'usine, mais tout s'est passé si vite ! Je ne trouvais jamais le moment opportun, et finalement il était trop tard…

— Tu m'as ridiculisé, non seulement dans la presse, mais sous mon propre toit.

— Tout ce qui s'est passé entre nous était authentique. Je ne faisais pas semblant, j'étais sincère…

— Comment peux-tu dire ça alors que tu jouais la comédie pour obtenir quelque chose ?

— Au début, je voulais l'usine pour faire plaisir à mon père, mais quand j'ai appris à te connaître je… je… je suis tombée amoureuse de toi.

— Tu as eu une curieuse façon de le montrer.

Une lueur amusée brillait dans ses yeux, mais elle y décelait aussi quelque chose de plus intense.

— Ce n'était pas correct de ta part de me demander de t'épouser alors que je te connaissais à peine !

— Tu aurais pu refuser.

— T'attendais-tu à ce que je le fasse ?

— Non.

Sa suffisance était exaspérante.

— Tu vois ? Tu pensais que je t'épouserais uniquement parce que tu es beau et riche et que tu as un château… Est-ce la bonne façon de séduire sa future compagne ? Tu avais peut-être quelque chose derrière la tête, non ?

— J'admets que j'étais quelque peu intéressé, moi aussi. Il me fallait une épouse pour être respectable aux yeux de mes relations à Singapour. On peut dire que ma tactique s'est retournée contre moi.

— C'est ce que j'ai appris à mes frais. Je suis désolée pour toi, mais tu l'as peut-être un peu cherché. On ne devrait jamais se marier si ce n'est pas par amour.

— Tu es vraiment d'une arrogance insupportable…

— Tu peux parler ! Tu as tellement l'habitude de tout régenter que tu es complètement perdu quand les gens ne se plient pas à tes caprices.

— En général, j'arrive à les faire changer d'avis.

— Oui, eh bien, tu ne peux pas toujours imposer ta volonté.

— Pas à toi, ça, c'est sûr… Pourtant, je te veux à mes côtés.

Il se pencha de nouveau vers elle, mais cette fois, au lieu de l'embrasser, il arrêta ses lèvres juste au-dessus des siennes, comme s'il testait sa résistance. Comment lui résister ? Elle l'embrassa avec passion, glissant ses doigts dans ses cheveux et l'attirant vers elle. Il lui rendit son étreinte avec force, la soulevant presque. C'était merveilleux d'être de nouveau dans ses bras, de s'abandonner à ses baisers brûlants !

— Tu viens avec moi, lui murmura-t-il à l'oreille.

— Où ?

— En Ecosse.

— Mais j'ai rendez-vous demain avec…

— Annule.

— D'accord. Ai-je le droit de faire mes bagages, au moins ?

— Je te surveille pendant que tu les fais. Je ne te quitte pas des yeux une seule seconde, je ne voudrais pas que tu te sauves de nouveau.

Elle entassa en hâte quelques vêtements dans un grand sac de voyage, sous son regard gris perçant.

Son cœur s'arrêta. Dans les yeux de James brillait une intensité qu'elle ne lui avait encore jamais vue. Tout cela était insensé ! Elle avait l'impression d'être dans un rêve étrange. Elle ignorait ce qui allait se passer, mais elle savait qu'elle devait le suivre.

Le jet privé de James se posa quelque part sur la côte est du Canada pour se ravitailler en carburant, puis il les emmena en Ecosse. Tout au long du trajet, elle attendit des explications mais il ne lui en donna aucune. Il se contenta de marmonner qu'une importante opération boursière était en cours et qu'il devait suivre cela de près, et il passa le plus clair de son temps derrière son ordinateur portable.

Elle n'osa pas protester ou demander des détails, et resta assise sans rien dire, tandis que l'avion traversait la nuit. Suspendue entre sa vie d'avant et son avenir. Avec l'homme de sa vie.

Il faisait jour quand ils atterrirent à Aberdeen et que le chauffeur de James mit leurs bagages dans le coffre de la voiture.

— C'était un voyage rapide, Monsieur.

Il acquiesça d'un ton un peu bourru et s'assit à côté d'elle sur la banquette arrière.

— Je suis juste allé récupérer mon bien, lui murmura-t-il à l'oreille.

La chaleur de son souffle sur sa peau la troubla profondément. Toutes les émotions qu'elle s'efforçait de contenir depuis des heures refirent brusquement surface.

Il la prit dans ses bras et la serra contre lui, puis il l'embrassa avec fougue. Il finit par s'écarter d'elle, laissant sur ses lèvres une sensation cuisante. Ne sachant que dire, elle resta silencieuse.

Un mélange de peur et d'empressement l'envahit lorsqu'ils s'engagèrent dans l'allée du domaine. Elle avait été persuadée de ne plus jamais voir cet endroit magnifique. Le pâle soleil du matin baignait la lande et intensifiait les couleurs du paysage. Quand le chauffeur se gara devant le château et vint lui ouvrir la portière, elle descendit de la voiture et fut saisie par la fraîcheur de l'air. De la fumée s'échappait de l'une des cheminées, et une délicieuse odeur de terre humide vint lui chatouiller les narines. Elle avait peine à croire à quel point cet endroit lui avait manqué.

Il lui prit le bras et, ensemble, ils montèrent les marches du seuil.

— Ta chambre est prête, dit-il une fois à l'intérieur, avant de s'éloigner vers sa propre chambre.

Seule dans sa chambre, elle s'empressa d'ouvrir le tiroir de la commode dans lequel elle avait mis la bague de fiançailles. Elle était encore là, projetant des reflets de lumière contre le bois sombre du meuble.

Son ventre se noua. N'avait-il pas vu le petit mot qu'elle avait rajouté en bas de sa lettre ? Cette bague devait valoir une fortune, même un homme riche comme lui ne pouvait pas l'avoir oubliée.

Se pouvait-il qu'il attende d'elle qu'elle la glisse de nouveau à son doigt ? Le cœur battant, elle la prit et la passa à son annulaire. Elle lui allait parfaitement et scintillait de mille feux contre sa peau.

Non. La porter aurait été trop présomptueux. Elle l'enleva et la remit soigneusement dans le tiroir, jetant un coup d'œil par-dessus son épaule. Elle aurait été horriblement embarrassée si on l'avait surprise avec cette bague à son doigt.

Elle prit une douche et enfila une robe noire, simple et élégante à la fois. Tout en fermant la rangée de petits boutons de nacre, elle imagina les doigts de James les défaisant, un peu plus tard. Elle frissonna de plaisir, puis, avec un grand effort, essaya de se raisonner : les malentendus qu'ils avaient encore à éclaircir avaient la priorité sur le désir qu'ils ressentaient l'un pour l'autre.

Sachant que le repas était servi à midi, elle descendit avec une minute d'avance seulement, afin d'éviter de se retrouver seule avec le personnel de maison dans la grande salle à manger, à afficher un sourire compassé en attendant James.

Mais il l'attendait déjà, beau dans son costume noir.

— J'ai demandé au personnel de nous laisser... Nous sommes seuls.

Elle ne savait pas si elle devait être soulagée ou inquiète. Quelle vengeance avait-il eue en tête en venant la chercher en Californie et en l'amenant ici ? Son visage impassible ne trahissait rien.

— Mangeons.

Ils s'assirent à la longue table de bois, se servirent des côtelettes d'agneau, des pommes de terre sautées et des carottes, et mangèrent dans un silence pesant.

On lui avait servi du vin, mais elle n'en but pas une gorgée, désireuse de garder les idées claires. Elle était suffisamment perturbée comme cela. Elle parvint à avaler quelques bouchées de ce délicieux repas, mais finit par poser sa fourchette, trop oppressée pour en endurer davantage.

— As-tu l'intention de me passer au fil de l'épée et de jeter mon cadavre par-dessus les remparts ?

L'espace d'un instant, il la regarda fixement, les yeux écarquillés, puis il éclata de rire.

— Si tentant que cela puisse être, je ne veux pas ajouter à ma disgrâce actuelle en devenant un assassin.

— C'est compréhensible. Ce serait peut-être plus commode si je me transperçais d'un coup d'épée moi-même.

— Sans doute, mais je t'en prie, n'en fais rien ! dit-il avec un pétillement malicieux dans les yeux. J'ai une punition plus appropriée en tête.

— Laquelle ?

— J'estime que tu devrais être obligée de respecter tes engagements, répondit-il en la regardant droit dans les yeux. Après tout, j'ai tenu les miens.

Son cœur fit un bond dans sa poitrine. Elle s'efforça de garder une expression neutre. Voulait-il toujours l'épouser ? Et, si oui, n'était-ce que pour faire de sa vie un enfer ?

— C'est vrai. Qu'attends-tu de moi, au juste ?

— Que tu te maries avec moi, bien sûr.

Elle prit sur elle pour maîtriser le flot d'émotions qui la submergeait.

— Pourquoi voudrais-tu épouser quelqu'un à qui tu ne peux pas faire confiance ?

Il plissa les yeux d'un air méfiant.

— Il vaut mieux surveiller ses ennemis de près.

— D'après moi, il serait plus intelligent de vivre sur un autre continent qu'eux et de les oublier.

Cette fois encore, une lueur amusée passa dans son regard.

— Les Drummond verraient cela comme de la lâcheté.

— Aïe ! Tu ne devrais pas non plus épouser quelqu'un de lâche.

— Oh ! mais tu n'es pas lâche, simplement prudente… Tu savais qu'il était préférable de mettre de la distance entre nous le temps que je retrouve mon calme, dit-il en se laissant aller en arrière sur sa chaise. C'était très sensé, étant donné les circonstances.

— Alors tu… tu me demandes de t'épouser ?

— Oh ! non !

La réponse rapide lui fit l'effet d'un coup de poing dans le ventre.

— Je te l'ai déjà demandé, reprit-il, et je n'aime pas me répéter.

Elle cligna des yeux, un peu perplexe. Il se moquait d'elle.

— Tu considères que je devrais décider d'honorer mes promesses ?

Il la considéra avec une décontraction insolente.

— Il me semble que tu as déjà pris ta décision, en venant ici.

— Je n'avais pas vraiment le choix !

Son cœur martelait sa poitrine. Lui offrait-il vraiment la possibilité de repartir sur de bonnes bases ?

— On a toujours le choix, répliqua-t-il.

Son expression était aussi impénétrable que celle d'un sphinx. Il la regardait sans ciller. Elle avait envie de lui jeter de la nourriture au visage, ou de faire le tour de la table pour se jeter à son cou et l'embrasser, ou de pousser un cri. Elle aurait préféré faire n'importe quoi plutôt que d'être assise là, comme pétrifiée.

Il voulait l'épouser, même après tout ce qu'elle lui avait fait. Cependant, il n'avait pas d'affection pour elle, ne lui promettait pas une vie heureuse à ses côtés.

— Tu ne m'aimes pas.

Sa propre voix lui parut plaintive, la remarque, pitoyable. Cette vérité la laisserait indifférente si elle n'était pas follement amoureuse de lui.

— Bon sang, Fiona !

Il tapa du poing sur la table, la faisant sursauter violemment, puis il se leva d'un bond et renversa involontairement sa chaise.

— Je t'aime tant que j'ai peine à respirer. Je t'aime tant que je ne supporte plus de ne pas te voir à mes côtés quand je me réveille, le matin…

Il la fit se lever sans ménagement.

— Je t'aime tant que je ne peux pas imaginer vivre sans toi !

Il prit ses mains dans les siennes et, pour la première fois, son émotion se lisait dans les profondeurs orageuses de ses yeux gris. Tous ses muscles étaient contractés, il semblait sur le point de laisser exploser tous ses sentiments inexprimés.

— Je t'aime tant que je n'ai pas la moindre idée de ce que je vais devenir si tu ne m'épouses pas !

Eclatant en sanglots, elle lui sauta au cou et se cramponna à lui.

— Je t'aime aussi, James ! Tu m'as tellement manqué… Je croyais ne plus jamais te voir, et cela me tuait. Je n'ai jamais rencontré quelqu'un comme toi, et il ne m'a pas fallu longtemps pour m'apercevoir que nous étions faits l'un pour l'autre… J'ai tant souffert quand je me suis rendu compte que j'avais tout gâché !

Elle se sentait merveilleusement bien entre ses bras. Submergée d'émotions, elle était obligée de plonger ses yeux dans les siens pour s'assurer qu'elle ne rêvait pas.

— J'ai ma part de responsabilité… Je ne t'ai pas écoutée quand tu m'as dit que j'allais trop vite en besogne, je ne pensais qu'à moi. Je me suis conduit comme un imbécile.

— Nous nous sommes tous les deux conduits comme des imbéciles…

Il rit et la serra tendrement contre lui.

— Nous rendrions n'importe qui d'autre fou !

— Je t'aime, James. Je t'aime de tout mon cœur.

Ils s'embrassèrent avec une infinie douceur.

Epilogue

— Ne vous inquiétez pas, il ne va pas pleuvoir !

Katherine Drummond leva vers le ciel ardoise un visage rayonnant. Elle et ses proches étaient arrivés la veille au domaine. Tout le château était décoré pour les festivités imminentes. Le personnel s'affairait pour organiser les derniers préparatifs du mariage, et les invités ne cessaient d'affluer depuis le matin.

— Quand allez-vous reconstituer la coupe ? demanda Annie.

Annie, l'épouse de Sinclair et son ancienne gouvernante, avait aidé Katherine à retrouver le pied de la coupe. Elle allait bientôt mettre au monde le premier enfant de la jeune génération des Drummond.

— Quand Jack arrivera, répondit Katherine. Nous avons le calice avec nous, mais ce ne serait pas la même chose sans lui…

James jeta un coup d'œil à sa montre. Il était près de 11 h 30. Son mariage avec Fiona était prévu pour midi.

— J'espère qu'il ne va plus tarder, reprit Katherine, ce serait terrible qu'il rate la cérémonie, et je suis sûre que cela porterait bonheur aux mariés de rassembler les trois pièces de la coupe le jour même de leur mariage.

— Sinclair et moi avons survécu à plusieurs mois de vie conjugale avec seulement deux pièces de la coupe, lui fit remarquer Annie en souriant.

Katherine lissa le devant de sa robe.

— Je sais, mais nous attendons ce moment depuis si longtemps… Je commençais à désespérer de te convaincre de chercher la base, James ! A vrai dire, aucun d'entre vous ne s'est montré très efficace dans ses recherches…

Elle donna un petit coup de coude dans les côtes de son fils.

— … n'est-ce pas, Sinclair ? Tu te moquais complètement de cette coupe, mais maintenant que tu es heureux en ménage tu vois les choses à ma façon.

Sinclair rit.

— Je me demande bien ce que fabrique Jack… Je vais finir par croire qu'il a pris l'un de ses bateaux pour venir !

— Ne t'inquiète pas, dit James. Il vient de m'envoyer un message pour me dire qu'il serait là dans quelques minutes.

— Où est donc ta fiancée ? demanda Katherine d'un ton espiègle.

— Je n'ai pas le droit de la voir dans sa robe avant la cérémonie. Vous savez que les Ecossais sont très à cheval sur les traditions.

— Oui, et c'est en partie pour cela que je t'apprécie tant ! J'aurais dû porter le tartan familial… Comment se fait-il que tu ne sois pas en kilt, James ?

— Les kilts étaient à la mode au XIXe siècle, mais maintenant nous préférons avoir les genoux couverts.

— C'est compréhensible, même si je suis convaincue que tu as de très beaux genoux !

Tout le monde riait quand le ronronnement d'un moteur s'éleva derrière eux. Ils tournèrent tous la tête et virent une voiture de sport se garer et Vicki, l'épouse de Jack, en descendre. Elle s'approcha de leur petit groupe, et Katherine l'embrassa chaleureusement.

— Bonjour, ma chérie ! Merci d'avoir réussi à convaincre ton époux de quitter son île, je suis sûre que cela n'a pas dû être facile…

Jack les rejoignit. Même dans son élégant costume noir, il parvenait à avoir un air sauvage et indompté.

— Alors, comme ça, dit-il à sa tante en la serrant dans ses bras, tu veux nous faire suivre à tous le droit chemin !

Katherine rit.

— Maintenant que tout le monde est là, nous pouvons enfin reconstituer la coupe, qui attend depuis trois cents ans…

— Nous n'avons même pas vérifié que les pièces proviennent bien de la même coupe, dit Annie.

— C'est le cas, j'en suis convaincue… Les vieilles dames sentent ce genre de choses, dit Katherine avec un sourire énigmatique.

Vicki éclata de rire.

— Les vieilles dames ? Vous me paraissez bien jeune, pour une vieille dame !

Après la cérémonie sobre et élégante, Fiona remonta l'allée au bras de James, le cœur débordant de joie. L'allée en question était un simple chemin d'herbe entre les chaises disposées en rangées, sur lesquelles les invités élégamment vêtus avaient pris place. Parmi eux se trouvaient la mère de James, sa propre mère et son beau-père et, surprise ! son père. Quelques jours avant le mariage, James était allé à Singapour et l'avait invité à dîner, curieux de connaître l'homme qui avait inspiré un tel complot contre lui. Etonnamment, ils s'étaient bien entendus et avaient fini par parler affaires. Depuis, ils avaient passé un peu de temps ensemble en Ecosse, et leur drôle de famille était enfin réunie.

Les trois pièces de la coupe étaient posées sur un tissu écossais, au bout de l'allée. Les trois Drummond, James, Jack et Sinclair, devaient en prendre chacun une et les assembler, comme leurs ancêtres avaient prévu de le faire.

Fiona retint son souffle tandis que James prenait la base et la maintenait immobile en dessous du pied tenu par Sinclair. Les deux pièces s'emboîtèrent parfaitement. Jack plaça alors le calice au-dessus du pied, qui s'inséra dedans pour former une coupe parfaite.

— Oh, mon Dieu ! s'écria Katherine, visiblement au comble de la joie. Champagne !

Un serveur remplit la coupe. Les trois hommes et leurs épouses y portèrent les lèvres les uns après les autres.

— Alors, reprit Katherine, qui donnera naissance au deuxième Drummond de la nouvelle génération ?

— Ne me regardez pas ! dit Fiona en souriant, blottie contre James.

Ils avaient décidé de monter leur affaire ensemble à Singapour, et allaient passer l'année à venir à faire des allers et retours entre l'Asie et l'Ecosse.

Jack donna un petit coup de coude à Vicki, dont les joues s'empourprèrent aussitôt.

— Apparemment, le prochain Drummond sera un garçon et verra le jour dans six mois à peine.

De toute évidence, Katherine était aux anges.

— C'est merveilleux ! Je suis tellement heureuse pour vous...

Fiona embrassa sa nouvelle tante par alliance.

— Félicitations, Vicki... et Annie ! ajouta-t-elle en déposant un baiser sur la joue de la jeune femme. J'ai hâte d'être la tante préférée des petits Drummond ! J'espère que vous viendrez souvent ici avec eux, pour qu'ils se souviennent toujours de leurs ancêtres écossais.

Passions

— Le 1er juin —

Passions n°470

Le prix de la séduction - Yvonne Lindsay

Sophie, envahie par une vague d'appréhension, plonge son regard dans celui vert et sombre de Zach Lassiter, son nouveau patron. Cet homme si incroyablement séduisant lui cache quelque chose, elle en est sûre. Serait-il impliqué dans la mystérieuse disparition de leur directeur ? Et pourquoi semble-t-il vouloir la fuir ? C'est ce qu'elle est bien décidée à découvrir. Même si cela signifie se servir de l'attirance insensée qu'elle ressent pour lui...

L'amant du Colorado - Barbara Dunlop

Alors qu'elle croyait avoir trouvé la paix dans les montagnes du Colorado, Niki doit se rendre à l'évidence. Non seulement cela n'a pas suffi à décourager les puissants ennemis de sa mère, qui semblent plus que jamais décidés à récupérer un document compromettant. Mais, en plus, elle se sent tomber sous le charme de Sawyer Layton, son nouveau voisin. Or, elle ne peut pas se permettre le luxe d'une aventure, aussi tentante soit-elle. Car si Sawyer découvrait sa vraie identité, elle serait vraiment en danger. Elle n'a plus qu'un seul choix : renoncer aux délicieuses sensations qu'il lui inspire...

Passions n°471

L'héritier amoureux - Michelle Celmer

Nick Caroselli a beau retourner le problème dans tous les sens : s'il veut obtenir l'héritage de son grand-père, il doit fonder une famille. Alors, quand Terri, son amie d'enfance, lui confie son projet d'avoir un bébé et de l'élever seule, une idée commence à germer dans son esprit. Et s'il lui proposait un mariage de convenance ? Et puisque Terri tient à son indépendance presqu'autant que lui, il ne sera jamais question de sentiments entre eux, ce qui devrait simplifier les choses. Pourtant, en imaginant cette femme aux longs cheveux de jais entre ses bras, un frisson de désir aussi ardent qu'impétueux le fait trembler...

Une rencontre envoûtante - Michelle Celmer

Un parfum captivant, un halo de cheveux dorés... Rob Caroselli n'en croit pas ses yeux lorsque la femme qui se tient devant lui se présente comme Caroline Taylor, la spécialiste en marketing fraichement arrivée de Los Angeles pour sauver Caroselli Chocolate de la crise. Carrie... la mystérieuse inconnue croisée la veille, lors d'une fête, avec qui il vient de passer la nuit la plus extraordinaire de sa vie. Comment, alors qu'il lui suffit de croiser son regard pour sentir l'air s'embraser de nouveau entre eux, pourrait-il travailler avec elle ? Or, avec l'héritage en jeu, il n'a pas le droit à l'erreur...

Passions n°472

Les promesses du désir - Kat Cantrell

Troublée ou en colère ? Ou les deux ? Cia est bouleversée. Si elle a conclu un contrat de mariage avec le beau et riche Lucas Wheeler, c'est seulement pour obtenir les fonds nécessaires à financer son œuvre caritative. Et les termes de leur accord interdisent tout contact physique entre eux. Seulement voilà, vivre aux côtés de ce séducteur invétéré se révèle plus difficile qu'elle ne l'avait prévu. Car comment nier l'attraction de plus en plus irrésistible qui les envoûte ? Hélas, elle ne doit pas céder à la tentation : car dans quelques semaines, un divorce scellera la fin de leur pacte...

Surprise par l'amour - Rachel Lee

Mais où avait-elle la tête quand elle a embauché Liam O'Connor pour remettre en état son ranch ? Sharon ne sait que faire. Côtoyer cet homme solitaire et taciturne la peine : il lui rappelle Chet, son mari disparu, dont il était le meilleur ami. Sans compter qu'il éveille en elle des sensations oubliées depuis bien longtemps. Le renvoyer ? Impossible, il n'a pas de ressources, nulle part où aller... Elle doit simplement se ressaisir et ignorer les douces émotions qu'elle ressent en sa présence. Car entre eux, il ne pourra jamais y avoir rien d'autre qu'une relation amicale...

Passions n°473

Dans les yeux d'un Fortune - Crystal Green

Exaspérée, Laurel Redmond se tourne vers l'importun qui vient de s'assoir à côté d'elle au bar et se tait soudain, fascinée par la caresse de son regard bleu d'azur... Mais alors qu'elle tente de retrouver un semblant de contrôle, l'inconnu se présente, brisant aussitôt la magie de l'instant. Il s'appelle Sawyer Fortune et, qu'importe son sourire irrésistible, elle connaît sa réputation de dangereux séducteur et pour rien au monde n'accepterait de figurer sur la longue liste de ses conquêtes...

Pour l'amour de Rose - Christine Wenger

« Toi et moi, nous sommes les tuteurs de Rose »... Désespérée, Lisa mesure la portée des mots que Sully vient de prononcer. Ainsi, pour respecter le dernier souhait de sa sœur, elle va devoir partager l'éducation de sa nièce avec ce cow-boy macho, cohabiter avec lui, supporter sa présence chaque jour... Mais très vite, elle se ressaisit. Pour l'amour de Rose, elle est prête à faire bien des sacrifices. Et même – qui sait ? – à apprivoiser celui qui, son stetson à la main, la scrute en silence, avec une expression qu'elle ne lui a jamais vue : mélange étonnant de tendresse et d'espoir.

Le goût de la passion - Sarah M. Anderson

Depuis que son premier amour l'a abandonnée avec leur fils Seth, aujourd'hui adolescent, Jenny consacre sa vie à ce dernier et à son métier d'institutrice. Aussi, lorsqu'une équipe de télévision envahit son école pour tourner un film sur Billy Bolton, un sportif célèbre, elle laisse éclater sa colère. Une colère qui se double d'un sentiment étrange lorsqu'elle fait la connaissance de la star du film. Car loin d'être la brute arrogante qu'elle imaginait, Billy est un mélange de calme, de danger et de séduction, un cocktail explosif et fascinant auquel elle pourrait bien succomber un jour...

Une troublante illusion - Marie Ferrarella

Serrant entre ses doigts l'archet de son violon, Elizabeth tente d'endiguer le désespoir qui l'envahit. Là-bas, au fond de la salle, un couple vient d'apparaître, se tenant par la main. Comment a-t-elle pu croire qu'un homme aussi remarquable que Jared pouvait s'intéresser à elle ? Elle aurait dû deviner qu'il était fiancé, que ses marques d'attention n'étaient que des signes d'amitié. Et tandis qu'elle reporte son attention sur sa partition, sa décision est prise : à l'issue du concert, elle disparaîtra. Jamais elle ne reverra celui qui, durant quelques jours, lui a donné l'illusion d'être aimée...

Passions n°475

La tentation faite homme - Debbi Rawlins

Série : «Les amants de Blackfoot Falls - Tome 3»

Dès son arrivée à Blackfoot Falls, Nikki a compris quel genre d'homme était Trace McAllister : un don Juan au corps de rêve et au regard brûlant. Autrement dit, tout ce qu'elle a toujours fui comme la peste ! N'est-elle pas mieux placée que quiconque pour savoir à quel point ces séducteurs, prêts à toutes les promesses pour mettre une femme dans leur lit, sont dangereux ? Mais quand elle pense au lit de Trace, justement, au torse parfait que ce dernier cache sous son t-shirt, et à ce petit sourire si sexy qu'il ne semble adresser qu'à elle seule, Nikki ne sait plus très bien pourquoi elle devrait résister à la tentation...

Emportée par le plaisir - Lisa Renee Jones

Créer la prochaine chorégraphie de *Pas de Deux*, la célèbre émission à succès ? C'est la chance que Kat attendait : concilier un travail qu'elle adore et la vie stable à laquelle elle aspire, après des années de tournées incessantes. Mais *Pas de Deux*, c'est aussi l'émission de Jason. Jason, son ex-mari, qui lui a préféré sa carrière. Jason, dont le rire sensuel l'enveloppe à peine franchi le seuil du studio. Jamais elle n'a oublié la façon qu'il avait de la tenir dans ses bras, ni le plaisir fou que lui seul savait lui donner. Travailler avec Jason, n'est-ce pas prendre le risque de s'abandonner au désir qu'ils ont toujours l'un pour l'autre et d'avoir, une nouvelle fois, le cœur brisé ?

Best-Sellers n°605 • suspense

La coupable parfaite - Laura Caldwell

A Chicago, une femme est accusée d'avoir empoisonné sa meilleure amie dans le but de lui ravir son mari. Aux yeux de la police, la culpabilité de la prévenue ne fait aucun doute. En revanche, pour l'intrépide et brillante avocate Izzy McNeil, qui se lance alors dans sa première affaire pénale, rien n'est moins sûr. Sa cliente a beau se montrer étrangement secrète, Izzy n'est pas du tout convaincue par la thèse du crime passionnel. A tel point qu'elle décide de mener sa propre enquête pour éclaircir les zones d'ombre et découvrir la vérité. Mais ce qui s'annonce comme l'affaire de sa carrière ne pouvait pas tomber plus mal car la vie personnelle d'Izzy est en plein chambardement : son ex-fiancé fait un retour retentissant alors même qu'elle tente de construire une nouvelle histoire d'amour.
Entre sombres secrets et passions inavouables, Izzy plonge peu à peu dans un monde où les relations aux allures inoffensives peuvent se révéler dangereuses…

Best-Sellers n°606 • suspense

Dangereux faux-semblants - Heather Graham

Pétrifiée, Madison Darvil ne peut détacher son regard de l'épaisse flaque de sang qui macule le sol. Qui rôdait cette nuit dans les sous-sols sinueux des studios de cinéma où elle travaille, et a sauvagement égorgé la belle Jenny Henderson, une jeune actrice dont la carrière était en train de décoller ? La police soupçonne le petit ami de Jenny, mais Madison, elle, refuse de croire à sa culpabilité : jamais celui qu'elle considère comme son petit frère n'aurait pu commettre un crime aussi odieux ! Parce qu'elle veut à tout prix qu'il soit innocenté, mais aussi parce qu'elle veut faire enfermer le criminel qui peut de nouveau – et à tout instant – frapper, Madison accepte d'apporter son aide à Sean Cameron, l'agent du FBI dépêché sur place. Un homme auréolé de mystère qu'elle peine à cerner… et dont la présence la trouble plus encore quand il lui révèle qu'il connaît son secret et que, comme elle, il a le pouvoir de communiquer avec les morts.

Best-Sellers n°607 • roman

L'héritage des Granger - Brenda Jackson

Des années plus tôt, Jace, Caden et Dalton Granger ont laissé derrière eux Charlottesville, la maison de leur enfance, et les terribles souvenirs qui y sont attachés. Mais, aujourd'hui, ils sont de retour pour exaucer le dernier souhait de leur défunt grand-père : sauver l'entreprise dans laquelle des générations de Granger ont mis toute leur énergie et leur passion.

Lorsqu'il découvre que *Granger Aeronotics*, qu'il a toujours connue florissante et à la pointe du progrès, est aujourd'hui au bord de la faillite, Jace n'a qu'une envie : claquer la porte et retourner à la vie qu'il s'est construite loin de Charlottesville. Hélas, comment le pourrait-il alors qu'il a solennellement juré à son grand-père, sur son lit de mort, de reprendre les rênes de l'entreprise familiale ? S'il veut sauver *Granger Aeronotics* et démasquer le traître qui a vendu certains de leurs secrets de fabrication à leur plus grand concurrent, Jace n'a qu'une solution : faire appel à Shana Bradford, la meilleure consultante de la ville.

Mais à peine pose-t-il les yeux sur la jeune femme qu'il pressent que cette collaboration sera bien plus difficile qu'il ne l'avait envisagé. Comment consacrer toute son énergie à sauver *Granger Aeronotics*, comme la situation l'exige, alors que les formes pulpeuses, la voix douce et le regard lumineux de Shana l'obsèdent jour et nuit ?

Best-Sellers n°608 • historique

La scandaleuse - Nicola Cornick

Londres, Régence

Susanna, en chair et en os ? Impossible ! Et pourtant… James Devlin, stupéfait, doit se rendre à l'évidence : c'est bien sa première épouse qui rit et danse avec insouciance au bal le plus prisé de la saison, et qui fait mine de ne pas le reconnaître ! Comment Susanna ose-t-elle réapparaître ainsi comme si de rien n'était, après avoir disparu sans laisser de traces, neuf ans plus tôt, au lendemain de leur nuit de noces ? Et comment peut-elle croire que se présenter sous un faux nom suffirait à le tromper, lui ?

Alors que la colère le submerge avec la même force qu'autrefois, James se jure que Susanna ne quittera pas ces lieux sans lui avoir donné l'explication qu'il attend depuis neuf ans. Ni sans lui avoir avoué ce qu'elle fait aujourd'hui au bras de l'un des célibataires les plus en vue de Londres. Car même s'il refuse de se l'avouer, il ne peut supporter l'idée que Susanna soit à un autre homme que lui…

Composé et édité par les

éditions HARLEQUIN

Achevé d'imprimer en Italie (Milan)
par Rotolito Lombarda
en avril 2014

Dépôt légal en mai 2014

DUDEN

UNNÜTZES SPRACH-WISSEN

ERSTAUNLICHES ÜBER UNSERE SPRACHE